novum pro

AF162425

SIEGLINDE
MARASCHI

WIE AUF Flügeln DER MORGENRÖTE

Ich lebte im Iran, dem Heimatland meiner Kinder

novum pro

Bibliografische Information
der Deutschen Nationalbibliothek:

Die Deutsche Nationalbibliothek
verzeichnet diese Publikation in
der Deutschen Nationalbibliografie.
Detaillierte bibliografische Daten
sind im Internet über
http://www.d-nb.de abrufbar.

Alle Rechte der Verbreitung,
auch durch Film, Funk und Fernsehen,
fotomechanische Wiedergabe,
Tonträger, elektronische Datenträger
und auszugsweisen Nachdruck,
sind vorbehalten.

Gedruckt in der Europäischen Union
auf umweltfreundlichem, chlor- und
säurefrei gebleichtem Papier.

© 2024 novum Verlag

ISBN 978-3-99146-711-3
Lektorat: Jasmin Fürbach
Umschlag- und Innenabbildung:
Hadi Marashi
Umschlaggestaltung, Layout & Satz:
novum Verlag
Autorenfoto: Ali Marashi

www.novumverlag.com

Nähme ich Flügel der Morgenröte und bliebe am äußersten
Meer, so würde auch dort deine
Hand mich führen und deine Rechte mich halten
– Psalm 139, 9-10 –

اگر بر بال سرخ سحر از مشرق

تا دریای مغرب پرواز کنم,

میدانم که دست حقیقی تو

مرا هدایت و یاری خواهد کرد

In liebevollem und dankbarem Gedenken an Isolde Nees, Autorin aus Darmstadt, die mich zu diesem Buch inspirierte. Auf den Flügeln ihrer Morgenröte hat sie uns im Januar 2022 für immer verlassen.

Sieglinde Maraschi

Wie auf Flügeln der Morgenröte

Ich lebte im Iran, dem Heimatland meiner Kinder

Für meine Kinder

Manche Namen der in diesem Buch handelnden Personen wurden auf deren Wunsch und aus Datenschutzgründen geändert.

Die Schreibweise der persischen Namen und Wörter ist größtenteils der deutschen Aussprache angepasst. Die im Text kursiv geschriebenen Begriffe sind im Glossar alphabetisch angeordnet erklärt.

Lesetechnische Hilfe

â wie französischer accent circonflexe, ein dunkles „a"
dj wie „dsch"
tj wie „tsch"
gh wird in der Kehle ausgesprochen, klingt wie „g" und französisches „r", zusammen ausgesprochen
z wie weiches „s"

DANKSAGUNG

Ich danke meiner Familie und allen Freunden, die mich begleitet und motiviert haben, dieses Buch zu verwirklichen. Ohne ihre Liebe und ihren unerschütterlichen Glauben ans Gelingen wäre es nie entstanden.

Ein extra Dank geht an Hadi, meinen Fels in der Brandung und Retter in der Not. Ohne ihn würde das Buch nicht mehr existieren. Er war in Rund-um-die-Uhr-Notrufbereitschaft, um zu retten, was noch zu retten ging, wenn ich wieder einmal aus Versehen das Speicherprogramm ausgeschaltet hatte und die Dateien verschwunden oder sogar gelöscht waren.

Besonders bedanken möchte ich mich bei Dr. Ninja Roth, die mich als Lektorin während der Entstehungszeit des Manuskripts begleitete. Mit unendlicher Geduld glich sie meine Unerfahrenheit am Computer aus und machte mir Mut, tiefer in meine Emotionen zu gehen und darüber zu schreiben. Mit viel Toleranz für meinen ungewöhnlichen und oftmals blumigen Schreibstil, der ein Vermächtnis aus der Zeit im Iran ist.

PROLOG

Geschrieben habe ich dieses Buch,
   um meinen Kindern und all meinen Lieben Einblick zu gewähren in ein verlorengegangenes Paradies. Und auch, damit sie verstehen können, warum ich gehen musste, obwohl ich lieber bei ihnen geblieben wäre;
   als eine Hommage an meine große, liebenswerte Familie im Iran, die mich herzlich aufgenommen hat und mich wertschätzte als eine der ihren, und dies immer noch tut, obwohl lange Jahre der Trennung zwischen uns liegen. Von ihnen lernte ich, Schwierigkeiten im Leben mit einer auf Gottvertrauen beruhenden Leichtigkeit und Gelassenheit anzunehmen und zu bestehen;
   ebenso als eine Hommage an alle Menschen im Iran, die tief in ihrer Religion und den Traditionen einer hohen, Jahrtausende alten Kultur verwurzelt sind, und diese als wertvoll erachten und pflegen. Auch die einfachsten Menschen tragen die Würde und den Reichtum dieses Erbguts in sich, sodass sie im Einklang mit ihrem Glauben und den Traditionen leben. Wenn ihnen Unrecht geschieht, gegen das sie machtlos sind, üben sie keine Vergeltung, sondern überlassen die Verursacher des Unrechts der Gerechtigkeit Gottes. So bewahren sie sich ihren Seelenfrieden. Was weltweit im Namen Allahs geschieht, hat nichts mit dem Glauben und der Kultur dieser Menschen gemein;
   in Dankbarkeit an meinen Schwiegervater, der mir ermöglichte, relativ frei von Konventionen und Dogmen meine religiöse innere Heimat im Iran zu finden, weder als Christin noch als Muslimin, sondern als Gottvertrauende in einer uralten Tradition, Kultur und Atmosphäre. Obwohl ich ihn nur vier Jahre erleben durfte, verdanke ich ihm die vielen glücklichen Jahre mit meinem Mann und den Kindern, in der Geborgenheit einer Großfamilie;
   um Mut zu machen, auf die innere Stimme zu hören, die ein Schrei unserer Seele sein kann. Mut, im Vertrauen, dass wir geführt sind, dem Seelenplan zu folgen, auch wenn dieser anders und

schmerzhafter sein mag als der eigene Lebensplan mit all unseren Träumen, Wünschen und Hoffnungen. Und den Mut, sich zu wehren, wenn die Seele unter Fremdbestimmung leidet.

Ich habe mich noch einmal auf mein Leben im Iran eingelassen und bin den bereits zurückgelegten Weg wiedergegangen. Ich konnte ihn getrost gehen, denn was geschehen würde, war schon längst geschehen. Dieses Mal war ich am Wegesrand meine eigene Beobachterin. Es war ein anderer Blickwinkel, und ich konnte Einzelheiten klarer und im Zusammenhang mit anderen Ereignissen besser erkennen. Ab und an habe ich meinen Beobachterposten verlassen und war wieder mitten im Geschehen, und ich habe die jeweilige Freude, aber auch den Schmerz einer Situation, unmittelbar wieder erlebt. Manchmal kam ein neuer Schmerz dazu, und manche Freude habe ich intensiver erleben können.

Es ist meine eigene Geschichte, so wie ich sie in Erinnerung habe. Viele Traditionen, Rituale und Gewohnheiten werden abweichen von denen, wie sie in anderen Regionen oder anderen Familien zelebriert werden. Auch die politischen Ereignisse, wie den Umbruch, den Sturz des *Schah*s, die darauffolgende Islamische Revolution und den achtjährigen Krieg mit dem Irak, habe ich so beschrieben, wie ich sie wahrgenommen und erlebt habe. Das kann von historischen Fakten abweichen.

Ich freue mich, dass Sie den Weg ins Land der Morgenröte mit mir gehen wollen. Lassen Sie sich verzaubern von dem Mythos von 1001 Nacht und fühlen Sie sich willkommen und eingebettet in die Gastfreundschaft und in die Liebenswürdigkeit der Menschen. Dann werden auch die schlimmen und schweren Zeiten, durch die Sie mich begleiten, Ihnen so manches Lächeln abgewinnen.

Sieglinde Maraschi

GLÜCKLICHE JAHRE

Alles, was geschieht und uns zustößt, hat seinen Sinn,
doch es ist oft schwierig, ihn zu erkennen. Auch im Buch
des Lebens hat jedes Blatt zwei Seiten: Die eine schreiben wir
Menschen selber mit unserem Planen, Wünschen,
Hoffen, aber die andere füllt die Vorsehung, und
was sie anordnet, ist selten so unser Ziel gewesen.

– Nezami –

– 1 –

Es war mein erster Flug, damals, Mitte Juli 1968. Ich sitze mit meinem fünf Monate alten Sohn, Reza, in einer Boeing 733 der Iran Air, Richtung *Teheran*. Die graue Nebeldecke, durch die wir seit unserem Abflug von Frankfurt fliegen, verdichtet meine Flugangst noch mehr. Zweifel kommen auf, ob es die richtige Entscheidung war, ohne meinen Mann, der noch zwei Klausuren schreiben muss, in den Iran zu fliegen. Sein letzter unverheirateter Bruder hatte uns zu seiner Hochzeit eingeladen, und mein Mann sah das für mich als gute Gelegenheit, seine große Familie kennenzulernen.

Meine Gedanken überschlagen sich: „Was wird mich dort erwarten? Was ist, wenn ich mich in der mir fremden Familie nicht wohlfühle oder sie mich nicht akzeptieren? Darf ich meinem Kind, das einen strukturierten Tagesablauf gewohnt ist, diese plötzliche Veränderung zumuten? Was soll ich tun, wenn es krank wird?" Allein der Gedanke, dass Reza etwas zustoßen könnte, steigert meine Angst ins Unermessliche. Mein Körper fühlt sich an, als wäre er in eine Schraubzwinge gespannt, steif und handlungsunfähig. Mit tränenverschleierten Augen schaue ich auf mein Kind, das entspannt in meinen Armen schläft. Die Wärme seines zarten Körpers und das gleichmäßige, kaum sichtbare und doch spürbare Heben und Senken seiner Bauchdecke beim Atmen wirken beruhigend auf mich. Ich merke, wie meine Anspannung allmählich abfällt und meine Atmung ruhiger wird, bis sie im Einklang ist mit den Atemzügen meines Kindes.

Im selben Moment durchbricht das Flugzeug die Wolkendecke. Der Anblick, der sich mir bietet, ist überwältigend: Licht und Sonne, soweit das Auge reicht! Die Wolken wirken nicht mehr grau und bedrohlich, sondern liegen wie eine weiße und flauschige Schneedecke unter mir und reflektieren das Sonnenlicht. Durch meine Tränen erscheint es in vielen Farben und Facetten und glitzert wie Diamanten. Die unendlich scheinende Weite, wie ich sie von der

Luke aus sehen kann, lässt mich ahnen, wie unvorstellbar und unermesslich groß das Universum sein muss. Und auch, wie klein und unscheinbar ich bin, eines von Milliarden Teilchen eines winzigen Staubkorns. Und dennoch wahrgenommen und auf meinem Weg, den ich begonnen habe, geführt und beschützt.
Reza ist wach geworden und lächelt mich an. Zärtlich und dankbar drücke ich ihn an mich und eine Liebe, die größer und stärker ist als alles bisher Erlebte, durchströmt jede einzelne Zelle meines Körpers, bis kein Raum mehr bleibt für meine Zweifel. Ich weiß, dass ich auf Gott vertrauen darf und bin bereit, meinen Weg zu gehen.

– 2 –

Angefangen hatte dieser Weg eineinhalb Jahre zuvor bei einer Faschingsfeier. Ich bereitete mich damals auf das große Staatsexamen als Krankenschwester vor. Während meiner Ausbildungszeit träumte ich davon, nach Kalkutta zu fliegen, um Mutter Theresa zu unterstützen, die sich dort in selbstloser Liebe um die Ärmsten der Armen kümmerte. Ich träumte davon, dass Gott mit mir Großes vorhatte und wollte die Welt verändern, indem ich die Liebe, von der ich lebte, an andere weitergab. Ein Mann und vielleicht sogar ein Moslem, wie er mir dann begegnen und all meine Pläne zunichtemachen sollte, hatte eigentlich keinen Platz in meinem Leben. Dass ich mich dann doch verliebte und diesen Mann auch noch heiratete, war für meine Familie, wie auch für Freunde und Bekannte, die Sensation schlechthin. Für mich war es eine wichtige Erfahrung, dass alles Planen umsonst ist, weil unser Plan, ich nenne ihn Seelenplan, schon lange steht.
Der Mann, der meine Pläne durcheinanderbringen sollte, brachte erst einmal mich durcheinander. Das kam so: Der Herbergsvater eines evangelischen Studentenwohnheims hatte bei unserer Oberin angefragt, ob eine Gruppe Schülerinnen zu einer vorgezogenen Faschingsfeier seiner fünfzehn Studenten kommen könnte. Ich erholte mich gerade von einer kleinen Nasenoperation und verbrachte die meiste Zeit in meinem Zimmer. Deshalb bekam ich von der Aufregung und Vorfreude meiner Mitschülerinnen nicht sonderlich viel

mit, bis Esther und Gudrun, die mit mir die Ausbildung machten, wenige Stunden vor der Feier bei mir auftauchten und mich bedrängten, zu dieser Party mitzukommen.

„Wir sind erst elf Mädchen, die zugesagt haben. Die anderen müssen am Wochenende arbeiten und dürfen nicht mitkommen, aber du hast doch frei", versuchte Gudrun mich dafür zu begeistern.

„Und außerdem wird es dir guttun, hier rauszukommen, du bist ja nur noch mit deiner Arbeit und deinen Büchern beschäftigt", fügte Esther ein wenig vorwurfsvoll hinzu, „und stell dir vor, wir müssen erst um Mitternacht wieder hier sein!" Ich erinnerte sie daran, dass ich an diesem Tag noch krankgeschrieben war und nicht einfach feiern gehen konnte und bekräftigte meinen Einwand mit dem Kommentar:

„Und ganz ehrlich, ich habe mit Fasching nichts am Hut. Beim letzten Mal, als ich zum Fasching gegangen bin, war ich acht Jahre alt und als Braut verkleidet."

„Oh, dann machen wir das doch wieder!" Esther ließ sich nicht beirren und ignorierte meinen Hinweis auf meine Krankschreibung. Sie hatte auch gleich eine Idee für mein Kostüm: Aus einem weißen Bettlaken wollte sie schnell ein Brautkleid nähen. Doch mein heftiger Protest bremste sie in ihrer Begeisterung. Sie sah schließlich ein, dass das keine gute Idee war. Die Vorstellung, wie ich damit wohl ausgesehen hätte, eher als Geist, denn als Braut, beides gleich schlimm, löste eine Kettenreaktion von Lachanfällen bei uns allen aus. Mit dem Ergebnis, dass wir uns ernsthaft überlegten, wie wir den Studenten einen Streich spielen könnten.

Irgendwie schafften es die beiden doch noch, mich zum Mitkommen zu überreden. Die Oberin hatte keine Einwände und bat mich nur, gut auf mich aufzupassen. Esther zauberte von irgendwoher ein blau-rotes, glänzendes Minikleid mit Doppelrüschen und dazu passende blaue Strumpfhosen, und Gudrun verwandelte meine schulterlangen Haare mithilfe von Drähten in zwei waagerecht abstehende Zöpfe mit Schleifen. Innerhalb kurzer Zeit war aus einer angehenden Krankenschwester, die große Ziele vor sich hatte, wieder ein Teenager geworden, der die jungen Männer ärgern wollte.

Esther hatte die meisten und lustigsten Vorschläge für Streiche. Sie schubste uns mit ihren Ideen in eine ausgelassene Heiterkeit, die uns dermaßen aufputschte, dass wir völlig überdreht und kichernd im Wohnheim ankamen. Wahrscheinlich wollten wir damit unsere steigende Nervosität verbergen.

Unser Plan, den jungen Männern einen Streich zu spielen, löste sich in dem Moment in Luft auf, als wir ihnen gegenüberstanden und die gegenseitige Begutachtung begann. Ein plötzlicher Stromausfall unterbrach uns dabei. Anscheinend geschah das öfter, denn im Nu brannten viele Kerzen. Gudrun entdeckte eine freie Sitzgruppe in einer Ecke des Saals. Dorthin verzogen wir uns, um das Treiben um uns herum zu beobachten. Das Kerzenlicht schuf eine angenehmere Atmosphäre als zuvor das grelle, die Farben wechselnde Scheinwerferlicht. Wir staunten über Esther, die schon einige Studenten um sich versammelt hatte und diese mit ihrer unbekümmerten, humorvollen Art im dicksten schwäbischen Dialekt unterhielt. Besonders einer unter den Studenten schien ihr zu gefallen, denn sie schäkerte mit ihm und himmelte ihn an. Und das mit einem Augenaufschlag, der filmreif war. So kannten wir Esther nicht und wir fragten uns, wo sie das wohl gelernt hatte.

„Bestimmt nicht von ihrer Mutter!" Gudruns flapsige Bemerkung verursachte bei uns erneut eine Reihe von Lachanfällen, denn Esthers Mutter war eine ehrwürdige Missionarsgattin.

„Wer bist du denn?", unterbrach eine angenehme männliche Stimme unser Lachen. Vor uns stand ein hochgewachsener junger Mann in einem glitzernden, weiten Gewand. Um den Kopf hatte er einen Turban geschlungen, der von einem mehrfarbigen Glasstein zusammengehalten wurde. Trotz der spärlichen Beleuchtung konnte ich sehen, dass er wunderschöne, große, dunkle Augen mit langen Wimpern hatte, die mich belustigt anschauten. Ich war wie in seinem Bann gefangen und starrte ihn an und war nicht fähig, ihm zu antworten.

Was in jenen Sekunden in mir ablief, ist schwer zu beschreiben. Ich weiß nur noch, dass es in meinem Kopf klingelte, als wäre ein Glöckchen vom Wind erfasst worden. Und es war mir, als ob ich eine Stimme hörte, die mir sagte, dass dies der Mann sei, den ich heiraten würde. Woher diese Stimme kam, weiß ich bis heute nicht, aber sie war da. *Ich war irritiert und fragte mich, warum so plötzlich und aus dem Nichts heraus das Thema Heiraten in meinem Kopf herumspukte. Ich versuchte mir einzureden, dass diese Gedanken wohl Nachwirkungen der Narkose sein mussten. Ja, ich war mir sicher, dass ich mir die Stimme nur eingebildet hatte. Niemand hatte gesprochen, sie war nur in meinem Kopf.*

Die jäh aufleuchtenden Scheinwerfer holten mich in die Realität zurück. Ich hatte dem Märchenprinzen keine Antwort gegeben und schaute ihm verwundert nach, als er sich wieder unter die anderen Studenten mischte.

Der Abend begann mit einer Vorstellungsrunde und direkt danach war Damenwahl für den ersten Tanz. Da die Männer in der Überzahl waren, gab es keine Möglichkeit, mich davor zu drücken. Kurzentschlossen ging ich auf den schmächtigsten und kleinsten Studenten zu und bat ihn um den ersten Tanz. Er entpuppte sich als hervorragender Tänzer. Beim ersten Tanz, einem Rock'n'Roll, führte er so gut, dass ich in seinem Tempo mithalten konnte. Ich ließ mich herumwirbeln, als ob meine Gelenke und Knochen aus Gummi wären. Wir tanzten im Laufe des Abends noch öfter miteinander.

Mit dem orientalischen Prinzen tanzte ich bei dieser Feier nicht. Ich versuchte, ihm aus dem Weg zu gehen, denn ich sah in ihm eine Art Widersacher, der meinen Lebensplan durcheinanderbringen wollte. Dabei ahnte ich nicht, dass dieser Mann längst Teil meines Seelenplans war und ich mich meinem Schicksal nicht würde entziehen können. Dennoch ertappte ich mich dabei, wie meine Augen ihn suchten und wie enttäuscht ich war, dass er kein Interesse an mir zeigte. Unter der wachsamen Aufsicht der Herbergseltern verlief der Abend sittsam und in fröhlicher Stimmung und verging viel zu schnell. Kurz vor Mitternacht begleiteten uns die Studenten zum Wohnheim zurück, wo die Oberin uns schon erwartete.

Wegen der anstehenden Prüfungen war ich in den folgenden Tagen abgelenkt und hatte keine Zeit, mich in Tagträumen über den unbekannten Fremden zu verlieren. Der Abend der Faschingsfeier rückte immer mehr in den Hintergrund meiner Gedankenwelt. Langsam verblasste auch die Erinnerung an den Prinzen zunehmend. Ich war überzeugt, dass meine Wahrnehmungen, das Glöckchen und die Stimme, tatsächlich Folgen der Narkose gewesen sein mussten. Dennoch blieb eine innere Unruhe, die ich nicht so recht einzuordnen wusste.

Drei Wochen später bat Gudrun mich um Hilfe. Anlässlich eines Jubiläums unserer Kirchengemeinde sollte ich bei einem Flötenspiel für eine Freundin einspringen, die kurzfristig abgesagt hatte. Ich freute mich, dass Gudrun dabei an mich gedacht hatte, denn Musik war für mich ein Weg, mit dem Universum im Einklang zu sein. Wir benötigten nur einen kurzen Probedurchlauf am Abend vor der Feier. Unsere Aufführung verlief reibungslos und emotional, und der Beifall war entsprechend groß. Nach dem offiziellen Teil der Feier gab es, wie das so üblich ist, Kaffee und Kuchen. Ich war gerade dabei, Zucker in meinen Kaffee zu geben, als jemand sich vor mir verbeugte und fragte:

„Kennen wir uns nicht?" An den Augen erkannte ich ihn: Es war der Prinz von der Faschingsfeier. Und wieder fühlte es sich an, als ob ich in seinen Bann gezogen würde. Wieder fühlte ich mich wie gelähmt. Aus dem Zuckerstreuer rieselte und rieselte es, ohne dass ich es bemerkte. Mit Erstaunen stellte ich fest, dass er auch ohne Faschingskostüm orientalisch aussah, und dass sein Akzent anscheinend echt war und nichts mit seiner Verkleidung zu tun hatte. Ich erinnerte mich wieder an diese Stimme, die mir bei unserer ersten Begegnung eingeflüstert hatte, dass dies der Mann sei, den ich heiraten würde. War ich damals irritiert, so fragte ich mich bei dieser zweiten Begegnung, ob ich dabei war, den Verstand zu verlieren. Wie konnte ich nur auf diese verrückte Idee kommen, dass ich einen Ausländer heiraten würde, der unschwer als solcher zu erkennen war? Außerdem vermutete ich, dass er Moslem war und somit eine gemeinsame Zukunft undenkbar schien.

Meine Kaffeetasse war inzwischen fast gefüllt mit Zucker und der Kaffee lief über den Tisch. Erst als Gudrun, die neben mir saß, mich energisch anschubste und mir den Zuckerstreuer aus der Hand nahm, holte mich die Realität abrupt wieder ein.

Nachdem alles in Ordnung gebracht war, konnte ich den Verursacher dieses Missgeschickes nirgendwo mehr entdecken. So plötzlich, wie er vor mir stand, war er auch wieder verschwunden. Die Begegnung hatte Spuren in mir hinterlassen. Auf dem Heimweg mit Gudrun war ich schweigsam und nachdenklich. Es beunruhigte mich, dass dieser Typ mich dermaßen aus der Fassung bringen konnte, dass ich sogar die Kontrolle über mich und meine Gedanken verlor. Wie konnte ich daran denken, ihn zu heiraten? Ich hatte doch andere, edlere Pläne! Zudem lag es außerhalb meiner Vorstellungskraft, mit einem andersgläubigen Menschen mein Leben zu verbringen. In welchem Glauben sollten wir unsere Kinder erziehen? Ich erwog, dass er vielleicht gar kein Moslem war. Schließlich wohnte er in einem evangelischen Studentenwohnheim. Und er war auch bei der Feier der Kirchengemeinde dabei. Ich musste mir eingestehen, dass ich mir wünschte, er wäre Christ.

In den folgenden Tagen dachte ich sehr oft an den Mann mit dem Turban. Ich ärgerte mich über mich selbst, dass ich mich verleiten ließ und zumindest in Gedanken dabei war, meine Träume wie Seifenblasen zerplatzen zu lassen. Das durfte nicht geschehen! Ich musste versuchen, ihn zu vergessen. Doch es sollte schon bald eine dritte, auch nicht geplante, Begegnung geben. Wieder war es Gudrun, die eingeladen hatte. Sie wollte im kleinen Freundeskreis Dias von unserem gemeinsamen Frankreichurlaub zeigen. Da im Schwesternwohnheim Männerbesuch verboten war, hatte ihr bester Freund Christoph angeboten, dass wir uns bei ihm treffen. Er hatte uns gefragt, ob er einen Freund dazu einladen durfte. Wir hatten nichts dagegen einzuwenden, zumal der Freund uns allerlei Köstlichkeiten und Gerichte aus seinem Heimatland mitbringen wollte. Wir ergänzten die Runde mit Esther und Saskia. Esther brachte ihren Schönling Rüdiger von der Faschingsfeier mit. Die beiden hatten sich ineinander verliebt und waren seitdem unzertrennlich.

Bei der Begrüßung stellte Christoph uns seine Schwester und seinen persischen Freund Hesam vor. Ich konnte es nicht glauben: Vor mir stand zum dritten Mal der Mann, den ich vergessen wollte. Ich fragte mich, wie das sein konnte, und ob er mich vielleicht verfolgte. Doch er schien genauso überrascht zu sein wie ich. Mein nächster spontaner Gedanke war, die Flucht zu ergreifen und nach Hause zu gehen. Doch was sollte ich als Grund angeben? Ich verwarf den Gedanken wieder und nahm mir vor, ihm ganz normal und höflich zu begegnen. Nur in die Augen durfte ich ihm nicht schauen, um nicht wieder in seinen Bann zu geraten. Zum Glück fiel mir das vorerst nicht schwer, denn Hesam wollte gleich zu Beginn das Essen servieren und verschwand in der Küche. Gudrun schaute mich kritisch an:

„Das war doch eben der Typ vom Gemeindefest, verschweigst du mir etwas? Habt ihr euch hier verabredet?" Sie schien sichtlich enttäuscht. Einige Tage zuvor hatten wir über diesen Mann gesprochen, weil sie gemerkt hatte, dass irgendetwas mit mir nicht stimmte. Wir waren zu dem Ergebnis gekommen, dass er kein geeigneter Mann für mich war. Obwohl ich selbst nicht mehr an Zufall glaubte, versicherte ich ihr, dass ich rein zufällig wieder in diese Situation geraten war. Gudrun wich an diesem Abend nicht von meiner Seite.

In der Küche hatten viele mitgeholfen und auf dem Küchentisch ein Buffet angerichtet. Wenn das Essen so gut schmeckte, wie es aussah und duftete, versprach es, wie Rüdiger folgerte, ein kulinarischer Hochgenuss zu werden. Es schmeckte allen gut und Hesam erhielt viel Lob.

Nach dem Essen übernahmen Esther und Rüdiger freiwillig den Küchendienst. Saskia und Christoph bereiteten gemeinsam die Gerätschaften für die Diaschau vor. Gudrun und ich übten ein neues Lied mit der Gitarre, und Hesam gesellte sich zu uns. Gudrun fragte ihn, wo er so gut kochen gelernt hatte. Wir erfuhren, dass er im Süden Irans aufgewachsen und fünf Jahre zuvor nach Deutschland gekommen war, um Maschinenbau zu studieren, inzwischen im sechsten Semester. Kochen gelernt hatte er bei seiner älteren Schwester, die ihn auf Deutschland und das Studentenleben vorbereitet hatte. Er erzählte uns von seiner Familie und, dass er der jüngste von zehn Brüdern und zwei Schwestern war. Er betonte, dass seine Geschwister und er alle dieselben Eltern hatten. Er sprach sehr liebevoll von seiner Familie und seine Stimme klang traurig, als er hinzufügte, dass er sie seit fünf Jahren nicht mehr gesehen hatte. Ich schloss daraus, dass ihm seine Familie viel bedeutete.

Mein Berührtsein blieb Gudrun nicht verborgen. Sie kannte mein großes, mitfühlendes Herz und unterbrach unsere Unterhaltung, indem sie Lieder auf der Gitarre anstimmte und dazu sang. So, als ob sie mich von diesem „Exoten", wie sie ihn nannte, ablenken wollte. Hesam versuchte mitzusingen. Mit seiner angenehmen, tiefen Bassstimme wäre er in jedem Chor willkommen gewesen, hätte er die Töne getroffen! Er sang entsetzlich falsch. Gudrun verließ uns kurz, um Tee und ihren selbstgebackenen Kuchen zu holen. Ich blieb mit Hesam allein zurück. Schon bei der Begrüßung hatte ich gemerkt, dass an ihm etwas anders war, ich konnte allerdings nicht benennen, was es war. Deshalb fragte ich ihn direkt, ob er an seinem Aussehen etwas geändert hatte. Anstelle einer Antwort nahm er seine Brille ab und lächelte mich an. Das war es, was anders war. Die Brille ließ die Augen viel kleiner erscheinen, als ich sie, ohne Brille, in Erinnerung hatte. Ich konnte sehen, dass er sich der Wirkung dieses Anblicks vollkommen bewusst war und die Situation sichtlich genoss. Er hatte wirklich wunderschöne Augen mit für einen Mann ungewöhnlich langen und dichten Wimpern. Die flache Stirn bildete unter den buschigen Augenbrauen zwei Wülste, welche die Augen noch markanter zur Geltung brachten.

Zurückblickend glaube ich, dass das der Moment war, als ich mich in ihn verliebte und sich unsere Herzen begegneten. Es war auch der Moment, als mein Lebensplan wie eine Seifenblase zerplatzte und sich alle meine bisherigen Träume in Luft auflösten. Heute weiß ich, dass es der Moment war, in dem mein Seelenplan die Führung übernahm.

Da ich nicht mehr in seinen Bann geraten war, konnte ich den Rest des Abends beruhigt genießen. Als Hesam beim Abschied schüchtern sagte, dass er hoffe, mich bald wiederzusehen, hätte ich dennoch am liebsten gleich einen Termin dafür ausgemacht. Doch ich war noch nicht bereit, mir einzugestehen, dass ich mich Hals über Kopf verliebt hatte.

Die folgenden Tage versuchte ich, die Gedanken an ihn zu verdrängen, indem ich noch mehr lernte. Es gelang mir jedoch nicht, mich auf die Inhalte meiner Lehrbücher zu konzentrieren. Er hatte sich in mein Leben eingeschlichen und ich konnte nichts dagegen tun. Einige Tage später kam ein Anruf von Christoph. Nach wenigen einleitenden Worten kam er bald auf den Grund seines Anrufs zu sprechen:

„Du hast doch meinen Freund kennengelernt, den Hesam. Der Arme ist von seiner Freundin versetzt worden." Seine Worte trafen mich unerwartet heftig. Hesam, eine Freundin? An diese Möglichkeit hatte ich überhaupt nicht gedacht. Ein bisher unbekanntes Gefühl nagte an mir und versetzte mich in eine Art Abwehrhaltung.

„Und was geht mich das an?", fragte ich deshalb ziemlich schroff. Daraufhin erklärte mir Christoph, dass die persischen Studenten am kommenden Samstag ihr Frühlings- und zugleich Neujahrsfest, *Noruz*, feierten und Hesam sich freuen würde, wenn ich als seine Begleitung mitkäme. Christoph und Saskia waren auch eingeladen. Die beiden hatten sich an unserem Diaabend ineinander verliebt. Innerlich jubelte ich, doch natürlich wollte ich mir das nicht anmerken lassen.

„Und warum kann er mich das nicht selbst fragen? Und überhaupt, was bildet er sich ein? Glaubt er wirklich, dass ich als Ersatz für seine Freundin einspringe?", antwortete ich empört.

Christoph versuchte, die Situation zu retten:

„Ich hätte dir von der Freundin nichts sagen dürfen. Wenn Hesam hört, dass ich daran schuld bin, dass du deswegen nicht mitkommst, gibt es Ärger."

„Das ist ja wohl euer und nicht mein Problem!", erwiderte ich patzig. „Seine Freundin wird schon wissen, warum sie ihn verlassen hat. Er ist ein Feigling! Du kannst ihm das ruhig so weitergeben!" Während ich den Hörer auflegte, tat es mir schon leid. Da wünschte ich mir nichts sehnlicher als ihn wiederzusehen, und bei der ersten Gelegenheit vermasselte ich alles durch meinen Stolz. Ich war überzeugt, dass ich ihn nie mehr wiedersehen würde und war todunglücklich.

Zu meiner Überraschung rief Hesam am selben Abend noch an, um sich zu entschuldigen, dass er Christoph als Vermittler eingeschaltet hatte. Ihm hatte der Mut gefehlt, selbst anzurufen, weil er befürchtete, eine Absage zu erhalten, gestand er mir. Er deutete an, dass er sich schon bei unserer ersten Begegnung in das Mädchen mit den abstehenden Zöpfen verliebt hatte, sich aber nicht traute, mit mir zu tanzen, weil er dachte, ich wäre erst fünfzehn und minderjährig. Im Laufe des drei Stunden dauernden Gesprächs erzählte ich ihm von meinen Plänen und davon, wie ich mir mein Leben vorstellte. Ich ließ durchblicken, dass ich keine Absichten hegte, eine Beziehung einzugehen oder gar zu heiraten. Das Glöckchen und die Stimme verschwieg ich ihm. Mein einziges Zugeständnis war, dass ich ihn wissen ließ, wie sehr ich mich über seinen Anruf und die Einladung freute.

Der Neujahrsempfang war einige Tage später, am 24. März. Seit unserem ersten Treffen im Studentenwohnheim waren fast zwei Monate vergangen. Die Zeit bis zum Wiedersehen erschien mir endlos lang, obwohl wir täglich miteinander telefonierten. Zum ersten Mal in meinem Leben war ich richtig verliebt. Es fühlte sich anders an als die Schwärmereien meiner Jugendzeit. Ich war keines klaren Gedankens mehr fähig, denn meine Gefühle schlugen Purzelbäume. Hesam holte mich zum verabredeten Zeitpunkt ab. Er musste unten vor dem Wohnheim warten. Die Begrüßung verlief deshalb sehr verhalten: eine kurze Umarmung und zaghafte Küsschen auf die Wangen. Wir vermieden es, uns anzuschauen, weil wir beide nicht so recht wussten, wie wir mit unseren gerade erwachten Gefühlen umgehen sollten.

Die Feier war in einem großen Saal in der Innenstadt, nur wenige Fußminuten vom Wohnheim entfernt. Als wir uns der Veranstaltung näherten, konnte ich beobachten, wie teure Autos vorfuhren. Wunderschöne Frauen in aufwändigen Abendroben und Männer in perfekt sitzenden Anzügen stiegen aus und gingen Richtung Eingang. Nein, die Frauen gingen nicht, sie schwebten. Ihre Bewegungen wirkten auf mich anmutig, grazil und zerbrechlich, trotz des starken Selbstbewusstseins, das sie ausstrahlten. Ich war stehengeblieben, um zu sehen, was noch geschehen würde. Hesam drängte, dass wir weitergingen.

„Die sind fast alle Abgesandte des *Schah*s. Nicht einmal an unserem Neujahrsfest lassen sie uns in Ruhe, überall ist der Geheimdienst des *Schahs*, die *Savak*, gegenwärtig!" Seine Stimme hatte einen bitteren Unterton. Im Flüsterton sprach er weiter: „Sie schicken ihre Leute, damit die Studenten bei den Ansprachen nichts gegen den *Schah* sagen. Tun sie es dennoch, werden sie, falls man ihre Identität feststellen kann, bei der nächsten Einreise in den Iran an der Passkontrolle festgenommen und in Gefängnissen gefoltert. Oft bleiben sie für immer verschwunden. Schon im Eingang haben diese Menschenverächter und Götzenanbeter ihre versteckten Kameras platziert. Schau bitte nach unten, wenn wir in der Eingangshalle sind, damit sie uns nicht fotografieren können." Ich war irritiert und bezweifelte, ob das, was er mir zuflüsterte, alles so stimmt. Als ein in Freiheit aufgewachsener junger Mensch konnte ich mir das nicht vorstellen. Dennoch schaute ich nach unten, so wie Hesam es mir geraten hatte.

Aus dem Festsaal klang uns persische Musik entgegen. Als man uns nach der Kartenkontrolle die Tür zum Saal öffnete, erschloss sich mir eine andere Welt. Fasziniert nahm ich diesen ersten Eindruck persischer Kultur in mir auf. Ein mehr als hundertfaches Stimmengewirr rollte über uns hinweg, das so dicht war, dass ich es als Rauschen wahrnahm. Auf einer Bühne und überall im Saal tanzten junge Menschen in Unbekümmertheit und mit Anmut zur Live-Musik einer persischen Band. Der Saal war festlich geschmückt und die Gäste saßen an großen, runden Tischen. Einige standen zu unserer Begrüßung auf und mir völlig fremde Menschen überschütteten uns mit Worten und Wangenküssen. Zum ersten Mal hörte ich Persisch. Die Sprachmelodie und der Klang erinnerten mich sehr an die französische Sprache. Die Atmosphäre war geprägt von einer wohltuenden Heiterkeit, und die Luft vibrierte bei so viel fröhlicher Lebendigkeit. Saskia und Christoph hatten für uns zwei Plätze an ihrem Tisch reserviert. Ich war froh, mich durch ihre Anwesenheit nicht ganz so fremd zu fühlen.

Von den vielen Ansprachen verstand ich nichts. Hesam meinte, dass die Redner sehr geschickt politische Themen miteingebracht, aber der *Savak* keinen konkreten Anlass zum späteren Eingreifen gegeben hatten. Auch die Parolen zwischendurch waren so formuliert, dass sie juristisch gesehen nicht anfechtbar waren. Trotz der beklemmenden Informationen über den iranischen Geheimdienst und dem Gefühl, unter ständiger Beobachtung zu stehen, wurde es ein zauberhafter Abend. Besonders, weil ich verliebt war und dazu noch den Hauptpreis einer Tombola gewann.

Unsere nummerierten Eintrittskarten waren gleichzeitig Lose für eine Tombola. Mithilfe der Losnummern wurden zwei Personen ermittelt, die Fragen über den Iran beantworten sollten. Der Hauptpreis dieses Fragespiels war eine echte *Hamadan*-Brücke. Wie es der Zufall oder das Schicksal wollte, war ich eine der beiden Personen. Während meiner Schulzeit hatte ich ein Referat über den Iran und ein anderes über den Islam gehalten. Mit dem dafür erarbeiteten Wissen und etwas Glück gewann ich den Hauptpreis. Mein Gegenkandidat war ein Iraner. Nach der Feier rief ich meine Mutter an:

„Stell dir vor, ich habe einen echten Perser gewonnen!" Hesam stand neben mir, die Brücke wie ein Händler geschickt über seine linke Schulter drapiert. Den freien Arm hatte er um mich gelegt. Es war die größte körperliche Nähe, die wir bisher zugelassen hatten. Für mich war es ein unbeschreibliches, noch nie erlebtes Gefühl, auch die Schmetterlinge im Bauch flatterten. Hesams Ergänzung, die er laut in den Telefonhörer rief: „Sie hat zwei Perser gewonnen!", machte mich unendlich glücklich. Bei meiner Mutter verursachte sie wahrscheinlich vorerst einmal schlaflose Nächte.

Die nächsten Wochen waren wir fast jede Stunde unserer gemeinsamen freien Zeit zusammen. Meistens fuhren wir irgendwohin und machten ein Picknick, obwohl es noch sehr kalt war. Wenn es regnete, bummelten wir Händchen haltend durch die Kaufhäuser. Aus der anfänglichen Verliebtheit wurde innerhalb kurzer Zeit Liebe. Ich merkte es daran, dass ich mir ein Leben ohne diesen Mann nicht mehr vorstellen konnte. Seine vornehme Zurückhaltung, seine Achtung meiner Wünsche, sein Verständnis und seine Geduld für meine Fragen und seine Zärtlichkeit lösten bei mir ein Gefühl von Geborgenheit und Vertrauen aus.

Dennoch hatte ich auch Bedenken, und zwar sehr viele. Unsere verschiedenen Religionen waren eine Barriere, die wir irgendwie überwinden mussten. Vom ersten Treffen an redeten wir sehr viel über unseren Glauben. Das war ein zentrales Thema, denn bevor wir uns auf eine richtige Beziehung einließen, wollte ich unbedingt wissen, wie wir damit umgehen würden.

Eins dieser Gespräche war besonders wichtig. Ich erinnere mich gut daran und will versuchen, es wortgetreu wiederzugeben.

Hesam fiel es schwer, das christliche Bild von Jesus als Gottes Sohn zu verstehen.

„Jesus ist nicht Gottes Sohn! Ihr lästert Gott, wenn ihr das sagt. Gott hat doch nicht mit Maria geschlafen! Außerdem ist Gott allein Gott, ihr aber habt drei Götter!" Zum ersten Mal erlebte ich Hesam sehr entschieden, fast zornig.

„Das heißt es ja auch nicht", versuchte ich einzulenken. „Du siehst das falsch." Ich erklärte ihm, wie ich die Dreieinigkeit für mich verstanden hatte:

„Gott, Jesus und auch der Heilige Geist sind keine drei Personen. Gott wirkt in uns durch seinen Geist und er zeigt sich uns in Jesus. Gott ist die Liebe, die alles vereint, der Geist und Jesus sind in dieser Liebe. Es ist schwer zu erklären."

„Ja, weil es so nicht sein kann, weil es so nicht ist", entgegnete Hesam trotzig.

„Es ist wie mit Wasser, das auch in verschiedenen Formen auftreten kann, als Wasser, als Dampf oder als Eis. Es ist aber dasselbe, nur in anderer Form. So hat man es mir als Kind erklärt." Da er nachdenklich zu werden schien, fuhr ich fort: „Gottes Geist wirkt in jedem von uns, er ist das Göttliche in uns, ohne das wir eine leere Hülle wären. Und Gott brauchte Jesus, weil er in Menschengestalt unter die Menschen gehen und ihnen seine Liebe und seine Barmherzigkeit zeigen und sie spüren lassen wollte."

„Wenn Gott den Menschen etwas sagen wollte, hat er dies durch die Propheten verkündet. Deshalb ist Jesus ein Prophet, aber kein Sohn Gottes! Er ist einer der fünf großen Propheten im Islam: Noah, Abraham, Moses, Jesus und Mohammad. Sie alle sind von Menschen gezeugt und geboren worden. Wir verehren Jesus sehr. Auch Maria, seine Mutter, ist im Islam ein großes Vorbild für Reinheit, schließlich hatte Gott sie als Mutter eines seiner großen Propheten ausgesucht. Fast in jeder unserer Familien gibt es ein Mädchen, das nach ihr benannt ist."

„Jesus ist mehr als ein Prophet, weil ...", als ob er geahnt hätte, was ich sagen wollte, unterbrach Hesam mich:

„Jesus ist nicht am Kreuz gestorben. Gott braucht keine Blutopfer, um den Menschen zu vergeben! Ihr macht es euch sehr leicht!"

„Das sagst ausgerechnet du? Was ist mit den Millionen von Tieren, die jedes Jahr geopfert werden, wenn in Mekka die große Pilgerreise ist? Wollt ihr bei Gott damit etwas erreichen? Gott lässt sich nicht bestechen. Er hat uns bereits alles geschenkt, bevor wir darum bitten! Warum sollte er von Abraham wollen, dass er seinen Sohn opfert? Das Liebste, das Gott ihm geschenkt hatte? Gott liebt seine Kinder, warum sollte er sie grausam abschlachten lassen? Das war bestimmt nicht Gottes Stimme, die Abraham gehört hat. Die Menschen haben das so weiter überliefert, weil es zur damaligen Zeit in ihren Opfer- und Götzenkult passte." Jetzt musste er doch merken, wie widersprüchlich seine Aussagen waren!

Doch er redete unbeirrt weiter: „Du begehst eine große Sünde, wenn du an Gottes Wort zweifelst, die Hölle ist dir gewiss." Das konnte ich nicht auf mir sitzen lassen und erwiderte:

„Gott ist ein liebender und kein strafender Gott. Er hat uns die Richtlinien für unsere Entscheidungen gegeben, aber auch die Freiheit, selbst zu entscheiden. Egal, wie wir uns entscheiden, Gott wird uns immer lieben. Die Konsequenzen unserer Entscheidungen sind die Erfahrungen, die wir machen und die uns zu dem Menschen machen, für den wir selbst verantwortlich sind." Ich erschrak über meine eigenen Worte, so hatte ich das bisher nicht gesehen. Während ich noch immer fassungslos darüber nachdachte, ob meine Worte ketzerisch waren und woher ich diese „Weisheiten" hatte, schien Hesam davon nicht sonderlich beeindruckt zu sein. Unbeirrt fuhr er fort:

„Es geht darum, dass Abraham Gott so sehr liebte, dass er auf einen Traum hin bereit war, seinen Sohn Ismael zu opfern. Gott hat dieses Opfer aber nicht angenommen. Stattdessen hat er Abraham angewiesen, ein Tier zu opfern. Mit den Tieropfern in Mekka danken wir Gott für seine Barmherzigkeit", argumentierte er sehr geschickt.

„Aber ihr opfert sie! Das ist Götzenkult! Stell dir vor, wie jedes Schlachtopfer in seiner Todesangst kämpft und schreit. Die anderen Opfertiere bekommen diese Todesschreie mit, und schon lange, bevor sie an der Reihe sind, verharren sie in Todesängsten. Das ist doch grausam! Tiere haben auch eine Seele! Das würde Gott nie wollen. Und außerdem war es Isaak und nicht Ismael, den Abraham opfern wollte." Er ignorierte meinen letzten Einwand und antwortete:

„Dann dürften wir alle kein Fleisch mehr essen. Wir verteilen das Fleisch an die Menschen, die dort leben. Es ist kein Opfer, sondern Nahrung für bedürftige Menschen." Ich war sprachlos, das glaubte er doch wohl selbst nicht!

„Wo nehmt ihr für eine Million Lämmer, Schafe, Kamele und Rinder all die Bedürftigen her, und das mitten in der Wüste?", wollte ich wissen. Er versicherte mir sehr überzeugend, dass alles in riesigen Gefrierhallen gelagert und dann verteilt oder verwertet würde.

„Das schwöre ich dir, in meiner Familie wird nie ein Tier geopfert werden!" Ich meinte das sehr ernst. Wir diskutierten noch eine Weile über das Thema Ismael oder Isaak. Es erstaunte mich, wie stur er seinen Standpunkt vertrat. Um diesen Disput zu beenden, lenkte ich ein:

„Weißt du, es ist überhaupt nicht relevant, welchen der beiden Söhne er opfern wollte. Wichtig ist die Tatsache, dass er dazu bereit war." „Aber es war Ismael, nur der Koran sagt die Wahrheit!", beharrte er.

Es war ein denkwürdiger Tag mit weiteren, endlosen Diskussionen. Viel früher als geplant, bat ich ihn, mich nach Hause zu fahren. Als Grund gab ich an, mich mit Saskia zum Lernen verabredet zu haben. Sehr nachdenklich verabschiedete ich mich von ihm. In der Nacht fand ich keinen Schlaf. Meine anfänglichen Bedenken wurden zu Befürchtungen und diese machten mir Angst. Die Sturheit im Festhalten seines Glaubens und seine Intoleranz gegenüber meinem Glauben ließen Zweifel aufkommen: War er wirklich der richtige Mann für mich? Der Mann, den mein Seelenplan für mich bestimmt hatte? Wie konnte meine Seele das wollen? Wie konnte Gott das wollen? So konnten wir nicht miteinander leben.

Ich brauchte Klarheit über meine Gefühle und Klarheit darüber, was ich wollte, und ob das im Einklang mit meiner Seele war. Ich brauchte eine Auszeit. Als er am nächsten Tag anrief, um sich mit mir zu verabreden, sagte ich ihm, dass ich nach den Gesprächen des Vortages Abstand brauchte. Ich bat um eine zweiwöchige Bedenkzeit, in der wir uns nicht treffen und nicht miteinander telefonieren sollten und begründete diese mit den widersprüchlichen Gesprächen vom Vortag, die mich sehr nachdenklich gestimmt hatten. Hesam schien überrascht zu sein und sagte, eine Beziehung müsse solche Diskussionen aushalten können. Er meinte, er brauche das nicht, weil er wüsste, dass ich die Frau sei, mit der er sein Leben verbringen wollte. Er willigte dennoch ein, als er realisierte, dass es mir ernst war. Er schien sich seiner Sache sehr sicher zu sein.

Meine Arbeit lenkte mich in den folgenden Tagen ab. Es waren die Nächte, in denen ich mit Gott haderte. Ich warf ihm vor, mir diesen Mann zugedacht und uns zugleich große, unüberwindbare Steine in den Weg gelegt zu haben. Ich war enttäuscht und wütend. Auf Gott, auf Hesam, auf mich und alle, die sich Sorge um mich machten. In meiner freien Zeit verkroch ich mich im Zimmer und starrte auf das Telefon, das schwieg. Es ging mir nach sechs Tagen schlechter als zu Beginn der Auszeit. Bei der Arbeit war ich unkonzentriert. Es musste etwas geschehen. Doch was konnte ich tun?

– 3 –

Mein Blick fiel auf das Bild meiner Patentante, das auf meinem Schreibtisch stand. Vierzehn Jahre zuvor war sie mit ihrer Familie nach Amerika ausgewandert und hatte mir zum Abschied dieses Bild geschenkt.

„Ach, Tante, wenn du jetzt hier wärst, du wüsstest Rat", seufzte ich, und eine tiefe Sehnsucht nach ihr wollte mir mein Herz zerreißen. Es war, als ob ich ihre liebe, vertraute Stimme hörte: „Und wenn ich Kummer hatte, bin ich zu meinem Baum gegangen." Sollte das schon eine Antwort sein? Meine Gedanken schweiften vierzehn Jahre zurück. Meine Tante hatte beobachtet, wie sehr ich unter dem bevorstehenden Verlust litt. Bei meinem letzten Besuch bei ihr waren wir an einem von hohen Bäumen umsäumten Bach entlanggegangen. Ich hatte sie angefleht, nicht nach Amerika zu gehen, weil da so viel Wasser zwischen uns war und ich sie nicht besuchen konnte. Ihr Versprechen, dass ich über das Wasser ja fliegen und ganz schnell bei ihr sein konnte, hatte meine verzweifelte Kinderseele nicht erreichen können. Was sie mir dann noch sagte, hatte sich mir eingeprägt und mich durch mein Leben begleitet:

„Ich weiß, wie das ist, wenn man traurig ist, denn ich bin ja auch traurig, mein Mädchen. Aber wenn du immer nur traurig bist, dann wird die Traurigkeit so groß wie ein Berg und du kannst dich nie mehr freuen und fröhlich sein. Und alle werden mit dir traurig sein, auch ich. Weißt du, was ich, als ich so alt war wie du, gemacht habe, wenn ich Kummer hatte, den ich niemandem anvertrauen konnte? Ich bin zu meinem Baum gelaufen und habe ihm mein Herz ausgeschüttet." Sie erzählte mir noch, wie sie mit ihrer Freundin Lisa den Baum ausgesucht und wie er ihr geholfen hatte.

So einen Baum, der so hoch war, dass er dem lieben Gott meine Geheimnisse ganz leise ins Ohr flüstern konnte, wollte ich auch haben. Ich wusste auch schon, wo er stand: In der Nähe meines Elternhauses an einem Waldrand. Er war mir aufgefallen, weil er alle anderen Bäume überragte. Auch sein Stamm war anders. Er hatte eine glatte, helle Rinde, im Gegensatz zu der borkigen und dunkelbraunen Rinde der anderen Bäume. Ich erzählte meiner Tante von dem Baum, und dass er so hoch war, dass sie ihn von Amerika aus sehen konnte. Sie nahm mich in die Arme und versprach mir, dass wir immer im Herzen verbunden blieben, weil der Baum uns mit dem lieben Gott und miteinander verbinden würde: „Der liebe Gott und dein Schutzengel sind immer bei dir, vergiss das nie."

Nur schwer kann ich mich von der Erinnerung an meine Patentante lösen. Drei Monate bevor sie starb, mehr als sechs Jahrzehnte nach ihrer Auswanderung, arrangierte ihre Tochter ein erstes Wiedersehen von uns beiden in Amerika. Es war ein sehr bewegendes und emotionales Wiedersehen, bei dem wir viele Gemeinsamkeiten entdeckten. Endlich konnte ich ihr Danke sagen. Danke für ihre Liebe, mit der sie mich in den gemeinsamen acht Jahren so reich beschenkt hatte, dass diese Liebe all die Jahrzehnte als leuchtender Stern mir Wegbereiter und Wegbegleiter war. Endlich konnte ich Danke sagen für ihr wertvolles Vermächtnis, das sie mir an jenem Tag auf meinen Lebensweg mitgegeben hatte, als sie mir von ihrem Kummerbaum erzählte. Endlich konnte ich ihr sagen, dass die Erfahrungen meiner Kindheit, die mit dem Kummerbaum verknüpft waren, prägend und hilfreich für meine Entwicklung und später, als ich ohne den Baum auskommen musste, für mein ganzes Leben waren. Wie an jenem Tag, als ich nicht wusste, welche Entscheidung ich treffen sollte und mir war, als ob meine Tante mich indirekt aufforderte, in die Natur und zu meinem Baum zu gehen. Das machte ich dann auch.

Bei strahlendem Sonnenschein radelte ich eine Stunde später auf den vertrauten Wegen meiner Kindheit. Es war ein guter Entschluss. Mit jedem Tritt in die Pedale wurde mir leichter ums Herz und jeder Atemzug trug dazu bei, dass das Chaos in meinem Kopf sich allmählich beruhigte und lichtete. Schon von Weitem sah ich ihn: hochgewachsen, beständig und über alles erhaben stand er da. Seine Krone neigte sich im Wind in meine Richtung, als ob er mich begrüßen und mir seine Freude zeigen wollte. Wie schon als Kind setzte ich mich unter ihn und lehnte mich an seinen Stamm. Über mir brach die Sonne in Tausenden von Strahlen durch das Blattwerk. Es schien, als ob sie aus einer gebündelten und sehr intensiven Lichtquelle direkt über dem Baum kommen würden. Als Kind dachte ich, das Licht über dem Baum wäre mein Schutzengel. Seither verband ich alles Himmlische mit Licht.

Die magische Energie meines Baumes und die Schattenspiele der Lichtstrahlen bewirkten, dass ich innerlich still wurde. Ich war im Einklang mit meiner Seele und im Frieden mit mir selbst. Wie lange ich so gesessen hatte, weiß ich nicht. Erst als ein plötzlich aufkommender, starker Wind in rasantem Tempo dunkle Wolken vor sich hertrieb, merkte ich, dass sich über mir ein Gewitter zusammenbraute. Ich bedankte mich bei meinem Baum und fuhr, so schnell ich konnte, vom Wald weg. Den Gedanken, bis nach dem Gewitter bei meinen Eltern, die in der Nähe wohnten, unterzukommen, verwarf ich wieder. Ich wollte an dem Tag nicht an Hesam denken und schon gar nicht über ihn reden. Ich wollte einfach nur wieder zur Ruhe kommen, um mit klaren Gedanken meine Entscheidung zu treffen. Vielleicht schaffte ich die sechs Kilometer bis zum Wohnheim noch im Trockenen.

Das Gewitter konnte ich vorerst hinter mir zurücklassen. Als es mich dann doch noch einholte, kam ich gerade an meiner alten Schule, einer Klosterschule, vorbei. Die an das Kloster angrenzende Kirche stand zum Glück offen und ich ging hinein. Gerade noch rechtzeitig, denn die Wetterlage hatte sich zugespitzt. Ein Sturzbach ergoss sich vom Himmel und Donner und Blitz folgten schon dicht aufeinander. Wie in meiner Schulzeit setzte ich mich in die hinterste Bankreihe, die damals den wenigen evangelischen Schülerinnen vorbehalten war. Auch wir Evangelischen hatten jeden Morgen vor Unterrichtsbeginn an der katholischen Frühmesse teilnehmen müssen. Mir machte das nichts aus. Im Gegenteil: Die immer gleichen Rituale, die eucharistische Wandlung und der wunderschöne, liturgische Gesang der Nonnen schufen eine mystische Atmosphäre, in der ich mich wohlfühlte.

Der Wettlauf mit dem Gewitter hatte mich erschöpft. Ich war entspannt, fast schläfrig. Die Gedanken zogen unbeachtet vorbei, in mir war es leer und still. In diese Stille hinein hörte ich mich sagen: „Herr, sprich nur ein Wort, so wird meine Seele gesund." Es war ein Gebet, das damals zu den Ritualen der Frühmesse gehörte. Ich nannte es das Vertrauensgebet. Sollte das etwa ein Zeichen sein? Was wollte es mir sagen? Ich spürte, wie mein Herz sich weitete, wie Frieden mich erfüllte, wie ich im Universum versank und nur noch Liebe war. Mit Klarheit erkannte ich, dass meine Seele geschützt war und dass ihr nichts geschehen konnte, was ich nicht selbst wollte. Ich musste nur vertrauen. Auch erkannte ich, dass ich Hesam wirklich liebte. Meine Liebe war größer und stärker als alle Bedenken und Ängste. Ich hatte eine Antwort erhalten, ohne gefragt zu haben. Was geschehen sollte, würde geschehen.

Als das Gewitter vorbei war und auch der Regen aufgehört hatte, machte ich mich auf den Heimweg. Die Luft war rein und klar, alles sah sauber und wie neu erschaffen aus. Am Himmel waren noch einzelne Regenwolken zu sehen, die nach Osten abzogen. Die Sonne durchflutete sie mit ihrem Licht, nichts deutete mehr auf das heftige Gewitter hin. Plötzlich entstand vor meinen Augen ein Regenbogen. Wunderschön, in zarten Farben, ein Wunderwerk der Natur. Es schien, als wollte er mir eine Brücke bauen, von West nach Ost, und an seinem höchsten Punkt sah es aus, als ob er den Himmel berührte und mir eine Botschaft von dort mitbringen wollte. Ich fühlte mich von einer schweren Last befreit und war mir sicher: Wir würden einen gemeinsam begehbaren Weg finden. Einen Regenbogenweg, auf dem auch Platz war für unsere unterschiedlichen Farben! Schließlich war der Gott, an den wir beide glaubten, der EINE Gott. Am liebsten hätte ich Hesam noch am selben Abend gesagt, dass alles gut war, aber ich musste auch ihm genügend Zeit zum Nachdenken lassen. Deshalb nutzte ich die restlichen Tage zum Lernen.

– 4 –

Dass Hesam seine Entscheidung längst getroffen und die Zeit für andere Dinge genutzt hatte, wurde mir bei unserem ersten Treffen nach der Bedenkzeit bewusst. Er holte mich pünktlich zum verabredeten Zeitpunkt ab. Wir hatten am Vorabend kurz miteinander telefoniert und ausgemacht, einen Waldspaziergang zu machen und uns auszusprechen. Doch er hatte eine Überraschung für mich: Er war aus dem Studentenwohnheim in eine kleine Privatwohnung in der Altstadt umgezogen, die er mir zeigen wollte.

Zum ersten Mal erhielt ich Einblick in den persönlichen Bereich des Mannes, den ich liebte. Ich war angenehm überrascht! Mitten in Darmstadt hatte er sich ein Stück Heimat geschaffen. Mit bunten Kissen, einem kleinen Teppich und einem echten Schaffell hatte er sein Bett zu einer gemütlichen Sitzecke verwandelt. Darüber hing eine persische Kupferlampe, deren Licht zauberhafte Reflexe und Schattenspiele auf Wände und Decke warf. In das Kupfer waren nach alter Handwerkskunst filigrane, ausgetriebene Ornamente eingearbeitet, die diese Lichteffekte hervorriefen. Farblich abgestimmte bunte Tücher und Decken mit orientalischen Mustern waren überall im Zimmer verteilt. In einem *Samowar*, einem Teekocher, blubberte Wasser vor sich hin. Hesam zündete Teelichter an, die er vorher schon verteilt hatte. Ich hatte noch kein einziges Wort gesprochen, so überrascht war ich. Er steckte mir bereitgelegte Margeritenblüten ins Haar, kniete vor mir nieder und stellte die Frage aller Fragen: „Willst du meine Frau werden?"

Alles in mir jubelte: „Ja, ich will!", aber ich war wie in Trance und nicht fähig, zu antworten. Hesam holte eine kleine Schachtel mit zwei schlichten, goldenen Ringen aus seiner Jackentasche und wir tauschten diese gegenseitig aus. Als er mich anschließend küsste, wehrte ich mich nicht. Das deutete er als Zeichen meines Einverständnisses und als Zustimmung.

„Jetzt sind wir verlobt. Das ist so gut wie verheiratet", meinte er glücklich.

Die Erinnerung an diesen denkwürdigen und magischen Moment zaubert mir nach all den Jahren ein Lächeln ins Gesicht. Ich fühle die Liebe und das Glück, wie sie mich damals durchströmten, und weiß, es war der richtige Weg für mich. Das macht es mir leichter, dieses Buch authentisch, ohne Bitterkeit und ohne Schuldzuweisungen zu schreiben.

Es berührte mich zutiefst, wie er sich bemüht hatte, mir einen romantischen Antrag zu machen. Einerseits war ich glücklich darüber, andererseits fühlte ich mich überrumpelt, denn wir hatten noch nicht über unsere Auszeit gesprochen. Ich hatte zwar irgendwann auf einen Heiratsantrag gehofft, aber nicht an diesem Tag. Deshalb gab ich ihm zu verstehen, dass ich mir nichts sehnlicher wünschte als seine Frau zu werden, dass aber bis zu meiner endgültigen Entscheidung noch einige Punkte abzuklären waren. Hesam schien nachsichtiger gestimmt. Auch ihm hatte der Abstand Zeit zum Nachdenken gegeben. Er war bereit, mir Zugeständnisse zu machen und versprach mir, dass ich auch als seine Frau meinen Glauben leben und, falls es die Möglichkeit geben sollte, in eine Kirche gehen und in einem Chor mitsingen durfte, denn das war ein Teil meiner Wünsche. Juristisch gesehen, würde ich in meinen neuen, persischen Papieren Muslimin sein, in meinem Herzen würde ich jedoch immer Christin bleiben, davon war ich überzeugt. Schon vor der Auszeit war ich damit einverstanden gewesen, dass wir im Iran leben würden. Das war für Hesam wichtig, weil er sich als jüngster Sohn um die Eltern kümmern wollte. Dafür versprach er, dass ich mit unseren Kindern jedes Jahr die drei Monate Sommerferien in Deutschland verbringen könnte. Der nächste wichtige Punkt, den wir damals besprochen hatten, betraf die religiöse Erziehung unserer Kinder. Im Islam werden die Kinder eines moslemischen Vaters schon als Moslem geboren und dürfen in keiner anderen Religion erzogen werden. Hesam meinte, dass diese Regelung im Iran auch vom Gesetz her so festgelegt wäre.

„Die Liebe Gottes ist nicht begrenzt auf Dogmen, Konventionen und Religionen. Sie ist für alle Menschen gleich", versuchte ich meine noch existenten, unausgesprochenen Zweifel zu beruhigen. Ich dachte, dass Gott einen Grund haben wird, wenn er mich auf einen anderen als den von mir geplanten Weg schickte und mich mit einem Moslem zusammenführte. Solange der gemeinsame Mittelpunkt in unserem Leben Gott war, wäre ja alles gut, sagte ich mir. Ich dachte an den Regenbogen und war mir sicher, dass wir mit unseren unterschiedlichen Wurzeln auf einem gemeinsamen Weg gehen konnten. In gegenseitiger Achtung, er als Moslem, ich als Christin. Einen Weg, auf dem mit viel Großzügigkeit Raum und Akzeptanz für die beidseitigen Wurzeln wäre. Meistens würden sich die Wurzeln vereinen, wie im Alltag, in Gemeinsamkeiten, in Freude und in Leid. Oder wenn wir die unterschiedlichen Festtage gemeinsam feierten. Es müssten aber auch genügend Freiraum und Toleranz sein, bestimmte Wegstrecken allein gehen zu können, wie im Gebet und in der eigenen Meinungsfreiheit. So wie zwei unterschiedliche Bäume auch in Harmonie nebeneinanderstehen und einander ergänzen, indem sie Rücksicht aufeinander nehmen. Auch ihre Wurzeln sind verschieden, aber die Erde, die ihnen festen Halt und Nahrung gibt, ist dieselbe. Die Liebe Gottes, die uns allen gleich geschenkt ist, würde uns verbinden. Der erste Schritt auf diesem Weg waren an jenem Abend unsere Verlobung und mein Jawort.

Zwei Tage später erzählte Hesam mir, dass Verlobte im Iran oft gleichzeitig mit der Verlobung ein *Sigheh* eingingen, damit sie sich treffen durften. Das wäre eine Art zeitlich begrenztes Ehegelöbnis vor Gott. Zeitlich begrenzt, so erklärte er mir, bedeutete, von einer halben Stunde bis neunundneunzig Jahre. In unserem Fall würde die Zeitehe bis zur standesamtlichen Trauung gelten. Hesam sagte auch, dass wir dieses Gelöbnis in gegenseitigem Einverständnis selbst ablegen konnten, Gott brauche keinen Zeugen. Ich müsste nichts anderes tun, als die von ihm vorgesprochenen, persischen Worte nachzusprechen. Ich wollte wissen, was diese Worte bedeuteten. Hesam versicherte, dass es die gleichen Worte wie bei einer normalen Eheschließung waren, jedoch anstelle der „ewigen Ehe" die genaue Angabe der Dauer angegeben werden musste.

Ich war mir sicher, dass ein Eheversprechen vor Gott unserer Beziehung eine besondere Wertigkeit geben würde, und ich entschied mich, es in meiner Muttersprache abzulegen. In einer kleinen feierlichen Zeremonie gaben wir uns das gegenseitige Versprechen. So wurden wir vor Gott zu Mann und Frau. Durch dieses Gelöbnis blieb Hesam den Gesetzen des Islam treu, die besagten, dass eine geschlechtliche Beziehung nur in einer Ehe erlaubt war. Ich war glücklich und träumte von nun an nicht mehr von Kalkutta, sondern von einem Leben im Iran mit dem Mann an meiner Seite, den ich liebte.

Mein soziales Umfeld reagierte auf unsere Heiratsankündigung sehr distanziert und unterschiedlich. Einige meiner Freundinnen und Bekannten versuchten, mich davon abzuhalten.

„Du kennst ihn doch noch gar nicht richtig! Du bist verliebt und siehst alles nur durch die rosarote Brille. Warte wenigstens bis nach dem Examen, gebt euch noch etwas Zeit!", gab Gudrun zu bedenken. Sie konnte nicht verstehen, dass ich nicht warten wollte.

„Weißt du, was für Zustände in Persien herrschen? Die essen noch vom Boden!", warnte eine Bekannte mich. „Ja, ich weiß und sie essen sogar noch mit den Fingern und alle aus einem Topf!", ergänzte ich gereizt. Warum konnten sie mir mein Glück nicht gönnen? Meine Oberin machte sich ernsthaftere Sorgen um mich: „Sie kennen sich gerade einmal drei Monate, da kann man doch nicht wissen, ob man ein Leben lang zusammenbleiben möchte! Das wird nicht gutgehen!", meinte sie. „Wollen Sie wirklich auf all Ihre Träume und Ideale verzichten? Sie sind Christin, er ist Moslem, in welchem Glauben wollen Sie Ihre Kinder erziehen? Und glauben Sie mir, er wird Sie unterdrücken, sobald er wieder in seinem Land ist!" Ich versuchte, sie davon zu überzeugen, dass Hesam ein guter Mensch war, aber sie konnte ihn nicht akzeptieren und versuchte immer wieder, mich umzustimmen. Ich war traurig und enttäuscht über die Reaktionen der Menschen in meinem Bekannten- und Freundeskreis.

Meine Mutter war die Einzige, die keine großen Bedenken zeigte. Sie vertraute wahrscheinlich meiner Anpassungsfähigkeit, die sie mir in jahrelanger Erziehung beigebracht, ja, fast übergestülpt, hatte. Sie ahnte damals nicht, dass sie mir damit ein geeignetes Fundament für mein Leben im Iran mitgegeben hatte. Außerdem hatte Hesam ihr Herz im Sturm erobert. Er sah gut aus, war charmant, gebildet, gut erzogen. Ich glaube, der Gedanke, dass ich im Iran in seinen Händen wohl besser aufgehoben war als irgendwo allein in Afrika bei Albert Schweitzer oder in Indien bei Mutter Theresa, war ausschlaggebend für ihre augenblickliche Zuneigung zu meinem zukünftigen Mann. Wo es nur ging, verwöhnte sie ihn. Vielleicht hoffte sie auch, dass er es sich bis zum Ende seines Studiums noch überlegen und doch in Deutschland bleiben würde.

Mein Vater hingegen war skeptischer. Anfangs mochte er Hesam nicht besonders. Wenn die beiden sich unterhielten, benutzte er absichtlich die Kommunikationssprache, die man allgemein den ausländischen Hilfsarbeitern zuordnete. „Du nix verstehen von Arbeit, du gehen Uni", um nur ein Beispiel zu nennen. Er nahm seinen zukünftigen Schwiegersohn nicht ernst. Für ihn war ein Mann erst dann ein Mann, wenn er mit ihm ein Bier trinken konnte. Hesam jedoch verabscheute Alkohol. Meine Bitte, mit Hesam normal zu sprechen, ignorierte er mit den Worten: „Ich sage nichts mehr, aber du wirst es noch sehen!" Ich vermutete, dass er einfach nur ein wenig eifersüchtig war.

Der Wendepunkt kam, als sein heißgeliebtes Auto nicht mehr anspringen wollte und es definitiv nicht an der Batterie lag. Wir waren gerade zu Besuch bei den Eltern und Hesam bekam die Chance, seinem Schwiegervater zu imponieren, denn von Autos verstand mein Vater nichts. Hesam hingegen hatte in einer Autowerkstatt ein einjähriges Praktikum absolviert. Mit einem geübten Blick auf den Motor fand er die Ursache schnell heraus und konnte das Problem beheben. Das beeindruckte meinen Vater sehr und von da an benutzte er eine kumpelhafte Sprache, wenn sie über Autos und später dann auch über andere Dinge redeten. Die Krönung war, dass Hesam ein Privileg bekam, das sonst keinem anderen Menschen zuteilwurde: Er durfte das Auto meines Vaters fahren. Vielleicht auch, weil er mich vor einer „Landung in der Gosse" bewahrt hatte. Mein Vater war Kriminalhauptkommissar und überängstlich, was seine Töchter betraf. Bei der kleinsten Überschreitung seiner Regeln sah er Sodom und Gomorrha über uns alle hereinbrechen und meine Schwester und mich in der Gosse landen.

Meine Eltern stellten nur eine einzige Bedingung: Ich sollte zuerst noch meine Ausbildung beenden, bevor wir heirateten. Das schriftliche Examen war trotz der Ablenkung durch Hesam für mich sehr gut ausgefallen. Vor mir lagen noch drei Monate Einsatz in der Chirurgie mit praktischer Prüfung. Die Bitte meiner Eltern stand unseren eigenen Plänen in nichts entgegen, da auch wir vorhatten, erst nach meiner letzten Prüfung zu heiraten.

Es war klar, dass es sich auf eine standesamtliche Trauung beschränken würde. Eine kirchliche Trauung kam für Hesam nicht in Frage. Er schilderte sehr überzeugend, dass er damit als Moslem Probleme bekäme. Da meine Pläne in eine ganz andere Richtung gegangen waren, bevor ich ihn kennenlernte, hatte ich nie davon geträumt, einmal eine Braut zu sein. Ich war überzeugt, dass Gott uns seinen Segen gegeben hatte, indem er uns zusammenführte. Was bedurfte es da noch einer kirchlichen Trauung?

Wenn ich auf den Schmerz achte, der sich beim Schreiben dieser Zeilen in mir ausbreitet, hat mir das mehr ausgemacht, als ich mir damals und all die Jahre über eingestehen wollte. Es war die erste große, wenn auch unbewusste Lüge in unserer Beziehung. Meine Erinnerung holt eines ihrer lang gehüteten Geheimnisse hervor und konfrontiert mich in meinem Beobachterposten damit. Es ist ein Traum, den ich im Iran oft hatte. Nur im Traum ließ ich die Sehnsucht nach meinen Wurzeln zu. Nur im Traum konnte ich vor dem vertrauten Altar stehen, an dem ich getauft und konfirmiert wurde, und vor dem wir als Jugendgruppe jedes Jahr an Weihnachten ein Krippenspiel aufgeführt hatten. Ganz allein stand ich da, in einem weißen Kleid und bekam den Ehesegen. Ich lasse den Schmerz zu und die Tränen, die ich nie weinen konnte, können endlich fließen. Es ist, als ob Schmerzen und Tränen sich wie Balsam um die gerade geöffneten Wunden legen. Sie dürfen jetzt heilen.

Kurz nach unserem islamischen Ehegelöbnis wurde ich schwanger. Wir kannten uns seit vier Monaten und waren seit sechs Wochen ein Paar. Die Schwangerschaft brachte unsere Pläne zwar etwas durcheinander, aber wir freuten uns sehr auf unser Kind. Meine Mutter war glücklich, es war ihr erstes Enkelkind. Sie bat uns, die Hochzeit vorzuverlegen. Als Grund gab sie an, dass mir das gerade gekaufte Hochzeitskleid dann nicht mehr passen könnte. Ich vermutete, dass es ihr eher um das Gerede der Nachbarn ging. Zwei Monate früher als ursprünglich geplant, bestellten wir das Aufgebot beim zuständigen Standesamt in Darmstadt. Es war das Jahr 1967, das Jahr, in dem im Iran unter der Herrschaft des *Schah*s das Familienrecht radikal reformiert wurde.

Es gab im Iran zwei Arten der Eheschließungen, die traditionelle religiöse Ehe, auch Zeitehe genannt, und die seit 1929 geltende Ehe nach Familienrecht, ohne Zeitbegrenzung. Deshalb wurde sie auch Ewigkeitsehe genannt. Bei Scheidungswunsch durfte ein Mann seine Frau verstoßen. Dazu musste er in Gegenwart eines Zeugen nur dreimal laut verkünden: „Ich verstoße dich, ich verstoße dich, ich verstoße dich!", und die Scheidung war rechtskräftig. Damit die Frau in einem solchen Fall nicht mittellos dastand, wurde vor beiden Arten der Eheschließung eine Brautgabe, auch als Morgengabe bekannt, festgelegt, die der Mann dann bei Verstoßung auszahlen musste. Eine Morgengabe, iranisch *Mehrie*, konnte Geld, Gold und Grundstücksanteile sein. Dieses einseitige Verstoßungsrecht für Männer sollte im Rahmen der ‚Weißen Revolution' des *Schah*s durch das neue Gesetz gänzlich aufgehoben werden. Die Scheidung einer Ewigkeitsehe durfte in Zukunft nur noch über Gerichtsbeschluss ausgesprochen werden.

Ich hatte von den Reformen im Iran gehört. Auch, dass bezüglich Scheidung und Sorgerecht für die Kinder, Frauen den Männern gleichgestellt werden sollten. Außerdem wurde das Mindestalter für die Verheiratung eines Mädchens auf achtzehn Jahre angehoben. Das neue Gesetz war jedoch noch nicht rechtskräftig, Deshalb mussten wir auch für eine deutsche Eheschließung einen Ehevertrag abschließen und die Morgengabe festlegen. Um die Anwaltskosten gering zu halten, einigten wir uns auf zweitausend Mark. Die Dauer unserer Ehe war im Vertrag auf neunundneunzig Jahre begrenzt. Das wunderte mich zwar, weil es ja wieder eine Ehe auf Zeit war, aber Hesam meinte, das sei im Iran so üblich, so alt würden wir ja eh nicht werden. Ich vertraute ihm. Und doch beruhigte es mich ungemein, dass es diese Reformen in der neuen Gesetzgebung geben würde. Es machte mir die Einwilligung für ein Leben im Iran etwas leichter.[1]

Mehr als vierzig Jahre nach diesem Ehevertrag habe ich erfahren, dass ich im Iran als Zeitehefrau nicht erbberechtigt war, und dass mir mein Mann im Falle einer Scheidung keinen Unterhalt zahlen musste. Wäre ihm etwas zugestoßen, hätte sein ältester Bruder die Vormundschaft für mich und die Kinder zugeteilt bekommen. Heute glaube ich, dass mein Mann nicht in böser Absicht handelte. Wahrscheinlich war das in den Gesetzen so festgelegt, und er wollte uns einfach nur gut versorgt wissen. Ich spüre auch nicht mehr die Wut und die Enttäuschung, die mich überkamen, als ich davon hörte, und ich mir vorstellte, wie demütigend eine solche Situation für mich gewesen wäre. Ich empfinde einfach nur Dankbarkeit, dass sie nie eingetreten ist.

Zwei Monate nach unserem *Sigheh* heirateten wir auf dem Standesamt in Darmstadt. Nach der Trauung feierten wir im engsten Familien- und Freundeskreis in meinem Elternhaus.

Seltsamerweise merke ich erst jetzt, dass mir dieser Tag in meinen Erinnerungen fehlt. So sehr ich mich auch bemühe und bereit bin, mich emotional darauf einzulassen, es geschieht nichts. Ich fühle weder Liebe noch Hass, weder Glück noch Traurigkeit, keine Enttäuschung, nichts. Auch die Bilder, die an jenem Tag gemacht wurden und die ich mir jetzt anschaue, können die Erinnerung nicht erreichen. Auf einem Foto tanze ich mit meinem Mann. Wir waren ein schönes Paar und wie es scheint, sehr glücklich. Wahrscheinlich habe ich irgendwann während unserer letzten, gemeinsamen Jahre diesen Tag in eine tiefe Kammer meiner Seele abgelegt, damit er rein und schön erhalten bleibt. Oder vielleicht auch an jenem Tag, lange nach unserer Trennung, an dem er in einer E-Mail in allen Details unsere Hochzeitsnacht beschrieb und diese als Beweis seiner Liebe an fünfzig Personen, auch an die Enkel, verschickte. Wenn die Zeit gekommen ist, werde ich mich wieder erinnern können.

Meine Eltern hatten uns als Hochzeitsgeschenk eine kleine Wohnung in Hochschulnähe eingerichtet. Auch das Krankenhaus, in dem ich arbeitete, war zu Fuß gut erreichbar. Zwei Monate nach der Hochzeit konnte ich meine Ausbildung abschließen, und acht Wochen vor dem errechneten Geburtstermin ging ich in Mutterschaftsurlaub. Ich hatte nur eine vage Vorstellung von dem, was mich bei der Geburt erwartete. Mein Einsatz in der Gynäkologie während der Ausbildung beschränkte sich auf Stationsbetrieb, nachdem ich zwei Mal während einer Geburt im Kreißsaal ohnmächtig geworden war. Die Wehen trafen mich daher unvorbereitet und mit voller Wucht. Ich wollte nie mehr ein Kind.

Doch der Augenblick der Geburt wurde für mich zu einer meiner Sternstunden, wo ich für einen Augen-Blick eine Ahnung von einer anderen Wirklichkeit haben durfte. So wie die Morgendämmerung unbemerkt in Licht eintaucht und in den Tag übergeht, verwandelte sich der Schmerz der letzten und heftigsten Wehe, die unser Kind hinauspresste, übergangslos in unbeschreibliche Freude. Die Freude war überirdisch. Ich war überwältigt, dass dieses kleine Menschenkind, das ich direkt nach der Geburt in meinen Armen hielt, so vollkommen und wunderschön in mir entstanden war. Ich empfand nur noch Ehrfurcht, Dankbarkeit und Liebe, die verströmen wollte.

– 5 –

Die Lautsprecherdurchsage, die ankündigte, dass wir schon über iranischem Hoheitsgebiet flogen, holte mich aus meinen Erinnerungen zurück. Reza schlief tief und fest in meinen Armen. Irgendwo und irgendwann hatten Raum und Zeit sich berührt, trennten die Berge Irak und Iran. Ich schaute aus dem kleinen Fenster. Dort, wo bis vor Kurzem dichte Wolken die Sicht versperrt hatten, breiteten sich nun mir endlos erscheinende Berge wolkenähnlich aus. Es sah aus, als ob die Wolkendecke sich auf das Land verlagert und nur die Farbe gewechselt hätte. Von meinem Referat, das nun schon sechs Jahre zurücklag, wusste ich noch, dass diese Bergketten zum *Sagrosgebirge* gehörten, welches streckenweise bis 250 Kilometer breit ist und sich ins Land zieht. Den Ausgrabungen zufolge soll hier auch einer der ersten Neandertaler gefunden worden sein. Weiter erinnerte ich mich, dass ein großer Teil Irans Wüste ist. Beim Anflug auf *Teheran* würde ich sie vielleicht sehen.

Die Erhabenheit und Weite der Bergketten unter mir, die ab und zu von einem kleinen Bergsee unterbrochen wurden, berührten mich mit Staunen und Ehrfurcht. Dennoch schoben sich immer wieder Bilder der mir vertrauten Landschaften meiner Heimat vor mein inneres Auge: grüne Hügel, die bunten Wiesen und die Mischwälder, in die unsere kleine Stadt eingebettet war. In diesen Wäldern sammelten wir Tannäpfel zum Heizen, Bucheckern für

Öl, Maiglöckchen für den Muttertag, Waldmeister für Limonade, Maikäfer für unsere Streiche und jede Menge Erdbeeren, Brombeeren, Himbeeren und Heidelbeeren. Als wir etwas älter waren, durften wir auch zum Pilzesammeln mitkommen. Wir hatten eine glückliche, naturverbundene Kindheit.

Hesam hatte mir erzählt, dass dort, wo er beheimatet war, kaum ein Strauch, geschweige denn ein Baum, von selbst wuchs. Ich konnte mir das nicht vorstellen. Wie sollte ich meinem Kind jemals erklären, was eine Wiese ist oder wie es sich anfühlt, im Moos zu liegen und den geheimnisvollen Geräuschen des Waldes zu lauschen? Allein die Vorstellung, dass es nicht so sein würde, verengte meine Brust und tat weh.

Reza war wachgeworden und hatte Hunger. Nachdem ich ihn rundum versorgt und mit ihm gespielt hatte, lagen noch fast zwei Flugstunden vor uns. Genügend Zeit, mich wieder meinen Gedanken hinzugeben. Zum ersten Mal machte ich mir Sorgen um Rezas Zukunft. Wie um mich selbst zu beruhigen, redete ich in Gedanken mit ihm: „Ich bin bei dir, mein Kind. Du wirst behütet und geliebt aufwachsen. Ob in Deutschland oder im Iran, das ist überhaupt nicht wichtig. Wichtig ist die Liebe, die wir dir geben, und dass wir bei dir sind." Dabei summte ich die Melodie von Bajuschkibaju, seinem vertrauten Schlaflied. Wie um göttlichen Beistand zu erbitten für das Versprechen, das ich meinem Kind gegeben hatte, schaute ich aus der Luke und suchte den Himmel über mir.

Was dann geschah, hat mein Gottvertrauen nicht nur gefestigt, sondern hat auch dazu beigetragen, dass mein weiteres Leben von unerschütterlichem Gottvertrauen geprägt war, was mir durch viele schwierige Situationen hindurchgeholfen und mich dankbarer gemacht hat. Obwohl das Wissen um dieses Erleben mir immer gegenwärtig war, ist eine Sehnsucht danach geblieben, die größer ist. Worte können es schlecht beschreiben, ich versuche es dennoch.

Ich musste den Himmel nicht suchen, denn ich fühlte mich auf einmal mittendrin. Mitten in einer unfassbaren Weite ohne Raum und ohne Grenzen. Mit meinem Kind im Arm verschmolz ich mit dem Universum und war der Schöpferkraft so nahe wie nie zuvor in meinem Leben. Es war ein unbeschreibliches Glücksgefühl. Aus der Tiefe meiner Seele hörte ich aus dem Psalm 139, den wir im Konfirmandenunterricht auswendig gelernt hatten: „Nähme ich Flügel der Morgenröte und bliebe am äußersten Meer, so würde auch dort deine Hand mich führen und deine Rechte mich halten". Die Erkenntnis, dass Gott in allem und über allem ist und ich nirgendwo und nie allein sein würde, überwältigte mich. Ich würde auch ohne grüne Wälder und Wiesen glücklich sein. Und meine Kinder auch.

Wie ein gleichzeitiges Zeichen von oben waren unter uns die hohen Bergketten in kleinere, mit sattem Grün bedeckte Hügel übergegangen. Das erste Grün, das ich seit unserem Abflug in Frankfurt sah; die dichte Wolkendecke über Europa hatte es verhindert. Auch hier konnte ich ab und an einen See in einer Talmulde erkennen und kleine Flüsse, die ihrem Flussbett folgten. Der Himmel gab sich alle Mühe, mir den Iran von einer schönen Seite zu zeigen. Von oben sah alles wie ein Gemälde und sehr idyllisch und tröstlich aus.

Das Landschaftsbild unter mir wechselte, die grünen Hügel blieben zurück. Wir flogen tiefer, ein Hinweis, dass wir uns *Teheran* näherten. Sand, soweit ich schauen konnte, angewehter Wüstensand. Nur vage konnte ich kleinere Häuseransiedlungen erkennen, da die Lehmbauten die gleiche Farbe wie der Sand hatten. Mir fielen halbrunde Kuppeln auf, die aus der Erde zu wachsen schienen. Sie waren großflächig verteilt und verliehen der Landschaft etwas Mystisches. Unwillkürlich drängte sich mir ein Bild aus meinen Kindheitstagen auf, wo in Märchen von Gnomen, Trollen und unterirdischen Gestalten die Rede war. Ich konnte sie mir hier gut vorstellen. Doch es waren nur Backsteinbrennereien, wie ich von der Stewardess erfuhr.

Von der Luke aus konnte ich nur die südliche Flugseite sehen. Die Bergketten des Elbursgebirges, die sich im Norden des Iran zwischen dem Kaspischen Meer und dem Persischen Hochland erstrecken, blieben mir vorerst verborgen. Ein Blick auf meine Armbanduhr verriet mir, dass wir in etwa einer Stunde in *Teheran* sein müssten. Ich war noch nie zuvor in einer so großen Stadt gewesen und konnte mir nicht vorstellen, jemals dort zu wohnen.

Eine halbe Stunde vor der planmäßigen Landung begann der Pilot mit den Vorbereitungen dafür. Der langsame Sinkflug verursachte ein mulmiges Gefühl in mir. Auch Reza spürte die Veränderung und wurde unruhig. Ich drückte ihn noch fester an mich und beruhigte damit uns beide. Das Flugzeug hatte gedreht, sodass ich vom Fenster aus einen Teil *Teherans* sehen konnte. Wie eine riesige Miniaturanlage erstreckte sich ein endlos erscheinendes Häusermeer bis an die Berghänge des Elbursgebirges, dessen höchste Gipfel damals im Juli noch schneebedeckt waren. Von hier oben war zu sehen, wie *Teheran* in einem tiefen Talkessel liegt, nur nach Süden hin offen zur Wüste, die ungefähr sechzig Kilometer südöstlich von *Teheran* beginnt.

Fasziniert beobachtete ich die vielen orangefarbenen Punkte, die sich in den Straßen zu bewegen schienen. Ich erkannte auch andere Farben, aber orange dominierte. Es waren Hunderte, vielleicht auch Tausende, Taxis. Die Stimme im Lautsprecher bat uns, eine bestimmte Haltung für die kurz bevorstehende Landung einzunehmen. Schützend beugte ich mich über mein Kind und schuf so einen Hohlraum wie in der Gebärmutter. Ich spürte fast schmerzlich, wie sich der Hohlraum mit Energie füllte, und wie ich in der Liebe und Verantwortung für dieses zarte Wesen stark wurde und alle noch verbliebene Angst von mir abfiel.

Erinnerungen tauchen auf, lang vergessene Erinnerungen. Warum gerade jetzt, während ich dies niederschreibe, weiß ich nicht. Ich sehe unsere rothaarige Oberschwester Käthe vor mir, wie sie mich nach der Geburt besuchte und meinte, mein Kind habe so ein Strahlen um sein Köpfchen und es ginge ein Leuchten von ihm aus. Das erstaunte mich damals, denn auch sein Vater hatte gesagt, er sei ein Nurani-Kind, das heißt, ein von Licht umgebenes Kind. Jedes meiner Kinder war für mich als Mutter ein ganz besonderes Kind, das „Licht meiner Augen", wie die persische Sprache so schön sagt. Aber was hatte die Oberschwester gesehen, wie kam sie dazu, von Licht zu sprechen? Damals erwiderte ich nur, dass wahrscheinlich der Flügelschlag seines Schutzengels Spuren von glitzerndem Gold in seinen Haaren hinterlassen habe, was dieses Leuchten verursachte. Anscheinend war dieses Gold nicht auswaschbar, denn ich wurde oft auf das Leuchten, das meinen Sohn immer noch umgibt, angesprochen.

Als das Flugzeug aufsetzte, presste ich Reza intuitiv fester an mich. Mit einem Blick aus der Luke vergewisserte ich mich, dass wir tatsächlich gelandet waren und vorwärts rollten. Schon bald würde ich meinen Fuß zum ersten Mal auf persischen Boden setzen und einen Weg beginnen, der völlig im Dunkeln lag. Ich war mir sicher, dass ich geführt sein würde, was immer dieser Weg für mich bereithielt. Der Pilot meldete sich zu Wort:

„Es ist 16:35 Uhr Ortszeit. Die Außentemperatur beträgt 34 Grad Celsius. Wir heißen Sie herzlich willkommen und wünschen Ihnen einen angenehmen Aufenthalt!"

– 6 –

Eine halbe Stunde später stand ich ziemlich verloren mitten unter den vielen Fluggästen an der Gepäckausgabe. Reza saß in seinem Buggy, er war unruhig und quengelte. Mein Handgepäck war mehr als ich tragen konnte. Ein freundlicher Mitreisender erkannte meine Not und half mir durch die Passkontrolle bis zur Gepäckausgabe. Ich nahm Reza wieder auf den Arm und packte alle Handgepäckstücke bis auf meine Handtasche und den Rucksack auf den Buggy, der sich unter der Last kaum bewegen ließ. Trotz laufender Klimaanlagen war es viel zu heiß für mein rotes Kostüm, das ich mir extra für diese Reise gekauft hatte. Wir erregten Aufmerksamkeit. Nicht nur, dass wir beide blond waren, ich überragte mit den hohen Absätzen auch noch fast alle der Wartenden. Kofferträger umringten uns und boten ihre Hilfe an. Das Geschubse und Feilschen um uns wurde immer schlimmer, sie bedrängten mich regelrecht.

„Wie komme ich hier nur raus?", fragte ich mich verzweifelt. Hesam hatte zwar einen seiner Brüder gebeten uns abzuholen, aber durch den Zoll musste ich es noch alleine schaffen. Ich brauchte dringend jemanden, der meine Koffer vom Band holte und den Gepäckwagen schob, deshalb schaute ich mich nach einem Träger um, der mir vertrauenswürdig erschien.

„Salam, Sieglinde *Chanum*, be welcome!", begrüßte mich ein schöner Mann mit angegrautem Haar, ich schätzte ihn um die vierzig. Ehe ich mich versah, hatte er mir Reza abgenommen und küsste ihn ab.

„Ich bin Djavad, Hesams Bruder", erklärte er mir auf Englisch. Hesam hatte ihm eine Personenbeschreibung von uns durchgegeben, und anhand meiner Größe hatte er uns schnell entdeckt.

„Geht es dir und Reza gut? Hattet ihr einen angenehmen Flug? Wie geht es Hesam? Sein Platz ist sehr leer. Deine Eltern sind auch gesund?", fragte er ohne Unterbrechung, ich hatte keine Chance zu antworten.

„*Maschallah*, was für ein schönes Kind!", immer wieder küsste er Reza, der irritiert schien. Der fremde Mann hatte zwar eine Stimme wie sein Papa, aber er sah anders aus. Weinend streckte mein Kind seine Händchen nach mir aus. Da die ersten Gepäckstücke schon einrollten, gab Djavad mir Reza zurück. Hesam hatte die Koffer und Taschen am Griff mit grünen Schleifen markiert, so konnte Djavad sie leicht finden. Außer um mein Kind und meine Handtasche brauchte ich mich jetzt um nichts mehr zu kümmern. Eine halbe Stunde später waren wir mit Hilfe eines Gepäckträgers durch den Zoll, ohne Kontrolle. Aber nicht ohne *Bakschisch*. Ich beobachtete erstaunt, wie Geldscheine den Besitzer wechselten, und das in aller Öffentlichkeit. Wahrscheinlich konnte er auch mit *Bakschisch*, was eigentlich Almosen bedeutet, bis zu uns in die Gepäckhalle durchkommen. Mir sollte es mehr als recht sein.

In der Empfangshalle schien halb *Teheran* versammelt zu sein. Mit großem „Hallo" wurden Verwandte und Bekannte empfangen, reihum abgeküsst und mit Worten, Blumen und Glückstränen überschüttet.

Ganze Familien waren zur Begrüßung ihrer Heimkehrer gekommen. Djavad lenkte uns geschickt durch die bunte Menge hindurch bis vor die Tür. Mir fiel eine Gruppe von ungefähr fünfzehn Menschen auf, die sich vor einem gegenüberliegenden Parkplatz auf dem Gehsteig positioniert hatten, die Kinder vorne in der ersten Reihe. Die zwei Kleinsten standen in der Mitte und hielten einen Blumenstrauß in der Hand, der fast größer war als sie selbst. Alle schienen sich zu freuen und winkten. Ein Mann löste sich aus der Gruppe und kam auf uns zu. Neugierig drehte ich mich um, weil ich sehen wollte, wen sie erwarteten. Djavad bemerkte das und lachte: „Das ist eure *Teheran*er Familie. Sie sind alle gekommen, um euch zu ehren und willkommen zu heißen." Inzwischen war auch der Mann aus der Gruppe bei uns angelangt. Djavad stellte ihn mir als den ältesten Bruder, Mohammad Taher, vor. Wie zuvor schon Djavad, begrüßte er uns mit einer angedeuteten Verbeugung, dabei legte er die rechte Handfläche in Herzhöhe auf die linke Brust. Auch die Begrüßungsworte waren fast die gleichen. Als Mohammad Taher Reza auf den Arm nehmen wollte, klammerte dieser sich mit seinen Händchen bei mir fest. Sein Onkel zeigte Verständnis und bedrängte ihn nicht weiter.

Für mich war es eine echte Herausforderung, einer so großen Gruppe fremder Menschen gegenüberzutreten. Eskortiert von Hesams beiden ältesten Brüdern ging ich tapfer auf die Wartenden zu. Ich stellte mir vor, Hesam wäre an meiner Seite und unsere Liebe würde die Verbindung zu seiner Familie sein, die von nun an auch meine Familie war. Dieser Gedanke machte mir die für mich ungewöhnliche und unangenehme Situation etwas leichter.

Zuerst begrüßten uns die Blumenkinder. Mit Reza auf dem Arm ging ich in die Hocke und bedankte mich bei ihnen für die Blumen. Ich küsste sie, wie Hesam es mir geraten hatte, dreimal abwechselnd auf die Wangen, rechts, links, rechts. Reza klammerte sich immer noch an mich, aber als er die beiden Kinder hinter den Blumengebinden entdeckte, lachte er mit ihnen und freute sich.

Bei der folgenden Reihum-Begrüßung wurde ich in das typisch persische *Ahwalporsi*, das Begrüßungszeremoniell, eingeweiht.

Dreimal Küsschen abwechselnd auf die Wangen, außer bei den Männern, und gegenseitiges Erfragen des Wohlergehens und dem der Familie. Mir fiel ein, dass mein Mann mir davon erzählt und geraten hatte: „Denk daran, den Männern keine Hand reichen! Du sagst einfach immer nur ‚*Alhamdelellah*', das bedeutet ‚Gott sei Dank'." Das wollte ich testen und war froh, dass ich es gut geübt hatte. Die Überraschung schien gelungen: „Oh, schaut nur, sie kann ja Arabisch!" Ein regelrechter Wortregen brach über mich herein. Ich verstand natürlich nichts und lächelte in die Runde. Wenn jemand mich ansprach und ich aus den Worten eine Frage herauszuhören glaubte, antwortete ich mit „*Alhamdelellah*", in der Hoffnung, dass es immer passte.

Zwei kleine Frauen fielen mir besonders auf. Beide gleich groß, beide im schwarzen Schleier, beide das gleiche Gesicht, das gleiche Lächeln, die gleiche Stimme. Ich fragte Djavad, ob das Zwillinge wären.

„Nein", lachte er, „das sind Mutter und Tochter." Ich war erstaunt, denn ich konnte keinen Altersunterschied erkennen.

„Chadije *Chanum* ist eine Schwägerin, die Frau unseres ältesten Bruders, den du gerade kennengelernt hast. Azade, ihre älteste Tochter, erwartet in den nächsten Tagen ihr erstes Kind, deshalb ist sie zurzeit bei ihren Eltern." Ich erinnerte mich, dass mein Mann mir von dieser Schwägerin erzählt hatte. Sie war dreizehn, als sie den sieben Jahre älteren Mohammad Taher heiratete. Azade, ihr erstes von sechs Kindern, bekam sie als Sechzehnjährige. Ich staunte, wie sie nach sechs Geburten immer noch so jung aussah, dass ich sogar dachte, sie sei die Schwester ihrer eigenen Tochter.

Ich habe während meiner Zeit im Iran keine Hochzeit Minderjähriger mehr erlebt, obwohl die Islamische Regierung die in der sogenannten ‚Weißen Revolution' des Schahs festgelegte Altersgrenze für eine Heirat wieder aufgehoben hatte. Die jungen Frauen wollten studieren und einen Beruf erlernen, bevor sie heirateten. Die Reformbewegung des Schahs ermöglichte es ihnen, denn erstmals wurden im Iran Frauen zum Studium zugelassen. Meine beiden jüngsten Schwägerinnen hatten schon davon profitiert und studiert. Fast alle Cousinen meiner Kinder haben erst nach ihrem Studium geheiratet. Unter ihnen sind Ärztinnen, Juristinnen, Tierärztinnen und Architektinnen. Viele sind im Lehramt, eine ist Bauingenieurin. Auch in wissenschaftlichen und sozialen Berufen sind sie vertreten. Das Frauenstudium ist eines der wenigen Frauenrechte, das im Islamischen Staat nach der Revolution nicht eingeschränkt wurde, im Gegenteil: Es wurde dermaßen gefördert und wegen der wieder eingeführten Geschlechtertrennung von streng islamischen Familien begrüßt, dass man sogar eine Männerquote einrichten musste. Daraufhin hat man 2012 an 36 Universitäten die Frauen von 77 Studiengängen ausgeschlossen, was zu heftigen Protesten, auch in den Reihen der konservativen Bevölkerung führte.

Eine junge Frau mit roten Locken und einem sehr hellen Teint stellte sich mir als Azita, Azades Schwester, vor. Ihre Augen leuchteten in der Sonne wie heller Bernstein, und sie sah überhaupt nicht wie eine Iranerin aus. Da sie neben Mathematik auch Englisch studierte, war sie fortan meine Übersetzerin. Die nächste Frau, die ich kennenlernte, war Heschmat, Djavads Frau. Ihr schwarzer Schleier war etwas verrutscht, und braune Löckchen fielen ihr ins Gesicht, was sie nicht zu stören schien. Sie war wunderschön und begrüßte mich mit einem bezaubernden Lächeln. Vom ersten Moment unserer Begegnung an spürte ich eine besondere Vertrautheit zu ihr, und ich war froh, als sie mir anbot, ihr Gast zu sein, es sei alles schon gerichtet. Djavad übersetzte. Mein „Merci" verstand Heschmat auch ohne Übersetzung und sie fügte noch hinzu: „*Chune chodetune.*" Wörtlich übersetzt heißt das ‚Es ist dein Haus', ähnlich unserem ‚Fühl dich wie zuhause'.

Die Kinder stellten sich mir nacheinander vor und bekamen die obligatorischen Begrüßungsküsse auf die Wangen. So auch die beiden jungen Männer, Söhne Mohammad Tahers, die sich bei den Kindern eingereiht hatten.

Nach islamischen Regeln durfte ich sie gar nicht küssen, da sie schon weit über das Pubertätsalter hinaus waren. Ich dachte, das Verbot gelte nur für verheiratete Männer. Wie sie mir Jahre später verschmitzt verrieten, hatten sie ihren ersten Kuss von einer fremden Frau nie vergessen.

Es war plötzlich und sehr früh dunkel geworden. Die Abenddämmerung dauerte nur wenige Minuten, ich hatte sie kaum wahrgenommen.

Mohammad Taher drängte zum Aufbruch, es war Zeit für das Abendgebet. Personenlimit schien für die Iraner ein Fremdwort zu sein, denn alle siebzehn Personen, neun Erwachsene, der Rest Kleinkinder und Teenager, inklusive unseres Gepäcks und Kinderwagen, fanden in zwei großen, amerikanischen Limousinen Platz. Ich kam aus dem Staunen nicht heraus. Mit meinem Kind im Arm und der jüngsten Tochter Heschmats auf meinen Knien saß ich relativ bequem auf dem Beifahrersitz in Djavads Auto. Da es dunkel war, konnte ich auf der einstündigen Fahrt außer einem blendenden Lichtermeer nicht viel von *Teheran* sehen.

Heschmat und Djavad bewohnten in ihrem Dreifamilienhaus in der nördlichen Hälfte *Teherans* die mittlere Etage. Die Wohnung war groß, allein der Salon, der Empfangsraum für Gäste, war zweimal so groß wie unsere gesamte Wohnung in Deutschland. Im Salon lagen dicke Teppiche auf edlem Marmorfußboden. Ringsum an den Wänden hingen wunderschöne, große Gemälde mit iranischen Motiven oder mit Zitaten, die in arabischer Kalligrafie mit Gold aufgemalt waren. Das Mobiliar war im Barockstil gearbeitet. Schwere Kristallleuchter aus Tschechien sorgten für Helligkeit und Glimmer.

Der eigentliche Wohnbereich verfügte über einen gemütlichen, großen Aufenthaltsraum, unserem Wohnzimmer vergleichbar, und über fünf Schlaf- und Kinderzimmer.

„Du meine Güte, wer putzt denn das alles?" fragte ich meine Schwägerin. Sie schaute mich erstaunt an. „Unsere Putzfrau natürlich, wieso fragst du das?", übersetzte ihr Mann.

„Ach, nur so", antworte ich und konnte es mir dann doch nicht verkneifen noch hinzuzufügen: „Ich putze halt selbst, ich habe keine Putzfrau." Verwunderte und verstohlene Blicke auf meine Hände verrieten mir, was sie davon hielten. Doch was sie zu sehen bekamen, waren gepflegte Hände mit rotem Nagellack, passend zum Kostüm.

Ich hatte noch nie vorher Nagellack benutzt, außer, wenn ich meinen Puppen die Nägel lackierte. Jetzt war ich froh, auf den Rat einer Freundin gehört zu haben.

Mohammad Taher und seine große Familie wohnten nur drei Minuten Fußweg entfernt. Sie waren mitgekommen, Heschmat hatte sie zum Abendessen eingeladen. Es war kurz vor neun und die bei uns übliche Essenszeit schon weit überschritten, als sie sich verabschiedeten. Ich fragte meinen Schwager, warum sie nicht zum Essen dablieben. Er meinte, Azade sei erschöpft, und ich solle mich auch etwas ausruhen.

„Ihr habt einen anstrengenden Tag hinter euch, und du darfst die Zeitverschiebung nicht vergessen. Außerdem seid ihr von Europa nach Asien gekommen und habt somit den Kontinent gewechselt, das macht müde. Ruht euch erst einmal aus, wir kommen in einer Stunde zurück."

An Ruhe und Erholung war jedoch nicht zu denken. Ich hatte Reza gleich nach unserer Ankunft abgeduscht und ihm wegen der laufenden Klimaanlage wärmere Sachen angezogen. Normalerweise schlief er nach dem Baden sofort ein, aber er war aufgedreht und wollte mit den Kindern spielen. Heschmat hatte für ihn eine Babywippe, die sie noch von ihren Kindern aufbewahrt hatte, bereitgestellt und Reza hatte schnell begriffen, was er tun musste, um die Wippe zum Schwingen zu bringen. Dann klatschten alle und schon bald versuchte er, mit seinen Patschhändchen mitzuklatschen. Es berührte mich zu sehen, mit wie viel Liebe und Achtsamkeit die Kinder mit ihm umgingen. Nach einer Stunde war Reza so müde, dass er nur mit Mühe seinen Brei schlucken konnte. Dennoch kämpfte er damit, wach zu bleiben, um weiterzuspielen. Ich bat die Kinder, uns allein zu lassen und wiegte Reza mit seinem Einschlaflied in den Schlaf. Während ich die Melodie leise weitersummte, wartete ich, bis alle Unruhe von ihm abgefallen war und er entspannt schlief.

Ich bewunderte dieses kleine Menschlein, das einen langen und aufregenden Tag so großartig bewältigt hatte, und stellte erstaunt fest, dass sich bei ihm schon einige Charakterzüge herauskristallisierten. Trotz der Unruhe um ihn herum, war Reza nicht weinerlicher gewesen als an jedem anderen Tag auch. In Gedanken registrierte ich auf einer imaginären Charakterliste: ‚Beständigkeit und Verlässlichkeit'. Dass er gerne mit Kindern zusammen war, interpretierte ich als ‚Freundlichkeit und Kameradschaftlichkeit', und sein Durchhaltevermögen vermerkte ich unter ‚Stärke, Tapferkeit und Genügsamkeit'. Ich war so stolz auf meinen kleinen Sohn und war mir sicher, dass er einen guten Weg gehen würde.

„Schlaf, mein Kind, du sollst einst werden wohl ein großer Held", hieß es in der zweiten Strophe seines Schlafliedes. „Nein, mein Kind, du musst kein Retter dieser Erde werden", dachte ich zärtlich, „sei nur dein eigener Held und tu das, was dir richtig erscheint und dir Freude macht." Mit großer Dankbarkeit für dieses kleine, unfassbare Wunderwerk der Schöpfung und für diesen gut verlaufenen Tag vertraute ich Reza seinem Schutzengel an und gesellte mich zu den anderen.

Es war inzwischen kurz vor Mitternacht. Die größeren Mädchen waren dabei, den Tisch zu decken, und in der Küche füllten meine beiden Schwägerinnen Schüsseln und Servierplatten mit allerlei leckeren Gerichten. Ich merkte noch, wie eine wohlige Erschöpfung in jede Zelle meines Körpers kroch und ich ihr gegenüber machtlos war. Ich schlief beim Essen ein und wachte am nächsten Morgen neben meinem Kind auf.

Reza schlief noch, so konnte ich erst duschen und mich umziehen. Danach machte ich mich auf die Suche nach einer Möglichkeit, Wasser für Rezas Milch abzukochen. Es war still in der Wohnung. Nur aus der Küche kamen leise Geräusche. Es duftete nach frisch gebrühtem Tee, das Wasser im *Samowar* blubberte vor sich hin. Heschmat war dabei, große Mengen Obst zu waschen. Sie überschüttete mich mit Begrüßungsworten und Küssen und lud mich zu einem großen Glas Tee ein.

Mit Heschmat Tee zu trinken, war etwas Besonderes. Zu offiziellen Anlässen wurde auch bei ihr der Tee in zierlichen Teegläsern mit Goldrand und Untertasse gereicht. Mit kleinen Zuckerstückchen, die von einem Zuckerhut abgeklopft wurden. Man nahm den Zucker in den Mund und schlürfte den heißen Tee schluckweise hinterher, und das so geschickt, dass es nicht wie Schlürfen aussah, geschweige denn, sich so anhörte. Privat trank sie den Tee am liebsten aus einem großen Glas, was einer Revolution in der heiligen Teezeremonie gleichkam. Nur enge Freunde wurden darin eingeweiht. Es war demnach eine große Ehre, dass ich ab meinem ersten Morgen auch dazu gehörte. Unsere unzähligen Teestunden waren auch nach zwanzig Jahren noch etwas Besonderes, auch wenn wir sie an einem Tag mehrmals zelebrierten. Und auch wenn der Tee inzwischen fast überall in großen Gläsern serviert wurde. Die Teestunden bei Heschmat schenkten mir ein Gefühl von Heimat und Ruhe, mitten im um uns herum tobenden Alltag. Mein Herz füllt sich gerade mit dankbarer Zärtlichkeit für diese wunderbare Schwägerin.

Auf meine fragenden Blicke Richtung Obst vermittelte Heschmat mir mit Gebärden, dass Djavad schon einkaufen war. Ungewollt verfiel auch ich in die Gebärdensprache. Mit dem Ergebnis, dass wir einen Lachanfall nach dem anderen bekamen. Das lockte Djavad herbei. Von ihm erfuhr ich, dass sie Besucher erwarteten. Das war also die Überraschung, Mohammad Taher hatte sie mir am Abend vorher angekündigt.

Es kamen sehr viele Gäste, um uns willkommen zu heißen. Irgendwann gab ich auf, mitzuzählen oder mir Namen und Verwandtschaftsgrade zu merken. Nicht nur die direkten Angehörigen kamen, sondern auch deren angeheiratete Verwandtschaft, die auch wieder Verwandte mitbrachten. Alle waren herzlich willkommen. Ich konnte es nicht fassen, dass man eine so große Familie haben konnte. Heschmat meinte, dass dies nur ein kleiner Teil wäre. Sie dachte dabei an *Chorramschahr* und *Ahwaz*, unsere nächsten Stationen.

Schon bald reichten die Stühle nicht mehr aus. Die Frauen überließen sie gerne den Männern und setzten sich um meinen Sessel herum auf den Teppich. Die Teenager, egal ob Junge oder Mädchen, übernahmen unaufgefordert das *Paziraie*, das Bewirten der Gäste. Tee, Gebäck, Nüsse, Süßigkeiten und Obst wurden ununterbrochen herumgereicht. Für Nachschub sorgten die neu ankommenden Gäste. Azita wich nicht von meiner Seite. Sie stellte mir die Besucher vor. Diese brachten so viele Geschenke für Reza und mich, dass ich schon bald den Überblick verlor. Azita schrieb auf, welches Geschenk von wem war. So konnten Hesam und ich uns später noch einmal dafür bedanken.

„Guten Tag, Sieglinde *Chanum*!" Überrascht drehte ich mich nach der Stimme hinter mir um. Ein Mann mit Hut stand vor mir, neben ihm eine hochschwangere, junge Frau.

„Ich bin Morteza, Hesams Bruder, und das ist meine Frau Sepide", stellte er sich in fast akzentfreiem Deutsch vor: „Herzlich willkommen im Iran und in unserer Familie!" Natürlich, Morteza! Ihn hatte ich ganz vergessen. Nach seinem Studium in Braunschweig hatte die iranische Oil Company ihm einen super Job angeboten. Er war daraufhin, kurz bevor ich Hesam kennenlernte, in den Iran zurückgekehrt. Dort begegnete er Sepide, was ihre Mütter arrangiert hatten. Nach einiger Zeit stand fest, dass sie füreinander bestimmt waren und sie heirateten. Es war ihnen anzusehen, dass sie sich auf ihr erstes Kind freuten und dass sie sehr verliebt waren.

Meine Muttersprache in dieser Umgebung zu hören, war etwas so Besonderes, dass mich nach nur zwei Tagen in der Fremde großes Heimweh überkam. Als ich mich mit Reza für kurze Zeit zurückzog, um ihm die Windel zu wechseln, konnte ich die Tränen nicht mehr zurückhalten. Ich vermisste meinen Mann! Ohne ihn fühlte ich mich halbiert und hilflos. Obwohl sich alle sehr viel Mühe gaben, dass ich mich wohl- und angenommen fühlte, schlugen die Emotionen bei mir plötzlich Kapriolen. Einerseits überwältigten mich die Freundlichkeit der Menschen und die Art, wie sie mit Respekt und Achtung miteinander umgingen und die Zeit des Beisammenseins sichtlich genossen, andererseits war ich so große Ansammlungen von Menschen im privaten Bereich nicht gewohnt und die Freundlichkeit fing an mich zu erdrücken, sie war zu viel auf ein Mal. Außerdem war ich ständiger Mittelpunkt des Geschehens und immer umlagert, alle Frauen und Kinder wollten in meiner Nähe sein.

Ich musste unzählige Fragen beantworten, was sich manchmal als schwierig erwies. Als sie merkten, dass ich im medizinischen Bereich einige Kenntnisse habe, wurden die Fragen intimer. Azita hatte zum Glück Probleme damit, Themen um Frauenbeschwerden und weitere, in diese Richtung gehende, Fragen zu übersetzen. Mit einer herrlichen Unbekümmertheit sprachen die Frauen über

Dinge, bei denen ich noch rot wurde. Ich erklärte ihnen, dass ich nur eine Krankenschwester sei und sie einen Arzt fragen müssten, doch das verhinderte nicht, dass sie weitere Fragen stellten. Deshalb war ich froh, dass ich öfter die Flucht ergreifen und durchatmen konnte, wenn Reza ein Bedürfnis hatte.

Es gab aber auch andere Fragen, wie zum Beispiel zu meiner Religion. Sie wollten wissen, wie wir unseren Glauben lebten und wie wir beteten. Sie erzählten mir alles, was sie von Jesus wussten, von seinen Gleichnissen und Wundern und wo er gelebt und gewirkt hatte. Sie schwärmten von Maria und sagten, dass sie ein großes Vorbild für alle Frauen sei. Hesam hatte mir erzählt, dass es in fast jeder Familie eine Mariam gab. Deshalb fragte ich, wie viele Mariams anwesend waren. Es gingen mindestens sechs Hände hoch. Sie interessierten sich für unser Schulsystem und fragten, wie für Frauen die Arbeits- und Studienbedingungen sind. Einige der Mädchen studierten bereits. Die jungen Menschen waren wissbegierig und stellten viele interessante, teilweise auch ernste Fragen zu unserer Kultur. Auch politisch waren sie interessiert. Eine ihrer Fragen war, wie Demokratie sich auf das Leben der Menschen auswirke. Ihre Frage, wie mir Farah Diba gefallen würde, überraschte mich daher sehr. Ich erfuhr, dass der *Schah* allgemein nicht beliebt war, dass man aber Farah, seine dritte Frau, sehr schätzte. Ihre Anhängerschaft war groß, nicht nur wegen ihrer Vorrangstellung als Modeikone.

So wie in ihren Fragen die Wertigkeit einer Demokratie mit der einer typischen Farah-Diba-Frisur keinen größeren Unterschied machte, nahmen die Menschen mit einer heiteren und unkomplizierten Leichtigkeit das an, was das Leben gerade für sie bereithielt. Die Gelegenheit, das zu erfahren, hatte ich schon am zweiten Tag meines Aufenthaltes. Ein Vorfall, der in meiner deutschen Familie fast einen Weltuntergang herbeigeführt hätte, war hier nicht einmal eines negativen Gedankens wert.

Ungefähr fünfzig Gäste, darunter auch ich, hatten vor der Wohnungstür ihre Straßenschuhe abgestellt, schön ordentlich in einigen Reihen nebeneinander. Ich beobachtete zufällig einen etwa vier Jahre alten Jungen, der in den Schuhen wohl ideale Bausteine sah und versuchte, damit einen Turm zu bauen. Als besonders praktisch erwiesen sich die Stöckelschuhe der Damen, mit deren dünnen Absätzen er die Bauobjekte ineinander verhaken konnte. Weil der Turm dennoch mehrmals einstürzte, waren die Fundamente des Turmes zwar noch zu erkennen, aber der Großteil der Schuhe lag kreuz und quer. Das sorgte bei den Gästen, die schon früher gehen wollten, für Chaos, aber viel mehr noch für Heiterkeit. Angelockt von dem Lachen kamen auch jene hinzu, die noch blieben. Besonders die Männer hatten Probleme, unter all den ähnlichen Männerschuhen ihre eigenen wiederzufinden. Letzten Endes half nur noch ein Riechtest. Die eindeutig übertriebenen Grimassen, wenn der Geruch nicht zu passen schien, spornten die Kinder an, mitzumachen, darunter auch der kleine, nur mir bekannte Verursacher.

Der ausgeweitete Riechtest brachte schnelle Erfolge, und die Schuhe flogen in Richtung der Besitzer. Dabei hatten die Schelme nur ein besseres Beobachtungsgedächtnis und konnten die Schuhe deshalb gezielter zuordnen. Ich lachte Tränen. Die Männer täuschten Ärger vor und mit einem Augenzwinkern in meine Richtung „drohten" sie dem unbekannten Übeltäter. Aber in ihren Stimmen schwang sehr viel Liebe und auch ein wenig Stolz mit für den kleinen Tüftler, der so viel kreative Fantasie gezeigt hatte.

Am Abend waren immer noch viele Gäste da. Azita erzählte mir, dass ihr Vater mir zu Ehren alle Anwesenden zum Abendessen eingeladen und die Bestellung schon aufgegeben hatte. Es sollte *Tjelo Kabab* geben. „Das ist ein persisches Nationalgericht, über Holzkohle gegrillte Hackfleischspieße auf Reis", erklärte sie mir. Einige der Frauen hatten Salate und Beilagen, wie Joghurt, Oliven, verschiedene Kräuter und *Torschi*, das ist sauer eingelegtes Gemüse, vorbereitet. Ich staunte, wie unproblematisch und schnell alles gehandhabt wurde. Erst um Mitternacht waren die letzten Gäste gegangen.

– 7 –

Heschmat hatte mir geraten, für die Reise in das heiße *Chuzestan* nicht das rote Kostüm anzuziehen. Vor dem Schlafengehen half sie mir noch beim Aussuchen einer passenden Garderobe für den

Flug, der am nächsten Morgen sein sollte, und wählte ein pastellfarbenes, langärmeliges Hemdblusenkleid aus leichter Baumwolle. Bei Reza entschied sie sich für ein rosa Kleidchen mit Rüschenhöschen, das uns eine entfernte Verwandte als Geschenk mitgebracht hatte. Noch bevor ich mich dafür bedanken konnte, hatte diese auf meinen erstaunten Blick hin erklärt:

„Ich weiß, dein Kind ist ein Junge. Er ist aber, *Maschallah*, so ein schönes Kind, und auch noch ein Junge, dass böse Blicke ihn treffen könnten. Wenn die Leute aber denken, er sei ein Mädchen, sind sie weniger neidisch." Djavad, der übersetzte, fügte noch hinzu: „Wir versuchen, die bösen Blicke abzuwehren, indem wir *Maschallah* sagen." Hatte ich das richtig verstanden? Böse Blicke abwehren? Das Thema Junge oder Mädchen, die beide anscheinend unterschiedlich vor bösen Blicken geschützt werden müssten, brannte mir auf der Zunge, aber ich kannte die Beweggründe für diese andersartige Denkweise noch nicht und wollte niemanden verletzen. Deshalb fragte ich nur:

„Ihr schützt euren Aberglauben mit einer Zauberformel?"

„Es ist keine Zauberformel! *Maschallah* bedeutet ‚Von Gott so gewollt'. Man will damit zum Ausdruck bringen, dass man nicht neidisch ist." Dann fügte er noch hinzu:

„Und es ist auch kein Aberglaube. Der böse Blick kann Menschen krankmachen, ja, sogar töten." Ich konnte nicht fassen, dass sie das glaubten. Immer mehr der Anwesenden hatten sich um uns herum versammelt und raunten *„Maschallah"*. Ich sah Besorgnis in ihren Gesichtern und begriff, wie wichtig und ernst das Thema für diese Menschen anscheinend war. Deshalb nahm ich das rosa Kleidchen, hielt es Reza an, lächelte und sagte: *„Maschallah*, rosa steht ihm gut." Erleichtert stimmten alle mit ein: *„Maschallah, Maschallah!"* Ich selbst musste ja nicht daran glauben. Außerdem war das rosa Kleidchen aus leichter Baumwolle und kühl. Das Wohl meines Babys ging vor Aberglauben.

So kam es, dass ich am nächsten Morgen den Flug mit einem Jungen antrat, der wie ein Mädchen aussah. Fast tausend Flugkilometer lagen vor uns. Unser Anflughafen war *Abadan*, das Zentrum der iranischen Erdölindustrie im äußersten Südwesten Irans, nahe zur irakischen Grenze. Unsere nächste Zwischenstation für eine Nacht sollte *Chorramschahr* sein, das dreißig Kilometer entfernt lag. Von dort aus wollten wir sehr früh mit einem Taxi nach *Ahwaz* zu den Schwiegereltern fahren.

Im Flugzeug war es angenehm kühl und Reza schlief sofort ein. Ich hing meinen Gedanken nach und ließ die letzten Tage vor meinem inneren Auge noch einmal vorüberziehen. Sie waren so voll mit Begegnungen, Ereignissen und neuen Eindrücken, dass ich kaum glauben konnte, dies alles in nur zwei Tagen erlebt zu haben.

Die Erinnerung an diese Tage berührt mich auch heute noch. Ich war in einer anderen Welt gelandet und konnte nicht unterscheiden zwischen dem Mythos von 1001 Nacht und der Realität, die selbst im reellen Geschehen für mich noch unvorstellbar erschien. Heschmat, die ich sofort in mein Herz geschlossen hatte, erinnerte mich sehr an Scheherazade, eine der Hauptfiguren in 1001 Nacht. Wunderschön, selbstbewusst, geheimnisvoll, erotisch, stolz, faszinierend, liebevoll und mit einem schlagfertigen Humor gesegnet. So erlebte ich sie all die Jahre über. Sie hat mir über manchen Kummer hinweggeholfen und ist mir auch heute noch eine liebe Freundin.

Die beiden Tage mit meiner neuen Familie ließen mich ahnen, dass ich eine Art Grenzgängerin zwischen zwei Welten war und das wahrscheinlich auch bleiben würde. Grenzgängerin zwischen zwei Religionen und zwei verschiedenen Kulturen und Traditionen. Ich fragte mich, ob ich dieser mir schwierig erscheinenden Gratwanderung gewachsen war.

Während ich vor mich hin sinnierte, geriet der Flieger plötzlich in heftige Turbulenzen. Damit ich nicht in Panik geriet, hatte Hesam mich vorgewarnt und mir erklärt, dass das passieren könnte. Ich erinnerte mich, dass er von warmen und kalten Luftzonen gesprochen hatte, die, wenn sie aufeinandertrafen, Luftlöcher bildeten. Er hatte noch erwähnt, dass das Flugzeug dann ein wenig ins Schwanken geraten könnte und ich keine Angst haben müsste. Dem angeblichen Schwanken traute ich zerstörerische Kräfte zu, so heftig war das Auf und Ab, in dem wir uns befanden. Den anderen Passagieren schien das nach anfänglichem Erschrecken nicht viel auszumachen, was mich ein wenig beruhigte.

Als alles nach zehn Minuten vorüber war, besann ich mich auf meine Gedanken, denen ich vor den Turbulenzen nachgegangen war. Was wäre, wenn Hesams und meine Gegensätze miteinander kollidierten wie die warme und kalte Luft? Würden wir auch in Turbulenzen geraten? Oder würde unsere Liebe stark genug sein, diesen Herausforderungen standzuhalten. Einerseits konnte ich mich gut anpassen, andererseits hatte ich aber auch Bedenken, dass ich dadurch meine Individualität verlieren könnte. Ich entschied mich für unsere Liebe und war mir sicher, dass sie stärker war als alle Turbulenzen, und dass ich meinen sturmfesten Wurzeln, die tief im Glauben gründeten, vertrauen durfte.

Mein Blick fiel auf Reza. Er sah süß aus in dem rosa Kleidchen. Ich dachte an die vielen *Maschallah*, die es verursacht hatte und stellte fest, dass ich schon zwei Schlüsselworte in der persischen Kommunikation kannte. *Alhamdelellah* und *Maschallah*. Und wie es oft ist, wenn man ein Wort oder eine Sache einmal bewusst wahrgenommen hat, begegnen diese einem immer wieder. So war mir vor unserem Abflug aufgefallen, dass fremde Menschen uns anlächelten und „*Maschallah*" murmelten. Ich lächelte zurück und schaute mir die angeblich bösen Blicke genauer an, was in diesem Land ziemlich unschicklich für eine Frau war, aber ich sah nur Freundlichkeit und Wohlwollen in ihren Augen. Wenn ich gefragt wurde, wie mein Baby heißt, antwortete ich dennoch: „Sie heißt Rezwan".

– 8 –

Im Vergleich zu den Turbulenzen verlief die Landung ruhig. Ich würde dennoch nie wieder eines dieser kleinen Flugzeuge betreten, das nahm ich mir fest vor. Hassan, der fünfte der Brüder, wartete schon in der Gepäckhalle auf uns. Er nahm Reza auf den Arm und herzte und küsste ihn: „*Maschallah, Maschallah*." Reza freute sich, denn die Ähnlichkeit des Onkels mit seinem Papa war verblüffend. Da es ein Inlandflug war, mussten wir nicht durch den

Zoll. Auch durch keine Passkontrolle und es wartete niemand vorm Flughafen auf uns. Es war viel zu heiß und zu schwül. Im klimatisierten Auto fuhren wir nach *Chorramschahr*. Erschöpft von der Hitze schlief Reza bald ein. Hassan zeigte mir, wo der Hafen lag, dessen Pappelalleen auch aus der Ferne zu erkennen waren. Er erzählte, dass er fast jeden Tag dort war, um Waren und Handelsgüter für Kunden durch den Zoll zu bringen und weiterzuleiten, sein Hauptbüro sich aber in der Stadt befand.

Chorramschahr war anders als *Teheran*. Es hatte noch viel orientalisches Flair, das dem ersten Erscheinungsbild *Teheran*s wegen der vielen Hochhäuser fehlte. Die meist zweigeschossigen Häuser passten sich in ihrer Farbe dem feinen Wüstensand an, der überall gegenwärtig war. Fast jedes Haus hatte einen Balkon, der sich über die ganze Breite der Fassade hinzog. Soweit ich erkennen konnte, waren die Balkone aus Holz, und deren Umrandungen mit wunderschönen, filigranen Schnitzereien versehen. Jeder Balkon war für sich ein Unikat.

Ab und an überragte eine Dattelpalme die Häuserfronten, aber sonst war kein Grün zu sehen. Die Straßen lagen farblos und wie ausgestorben vor uns. Die dominierende Farbe war Sand. Nur ab und an unterbrachen auffallend große Rollläden diese Eintönigkeit. Sie waren vorwiegend in Blau und Grün angemalt und sahen wie Garagentore aus. Dahinter vermutete ich Geschäfte, denn sie lagen über eine Stufe von der Straße erhöht und über dem Rollladen befand sich eine Beschriftung. Manchmal konnte ich in lateinischer Schrift „Store" lesen. Sie waren alle geschlossen. Bei mehr als fünfzig Grad im Schatten begann das Leben außerhalb der kühlenden Mauern erst wieder ab acht Uhr abends, so hatte Hesam es mir erklärt.

Unser Empfang war, wie erwartet, sehr herzlich. Alle drei Familien, sechs Erwachsene und sechzehn Kinder, hatten sich im Haus von Kamal, dem ältesten der drei Brüder eingefunden. Es war angenehm kühl im Haus. Die Frauen trugen leichte, bunt gemusterte Schleier, die sie locker um Kopf und Schultern gelegt hatten. Noch vor der großen Begrüßungszeremonie mit geschätzten einhundert Küssen, *Maschallah*s und Allhamdelellahs und ebenso vielen Fragen nach unserem Wohlergehen, reichte man uns ein Erfrischungsgetränk aus eisgekühltem, leicht gesüßtem Pfefferminzsaft. Zuerst füllte ich etwas davon, ohne Eiswürfel, in Rezas Trinkflasche, die er in einem Zug leertrank. Die Begrüßung und das anschließende *Paziraie* verliefen ähnlich wie in *Teheran*.

Beim geselligen Beisammensein fiel mir auf, wie auch schon in *Teheran*, dass die Kinder im Mittelpunkt standen und sehr viel Aufmerksamkeit und liebevolle Zuwendung und Wertschätzung erfuhren. Ich spürte die Verbundenheit in den einzelnen Familien, aber auch unter den drei Familien. Ganz selbstverständlich hatten sie mich mit großer Herzlichkeit aufgenommen und mir das Gefühl gegeben, dazu zu gehören. Das machte mich sehr glücklich, und ich konnte mir nun schon ein wenig vorstellen, im Iran zu leben. Zwei der Schwägerinnen waren Halbschwestern, sie unterschieden sich aber sehr in ihrer Art. Sekine, die Gastgeberin und Kamals Frau, strahlte Ruhe, Zufriedenheit und Gelassenheit aus. So waren auch ihre sechs Kinder, drei Mädchen und drei Buben. Farnaz, die jüngere der beiden Schwestern und Hassans Frau, war lebhafter und voller Neugierde. So wollte sie zum Beispiel wissen, wie wir in Deutschland lebten, was ich kochte, wie die neueste Mode in Deutschland war, welche Schulausbildung ich hatte, was mein Vater von Beruf war, was ich Reza zu essen gab, und ob man in Deutschland wirklich Schweinefleisch aß und Hunde mit in der Wohnung lebten. Farnaz und Hassan hatten zwei Töchter und drei Söhne. Der jüngste Sohn war in der Entwicklung gestört. Mit achtzehn Monaten konnte er noch nicht sitzen. Er reagierte kaum auf Ansprache, und sein kleines Köpfchen bewegte er wie von einer Unruhe getrieben hin und her.

Der Name der dritten Schwägerin, Sahar, was Sonnenaufgang bedeutet, passte zu ihr. Wenn sie lächelte, ging auch im dunkelsten Herzen die Sonne auf. Sie wirkte besonnen und im Umgang mit ihren fünf Kindern, drei Mädchen und zwei Buben, liebevoll, aber auch streng.

Für das gemeinsame Essen hatten alle Schwägerinnen etwas vorbereitet. Eine große Tischdecke wurde dafür auf dem Teppich im Salon ausgerollt und im Nu lud eine bunt gedeckte Tafel vor meinen Füßen zum Essen ein. Mit „Besmellah, befarmaid!", das bedeutet „Im Namen Gottes, bedient euch", bat Sekine zu Tisch. Alle setzten sich um die Tischdecke herum, einige im Schneidersitz, andere knieten und setzten sich auf ihre Unterschenkel. Die Frauen verhüllten die Beine mit ihren Schleiern. Diese trugen sie, weil die Brüder ihres Mannes für sie keine nahen Blutsverwandten und somit *namahram* waren. Ich kam mit dem Schneidersitz nicht zurecht, es knirschte, knackste und schmerzte überall, außerdem war mein Kleid gerade geschnitten und verrutschte ständig nach oben.

„Ich glaube, Reza fühlt sich wohler, wenn er auf dem Schoß seiner Mama am Tisch sitzen kann", half Sahar mir aus der Verlegenheit. Dankbar lächelte ich ihr zu und setzte mich mit Reza an den Esstisch. Meine Schwägerinnen schlossen sich uns an und Mona, die älteste Tochter der Gastgeber, kam zum Übersetzen auch mit. Sie waren alle sehr bemüht um mich und legten mir die besten Teile eines Hühnchens und viel von der leckeren Reiskruste auf den Teller. Sahar hatte für ihre fünf Monate alte Tochter und für Reza eine Hühnersuppe mit Hühnerbrust, Reis und Karotten gekocht und püriert. Reza war abgelenkt durch die vielen Menschen und ich hatte keine Mühe, ihm das Essen zu reichen. Er hatte außer der Milch am Morgen nur Wasser und den Saft zur Begrüßung getrunken. Zwischendurch aß ich auch selbst etwas und stellte erstaunt fest, dass mein Teller wieder aufgefüllt war, wenn ich dachte, alles aufgegessen zu haben. Meine erst fragenden, dann aber abwehrenden Gesten belächelten meine Schwägerinnen freundlich und legten wieder nach.

Als mein Teller zum zweiten Mal leer war, bat ich Mona, den Schwägerinnen zu sagen, dass ich satt war und nichts mehr essen konnte. Aber sie lächelten und füllten erneut den Teller auf. Nach zwei weiteren Bissen streikte ich und der große Rest blieb auf dem Teller. Verwundert stellte ich fest, dass sie zufrieden waren und mich nicht mehr bedrängten. Nach einiger Zeit des Abwartens räumten sie lächelnd den noch fast vollen Teller weg. Ich fragte Mona, ob das im Iran üblich war, dass die Gäste gemästet wurden. Sie holte ihren Onkel Hassan zu Hilfe, weil sie nicht verstanden hatte, was ich meinte. Ich erklärte es ihm teilweise mit Gestik, denn ich kannte das englische Wort für mästen nicht. Er fing an zu lachen und konnte sich nicht mehr beruhigen. Immer noch lachend erklärte er mir:

„Der Gastgeber füllt dem Gast so lange nach, bis dieser das Zeichen setzt, dass er satt ist." Ich protestierte und wies darauf hin, dass ich Mona gebeten hatte, den Schwägerinnen zu sagen, dass ich satt war.

„Sie dachten, du lehnst anstandshalber ab. Bei uns nennt man das *Taarof*. Erst, wenn ein Rest Essen auf dem Teller verbleibt, weiß der Gastgeber, dass der Gast satt ist." Die Schwägerinnen wurden neugierig und fragten, was geschehen war. Hassan versuchte, ihnen das Problem zu erklären. Sie waren sehr betroffen und entschuldigten sich. Verschämt gestand mir Sekine, dass sie sich schon gewundert hatten und mich fragen wollten, wie ich so viel essen konnte und dennoch schlank blieb. Wir lachten über diese Situation, die von Missverständnissen nur so strotzte. Beim Essen galt demnach vornehme Zurückhaltung. In *Teheran* war mir das nicht aufgefallen, erst in *Chorramschahr*, als sich manche Situation wiederholte. Es war unschicklich, alles, was angeboten wurde, auch aufzuessen. Genauso verhielt es sich mit Gebäck, Obst und Süßigkeiten, die zu Beginn angeboten wurden. Mein Teller war immer gleich leer. Ich aß alles auf, weil ich dachte, nicht aufzuessen wäre unhöflich.

Der Abend verlief noch in fröhlicher Stimmung. Hassan erzählte gerne Witze. Bevor er überhaupt anfing, musste er im Voraus schon so über den Witz lachen, dass er vor Lachen nicht richtig erzählen konnte. Wenn er mir die Witze übersetzte, verstand ich deshalb die Pointe oft nicht. Ich lachte aber mit, wenn alle lachten. Da die Kinder anwesend waren, ging ich davon aus, dass es anständige Witze waren. Auch die Kinder beteiligen sich lebhaft an der Unterhaltung. Sie erzählten eigene, erfundene Witze und freuten sich über den Applaus. Die kleineren Kinder waren um 22 Uhr noch munter. Niemand forderte sie auf, schlafen zu gehen, was mich verwunderte. Ich fragte deshalb nach. Hassan erklärte mir, dass fast alle oben auf dem Dach schliefen, unter freiem Himmel, und dass es erst nach zehn Uhr abkühlte. Außerdem hatten die

Kinder Ferien und wegen uns war es ein besonderer Tag, da durften sie länger aufbleiben.

Sahars Mann, Farhad, war erst später dazu gekommen und hatte seitdem Reza, der nach einem zweistündigen Schlaf wieder putzmunter war, nicht mehr hergegeben. Er spielte und lachte mit ihm und sagte ihm Reime auf. Eines der Spiele brachte mich jedes Mal an den Rand eines Herzinfarktes. Er packte dabei Rezas Füße mit seiner rechten Hand und hielt sie fest umfasst. Ehe ich mich versah, stand Reza, der noch nicht einmal allein sitzen konnte, in der Hand seines Onkels gerade und sicher aufrecht. Wie eine große Kerze. Der Onkel ließ ihn tanzen, indem er die Hand hin und her bewegte und dazu sang: „Hannanasu, Hannanasu, nimm dein Geld und kauf dir eine hübsche Braut, eins, zwei, drei!" Beim Zählen bewegte er seine Hand mit Reza schnell auf und ab. So, als ob er ihn in die Luft werfen und wieder auffangen wollte. Und Reza stand immer noch kerzengerade, balancierte sich mit den kleinen Ärmchen aus und jauchzte laut. Wenn der Onkel eine kurze Pause machte, sackte er zusammen und Farhad fing ihn geschickt auf. Reza gab ihm plappernd und gestikulierend zu verstehen, dass er noch mehr wollte. Ich war wie gelähmt vor Sorge, aber alle anderen lachten und klatschten mit. Dann machte Farhad das gleiche mit seiner Tochter, die genauso viel Spaß dabei hatte wie Reza. Die absolute Krönung war, als er beide Babys in je einer Hand hielt und mit beiden gleichzeitig diesen Handtanz machte.

Kurz nach Mitternacht waren alle in ihre Häuser zurückgekehrt. Reza schlief schon, das Spielen mit seinem Onkel hatte ihn müde gemacht. Ich hatte die Wahl zwischen schlafen unter freiem Himmel oder im klimatisierten Raum. Ich konnte mir nicht vorstellen, mit so vielen Menschen im Freien zu schlafen und entschied mich für Letzteres. Noch lange lag ich wach. Das monotone Geräusch der Klimaanlage war zwar ungewohnt, aber es wirkte beruhigend auf mich. Die Anspannung des heutigen Tages fiel ab, Stille und Frieden erfüllten mich.

Ich dachte an meinen Mann, dem ich so gerne erzählt hätte, dass es uns gut ging und ich mich in seiner Familie wohlfühlte, und wie sehr ich ihn vermisste. Eine Telefonverbindung nach Deutschland konnte man nur im Telefonamt bekommen. Hassan meinte aber, dass ich in *Ahwaz* mit Hesam sprechen könnte, weil der Schwiegervater eine Direktverbindung mit dem Amt hatte, das ihn dann mit Deutschland verbinden würde. Man konnte also von zuhause aus telefonieren. Über der Vorfreude, bald Hesams Stimme zu hören, war ich dann doch bald eingeschlafen.

– 9 –

Um der größten Hitze zu entgehen, machten wir uns am nächsten Morgen schon um fünf Uhr auf den Weg. Zwei der etwas älteren Neffen, die Cousins Mehran und Babak, begleiteten uns. Sie sprachen für ihre vierzehn Jahre gut Englisch. Da die Hochzeit ihres Onkels kurz bevorstand, wollten sie gleich in *Ahwaz* bleiben und für mich und Reza da sein.

Endlich würde ich Hesams Zuhause, seine Eltern und den Rest der Familie kennenlernen. In einem gemieteten Ferntaxi fuhren wir 120 Kilometer durch trockene Steppe. Mehran und Babak schliefen fast die ganze Fahrt über, auch Reza blieb nicht lange wach. Der Fahrer musste oft langsamer fahren oder sogar anhalten, bis sich der vom Wind herbei getragene Wüstensand, der ihm die Sicht versperrte, wieder gelegt hatte. Das hatte etwas Bedrohliches für mich. Um der aufkommenden Unruhe und Nervosität in mir keinen Raum zu geben, lenkte ich mich ab und versuchte, der Situation etwas Schönes abzugewinnen. Ich stellte mir vor, wie die großen Gotteserfahrungen, von denen die Bibel berichtet, in der Wüste geschehen waren, in einer Landschaft, die dieser ähnlich war. Moses, Elias, Johannes und Jesus fielen mir ein. Ich folgerte daraus, dass die Kargheit einer Landschaft einen unsichtbaren inneren Reichtum in sich birgt, weil die Sinne frei sein können und Gott spürbar wird. Ich redete mir ein, dass die grünen Hügel und Wiesen und Wälder meiner Heimat eine Weide für meine Augen waren, diese kargen, wüstenähnlichen Steppen hingegen grüne Weiden für meine Seele bereithielten.

An diese Vorstellung klammerte ich mich viele Jahre. Sie half mir nicht nur über die Sehnsucht nach meiner grünen Heimat hinweg, sondern ließ auch eine ganz andere Sehnsucht in mir lebendig werden, die Sehnsucht nach einer eigenen Gotteserfahrung.

Nach vier Stunden erreichten wir *Ahwaz*. Hohe Backsteinmauern, dicht an dicht aneinandergebaut, versperrten die Sicht auf die dahinter liegenden Häuser und Gärten, die ich mir jedoch in diesem einfarbigen Gesamtbild nicht vorstellen konnte. Auch Balkone, welche die Häuser in *Chorramschahr* so besonders aussehen ließen, fehlten hier, zumindest waren sie von der Straße aus nicht einsehbar. Vor einer Moschee hielten wir an. Die Luft außerhalb des Autos war so schwül, dass ich kaum atmen konnte. Auch Reza, der dank der Klimaanlage im Auto gut geschlafen hatte, wurde unruhig. Es war erst neun Uhr morgens und schon fast fünfzig Grad im Schatten! Mehran zeigte auf die Schriftzüge über dem Eingang der Moschee:

„Schau mal, da steht der Name von *Baba Hadji*, unserem Großvater. Er hat diese Moschee bauen lassen", erklärte er mir. Ich erkannte arabische Schriftzeichen, die in eine wunderschöne Mosaikarbeit eingefügt waren. Babak ergänzte, dass auch die Gasse nach dem Großvater benannt war und deutete auf das Straßenschild. Auf dem Schild las ich am unteren Rand „Marashi-Alley". Mehran erklärte, warum die Gasse so hieß:

„Fast alle Häuser hier gehören *Baba Hadji*, einige seinem Cousin, der auch Maraschi heißt." Die beiden jungen Männer waren stolz auf ihren Großvater, das sah ich ihnen an. Ich war gespannt auf meine Schwiegereltern und mein Herz pochte laut in mir, ob vor Aufregung oder wegen der Hitze, ich wusste es nicht.

In der Mitte der Gasse plätscherte ein kleiner Bach. Doch bei näherem Hinsehen entdeckte ich Schaumkronen, die sich am Rand ansammelten. Der Bach entpuppte sich als Abwasserkanal! „Hier gibt es bestimmt auch Ratten!", war mein erster, entsetzter Gedanke. Zudem erschien es mir auf einmal nicht nur schwül, sondern höllisch heiß. Wo ich mir am Vortag noch sicher war, sprach in diesem Moment alles gegen ein Leben in *Ahwaz*.

Meinen Begleitern schien die Hitze wenig auszumachen, obwohl sie mit meinem Gepäck schwer zu tragen hatten. In der ersten

Nebengasse waren wir schon am Ziel angelangt: einem großen, grünen Holztor, das oben bogenförmig endete und in die Mauer eingearbeitet war. Verwundert beobachtete ich, wie Babak den kleineren von zwei eisernen und wunderschön verarbeiteten Türklopfern benutzte, um auf uns aufmerksam zu machen, denn es gab auch eine Klingel. Er erklärte es mir:
„Die Klingel ist für fremde Menschen, wie Angestellte oder Geschäftskunden. Die Türklopfer sind für Verwandte und Freunde. Männer, die *namahram* sind, melden sich mit dem großen Türklopfer an. Den kleineren Türklopfer benutzen Frauen, aber auch die männlichen Verwandten, die zu den Frauen, die hier wohnen, *mahram* sind. Das ist wichtig, weil die Frauen im Hof vielleicht unverschleiert sind."

Für Babak war das die selbstverständlichste Sache der Welt, für mich ein Chaos an unverständlichen Informationen. Später lernte ich, dass Blutsverwandte ersten Grades wie Kinder, Enkelkinder, Nichten, Neffen und die Geschwister der Eltern zum Beispiel mahram sind, angeheiratete Verwandte und die Cousin-Cousinen-Generation hingegen namahram zueinander sind, natürlich nur bei ungleichen Geschlechtern.

„Da wir keine fremden Männer bei uns haben, nehmen wir den kleinen Türklopfer", erklärte Babak. „Doch, Reza ist ein fremder Mann", scherzte ich. Unser Lachen wirkte befreiend und löste ein wenig von der Beklemmung in mir. Eine alte Dienerin öffnete uns und fing an zu tanzen und schrille Triller auszustoßen. Reza war durch den Lärm hellwach geworden und fing an zu weinen.
„Das sind nur Freudentriller", beruhigte Mehran mich, als er mein Zögern bemerkte. „Das wirst du noch oft hören, besonders bei der älteren Generation." Mit gemischten Gefühlen betrat ich das Elternhaus meines Mannes. Ich fragte mich, was mich hier noch erwarten würde.
Eine angenehme, kühle Brise kam uns aus dem geöffneten Tor entgegen, und ich atmete tief durch. Wir traten in einen Gang, über dem sich ein wunderschönes Gewölbe erstreckte, und der

geradeaus zum Gästetrakt, dem *Biruni*, führte. So erklärte Babak mir das, während wir weitergingen. Der Gästebereich war vom *Andari*, dem privaten Wohnbereich, getrennt. Um den Gästebereich herum führte ein Gang direkt in einen großen Innenhof. Plötzlich waren wir mitten im Paradies! Was für ein krasser Gegensatz zu dem Erscheinungsbild der Straßen! Gerade dachte ich noch, dass es in der Hölle nicht heißer und trostloser sein konnte und dann dieser Kontrast!

Es war ein dermaßen überwältigender Anblick, dass mir auch heute noch der Atem stockt, wenn ich das Bild aus meiner Erinnerung hervorhole. Dann ist es, als sei die Zeit stehengeblieben. Das Haus ist inzwischen zerfallen, den Garten gibt es nicht mehr. Von denen, die damals meine Wegbegleiter im Paradies waren, leben nur noch wenige. Aber die Erinnerung hat alles bewahrt, weil es wertvoll war und schön, und weil es mein Leben geprägt hat. Ich konnte in dieser Umgebung mein inneres Paradies finden, und ich habe es fast verloren, als wir von dort wegzogen. Als ich das Bild in mir speicherte, waren es eher Momentaufnahmen in schneller Reihenfolge, die sich zu einem Ganzen zusammenfügten. Heute schaue ich sie mir detaillierter an.

In der Mitte des Hofes war ein quadratisches, großes, hellblau gekacheltes Wasserbecken, in dem drei Kinder lebhaft die Abkühlung genossen. Als sie uns bemerkten, sprangen sie schnell aus dem Wasser und umringten uns neugierig. Um das Becken waren vier gleichgroße Gärten angelegt. Eine Dattelpalme ragte über die Dächer hinaus und ein Eukalyptusbaum spendete über allem Schatten. Neben Orangen- und Zitronenbäumen sah ich kleine, zierlichere Bäume mit weinroten, Äpfeln ähnlichen Früchten. „Das müssen die Granatäpfel sein, von denen Hesam geschwärmt hat", erinnerte ich mich. In jedem Garten wuchs ein etwa zwei Meter hoher Hibiskus, dessen rote Blüten in der Sonne wie Rubine leuchteten, als wüssten sie, dass ihnen nur ein einziger Tag zum Blühen gegönnt war. Es roch intensiv nach Jasminblüten. Bunte Zinnien und Gladiolen umrandeten die Gärten.

Vor der Nordseite des Hauses erstreckte sich eine breite, überdachte Veranda, zu der eine siebenstufige Treppe führte. Die Veranda war mit Teppichen ausgelegt. Eine weiß gekleidete, ältere Frau mit roten Zöpfen saß auf einem Bodenkissen und beobachtete uns. Es war Hesams Mutter, er hatte mir Bilder von ihr gezeigt. Uns gegenüber stand eine Hollywoodschaukel, die mein Mann für seine Eltern gebaut hatte, bevor er nach Deutschland gegangen war. Dort wartete sein Vater auf uns, ich erkannte ihn sofort. Auch er war ganz in Weiß gekleidet. Über einer Pyjamahose trug er ein weites Hemd. Hesam hatte mich schon darauf vorbereitet, dass ältere Männer zuhause geschlossene Pyjamahosen trugen. Unsere Bezeichnung „Pyjama" ist ursprünglich von dem persischen *Pirdjameh* abgeleitet, was „Bekleidung für Ältere" bedeutet. Eine Pyjamahose war bei Senioren und innerhalb eines Hauses durchaus gesellschaftsfähig.

Hesams Vater war aufgestanden und kam mit ausgebreiteten Armen auf uns zu. Er erschien mir größer als seine Söhne. Ich war unsicher, wie ich mich ihm gegenüber verhalten sollte. Seine dunklen Augen waren Hesams Augen, sie strahlten uns unter buschigen Augenbrauen an. Spontan hielt ich ihm sein Enkelkind entgegen und bemerkte eine erstaunte, kleine Verzögerung, bevor er Reza auf den Arm nahm.

„*Maschallah, Nure Tjeschmam*, Name *Choda*", wie aus weiter Ferne hörte ich Mehrans Stimme: „Licht meiner Augen, Botschaft Gottes". Und Reza, der, gerade noch gequengelt und geweint hatte, lächelte seinen Großvater an! Es war eine sehr berührende erste Begegnung zwischen *Baba Hadji* und seinem Enkelkind. Er nahm Reza auf beide Hände, wie bei einer Geste des Gebens und Nehmens. Dabei flüsterte er ihm etwas ins Ohr. Ich stand in Habachtstellung bereit, mein Kind aufzufangen, falls es sich bewegen und von seinen Händen rollen sollte. Doch Reza lag still und schaute erwartungsvoll auf seinen Großvater. Als dieser ihm noch einmal ins Ohr flüsterte, lachte Reza, vielleicht, weil der Bart des Großvaters ihn kitzelte. Mich überrieselte eine Gänsehaut und mein Blick ging fragend zu Mehran und Babak.

Mehran erklärte mir, dass das Ins-Ohr-Flüstern so etwas wie eine Taufe war. Das Familienoberhaupt, das war in unserer Familie *Baba Hadji*, vollzog dieses Ritual bei jedem neugeborenen Kind in der Familie. Ich erfuhr auch, dass Reza das erste Enkelkind war, das er richtig auf den Arm genommen hatte.

Erst jetzt umarmte mein Schwiegervater mich mit der freien Hand und küsste mich auf die Stirn, ein Zeichen des Segnens. Er war sehr bewegt und seine Stimme zitterte:

„Sei herzlich willkommen in unserer Familie als unsere Tochter!" Ich bemerkte Tränen in seinen Augen und sah darin ein Zeichen, dass er es auch wirklich so meinte, wie er es sagte. Er gab mir Reza zurück und begrüßte auch Mehran und Babak sehr herzlich. Dann führte er uns durch den Hof zu *Bibi Hadj*i, Rezas Großmutter, die inzwischen aufgestanden war. Sein Gang war etwas unsicher, Hesam hatte mir deshalb einen Gehstock für ihn mitgegeben. Meine Schwiegermutter hieß uns willkommen, auch sie küsste mich auf die Stirn. *Baba Hadji* sagte etwas zu ihr. Babak übersetzte: „Mögen deine Augen strahlen!", und erklärte es mir: „Das ist ein Begrüßungsritual. Alle wünschen es sich gegenseitig, wenn man sich nach längerer Zeit wiedersieht, oder wenn ein langersehnter Besuch kommt." *Bibi Hadj*i antwortete, wie es Brauch war:

„Mögen auch deine Augen strahlen, mögen all unsere Augen strahlen!" Sie setzte sich wieder auf ihr Sitzkissen und gab mir zu verstehen, mich neben sie zu setzen und ihr Reza zu geben. Sie herzte und küsste ihn liebevoll und ließ ihn auf ihren Knien Hoppehoppe machen. „So hat sie auch schon Hesam im Arm gehalten und mit ihm gespielt", dachte ich, und wie eine Welle durchflutete mich eine tiefe Achtung und Dankbarkeit für diese Frau. So merkte ich nicht, dass drei Erwachsene dazugekommen waren. Auch die Kinder umringten uns wieder. Sie hatten sich inzwischen umgezogen und sich um ein etwa zwölfjähriges Mädchen vermehrt. Ein schöner Mann Mitte der Dreißiger in langer sportlicher Hose sprach mich in perfektem Englisch an:

„*Salam*, herzlich willkommen! Ich bin Hesams Bruder Moali."

„Ah, der Bräutigam, herzlichen Glückwunsch! Ich dachte, du wohnst in *Masdjed Suleiman*?" Ich zerbrach mir fast die Zunge bei der Aussprache dieses Städtenamens.

„Ja, das stimmt. Aber ich bin schon früher gekommen, um bei den Vorbereitungen für unsere Hochzeit zu helfen, und natürlich auch, um meine Verlobte Esmat öfter zu sehen." Hesam hatte mir erzählt, dass er in England studiert hatte und nun leitender Direktor der Ölraffinerie in *Masdjed Suleiman*, einer westlich geprägten Ölstadt, war. Er hatte sich lange dagegen gewehrt, dass seine Mutter eine Frau für ihn aussuchen wollte. Aber als er und Esmat sich zum ersten Mal sahen, war es um beide geschehen.

Er stellte mir die anderen Familienmitglieder vor, die mich mit dem üblichen Begrüßungszeremoniell und, soweit erlaubt, mit Küssen begrüßten. Ich lernte Hesams hochschwangere Schwester, *Bibi* Masume, kennen. Es war die Schwester, bei der er kochen gelernt hatte. Sie bewohnte mit ihrem Mann, *Agha* Mirakbari und vier Kindern den östlichen Wohntrakt, der am Ende der Längsseite der Veranda begann. Ihre Haut war heller als die der anderen und ihre mittelblonden Haare fielen locker auf die Schultern. Narges, ihre neunjährige Tochter, ähnelte ihr sehr. Ihr Mann war etwas kleiner als sie. Er hatte viele Lachfalten im Gesicht und präsentierte mir stolz und mit Humor seine vier Kinder: einen etwa fünfjährigen Buben und drei größere Mädchen, die wie Kletten an ihm hingen.

Im großen, kühlen Zimmer der Schwiegereltern servierte eine Angestellte eisgekühlten Zitronensaft und in Stücke geschnittene Wassermelone, die leicht nach Rosen dufteten. Es war meine erste Berührung mit Rosenwasser, das in der persischen Küche unentbehrlich ist.

Reza quengelte, als er reihum gereicht und abgeküsst wurde. Er brauchte dringend eine frische Schutzhose und er war hungrig. *Bibi* Masume hatte uns eines der Kinderzimmer, das direkten Zugang zur Terrasse hatte, zur Verfügung gestellt, damit ich in ihrer Nähe sein konnte. Dorthin zog ich mich mit Reza zurück. Die Kinder kamen hinterher und beobachteten still und aufmerksam jeden meiner Handgriffe. Reza war durch die Kinder abgelenkt, so konnte ich ihn in aller Ruhe umziehen und eine Flasche zubereiten. Wieder im großen Zimmer legte ich Reza auf die Wippe und gab ihm sein Fläschchen.

Baba Hadji unterhielt sich mit Moali. *Bibi* Masume saß bei ihrer Mutter. Man sah ihr die Strapazen der Schwangerschaft bei dieser Hitze an, sie wirkte erschöpft und müde. Die Kinder umringten ihren Vater, der auf dem Teppich saß und mit ihnen Wortspiele machte. Sie warteten auf Reza, um mit ihm zu spielen. „An Spielkameraden wird es meinem Kind hier bestimmt nicht mangeln", dachte ich beruhigt. Ich schaute mich im Zimmer um. Die Decken waren reichlich mit Stuck verziert. In die Wände waren nach oben hin abgerundete, auch mit Stuck verzierte Nischen eingebaut, mit jeweils einem Sockel, auf denen wunderschöne Vasen, teils mit handgemachten Seidenblumen, alte Krüge, Schalen und Bücher standen. Von diesem Zimmer aus gelangte man in drei dahinter liegende Schlafzimmer.

Inzwischen war Hesams jüngere Schwester Seyede mit Ehemann Amon und ihren drei Kindern gekommen. Sie wohnten auch in der Maraschi-Gasse. Seyede sah nicht nur aus wie eine italienische Filmschauspielerin, sie präsentierte sich auch entsprechend. Ihr theatralischer Auftritt ließ mich vermuten, dass sie sich ihrer Schönheit bewusst war und sich gerne in den Vordergrund rückte. Amon, ihr Mann, wirkte eher bescheiden neben ihr.

Wie sie mich begrüßte, erinnerte an eine Inszenierung. Sie redete ohne Unterlass, Moali kam nicht nach mit Übersetzen. Ich brauchte sie nicht zu verstehen, ihre Mimik und ihre Gebärden sprachen Bände. Sie erzählte von sich und ihrer Liebe zu Deutschland: „Ich habe nur deutsche Modejournale und meine Schneiderin hat in Deutschland studiert." Ich erfuhr außerdem alles über ihre Schulausbildung, über Kurse, die sie absolviert hatte und, dass sie gerne noch studieren möchte, wenn die Kinder größer waren. Natürlich Deutsch und Psychologie.

Ich lächelte ihr zu, während ich der Übersetzung lauschte, und sagte: „*Inschallah!*", was so viel heißt wie „So Gott will" oder „So es Gottes Wille ist". „Ah, du hast schon Arabisch gelernt! Ich kann auch ein wenig Deutsch sprechen!", verkündete Seyede stolz: „Isch libbe disch, Ziglinde!" Ich sah Moali an, dass es ihm peinlich war, alles zu übersetzen. Sie nahm Reza auf den Arm, nicht ohne vorher seine Dichtigkeit geprüft zu haben, und liebkoste ihn. Der Singsang ihrer Worte, der Klang ihrer Stimme und die Art, wie sie mit ihm sprach, gefielen Reza. Er hörte aufmerksam zu und lächelte seine Tante an. Mit „aghu, aghu" untermalte er den Dialog. Ich war überrascht von dieser Harmonie und leistete Seyede in Gedanken Abbitte, denn ein dickes *Maschallah* hatte mir schon auf der Zunge gelegen, bereit zum Einsatz. Ich erkannte mich nicht wieder! So schnell hatte ich dieses Ritual und den damit verbundenen Glauben, mein Kind vor neidischen oder gar bösen Blicken schützen zu müssen, in mir aufgenommen!

Ganz daneben lag ich mit meinem unruhigen Gefühl allerdings nicht, denn sie verglich ihre Kinder mit meinem Baby: „Meine Kinder waren auch so blond wie Reza. Außer Mohammad, der ist nach seinem Vater geraten." Als keine Reaktion von mir kam, sprach sie mich direkt an: „Schau sie dir an! Sehen sie nicht aus wie ausländische Kinder?" So sehr ich mich auch bemühte, ich konnte nichts Blondes an ihnen erkennen. Leila war vom Teint her heller als ihre beiden Brüder und ihre Haare schimmerten in der Sonne goldbraun.

„Du hast, *Maschallah*, sehr schöne Kinder!", lenkte ich ab, um das Thema zu beenden, als *Bibi Hadji* sie zu sich rief. Wegen der laufenden Klimaanlagen hatte meine Schwiegermutter einen hellen, leichten Schleier übergeworfen. Mit einem Auge beobachtete sie mich, das andere Auge war hinter ihrem Schleier verborgen. Sie tuschelte mit Seyede, die jetzt auch einen Schleier trug, weil *Agha* Mirakbari anwesend war. Mit einem lauten „*Yallah!*", das sollte so viel heißen wie: „Achtung! Hier kommt ein N*amahram*", hatte er vor der Tür gewartet, bis er hereingebeten wurde, sozusagen grünes Licht bekam. Auch *Bibi* Masume war wegen Seyedes Mann verschleiert. Dieser hatte sich schon bei seiner Ankunft als N*amahram* angekündigt, indem er am Tor den großen Türklopfer benutzte. Ich empfand das alles als sehr unangenehm und kompliziert und ich fragte mich im Geheimen, ob sie auch von mir erwarteten, dass ich einen Schleier trug.

Bibi Masume quälte sich mühsam vom Teppich hoch. Ihr Mann kam ihr zu Hilfe und führte sie behutsam zu einem Sessel. Sie winkte mich zu sich, und ich nahm Reza und sein Gefolge mit. Obwohl wir ohne Übersetzer nicht miteinander kommunizieren konnten, Babak und Mehran schliefen im Nebenraum und Moali telefonierte mit seiner Verlobten, verstanden wir uns dennoch bestens. Ich hatte schon bei unserer ersten Begegnung gespürt, dass *Bibi* Masume anders war als die persischen Frauen, die ich bisher kennengelernt hatte. Ich konnte aber nicht erkennen, was sie so besonders erscheinen ließ. Auch Reza fühlte sich zu seiner Tante hingezogen, er lachte mit ihr und griff nach ihren Händen, wenn sie gestikulierte, um mir etwas begreiflich zu machen.

Baba Hadji konnte seine Freude über unsere Anwesenheit nicht verbergen. „Deine Augen mögen strahlen!", hatten sich alle gegenseitig gewünscht. Und sie strahlten bei ihm ohne Unterlass! Immer wieder ertönte seine etwas holprige und laute Stimme und er rief Reza mit dem Namen, mit dem er offiziell im Geburtsregister eingetragen war: „Agha Seyed Mohammad Reza, Licht meiner Augen, Maschallah". Dann schob ich Reza mit der Wippe in seine Nähe und setzte mich dazu und beobachtete, wie die beiden miteinander kommunizierten.

Baba Hadjis Englisch war für mich noch etwas gewöhnungsbedürftig. Er hatte es sich im Laufe der Jahre über den Kontakt mit ausländischen Kunden selbst beigebracht. Deshalb dachte ich auch, ihn nicht richtig verstanden zu haben, als er mir verkündete: „Weißt du, dass wir schon immer verwandt waren, weil die Iraner auch Arier sind wie die Deutschen?" Ich erschrak, bestimmt hatte ich mich verhört. Er konnte unmöglich dieses schreckliche Kapitel unserer Vergangenheit einbringen, um sich mit mir zu unterhalten! Ich lächelte ihn an. Als er aber hinzufügte: „Hitler war ein guter Mensch", war ich doch alarmiert und wusste nicht, wie ich reagieren sollte. Es war offensichtlich, dass er bei mir punkten wollte. Er erzählte, wie Amerika, Russland und Großbritannien Iran in Segmente aufgeteilt hatten und sich um einen Handelsweg stritten.

„Sie wollten alle nur das Öl und unsere Bodenschätze, die Menschen waren ihnen egal. Unsere Bevölkerung hat sehr gelitten unter ihnen und hat sie gehasst! Der Hitler hat die Besatzer auch gehasst, aber zu uns war er gut!" Er war so bemüht, mir eine Freude zu machen. Deshalb hakte ich nicht nach, wann und warum dieser Abschaum unserer deutschen Geschichte im Iran gewesen war und was er wohl Gutes getan haben mochte. Wie sollte ich mich verhalten? Meinem Schwiegervater gleich am ersten Tag widersprechen? Das Gespräch war für mich sehr unangenehm und ich suchte verzweifelt nach einer Möglichkeit, das Thema zu wechseln. Reza war meine Rettung. Er fing im richtigen Augenblick an zu weinen. Ein leichter Duft ließ vermuten, was die Ursache seiner Unruhe war. Somit entging ich einer Antwort. Das Thema Hitler wurde später nicht mehr aufgegriffen. Vielleicht hatte Moali, dessen Telefonat zu Ende war, meine Betroffenheit bemerkt und mit seinem Vater darüber gesprochen.

Es kamen noch einige Verwandte, darunter auch die Halbschwester *Bibi Hadj*is, von allen *Chale* genannt. Sadegh, ihr Sohn, begleitete sie. Sadegh hatte auch in Deutschland studiert, ich kannte ihn schon von Fotografien.

„*Chale* sagt man zu der Tante mütterlicherseits, sie ist also die Schwester, genauer Halbschwester, von *Bibi Hadj*i", erklärte Sadegh mir, als ich ihn fragte, ob *Chale* ihr Name sei.

„Ich dachte, Tante heißt *Amme*, denn *Bibi* Masume ist doch die *Amme* von Reza, so hat sie es mir gesagt?"

„*Amme* ist die Tante väterlicherseits, also die Schwester von Hesam", antwortete er.

„Das ist aber kompliziert! Bei uns ist es einfacher. Da sind die Frauen alle Tanten und die Männer alle Onkel, die dazugehörigen Buben Cousins und die Mädchen Cousinen."

„Das geht bei einer so großen Familie nicht. Wir unterscheiden von Beginn an zwischen Verwandten mütterlicherseits und Verwandten väterlicherseits. So ist die Schwester des Vaters *Amme*, und der Bruder des Vaters *Amu*. Die Kinder vom *Amu* sind *Pesar Amu*, Sohn des *Amu*, oder *Dochtar Amu*, Tochter des *Amu*. Auch Großnichten und Großneffen kann man so gut von Neffen oder Nichten unterscheiden, sie sind Dochtare *Dochtar Amu* oder *Pesar*e *Dochtar Amu*, und Dochtare *Pesar Amu* oder *Pesar*e *Pesar Amu*." Ich schaute ihn verwirrt an. „Das werde ich nie lernen!"

„Schneller als du denkst!", lachte er. Er sprach gut Deutsch. „Genauso verhält es sich mit der *Amme*, der *Chale* und dem Dai, dem Bruder der Mutter. Die angeheirateten Onkel sind *Schohar Amme*, der Ehemann der *Amme*, oder *Schohar Chale*, der Ehemann der *Chale*. Die angeheirateten Tanten sind die Frau des Onkels, also *Zan Amu* oder *Zan* Dai, und so sprechen wir sie auch an." Anhand der Anwesenden erklärte er mir ihre verwandtschaftliche Beziehung zueinander.

„Ich bin also *Zan Dai* der Kinder von Hesams Schwestern und *Zan Amu* der Kinder von Hesams Brüdern?", folgerte ich. Sadegh bestätigte es mit: „Bravo, gut gemacht!". Obwohl es sehr kompliziert klang, war es einfach und überschaubar, wenn man es begriffen hatte. Ich versuchte, meine Tanten und Onkel nach diesem System einzuordnen und scheiterte schon bald. Bis auf die direkten Schwestern und Brüder meiner Eltern und deren Kinder kannte ich keine Zusammenhänge.

Sadegh wollte mir noch die Bezeichnungen für Schwager und Schwägerin beibringen, auch diese streng getrennt in mütterlicher- und väterlicherseits. Doch der Kopf schwirrte mir, ich war nicht mehr aufnahmefähig.

Als Reza müde war, überredete *Bibi* Masume mich, auch etwas zu schlafen. Zum Abendessen wollte ich wieder zurück sein. Ich bekam noch mit, dass ihr Mann uns „Morgen gibt es eine Überraschung!" hinterherrief. Mich konnte nichts mehr überraschen nach diesem denkwürdigen Tag. Nach einer wohltuenden Dusche schlief ich tief und fest, bis Rezas süßes Geplapper mich weckte. Er hatte gut geschlafen, dicht neben mir auf einer Matratze in einem aus Kissen gebauten Nestchen, geschützt vor der Kühle der Klimaanlage. Seine Tante hatte es mit den Kindern vorbereitet.

– 10 –

Dankbar erinnerte ich mich, wo ich war und wie viel Liebe wir bisher erfahren durften. Eine Digitaluhr zeigte 5.30 Uhr an. Demnach hatten wir etwas mehr als eine Stunde geschlafen. Es war angenehm kühl und still, als ich mit Reza über den Hof zum Bad ging. Ich vermutete, dass alle Mittagsschlaf hielten. Das Flimmern der Hitze lag nicht mehr in der Luft, was mich irritierte. Ich erinnerte mich, dass es am Vortag in *Chorramschahr* um diese Zeit noch sehr heiß und schwül gewesen war. Irgendetwas stimmte nicht. Erst jetzt nahm ich das fröhliche und übermütige Gezwitscher der Vögel wahr, und es fiel mir wie Schuppen von den Augen: Sie sangen ihr Morgenlied! Es war früh am Morgen und wir hatten fast vierzehn Stunden geschlafen, alle beide. Ich hatte bei der Uhrzeit nicht auf das Zeichen für Vormittag geachtet.

Als wir aus dem Bad kamen, begegneten wir im Hof *Baba Hadji*. Er nutzte die Kühle des Morgens, um den täglichen Einkauf zu erledigen und wartete auf Sare, seinen Laufburschen, der für alles und alle zuständig war und ihn begleiten sollte. Im dunklen Anzug, weißen Hemd und mit schwarzem, breitkrempigem Hut wirkte er noch imposanter als ohnehin schon. Reza begrüßte seinen Großvater von Weitem in seiner Babysprache und streckte ihm seine Ärmchen entgegen. *Baba Hadjis* Augen füllten sich mit Tränen bei dieser herzlichen Begrüßung. Er fragte, ob wir etwas brauchten, das er besorgen könnte. „Bananen für Reza, wenn es möglich ist", bat ich ihn. Sare war inzwischen angekommen und *Baba Hadji* verabschiedete sich mit. „*Choda hafeze schoma!*" Das ist der iranische Abschiedsgruß, übersetzt bedeutet er: „Gott beschütze euch!" Eine Stunde später kam er zurück. Ein Junge, fast noch ein Kind, zog einen Leiterwagen hinter sich her. Der Wagen war voll mit Melonen, Gemüse, Fleisch, Broten, Joghurt, Datteln und vielen mir fremden Früchten und Zutaten. Für seine Enkel brachte er *Schirini* mit, das ist eine Art Kleingebäck. Ein großer Stapel frischer Kräuter nahm fast die Hälfte des Wagens ein. Ich war gespannt, wofür sie gebraucht wurden.

Mehran war schon früh auf und spielte mit Reza. „*Amme* Masume wollte dich wecken, aber ihr habt beide so fest geschlafen, da hat sie es nicht übers Herz gebracht", berichtete er mir, als ich ihm erzählte, wie lange wir geschlafen hatten. Die Bananen für Reza waren klein und grün. Mehran wunderte sich: „Bananen sind eine Rarität, ich kann mir gar nicht vorstellen, von wo *Baba Hadji* sie hergezaubert hat", meinte er erstaunt, als er sah, wie ich eine davon für Reza zerdrückte.

Auch *Agha* Mirakbari war schon früh auf dem Bazar unterwegs gewesen und kam kurz nach *Baba Hadji* mit einem dampfenden, großen Topf zurück. Er tat sehr geheimnisvoll. Einige fleißige Frühaufsteher hatten schon das Frühstück vorbereitet. Auf der Veranda war über zwei Teppiche eine große Tischdecke ausgebreitet, um sie herum lagen aneinandergereiht flache Sitzpolster. Drei verschiedene Sorten von frischem Fladenbrot, das Sare besorgt hatte, Butter vom Fass, bunte, hausgemachte Marmeladen, weißer, würziger Käse, der in Salzlake aufbewahrt wurde, Rahm von gekochter Milch, Honig, eine große Schüssel mit Körnerbrei, frische Kräuter, Datteln und vieles mehr waren schon angerichtet.

Seyede war auch mit Familie gekommen. Mit „Besmellah, befarmaid!" lud *Bibi Hadj*i die Anwesenden ein zu beginnen, die anderen würden nach und nach dazu kommen. Plötzlich herrschte andächtige Stille. *Agha* Mirakbari trug den jetzt noch mehr dampfenden Topf, mit dem er vom Bazar zurückgekommen war, wie in einer Zeremonie feierlich vor sich her und stellte ihn auf einen Untersetzer vor seinem Platz ab. Ich konnte ein mulmiges Gefühl, das mich beschlich, nicht einordnen und versuchte, es zu verdrängen. So richtig wollte mir das nicht gelingen. Babak bemerkte meine Unruhe und meinte: „Das ist eine Überraschung. Wir sagen dazu Kallepadje. Du wirst es mögen, es ist sehr lecker, eine besondere Spezialität, das Beste von allem."

Babaks offensichtliche Begeisterung machte mich neugierig, und ich musste mir eingestehen, dass das Gericht sehr gut roch. Als Ehrengast stand mir noch vor den Schwiegereltern die erste Portion dieser allem Anschein nach kostbaren Köstlichkeit zu. Sehr behutsam fischte *Agha* Mirakbari Teile aus dem Topf und legte sie auf einen großen, tiefen Teller. Alle schauten gebannt auf seine Hände und allmählich kam wieder Leben unter die Zuschauer. Von allen Seiten redeten sie auf ihn ein und gaben ihm Ratschläge, zumindest ließen ihre Gesten das vermuten. Einige der Kinder halfen ihm beim Aussuchen. Der Teller war randvoll gefüllt, als er ihn feierlich vor mich hinstellte.

Es war wieder still und aller Augen waren gespannt auf mich gerichtet. Aller Augen! Auch das auf meinem Teller! Mitten auf undefinierbaren Fleischstücken glotzte mich ein Auge an, gerade noch als solches erkennbar. Geschockt starrte ich zurück und ergriff schreiend die Flucht. Auch nachdem sie das Auge vom Teller entfernt hatten, war ich nicht zu bewegen, die Suppe wenigstens zu versuchen.

Am Nachmittag erzählte Mehran mir mehr darüber: „Kallepadje ist eine Art kräftigender Fleischsuppe, für die Kalle, der Kopf, und Padje, die Füße eines Hammels vierundzwanzig Stunden auf niedriger Flamme in einer Würzbrühe köcheln." Er mochte Kallepadje, das konnte man sehen. Seine Augen strahlten, als er weiter davon schwärmte:

„Es gibt extra Restaurants, die nur Kallepadje anbieten und auch verkaufen. *Agha* Mirakbari hat zwei Hammelköpfe gekauft."

„Mit Schädel?", fragte ich entsetzt. „Ja, aber die hat er vorher noch entfernt, weil er nicht wusste, wie du darauf reagieren würdest. Die allerbesten Teile hat er für dich ausgesucht." Mehran war sichtlich enttäuscht. Ich wollte gar nicht wissen, was man hier unter den allerbesten Teilen verstand, und was vielleicht noch in der Suppe herumgeschwommen war, was nicht vom Kopf oder von den Beinen stammte! Denn wie ich heraushörte, war man der Überzeugung, dass jedes Teil, das man aß, im eigenen Körper das entsprechende Organ kräftigte. Zum Glück hatte ich die Auswahl nicht gesehen. Wie peinlich das hätte werden können! Es sollte eine besondere Ehrerweisung sein, die voll ins Auge ging, im wahrsten Sinne des Wortes.

„Gestern mein arischer Verwandter, heute Organdoping in der Suppe, da ist durchaus noch einiges zu erwarten!", gestand ich mir ein. Nach Lachen war mir dennoch nicht zumute. Ich vermisste meinen Mann. Am Vorabend hatte er angerufen. Da ich aber schon schlief, hatte er gebeten, mich nicht zu wecken. Auf meine Bitte rief *Baba Hadji* beim Amt an und gab die Nummer meiner Eltern durch. Wir selbst hatten noch keinen Telefonanschluss, deshalb wollte ich versuchen, von meiner Mutter zu erfahren, wie es Hesam ging. Vielleicht war er sogar dort, hoffte ich. Nach endlos langen fünfzehn Minuten kam endlich die Verbindung zustande. Doch niemand hob am anderen Ende ab. Die Enttäuschung war groß.

Vermehrt wurde sie durch die Sorge um Reza. Er hatte grünlichen Durchfall und keinen Appetit, war aber sonst vergnügt. Die alleinige Verantwortung für unser Kind lastete schwer auf mir. Reza war noch nie krank gewesen, und ich war völlig verzweifelt. Ich wich nicht von seiner Seite und flehte zu Gott um Hilfe. Diese wurde mir zuteil durch *Bibi* Masume. Sie war für mich ein ruhender Pol an diesem Tag und beteuerte mir, dass das überhaupt nicht schlimm war.

„Grüner Durchfall zeigt an, dass der Darm erkältet ist. Du musst dein Kind nachts wärmer anziehen, wenn ihr unter der Klimaanlage schlaft."

„Darmerkältung? Das habe ich noch nie gehört!", wunderte ich mich.

„Am besten hilft es, wenn du seinen Bauch mit warmem Mandelöl einreibst und danach mit vorgewärmten Schals umwickelst." Sie hatte alles schon vorbereitet und zeigte mir gleich, wie sie das machte.

„Zu essen gib ihm nur von den Reisflocken, in Wasser angerührt, ohne Milch. Du kannst eine Prise Salz und etwas Zucker dazutun", riet sie mir. „Wenn du ihm heute Nacht die Windel wechselst, machst du alles so, wie ich es dir gezeigt habe, noch einmal. Morgen wird es ihm schon besser gehen, *Inschallah*!" Sie hatte einen kleinen Heizkörper mitgebracht, vor dem ich die Sachen kurz anwärmen konnte. Als sie sah, dass Reza bei mir den Reisbrei nicht essen wollte, übernahm sie auch das. „Du bist viel zu aufgeregt und ängstlich und überträgst das auf dein Kind. Kein Wunder, dass es bei dir nichts isst!" Ihre Stimme war gleichbleibend ruhig und liebevoll. Wie recht sie hatte! Bei mir verweigerte Reza den Brei und bei seiner Tante aß er alles auf.

Ich war dankbar für diese weise Frau an meiner Seite. *Bibi* Masume versicherte mir, dass alle im Haus für Rezas Gesundheit beteten. Das beruhigte mich. Ich fühlte mein Kind und mich im Rahmen der drei täglichen Gebete und Fürbitten, die von allen verrichtet wurden, gut aufgehoben und geschützt. Ich konnte meine Angst ablegen und alles Gott überlassen. Reza ging es am nächsten Morgen wieder besser, worüber sich alle sehr freuten.

Langsam bekamen wir eine gewisse Routine: Tagsüber blieben wir in den gleichmäßig gekühlten Zimmern. Wenn Reza wach war, spielten seine Cousins und Cousinen mit ihm. Am frühen Morgen und abends, wenn es draußen abgekühlt hatte, mischten wir uns unter die anderen und genossen die frische Luft und das bunte Treiben.

Währenddessen liefen die Hochzeitsvorbereitungen auf Hochtouren. Die Familien aus *Chorramschahr* waren zwei Tage nach uns angereist, um mitzuhelfen. Ein Koch kam zusammen mit drei Angestellten schon drei Tage vor der Hochzeit und übernahm die Küche und den kompletten Einkauf. Mit Moali, *Bibi Hadj*i und den Schwägerinnen besprach er den Essensplan für die kommenden Tage und vor allem die Zusammenstellung des Hochzeitsbuffets, das auf dem Flachdach angerichtet werden sollte. Sie brachten alles mit, was sie an Utensilien benötigten. Die Küche hatte einen großen vom Hof abgetrennten Vorhof. Dort richteten sie noch drei zusätzliche Feuerstellen und einen großen Grill ein. Am Tag nach ihrer Ankunft konnte ich beobachten, wie sie einen Berg von Kräutern, *Bibi* Masume sprach von fünfzig bis sechzig Kilo, verarbeiteten, Walnüsse entkernten und mit einem großen Mörser zermahlten und Hülsenfrüchte und drei große Säcke Reis verlasen.

Einen Tag vor der Hochzeit lieferte eine Firma alles, was sonst noch gebraucht wurde: Teppiche für Hof und Dach, mehrere kühlende Trinkwasserspender, Tische, Tischdecken, Stühle, Ventilatoren, Geschirr und Bestecke. Natürlich wurde auch zusätzliches Personal eingestellt. Alle Zimmer mussten gelüftet, gereinigt und mit genügend Schlafplätzen ausgestattet werden. Sie befreiten den Garten von Unkraut und Unrat, sie leerten und reinigten das Schwimmbecken und schrubbten die Bodenplatten, die zum Becken führten. Ein Mann und eine Frau wurden nur für die sanitären Anlagen eingeteilt, diese sollten die nächsten drei Tage für Frauen und Männer getrennt sein.

Auch im Keller bereitete man Übernachtungsmöglichkeiten vor. Er war mit Marmor ausgelegt und hatte mehrere Unterteilungen. Bevor die Häuser mit Klimaanlagen ausgestattet wurden, verbrachten die Familien die heißen Sommermonate im Keller. Dicke Wände wehrten der Hitze, der Marmorboden kühlte zusätzlich. Auch die Eisblöcke wollte man hier in großen Wannen lagern.

Die Dinge außerhalb des Hauses zu organisieren, war Männersache. Meine Schwägerinnen übernahmen die Aufsicht über das Personal und schauten, wo noch etwas in den Gästezimmern fehlte. In der Küche des Gästehauses bereiteten sie spezielle Süßigkeiten für den Hochzeitstisch, die *Sofre Aghd*, vor. Da Esmat und Moali nicht in *Ahwaz*, sondern in *Masdjed Suleiman* leben würden, hatte man das Nebenhaus, das eigentliche Gästehaus, für sie freigehalten. Die Angehörigen der Braut kümmerten sich um die Einrichtung und Dekoration des Hochzeitzimmers.

Ich erlebte die Tage wie im Traum. Es war eine andere Welt, in die ich eintauchte. Diese Welt war für mich so neu und kaum begreiflich, dass ich sie mir nicht einmal hätte vorstellen können. Jetzt war ich mittendrin! Ich dachte an unsere bescheidene Hochzeit, mit der mein Mann auf eine große, ähnliche Hochzeitsfeier, die auch ihm zugedacht war, verzichtet hatte. Mir wurde erstmals bewusst, dass nicht nur ich einige Träume aufgegeben hatte, sondern auch er. Noch acht Tage waren es bis zu unserem Wiedersehen, ich konnte es kaum erwarten.

Aus *Teheran*, *Abadan* und einigen anderen Städten trafen immer mehr Übernachtungsgäste ein. Ich freute mich, viele bekannte Gesichter wieder zu sehen, bei einigen wusste ich sogar noch die Namen. Einen Tag vor Beginn der Feierlichkeiten wurde ich von Trommeln und Flötenspiel aus meinem Nachmittagsschlaf geweckt. Von der Veranda aus konnte ich sehen, dass die sehnlichst erwartete Live-Band aus *Schuschtar*, der Heimatstadt der Schwiegereltern, angekommen war. Mit ihrer Musik sorgte die Gruppe für Fröhlichkeit und gute Laune.

Von nun an bestimmte sie das Geschehen und spielte fast ohne Unterbrechung, obwohl der offizielle Beginn der Feierlichkeiten erst am nächsten Abend sein sollte. Das lockte alle an, die im Haus wohnten oder schon angekommen waren. Auch die Angestellten unterbrachen für kurze Zeit ihre Arbeit, um für das Brautpaar, das nicht anwesend war, zu tanzen. Triller vermischten sich mit den dunklen, geheimnisvoll lockenden Tönen der Flöten, die sich über alle anderen Instrumente erhoben. Die Trommeln bestimmten den Rhythmus, den die Zuschauer mitklatschten, die inzwischen einen Kreis um die Tanzenden gebildet hatten, allen voran die Kinder. Diese erstaunlich harmonische Gegensätzlichkeit in der Musik machte sich auch im Tanz bemerkbar. Die Frauen tanzten mehr nach den Flöten und Saiteninstrumenten, also den Melodien, während die Männer ihre Bewegungen und Gebärden hauptsächlich den Trommeln anpassten.

Mit Verwunderung beobachtete ich, wie eine etwas tollpatschig wirkende Frau, die einen Hausschleier trug, sich unter die Tanzenden mischte. Sie wurde mit lautem Gejohle begrüßt und man machte die Tanzfläche für sie frei. Sie hatte ihre Hände mitsamt dem Schleier hochgestreckt und schnalzte im Rhythmus der Musik mit den Fingern, ihr Gesicht blieb unter dem Schleier verborgen. Dabei wiegte sie sehr auffällig ihre Hüften. Als eine zweite Frau sich zu ihr gesellte, und die beiden Frauen hüfteschwingend einander anstießen, erreichte das Gejohle seinen Höhepunkt. Ich verstand die Welt nicht mehr. Wie konnte eine persische Frau sich für hiesige Verhältnisse dermaßen aufreizend präsentieren? Sollte ich mich so getäuscht haben? Peinlich berührt schaute ich mich um.

Auf der Veranda hatten sich inzwischen viele Menschen versammelt. Doch auch sie lachten und klatschten mit, sogar meine Schwiegermutter, die mich mit Gesten aufforderte, mitzulachen und wie sie alle fröhlich zu sein. Als eine der beiden Frauen über ihren Schleier stolperte und hinfiel, löste sich das Rätsel auf: Männerhosen kamen zum Vorschein. *Agha* Mirakbari und sein Schwager Amon, die Ehemänner der beiden Schwestern, hatten den Reigen für den berühmten Schleiertanz der *Schuschtar*i Frauen eröffnet! Obwohl ich mich wohl erst noch an diese Art Männertanz gewöhnen musste, konnte ich dennoch herzlich mitlachen.

Als die Musik wieder einsetzte, kamen sie, meine zierlichen Schwägerinnen. Man hatte sie aus der Küche geholt, damit sie den richtigen Schleiertanz zelebrierten, einige stellvertretend für die Frauen der Brautfamilie. Sie waren völlig verhüllt. In anmutigen Bewegungen tanzten sie den Vereinigungstanz beider Familien. Sie bildeten einen Kreis und ihre unter dem Schleier erhobenen Hände trafen sich in der Mitte. Das Schnalzen ihrer Finger konnte ich bis auf die Veranda hören. Durch die Verschleierung war niemand zu erkennen. Sie erschienen alle gleich und zelebrierten eine Einheit, die Symbol für die Harmonie des Brautpaares sowie zwischen den beiden Familien sein sollte. Immer mehr Frauen reihten sich in den Tanz ein. Es war eine unausgesprochene Pflicht und Ehre, wenigstens einige Minuten mitgetanzt zu haben.

Es folgte ein weiterer energiegeladener Männertanz. Die Männer demonstrierten Stärke, Willenskraft und Sicherheit, aber auch Sensibilität für ihre Funktion als Verantwortlicher der ihnen anvertrauten Familie. Die Erde unter meinen Füßen bebte.

Die Jugend hatte ihre eigenen Tänze. Den jungen Mädchen beim Tanzen zuzuschauen war eine Augenweide. Ihre anmutigen, feinen Arm- und Handbewegungen flossen ineinander über und zeugten von ihrer Reinheit und Zartheit. Sie tanzten um des Tanzens willen. Ihre Anmut berührte mich sehr. Die jungen Männer hatten keine Scheu, ihre Emotionen zum Ausdruck zu bringen. Sie tanzten *Bandari*. Dabei liefen sie hintereinander im Kreis und schüttelten ihre leicht nach vorne gezogenen Schultern so schnell, dass der gesamte Brustkorb sich mitbewegte. So, als ob sie sich die Schultern freimachen wollten für die Lasten, die sie als Männer tragen würden.

Gesellte sich eines der kleineren Kinder zu ihnen, reagierten sie sofort und nahmen das Kind in ihre Mitte. Mit Klatschen und Zurufen spornten sie es an, sodass auch weitere Kinder Lust hatten, mitzutanzen. Mich beeindruckte es, wie selbstverständlich jeder sich in das Gefüge einer Großfamilie einbrachte und wie sie sich gegenseitig wertschätzten. Die Jugendlichen gaben das, was sie selbst als Kinder erfahren hatten, an die Kleineren weiter. So vermittelten sie den Kleineren, dass sie ernstgenommen wurden, und dass Achtung und Respekt für den anderen selbstverständlich und wichtig sind. Sie tanzten und feierten bis spät in die Nacht.

Ich hatte es mir mit Reza auf der Veranda in einem Sessel gemütlich gemacht. Spät am Abend kam Djavad mit seiner Familie aus *Teheran* an. Sie waren vierzehn Stunden mit dem Auto unterwegs gewesen. Irgendwann war ich so müde, dass ich nur noch Reza versorgen konnte und in meinen Kleidern einschlief.

- 12 -

Am nächsten Morgen wollte ich zum Bazar. Reza brauchte dringend kühlere Sachen. Als er nach dem Frühstück und der ersten Spielrunde mit den Kindern schlief, überließ ich ihn der Obhut seiner *Amme*. *Baba Hadji* bat Hassan, mich zum Bazar zu begleiten. Auch Babak wollte mitkommen. Zur Begrüßung hatte *Bibi* Masume mir einen Schleier aus leichtem Baumwollstoff mit buntem Blümchenmuster geschenkt. Aus Achtung der Familie gegenüber hatte ich ihn übergezogen. Zu meiner großen Überraschung hielt mein Schwiegervater mich zurück.

„Stopp!"; sagte er, „du bist eine Ausländerin, du musst das nicht tragen. Es genügt, wenn deine Arme und deine Beine bedeckt sind." Ich war überwältigt von so viel Großzügigkeit und Toleranz und umarmte *Baba Hadji* spontan, was ihn wiederum überwältigte, denn das kannte er nicht. Ich werde nie das verschmitzte Lächeln in seinen Augen vergessen, das auf meine Umarmung folgte. So ging ich in einem grün-weiß karierten Mini-Kostüm, weißen Strumpfhosen und roten Schuhen einkaufen, zu einer Zeit, als in *Ahwaz* nur wenige Frauen ohne Kopfbedeckung in der Öffentlichkeit zu sehen waren.

Die Erinnerung an dieses Outfit lässt mich schmunzeln und holt mich in die Gegenwart zurück. Das Kostüm mit kurzem Rock, der nicht einmal bis zum Knie reichte, ging ja noch. Es war aus Baumwolle und nicht gefüttert. Aber die Farbkombination wäre heute unvorstellbar: Die weißen Strumpfhosen in roten Schuhen waren damals tatsächlich Mode. Im Laufe meines Aufenthaltes konnte ich feststellen, dass mein Schwiegervater bei seiner Frau, seinen Töchtern und den älteren Enkeltöchtern sehr wohl auf das Einhalten der traditionellen Kleiderordnung achtete. Falls ihm etwas auffiel, machte er sie liebevoll darauf aufmerksam. Für mich galten diese Regeln nicht. Einmal nahm er mich sogar mit auf seine Einkaufstour und stellte mich stolz als seine Aruse Almani, seine deutsche Schwiegertochter, vor. Bis zur Revolution 1979 habe ich kein Kopftuch getragen, ein Vermächtnis Baba

Hadjis. Niemand wagte es, seine Entscheidung in Frage zu stellen, auch über seinen Tod hinaus. Ich sehe ihn vor mir, höre in mir nach all den Jahren den Klang seiner Stimme. Erinnerungen kommen und gehen, sie berühren mein Herz immer noch mit Zärtlichkeit.

Ich durfte meine Schwiegereltern, wie ihre Enkel, *Bibi Hadji* und *Baba Hadji* nennen. Er selbst sprach mich anfangs mit Mamsell an, für ihn war das eine besondere Ehrerweisung. Nachdem ich ihm erklärt hatte, dass man in Deutschland diese Anrede ungern gebrauchte, war ich für ihn die Madare Reza, die Mutter von Reza. Er saß tagsüber im großen Zimmer im Schneidersitz auf einer rechteckigen, gepolsterten Sitzmatte. Vor ihm stand sein niedriger Arbeitstisch mit dem alten Telefon, das noch eine Rundscheibe hatte. Jedes Mal, wenn er eine Nummer wählte, machte das Telefon einen riesigen Lärm, und wenn er dann in den Hörer sprach, konnte man ihn im ganzen Hof hören. Um am anderen Ende verstanden zu werden, musste er nämlich sehr laut sprechen, fast schreien. Er telefonierte sehr viel mit seinen Söhnen in *Teheran* und in *Chorramschahr*, da er mit ihnen trotz seines fortgeschrittenen Alters noch die Firma führte, die er in jüngeren Jahren aufgebaut hatte. Vier Söhne waren Teilhaber. Ansonsten arbeitete er in seinen Akten still vor sich hin und registrierte alles, was um ihn herum geschah, ohne sich einzumischen. Ab und zu hielt er ein Schwätzchen mit seiner *Bibi* Batul, das ist der Name meiner Schwiegermutter. Sie wiederum versorgte ihn mit allerlei Erfrischungen, wie Melonen, Obst und Tee.

Das Verhältnis zu meiner Schwiegermutter war anfangs nicht so liebevoll und unbeschwert wie das zu meinem Schwiegervater. Sie ließ mich spüren, dass sie mit mir ein Problem hatte. Ich schob ihre Zurückhaltung auf die Sprachbarriere und auf die andere Mentalität und dachte mir, dass sie noch etwas Zeit brauchte, denn ich war für sie wie ein Wesen von einem anderen Stern. Sie befolgte die Regeln der Religion und die Anweisungen aus dem Koran, und sie achtete auch bei ihren Töchtern, Schwiegertöchtern und Enkelinnen darauf, dass sie sich entsprechend verhielten. Sie lebte in dieser kleinen Welt und es fiel ihr schwer, Neues und Fremdes zu akzeptieren. Außerdem war ich in ihren Augen eine Ungläubige, die sie ja eigentlich ablehnen müsste.

Erst als Hesam nachkam, erfuhr ich die wahren Hintergründe. Ich hatte, ohne es selbst zu wissen, ihr eine ihrer schönsten Aufgaben weggenommen. Nämlich die, für ihren jüngsten Sohn die passende Frau zu finden und eine Hochzeit auszurichten. Damit hatte ich sie in ihrer Rangstellung und Ehre verletzt. Obwohl ihr Sohn einen beträchtlichen Anteil an dieser Situation hatte, wollte sie das so nicht sehen. Er war ihr armes Batjileh, ihr Nesthäkchen, das auf eine Ungläubige hereingefallen war. Was mich besonders traf, war die Tatsache, dass sie für Hesam nach einer iranischen Frau gesucht hatte, obwohl sie von unseren Hochzeitsplänen wusste. Schon vor seiner Reise nach Deutschland hatte sie versucht, ihn zu verloben und so vor einem Fehltritt in Deutschland zu bewahren. Er sollte bei seinem nächsten Besuch, das wäre in jenem Sommer gewesen, überrascht werden und mit seiner frisch angetrauten Frau dann nach Deutschland zurückkehren. Die Mütter waren sich bereits einig geworden, alles war arrangiert. Doch ihr Batjileh hatte andere Pläne. Unsere Hochzeit in Deutschland machte alles zunichte und sie musste die geplante Verbindung absagen, was für sie mit einem gewissen Ehrverlust einherging. Und jetzt war ich da, der vorausgeahnte und befürchtete Fehltritt. Dank der Unterstützung und Anerkennung meines Schwiegervaters und der übrigen Familie, musste sie mich akzeptieren, wenn sie nicht vollends ihr Gesicht verlieren wollte. Nach Hesams Ankunft fand ein Gespräch zwischen Mutter und Sohn statt, in dem mein Mann sehr heftig reagierte. Ich weiß bis heute nicht, über was sie sprachen, doch das Verhalten meiner Schwiegermutter mir gegenüber veränderte sich danach grundlegend. Ihre größte Herausforderung sah sie wohl darin, aus mir unreinen Ungläubigen eine reine Gläubige zu machen. Vorerst ließ sie mich damit in Ruhe, wahrscheinlich wollte sie abwarten, ob ich wiederkommen würde. Das machte es mir leichter, ihr weiterhin freundlich und verständnisvoll zu begegnen.

- 13 -

Als ich vom Bazar zurückkam, stand Rezas Wippe bei *Bibi Hadji*. Satt und zufrieden lag er darin und plapperte mit seiner Großmutter, die mit ihm spielte und ihm Reime vorsang. Der Klang der Reime kam mir bekannt vor und ich erinnerte mich, dass sie diese auch für Nuri sang.

Nuri, so hatte Hesam mir erzählt, war das dritte Kind meiner Schwiegereltern. Mit fünf Jahren hatte er infolge einer Pockeninfektion eine Hirnentzündung bekommen, die bleibende Entwicklungsstörungen und Narben in den Augen hinterließ. Mit der Zeit verlor er seine Sehkraft und erblindete.

Schon am ersten Tag in *Ahwaz* hatte ich Nuri, der um die 45 Jahre alt war, kennengelernt. In einem knielangen, rot-grau karierten Hemd saß er an einem schattigen Platz am Gartenrand, den Kopf lauschend zur Seite geneigt und die offenen, von den Pocken vernarbten Augen dem Licht der Sonne zugewandt. Sein Pfleger hatte ihn geduscht und in die Sonne gebracht. Ich erkannte ihn sofort und ging auf ihn zu. Seyede wollte mich zurückhalten, doch ich ließ mich nicht beirren. Nuri drehte sein Gesicht aufmerksam in die Richtung, aus der ich kam. Seine Mimik verriet, dass er erstaunt war, weil er den Klang meiner Schritte nicht einordnen konnte. Der Garten lag tiefer als die Umrandung und ich konnte mich bequem zu ihm an den Gartenrand setzen.

„*Salam*, Nuri, ich bin Siegi, *Hadj*is Frau." Nuri kannte meinen Mann nur unter dem Namen *Hadji*. Er reagierte auch sofort, indem er aufhorchte und seine Hand nach mir ausstreckte. Spontan ergriff ich diese und führte sie zu meinem Gesicht, das wir gemeinsam ertasteten. So konnte er sich ein Bild von mir machen. Dabei wiederholte ich: „Siegi, *Hadj*is Frau." Er schien mich verstanden zu haben, denn er strahlte übers ganze Gesicht. „*Hadj*i, *Hadj*i!", wiederholte er.

Moali kam dazu und erklärte es ihm noch einmal auf Persisch. „Nuri, das ist die Frau von *Hadj*i, Siegi *Chanum*." Nuri hörte aufmerksam zu und fing an, auf einem Blechnapf, den er nur zum Trommeln benutzte, in rhythmischer Perfektion zu trommeln. Moali

meinte: „Das ist für dich, das macht er nur, wenn er jemanden mag!"
Ich konnte es nicht glauben: Nuri brachte mir ein Ständchen! Und plötzlich, während des Trommelns, sagte er deutlich meinen Namen: „Siegi *Chanum*, Siegi *Chanum*." Immer wieder wiederholte er meinen Namen im Rhythmus seiner Trommel. Tränenschleier vor meinen Augen machten mich für einen Augenblick blind. Wie Nuri. Von Anfang an durfte ich ihm sein Essen bringen und ihm zu trinken anbieten, was sonst das Privileg seiner Mutter war. Sobald er mich an meinen Schritten erkannte, fing er an zu trommeln, das „Siegi-*Chanum*-Trommeln", lange bevor ich bei ihm war. Auch wenn er etwas wollte, rief er mich damit herbei.

Nuri war gern unter Menschen und freute sich, wenn die Kinder umhertobten. Die Stimmen und Wege waren ihm vertraut, und er bewegte sich ziemlich sicher. Hesam hatte mir erzählt, dass Nuri lange Jahre in das Familienleben integriert gewesen war. Doch mit zunehmendem Alter wurde die Kontrolle über seine Ausscheidungen schwieriger. Er bekam ein vom Wohntrakt getrenntes Einzelzimmer, in das er sich in den heißen Mittagsstunden und nachts zurückzog. Ein extra für ihn angestellter Pfleger kümmerte sich morgens und abends um ihn.

Es war für mich schwer zu verstehen, warum man Nuri ausgegrenzt hatte, denn meine Schwiegermutter liebte ihn sehr. Mit großer Zärtlichkeit kommunizierte sie mit ihm, streichelte über seinen Kopf und gab ihm abends einen Gutenachtkuss. Er bekam vor allen anderen sein Essen oder den Tee. Sie schaute oft nach ihm und sorgte dafür, dass sein Zimmer immer eine angenehme Temperatur hatte. Die täglichen Begegnungen mit seiner Mutter waren Highlights für Nuri, er liebte seine Mamme, wie er sie nannte. Er war ihr Baby.

Ich grüßte *Bibi Hadj*i und bedankte mich, dass sie auf Reza aufgepasst hatte. Als dieser meine Stimme hörte, fing er an zu quengeln. Ich nahm ihn aus der Wippe, um mich mit ihm an die Frühstückstafel zu setzen, als ich sah, wie Nuri von seinem Pfleger aus dem Bad auf seinen Lieblingsplatz im Garten geführt wurde. Auf diesen Moment, wo er noch sauber war, hatte ich gewartet. Mit Reza setzte ich mich zu ihm an den Gartenrand. Nuri schien zu spüren, dass irgendetwas anders war. Er trommelte nicht und bewegte sich auch nicht. Es schien, als ob er auf etwas warten würde. Ich legte ihm Reza in den rechten Arm auf den Schoß. „In Nini-e mane", sagte ich. „Das ist mein Baby." So hatte ich es von den Kindern gelernt. Er schien überrascht und bewegte sich nicht. Vorsichtig führte ich seine freie Hand zu Reza und wiederholte: „In Nini-e mane." Behutsam und zärtlich tastete er das Baby ab und lächelte dabei. Ich konnte die Liebe spüren, die ihn erfüllte. Alles, was er empfinden mochte, kam in seinem leise und andächtig gesprochenen „Nini" zum Ausdruck: Überraschung, Erstaunen, Bewunderung, Ehrfurcht, Freude, Liebe und ganz viel Zärtlichkeit.

Reza lag still in seinem Arm und beobachtete seinen Onkel aufmerksam. Die kleinen Füße und Hände hatten es Nuri beim Abtasten besonders angetan. Er lachte auf, als Reza dabei einen seiner Finger umschloss, festhielt und diesen hin und her bewegte und in seiner Babysprache etwas erzählte. Die ganze Zeit über hatte Nuri die blinden Augen himmelwärts gerichtet, so als ob er dort mit seinem inneren Auge das sehen konnte, was er abtastete. Als ich merkte, dass Nuris Kraft nachließ, nahm ich ihm Reza wieder ab. Nuri ließ es widerstandslos zu und bei unserem Weggehen fing er an zu trommeln und sang dazu „Nini, Nini."

Die Familienmitglieder, die auf der Veranda frühstückten, hatten uns beobachtet. Mir fiel auf, dass alle sehr still waren. Farnaz fragte mich, ob ich keine Bedenken hätte, mein Baby mit einem kranken Menschen in Berührung zu bringen. Das war also der Grund für die Stille: Sie hatten Berührungsängste und konnten nicht nachvollziehen, dass ich die anscheinend nicht hatte und Nuri sogar mein Kind gab, was dieses ihrer Vorstellung nach in Gefahr brachte. Ich erklärte ihnen mit Hilfe Babaks, dass Nuri nicht krank, sondern durch eine Virusinfektion nur in seiner Entwicklung zurückgeblieben war. Überzeugen konnte ich sie nicht.

Ein späteres Gespräch mit meiner Schwiegermutter fällt mir dazu ein. Damals sagte sie mir, dass sie der festen Überzeugung war, dass Nuri, als er noch jung war, gesund geworden wäre, wenn sie für ihn eine Frau gefunden hätte. Ich war irritiert, ja fast empört. Eine Frau war doch keine Sache, die man jemandem zum Spielen gab! Aber sie meinte es ernst: Sie sprach einer Frau Heil- und Wunderkräfte zu. Vielleicht beruhte dieser Glaube auf ihrer eigenen Erfahrung, denn Baba Hadji war wie verzaubert von ihr, er liebte sie sehr.

– 14 –

Wie stolz und glücklich saßen *Baba Hadji* und *Bibi Hadji* am Hennaabend, dem Abend vor der Hochzeit, nebeneinander auf der Couch und erfreuten sich gemeinsam an ihrer großen Familie. Wahrscheinlich erinnerten sie sich dabei auch an ihre eigene Hochzeit.

Der Hennaabend, in etwa vergleichbar mit unserem Junggesellenabend, war der Auftakt für drei ausgelassene Feiertage. Ich kann mich an diese Tage nur vage erinnern. Sie waren vollgepackt mit Begegnungen, Gesprächen, Emotionen, Erfahrungen und neuen Eindrücken, sie waren voller Lebensfreude und Begeisterung.

Wenn ich die Augen zumachte und mich nur auf meine Sinne konzentrierte, konnte ich das bunte Treiben um mich herum ausschalten und mich tragen lassen von dem vielfachen Stimmengewirr, das irgendwann zu einem einzigen großen Klang wurde und mit der Musik zum harmonischen Wohlklang verschmolz. Ich nahm nur noch auf und speicherte alles in mir. Auseinandersetzen mit der anderen Lebens- und Denkweise hätte nichts gebracht. Einfach das Anderssein annehmen, war damals, als alles neu und fremd, teils auch geheimnisvoll für mich war, meine Devise.

Viele der Zeremonien, die ich miterlebte, beruhten auf Traditionen, die noch weit vor unserer Zeitrechnung ihren Ursprung hatten. Mit der Zeit haben sich die Rituale geändert, aber die Traditionen sind geblieben. So wurden früher am Hennaabend die Hände der Braut mit filigranen Hennamalereien kunstvoll gestaltet, was heutzutage nur noch selten geschieht. Aber der Hennaabend ist nach wie vor wichtiger Teil vieler persischer Hochzeiten, denn Henna ist das Symbol für Fruchtbarkeit und Glück.

An jenem Abend überlagerte der intensive Duft der Jasminblüten den köstlichen Geruch der Speisen, welche die fleißigen Köche jeden Tag für mehr als hundert Personen, Bewohner, Gäste und Personal zubereiteten. Denn auch die Verwandten, die in der Nähe wohnten, kamen morgens schon zum Frühstück und gingen nur zum Schlafen nach Hause. Sie kosteten die Zeit des Zusammenseins voll aus. Die Kapelle spielte fast ununterbrochen. Man tanzte, man lachte und Madare Gholam trillerte mit den anderen Frauen um die Wette.

Auf der Veranda, wo die Zeremonie stattfand, schwebte der mystische Hauch wilder Weinraute, die über einem Räucheröfchen langsam verglühte und böse Blicke und böse Geister von dem Brautpaar fernhalten sollte. Beide Familien waren versammelt. Moali und Esmat saßen auf einem mit bunten Decken festlich hergerichteten Sofa und trauten sich nicht, sich anzuschauen. *Bibi* Masume hatte in einer Schale Henna und Wasser zu einem Brei verrührt und mit einer Hibiskusblüte verziert. Sie formte aus der Masse kleine Kugeln, die sie in die Handflächen und unter die Fußsohlen des Brautpaares legte. Damit die Farbe nicht zu sehr in die Haut eindringen konnte, entfernte sie das Henna nach fünfzehn Minuten.

Esmats Familie hatte für die nächsten Angehörigen des Bräutigams Geschenke mitgebracht. Für die Frauen gab es wertvolle Stoffe für ein Abendkleid, auch ich erhielt so ein Geschenk: einen wunderschönen türkisblauen mit Silberfäden durchwirkten Spitzenstoff. Auch die Männer erhielten Stoffe. „Wozu brauchen Männer denn Stoffe?", flüsterte ich Mehran zu. „Sie können sich damit einen neuen Anzug nähen lassen", erklärte er mir. Als er meinen erstaunten Blick bemerkte, lachte er und meinte: „Unsere Männer tragen auch Anzüge wie bei euch!"

„Hat unsere Familie auch solche Geschenke gemacht?", wollte ich wissen.

„Nein, nur die Familie der Braut. Die Geschenke sollen bewirken, dass die Familie des Bräutigams die Braut wie eine eigene Tochter aufnimmt und sie gut behandelt", ergänzte er.

Eine weitere Tradition am Hennaabend war der Koffertausch, der für viel Heiterkeit sorgte. Beide Familien hatten je einen Koffer gerichtet: Die Brautfamilie für den Bräutigam, die Familie des Bräutigams für die Braut. Darin waren neue Sachen, die das Paar am Anfang des gemeinsamen Lebens benötigte. Farhad moderierte, und eine Nichte der Braut zelebrierte das Auspacken des Koffers, der für Moali bestimmt war. Jedes Teil wurde einzeln hervorgeholt und mit viel Humor zur Schau gestellt. Von Anzug, Hosen, Hemden, Pullover über Unterwäsche, Pyjamas und Socken, bis zu Schuhen war alles vertreten, was ein Mann brauchte, sogar ein Rasierapparat, Rasierwasser und ein Eau de Toilette waren dabei. Hesams jüngere Schwester, Seyede, übernahm die Demonstration für Esmats Koffer. Die Schneiderei hatte in Absprache mit der Braut zusätzlich zum Brautkleid noch zwei Abendkleider, ein Kostüm, mehrere Kleider, Blusen, Röcke und einen Hosenanzug genäht, die mit viel Ah und Oh bestaunt und für gut befunden wurden. Außerdem enthielt der Koffer einen Hausschleier und einen schwarzen *Tjador*. Auch die Schuhe mit farblich dazu passenden Strümpfen und Handtaschen im Farbton der Schuhe, ein Schminkkasten und ein Parfüm erhielten begeisterten Applaus. Die Dessous wurden zwar erwähnt, aber natürlich nicht gezeigt, was enttäuschte Reaktionen hervorrief, auch diese wie seit Alters her in den Ritualen festgelegt und weitergegeben. Was beide Koffer gemeinsam hatten, war abgesprochen und aufeinander abgestimmt: Bademantel und Badetuch für das erste gemeinsame Bad, Kosmetika und ein Gebetsteppich, bei Esmat zusätzlich ein Gebetsschleier. Esmat ließ alles über sich ergehen. Sie kannte diese Zeremonie von Kindheit an, für sie war es Normalität. Da musste sie durch, sittsam und etwas verschämt, wie es die Tradition verlangte. Dem Bräutigam gelang es dennoch, ihr manchmal ein Lächeln und verliebte Blicke abzugewinnen.

Wie auf Verabredung und unter dem Vorwand, noch Hunger zu haben, zogen sich die Männer bald zurück und nahmen die größeren Jungen und auch den Bräutigam mit. Sie feierten im Hof mit Live-Musik weiter, während wir Frauen uns mit der Braut in den großen Salon zurückzogen. Es wurde noch ein lustiger Frauenabend. Die Schleier konnten fallen und darunter kamen wunderschöne Frauen in Abendkleidern zum Vorschein. Zum ersten Mal sah ich alle unverschleiert. Aus Esmats Familie hatten zwei Frauen ihre Trommel mitgebracht. Ich war fasziniert, wie geschickt sie diese hielten und wie flink sich die einzelnen Finger über das bearbeitete Leder bewegten. Dazu sangen sie traditionelle Hochzeitslieder. Die Rhythmen lockten unwiderstehlich zum Tanzen. Alle außer mir waren in Bewegung. Bisher war es mir gelungen, mich vorm Tanzen zu drücken. Das musste ich erst einmal allein vor einem Spiegel üben oder mir von den größeren Mädchen zeigen lassen. Reza war in meinen Armen eingeschlafen und ich nahm ihn auch heute als Vorwand, nicht tanzen zu können. Doch ich wiegte mich zu früh in Sicherheit.

Nach ihrem Schleiertanz bedrängten meine Schwägerinnen mich: „Jede muss zu Ehren der Braut einmal tanzen, sonst wird der Braut Unglück widerfahren! Auch du musst tanzen!" Da hatten sie mich voll an einer Schwachstelle erwischt. Ich hielt nichts von Aberglauben, aber für das Unglück der Braut wollte ich auch nicht verantwortlich sein. Farnaz war die Hartnäckigste unter ihnen und argumentierte:

„Jetzt kannst du dich nicht mehr davor drücken, dein Kind schläft!" Behutsam nahm sie mir Reza ab und legte ihn neben ihren schlafenden Sohn auf eine Matratze im Nebenzimmer. Alle anderen Frauen tanzten wieder. „Das ist die beste Gelegenheit, dich nicht allzu sehr zu blamieren, du wirst in der Masse nicht auffallen", versuchte ich mich selbst zu beruhigen und willigte ein. Mit großem Oha und *Yallah*-Rufen wurde ich zur Tanzfläche geführt, genau das, was ich eigentlich vermeiden wollte. Aller Aufmerksamkeit war auf mich gerichtet. Umringt von begeisterten Schwägerinnen und Nichten, die mir zeigten, wie ich mich bewegen sollte, machte ich zaghaft und plump meine ersten Gehversuche im orientalischen Tanz. Doch meine Unsicherheit verflog mit jedem Schritt. Die Bewegungen wurden eins mit dem Rhythmus der vielen klatschenden Hände und dem der Trommeln. Von dem Tumult um mich herum merkte ich schon bald nichts mehr. Ich fühlte mich glücklich, federleicht und abgehoben. Als die Trommeln kurz aufhörten, kehrte ich nur langsam in die Wirklichkeit zurück und staunte über mich selbst. Meine Seele hatte getanzt, anders konnte ich es mir nicht erklären.

"*Hadji* wird sich freuen, wenn du zu seiner Begrüßung so schön für ihn tanzt", meinte Heschmat augenzwinkernd. Der Gedanke, Hesam damit zu überraschen, gefiel mir. "Aber nur für ihn", stellte ich sofort klar. Doch an jenem Abend tanzte ich noch oft. Ich war wie berauscht und ließ mich in den Pausen in das Stimmengewirr fallen und davontragen. So entging ich wahrscheinlich manch schlüpfriger Bemerkung und Empfehlung in Richtung der Braut. Und musste auch nicht erklären, warum ich keinen Schrank voller Abendkleider besaß und auch nicht besitzen wollte. An ihren Gebärden konnte ich sehen, dass sie über ihre Kleider und den am nächsten Tag anstehenden Friseurbesuch redeten.

"Geheimnisvoller, wunderbarer Orient!", murmelte ich glücklich, als ich weit nach Mitternacht endlich auf meiner Matratze lag. "Bald kommt mein Prinz, und ich werde ihn wie eine orientalische Prinzessin mit meinem Tanz verführen!"

– 15 –

Moali hatte für den Hochzeitsmorgen einen kompletten Friseursalon gemietet. Die Braut durfte zu ihrer Unterstützung Frauen aus ihrer näheren Verwandtschaft mitbringen. Auch die Mutter und die Schwestern des Bräutigams sollten dabei sein, wenn die zukünftige Schwiegertochter von einem jungen Mädchen in eine Braut verwandelt wurde. Als Ehrengast war ich mit eingeladen. Da der Salon in der Nähe war, bestellten wir kein Taxi und Mehran begleitete mich bis zum Salon. Von Weitem schon hörten wir die Musik, manchmal wurde sie von Trillern und Klatschen übertönt. Da war was los! Mehran bedauerte es, nicht mit hineinzudürfen.

"Wie schön, die nächste Braut ist gekommen!", rief eine von vier fertig gestylten und geschminkten Frauen, als sie mir die Türe öffneten. Es sollte eine Anspielung auf das bevorstehende Wiedersehen mit meinem Mann sein. Sie begrüßten mich herzlich und küssten mich reihum ab, vorsichtig, damit ihre Schminke nicht verwischte. Drei andere saßen noch unter der Trockenhaube und winkten mir freundlich zu.

„Das ist ja wie in einem Harem", dachte ich. Überall herrschte geschäftiges Treiben, um die wunderschönen Frauen noch schöner zu machen, was meiner Ansicht nach gar nicht nötig war. Zwei Nichten waren dabei, sich gegenseitig die Nägel zu lackieren. Sie taten sehr geheimnisvoll und kicherten, wie alle Teenager auf der Welt. Es erinnerte mich an das letzte Mal, als ich so unbeschwert mit meinen Freundinnen herumgealbert hatte, kurz bevor ich Hesam kennenlernte. Ich fühlte mich mit meinen vierundzwanzig Jahren auf einmal uralt.

Zwei junge Frauen, auch bekannte Gesichter, nur die Namen dazu wusste ich nicht mehr, begutachteten ihre Kleider, die noch auf Bügeln hingen. Als sie mich sahen, begrüßten sie mich überschwänglich. Eine davon sprach gut verständliches Englisch und fragte nach ihrem Schwiegersohn und warum ich ihn nicht mitgebracht hätte.

„Welchen Schwiegersohn?", fragte ich verwundert.

„Meinen!", antwortete die etwas Jüngere der beiden. „Du musst wissen, ich habe eine sehr schöne Tochter, etwas älter als dein Sohn, aber das ist nicht schlimm. Mit zunehmendem Alter macht das schon bald keinen Unterschied mehr. Sie ist erst drei Jahre alt und jetzt schon eine Schönheit!" Sie zwinkerte mit den Augen in Richtung der anderen Cousine. Wie sie das meinte, wollte ich wissen. Sie bemerkten meine Verunsicherung und lachten.

„Das ist hier üblich, das musst du nicht so ernstnehmen. Früher haben die Mütter eines Mädchens schon früh mit der Suche nach potenziellen Ehemännern für ihre Tochter begonnen. Wenn ihnen ein Junge, vor allem dessen Familie, gefiel, haben sie ihn im Auge behalten und sich bei seiner Mutter, aber nur, wenn sie diese gut kannten, in Erinnerung gebracht, indem sie nach ihrem *Damad* fragten." Ich ging auf ihr Geplänkel ein und erwiderte:

„Es wird mir eine Ehre sein! Bringst du meine *Arus* heute mit zur Hochzeit? Mein Sohn und ich würden sie gerne einmal kennenlernen." Während unseres albernen Wortgerangels führten sie mich zum Nebenraum. Er war speziell für eine Braut eingerichtet, romantisch, verspielt, in zartem Pastellgrün. Esmats Brautkleid hing an einer Kleiderstange, einige Accessoires lagen daneben auf einem Tisch. Ich erkannte Esmat kaum wieder. Ihr lockiges Haar war zu einer wunderschönen Hochfrisur gesteckt worden, aus der sich einzelne Locken um ihr Gesicht schmiegten. Aus Rücksicht auf ihr Makeup begrüßten wir uns ohne die übliche Zeremonie. Sie war so weit fertig, nur das Brautkleid fehlte noch. Zu meiner Überraschung wurde ich im selben Raum verschönert. Zwischen Waschbecken, Trockenhaube und Frisiertisch hin und her wechselnd, erlebte ich mit, wie aus Esmat eine wunderschöne Braut im Hochzeitskleid wurde.

Wie abgesprochen, holte Mehran mich nach zwei Stunden wieder ab. Inzwischen hatte man im *Heiat*, dem Innenhof, alles gerichtet. Die Teppiche waren ausgebreitet und an den Wänden entlang standen runde Tische mit Stühlen. Hohe, freistehende Blumengebinde mit Gladiolen unterbrachen ab und an das Einerlei der Tischreihen. An den Mauern befestigte Ventilatoren sorgten für Abkühlung, auch die Wasserspender standen schon an ihrem zugedachten Platz. Reza schlief noch entspannt in seinem Nestchen.

Mit viel „*Mobarake!*" bewunderte man meine Frisur. Der siebenjährigen Nilufar fiel sofort auf, dass meine Augenbrauen gezupft waren. Ich hatte das vorher noch nie gemacht. Die Kosmetikerin hatte mich dazu überredet: „Gezupfte Augenbrauen sind ein Zeichen, dass eine Frau eine ehrwürdige Person und verheiratet ist. Nur unverheiratete Frauen lassen die Brauen wachsen, wie sie kommen!" Es klang ein wenig nach Tadel. Als ich das Ergebnis im Spiegel sah, musste ich mir eingestehen, dass es tatsächlich viel ausmachte, und mein Gesicht nicht mehr so mädchenhaft wirkte. Nur gegen das Entfernen meines natürlichen Haarflaums im Gesicht anhand zweier gekreuzter Fäden, wehrte ich mich nach einem ersten Versuch der Kosmetikerin vehement. Der Flaum war blond und nicht dunkel wie bei vielen Iranerinnen. Warum sollte ich diese äußerst schmerzhafte Behandlung über mich ergehen lassen?

Für die Hochzeitsfeier hatte meine Mutter mir ein schönes, festliches Dirndl gekauft, schwarz, mit roten aufgestickten Rosen am Mieder und am unteren Rockrand.

„Du musst ein typisch deutsches Outfit tragen, ein Zeichen deutscher Kultur", hatte sie entschieden.

„Na ja, zur Kultur fehlt dann noch das deutsche Sauerkraut", äußerte ich amüsiert. Das Dirndl hatte mir gefallen und meine Mutter wollte es unbedingt bezahlen. Es fehlte nur noch, dass sie mir ein Wappen ihrer bevorzugten, politischen Partei aufgenäht hätte! So wurde ich zum deutschen Kulturträger im Iran und habe zumindest auf der Hochzeitsfeier unseren guten, alten Goethe – fast jeder Iraner kennt wenigstens ein Gedicht aus seinem Werk ‚Westöstlicher Divan' – von seinem Podest verdrängt.

– 16 –

Die Trauungszeremonie, das *Aghd*, fand im Haus von Esmats ältestem Bruder statt. Ihr Vater war früh verstorben und der schon verheiratete, ältere Bruder fühlte sich in der Verantwortung für seine Mutter und die vier jüngeren Geschwister, die noch im Elternhaus wohnten. Zum ersten Mal sah ich eine Hochzeitsdecke, eine *Sofre Aghd*, die bei keiner persischen Trauungszeremonie fehlen darf. Hesam hatte mir davon erzählt, aber sie im festlich geschmückten Trauungszimmer vor mir ausgebreitet zu sehen, übertraf meine Erwartungen bei Weitem.

Festlich silberfarben dekorierte Dinge, die einen symbolischen Wert hatten, waren über einer weißen Seidendecke verteilt, alle in wertvollen Schalen. Gekochte Eier waren zusätzlich beschriftet und mit kleinen Blüten verziert, sie sollten Fruchtbarkeit und viele Kinder in der Ehe verheißen. Nüsse symbolisierten Gesundheit, Brot und Käse die tägliche Nahrung. Eine Schale mit Münzen versprach künftigen Wohlstand und eine Schale mit grünen Kräutern Gesundheit und Segen. Äpfel, Blumen, Gebäck und andere Süßigkeiten waren als kleine Kunstwerke in Schalen angeordnet und ein silberner Korb enthielt in zarte, weiße Organzatüten verpackte Geschenke für die Gäste, vorwiegend Süßigkeiten. Die Decke war so gelegt, dass das Brautpaar, wenn es davorsaß, in Richtung Osten blickte, dem Licht zugewandt. Am Ende der Decke, dem Paar gegenüber, befand sich ein Spiegel als Symbol für Selbstreflexion, Ehrlichkeit und Reinheit. Darin konnte das zukünftige Ehepaar sich während der Zeremonie erst einmal begutachten, zumindest war es früher so gedacht, als sie sich noch nicht kannten.

Zwei große Kerzenleuchter rahmten den Spiegel rechts und links ein und repräsentierten das Licht und das Feuer, zwei sehr wichtige Elemente in der antiken Zeremonie. Sie standen für die Gleichheit und Gleichwertigkeit von Braut und Bräutigam. Jeder sollte wie eine Kerze sein, die das Leben beleuchtete. Hesam hatte mir auch erzählt, dass dieser Spiegel und die Leuchter nach der Zeremonie ins Hochzeitszimmer gebracht würden und von da an das Ehepaar durch das gemeinsame Leben begleiteten.

Erst nachdem Moali seinen ihm zugedachten Platz vor dem Hochzeitstisch eingenommen hatte, führte man die Braut unter großem Jubel und Applaus, begleitet von vielen Trillern und vielstimmigem *Salawat*, einem Bittruf um Gottes Segen, zu ihm. Ihre Haare und ihr Gesicht waren von einem leichten weißen Tuch bedeckt. Auch das war ein Brauchtum, das in abgeänderter Form übernommen wurde. Ursprünglich durfte ein Mann seine ihm zugedachte, voll verschleierte Frau erst nach dem Jawort unverschleiert sehen.

Moali und Esmat zündeten gemeinsam die Kerzen an den Leuchtern an und setzten sich auf ihre Plätze vor der Hochzeitsdecke. Ein islamischer Geistlicher, ein *Mullah*, begann die Zeremonie, indem er bestimmte *Suren* aus dem Koran rezitierte. Seine Aufgabe war es auch, den Ehevertrag vorzulesen, den eine männliche Delegation beider Familien erarbeitet hatte. Auch die Morgengabe war darin festgelegt.

Auf die Frage, ob er Esmat zur Ehefrau nehmen wolle, antwortete Moali mit einem klaren, lauten „Ja!" Der *Mullah* wandte sich Esmat zu: „Bist du einverstanden, dass ich als dein Stellvertreter die Eheschließung mit *Agha Seyed* Moali Maraschi besiegle?" Esmat schwieg mit gesenktem Blick. „Was ist hier los?", dachte ich entsetzt. „Gestern war doch alles noch in Ordnung?" Die Anwesenden riefen Parolen. Azita sah meine Bestürzung und kam mir zu Hilfe. „Das ist nur ein Ritual. Es ist alles in Ordnung. Wir vertrösten gerade den Bräutigam und rufen ihm zu, dass seine Braut noch zum Blumenpflücken gegangen ist." Der *Mullah* fragte zum zweiten Mal. Esmat verharrte in ihrer Position und schwieg. Azita amüsierte sich über meinen besorgten Blick. Und wieder erklangen im Sprechchor Parolen. „Sie ist durstig und zum Brunnen gelaufen!", übersetzte Azita mir und strahlte dabei übers ganze Gesicht. Erst nachdem der Geistliche zum dritten Mal dieselbe Frage gestellt hatte, hauchte Esmat ein kaum vernehmbares „Ja", was mit großem Jubel und wiederholtem *Salawat* begrüßt wurde.

Der Geistliche erklärte das Paar zu Mann und Frau und somit als *mahram*. Erst jetzt durfte der Bräutigam seine Frau als Braut sehen. Dazu nahm er ihr das Tuch vom Kopf, das danach zwei von Esmats Cousinen wie einen Himmel über das Brautpaar hielten. Eine dritte Cousine rieb über dem Tuch zwei Zuckerhüte aneinander. Andere junge Frauen lösten sie ab.

Auf die Süße, die von oben als Zuckerstaub auf sie herab in das Tuch rieselte und Symbol für Gottes Segen, also Gottessüße, war, folgte ein Ritual für die Süße in ihrem gemeinsamen Leben, für die sie selbst verantwortlich waren. Nachdem sie Ringe getauscht hatten, reichte Seyede ihnen eine Schale mit Honig. Beide tauchten den kleinen Finger der rechten Hand in den Honig und lutschten ihn gegenseitig ab. Das war früher die erste körperliche Nähe bei einem Hochzeitspaar, die erste Intimität.

Die Kapelle spielte vom Nebenzimmer aus das persische Hochzeitslied „Mobarak bada". Alle klatschten und sangen mit: *„Yallah! Küss die Braut!"* Das Lied war schon längst zu Ende, da klatschen und sangen sie immer noch im Sprechchor: „Küss die Braut, auf, mach schon!", abwechselnd mit: „Küss den Bräutigam, auf, mach schon!", wie Azita übersetzte. Die beiden frisch Vermählten hatten keine andere Wahl und sie küssten sich gegenseitig auf die Wangen, unter anschwellendem Jubel, wieder begleitet von *Salawat*.

In Anwesenheit eines Standesbeamten unterschrieben sie die Ehedokumente. Jetzt erst durften alle gratulieren und ihre Geschenke überreichen, meistens Goldschmuck für die Braut oder Goldmünzen oder Geld. Das würde eine sehr lange Prozedur werden, meinte Azita. Reza hatte Hunger und war müde. Deshalb schloss ich mich den Schwiegereltern an, die früher gingen, weil sie sich noch etwas ausruhen wollten, was dann aber nicht mehr möglich war.

Im Hof empfing uns eine angenehme Brise, die Ventilatoren drehten sich ohne Unterlass. Die Luft vibrierte von der Musik, den

Trommeln und dem Stimmengewirr der Gäste, die früher als erwartet schon eingetroffen waren. Die Männer sahen schick aus in ihren Anzügen. Mich erstaunte es, dass ihnen darin nicht heiß wurde. „Wir sind mit dieser Hitze groß geworden, uns macht sie nichts aus", meinte Mehran, als ich ihn deswegen ansprach. Die Frauen wirkten in ihren Abendkleidern noch schöner als sonst. Die älteren trugen einen schwarzen *Abba*. Das ist die arabische Version des traditionellen iranischen *Tjadors*. Einige der Frauen hatten die sogenannten Hausschleier an, das heißt, sie hatten ihren schwarzen Schleier, mit dem sie gekommen waren, gegen einen leichteren, bunten Schleier ausgetauscht. Locker um Kopf und Körper gelegt, blieb genug von Kleid und Styling sichtbar. Sehr viele trugen keinen Schleier.

Zu Ehren der Gastgeber erhoben sich alle von ihren Plätzen. Die Schwiegereltern gingen von Tisch zu Tisch und hießen die Gäste willkommen. Sie nahmen Glückwünsche entgegen und *Baba Hadji* stellte mich stolz als seine deutsche Schwiegertochter und Reza als das Licht seiner Augen vor. „*Maschallah, Maschallah!*" Hunderte von *Maschallah*s senkten sich an diesem Tag über Rezas Köpfchen. Dieser Segen konnte jedoch nicht verhindern, dass mein Sohn Hunger hatte und quengelte. Als er schließlich mit lautem Schreien sein Recht einforderte, entschuldigte ich mich und Mehran bahnte uns einen Weg durch die Menge. Die Gäste, die wissen wollten, wer wir waren, vertröstete er auf später.

Mein Zimmer lag etwas abgelegen und der Lärm von draußen war kaum zu hören. Deshalb hatte ich es an diesem Tag zur Verfügung gestellt, damit Babys und Kleinkinder dort schlafen und gestillt werden konnten. Eine *Nanne* war eingeteilt für die Betreuung. Mein kleiner Mann war hungrig und vor allem durstig. Und er war müde. Damit er beim Essen nicht einschlief, redete ich mit ihm: „Was du schon alles erlebst, mein Bubele, soviel habe ich in meinem ganzen Leben noch nicht erlebt!" Reza juchzte, als ob er mich verstanden hätte. Wir waren gerade fertig, als Nilufar, der kleine Wirbelwind unter den hiesigen Enkelkindern, aufgeregt ins Zimmer kam und mir Zeichen gab, zu kommen. Ich verstand nur: „Komm, die Braut!" Den Einzug des Brautpaares wollte ich nicht versäumen und eilte mit Reza nach draußen. Von der Veranda aus konnte ich alles gut beobachten.

Im Hof war es still geworden. Alle schauten gespannt auf den Eingang. Die Musikkapelle wartete auf ihren Einsatz für das Hochzeitslied. Vielfältiges Hupen von der Straße kündigte das Brautpaar an. Die Gäste, die bei der Trauung dabei waren, hatten das mit Blumen geschmückte Hochzeitsauto in einer hupenden Autokolonne durch die Straßen begleitet.

„Sie kommen, sie kommen! Sie sind schon in der Gasse!" rief ein kleiner Junge aufgeregt. Er hatte mit anderen auf der Straße gewartet. Als die Triller und Trommeln ganz nah erklangen, fing die Band an zu spielen. Zuerst kamen die Blumenmädchen, die Blüten streuten. Als das Brautpaar im Eingang erschien, erreichte der Jubel seinen Höhepunkt. Mit mehreren *Salawat*, im hundertfachen Chor gerufen, wogte es wie eine gewaltige Welle über den Hof, so als ob sie die Frischvermählten hochheben sollte. Diese waren schnell umringt von Neugierigen und Tanzenden, die ihnen mit ihren Gebärden huldigten. Mit *Yallah*-Rufen bahnte *Agha* Mirakbari ihnen einen Weg frei. Im Vorbeigehen begrüßten sie die Gäste und nahmen Glückwünsche entgegen. Auf der Veranda warteten *Baba Hadji* und *Bibi Hadji* schon, um sie willkommen zu heißen. Danach zog sich das Paar für eine Stunde im Gästehaus zurück. Die Schwägerinnen hatten dort für Erfrischungsgetränke und kleine Snacks gesorgt.

Der Hof füllte sich immer mehr. Es war für mich unvorstellbar, dass nur zwei Familien so viele Verwandte haben konnten. Außerdem hatte ich den Eindruck, dass jeder jeden auch noch kannte! Dazu brauchte man tatsächlich detailliertere Definitionen für Tante, Onkel und so weiter, wie Sadegh es mir schon erklärt hatte. Ich saß mit Reza in der Nähe der Schwiegereltern. Sie hatten mich darum gebeten, um mich den Gästen, die zum Gratulieren kamen, vorzustellen. Azita und einige Nichten hatten sich zu mir gesellt und gaben sich redlich Mühe, mir die einzelnen Verwandtschaftsverhältnisse verständlich zu machen. Schon bald konnte ich auf Farsi die schwierigsten Kombinationen verstehen, weil das System ganz einfach war. Damit bekamen auch die entferntesten Verwandten eine Zuordnung und auch eine gewisse Position in der Familie, sie rückten näher an die Familie heran. Ich fing an zu begreifen, wie eine Großfamilie zustande kam. In Deutschland kannte ich nicht einmal alle Verwandten, die in unserem Stammbaum eingetragen waren und noch lebten. Im Iran gehörten alle zur Familie und man wusste genau, ab wann und wie sie dazu gekommen waren.

Trotz der vielen Ablenkungen und trotz des Lärms um uns herum, war Reza in meinen Armen eingeschlafen. Seyede hatte uns morgens ein kleines Kinderbett bringen lassen. Das Nestchen, das *Bibi* Masume Reza als Schutz vor Unterkühlung gerichtet hatte, legte ich ins Bettchen. Dort wusste ich mein Kind für den Rest des Abends bei der *Nanne* gut und geschützt aufgehoben. Sie versprach mir, mich rufen zu lassen, falls Reza nicht durchschlafen und aufwachen sollte.

Auf der Veranda kam mir meine Schwägerin Farnaz entgegen und gab mir zu verstehen, mit aufs Dach zu kommen. Der Anblick, der sich mir dort bot, war überwältigend. Wegen der Sonneneinstrahlung hatte man die Teppiche erst nachmittags ausgerollt. Rund um die einen Meter hohen Begrenzungsmauern waren Lichterketten mit großen bunten Kugellampen angebracht und bildeten einen festlichen Rahmen für das Buffet. Entlang der Wände waren Tische und Stühle aufgestellt. Die weißen Tischtücher reflektierten im Halbdunkel die Farben der Kugellampen und verliehen dem Ganzen etwas Zauberhaftes. Den Mittelpunkt bildete das Buffet. Es war auf zwei langen Tischen angerichtet, an die man jeweils von beiden Seiten herantreten konnte. Es war eine kulinarische Augenweide. Große Servierplatten mit grünem Kräuterreis, weißem Reis mit roten Berberitzen und gelbem Safran, orangefarbener, süßer Karottenreis mit Mandel- und grünen Pistaziensplittern. Dazu gab es Hähnchen in Walnuss-Granatapfelsoße und Hammelfleisch in einer dunkelgrünen Siebenkräutersoße mit Wachtelbohnen und eine Art Gulasch aus Rindfleisch, gelben Linsen und Tomaten, darüber gebratene Auberginenscheiben. Die im Iran sehr beliebten *Djudje Kabab* und *Kababe* Guschti, das sind Hähnchen- und Fleischstücke, mit Tomaten auf Spießen gegrillt, waren hundertfach vorbereitet worden. Dazu gab es viele verschiedene Salate und farblich abgestimmte Beilagen. Das Herzstück des Buffets war ein Lamm, über Holzkohle an einem Drehstab gegart und in Sitzposition auf einer Platte angerichtet. Es war umgeben von einer grünen Blumenwiese aus Kräutern und bunten Gemüsescheiben als Blumen. Das Hochzeitspaar eröffnete das Buffet. Nach altem Brauch hatten sie zu zweit nur einen Teller. Früher, als die Partner noch von den Eltern ausgesucht wurden, und sich erst am Hochzeitstag kennenlernten, sollte dieses Ritual dazu beitragen, dass sie sich langsam näherkamen. Gleichzeitig symbolisierte es auch, dass sie ihren Weg von nun an gemeinsam gehen würden.

Der Service war hervorragend. Es gab bei so vielen Personen keine Engpässe, leere Platten und Schüsseln wurden sofort durch volle ersetzt. Auch der Abbau nach dem Essen verlief sehr gut organisiert. Die Gäste bekamen kaum etwas davon mit, denn der Nachtisch wurde im Hof serviert. Danach feierte man auf dem Dach weiter. Ich schaute kurz nach Reza und blieb bei den Kindern bis die *Nanne* auch gegessen hatte. Der behinderte Sohn meiner Schwägerin schlief friedlich und entspannt. Nichts deutete auf seine Unruhe hin, die ihn tagsüber beherrschte. Ich dachte an Nuri, der mit seinem Pfleger während dieser Tage in einem leerstehenden Nachbarhaus untergebracht war. Bestimmt hörte er die Musik und die Trommeln und spürte die verschiedenen Schritte und Schwingungen im Boden. Was dabei in seinem Kopf wohl vorging? Ob er sich ausgegrenzt fühlte? Ich nahm mir vor, ihn am nächsten Tag zu besuchen. Als die *Nanne* zurück war, ging ich nach oben aufs Dach.

Es hatte gut abgekühlt. Die Umrisse der Dattelpalmen, die über die im Dunkel liegenden Dächer von *Ahwaz* emporragten, bildeten mit dem Sternenhimmel darüber und den bunten Lichtern auf der Dachumrandung eine traumhafte Kulisse mit orientalischem Flair für den ersten Tanz des Hochzeitspaares. Die Kapelle spielte einen Blues. Dazu konnten sie unmöglich persisch tanzen und somit war die nächste Stufe der Vertrautheit erreicht: Zum Tanzen legten sie die Arme umeinander, sie umarmten sich zum ersten Mal. Wir durften Zeugen sein, wie sie der Welt um sich herum entschwebten und nur noch sie beide existierten. Es war andächtig still, niemand störte diesen emotionalen Augenblick. Erst als die

Musikband persische Klänge ertönen ließ, kehrten sie in die Realität zurück und gaben die Tanzfläche für alle frei. Um die Mitternachtsstunde verlegte man das Feiern wieder in den Hof, um die Nachtlager auf dem Dach vorzubereiten.

Für das Anschneiden der Hochzeitstorte musste Moali sich das dazu nötige Messer erst erkaufen. Das begehrte Objekt zierte eine Rose, die mit einer Schleife am Messergriff festgebunden war. Eine Nichte von Esmat hielt das Messer so, dass es der Länge nach von den Fingerkuppen beider Hände gehalten wurde. Sehr anmutig und den Bräutigam lockend tanzte sie, die Hände mit dem Messer in die Tanzbewegung mit einbeziehend um das Paar herum, bis Moali ihr einen großen Geldschein überreichte. Aber anstatt ihm das Messer zu geben, drehte sie sich keck um und reichte es an die nächste Cousine oder Freundin der Braut weiter. Triumphierend hielt sie ihren Schein in die Höhe. Dieses Spiel wiederholten sie mehrmals, immer mit einer anderen Tänzerin, bis sich eine des Bräutigams erbarmte und ihm das Messer übergab. Moali bedankte sich mit der Geldgabe für die Hilfe, welche die Tänzerinnen bei den Vorbereitungen zur Hochzeit erbracht hatten.

Gegen drei Uhr morgens war die Zeit gekommen, das Brautpaar zu verabschieden. Esmats ältester Bruder übernahm die Rolle des Brautvaters und band Esmat einen grünen, leichten Schal um die Taille.

Grün ist die Farbe für Gesundheit und Fruchtbarkeit. Er übergab seine Schwester der neuen Familie, indem er ihre Hand in Moalis Hand legte. Esmats Verwandte durften sie nicht zu ihrem Hochzeitszimmer begleiten. Der Abschied verlief entsprechend tränenreich. Für die Brautfamilie war damit die Feier zu Ende. Als Zeichen, dass sie dem Schwiegersohn und seiner Familie vertrauten und ihre Tochter beruhigt in der neuen Familie zurücklassen konnten, verabschiedeten sie sich.

Esmat konnte die Tränen kaum zurückhalten. Sie tat mir so leid, am liebsten hätte ich mit ihr geweint. Ich erinnerte mich an Heschmats Worte. Wir hatten bisher wenig Zeit miteinander verbracht. Als wir kurz beisammensaßen, meinte sie mit Blick auf Esmat: „Die Arme, wie mag es in ihr wohl aussehen?" Ich schaute sie verwundert an: „Wieso, sie ist doch eine glückliche Braut?"

„Warst du denn nicht traurig, als du dein Elternhaus verlassen musstest?", fragte sie mich erstaunt. Als ich ihr erklärte, dass ich vor der Hochzeit nicht mehr Zuhause, sondern in einem Wohnheim gewohnt hatte, konnte sie das nicht nachvollziehen, denn Wohnheim ins Persische zu übersetzen, erwies sich als schwierig. Als ich in meiner Not auf Internat zurückgriff, konnte sie sich eher etwas darunter vorstellen. Ohne mir dessen bewusst zu sein, hatte ich meine Ehre gerettet, denn ein Mädchen blieb bis zur Hochzeit im Elternhaus, es sei denn, sie lebte während ihres Studiums oder ihrer Ausbildung unter strenger Aufsicht in einem Internat.

Mit Trommeln, Trillern und Salavat begleiteten wir das Paar bis zum Nebenhaus, das einen eigenen Innenhof hatte. Dort löste *Baba Hadji* den grünen Schal und hieß die Braut als seine Tochter willkommen. Er wünschte ihnen, dass sie immer gesegnet und glücklich sein mögen.

Das letzte Ritual an diesem Abend war die Fußwaschung in einer Schüssel mit Rosenwasser. Das Brautpaar saß dabei am Bettrand und beide stellten jeweils einen Fuß in die Schüssel. Azita erklärte mir, warum nur jeweils ein Fuß gewaschen wurde. Es symbolisierte, dass einerseits der alte, gegangene Weg zurückblieb, andererseits aber immer ein Teil von ihnen sein würde und gepflegt werden sollte. Es war ein Hinweis, die Eltern und die Familie nicht zu vergessen. Es bedeutete auch, dass ein neuer, gemeinsamer Weg vor ihnen lag, auf dem einer des anderen Last mittragen sollte. Beim Verabschieden flüsterten einige der Schwägerinnen der neuen Schwägerin etwas ins Ohr, wahrscheinlich waren es gute Ratschläge von Frau zu Frau. Das Brautpaar küsste den Schwiegereltern als Dank und Ehrerbietung zum Abschied die Hände. Das war der offizielle Abschluss der Hochzeitsfeier, doch viele Unermüdliche feierten bis in die frühen Morgenstunden im Hof weiter.

Am nächsten Morgen besuchte der Bräutigam in Begleitung von drei seiner Brüder Esmats Mutter. Wie man mir erzählte, war auch das ein überliefertes Ritual. Der Bräutigam wollte sich für die wohlerzogene Tochter und die Mühe der Mutter, die damit verbunden war, bedanken, indem er der Brautmutter die Hände küsste. Dieser Besuch sollte aber auch der Mutter die Sorge nehmen, ob ihre Tochter den Abschied von ihrer Familie und die Hochzeitsnacht gut überstanden hatte. Die Braut durfte nicht mitkommen. Man befürchtete, dass sie im vertrauten Elternhaus zu emotional reagieren könnte, solange sie im neuen Zuhause noch nicht richtig angekommen war. Als Zeichen, dass die Brautmutter dem Bräutigam vertraute und erwartete, dass er ihre Tochter lieben, achten und ehren und gut für sie sorgen würde, reichte sie ihm eine Gabe. Esmats Mutter schenkte Moali eine Armbanduhr.

Der Abend nach der Hochzeit war der Glückwunsch- und Geschenkeabend. Er fand in der Regel im Haus der Frischvermählten statt. Da dies nicht möglich war, trafen sich beide Familien und nahestehende Verwandte und Freunde noch einmal in *Baba Hadjis* Haus. Auch Gäste, die am Hochzeitsabend verhindert waren, hatten die Möglichkeit, dem Paar zu gratulieren. Die Einladung war für die Zeit nach dem Abendessen festgelegt. Tagsüber hatten die Schwägerinnen das Brautpaar mit allerlei Köstlichkeiten, die sie selbst zubereiteten, versorgt. Die Speisen sollten Kraft und Fruchtbarkeit schenken. Das aktivierte alle Warnantennen in mir, weil es mich an Kallepadje erinnerte. Argwöhnisch schnupperte ich mich durch die vielen Töpfe. Es waren vorwiegend Süßspeisen und der von mir verschmähte Favorit fehlte zum Glück.

Am Abend wirkten Esmat und Moali ausgeruht und entspannt. Beide waren festlich gekleidet, sie im Abendkleid mit passenden Accessoires, er im Anzug. Die Bedienung der Gäste übernahmen an diesem Abend die Jugendlichen beider Familien. Bis auf einige Stühle und Tische, Ventilatoren und einen Wasserspender für die folgenden Tage hatte der Verleihservice alles schon abgeholt, inklusive Personal. Auch der Koch hatte seine Mannschaft zurückgezogen. Er hatte noch das Mittagessen vorbereitet und uns für die nächsten drei Tage einen Vertreter mit einem Helfer zur Verfügung gestellt.

Die Stimmung bei Tee und reichlich übriggebliebenem Hochzeitskuchen, Gebäck, Obst und Nüssen und sonstigen Süßigkeiten war heiter. Sie erinnerte mich an meine Ausbildungszeit, wenn wir eine entscheidende Prüfung gut überstanden hatten, und ein Gefühl von Erleichterung und Stolz, es geschafft zu haben, sich breitmachte.

Zwei größere Nichten des Bräutigams präsentierten mit viel Humor die einzelnen Geschenke vom Vorabend und die neu hinzugekommenen Präsente. Farhad fungierte wieder als Moderator. Nach jedem vorgeführten Geschenk erfolgten Trommelwirbel und Applaus, und man bedankte sich im Sprechchor bei dem großzügigen Geber, auch wenn er persönlich nicht anwesend war. „Mögen deine Hände niemals wehtun, schenke mehr!" Man wollte damit ausdrücken, dass das Geschenk besonders schön und gerne angenommen war. Es wurde noch ein entspanntes, fröhliches Beisammensein. Die schönsten und lustigsten Begebenheiten und Anekdoten der letzten Tage wurden hervorgeholt und dem Brautpaar und allen anderen präsentiert. Da ich unter besonderer Beobachtung stand, war ich entsprechend oft dabei vertreten, angefangen beim Hammelauge bis zur Besorgnis, als Esmat nicht ihr Jawort geben wollte. Die zahlreichen Streiche der Kinder, der neueste Klatsch und Tratsch, alles tauschte man untereinander aus. Man rezitierte persische Dichter, wie bei allen Zusammenkünften. Irgendwann schaltete mein Kopf aus und ich ließ mich in den Sog der vielfältigen Geräusche fallen, bis dieser sich auflöste, weil ich inmitten des Trubels zur Seite gekippt und eingeschlafen war. Heschmat hatte Mühe, mich zu wecken und Reza und mich in unser Zimmer zu bringen. Mit Ausklang dieses Abends waren die offiziellen Feierlichkeiten zu Ende. Auch die Band verabschiedete sich. Die Familie feierte noch tagelang weiter.

– 17 –

Als ich am nächsten Morgen aufwachte, galt mein erster Gedanke meinem Mann: „Nur noch achtundvierzig Stunden bis zum Wiedersehen." Ich stellte mir vor, wie mein Mann in Deutschland gerade zum Flughafen unterwegs war und gegen achtzehn Uhr schon in *Teheran* sein würde. Dann trennten uns nur noch ungefähr tausend Kilometer voneinander. Morteza hatte für den nächsten Abend einen Platz im Schlafwagen der Bahn reserviert, solange sollte Hesam bei ihnen bleiben.

Dieser vierte Tag der Hochzeitsfeierlichkeiten war als Ruhetag für alle geplant, ohne festes Programm. Erst am Abend waren das

Brautpaar und nahe Angehörige beider Familien zum Essen bei Seyede eingeladen. Deshalb machten meine Schwägerinnen mir den Vorschlag, in ein öffentliches Bad zu gehen, einige der Frauen wollten mich begleiten. Sie redeten auf mich ein und ich hörte „Aruse *Hadji*" heraus. Sie wollten mich wie eine Braut auf meinen Mann vorbereiten lassen. Respekt hin oder her, dieses Mal sprach ich ein Machtwort. Und das hieß „Nein!"

Erst mit den Jahren lernte ich, dass es damals noch für viele Menschen eine ganz normale und schöne Sache war, einmal im Monat einige Stunden in einem Hamam zu verbringen. Sie wollten mir etwas Gutes tun, mir sozusagen einen Rundum-Wellnesstag bereiten. Ein Besuch in einem Hamam hätte für mich wahrscheinlich Stress auf höchster Ebene bedeutet, weil ich es nicht gewohnt war, meine Intimsphäre aufzugeben. Ich war froh, dass ich den Mut aufbrachte, meine Grenzen aufzuzeigen. Meine beiden treuen Begleiter aus Chorramschahr bemühten sich sehr, alles korrekt zu übersetzen, aber meine Einwände kamen nicht an, das konnte ich den betroffenen Gesichtern entnehmen.

Nach dem Frühstück zog ich auf Wunsch der Schwiegereltern in das freigewordene, große Gästezimmer am Eingang zum *Heiat* um. Unter dem Vorwand, müde zu sein, blieb ich tagsüber im Zimmer und vermied damit weitere, wenn auch gut gemeinte Planungen mich betreffend. Ich wollte den Tag nur mit meinem Kind verbringen und viel schlafen. Irgendwann gesellte sich *Bibi* Masume zu uns. Sie wirkte blass und erschöpft und brauchte unbedingt Ruhe, die sie in ihren eigenen Räumen nicht fand. Sie veranlasste, dass wir nicht gestört wurden, und dass man uns das Mittagessen brachte, nur für uns drei. Ich fühlte mich in ihrer Gegenwart wohl und war dankbar für die Ablenkung. So verging die Wartezeit etwas schneller. Es umgab sie eine besondere Aura, und mit ihren Träumen und Visionen offenbarte sie eine tiefe Verbundenheit mit der geistigen Welt.

Als *Baba Hadji* zu Besuch kam, fand er uns mitten in einem Lachanfall vor. Seine Frage, warum wir lachten, konnten wir nicht beantworten, weil wir es selbst nicht wussten. Irgendetwas in unserer Kommunikation, die vorwiegend aus Gesten und Mimik bestand, hatte uns zum Lachen gebracht. Sehr zur Freude Rezas, der dazu juchzte, dann aber heftig erschrak, als *Baba Hadji*, der sonst nur mit den Augen und mit Schmunzeln lachte, in voller Lautstärke mitlachte. Als Kinder hatten wir Geschwister uns das Lachen des Nikolaus so ähnlich vorgestellt. Sein „Ha, ha, ha" übertönte sogar die Tanzmusik der unermüdlich feiernden Gäste im Hof. Als er nach einer Weile wieder ging fragte er, ob wir noch etwas bräuchten, und bat uns, beim Abendessen bei Seyede doch wieder dabei zu sein, unser Platz sei leer. Noch während *Baba Hadji*s Anwesenheit war Reza eingeschlafen und so nutzten *Bibi* Masume und ich die Gelegenheit, etwas Schlaf nachzuholen.

Ein lautes Pochen an der Tür weckte uns: „*Dai Hadji* ist am Telefon, *Baba Hadji* sagt, du sollst kommen! Beeil dich!" Es war Nilufar. Ich verstand nur *Dai Hadji* und Telefon. Mein Herz jubelte: Hesam war im Iran und er hatte sofort nach seiner Ankunft angerufen. Als ich seine Stimme hörte, wurde mir bewusst, wie sehr ich ihn vermisste. Ich weinte und schluchzte so heftig, dass ich kaum sprechen konnte. Es waren Tränen der Freude und der Sehnsucht, aber auch Tränen der Erschöpfung und der Erleichterung. Wir sprachen ab, dass ich am Morgen seiner Ankunft das Hoftor etwas auflassen sollte, damit er unbemerkt von den anderen erst zu uns kommen konnte. Nach der langen Bahnfahrt wollte er duschen und die Kleidung wechseln, bevor er sein Babuli, so nannte er Reza liebevoll, auf den Arm nahm.

Der nächste Tag zog sich nur schleppend dahin. Die geplante Einladung zu Ehren des Brautpaars bei Esmats Bruder hatte man um einen Tag verschoben, damit Hesam dabei sein konnte. Je näher das Wiedersehen rückte, umso ungeduldiger wurde ich. Es waren noch ungefähr vierzig Gäste geblieben. Alle warteten auf „ihren *Hadji*", ich hoffte, dass „mein *Hadji*" dabei nicht auf der Strecke blieb. Am nächsten Morgen war ich früh wach. Ich war angespannt und zählte erst die Stunden, dann die Minuten.

Ganz leise war er gekommen. Ich spürte seine Anwesenheit mit jeder Zelle meines Körpers und wagte nicht mich umzudrehen, aus

Angst, dass alles nur eine Illusion sein könnte. Doch Sekunden später lag ich in seinen Armen, und unsere Herzen flossen ineinander, verschmolzen zu einer Einheit. Erst als wir merkten, dass Reza wach werden wollte, lösten wir uns aus dieser Umarmung und Hesam schaute nach Reza, der noch im Halbschlaf war. Zärtlich streichelte er sein Köpfchen, wollte ihn küssen. Er ging dann aber doch erst den Reisestaub abduschen. Für Reza hatte ich Brei vorbereitet. Er verweigerte immer noch Milch aus der Flasche, aber er trank Wasser und Tee daraus, was eine große Beruhigung und Erleichterung war. Etwas angedickt mit Reisflocken reichte ich ihm die Milch als sehr dünnen Brei. Auch die mitgebrachte Babynahrung aus Gläsern mochte er. Bei der Hitze traute ich mich nicht, ihm frische Nahrung zu kochen. Ich nahm ihn auf den Arm und erzählte ihm, dass sein Papa da sei. Er hörte mir aufmerksam zu, während er den Brei aß.

Als Hesam aus dem Bad kam, streckte Reza nach kurzem Zögern die Arme nach ihm aus. Es war so schön, Vater und Sohn wieder vereint zu sehen. Ein großes Glücksgefühl und Dankbarkeit und Liebe durchströmten mich. Der Gedanke, dass es auch nicht so sein könnte, und dass es unendlich viele Kinder gab, die diese Geborgenheit nicht hatten, trieb mir Tränen in die Augen. Hesam brachte Reza ins Bad und wusch ihm Gesicht und Hände und unter fließendem Wasser im Waschbecken den Po. Auch das Windeln und Anziehen übernahm er, obwohl er es kaum erwarten konnte, nach mehr als sechs Jahren seine Eltern und all die anderen wieder zu sehen. Er umarmte mich zwischendurch immer wieder und beteuerte, wie sehr er uns vermisst hatte.

Fast alle Gäste und Bewohner waren schon zum Frühstück versammelt. Sie wollten dabei sein, wenn ihr *Hadji* ankam. Aus Rücksicht auf mich hatte *Agha* Mirakbari schweren Herzens auf das zum ersten Frühstück obligatorische Gastgeschenk mit den Hammelaugen verzichtet, dafür aber *Halim* besorgt. Das sind Getreidekörner mit Fleisch gekocht und zu einem Brei zerstampft. Mit frisch abgeschöpftem Rahm und, wer mag, mit Zimt und Zucker ist auch das ein beliebtes Gericht, das man zum Frühstück mit Brot isst.

Wir wurden mit großem Hallo und *Salawat* empfangen. *Baba Hadji* weinte vor Freude, als er seinen jüngsten Sohn begrüßte und ihn umarmte. Auch *Bibi Hadji* war sichtlich ergriffen. Sie übernahm sofort wieder die Mutterrolle für ihr Nesthäkchen, ihr *Batjileh*, und bestellte ein Erfrischungsgetränk. Innerhalb kürzester Zeit wusste sie, wie lange Hesam im Zug geschlafen und was er unterwegs gegessen hatte, wer seine Mitreisenden im Abteil waren und ob es im Zug auch kühl genug war. Mein Mann versank in einem Meer von Freude, Liebe und Zuneigung. Für die größeren Nichten und Neffen war er mehr Freund als Onkel und mit den kleineren Kindern ging er sehr liebevoll um. Aller Augen strahlten, wie sie es sich hundertfach gegenseitig und auch uns gewünscht hatten.

Ich kann mich an die folgenden drei Wochen wenig erinnern. Ich weiß nur, dass ich sehr glücklich war, mit meinem Mann gemeinsam alles erleben zu können. Da ich mir schon die ganze Zeit über vorgestellt hatte, wie er hier im Kreise seiner Familie und in diesem Haus aufgewachsen war, fühlte ich mich nicht fremd und alleingelassen, wenn er stundenlang mit der Familie zusammensaß und sie über alles Mögliche redeten. Das hätte passieren können, wenn er von Anfang an dabei gewesen wäre. So war ich schon etwas vertraut mit allem, auch wenn mir vieles noch unverständlich und geheimnisvoll erschien.

Ich freute mich zu sehen, wie sehr Hesam geliebt und geschätzt wurde. Er kümmerte sich rührend um Reza und achtete darauf, dass ich mich erholen konnte. Nun, da ich die Verantwortung für unser Kind nicht mehr allein tragen musste, fiel auch meine Anspannung von mir ab. Ich konnte loslassen und merkte, wie viel Energie mich alles gekostet hatte. Auch die ungewohnte Hitze machte mir erst jetzt richtig zu schaffen. Ich fühlte mich erschöpft und müde.

Als drei Tage später noch die Dattelreifehitze dazu kam, blieb ich rund um die Uhr im gekühlten Zimmer. Diese Hitze ist typisch für die Region, die Dattelanbaugebiet ist. Es war nicht nur extrem heiß, sondern auch sehr schwül, auch nachts. Das brauchen die Datteln zu ihrer letzten Reife, um süß und saftig zu werden. Während dieser extrem schwülen Hitze verzichtete man auch auf die täglichen Einladungen. Nach etwa zehn Tagen ging die Temperatur

langsam zurück und mit ihr auch die Schwüle. Ab Ende September würde es, so erzählte mir mein Mann, spürbar kühler werden, aber immer noch bei Temperaturen, die über vierzig Grad lagen.
Hesam war stolz auf mich. Alle beglückwünschten ihn zu seiner Wahl, richtiger wäre Auswahl, und zu unserem Sohn. Er war sichtlich erleichtert, dass ich mich mit dem Segen seines Vaters in seinem Elternhaus und auch außerhalb frei und ohne Verschleierung bewegen durfte. Er hatte befürchtet, dass ich sonst rebellieren würde. Als die Schwüle vorüber war, stöberten wir in der frühen Morgenkühle im Bazar nach Geschenken für Familie und Freunde in Deutschland.
Spät abends spazierten wir am Fluss entlang. Wenn es abgekühlt hatte, war dort Treffpunkt für viele Familien mit Kindern, und entsprechend lebhaft war das Treiben um uns herum. Ich liebte diese Abende, allein schon der Sandwiches wegen, die einfach dazu gehörten. Sie wurden nach unseren Wünschen belegt. Ich wählte meistens *Kabab* mit Kräutern und Tomaten. Manchmal auch gegrillte Leber. Hesam gab sich redlich Mühe, mir das Leben in *Ahwaz* im wahrsten Sinne des Wortes schmackhaft zu machen. Das war nicht nötig, denn ich konnte mir gut vorstellen, hier zu leben, zumal Hesam mir versprach, ein voll klimatisiertes Haus für uns zu mieten.

– 18 –

Die Tage vergingen viel zu schnell und wir mussten für den Rückflug nach Deutschland wieder nach *Teheran*. Um die Hitze zu umgehen, wählten wir statt Abflug um die Mittagszeit von *Abadan* die Annehmlichkeiten einer nächtlichen Bahnfahrt im Schlafwagen. In *Teheran* übernachteten wir dieses Mal bei Morteza und Sepide. Sie hatten darauf gedrängt, obwohl Sepide kurz vor der Entbindung stand. Djavad brachte uns in der folgenden Nacht um drei Uhr zum Flughafen.
In der sich ankündigenden Morgenröte hob unser Flugzeug ab. Dankbar und bewegt schaute ich zurück und je weiter wir uns entfernten, umso mehr erschien mir alles Erlebte wie ein schöner Traum von einer anderen Welt, die mir nicht mehr fremd war. Ich

hatte Einblick in ihre Geheimnisse erhalten und war verzaubert von ihrer Anmut und Leichtigkeit. Sie hatte Spuren in mir hinterlassen, die mein Wesen und Denken nachhaltig prägten. Ich war nicht mehr dieselbe wie bei meiner Ankunft. Ich war anders, ohne zu wissen, was es war, was mich so empfinden ließ.

Obwohl ich einen immensen Schatz an wunderbaren Erlebnissen, Erkenntnissen und Begegnungen mitnahm, freute ich mich dennoch sehr auf unser ruhigeres Leben als Kleinfamilie. Ich brauchte Abstand, um meine Entscheidung treffen zu können, ohne Emotionen, ohne Vorurteile, ohne mich beeinflussen zu lassen, nur meine eigene Meinung war wichtig. Mein Mann war im Iran er selbst geblieben, allen Unkenrufen zum Trotz. Er hatte sehr darauf geachtet, dass es mir gut ging, und er hatte mir bei der Betreuung unseres Kindes geholfen, obwohl das nicht unbedingt zu den Aufgaben eines iranischen Mannes gehörte. Hesam hatte mir keinen Grund gegeben, an seiner Liebe zu zweifeln. Ich vertraute ihm.

In Frankfurt holten meine Eltern uns ab. Reza erkannte seine Oma sofort und streckte freudig die Arme nach ihr aus. Weinend nahm sie ihn auf den Arm.

„Was haben sie mit dir gemacht, mein Bubelchen? Du bist ja so groß und so dünn geworden!" Betroffen schaute ich mir mein Kind genauer an, mir war es nicht aufgefallen. Er war gewachsen, das stimmte, aber dünn? Sie nahmen uns erst einmal mit zu sich nach Hause. Als Erstes wog meine Mutter Reza. Er hatte ein halbes Kilo weniger als vor fünf Wochen, obwohl er gewachsen war. Sie war nicht bereit, ihn uns mitzugeben. Als sie hörte, dass er keine Milch mehr trank, nahm sie eine Woche Urlaub und schaffte es tatsächlich, dass der Kleine morgens und abends wieder sein Fläschchen annahm.

„Er muss erst wieder aufgepäppelt werden, das überlasst mal besser mir. Ihr habt jetzt sowieso zu tun mit Auspacken, Waschen und Putzen, denn das konnte ich nicht erledigen, weil ich keinen Schlüssel hatte." Ich spürte ihre Entschlossenheit und wie ernst es ihr war. Mich plagten Schuldgefühle, mein Kind nicht gut versorgt und versagt zu haben, und ich zweifelte, ob ich es jemals lernen würde. Reza blühte unter den Händen seiner Oma auf. Jeden

Tag fuhr sie mit ihm in den Wald, achtete auf regelmäßige Mahlzeiten und einen strukturierten Tagesablauf.

Mit der Verwandlung und Gesundung meines Kindes, machte ich auch eine Wandlung durch: Ich war überzeugt, dass Reza nur in Deutschland gesund aufwachsen konnte und wir hier besser aufgehoben waren. Doch schon vier Monate später kam dieser Entschluss ins Wanken. Aus dem Iran hatte uns die Nachricht ereilt, dass dringend Computerfachkräfte gesucht wurden. Die Computerentwicklung stand kurz vor einem Durchbruch. Man sprach von Mikroprozessoren, welche die großen, aufwändigen Rechenmaschinen ablösen sollten. Hesam sah darin seine Chance. Er hatte neben Maschinenbau auch Computerwissenschaften als Studienfach belegt, was ihm sogar mehr Spaß machte. Er brach sein Studium ab, und es gelang ihm, verschiedene Fortbildungskurse bei IBM zu belegen. Danach arbeitete er für ein halbes Jahr bei einem Satellitenzentrum in Darmstadt und konnte während dieser Zeit sein erworbenes Wissen vertiefen. Als Computerfachmann erhoffte er sich einen guten Job im Iran und wollte bei den ersten Pionieren dabei sein. Wir hatten eine sehr unruhige Zeit.

Eine zu treffende Entscheidung folgte der anderen, ein Ereignis löste das nächste ab. Es blieb keine Zeit, langsam Abschied zu nehmen und auch keine Zeit, um Emotionen zuzulassen.

– 19 –

So kam es, dass ich Ende November 1969, fünfzehn Monate nach meinem ersten Flug, wieder in einem Flugzeug der Iran Air saß und dem Land der Morgenröte entgegenflog. Dieses Mal mit einem One-Way-Ticket in der Tasche, ohne gebuchten Rückflug. Und mit meinem Mann neben mir. Er hatte Reza auf dem Schoß, für den es ein aufregendes Abenteuer war, im Flugzeug zu sein. Essi, unser zweitgeborener Sohn, schlief in meinen Armen. Er war dreieinhalb Monate alt und ein zufriedenes und pflegeleichtes Baby, außer wenn er Hunger hatte. Meine Mutter hatte ihn in Essi umbenannt, weil er sein Fläschchen in einem Zug leer trank und zornig schrie, wenn nicht sofort Nachschub kam. Erst dann akzeptierte er, dass ich ihn stillte.

Dass der Kleine ein fröhliches Baby war, grenzte fast an ein Wunder. Weil er nach zwölf Stunden Wehen nicht kommen wollte, wurde seine Geburt eingeleitet. Obwohl ich dieses Mal auf die Wehen vorbereitet war, erschienen sie mir heftiger als bei Rezas Geburt. Und wieder ging der letzte und größte Wehenschmerz, mit dem mein Kind zur Welt kam, in unbeschreibliche und überirdische Freude über. Ich wartete auf seinen ersten Schrei. Doch der kam nicht. Dann geschah alles sehr schnell. Ich hörte, wie jemand den Kinderarzt rief und Sauerstoff und Inkubator anforderte. Eine Frau hastete an mir vorbei. Sie trug ein Bündel auf den Armen, und ich sah nur ein dunkelhaariges Köpfchen, das aus einer Decke hervorschaute. Das Gesichtchen war bläulich verfärbt. Mir war, als ob mir das Herz herausgerissen und es an einem langen Band zwischen meinem kleinen Sohn und mir hin und her geschoben würde.

Endlich, mir erschien es wie eine Ewigkeit, hörte ich den erlösenden Schrei. Erst als sie mir den Kleinen auf die Brust legten und ich mit ihm redete, beruhigte er sich. Über eine Nasensonde bekam er Sauerstoff zugeführt. Seine Haut wurde rosig und er schob sein Fäustchen an den Mund und nuckelte daran. Der Arzt sagte mir, dass mit seiner Lunge etwas nicht stimmte und sie ihn beobachten müssten. Wahrscheinlich hätte er Fruchtwasser geschluckt. Erst zehn Tage später durften wir ihn mitnehmen, er hatte tatsächlich eine Lungenentzündung durch verschlucktes Fruchtwasser gehabt. Die erste Zeit zuhause trug ich ihn überall mit mir herum, ich wollte ihm die Liebe, die ihm in seinen ersten Tagen fehlte, ersetzen.

Ich hoffte sehr, dass ich im Iran mehr Zeit für ihn haben würde. „Gib gut auf Essi acht. Zweitkinder laufen Gefahr, zu kurz zu kommen an Zuwendung, besonders, wenn noch ein drittes Kind nachkommt", hatte meine Mutter mir zum Abschied mit auf den Weg gegeben. Ob sie dabei auch an mich, ihre Zweitgeborene, dachte?

Der Abschied von meiner Familie war mir sehr schwergefallen. Alle waren gekommen: meine Eltern, meine Schwester, die beiden Brüder, Tante, Onkel und drei meiner Freundinnen. Als unser Flug aufgerufen wurde, drängte meine Mutter uns, möglichst schnell durch die Sperre zu gehen. Sie wollte es hinter sich bringen. Meine Eltern hatten so viel Freude und Glück erfahren mit ihren ersten

Enkelkindern, da fiel der Abschied besonders schwer. Ich hätte ihnen diesen Schmerz gerne erspart. Hesam musste meiner Mutter versprechen, gut auf uns aufzupassen und uns in den Sommerferien immer nach Deutschland zu bringen. Mit Reza auf dem Arm drehte ich mich noch einmal um und winkte. Da standen sie: meine Familie und meine Freunde, eng beieinander, und bildeten eine Einheit. So, als ob sie mir signalisieren wollten: „Wir sind immer für dich da." So, wie es immer war und wie sie es mir beim Abschied versprochen hatten. Reza winkte auch und schickte Handküsschen.

Heute kann ich mich mit dem Schmerz, den meine Mutter empfunden haben musste, identifizieren, weil ich selbst ähnlichen Schmerz erlebt habe. Und genauso weh tut es, dass ich es war, die ihr diesen Schmerz zugefügt hatte, ohne es zu wollen. An ihrer Stelle durchlebe ich die Situation und den Schmerz noch einmal. Mit Tränenschleier vor den Augen und einem Schmerz in mir, der mir fast das Herz zerreißt, gehe ich mit Reza auf Hesam zu, der mit Essi auf dem Arm auf uns wartet. Es ist einer der Momente, die für die Ewigkeit bestimmt sind. Es ist einer der Momente, in denen nur Liebe strömt. Mir ist, als ob jemand mich an der Hand führt, wie auf dem Mittelgang zum Traualtar und ich mein Gelöbnis bekräftige mit: „Ja, ich will! Mit Gottes Hilfe!" Wo gerade noch unsagbarer Schmerz und Schuldgefühle mich quälten, breitet sich Frieden aus. Ich kann den Schmerz loslassen, weil dieser Frieden in der Vergebung meiner Mutter gewachsen ist.

Hesam und unsere beiden Kinder waren kurz nach dem Start eingeschlafen. Ihr Anblick erfüllte mich mit tiefer Dankbarkeit und Hoffnung. Sie waren mein Leben, meine Zukunft, mein Platz, wo ich hingehörte, meine Familie. Auch wenn ich mich dafür von fünfundzwanzig Jahren gelebten Lebens trennen musste. Alles, was mich geprägt hat und mir Heimat war, meine Kindheit und Jugend, meine Träume, meine Pläne, meine Familie, meine Freunde, meine Heimatkirche, die Jugendgemeinde und die Wälder und Wiesen, alle ließ ich zurück. Ein Feuerwerk von Emotionen brach über mich herein. Meine Freude, meine Traurigkeit, mein Lachen, mein Weinen, glückliche Zeiten, aber auch Zeiten der Verzweiflung und Not, alles bahnte sich einen Weg nach draußen. Unbarmherzig prallten die Erinnerungen auf mich ein, ich konnte nichts dagegen tun. Bilder schoben sich vor mein inneres Auge, viele zogen vorbei, einige blieben stehen. Es waren Ereignisse der letzten beiden Jahre, für die ich bisher noch keine Zeit hatte, sie mir detaillierter anzuschauen. Sie waren einfach geschehen und angenommen worden. Glückliche Bilder. Aber auch Bilder, die mich nachdenklich stimmten und Zweifel aufkommen ließen. Ich fragte mich, ob ich nicht doch zu blauäugig gewesen war in meiner Entscheidung. Hätte ich mehr auf die Warnungen vieler Freunde und Bekannten hören sollen? Die Befürchtungen, dass muslimische Männer, die wieder in ihrer Heimat und in ihrer Familie sind, sich dann von einer ganz anderen Seite zeigten, um ihr Gesicht und ihre Ehre zu wahren, konnte ich widerlegen. Ich hatte bei meinem ersten Besuch im Iran diesbezüglich gute Erfahrungen gemacht.

Damals war ich nur Gast, ich wusste, dass ich wieder zurück in meine Heimat fliegen würde. Doch wie würde es sein, für immer dort zu leben, in dieser ständigen Spannung zwischen zwei Welten, die doch sehr verschieden waren? Wie würde es sein, wenn mein Mann mich erst einmal im Iran wusste und ich nur mit seiner Erlaubnis wieder ausreisen durfte? Er musste meiner Mutter versprechen, eine notariell beglaubigte, einmalige Ausreisegenehmigung, die für jede Ausreise, ohne die Möglichkeit eines Widerrufs seinerseits, gültig war, für mich und die Kinder zu besorgen. Sie wollte ihn unter Druck setzen, indem sie andeutete, dass sie sonst veranlassen würde, dass er kein Visum für Deutschland mehr bekäme. Auf meine Einwände, sich nicht in unsere Angelegenheiten einzumischen und dass ich Hesam voll vertraute, meinte sie nur:

„Vertrauen ist gut, aber Sicherheit ist besser. Und die brauchst du dort." Ich war froh, ihr nichts von dem letzten Vorfall erzählt zu haben, als Hesams Eifersucht mein Vertrauen erneut erschüttert hatte. Wer weiß, wie sie reagiert hätte. Denn sie hatte ihn gewarnt, damals, als sie mich überredete, ihm noch einmal eine Chance zu geben. Meine Gedanken schweiften zurück.

Reza war gerade ein Jahr alt und ich wollte wieder im Krankenhaus arbeiten. Ich vermisste meine Arbeit und außerdem brauchten wir das Geld. Hesam war in der Ausbildung und ich vermutete, wieder schwanger zu sein. Da ich mir nicht sicher war, hatte ich es noch niemandem gesagt, auch nicht meinem Mann. In meinem Lehrkrankenhaus hatte ich gebeten, mich für den Nachtdienst einzuteilen. Eine Woche im Monat, mehr nicht. Wie stolz war ich, als sie mich für die Innere Medizinische Intensivstation einplanten. Das war eine besondere Wertschätzung. Da Hesam mit Fortbildungen beschäftigt war, hatten wir es so geregelt, dass Reza während meiner Nachtwache von morgens bis mittags bei meiner Tante war. Meine Mutter wollte ihn dort nach der Arbeit abholen und am nächsten Morgen wieder hinbringen. An Wochenenden konnte mein Mann sich um ihn kümmern.

Es war an einem Wochenende und Reza war noch bei uns, als mein Nachtdienst beginnen sollte. Ich wollte etwas früher gehen, damit genügend Zeit für die erste Übergabe war und verabschiedete mich. Die Tür war zu. Nichtsahnend gab ich Hesam noch einen zweiten Abschiedskuss.

„Dafür musstest du doch nicht extra die Tür abschließen, den hättest du auch so bekommen. Wo ist denn der Schlüssel?" Er reagierte nicht.

„Stimmt irgendetwas nicht, geht es dir nicht gut?", fragte ich ihn besorgt.

„Ich lasse doch meine Frau nachts nicht zu fremden Männern gehen." Seine Stimme war monoton, verriet nicht, was in ihm vorging. Entsetzt hatte ich ihn angeschaut:

„Das ist jetzt nicht dein Ernst? Das kannst du doch nicht machen, im Krankenhaus warten sie auf mich!" Doch Hesam zeigte keine Reaktion. „Warum machst du das? Was ist passiert?", wollte ich wissen.

„Nichts ist passiert. Noch nicht. Deshalb lasse ich dich ja auch nicht gehen, sonst passiert noch etwas, wenn du bei den Männern bist!" Fassungslos hatte ich versucht, ihm zu erklären, dass es keinen Grund gab, so etwas auch nur zu denken.

„Das sind kranke Menschen, sehr kranke Menschen. Sie sind nicht umsonst auf der Intensivstation! Deine Fantasie geht mit dir durch. Mach bitte die Tür auf, ich muss gehen, ich komme eh schon zu spät!" Doch alles Bitten und Flehen half nichts, die Tür blieb verschlossen.

Da wir kein Telefon hatten, konnte ich nicht einmal Bescheid geben, dass ich nicht kommen würde und ich war auch nicht erreichbar. Ich wagte nicht, mir vorzustellen, was im Krankenhaus ablief, weil sie nichts von mir hörten.

Als mein Mann in der Nacht endlich tief und fest schlief, entwendete ich den Schlüssel, der unter seinem Kopfkissen lag. Ich beeilte mich, schnell wegzukommen und lief mutig in die Dunkelheit hinein. Reza lag warm einpackt in seinem Schlafsack und zusätzlichem Daunenkissen im Kinderwagen. Ich wollte zu einer Freundin, deren neue Adresse mein Mann noch nicht kannte. Sie wohnte zum Glück nur drei Kilometer entfernt, aber aus Angst, dass mein Mann unser Weggehen bald bemerken könnte, nahm ich nicht den normalen Weg, sondern den kürzeren Weg durch einen Park.

Mir war kalt, in der Eile hatte ich zwar ein warmes Cape übergeworfen, aber Handschuhe, Mütze und Schal liegen gelassen. Mein unbedeckter Kopf fühlte sich an, als wäre er eingefroren. Ich durfte nicht die Orientierung verlieren, sonst würden wir beide erfrieren. „Und ob ich schon wanderte im finsteren Tal, fürchte ich kein Unglück, denn du bist bei mir." Immer wieder sagte ich in Gedanken diesen Vers aus Psalm 23 auf und passte meine Schritte dem Rhythmus der Worte an.

Wie durch ein Wunder kamen wir am richtigen Parkausgang an. Es war nicht mehr weit bis zu Elke, so hieß die Freundin. Zu meiner Erleichterung hörte sie schon mein erstes Klingeln. Als ob sie mich erwartet hätte, öffnete sie nur wenige Sekunden später die Tür, ohne zu fragen, wer da war, und half uns in die Wohnung. Zuerst vergewisserte sie sich, dass es Reza gut ging und zog ihm das Mützchen, Schal und Handschuhe aus und lockerte seine Jacke. Ich zitterte vor Kälte und Erschöpfung am ganzen Körper. Sie wickelte mich in warme Decken und setzte mich in einen Sessel, der nahe an der Heizung stand. Nach einem heißen Tee und einer Wärmflasche an den Füßen taute ich allmählich auf und erzählte ihr, was vorgefallen war. Sie fragte nicht und hörte schweigend zu. Ihr einziger Kommentar war, dass ich unbesorgt bei ihr wohnen konnte, solange ich das wollte. Dann rief sie auf der Intensivstation an:

„Sie ist mit ihrem Kind bei mir. Es war so, wie wir vermutet hatten, ihr Mann hatte tatsächlich die Tür abgeschlossen." Ich war ihr dankbar, dass sie nicht nachfragte und mit ihrer Meinung, dass Hesam nicht der richtige Mann für mich sei, sich zurückhielt. Es war schlimm genug, dass ich selbst schon solche Gedanken hegte.

Von meiner Mutter, die ich am nächsten Morgen telefonisch informierte, erfuhr ich, dass Hesam noch in der Nacht nach uns gesucht hatte und meine Eltern zum Glück das Telefon nicht gehört hatten. Mein Vater hätte sonst sofort eine Suchaktion nach uns eingeleitet. Wir waren uns einig, ihn vorerst nicht damit zu belasten, weil er sehr heftig reagieren konnte. Um bei ihm keinen Verdacht zu erregen, rief ich täglich zuhause an. Meiner Mutter verriet ich nicht, bei welcher Freundin ich untergekommen war. Ich erfuhr, dass Hesam weiterhin überall nach uns suchte und sich jeden Tag bei meiner Mutter ausheulte. Sie hatte Erbarmen und versprach ihm, mit mir zu reden. Wir trafen uns in einem Café in der Innenstadt. Reza freute sich sehr, seine Oma zu sehen. Sie nahm ihn aus dem Wagen und liebkoste ihn.

„Er hat es doch nur wegen Reza gemacht. Er will nicht, dass euer Kind hin und her geschoben wird. Er liebt euch über alles!"

Ich unterbrach sie: „Und das glaubst du ihm? Er liebt sich selbst, aber nicht mich! Sonst würde er mir nicht so wehtun!" Doch unbeirrt verteidigte sie ihn:

„Irgendwie kann ich ihn sogar verstehen. Er will nur das Beste für euer Kind. Und ein Kind braucht nun mal einen geregelten Tagesablauf und vor allem braucht es seine Mutter."

„Er hat dich ja gut um den Finger gewickelt! Fällst du mir jetzt in den Rücken? Warum hat er denn vorher nicht mit mir geredet? Weißt du, wie peinlich mir das war, sagen zu müssen, dass ich eingesperrt wurde und deshalb nicht meinen Nachtdienst antreten konnte?", antwortete ich empört. „Ich kann mich dort doch nie mehr blicken lassen! Die brauchen zuverlässige Leute!"

Nach einer Weile meinte sie: „Er hat sich um einen gut bezahlten Job bemüht und wird so viel verdienen, dass du nicht arbeiten musst." Ich war enttäuscht: „Aber darum geht es doch gar nicht! Fakt ist: Er bestimmt einfach über mein Leben! Wie würdest du dich denn fühlen, wenn man dir das angetan hätte? Außerdem soll er nicht arbeiten, sondern zusehen, dass er seine Fortbildungen zu Ende bringt."

„Er hat mir versprochen, in Zukunft keine solchen Kurzschlussreaktionen mehr zuzulassen, sondern alles mit dir zu besprechen. Er war ganz verzweifelt und hat nur geweint. Er liebt dich wirklich. Gib ihm noch einmal eine Chance. Ich verspreche dir, ihn eigenhändig rauszuwerfen und deinem Vater alles zu verraten, falls er so etwas noch einmal macht. Das weiß er. Und vor deinem Vater hat er Respekt."

Ich vermisste meinen Mann auch, aber die Enttäuschung saß noch zu tief. Erst eine Woche später war ich bereit, mit ihm zu reden. Er sah mitgenommen aus, seine Reue erschien mir echt.

„Ich verzeihe dir dieses eine Mal, aber noch einmal machst du so etwas nicht mit mir!", hatte ich ihn damals gewarnt. Inzwischen hatte sich meine Schwangerschaft bestätigt und ich sah keine andere Möglichkeit, als zu ihm zurückzukehren. Unsere Kinder brauchten ihren Vater. Ich liebte ihn und hatte die Hoffnung, dass alles auf den Stress zurückzuführen war, den er gerade durchstand.

Es beunruhigte mich, dass ausgerechnet im Flugzeug, wo es kein Zurück mehr gab, die Erinnerung daran so heftig zuschlug. Hesam musste etwas gespürt haben. Er war aufgewacht und nahm meine freie Hand und küsste sie: „Danke", sagte er und schaute mich an. In diesem Blick und dem Danke lag alles: Liebe, Dankbarkeit und die unausgesprochene Bitte um Verzeihung. Unsere Blicke verschmolzen ineinander und ließen bei mir keine Zweifel an unserer Liebe aufkommen. Auch die kleinen Warnsignale in mir verstummten wieder.

Ein anderes Bild schob sich vor meine Augen: Am frühen Morgen, kurz vor der Auffahrt auf die Autobahn schaute ich noch einmal zurück. Ich sah die Kirche, in der ich getauft und konfirmiert worden war, wie sie sich inmitten meiner kleinen Heimatstadt auf einem Hügel erhob. Die aufgehende Sonne tauchte sie in ein geheimnisvolles Licht, während von den Häusern nur Umrisse zu erkennen waren. Wie eine Festung stand sie da, so wie sie schon immer dastand, seit ich denken konnte. Wie eine feste Burg vermittelte sie mir: „Gott hat dich auf diesen Weg gebracht, er wird ihn auch mit dir gehen. Er ist deine feste Burg!" In dieser festen Burg war bestimmt auch Platz und Schutz für meine Lieben. Ich war sicher, dass alles gut sein würde und ich die richtige Entscheidung getroffen hatte.

– 20 –

Von den ersten drei Wochen in Ahwaz fehlt mir jegliche Erinnerung. Ich weiß nur, dass ich sehr gelitten habe. Reza fiel die Umstellung besonders schwer. Er wich nicht von meiner Seite und weinte und rief nach mir, wenn er mich nicht sehen konnte. Ich machte mir heftige Vorwürfe, dass ich meinem Kind diesen Einschnitt in seinem kleinen Leben zugemutet hatte. In den Briefen in die Heimat habe ich es verschwiegen. Warum sollte ich ihnen den Kummer über unseren Verlust noch schwerer machen? Im Nachlass meiner Schwester, die 2011 leider viel zu früh von uns gegangen ist, fand ich viele Briefe, die ich aus dem Iran geschrieben hatte. Auch meine Freundin Gudrun schickte mir einen Ordner mit meinen Briefen. Es berührt mich sehr, dass sie diese wertgeschätzt und über all die Jahre aufbewahrt hatten. Sie sind mir jetzt beim Niederschreiben meiner Geschichte eine große Hilfe. Beim Lesen werden vergessene, aber auch verdrängte Erinnerungen wieder lebendig. Manchmal geschieht es, dass sie sich nur zaghaft und in kleinen Schritten an die Oberfläche wagen, weil die ganze Wahrheit auf einmal zu grausam und nicht zum Aushalten wäre.

In einem Brief, im Dezember 1969, an meine Schwester schrieb ich:

Seit drei Wochen sind wir nun schon hier und haben immer noch Besucherstatus. Das heißt, unser Leben verläuft so, als ob wir zu Besuch wären. Fast täglich sind wir zu einem Begrüßungsessen eingeladen, meistens mit einem Großteil der Familie gemeinsam. Es war eine schöne Überraschung, als wir bei unserer Ankunft in Ahwaz von Morteza und seiner Frau Sepide begrüßt wurden. Ihr Kind, mit dem Sepide bei unserem ersten Besuch im neunten Monat schwanger war, ist ein Junge und heißt Ali. Auch sie wohnen hier bei den Schwiegereltern. Morteza ist von seiner Firma im Rahmen eines Bauprojektes für zwei Jahre nach Ahwaz versetzt worden. Er ist mein Übersetzer, wenn Hesam verreist ist, und er besorgt mir einiges, was ich für die Kinder brauche, aus dem Oil Company Store, einem Supermarkt mit vorwiegend ausländischen Lebensmitteln. Gestern brachte er uns deutsches Brot und ein Viertel eines Gouda Käselaibs mit. Es ist Rezas Lieblingskäse und er hat auch gleich zwei Scheiben Brot mit Butter und „Oma-Käse" gegessen. Er hat sich so gefreut: Er denkt, dass Oma den Käse für ihn gekauft hat. Diese Verbindung zu Oma tut ihm gut und sein Onkel will immer für Nachschub sorgen.

Sepide ist mir eine große Hilfe und Stütze und führt mich in das persische Miteinander ein. Sie erklärt mir, warum etwas so und nicht anders gehandhabt wird, und sie zeigt mir auch, wo ich Grenzen setzen darf, manchmal sogar muss.

Ein Gespräch mit ihr ist mir heute noch gut in Erinnerung. Sie gab mir den Rat:
„Im Islam ist die Frau nicht einmal verpflichtet, ihrem Ehemann ein Glas Wasser zu reichen, geschweige denn, jemand anderem. Bei allem, was du für jemanden tust, bedenke, dass du es nicht tun musst."
„Ist das nicht respektlos?", zweifelte ich. „Wenn Baba Hadji Durst hat, ist es doch selbstverständlich, dass ich ihm ein Glas Wasser bringe."
„Das kannst du ja auch, aber sei dir immer bewusst, dass es niemand von dir erwarten darf. Es muss deine Entscheidung sein. Es ist kein Zeichen von Respektlosigkeit, denn die Wertschätzung wird eine andere sein. Wenn du für jemanden etwas tust, ohne es tun zu müssen, weiß derjenige das mehr zu schätzen. Ihr begegnet euch mit mehr Respekt und Achtung füreinander. Das trifft auch auf andere Dinge zu. Zwang ist im Islam verboten."

Es gab in meinem Leben oft Situationen, wo ich mich an ihre Worte erinnerte und entsprechend handelte. Ich lese weiter:

Reza und Ali, Sepides Sohn, spielen gerne miteinander, Ali ist sechs Monate jünger. Von ihm lernt Reza allmählich auch persische Begriffe.
Hesam hat sich bei vielen Firmen beworben, die Antworten stehen noch aus. Erst wenn wir wissen, wo er arbeiten wird, können wir uns nach einer Wohnung umsehen. Vorerst leben wir im Haus der Schwiegereltern in unserem Zimmer, das wir vor zwei Jahren schon einmal bewohnt haben.
Baba Hadji verwöhnt uns nach wie vor. Kannst Du Dich erinnern, dass ich Dir erzählt habe, wie er bei meinem ersten Besuch immer etwas für Reza und mich mitbrachte, wenn er vom Bazar zurückkam? Das hat er beibehalten. Nach seinen täglichen Einkäufen kommt er zuerst an unserer Wohnung vorbei. Dann legt er eine Überraschung bei uns im Zimmer ab. Bananen, es gibt sie inzwischen in fast jedem Obstbazar, Orangen, Kuchen oder auch mal in Fladenbrot eingewickeltes Kebab oder Leber, beides über Holzkohle gegrillt.

Ich sehe Baba Hadji vor mir, und erinnere mich gut an diese Situation: „Das ist für das Licht meiner Augen, Agha Reza", er sprach sogar kleine Buben respektvoll mit Agha an. „Ich weiß, dass er gerne Kebab isst! Du musst aber auch davon essen, du bist sehr blass und siehst erschöpft aus", ermahnte er mich und schaute mich besorgt an. Meistens blieb er noch eine Weile bei uns und spielte mit den Kindern. Essi war ein Strahlekind. Er weinte nur, wenn er Hunger hatte, dann aber richtig. Wenn er lachte, zeigte sich auf seiner rechten Wange ein Grübchen. Das mochte Baba Hadji besonders gern. Deshalb lachte er viel mit ihm. Manchmal so laut, dass es über den Hof schallte. Dann merkte Bibi Hadji, dass er schon längst wieder zuhause und bei der Ausländischen hängengeblieben war.

Hesam ist viel unterwegs in Chorramschahr. Unser Container aus Deutschland liegt dort im Zoll fest. Ich hatte gehofft, dass wir ihn noch vor Weihnachten frei bekommen. So wie es aussieht, wird die Bearbeitung noch zwei bis drei Wochen dauern, deshalb werden wir Weihnachten ohne Baum feiern müssen.

Meine Mutter hatte uns einen künstlichen Weihnachtsbaum mitgegeben. Für sie war es unvorstellbar, dass wir kein Weihnachten feiern konnten, weil wir ja in einem islamisch geprägten Land, ohne Weihnachtsfeiertage und dazu noch ‚mitten in der Wüste' wohnen würden.

„Da gibt es bestimmt keine Tannenbäume", meinte sie. Ich hatte versucht, ihr begreiflich zu machen, dass wir nicht in der Wüste lebten und diese auch nicht in unmittelbarer Nähe war, und dass sogar ein großer Fluss durch *Ahwaz* floss, der immer Wasser hatte, aber ich stieß auf taube Ohren: „Mehr als fünfzig Grad Hitze ist Wüste", argumentierte sie entschieden. Ich hatte den Baum mit den anderen Sachen verpackt. Die Vorstellung, einen künstlichen Baum aufzustellen, erschien mir unmöglich. Als Kinder waren wir Mitte Oktober mit unserem Vater in den Wald gegangen, um „unseren Baum" auszusuchen, den wir dann am Morgen des Heiligen Abend abholzten. Oft mussten wir uns dabei durch hohen Schnee kämpfen. Wir haben mit dem Baum gesprochen, ihm erzählt, wie schön er bald aussehen würde, weil das Christkind mit den Engeln ihn schmücken wollte, und dass wir uns auf ihn freuten. Wenn dann am Heiligen Abend endlich das Engelsglöckchen ertönte und wir ins Weihnachtszimmer durften, und unser Baum im Glanz der Kerzen und wunderschön geschmückt vor uns erstrahlte, war mir, als lächelte er uns an, um uns zu sagen: „Das ist die absolute Krönung in meinem Leben!" Wie konnte ein toter, nach Gummi riechender Baum dagegen bestehen?

Schon ab Oktober sangen wir Geschwister abends in unseren Betten mit ehrfürchtiger Hingabe Advents- und Weihnachtslieder. Immer in der Hoffnung, dass ein Engel, der gerade vorbeiflog, unseren Gesang hörte und dem Christkind erzählte, dass wir artig waren. In unserer Fantasie hatten die Engel vor Weihnachten reichlich zu tun. Alle verletzten Puppen und andere kaputte Spielsachen mussten sie einsammeln und in die Himmelswerkstatt bringen. Wir wussten nie, wann sie kamen. So waren wir immer in Erwartung und sehr brav. Meistens geschah es Anfang November, dass meine Puppe eines Morgens nicht mehr in ihrem Bettchen lag.

„Mein Wölfle haben sie auch mitgenommen!", rief Gitti einmal ganz aufgeregt. „Und schau mal, hier ist noch Engelsstaub von ihren Flügeln!" Tatsächlich, da waren Spuren von goldenem Staub auf dem Kissen, wo vorher Wölfle gelegen hatte! Wir waren ergriffen von staunender Ehrfurcht, dass die Engel uns so nahe gewesen waren, und wir verhielten uns auch weiterhin brav. Wir wollten ja unsere Puppen zurückhaben! Wie unendlich glücklich war ich, wenn ich meine Sibylle unterm Weihnachtsbaum entdeckte! Geheilt und mit neuen, liebevoll von unserer Mutter gestrickten und von der Tante genähten Anziehsachen! Ich wurde nie enttäuscht, sie war immer da, auf den Himmel war Verlass, ich konnte dem lieben Gott vertrauen. In der Erinnerung waren die Wochen vor Weihnachten für uns Kinder eine heilige Zeit, in der wir der anderen Welt näher waren als wir es später jemals sein sollten. Auch als wir dann größer wurden, und wir schrittweise zu einer anderen, neuen Erkenntnis gelangten, war das keine Enttäuschung für uns. Wir konnten es annehmen, denn der Glanz und die Heiligkeit von Weihnachten blieben bestehen. Die „Engel" hatten ihre Aufgabe erfüllt, indem sie uns ihre Nähe spürbar und sogar sichtbar gemacht hatten.

In den Erinnerungen zu verweilen, tat mir gut. Doch sobald ich wieder in der Gegenwart ankam, breitete sich ein wehmütiger Schmerz in mir aus. Der Gedanke, dass unsere Kinder viele Rituale, die uns in der Kindheit einen geschützten Rahmen verliehen, in dem wir unbeschwert und glücklich aufwachsen konnten, nicht so erleben würden, machte mich traurig und vermischte sich mit dem Heimweh, das sich unbemerkt eingeschlichen hatte. Ob ich jemals wieder ein Weihnachtsfest in Deutschland erleben würde, fragte ich mich. Ob ich überhaupt jemals wieder ein Weihnachtsfest erleben würde? Über Weihnachten war im Iran normaler Alltag, nichts würde in dieser trostlosen Stadt darauf hinweisen, dass überall auf der Welt Christi Geburt gefeiert wurde. Ich vermisste jetzt schon die in weihnachtlichem Glanz erleuchteten Gassen und Stuben und das Heilige und Festliche, das über allem lag. Unsere

Kinder würden nie wissen, wie es sich anhört und anfühlt, wenn die Glocken aller Kirchen meiner Heimatstadt gemeinsam Weihnachten einläuteten. Sie würden erst gar nicht wissen, was eine Glocke ist. Meine Traurigkeit und Wehmut wurden mit jeder Erinnerung ein wenig mehr.

Es war für mich das erste Weihnachtsfest, das ich nicht zuhause mit meiner Familie feierte. Es war auch das erste Mal, dass ich in der Mitternachtsmesse nicht in das so mächtig gesungene „O du fröhliche", das bis zum Himmel schallte und uns mit diesem verbunden hat, einstimmen konnte. „So fühlt sich also Heimweh an", stellte ich schmerzlich fest.

„Nun stell dich mal nicht so an. Weihnachten hat doch nichts mit diesen äußerlichen Dingen zu tun, das ist doch alles nur Stimmungsmache!", versuchte ich mich selbst zu trösten. „Und außerdem wurde Jesus doch genau in so einer tristen Gegend wie dieser geboren!" Doch ich war nicht empfänglich für meine innere Stimme. In diese Weltuntergangsstimmung geriet *Baba Hadji*, als er vom Bazar zurückkam und wie immer nach uns schaute.

„*Salam, Baba Hadji*, chaste nabaschid!", „Mögest du nicht erschöpft sein."

„Mögest auch du nicht erschöpft sein, Mutter von Reza!", antwortete er. „Wo sind denn die Lichter meiner Augen?"

„Sie sind oben, bei ihrer Tante."

„Dann geh ich sie mal suchen."

Er legte eine Tüte mit Obst ab und war schon im Gehen, als er sich noch einmal umdrehte und fragte:

„Wann ist eigentlich Christmas? Du feierst es doch hoffentlich? Ich freue mich schon darauf!"

Das war zu viel für mich. Ich konnte die Tränen nicht mehr zurückhalten. Ich sah *Baba Hadji*s bestürzte Miene und beruhigte ihn: „Es ist alles gut."

„Das kann ja nicht alles gut sein. Was ist passiert?", fragte er besorgt.

„Ist es, weil *Hadji* nicht hier ist?"

Ich erzählte ihm nur ein wenig von meinem Heimweh, und dass wir kein Weihnachten feiern konnten, weil es in *Ahwaz* keinen

Tannenbaum und keine Kerzen, oder zumindest eine elektrische Lichterkette gab.

„Inschallah, wird alles gut, du darfst nicht traurig sein!", tröstete er mich.

Nach dem Mittagsschlaf ging *Baba Hadji*, entgegen seinen Gewohnheiten, noch einmal außer Haus. Er habe Wichtiges zu erledigen, hatte er seiner Frau gesagt. Zwei Stunden später kam er zurück und überreichte mir strahlend ein kleines Päckchen. Es war eine Lichterkette! Er hatte in der ganzen Stadt danach suchen lassen. Wir testeten gleich aus, ob die Lichter in Ordnung waren. Es war die schrecklichste Lichterkette, die ich mir für Weihnachten vorstellen konnte, mit bunten Lichtern in allen Farben, die auch noch abwechselnd und nacheinander blinkten! Aber sie war das schönste und wertvollste Geschenk für mich, denn *Baba Hadji* hatte sie mit viel Liebe und Mühe besorgt und Unmögliches möglich werden lassen! Weil er nicht wollte, dass ich traurig war.

Drei Tage später, an einem Mittwoch, war Heiligabend. Hesam war noch rechtzeitig aus *Chorramschahr* zurückgekommen. Er steckte große und kleine Eukalyptuszweige so zusammen, dass sie mit ein wenig Fantasie einem kleinen Baum ähnlich waren. Mit *Baba Hadji*s Lichterkette und den darunter liegenden Geschenken sah er richtig festlich aus. Die runden Butterplätzchen, die ich am Morgen noch gebacken hatte, verbreiteten Weihnachtsduft. Wahrscheinlich nahm nur ich ihn als solchen wahr, weil er für mich einfach dazugehörte.

Am Morgen hatte Hesam mich mit heimatlicher Weihnachtsmusik geweckt, seitdem spielte sie im Hintergrund. Es war eine Überraschung, ein besonderes Weihnachtsgeschenk für mich. Hesam hatte seinen kleinen Weltempfänger im Fluggepäck mitgebracht und konnte tatsächlich die Deutsche Welle finden.

Reza war schon ganz aufgeregt. Er durfte beim Ausstechen der Plätzchen helfen. Ich sang ihm dabei „Kling, Glöckchen" vor, und bei jedem Klingelingeling hat er mit einem Löffel an einen Porzellanbecher geschlagen und dazu gesungen: „gineginelin". Wie haben seine Augen gestrahlt! Christmas feeling, ein Stückchen Heimat, fast ‚mitten in der Wüste'! Ich war glücklich, trotz des Heimwehs.

Alle waren geladen und alle waren gekommen. Zum ersten Mal würden sie Christmas erleben, von dem die meisten noch nie etwas gehört hatten. Baba und *Bibi Hadji* erschienen als erste, im besten Sonntagsstaat.

„Sie brachten Weihrauch, Myrrhe und Gold", auch meine Gäste kamen mit vollen Händen. Geschenke für die Kinder, Gebäck, Obst in einer Kristallschale und vieles mehr. Morteza und Sepide brachten mir eine richtige Kerze mit, eine Kostbarkeit in dieser Gegend. Groß, rot, dick und nicht von der Hitze verbogen. Ich las die Weihnachtsgeschichte aus dem Lukasevangelium vor, eine Nichte rezitierte diese in Farsi. Ein kleines Flötenstück, von mir vorgetragen, und „O du fröhliche", auch auf der Flöte gespielt, umrahmten die Feier. In Gedanken hörte ich, wie mein Vater mich mit seiner wunderschönen Tenorstimme bei den Liedern begleitete, denn er konnte zu jedem Lied eine passende Zweitstimme singen. Rezas großer Auftritt mit „gineginelin" wurde gebührend beklatscht. Irgendwann sangen die Kinder beim Klingelingeling mit, und als die Erwachsenen auch mit einstimmten, wiederholten wir das Ganze noch einmal. Ich vermutete, dass es das erste Mal war, dass die Maraschis gemeinsam gesungen hatten!

Hesam hatte für alle Kinder eine Kleinigkeit besorgt. Sie freuten sich über ihre Geschenke, und die Erwachsenen freuten sich auf deutsches Essen: Kartoffelsalat mit Würstchen, letztere hatte Morteza aus dem Oil Company Store besorgt. Für unser traditionelles Essen, Sauerbraten mit Rotkraut und Klößen, fehlten mir die Zutaten. Es war ein schöner und fröhlicher Abend. Ich musste viel von unseren Weihnachtsbräuchen erzählen, Übersetzer waren genügend da, denn auch Sadegh war mit seiner Mutter gekommen. Besonders die Geschichten um Baba Noel, den Nikolaus, hatten es den Kindern angetan. Wir mussten unbedingt einen Nikolaus für die nächste Weihnachtsfeier finden.

Als alle gegangen waren, brachte Hesam die Kinder ins Bett und schlief darüber auch selbst ein. Ich weckte ihn nicht. Die Stille nach dem doch recht turbulenten Abend war eine Wohltat und ein besonderes Geschenk. Da es ausnahmsweise nicht geregnet hatte, setzte ich mich in eine warme Decke verpackt im Garten an einen

Tisch und zündete die rote Kerze an. Wie unter einer Glasglocke stülpte sich Stille über mich und hüllte mich ein in tiefen Frieden.

Ich schloss die Augen und wie von selbst wanderten meine Gedanken nach Darmstadt zu meinen Lieben.

Ich sah mein Elternhaus vor mir. Seit wir keine kleinen Kinder mehr waren und die Realität die Erlebnisse mit Engeln und dem Christkind behutsam abklingen ließ, war vieles anders geworden. Bisher vertraute Rituale hatten ihre Gültigkeit verloren und wurden durch andere, unserem Älterwerden angemessenere ersetzt. Aber das warme Licht, das von unserem Weihnachtsbaum, der immer am Fenster stand, auf die Straße fiel, war geblieben und barg noch viel vom Zauber der Weihnacht unserer Kindheit in sich.

Ich sah meine Lieben, wie sie uns vermissten und tapfer gegen die Tränen ankämpften und versuchten, den über die Jahre gefestigten Ablauf einzuhalten. Bis Mutti es sich nicht verkneifen konnte, weil es ihr schon lange auf der Zunge brannte und irgendwie schon zum Ritual dazu gehörte, festzustellen, dass der Baum, den Vati besorgt hatte, schief geraten und an manchen Stellen zu kahl wäre. Eine bewusst herbei geführte Provokation, auf die unser armer Vater jedes Jahr aufs Neue hereinfiel und entsprechend reagierte.

Denn was dann folgte, war auch eine schon dazu gehörende Kettenreaktion, all-inclusive bei Müllers am Weihnachtsabend. Irgendwann würde Peter protestieren, dass man ja noch nicht gesungen hätte. Die „Stille und Heilige Nacht" musste dann wieder für Ruhe sorgen. Den wiedergewonnenen Frieden bestärkte man mit lautem Gesang: Vati hingebungsvoll schön, Peter gerührt mit Tränen in den Augen, Thomas ungeduldig wegen seiner Geschenke, Mutti leise und die Augen verdrehend, getreu ihrem Motto, die wahren Gefühle nicht zuzulassen. Die gute Gitti musste nun allein, ohne mich, gegen die Vielfalt der Stimmen und Emotionen ankämpfen und versuchen, die gerade wieder hergestellte Harmonie aufrecht zu erhalten. Ob sie auch ohne mich später in die Mitternachtsmesse gehen würde? Beim Geschenkeauspacken würde Vati wieder nicht merken, dass er den Trainingsanzug am letzten Weihnachtsfest schon einmal ausgepackt hatte. Vergessen im Schrank, sogar das Etikett würde noch dran sein. Ich vermutete, dass unsere Mutter die Sachen absichtlich versteckte, um sie im nächsten Jahr noch einmal zu verschenken. Die verschwörerischen Blicke, die sie den anderen zuwarf, während unser Vater auspackte, sprachen Bände! „Ach, ich vermisse euch und euer Weihnachtschaos so sehr!", dachte ich wehmütig und vergoss einige Tränen.

Als meine Mutter mir zum Abschied sagte: „Auch wenn du weit weg bist, den Mond können wir immer gemeinsam sehen, er wird uns verbinden", konnte ich es erst nicht glauben. Ich war total überrascht. Sie hatte nie derartige Gefühle gezeigt, geschweige denn ausgesprochen. Ich schaute zum Himmel hoch und suchte diese Verbindung. Der Mond war abnehmend und seine Sichel war kaum zu sehen. Aber die Sterne leuchteten, wie sie nur über Wüsten und Wüsten nahen Gebieten leuchten können. Es waren dieselben Sterne, die nun auch über meiner Heimatstadt zu sehen waren. Es waren dieselben Sterne, die vor mehr als zweitausend Jahren schon über einem Stall in Bethlehem geleuchtet hatten. Über einer tristen Stadt wie dieser, in der ich nun lebte. Wie damals leuchteten sie. Ich stellte mir vor, wie sie vielleicht durch eine Ritze im Dach glitzerten, und ein Lichtstrahl das Jesuskind an der Nase kitzelte, und wie es sich daran erfreute und lachte. Dieser Gedanke brachte mir das Kind in der Krippe ganz nahe und in Gedanken lächelte ich ihm zu. Ich war wieder im Gleichklang mit meiner Seele und dem Universum.

– 21 –

Zwei Wochen nach Weihnachten kam Hesam freudestrahlend mit einer guten Neuigkeit nach Hause: „Unser Container ist endlich freigegeben. Ich muss nach *Chorramschahr*. Die Abwicklung, inklusive Transport nach *Ahwaz* wird ungefähr eine Woche dauern. Deshalb haben meine Schwägerinnen auch dich und die Kinder eingeladen. Dir wird eine Luftveränderung guttun, ich sehe, wie sehr dir das Heimweh noch zu schaffen macht." Ich hatte die Verwandten seit Moalis Hochzeit nicht mehr gesehen und freute mich auf sie. Schon am ersten Tag in *Chorramschahr* erreichte uns eine Einladung zu Sadeghs Verlobung. Die Nachricht kam überraschend und sorgte für Freude und Aufregung unter den Frauen und den größeren Mädchen, denn es ergab sich die interessanteste und wichtigste aller Frauenfragen: „Was ziehe ich an? Was ist zurzeit Mode?" Ihre fragenden Blicke gingen in meine Richtung.

„Das weiß ich genauso wenig wie ihr, weil ich jetzt auch da lebe, wo ihr lebt. Aber es gibt doch ausländische Modejournale, jedenfalls hat eure *Amme* Seyede davon geschwärmt." Ich hatte kein Abendkleid dabei. Deshalb bot mir mein Mann an, dass ich mir ein Kleid nähen lassen konnte, wie das im Iran üblich war. Er wollte mir eine Freude bereiten und das gleich in Angriff nehmen. Ich wusste genau, was ich wollte: ein Samtkleid! Seit meiner Kindheit wünschte ich mir ein Samtkleid, hatte es aber nie bekommen. Damals wurden wir Kinder zweimal im Jahr neu eingekleidet, einmal zu Ostern und dann noch zu Weihnachten. Die bisherigen Sonntagskleider wurden dann zu Alltagskleidern. Da war ein Samtkleid fehl am Platz, es war sozusagen ein Luxusartikel. Die Schulkleidung war extra, die zogen wir nur in der Schule an.

Gleich im ersten Stoffgeschäft fand ich meinen Traumstoff: fein gewebten, weinroten Samt. Schlicht sollte das Kleid werden, gerade geschnitten, Knie bedeckend, lange Ärmel, enganliegender, runder Halsausschnitt. Schon am nächsten Tag konnte ich zur Anprobe kommen, nach drei Tagen sollte es fertig sein. Überglücklich kam ich zuhause an und erzählte den Schwägerinnen, die schon ganz gespannt waren, von meinem Traumkleid. Mona übersetzte.

„Wo hast du den Stoff gekauft?"
„Welche Farbe hat der Samt?"
„Bei welchem Schneider lässt du es nähen?"
„Wie ist das Modell?"
„Ist Samt gerade Mode in Deutschland?"

Wahrheitsgemäß beantwortete ich alle Fragen. Bei der letzten musste ich allerdings passen: „Samt ist immer Mode", redete ich mich heraus. Ich konnte ihnen doch nicht erzählen, dass ich bis in den Iran kommen musste, um mir einen Kindheitstraum zu erfüllen.

Nach drei Tagen holten wir das Kleid ab, es war wunderschön. Zwei Wochen später war die Verlobung und wir fuhren erneut Richtung Süden, direkt nach *Abadan*, wo die Feier sein sollte. Ich fühlte mich wie eine Königin in dem Kleid und dem Perlenschmuck, den mir die *Chorramschahr*er Familien im Set nachträglich zur Hochzeit geschenkt hatten. Eine verspielte Hochfrisur umschmeichelte mein Gesicht und ich genoss Hesams Komplimente. Ein wenig Eitelkeit durfte sein. Ein altgehegter Traum war in Erfüllung gegangen: Ich trug ein Samtkleid.

Die Feier fand in einem großen Festsaal statt. Hesam suchte mit den beiden Buben seine Brüder aus *Teheran*. Auch ich schaute mich um nach bekannten Gesichtern.

„Ah, da sind ja die Schwägerinnen aus *Teheran*!", freute ich mich und eilte ihnen entgegen. Überrascht stellte ich fest, dass meine älteste Schwägerin und ihre Töchter Azade und Azita auch ein Samtkleid trugen. Die Farbe und der Schnitt wichen etwas von meinem Kleid ab. Auf meinen erstaunten Blick und noch bevor ich etwas sagen konnte, verkündete Azade stolz: „Jetzt sind wir Schwestern." Sie schien keineswegs überrascht und ihr Gesicht strahlte vor Freude. Ich glaubte da noch einen Zufall und freute mich mit ihnen. Bis Farnaz mit ihren Töchtern dazu kam. Alle drei hatten das gleiche Kleid an, eine Kopie meines Kleides. Das konnte kein Zufall sein. Warum hatten sie das gemacht? In meine Enttäuschung wollten sich Bitterkeit und Wut mischen. Doch da erinnerte ich mich an Azades Worte, dass wir jetzt Schwestern waren.

„Hallo, Schwestern!", begrüßte ich sie mit leichter Ironie, den Tränen nahe. „Schick seht ihr aus!"

„Oh, vielen Dank, es war ja deine Idee!", meinte Farnaz anerkennend. Sie schienen keine Ahnung zu haben, was sie mir damit antaten. Als auch noch Hesams Schwester Seyede im Samtkleid erschien, war meine Toleranzgrenze dann doch überschritten. Unter dem Vorwand, dass mir kalt sei, verschwand mein Traumkleid unter einem grauen Lodencape. Da ich die Beweggründe, warum sie mich kopiert hatten, nicht kannte und ihre Freude unschuldig und echt war, wollte ich sie nicht verletzen und blieb gelassen. „Hatten sie nicht gesagt, dass wir jetzt Schwestern waren? Und was haben Schwestern hier gemeinsam? Kleider, aus demselben Stoff genäht.", vermutete ich. Auch wenn ich enttäuscht war, sah ich es doch als besondere Ehrerweisung an.

Eine alte Volksweisheit besagt: ‚Erfüllte Wünsche, so sonderbar es klingt, machen nicht glücklich'. Die Erfüllung meines Herzenswunsches hatte mich für kurze Zeit glücklich gemacht, aber sie hätte mir beinahe meinen inneren Frieden geraubt. Es war für mich eine weitere Erfahrung, das Glück nicht in materiellen Dingen zu suchen. Und dass es besser ist, Wünsche, die nicht unbedingt für die innere Zufriedenheit wichtig sind, loslassen zu können. Erst viel später sollte ich schmerzlich begreifen, dass mein Mann diese Einstellung schamlos ausnutzte.

– 22 –

Unser erster Winter in *Ahwaz* brachte viel Dauerregen, bei frühlingshaften Temperaturen, die tagsüber selten unter 14 Grad Celsius lagen. In *Teheran* und in den Bergen hatte es viel geschneit, bei uns jedoch nicht. Für die Menschen im sonst heißen *Chuzestan* war diese Temperatur schon eisige Winterkälte. Entsprechend warm war auch ihre Kleidung. Die Regentage waren im Februar deutlich weniger geworden. Abgesehen von einzelnen, sehr kurzen Schauern, die bis April noch auftreten konnten, würde hier in *Chuzestan* voraussichtlich bis November kein Regen mehr fallen. Mit dem Ende der Regenzeit erwachte auch das Leben im Hof wieder, gerade rechtzeitig für eine würdevolle Begrüßung des Frühlings, was zugleich auch *Noruz*, den Beginn eines neuen persischen Kalenderjahres, bedeutete.

Für mich gab es viel zu beobachten und zu staunen, zu sehen, zu hören, zu riechen und zu lernen, denn *Noruz* ist mit allerlei Traditionen verbunden. Das Chanetekani, der Hausputz, war eine davon. Er begann bei den Schwiegereltern schon Ende Februar. Überall im Haus und Hof waren fleißige Gelegenheitsarbeiter am Putzen und Werkeln. Sie kamen in Scharen aus weit entfernten Dörfern, wo die Arbeit auf den Feldern noch nicht begonnen hatte, um ihr spärliches Einkommen etwas aufzubessern.

Einige der schweren Teppiche waren schon gewaschen und trockneten bereits auf dem Dach. Die Wände und Türen in den Zimmern wurden abgeschrubbt und bei Bedarf gestrichen. Im

Hof wurden Matratzen aufgefrischt und neu genäht. Zwei Arbeiter klopften dafür die gewaschene und getrocknete Baumwolle, mit der die Matratzen gefüllt waren, wieder auf. Sie wurde dadurch sehr locker und weich. Ein anderer stopfte sie in neue, bunte Bezüge. Damit die Füllung nicht verrutschen konnte, steppten sie die Matratzen per Hand noch ab. Die Männer sangen bei der Arbeit ihre melancholisch anmutenden Heimatlieder. Von überall in den Höfen erklang dieses typische, rhythmische Klopfen und Singen, die Luft vibrierte davon.

Die Stoffbazare und die Schneider hatten Hochsaison, denn an *Noruz* sollte man nur neue Sachen tragen. *Bibi* Masume war gelernte Schneiderin und seit Wochen schon am Nähen. Im Bazar hatte sie mehrere Ballen Stoff ausgesucht und nach Hause bringen lassen. Azades Aussage: „Jetzt sind wir Schwestern!", bekam endlich eine Erklärung: Man kaufte nicht einen Stoff pro Kleid, sondern gleich einen ganzen Ballen davon für alle neuen Kleider. Ich hatte richtig vermutet. Meine Schwägerin war sehr geschickt und kreativ. Aus ausländischen Modejournalen suchte sie die Modelle aus und entwarf dann selbst die Schnittmuster dazu. Sie hatte schon modische Kleider für sich und ihre Mädchen genäht, alle aus dem gleichen Stoff. Für *Bibi Hadji* fertigte sie Kleider aus weißer oder zart gemusterter, leichter Baumwolle, die ab der Taille weit ausfielen, und dazu weite, bequeme Hosen aus einem festeren, ebenfalls weißen Baumwollstoff. Die Männer und Buben im Haus bekamen Hosen, Nuri neue lange Hemden und auch die Angestellten und deren Kinder wurden neu eingekleidet. Reza war glücklich, dass er eine Hose wie die erwachsenen Männer bekam und bestand darauf, dass die *Amme* für sein Brüderchen die gleiche Hose nähte.

„Reza bozorg schod", meinte er stolz.

„Ja, mein großer Bub, jetzt bist du schon richtig groß geworden", antwortete ich auf Deutsch und immer darauf bedacht, dass die Übersetzung in der Antwort herauszuhören war. „Und deine Mama ist sooooo stolz auf dich und hat dich was?" „Sooooooo lieb, von der Erde bis zum lieben Gott", ergänzte ich an Rezas Stelle und öffnete meine Arme, um ihn aufzufangen. Er liebte dieses Ritual und wie alles, was für ihn schön und gut war, wollte er, dass wir seinen kleinen Bruder mit einbezogen. Mit Essi in meinen Armen wiederholten wir das Ganze noch einmal.

Zwischendurch halfen Sepide und ich *Bibi* Masume beim Backen der traditionellen Kolutje *Schuschtari*. Das waren Kardamomplätzchen, in runder Form mit Datteln, in dreieckiger Form ohne Datteln gebacken. Hesam lachte über meine Bedenken, jemals all diese Vorbereitungen selbst managen zu können und meinte:
„Das musst du auch nicht können! Wir werden so nicht wohnen. Meine Eltern lieben dieses Haus mit dem großen Innenhof. Hier können sie alles so beibehalten, wie sie es gewohnt sind. Hier können wir alle an *Noruz* zusammenkommen. In einer Wohnung oder in einem normalen Haus wäre das nicht möglich."
„Wieso, wie viele kommen denn?", wollte ich wissen.
„Meine Geschwister kommen alle mit ihren Familien. Wir werden ungefähr fünfzig bis sechzig Personen sein. Und mit den Verwandten zweiten Grades, die auch in *Ahwaz* wohnen oder für *Noruz* hierherkommen, so um die achtzig Personen. Die meisten treffen aber erst am zweiten oder dritten Neujahrstag ein. Jede Familie möchte erst einmal für sich den Jahreswechsel feiern.
„Ach, du meine Güte! Wer kocht für sie? Und wer soll all das Geschirr spülen?", fragte ich in meiner noch befangenen deutschen Denkweise.
„Du hast doch selbst gesagt, dass eine der zwei Angestellten und Sare über *Noruz* weg sind, um mit ihren Familien zu feiern!" Ich erinnerte mich an die Hochzeit und das viele zusätzlich angemietete Personal, das nötig war. Jetzt würde sich mein Albtraum aus der Kindheit bewahrheiten! Im Traum stand ich immer hilflos, gelähmt und voller Panik vor einem hoch aufgetürmten Stapel schmutzigen Geschirrs, der mich weit überragte. Meine Hand reichte nicht bis oben, um mit dem Spülen anfangen zu können. Wenn ich das Geschirr unten herauszog, würde der Berg zusammenstürzen und mich unter sich begraben.

Hesam unterbrach meine Gedanken:
„Da helfen alle mit. Fürs Geschirrspülen und die gröberen Arbeiten haben wir zwei Frauen, die über die Feiertage tagsüber da sein werden. Die Männer kaufen ein und heben die schweren Töpfe

vom Feuer, wenn der Reis abgeschüttet werden muss, und sie übernehmen das Austauschen der Gaszylinder. Die Frauen organisieren das Ganze und kochen, die älteren Kinder werden den Tisch decken und abräumen. Oft lassen wir uns auch *Tjelo Kabab* von draußen bringen." Dass die iranischen Frauen einer großen Besucherzahl durchaus gewachsen waren, hatte ich bei Heschmat vor zwei Jahren schon bewundert. Aber so viele Gäste und so lange? Irgendwie fühlte ich mich in der Rolle der Gastgeberin, schließlich wohnten wir ja hier. Ich äußerte meine Bedenken, dieser Aufgabe nicht gewachsen zu sein. „Wir sind selbst noch Gäste, niemand erwartet etwas von dir. Du kannst ja manchmal in der Küche dabei sein und kochen lernen", schlug Hesam mir vor. Er freute sich auf das erste *Noruz*fest, an dem er wieder zuhause war.

„An *Noruz* besuchen Verwandte und Freunde sich gegenseitig, um sich alles Gute für das neue Jahr zu wünschen. Man versöhnt sich, wenn man zerstritten war, man lacht und isst wieder gemeinsam. Es ist ähnlich wie bei euch an Weihnachten. Du wirst sehen, es wird sehr schön werden", meinte er zuversichtlich. Ich fragte mich selbst, was ein Geräuschpegel von ungefähr achtzig Stimmen, davon mehr als die Hälfte Kinder, mit unserem stillen, besinnlichen Weihnachten gemeinsam haben könnte.

Zwei Wochen vor *Noruz* beobachtete ich, wie Seyede eingeweichtes Korn in flache Schalen verteilte. „Das wird *Sabze* für den Neujahrstisch, den *Haftsin*. Man bedeckt es anfangs mit einem feuchten Tuch, damit die Körner nicht austrocknen und im Dunkeln keimen können. Wenn die Sprösslinge einen Zentimeter hoch sind, können die Tücher weggenommen werden. Bis *Noruz* ist es dann schön grün und ungefähr sieben Zentimeter hoch gewachsen. Es ist eines von den sieben ‚Sin'. Wir verzieren es, wenn es hoch genug ist, mit einem roten Band, damit es beim Wachsen nicht auseinanderfällt, außerdem sieht es ja auch schöner aus", erklärte sie mir.

In Deutschland hatte Hesam das *Sabze* mit Linsen angesetzt. Von ihm wusste ich auch, dass *Haftsin* wörtlich ‚sieben S' bedeutet und die Dekoration für den Neujahrstisch ist. Das ist ein ausgebreitetes Tuch oder ein Tisch mit mindestens sieben symbolträchtigen

Dingen, die alle mit einem scharfen „S" beginnen Bei vielen Familien liegt auch ein Gedichtband von Hafez auf dem Tisch, aus dessen Versen das Schicksal des kommenden Jahres gedeutet wird.
Eines Tages vor *Noruz* türmte sich im Hof ein Holzstapel aus Ästen, Holzkisten und Holzabfällen. Die Kinder hatten ihn zusammengetragen. Auch Reza hielt stolz ein Holzscheit in der Hand und legte es zu den anderen. „Was macht ihr da, räumt ihr auf?", fragte ich erstaunt. Babak, der fleißig mithalf und eventuell herbeigeschleppte hölzerne Gebrauchsartikel oder Sachen aus anderen Materialien wieder aussortierte, antwortete: „Heute ist *Tjehar-Schanbeh-Suri*, das Mittwochfeuer. Wir brauchen viel Holz für das Feuerspringen heute Abend." Ich erinnerte mich. Hesam hatte mir davon erzählt, dass man am Abend vor dem letzten Mittwoch eines Jahres über ein Feuer springen sollte, um alles Ungute vom letzten Jahr ins Feuer zu werfen und neue Kraft aus dem Feuer in sich aufzunehmen.

„Ist das nicht zu gefährlich für die Kinder?", fragte ich besorgt. „Nein, wir nehmen die kleineren Kinder auf den Arm und überspringen die Flammen mit ihnen." Er sah meine Skepsis und fügte hinzu: „Es ist noch nie etwas passiert." Auf meine Frage, warum sie das machen, antwortete Hesam:

„Wenn man über das Feuer springt, ruft man ihm zu: ‚Meine Schwäche an dich, deine Stärke an mich'!", erklärte er mir. Auch ich musste am Abend über das Feuer springen, Hesam umfasste dabei fest und sicher meine Hand. Den Rest des Abends verbrachten die *Ahwaz*er Familien gemeinsam.

Dem Countdown kurz vor dem Jahreswechsel fieberte man im Iran genauso gespannt entgegen wie bei uns. Zum Jahreswechsel waren alle, die mit im Haus wohnten, bei den Großeltern versammelt. Wir starrten auf ein rohes Ei, das auf einem flachen Teller auf dem *Haftsin*-Tisch lag und sich angeblich beim Übergang ins neue Jahr bewegen würde.

Die geballte, magische Energie unserer Blicke schien zu wirken, denn Nilufar rief plötzlich sehr aufgeregt:

„Es hat sich bewegt! Bei Gott, ich schwöre, es hat sich bewegt!" Ich hatte zwar nichts gemerkt, als aber fast zeitgleich im Radio das

Neue Jahr angekündigt wurde, schaute ich mir das Ei dann doch genauer an. Und tatsächlich! Ich meinte zu sehen, dass es ein klein wenig anders lag als vorher!

Das Neue Jahr begannen die Erwachsenen mit dem Neujahrsgebet. Nach dem gegenseitigen Beglückwünschen verteilte *Baba Hadji* neue, extra für *Noruz* frisch gedruckte Geldscheine an alle anwesenden Kinder und Enkel. Die Erwachsenen schlossen sich an. Das war der Auftakt zu einem Wettbewerb unter den Geldsammlern, der nicht selten in Tränen und Wutausbrüchen endete. Da die Anzahl der Onkel und Tanten in den einzelnen Familien variierte, gab es im Laufe der vierzehn Tage Unterschiede in der Höhe der Einnahmen und damit Konkurrenzgehabe untereinander. Als Ausgleich zu den fehlenden Verwandten mütterlicherseits, schenkte ich Reza zwei 5-DM-Scheine. Damit gab der kleine Kerl schon ganz schön an, weil er dachte, das sei sehr viel Geld, das niemand sonst hatte. Seine anderen Scheine wechselte mein Mann in kleinere um. Dadurch wurde der Stapel größer und Reza war zufrieden!

Noruz endete mit dem *Sizdah-be-dar*, das heißt übersetzt ‚am Dreizehnten nach draußen'. Nach altem Brauch verlässt man sein Haus am dreizehnten Tag des ersten Monats, damit die bösen Geister, die der Dreizehnte mit sich bringen könnte, niemanden zuhause antreffen und weiterziehen. Sonst würde man sie das ganze Jahr nicht mehr loswerden. Man fährt zum Picknick aufs Land oder wie in größeren Städten auch in Parkanlagen, meistens im großen Familien- oder Freundeskreis. Es gibt viele Rituale für diesen Tag. So nimmt man das mit Korn angesetzte *Sabze* mit und gibt es der Natur zurück, indem man es in einen Fluss oder in ein anderes Gewässer wirft. Mädchen im heiratsfähigen Alter machen Knoten in Grashalme und wünschen sich bei jedem Knoten: „*Sizdah-be-dar*, sei unser Glück". Die jungen Männer und Kinder überbieten sich im Streichespielen und Lügengeschichten erzählen, ähnlich unseren Aprilscherzen.

Wie jedes Jahr am Dreizehnten war auch in diesem Jahr ein Picknick in *Schuschtar*, der Heimatstadt der Schwiegereltern, geplant. *Schuschtar* ist eine antike Befestigungsstadt, die an der persischen Königsstraße liegt. Sie ist bekannt wegen ihres hervorragenden

Bewässerungssystems, dessen Entstehung bis 5000 v. Chr. zurückzuführen ist. 2009 wurde es sogar in das Weltkulturerbe aufgenommen. Unterwegs machten wir noch einen Umweg über Susa und besuchten die Grabstätte des Propheten Daniel. Einige der Männer waren schon nach *Schuschtar* vorausgefahren, um gegrillte Fleisch- und Hähnchenspieße zu besorgen. Den dazu passenden grünen Kräuterreis hatten wir mitgebracht. Normalerweise aß man gebratenen Fisch zu diesem Reis. Da aber die Gefahr, dass ein Kind sich an einer Gräte verschlucken könnte, zu groß war, verzichteten wir darauf.

Als wir am verabredeten Treffpunkt außerhalb der Stadt eintrafen, hatten die Männer schon alles vorbereitet. Auf einer Wiese waren Teppiche ausgerollt, auf denen mittig zwei lange Tischdecken ausgebreitet waren. Allerlei Köstlichkeiten, wie Salate, Beilagen aus Joghurt, Datteln, frische Kräuter, Radieschen, sauer eingelegtes Gemüse und vieles mehr ließen die Tafeln auch ohne die Hauptspeisen, die in Riesentöpfen warmgehalten wurden, bunt und einladend aussehen.

Das Panorama, das sich uns bot, war einmalig schön: Ein anmutig in eine zerklüftete Felsenlandschaft eingebetteter, hoher Wasserfall lag mitten im Gelände. Er war Teil des antiken Bewässerungssystems. Dahinter erstreckten sich grüne Hügel mit kleinen, terrassenförmig übereinander liegenden Lehmhäusern, die in den Abhang eingebaut zu sein schienen. Mein Mann erklärte mir, dass jeweils das Dach eines Hauses als Terrasse für das darüber liegende Haus diente. Trotz der herabstürzenden Wassermassen, die alle anderen Geräusche verschluckten, fühlte ich mich von einer friedevollen Stille umgeben. Mit Erstaunen wurde mir bewusst, dass ich inmitten einer wunderschönen Landschaft war. Es schien, als ob das Grün der Wiesen und der Hügel von ihrer Kurzlebigkeit wussten, so intensiv und satt war ihre Farbe. In vier Wochen würde alles wieder vertrocknet sein, meinte Hesam.

In jenem Moment der Stille empfand ich eine tiefe Dankbarkeit in mir. Dankbarkeit für diesen wunderbaren Tag, für die Natur und dafür, dass meine ersten Monate im Iran, abgesehen von meinem Heimweh, so gut verlaufen waren. Ich fühlte mich von Gott geführt und eingebettet in die fürsorgliche Liebe und Wertschätzung meines Mannes und der Großfamilie. Auch den Kindern ging es gut. Da wir noch keinen eigenen Haushalt hatten, konnte ich in den ersten Monaten viel Zeit mit ihnen verbringen, dadurch war uns allen die Umstellung leichter gefallen. Besonders Reza hatte sich inzwischen gut in die neue Situation eingefunden. Er freute sich, wenn morgens seine Spielkameraden zu ihm kamen. In der langen Regenzeit war Spielen im Freien selten möglich. Wenn Essi wach war, stellte ich ihn in seiner Wippe zu den spielenden Kindern. Er war ein zufriedenes und fröhliches Baby. Oft kamen auch die größeren Nichten, um mit ihm zu spielen. Dann konnte ich beruhigt zwischendurch etwas anderes machen.

Ich war so in diese Stille und meine Gedanken vertieft, dass ich Reza erst bemerkte, als er mich energisch rüttelte. Er hatte Durst und konnte seine Wasserflasche nicht finden. Unser großer Bub sah verstaubt und zerzaust aus, mit braunen Schweißrinnsalen im Gesicht. Aber die Augen strahlten, er war glücklich und er hatte Hunger! Nachdem sein Durst gestillt war, wusch ich ihm Gesicht und Hände, und wir setzten uns zum Essen neben seinem Papa an die gedeckte Tafel. Es war mein erstes Picknick mit der Großfamilie und ein einmaliges Erlebnis. Die Krönung war der Nachtisch, den Taher bestellt hatte und der nach dem Essen gebracht wurde: Für jeden gab es einen Becher mit typisch persischem Sahneeis, das in dieser großen Menge extra für uns zubereitet worden war. Hesam erzählte mir, dass viele Menschen in *Chuzestan* an sehr heißen Tagen das Mittagessen durch ein Kilo Sahneeis ersetzten. Das konnte ich mir gut vorstellen, denn es schmeckte köstlich.

Wir verbrachten fast sechs Stunden an diesem idyllischen Ort. Die Erwachsenen unterhielten sich oder lauschten einer spontanen, gesungenen Koran- oder Dichterlesung eines Onkels. Die größeren Mädchen hatten sich zusammengetan und waren tüchtig am Grasflechten, was nicht ohne Wirkung blieb. Eine von ihnen heiratete noch im selben Jahr. Die jungen Männer schüttelten wie jedes Jahr den Maulbeerbaum, der auf unserer Wiese stand und dessen Früchte schon reif waren. Unter den Baum hatten sie ein eigens dafür vorgesehenes, großes Tuch gelegt, das fast so groß war wie die Baumkrone. So blieben die durchs Schütteln heruntergefallenen Maulbeeren sauber und waren gleich in großen Mengen verfügbar. Sie schmeckten sehr saftig und süß.

Als es anfing, kühler zu werden, brachen wir nur ungern auf. Wir besuchten noch das Elternhaus von *Baba Hadji*. Sein Großvater, der Chan, hatte es bauen lassen. Kunstvolle Mosaikarbeiten an der Fassade und die Stuckarbeiten an den Decken und wunderschöne Schnitzereien an den reich verzierten Holztüren und den Balkonen waren Zeugen eines zu der damaligen Zeit herrschaftlichen Anwesens. Es stand seit Jahren leer und zerfiel immer mehr. Leider war keiner der Söhne bereit, es zu renovieren und zu erhalten. Die Schwiegereltern waren an diesem Tag zuhause geblieben, und ich war froh, dass *Baba Hadji* das nicht sehen musste.

Wohlig erschöpft, mit vielen Erinnerungen an einen meiner bisher schönsten Tage im Iran, verschlief ich mit den Kindern die gesamte Rückfahrt. Am nächsten Morgen reisten die meisten der Gäste ab. Vierzehn anstrengende, aber wunderschöne Tage lagen hinter uns, und ich fühlte mich immer mehr in der Familie und auch im Iran angekommen.

– 23 –

Hesam hatte kurz vor *Noruz* seinen Traumjob als Leiter des einzigen Rechenzentrums in *Chuzestan*, das seinen Sitz in *Ahwaz* hatte, gefunden. Wir entschieden uns, in der Nähe der Familie zu bleiben, denn ich fühlte mich dort wohl und konnte mir nicht vorstellen, allein irgendwo außerhalb zu wohnen. Außerdem wollte ich Reza nicht noch einmal in so kurzer Zeit den Verlust seines sozialen Umfeldes zumuten. Deshalb durften wir das Gästehaus beziehen, das eine Verbindungstür zum Innenhof der Schwiegereltern hatte.

Jetzt, wo wir einen festen Wohnsitz hatten, konnte ich einen langen, schon in Deutschland gehegten Plan umsetzen. Dafür brauchte ich aber das Einverständnis meines Mannes, der von diesem Plan nichts wusste. Die Möglichkeit dazu bot sich an, als er von seiner Firma aus an einer vierwöchigen Fortbildung in *Teheran* teilnehmen sollte und uns mitnahm.

Hesam hatte mir von Kurosch erzählt. Kurosch war der Sohn seines Bruders Karim aus einer *Sigheh*, einer zeitlich begrenzten Ehe. Als er geboren wurde, hatten seine Eltern sich längst getrennt und sein Vater studierte in Deutschland. Kurosch war die ersten beiden Jahre bei seiner Mutter. Diese musste ihn aber unter dem Druck ihrer Familie dem Vater übergeben. Weil sein Vater studieren wollte, wurde Kurosch in einem Kinderheim in *Teheran* untergebracht. Es machte mich traurig, dass ein Kind ohne die Liebe und die Geborgenheit seiner Mutter und seiner Familie aufwachsen musste.

„Wir holen Kurosch da raus und nehmen ihn zu uns", schwor ich mir damals schon, erzählte meinem Mann aber nichts von meinem Plan. Wir hatten für Kurosch außer einem fernlenkbaren Auto auch Hosen, Schuhe und T-Shirts aus Deutschland mitgebracht, die teilweise auch Geschenke seines Vaters waren. Unter dem Vorwand, dass diese bald zu klein werden könnten, bedrängte ich Hesam, dass wir Kurosch besuchten. Hesam war einverstanden, und schon am Tag nach unserem Gespräch machten wir uns auf den Weg zum Kinderheim. Wir mussten lange in einem Vorraum warten. Mein Mann hatte nicht die geringste Ahnung von dem, was ich vorhatte. Meine angespannte Nervosität begründete ich mit Lampenfieber. „Hoffentlich gelingt mir die Überraschung. Es ist nicht fair, das vorher nicht mit Hesam besprochen zu haben", plagte mich mein Gewissen, aber ich hatte Bedenken, dass Hesam mich nicht zu Kurosch bringen würde, wenn er von meinen Plänen hörte.

Endlich kam Kurosch. Sein offenes, ehrliches Gesicht mit schönen großen Augen und edlen Gesichtszügen, was durch die kurz geschnittenen Haare noch mehr zum Ausdruck kam, strahlte. Als er seinen Onkel erkannte, freute er sich und lief direkt auf ihn zu. Ich begrüßte ihn nur mit den üblichen Wangenküsschen. Am liebsten hätte ich ihn in meine Arme geschlossen, befürchtete aber, dass zu viel Nähe ihn überfordern würde, da er mich ja nicht kannte. Essi streckte lachend die Arme nach ihm aus. Wie selbstverständlich nahm Kurosch ihn auf den Arm, und redete und spielte mit ihm. Reza verhielt sich etwas zurückhaltender. Mit seiner natürlichen Herzlichkeit gelang es Kurosch jedoch, Reza in die Spiele mit einzubeziehen.

Eine Angestellte servierte Tee und Gebäck. Während Hesam und ich Tee tranken und die Kinder beobachteten, nahm ich allen Mut zusammen, schickte ein Stoßgebet zum Himmel und sagte: „Wir nehmen Kurosch mit!" Ich war mir meines Planes ganz sicher. Meinen Mann traf meine Ansage völlig unvorbereitet: „Wie, was heißt mitnehmen? Das geht nicht, er hat morgen Schule!" „Nein, ich meine, dass wir ihn hier ganz wegholen. Zu uns. Er hat wie jedes Kind ein Recht auf eine Familie und Liebe. Es ist schon schlimm genug, dass er trotz großer Familie so viele Jahre im Heim sein musste", antwortete ich in kämpferischem Ton und fest entschlossen, nicht nachzugeben. Innerlich machte ich mich stark für die Einwände meines Mannes. Kurosch war aufmerksam geworden und beobachtete uns, er konnte nicht verstehen, um was es ging, wir sprachen Deutsch. Aber irgendwie musste er gemerkt haben, dass wir über ihn redeten, denn plötzlich wirkte er traurig. Umso entschlossener stellte ich meinen Mann vor die Wahl:

„Entweder wir verlassen mit Kurosch dieses Haus oder ich bleibe so lange hier, bis er mitkommen darf!" Da kamen die Einwände auch schon:

„Wie stellst du dir das vor? Wir können ihn nicht einfach so mitnehmen. Solange sein Vater in Deutschland ist, hat er hier einen gesetzlichen Vormund, der muss einverstanden sein. Und überhaupt, warum sollte ich ihn zu mir nehmen, er ist doch nicht mein Sohn!" Ich blieb beharrlich: „Aber er ist ein Kind, das Liebe und eine Familie braucht. Wenn ihr euch schon nicht vor euch selbst schämt, so doch zumindest vor Gott. All euer Beten ist nichts wert, solange er hier im Heim aufwachsen muss! Wie könnt ihr es verantworten, mit dieser Schuld zu leben und so zu tun, als ob alles in Ordnung wäre? Nur mit Beten könnt ihr das nicht in Ordnung bringen!" Ich wusste, dass ich meinen Mann damit herausforderte, aber ich hatte während der langen Diskussionen vor unserer Ehe auch gemerkt, womit ich sein Herz berühren konnte. Entschlossen, nicht nachzugeben, fuhr ich fort:

„Gott braucht unsere Gebete nicht. Was er jetzt konkret von uns will ist, diesem Kind hier Liebe und ein Zuhause zu geben und es glücklich zu machen. Wir müssen Kurosch hier rausholen!" Der

Schmerz, Kurosch in unsere kleine, glückliche Familie Einblick gewährt zu haben, und ihm dieses Glück gleich wieder wegzunehmen, indem wir ihn allein zurückließen, traf mich mit voller Wucht. Ich wollte wissen, wer sein Vormund war, um diesen gleich anzurufen. Hesam lenkte ein:

„Gut, ich kümmere mich darum, aber versprechen kann ich nichts." Kurosch schaute mich traurig an, sein Name war öfters gefallen, und er war nun verunsichert. Ich nahm ihn in meine Arme: „Wir holen dich ganz bestimmt bald hier raus. Und dann kommst du zu uns in unsere Familie, Essi und Reza freuen sich bestimmt, einen großen Bruder zu haben. Es wird nur noch ein wenig dauern, weil viele Formalitäten zu erledigen sind. Außerdem ist das Schuljahr bald vorbei, und du solltest es noch hier beenden. Gleich zu Beginn der großen Ferien holen wir dich ab, versprochen." Mein Mann wiederholte alles auf Persisch, aber ich glaube, Kurosch hatte mich schon verstanden, denn er ließ die Umarmung zu und seine Augen strahlten wieder.

Kuroschs Vormund hatte angeblich keine Einwände. Hesam gestand mir, dass er stolz auf mich sei, dass ich dieses Unrecht, was Kurosch geschehen war, anfocht, dadurch sei es auch ihm bewusster geworden. Einige Wochen später durften wir Kurosch nach *Ahwaz* holen. Die einzige Bedingung seitens des Vormundes war, dass er später bei seinem Vater leben sollte, wenn dieser nach seinem Studium wieder in den Iran zurückkehrte. Der Vater war inzwischen mit einer deutschen Studienkollegin, Ulrike, verheiratet, und sie hatten eine gemeinsame Tochter.

Kurosch war eine Bereicherung für uns alle. Die Kinder waren glücklich über ihren großen Bruder, der überall mit seinem sonnigen Gemüt Freude verbreitete. Das Leben im Heim hatte bei Kurosch jedoch auch Spuren hinterlassen. Tagsüber war er das glücklichste und zufriedenste Kind, doch nachts holte ihn seine Vergangenheit ein. Er hatte Albträume, weinte und manchmal nässte er in seiner Angst dabei ein. Wir schliefen im Sommer alle im Freien auf dem Flachdach. Ich war dankbar, dass Kurosch Vertrauen zu mir hatte und mich weckte, wenn die Träume ihn quälten. Ich verbrachte anfangs jede Nacht mehrere Stunden an seinem Bett, wechselte die Wäsche und tröstete ihn, bis er wieder einschlief. Ich stellte mir vor, wie sehr er unter der fehlenden Mutterliebe gelitten und wie einsam er sich gefühlt haben musste. Dass er sich dennoch zu so einem wunderbaren Kind entwickelt hatte, grenzte fast an ein Wunder und zeigte mir, wie viel innere Stärke er besaß. Nach drei Monaten war alles überstanden, und Kurosch konnte durchschlafen, nur selten noch kamen die Albträume zurück.

– 24 –

Ob meine Schwiegereltern damit einverstanden waren, dass wir Kurosch zu uns geholt hatten, habe ich nie erfahren. Sie kannten Kurosch von einigen Besuchen in *Teheran*, wenn sein Vormund ihn übers Wochenende zu sich holte. Kurosch eroberte ihre Herzen schnell mit seinem fröhlichen und hilfsbereiten Wesen.

Was Kurosch und einige andere Dinge betraf, ließ ich mich nicht auf Diskussionen mit meiner Schwiegermutter ein. Ihre Sichtweise war mir zu begrenzt, sie engte mich ein. Ich vermutete, dass Hesam ihr meinen iranischen Personalausweis gezeigt hatte, und sie davon ausging, dass ich zum Islam konvertiert war, denn sie respektierte mich von nun an mehr. Ich wollte anfangs protestieren, und zu meinem Christsein stehen. Da das Zusammenleben für beide Seiten so einfacher und problemloser ablief, beließ ich es dabei. *Bibi Hadji* hatte ihren Seelenfrieden und ich meine Ruhe.

Es war ein denkwürdiger Tag, der mich vom Gesetz her zur Muslimin machte, ohne mein Zutun und ohne mein Wissen. Es war der Tag, an dem ich meine bisherige Identität verlor. Hesam hatte nach der standesamtlichen Trauung bei der iranischen Botschaft in Bad Godesberg für mich einen Antrag auf einen iranischen Reisepass und Personalausweis gestellt. Zum Abholen musste ich persönlich erscheinen. Und da geschah die Wandlung: Ich ging als deutsche Christin in das Botschaftsgebäude hinein und kam als iranische Muslimin heraus. So einfach war das. Ohne dass ich gefragt wurde, hatte ich meine deutsche Staatsbürgerschaft und meine offizielle Religionszugehörigkeit abgegeben! Von da an benötigte ich eine Aufenthaltsgenehmigung in Deutschland für mich und unsere Kinder. Einige Jahre später änderten sich die Gesetze wieder zugunsten einer doppelten Staatsbürgerschaft, und ich bekam meine deutsche zurück. Für die Kinder konnten wir bei der deutschen Botschaft in Teheran den Erwerb der deutschen Staatsangehörigkeit beantragen. Im Iran waren wir Iraner, in Deutschland Deutsche. Für mich machte es nur bei der Ein- und Ausreise einen Unterschied, denn in meinem Herzen war ich Christin und Deutsche und würde es immer bleiben!

Da ich in *Bibi Hadj*is Augen nun eine „Reine" war, konnte sie mich unter ihre Fittiche nehmen. Von ihr lernte ich, persisch zu kochen. Sie zeigte mir, wie man den Reis so zubereitet, dass er ganz locker und luftig wird, und wie die Bodenkruste am besten gelingt. Sie weihte mich ein in die verschiedenen Kräuter, die kiloweise für Gerichte verarbeitet wurden. Von ihr lernte ich, welches Fleisch für welchen Zweck angebracht ist. Sie erklärte mir, welche Lebensmittel als ‚kalte Lebensmittel' und welche als ‚warme Lebensmittel' eingestuft werden. Das hat nichts mit der Temperatur der Lebensmittel zu tun, sondern mit deren Verbrennung im Körper. So darf man z. B. Fisch (kalt) nicht mit Joghurt (kalt) essen, es sollte immer eine Kombination von warm und kalt sein.

Von ihr lernte ich auch die rituellen Handlungen, die das tägliche Leben bestimmten und das Miteinander einfacher gestalteten. Wie zum Beispiel, dass alles, was gewaschen oder abgewaschen wird, drei Mal unter fließendem Wasser geschieht. Bevor man einen Wasserhahn wieder zudreht, wird dieser dreimal mit der rechten Hand, die auch dreimal unter dem Wasser abgespült wird, für den nächsten, der ihn aufdreht, mit Wasser rein gemacht, also sauber hinterlassen. Erst viel später wurde mir bewusst, dass viele rituelle Handlungen, alltägliche Handgriffe und Dogmen, die ich der Tradition zugeordnet hatte, im Islam bis ins kleinste Detail festgelegt sind. Aber auch umgekehrt hatte ich in wiederkehrenden Handlungen, die heidnischen Ursprungs sind, einen islamischen Hintergrund vermutet. Religion und Tradition waren im alltäglichen Leben so sehr miteinander verwoben, dass es schon nicht mehr zu unterscheiden war.

Auch um Nuri kümmerte ich mich, wenn der Pfleger seine Familie besuchen wollte und kein kurzfristiger Ersatz zu finden war. Anfangs hatte mein Mann Bedenken.

„Das, was du tust, ist einer Maraschi nicht würdig."

„Das stört mich überhaupt nicht. Du vergisst, dass ich, bevor ich dich kennenlernte, nach Kalkutta zu den Ärmsten der Armen gehen wollte. Wo ist da der Unterschied? Nur der Städtename ist jetzt ein anderer, Kalkutta ist zu *Ahwaz* geworden", argumentierte ich dagegen.

„Die Hausangestellten werden keinen Respekt mehr vor uns haben", befürchtete er.

„Ach, schau einer an! Vor den Hausangestellten schämst du dich, aber vor Gott schämst du dich nicht? Nuri zu helfen ist ein schöneres und wertvolleres Gebet als alle Gebete zusammen." Diesen gnadenlosen Stich in seine Richtung konnte ich mir nicht verkneifen. Ich landete einen Volltreffer! Von da an unterstützte Hesam mich bei Nuris Pflege. Wie in vielem war ich auch in dieser Angelegenheit so etwas wie eine Vorreiterin. Alte Konventionen machte ich zunichte und Rangordnungen ignorierte ich, weil ich sie nicht akzeptieren konnte. Für mich hatte damals schon jeder Mensch gleiches Recht auf Achtung, Wertschätzung und Respekt.

Die Menschen in meiner Umgebung waren zwar in Vielem meine Lehrmeister, aber nicht nur ich lernte von ihnen, sondern sie lernten auch von mir. So war *Bibi* Masume irgendwann auch bereit, mir bei der Pflege Nuris zu helfen. Bisher hatte sie sich in Abwesenheit des Pflegers nur um Nuris Essen gekümmert.

*Bibi Hadj*i war mir eine gute Lehrmeisterin, und ich war eine lernwillige Schülerin, auch, was die Sprache anbetraf. Niemand dachte jedoch daran, mir zu sagen, dass *Bibi Hadj*i und auch alle anderen im Haus den *Schuschtar*i-Dialekt sprachen. Ich merkte es, als ich zum ersten Mal meine Kinder allein zum Kinderarzt brachte und diesem auf Persisch berichtete, dass sie Fieber hatten. Es war mein erster größerer Auftritt in Farsi und ich war stolz, dass meine Sprachkenntnisse schon so gut waren. Der Arzt schien überrascht zu sein und ich dachte mir: „Gut gemacht! Es geht doch!" Doch dann fing er an zu lachen, er konnte sich nicht mehr beruhigen und bat mich, das eben Gesagte vor seinen Angestellten noch einmal zu wiederholen, was ich natürlich nicht tat, sondern wieder in Englisch kommunizierte. Es stellte sich heraus, dass ich im schönsten *Schuschtari*-Dialekt, von der Dichtigkeit her vergleichbar mit Bayrisch zu Hochdeutsch, mein Anliegen vorgebracht hatte. Von da an nahm ich ein Buch zu Hilfe beim Lernen.

Im März 1971 hieß es für uns: „Aller guten Dinge sind drei". Omid, unser dritter Sohn, wurde geboren, achtzehn Monate nach Essi, der auch achtzehn Monate jünger als Reza war. Es war *Noruz* und alle waren nach *Ahwaz* gekommen. Heschmat begleitete mich ins Krankenhaus und war die ganze Zeit über bei mir, wie eine große Schwester. Das hat unendlich gutgetan, denn sonst war ich immer allein gewesen bei den Geburten, eine Begleitperson war in Deutschland nicht erlaubt.

Die Geburt verlief schwerer als die beiden anderen. Es gab damals noch keinen Ultraschall, man konnte nur mit Hörtrichter und im äußersten Notfall mit Röntgen eine ungefähre Diagnose erstellen. Ich hatte über zwölf Stunden heftige Wehen und kaum noch Kraft für die Presswehen. Zum Glück war der Arzt sofort gekommen, nachdem die Hebamme ihn angerufen hatte, weil das Köpfchen feststeckte und die Herztöne leiser wurden.

„Kleiner Mann, du musst jetzt mithelfen", meinte er, als er das Köpfchen mit den dunklen Haaren kommen sah.

„Das ist kein kleiner Mann, das ist ein Mädchen!", protestierte ich. Wie um es zu beweisen, hatte ich auf einmal wieder die Kraft zu pressen. Einige Sekunden später, mitten in der Freudenwoge, die einem heftigen Schmerz, wenn er vorbei ist, folgt, legte er mir mein Kind auf die Brust:

„Herzlichen Glückwunsch, das ist aber mal ein hübsches Kerlchen!" Der kleine Mann hörte abrupt auf zu schreien und versuchte, die verschwollenen Augen aufzumachen. Die Liebe strömte und strömte, bis sie mein Kind umhüllte wie vorher das Fruchtwasser. Vergessen war das Mädchen. Liebe ist, sie unterscheidet nicht.

„Danke, mein wunderbares Kind, danke, dass du da bist! Ich liebe dich und werde dich immer lieben. Du bist mein kleiner Sohn, mein Held, mein mutiger Kämpfer. Allein, ohne deine Hilfe, hätte ich das nicht geschafft!" Es wurde tatsächlich ein kleiner Kämpfer aus ihm, der von Beginn an wusste, was er wollte und beharrlich seinen Willen durchsetzte.

In einem Brief an meine Schwester erzählte ich von der folgenden, sehr glücklichen Zeit mit drei Buben, von Kurosch und meinem Mann:

Ich hoffe doch, dass man Dir meine Briefe nach Hause immer zu lesen gibt und Du gut informiert bist. Über Omids Ähnlichkeit mit Dir, über Essi, unseren wirklich süßen Lausbuben, und über unseren Großen, der sich ganz in der verantwortungsvollen Rolle als großer Bruder sieht. Ohne Essi geht er nirgendwo hin, ohne Essi macht ihm Spielen keinen Spaß, ohne Essi schmeckt das Essen nicht und ohne Essi geht er erst recht nicht schlafen. Er hat ihm beigebracht, wie man Ameisen fängt und unter die Fingernägel stopft und wie es knirscht, wenn man Kakerlaken tottritt, vorausgesetzt, die Mama sieht es nicht. Er zeigt ihm, wie man mit Bächlein machen nasse Figuren auf die Platten im Hof zeichnen kann, und sie hinterher mit dem Schlauch wieder wegspritzt und wie man Wände bekritzelt, Zähne putzt, wie die selbstgemachten Papierflugzeuge fliegen, wie man von Stühlen und Treppen springt und noch vieles, vieles mehr.
Nach dem Mittagessen ist wegen der Hitze eine lange Ruhepause angesagt. Manchmal sind sie noch sehr munter und werden erst am späten Nachmittag müde. Da kann es schon mal passieren, dass sie um fünf zu Abend essen und dann bis zum nächsten Morgen vierzehn Stunden durchschlafen. Wenn kühle Nächte angesagt sind, tragen wir sie, ohne dass sie dabei wach werden, hoch aufs Dach, und verbringen die Nacht unter freiem Himmel.
Reza bringt Essi auch perfektes Persisch bei, obwohl wir mit ihnen konsequent Deutsch sprechen, wenn wir allein sind. Aber das Deutsche ist uninteressant, weil man ja mit den anderen Kindern besser spielen kann, wenn man Persisch spricht. Außerdem verstehen Mama und Papa ja auch Persisch – so ein Schlaumeier! Wenn ich mich dumm stelle und so tue, als ob

ich nicht verstehen würde, solltest Du Reza mal schimpfen hören! Ich habe ihm erzählt, dass Oma Lina ihm ein Fahrrad kauft, wenn er Deutsch spricht. Der Erfolg stellte sich prompt ein, aber er bricht sich bald die Zunge dabei ab. Schimpfe ich mit Essi, bittet dieser Reza um Hilfe: „Eza, Mama ata!" „Mama ist böse". Aber zuvor murmelt er noch „Namard!" in meine Richtung, das heißt übersetzt ‚kein Mann' und entspricht in ungefähr unserem ‚Weichei'. Ich weiß nicht, woher er es hat. Er sagt es überall und zu jedem, der ihm zu nahekommt, auch wenn ihn jemand auf der Straße anspricht oder anfasst, das mag er nämlich gar nicht. Er sieht so drollig aus, wenn er lacht, verschwinden seine Augen hinter seinen Speckbäckchen. Ihren kleinen Bruder lieben beide sehr, Eifersucht kennen sie nicht, denn Reza hat ja seinen Essi und Essi seinen Reza und beide haben Klein-Omid. Und sie haben ihren großen Bruder Kurosch.

Reza ist schon ziemlich aufgeklärt. Die Maraschis waren wieder einmal in großer Menge versammelt, darunter auch die hochschwangere *Bibi* Masume, seine Tante. Reza schaute sie an, zeigte auf ihren Bauch und sagte: „Tante, ich weiß, dass du da ein Baby im Bauch hast. Hat das dem Baby sein Papa da reingetan?" Und auch da ging sein kleiner Zeigefinger in die richtige Richtung und zeigte auf den Mann der Tante.

Und das in perfektem Persisch, so dass alle es verstehen konnten! Der armen Tante war das soooo peinlich und sie schaute besorgt nach ihren doch schon großen Kindern, ob und wie viel sie davon wohl mitbekommen hatten. Ja, wir haben schon unsere Freude und Spaß an und mit den Dreien, beziehungsweise Vieren. Und so viel mehr ist die Arbeit nicht, da bleibt halt was liegen, das nicht so wichtig und nicht gerade sichtbar ist. Kurosch ist sehr selbständig und lernt fleißig und mit viel Ausdauer. Das Heimleben hat ihn geprägt, manchmal wünsche ich mir, er wäre noch mehr Kind. Deshalb bin ich froh, dass er unter den gleichaltrigen Cousins hier Freunde gefunden hat. Wir sind so dankbar für diese Gottesgeschenke!

Aus einem anderen Brief, begonnen im Oktober 1972:

Wir haben heute viel geschafft: Ich hing mit meinem Kopf in der Jauchegrube, um zu sehen, ob der Ausgang unserer Toilette verstopft ist. Mit vereinten Kräften haben Hesam und ich mit einem gebogenen starken Draht das Loch leer gestoßen – ein kleiner Ball steckte fest, boah, der Gestank! Mir kamen dabei Erinnerungen an unseren fruchtbaren Gemüsegarten, den wir jedes Jahr einmal mit Eigenprodukten düngten, erinnerst Du Dich? Vati stand auf einer rettenden Leiter unten in der Grube und schöpfte tapfer Eimer um Eimer, die Peter oben abnahm, und Mutti und wir im Fließbandverfahren weiterreichten, von Hand zu Hand. Bis zum nächsten Träger mussten wir ein paar Meter laufen, dann schwappte es immer über. Nach einigen Jahren wurden wir rationeller: Eine Pumpe wurde angeschafft, die die ganze Sch... nun ohne große Mühe über lange Röhren in den Garten beförderte. Und wie es oft kommt: Wenn man die Lösung eines Problems gefunden hat und diese umsetzt, bietet sich auch gleich noch eine zweite Lösung an: Wir bekamen kurz nach Einsatz der Pumpe Kanalisation, und wir mussten uns zum Thema ‚Gemeinsam gestaltete Familienfreizeit' etwas anderes einfallen lassen. Weißt Du noch, was es war?
Hesam war überglücklich, dass er mir durch diese Aktion heute zu Heimaterinnerungen verhelfen konnte. Wir haben ja sooo gelacht!
Während ich hier schreibe, bedeckt sich die schwarze, lederbezogene Schreibtischplatte mit Staub, der aus der Wüste kommt. Es weht ein starker Wind, und es sieht nach Gewitter aus, *Inschallah*.

10 Minuten später: Heute ist Wochenende hier, das bedeutet für mich ‚küchenfrei'. Es gibt nur Frikadellen mit Salat, Brot, Joghurt und eine Quarkspeise als Nachtisch. Quark gibt es hier nicht, den muss ich mir selbst aus Joghurt zubereiten, indem ich den Joghurt in einem Kissenbezug über einem Sieb

abtropfen lasse. Das Ergebnis ist herrlicher Sahnequark und als Nebenprodukt gesunder Kefir. Mit Granatapfelsaft, Banane, Vanille und etwas Honig verrührt, ist der Quark das Lieblingsdessert der Buben und der Nachbarkinder. Ich mache schon immer die dreifache Menge, alle Kinder lieben es. Omid ist so süß. Er schleppt seine Puppe herum, gibt ihr Lollis, schimpft, sagt „lala!", das heißt, sie soll schlafen (Heia machen), dann legt er sie in sein Bettchen und deckt sie bis über den Kopf zu. Im Schlafzimmer hängt Deine schöne, viel bewunderte Lampe, ich sitze gerne unter ihrem Licht und nähe, wie Du so richtig vermutet hast. Hesam hat mir einen knallroten Nähschrank bauen lassen. Leider ist die Tischplatte zu leicht und die Nähmaschine wackelt beim Nähen. Er will das ändern, mit einer Holzplatte. Vorerst nähe ich nur Vorhänge und repariere kaputte Bubenhosen, und derer sind viele: hintere Tasche abtrennen und auf Löcher, meist am Knie aufnähen. Wenn jemand das fertige Produkt sieht und fragt, wieso ich das so mache, sage ich, das sei in Deutschland gerade Mode. Ich bin mir fast sicher, dass demnächst auch bei nicht kaputten Hosenknien – das bringen nur meine Drei bzw. Vier fertig – eine der Taschen abgetrennt und als Flicken vorne aufs Knie genäht ist. Ja, die deutsche Mode ist nach wie vor sehr gefragt!

20 Minuten später:
Oh, tausendfache Freude!! Hab Dank für Deinen soooo lieben, sooooo langen und sooooo erfrischenden Brief, den Sare vorhin aus dem Büro mitbrachte! Ich werde ihn nachher noch einmal in Ruhe lesen, wenn alle schlafen. Hesam bastelt mal wieder an einem Radio herum. Er hat einen VW-56 gekauft. Das ist nicht etwa das Model, sondern das Baujahr! Und jetzt putzt er ihn wieder auf. Er ist dabei so richtig in seinem Element und läuft in Jeans und ölverschmiert herum und denkt dabei bestimmt an seine Twenty-Jahre – ohne mich –, als er in einer VW-Werkstatt als Praktikant arbeitete und dabei an seine Charlottens, Reginas, Monikas usw. dachte. ‚Zur Hölle mit ihnen!', würde eine persische Frau jetzt sagen.

Freitag, 9.30 Uhr:
Dein Omidchen ist mit seinem Papa einkaufen und ruft bestimmt immerzu „Alla Abba", das soll heißen „Allaho-akbar", „Gott ist groß". Wenn ihm etwas gefällt oder er sich wohlfühlt, wendet er sich immer direkt an den Urheber seines kleinen Glücks, „Alla abba!". Er singt es sogar, wenn er auf seinem Töpfchen thront. Wenn das mal kein tüchtiger Moslem wird! Er fängt jetzt an zu sprechen und sagt sehr süß „Eza", was den großen Bruder beeindruckt, und ihm voller Liebe und Verständnis seine kleinen Quälereien durchgehen lässt. Als da wären: Holzauto auf den Kopf hauen und beißen. Statt ins Töpfchen auf Rezas Bett sein Geschäft verrichten, Lego-Bauwerke zertrümmern, Malhefte zerreißen, Kreide aufessen. Und was Reza am Allermeisten zusetzt: er zieht Rezas kleines Mohrle am Schwanz oder an den Ohren hoch. Es ist ein sehr süßes kleines Kätzchen, schwarz mit weißem Näschen und Schnäuzchen. Auch der Hals und die Pfötchen sind weiß und am Bauch hat es ein weißes Dreieck. Du würdest Dich sofort in Mohrle verlieben! Reza hatte es auf der Straße gefunden. Wir haben es gebadet und anfangs mit Pipette füttern müssen. Inzwischen ist es dick und rund und hängt sehr an Reza.
Kurosch genießt es, eine große Familie zu haben und überall willkommen zu sein. In Afschin, dem ältesten Sohn von Bibi Masume, hat er einen Freund gefunden, was sehr wichtig ist für seine Entwicklung. Er schläft noch bei den Kindern im Kinderzimmer. Wir sind am Überlegen, ob wir das Esszimmer mit ins Wohnzimmer übernehmen, damit er ein eigenes Zimmer hat.
Immer noch kommt Sand aus der Wüste. Inzwischen liegen dicke Schichten aus Sand und Laub übereinander. Es ist noch immer kein Regen in Aussicht.
Seit genau 65 Tagen trage ich Deine geknotete Kette um den Hals und Deine lieben, tröstenden Abschiedsworte im Herzen. Deinen schriftlichen Abschiedsgruß benutze ich als Lesezeichen, zurzeit in meinem Goethe. Ja, ich lese sehr bieder und heimatverbunden den guten, alten Goethe. Leider hab ich nur einige kleine Bände, den Werther, die Iphigenie, Dichtung und

Wahrheit und seine Aphorismen. Ich kann sie immer und immer wieder lesen, ohne ihrer müde zu werden.

Etwas später:
Deine Bezeichnung ‚Gefühlspäckchen' trifft wirklich auf Essi zu. Er ist sehr empfindlich. Wenn er sich ungerecht behandelt fühlt, und sei es nur ein ‚Essi, das darfst du nicht!', dann setzt er seinen typischen Weltschmerzblick auf, der alle Herzen dahinschmelzen lässt. Andererseits ist er aber auch sehr energisch und tatenfreudig. Mit seinen drei Jahren geht er Brot und Waschpulver einkaufen – ich schick sofort Kurosch oder eines der größeren Kinder hinterher, ohne dass er es merkt. Die Händler auf unserem kleinen Bazar kennen ihn und wissen, dass wir später bezahlen, denn Essi gebe ich nur ein paar Rial mit, die sie dann weiterreichen an bedürftige Menschen.

Sonntagabend, 21 Uhr:
Heute ist hier Feiertag, ein Trauertag im Ramadan. In der Moschee, ich habe vorhin vom Dach aus vorsichtig runter geschaut, klatschen sich Männer mit der Handfläche auf die nackte Brust, ein Ausdruck ihrer Trauer, ich kann Dir aber nicht sagen, um wen sie trauern. In einem vorgegebenen Rhythmus führen sie alle Bewegungen gemeinsam aus und bewegen sich dabei ruckartig, den Schlägen auf die Brust angepasst, im Kreis. Ein Trauersänger klagt über Lautsprecher. Hesam meinte, das sei noch harmlos, denn im Trauermonat Moharram zögen Trauerprozessionen durch die Straßen und die Männer würden statt der Hände schwere Eisenketten benutzen und sich damit geißeln. In Erinnerung an den Mord an *Hazrate* Ali, dem Schwiegersohn und Nachfolger des Propheten Mohammad, schlagen sie sich damit Rücken und Brust wund und blutig. Nein, das will ich mir niemals ansehen!
Es ist erstaunlich, wie fast alle Moslems bei immerhin noch 38 Grad im Schatten von Sonnenaufgang bis Sonnenuntergang fasten. Das bedeutet, in dieser Zeit ohne Essen und ohne Trinken auskommen, und dabei arbeiten gehen und auch noch guter

Laune sein. Hesam fastet nicht, angeblich der schwachen Augen wegen. Er ist ein bisschen ein bequemer Moslem und findet sogar vor Gott für alles eine Ausrede!

Montag, 19.40 Uhr:
Hesam überraschte mich vorhin mit der Botschaft: „Ich habe Gitti scharf gemacht!" Wie sich herausstellte, hatte er beim Umfüllen von Paprikapulver etwas auf Dein Bild geschüttet, das in der Küche vor der blau-weißen Dose steht, die Du uns zu Weihnachten geschenkt hast. Dieses Bild wird mehrmals am Tag abgeküsst, besonders von Reza, wenn er sich unbeobachtet fühlt. Er vermisst Dich sehr, seine Tata Titti.
Es ist kalt geworden. Der erste Regen kam fast auf den Tag genau wie letztes Jahr. Der lästige Staub ist weg und unsere Umgebung sieht wie nach einer Auferstehung aus. Doch das Trinkwasser hat gelitten. Die heftigen Sandstürme und der Regen, der den Schlamm in den Karun spülte, haben das Flusswasser dermaßen verschmutzt, dass die Kläranlage sich genötigt sah, für Trinkwasser vermehrt Chemie einzusetzen. Ich kann Dir nur Zahlen sagen, die im Radio gemeldet wurden: Die normale Wasserverschmutzung ist 80, in diesen Tagen aber 19000!!!! – was auch immer das bedeuten mag.
Du schreibst, dass Ihr oft verschlaft? Da hab ich einen 100% sicheren Vorschlag: ein Rezachen oder Essichen oder sonst ein -chen! Dann seid Ihr gezwungen, früh aufzustehen und nichts ist mehr mit den ersten fünf gemütlichen Minuten nach dem Wachwerden! Schreiende Kinder beruhigen, Schnuller suchen, Glücksmomente aufsaugen, wenn dein Baby dich erkennt und dir zulächelt, gleichzeitig Fläschchen machen und Glückswindeln wechseln, schmusen, spielen. Ich möchte nie mehr einen anderen Tagesbeginn!
Deine Beschreibung vom Flohmarkt war sehr erheiternd. Hesams Händler – besser Trödlersinn wurde stark erregt, und er hat wieder einmal sehr bedauert, nicht in Deutschland zu leben. Dein Bubelchen läuft wie immer ohne Hose umher und verbirgt seine Männlichkeit geschützt unter süßen Fettpölsterchen.

Sobald er nach dem Frühstück im Hof ist, fliegen Schuhe, Strümpfe und Hose irgendwo in die Ecke. Dadurch ist er aber auch früh schon, zumindest tagsüber, fast „stubenrein" geworden, denn er liebt es, auf die iranische Toilette zu gehen. Zum Glück hat er auch den nötigen Respekt vor ihr, denn er geht nicht ohne mich.
Um Dir/Euch eine Freude zu bereiten, nimmt Hesam gerade seine Brille ab und macht seinen berühmten Augenaufschlag und küsst Dich/Euch in Gedanken schwägerlich auf die Wangen. Unsere Buben schicken Euch babbische, zarte, süße, feuchte, herzliche, sehnsüchtige und viele heimliche Busselchen, doch ganz besonders umarmt und küsst Dich Deine Siegi
Hurra, Brief beendet am 6.11.72 um 20.42 Uhr!!!!!!!

Obwohl wir jetzt getrennt vom Haupthaus im Gästehaus wohnten, waren wir tagsüber die meiste Zeit bei den Schwiegereltern und *Bibi* Masume. Der offene Zugang durch die ausgehängte Verbindungstür machte ein unkompliziertes Kommen und Gehen möglich. Die überdachte Veranda schützte vor direkter Sonneneinstrahlung und die großen Zimmer luden zum Spielen und besonders zum Verstecken ein. Auch bei Regen spielten die Kinder auf der Veranda und waren an der frischen Luft. Die Großeltern liebten es, wenn die Enkel ausgelassen und fröhlich umhertobten. Und die Kinder liebten die ‚Teestunde' bei den Großeltern. Egal, was sie gerade spielten, um fünf Uhr nachmittags saßen sie pünktlich mit glänzenden Gesichtern und sauberen Händen im großen Zimmer zum Nachmittagstee. *Bibi Hadj*i verteilte die Gebäckteilchen, die *Baba Hadji* seit einiger Zeit in doppelter Menge mitbrachte. Dazu gab es gesüßten Tee und für die ganz Hungrigen war ein Teller mit kleinen Fladenbroten, in die Käse und frische Kräuter eingewickelt waren, gerichtet. *Bibi Hadj*i erzählte ihnen dabei Geschichten aus dem Koran oder aus ihrer Kindheit und wie sie auf einem Esel nach Mekka reisten. Manchmal lernten sie auch *Sure*n aus dem Koran auswendig. *Baba Hadji* liebte diese Zusammenkünfte und war stiller und stolzer Beobachter. Ab und an machte er seinem von Liebe übervollem Herzen Luft und bedankte sich bei Gott mit „*Alhamdelellah, Schokre Choda*" und schickte schnell noch ein „*Maschallah*" hinterher. Manchmal während dieser Enkel-Teestunden unterhielt ich mich mit meinem Schwiegervater. Er philosophierte gerne und in mir hatte er eine gute Zuhörerin gefunden. Seine freie Denkweise mir gegenüber hatte mir Mut gemacht, *Bibi Hadji* ab und an unter Wahrung des Respektes zu widersprechen und so manche Regel für mich nicht zu akzeptieren. *Bibi* Masume erzählte mir einmal, dass *Bibi Hadji* ihren Mann ermahnte, dass er zu nachgiebig mit mir umginge: „Du musst strenger mit der Frau von *Hadji* sein. Sie handelt oft gegen die Gesetze. Denk doch einmal an *Hadjis* Kinder, die sie in eine falsche Richtung führen wird!" Aber er habe sie darauf hingewiesen, dass ich eine Ausländerin und ein guter Mensch sei: „Sie ist eine gläubige Frau. Gott liebt sie sehr, sonst hätte er sie nicht zu uns geschickt. Und sie ist eine gute Mutter, *Alhamdelellah*!" Er hatte mir viele Freiräume geschaffen, die ich für meine Entwicklung und meinen Seelenfrieden brauchte. *Baba Hadji* muss eine uralte, sehr weise Seele gehabt haben. Er redete nicht viel, das überließ er den Frauen, aber wenn er etwas sagte, kam das aus seinem Herzen. Ich lernte viel von ihm.

– 25 –

Als *Baba Hadji* Ende 1972 schwer erkrankte, durfte ich ihn bis zu seinem letzten Atemzug begleiten. Alle ärztlichen Verordnungen wie Infusionen, Injektionen und Medikamentengabe akzeptierte er nur von mir, nur ich durfte bei Untersuchungen und im Krankenhaus dabei sein. Mein Persisch war inzwischen so gut, dass wir uns auch über Sterben und das Leben danach unterhalten konnten. *Baba Hadji* war fest davon überzeugt, dass die menschliche Existenz nach dem Tod in geistiger Form, der Ruh, der Seele, weiter besteht.

Was er mir erzählte, will ich versuchen, hier aufzuschreiben. Es ist die Vorstellung aus der Sicht meines Schwiegervaters, wie ich sie in Erinnerung habe und ist nicht allgemein gültig.

Das waren in etwa seine Worte: „Beim Tod wird die Seele von zwei Todesengeln vom Körper getrennt. Diese entscheiden durch Befragen der Seele, ob ihr Mensch ein guter oder ein schlechter Mensch war. Sie holen noch die Meinung anderer Engel ein. War der Verstorbene ein guter Mensch, ist sein Grab voller Licht und Freude. War er aber ein böser Mensch, ist für ihn im Grab schon die Hölle, und er bekommt jeden Abend Schläge hinter die Ohren. Seine Schreie können die Menschen nicht hören, aber die bösen Geister hören sie und kommen und quälen ihn noch mehr. Die Seele verweilt bis zum Jüngsten Tag in einer Zwischenstation. Das Ergebnis ihrer Befragung bringen die beiden Engel zu Gott. Am Jüngsten Tag werden die Toten zum Leben erweckt und in einem neuen Körper mit ihrer Seele wieder vereint, vor Gott gebracht." Bevor ich darauf etwas erwidern konnte, fuhr er fort:

„Allah hat uns als Hilfe seine Regeln gesandt. Wenn wir uns daran halten und sie beachten, können wir gar nicht anders als recht zu handeln. Ob es aber ein Weiterbestehen in der Hölle oder im Paradies wird, liegt einzig und allein in Gottes Ermessen, das entscheidet Allah am Jüngsten Tag, unabhängig vom Urteil seiner Engel!"

„Das würde ja heißen, dass Gott von einer Strafe auch absehen kann und Barmherzigkeit zeigt?", fragte ich ihn erstaunt. „Im Islam ist doch immer von Hölle und Strafe die Rede, wenn es um Sünder geht?" Ich dachte dabei an meinen Mann, der mich seit einiger Zeit ermahnte, das islamische Gebet zu beten. Es drohten mir sonst unsägliche Strafen Allahs und davor wolle er mich bewahren. *Baba Hadji*s Antwort überraschte mich deshalb:

„Allah ist barmherzig. Wir machen es uns mehrmals am Tag bewusst. Alles, was wir tun, beginnen wir im Namen des sich erbarmenden und barmherzigen Gottes, indem wir sagen „*Besmellahe rahmane rahim*", vom Aufstehen morgens bis zum Schlafengehen abends. Wir sagen es vor jedem Essen, bevor wir aus dem Haus gehen, vor der Arbeit, beim Nachhausekommen, bei jeder größeren Entscheidung, mindestens hundert Mal am Tag. Jede *Sure* im Koran, bis auf eine, beginnt damit." Seine Augen lächelten mich liebevoll an.

„Gott sieht die Dinge anders als wir, und manchmal auch anders als die beiden Grabengel."

„Warum denkt dein Sohn nicht wie du?" Meine Stimme war sehr leise und muss traurig geklungen haben, denn er meinte: „Weil ich in der Erziehung der Kinder nichts zu sagen hatte." Meinen fragenden Blick erwiderte er mit seinem typischen Baba-*Hadj*i-Lächeln: das rechte Lid verdeckte dabei zur Hälfte das rechte Auge. Sein Lächeln war verschmitzt, als er schnell hinzufügte: „Nein, so war es nicht, das sollte nur ein Spaß sein. *Hadj*i ist ein guter Mensch, glaube mir."

Ich wusste nicht, warum ich das gesagt hatte, es war doch alles in schönster Ordnung, oder etwa doch nicht? Eines wusste ich aber mit Gewissheit: Das würde ich unseren Kindern in dieser Version nicht erzählen. Ich nahm mir auch fest vor, das so leicht dahin gesprochene „Du kommst in die Hölle, wenn du das und jenes tust oder nicht tust", nicht mehr zu sagen. Ich hatte es sehr leichtfertig aus dem persischen Sprachschatz übernommen und mir nichts dabei gedacht. Ich wollte ihnen das Bild eines „lieben Gottes" recht lange erhalten, damit es sich bei ihnen einprägte, bevor sie im Koranunterricht in einigen Dingen eines anderen belehrt wurden.

In den nächsten Wochen und Monaten hatte ich keine Zeit, über das Gespräch nachzudenken und es verblasste immer mehr. Denn schon bald während der Untersuchungen in *Teheran* zeigte sich, dass der Krebs bei meinem Schwiegervater überall gestreut hatte. Eine Chemotherapie würde sein Leben nur um einige qualvolle Wochen verlängern, dazu müsste er in *Teheran* bleiben und oft im Krankenhaus sein. In Absprache mit seinem behandelnden Arzt in *Ahwaz* entschloss sich mein Schwiegervater für eine palliative Versorgung zuhause. Ich hatte ihn nach *Teheran* begleitet und es war für mich klar, dass ich diesen Weg auch weiterhin mit ihm gehen würde.

Als wir wieder zurück in *Ahwaz* waren, fragte ich die junge Frau, die sich während meiner Abwesenheit tagsüber um unsere Kinder gekümmert hatte, ob sie bleiben könnte. Die Kinder waren schon vorher mit ihr vertraut, denn sie war die Tochter einer Hausangestellten und manchmal mit ihrer Mutter mitgekommen. Sie wartete damals nach dem Abitur auf einen Studienplatz in *Ahwaz*. Ihr Umgang mit den Kindern war umsichtig und liebevoll und sie verwöhnte sie mit deren Lieblingsgerichten. Im Elternhaus wurde zwar täglich für alle gekocht, aber die Kinder freuten sich auch, wenn ich ihnen manchmal „deutsches Essen" kochte. Damit meinten sie hauptsächlich frisch zubereitete Pommes frites. Sie sagte zu und wir vereinbarten, dass sie, wenn es nötig sein würde, auch nachts blieb. Sie war uns eine große Hilfe, denn ich war anfangs rund um die Uhr bei *Baba Hadji*. Nach einem Monat regelten wir das so, dass mein Mann und der im Haus lebende Schwiegersohn, *Agha* Mirakbari, abwechselnd die Nachtwache übernahmen. An den Wochenenden kamen die Söhne aus *Chorramschahr* und lösten die beiden ab. Ich war zwar weiterhin für die Pflege und die Umsetzung der ärztlichen Verordnungen zuständig, hatte aber auch genügend Freiraum, mich auszuruhen und mich ab nachmittags um die Kinder zu kümmern. Die medizinische Versorgung des behandelnden Arztes konzentrierte sich auf Schmerzlinderung und auf genügend Flüssigkeitszufuhr wegen der Hitze, beides verabreichten wir über Infusionen. Wir, das waren sein Arzt und ich, immer in Absprache mit *Baba Hadji*. Er war ein geduldiger und zufriedener Patient, der mit Würde angenommen hatte, was ihm beschieden war. Jeder Tag mit ihm war ein Geschenk für uns alle. Er hatte seine Enkelkinder gerne um sich und unterhielt sich mit ihnen. Er bereicherte uns mit seinen Lebenserfahrungen und seiner Weisheit, die er mit uns teilte und die unerschöpflich zu sein schien.

Einen Monat, bevor er starb, war ich mir sicher, dass ich unser viertes Kind erwartete. Ich hoffte, dass es dieses Mal nach drei Buben ein Mädchen würde. *Baba Hadji* zeigte keine große Begeisterung über meinen Wunsch und argumentierte so: „Du kannst noch nicht verstehen, was es bedeutet, deine Tochter später einem fremden Mann anzuvertrauen. Aber weil du es dir so sehr wünschst, möge es so sein und du sollst *Inschallah* eine Tochter haben, ich werde dafür beten."

Sein Segen bedeutete mir viel, besonders, weil dieses Kind tatsächlich ein Mädchen wurde.

Baba Hadji schlief jetzt viel, die Wachzeiten wurden weniger und kürzer. Er zog sich geistig immer mehr von dem Leben zurück, das um ihn herum seinen Fortgang nahm. Manchmal schien er schon weit entfernt zu sein, in einer anderen Welt. Die Gebetszeiten hielt er zwar ein, er orientierte sich an den Gebetsaufrufen des Muezzins, aber mir fiel auf, wie die Kraft nachließ. Er trank nur noch sehr wenig. Als er aufhörte zu essen, bat ich meinen Mann, die Geschwister zu benachrichtigen und ihnen mitzuteilen, dass ihr Vater sich zu seinem letzten Weg aufgemacht hat. Es war Mitte Juni und die Sommerferien hatten gerade begonnen, so war es für alle möglich, schnell zu kommen.

An *Baba Hadjis* Sterbetag ließ mich eine innere Unruhe früher als abgesprochen zu ihm gehen. Viele der Angereisten waren schon wach und frühstückten auf der großen Veranda, auch diejenigen, die bei Familie oder bei Freunden außerhalb untergebracht waren. Die Stimmung war bedrückt und sogar die Kinder verhielten sich erstaunlich leise. *Baba Hadjis* Zustand war unverändert. Er war wach und begrüßte mich mit einem angedeuteten Lächeln. Farhad hatte bei ihm gewacht und war froh, dass ich ihn früher ablöste. Ich setzte mich zu *Baba Hadji* ans Bett. In den letzten Tagen war er sehr still, er sprach kaum noch. Auch ich war mit ihm still, jedes Wort konnte ihn auf seinem Weg zurückholen und damit den Weg mühsamer machen. Es war alles gesagt.

Baba Hadji war an jenem Morgen wacher als an den vergangenen Tagen. Ich kannte das von meinen Erfahrungen mit Sterbenden während meiner Zeit als Krankenschwester. Es war oft ein letztes Kräftesammeln bevor sie gingen. Ich sprach mit meinem Mann über das, was ich vermutete, und er informierte seine Geschwister. Nach dem Frühstück wollten sie kommen und bei ihrem Vater bleiben. Ich sagte *Baba Hadji*, dass seine Söhne bald kämen, und dass ich dann nach meinen Kindern schauen wollte, aber in seiner Nähe wäre. *Baba Hadji* bat um seinen Gebetsstein. Das wunderte mich, denn der Muezzin hatte noch nicht zum Gebet aufgerufen. Völlig in sich ruhend betete er, seine Lippen bewegten sich dabei kaum. Den Gebetsstein führte er an seine Stirn, eine Geste, mit der er sich symbolisch vor Gott verneigte. Die Bewegungen waren sehr langsam und er hatte kaum noch Kraft, deshalb unterstützte ich seinen Arm ein wenig. Nach dem Gebet flüsterte er noch etwas. Ich meinte, das Glaubensbekenntnis herauszuhören. Ich spürte, dass etwas anders war und legte meine rechte Hand leicht, ohne Druck zu verüben, auf seine Hand, die auf seiner Brust lag und noch den Gebetsstein umfasste. Kaum spürbar schob er seine andere Hand darüber.

Er sah mich an und lächelte. In seinen Augen lag eine Tiefe, die wissend war.

„Du bist so gut, Gott beschütze dich, meine Tochter", sagte er leise. Dann hauchte er: „*Besmellahe rahmane rahim. La ellaha elallah!*", „Im Namen des barmherzigen Gottes. Es gibt keinen anderen Gott außer Allah." Er hatte die Augen geschlossen, als ob er müde sei und schlafen wolle. Wir waren am Horizont angelangt, unser gemeinsamer Weg war zu Ende. Er war gegangen, ganz leise und hingegeben dem, was kommen sollte. Ich stellte mir vor, wie man sich hinter den Schleiern am Horizont freute, dass er gekommen war, während man diesseits des Schleiers weinen und ihn vermissen würde. Eine heilige Stille legte sich wie ein Mantel um uns.

Ein markerschütternder Schrei beendete diese jäh. „Baba!" Laut klagend und weinend bedeckte Seyede ihren Vater mit Küssen und Tränen. Ich hatte nicht bemerkt, dass sie ins Zimmer gekommen war und schon eine Weile neben mir am Bett stand. Ihr Klagen alarmierte die Söhne. Ich fühlte mich wie versteinert und beobachtete die Reaktionen der anderen Familienmitglieder. Ich sah, wie meine Schwiegermutter ihr oberes Kleid zerriss. Als Zeichen ihres Schmerzes zerrte sie sich ihre Ohrringe, ohne diese vorher zu öffnen, von den Ohren. Das muss ihr übermenschliche Kräfte abverlangt und sehr weh getan haben, denn es blutete heftig. *Bibi Masume* sagte mir später, dass diese Art der Trauer im Koran ausdrücklich verboten sei, aber die Traditionen in manchen Dingen dominanter wären. Ich umarmte noch meinen Mann und ging wie in Trance die wenigen Schritte nach Hause zu meinen Kindern. Wie ich befürchtet hatte, waren sie von dem Geschrei wach geworden und hatten Angst und riefen nach mir. Naime, so hieß das Kindermädchen, versuchte sie zu beruhigen. Ich setzte mich auf den Boden und machte die Arme auf. Eng aneinandergeschmiegt, wurden sie in meinen Armen still und ich erzählte ihnen, dass alle traurig waren und weinten, weil *Baba Hadji* gerade gestorben war. Ob die Engel schon gekommen wären, um ihn abzuholen, wollte Reza wissen. Mein großer, sensibler Bub. Ich konnte nur mit Mühe meine Tränen zurückhalten und erwiderte lächelnd:

„Ganz bestimmt, ich habe ihren Flügelschlag ganz sacht auf meinem Arm gespürt. Aber das hat niemand gesehen", erwiderte ich geheimnisvoll. Schon lange hatte ich die Kinder auf diesen Tag vorbereitet und ihnen erzählt, dass *Baba Hadji* dann von Engeln abgeholt und zu Allah gebracht würde, weil Allah, nicht wollte, dass *Baba Hadji* so viele Schmerzen hatte und nicht mehr laufen konnte. Ich sagte ihnen auch, dass *Baba Hadji* sich darauf freute, weil er dann wieder springen und tanzen konnte. Mehr wollten sie damals nicht wissen.

„*Baba Hadji* ist nicht mehr da?", fragte Essi ängstlich. Ich konnte ihn beruhigen:

„Er ist da, aber er kann nicht mehr mit euch sprechen. Holt doch mal das Tante Gitti-Buch." Innerlich schmunzelte ich. Es war das Buch von der Raupe Nimmersatt, die am Ende zu einem Schmetterling wird. Wie kam ich auf die verrückte Idee, ihren Großvater mit der Raupe Nimmersatt zu vergleichen, fragte ich mich. Doch wir betrachteten nur die beiden letzten Seiten.

„Wisst ihr, was das ist?", fragte ich und zeigte auf den Kokon. Reza wusste die Antwort und sagte:

„Da war die Raupe drin. Und als sie satt und groß war, hat sie den Kokon aufgeknabbert und ist herausgekommen. Und dann war sie ein Schmetterling und ist zum Himmel geflogen, weil da die Sonne ist, und die Sonne hat ihre Flügel getrocknet." Ich erklärte ihnen, dass *Baba Hadji* mit Hilfe der Engel aus seinem Kokon befreit worden war und nun zum Himmel unterwegs war.

„Wie Raupe Immersatt", ergänzte Essi ganz stolz. Da mussten wir alle lachen. Und ich brauchte nichts mehr erklären. Nach einem ausgiebigen und fröhlichen Frühstück, fragte ich die Kinder, ob sie sich von *Baba Hadji* verabschieden möchten.

„Können wir dann auch das Loch sehen, das die Engel angeknabbert haben?", wollte Essi wissen.

„Nein, natürlich nicht, Engel hinterlassen keine Spuren, die jeder sehen kann." Oder doch? Ich dachte an meine Schwester und den Engelstaub, als ihr Wölfle vor Weihnachten verschwunden war, und fügte hinzu:
„Manchmal können Kinder aber noch goldenen Staub von ihren Flügeln entdecken."
„Nur die Kinder? Warum?", bohrte Essi weiter.
„Das musst du sie selbst fragen", rief ich ihm noch zu und verschwand im Bad. Unter der Dusche konnte ich meinen Tränen freien Lauf lassen. Es waren Tränen der Trauer, aber auch Tränen der Dankbarkeit und der Liebe für diese wunderbaren Kinder.
Voller Ehrfurcht standen wir dann an *Baba Hadjis* Bett. Die Kinder streichelten seine Hände.

„Baba Adschi lala", unterbrach unser Jüngster, Omid, das Schweigen ringsum und wollte die Decke wie bei seiner Puppe über *Baba Hadjis* Kopf ziehen. Ich konnte sehen, wie Essi alles nach Engelstaub absuchte und unterbrach ihre Aktionen, indem ich leise sagte:
„*Choda* hafez, *Baba Hadji*, wir werden dich sehr vermissen."
Das erinnerte die Kinder daran, dass sie sich verabschieden wollten, was sie dann auch auf ihre eigene Art machten. Omid musste ich auf den Arm nehmen, weil er immer noch die Decke hochziehen wollte: „Baba Adschi lala!"

Noch in der Nacht fuhren wir mit zwei Bussen in Richtung Norden los. *Baba Hadji* hatte sich gewünscht, in Ghom, einer Heiligen Stadt, seine irdische Ruhestätte zu finden. Ghom war die letzte größere Stadt vor *Teheran* und lag ungefähr 700 Kilometer von *Ahwaz* entfernt. Vor der Abfahrt hatten die Söhne und einige Angehörige *Baba Hadji* auf einer Bahre in ein speziell für die Totenwaschung vorgesehenes Bad gebracht. Jede Handlung vor, bei und nach der Waschung hat bis ins kleinste Detail vorgeschriebene Rituale und Gebete. Man will so dem Toten die Möglichkeit geben, als Betender und rein vor Gott zu treten.

Am späten Vormittag erreichten wir Ghom. An der Grabmoschee der *Hazrat*e Masume, der Schwester des achten Imams, Reza (Imam ist ein unfehlbarer, geistlicher Führer, dessen Lehren auch heute noch Gültigkeit haben), hielten wir an. Ich konnte vom Bus aus beobachten, wie die Söhne und die anderen männlichen Verwandten die Bahre mit *Baba Hadji* auf ihren Schultern um die Moschee trugen und sich im Laufen dabei abwechselten. In lauten Sprechchören wiederholten sie ununterbrochen die *Schahada*, das islamische Glaubensbekenntnis. Auch fremde Männer schlossen sich ihnen an und trugen für ein paar Schritte die Bahre mit. Ich wunderte mich und fragte Heschmat, die vor mir saß, wer diese Männer waren. Sie erklärte mir, dass es für jeden Mann, der einer solchen Trauerprozession begegnet, eine Ehre, aber auch eine Pflicht ist, für ein paar Schritte mitzulaufen und die Bahre mitzutragen.

Auf einem Friedhof mit dem schönen Namen Paradiesgarten hatten zwei Brüder, die mit ihrem Auto vorausgefahren waren, eine Familiengruft gekauft. Sie sah aus wie ein großes Zimmer und war ungefähr 5x5 Meter groß. Extra dafür bereitgestellte Grabmänner legten unseren Verstorbenen in die bereits ausgehobene Grabkammer. Er war nur in die nahtlosen drei Tücher gehüllt, mit denen er in Mekka seine *Hadj* erfüllt hatte. Das Grab war so ausgerichtet, dass das zur Seite gedrehte, unbedeckte Gesicht des Toten in Richtung Mekka schaute. So verhinderte man, dass die Füße auf Mekka zeigten. Die Trauernden waren bemüht, die Rituale, die sie anstelle des Verstorbenen verrichteten, korrekt auszuführen. Dadurch fanden sie kaum eine Möglichkeit, zu weinen und zu klagen. Dafür war im angrenzenden Trauersaal alles für eine Trauerfeier vorbereitet.

Alle, besonders die Kinder, waren hungrig. Um den Zeitplan einzuhalten, war das Frühstück ausgefallen. Wir beschlossen, erst essen zu gehen. In einem der Masume-Moschee nahe gelegenen Restaurant waren 120 Plätze für uns reserviert. Das gemeinsame Mittagessen tat allen gut. Es gab uns das Gefühl, in unserer Trauer nicht allein zu sein, obwohl schon nach kurzer Zeit die Gespräche sich wieder alltäglichen Dingen zuwandten. Nach dem Mittagsgebet in der nahen Moschee fuhren wir zurück zum Friedhof.

Die Kinder waren müde, Omid wollte getragen werden und schlief sofort ein. Er war schwer geworden, mein kleiner Kämpfer, und meine Arme konnten ihn nicht mehr lange tragen. Deshalb suchten wir uns im Paradiesgarten eine Bank, um etwas auszuruhen. Nach wenigen Minuten schliefen auch Reza und Essi tief und fest. Das Weinen und Klagen aus der Trauerhalle schwoll immer mehr an, und ich war froh, mit den Kindern nicht dabei zu sein. Erst gegen Abend fuhren wir mit den zwei Bussen wieder nach *Ahwaz* zurück, auch die *Teheran*er Familien, die mit dem Auto vorausgefahren waren. Als wir in *Ahwaz* vor der Moschee ausstiegen, fingen einige an zu klagen und zu weinen. Gerade hatten sie sich noch angeregt unterhalten, und von einem Augenblick zum anderen weinten sie bittere, echte Tränen. Es war so unbegreiflich und befremdend für mich, dass ich nicht weinen konnte, ich war wie blockiert. Sare hatte inzwischen viel getan. Die Wände im Hof und in den Zimmern waren mit schwarzen Stoffplanen zugehängt. Auf den Wegen lagen schwere Teppiche, und Ventilatoren an den Wänden spendeten etwas Kühle. Ein anderes Bild schob sich vor meine Augen. Das Bild, das ich vor sechs Jahren bei meinem ersten Besuch in meinen Erinnerungen für die Ewigkeit gespeichert hatte. Derselbe Garten, der mir wie ein Paradies erschienen war, bunt und voller Leben. Ich sah *Baba Hadji*, wie er auf der Hollywoodschaukel saß und auf uns wartete. Ich sah seine strahlenden Augen, als er uns begrüßte. Mit einer Wucht überrollte mich die Gewissheit, dass ich ihn nie mehr sehen würde, und dass er für immer gegangen war. Ich vermisste ihn so sehr, der Schmerz über seinen Verlust ließ meine Tränen fließen. Endlich konnte ich weinen.

Bis zum siebten Tag nach *Baba Hadji*s Tod waren täglich Kondolenzbesuche und Trauerfeiern angesagt. Da mein Schwiegervater in seiner Stadt eine bekannte und geehrte Person war, kamen sehr viele Menschen, um mit ihrer Teilnahme dem Verstorbenen, aber auch der Familie, Ehre zu erweisen. Der siebte Tag war ein wichtiger Eckstein in der Trauerzeit. Danach würden die Männer zurück zu ihrer Arbeit und die Kinder wieder zur Schule gehen. Ich saß nachmittags im Hof und wiegte Omid im Arm. Der große Salon und der Hof waren ein Meer von schwarzgekleideten Menschen. Die Männer hatten fast das ganze *Heiat* für sich.

Das untere Gästezimmer und der Hof des Gästehauses, in dem wir wohnten, waren den Frauen vorbehalten, ebenso die Veranda und das große Zimmer der Eltern. Nach vorn gebeugt, lauschten sie der Stimme eines *Mullah*s, die über Lautsprecher allen zugänglich war. Plötzlich ertönte anstelle dieser angenehmen und beruhigend wirkenden Rezitation eine klagend laute Stimme über das Mikrofon und ein Aufschrei wogte durch die Menge. Ein sogenannter Klagemann hatte den *Mullah* abgelöst. Mit klagender, weinerlicher Singstimme durchlief er die einzelnen Lebensstationen *Baba Hadjis*. Er hob die guten Eigenschaften des Verstorbenen hervor, und erzählte von seinem unerschütterlichen Glauben und seiner Treue zu Allah, von seiner Güte, seiner Freundlichkeit zu allen Menschen, seiner Großherzigkeit und seinem Sinn für Gerechtigkeit. Er betonte, dass der Verstorbene seine islamischen Pflichten alle erfüllt hatte. Er hatte seine Gebete verrichtet, gefastet, die große Pilgerreise nach Mekka gemacht, war großzügig im Almosengeben gewesen und hatte gut für seine Familie gesorgt. Auch die Anzahl der Häuser, die *Baba Hadji* hinterließ, erwähnte er. Er versetzte sich nacheinander jeweils in die Trauersituation der Ehefrau, der Töchter, der Söhne und der Enkel. Er klagte in deren Worten, so, als ob sie selbst es wären, die mit dem Verstorbenen redeten. Das Weinen und Klagen schwollen an. Die jeweiligen Personen fühlten sich direkt angesprochen. Immer, wenn *Baba Hadji*s Name fiel, schwappte das Klagen wie eine Woge über die Trauernden hinweg. Besonders die Frauen mussten um ihren Toten trauern, ihr Klagen und Weinen waren der Spiegel dafür, wie angesehen und beliebt der Verstorbene im Leben war. Noch mehr Gewicht hatte es, wenn eine nahe Verwandte, wie die Tochter, in Ohnmacht fiel, weil sie sich in die Trauer hineingesteigert hatte. Herztropfen und Würfelzucker wirkten dann wahre Wunder. Man sorgte vor, sie fehlten auf keiner Trauerfeier.

Der Klagemann unterbrach plötzlich seinen Sprechgesang und bat darum, dass ein Arzt, sofern sich einer unter den Trauergästen befand, in den Frauensaal kommen möge. Gleich zwei Ärzte meldeten sich.

Neugierig schloss ich mich ihnen an. Der Klagemann klagte weiter. Im Zimmer herrschte große Aufregung. Seyede war ohnmächtig geworden. Sie lag mit dem Kopf auf dem Schoß ihrer Mutter. Eine Schwägerin fächelte ihr kühle Luft zu, eine andere massierte Arme und Beine, die schon etwas erhöht gelagert waren. *Bibi*

Masume präparierte gerade einen Würfelzucker mit Herztropfen. Einer der Ärzte, ein Großneffe *Bibi Hadj*is, bat eine der Schwägerinnen, Seyedes Beine im 90 Grad Winkel hochzuhalten. Ihr Schleier verhüllte dabei ihre Beine. Er fühlte den Puls und legte den präparierten Würfelzucker in ihre linke Wangentasche, ihren Kopf hatte er vorher zur linken Seite gedreht. Ein Aufatmen und erleichtertes Raunen ging durch die Menge, als *Bibi* Seyede kurz darauf wieder zu sich kam. Ehrfürchtige und bewundernde Blicke begleiteten ihr Wachwerden. Sie hatte ihrer Tochterpflicht und der Ehre ihres Vaters genüge getan, und damit auch ihrer eigenen Ehre. Ich zweifelte nicht an der Echtheit ihrer Ohnmacht. Und dennoch erschien mir das Ganze wie eine rituelle Zeremonie.

In den Pausen verwandelten sich die schwarzen, klagenden Wogen in schwatzende und lächelnde Gesichter. In kleinen Gläsern servierte man Tee, Datteln und Halwa, eine kalorienreiche, feste Süßspeise, in mundgerechten Häppchen. Dieser sich wiederholende Wechsel von sichtbarer Trauer und Pausen, in denen man sich davon erholte, wirkte auf mich zwar befremdend, aber er schien den Trauernden gut zu tun. Ein wenig beneidete ich die Menschen hier, dass sie ihre Trauer in dieser Art ausleben und ihr den dazu nötigen Raum geben konnten. Ich trauerte im Stillen, verbarg meine Tränen, so hatte man es mir beigebracht.

Am vierzigsten Tag nach *Baba Hadj*is Tod war in der Maraschi-Moschee eine Trauerfeier für Familie, Freunde, Bekannte und alle, die dem Verstorbenen noch einmal Ehre erweisen wollten. Danach wurde in der Moschee Essen an die Gäste, aber auch an Bedürftige, verteilt. Jeder konnte kommen. Der vierzigste Todestag war der Tag, von dem an das Leben wieder in die Normalität zurückkehrte. *Bibi Hadj*i gab dazu ihren Segen und bat ihre Familie, die Trauerkleidung abzulegen. Das bedeutete, dass wieder Hochzeiten und andere Feierlichkeiten stattfinden oder besucht werden durften. Sie selbst trug die Trauerkleidung ein Jahr lang.

Ich spüre nach all den Jahren immer noch, wie sehr ich während meiner Zeit im Iran meinen Schwiegervater vermisste. Mir war nur eine kurze Zeit mit ihm geschenkt, aber es war eine sehr reiche und wertvolle Zeit für mich. Sie prägte mich und mein Leben im Iran. Baba Hadji hatte wesentlich dazu beigetragen, dass ich in der neuen Heimat meinen Platz finden konnte. Die Größe seiner Toleranz und Güte, seine Weisheit und seine Liebe schenkten mir weiten Raum, in welchem ich meine religiöse Heimat fand, frei von Dogmen, nur als Gottvertrauende in der Atmosphäre uralter Traditionen. Ich glaube, dass mein Leben im Iran anders verlaufen wäre, wenn er nicht so früh gestorben wäre. Leider haben einige seiner Enkelkinder ihn nicht mehr kennengelernt, doch die Erinnerungen an ihn wurden bewahrt und weitergegeben, indem die Eltern und die älteren Geschwister den jüngeren Familienmitgliedern von ihm erzählten.

– 26 –

Im November desselben Jahres wurde uns eine wunderschöne, gesunde Tochter geschenkt. Nach der Geburt, ich hatte mein Mädchen nur kurz gesehen, weinte ich hemmungslos. Die Hebamme, die gerade ihre Schicht angefangen hatte, wollte mich trösten: „Das nächste Mal wird es bestimmt ein Junge." Als ich nicht reagierte, fügte sie hinzu: „Sie werden sehen, dass ein Mädchen etwas Wunderbares ist!" Der Arzt, der mich nachversorgte, unterbrach sie: „Frau Maraschi hat *Maschallah* schon drei Söhne. Sie hat bestimmt Schmerzen." Er fragte mich, ob ich ein Schmerzmittel wollte. Ich hatte mich etwas beruhigt und erklärte unter Tränen:

„Nein, ich habe keine Schmerzen, ich bin einfach nur so glücklich, dass ich ein Mädchen habe. Es sind nur Glückstränen, die mich überrollt haben." Das konnte die Hebamme, die andere Tränen gesehen hatte, nicht nachvollziehen, und bald schon machte im Krankenhaus die Nachricht die Runde, dass eine Ausländerin ein Mädchen entbunden hatte und vor Glück darüber weinte. Ich verschwieg ihnen, dass es auch Tränen der Trauer um *Baba Hadji* waren und Tränen, weil meine Mutter so weit weg war und ihre erste Enkeltochter nicht sehen konnte. Und natürlich waren es auch Tränen der Dankbarkeit. In der Maraschi-Familie waren Töchter wie Söhne willkommen und geliebt, auch wenn *Baba Hadji* Bedenken hatte und lieber Enkelsöhne bekam. Seine Liebe war so groß, dass er nicht wollte, dass auch nur eine seiner Enkeltöchter unglücklich verheiratet werden könnte. Er liebte seine Enkelinnen sehr und hatte immer ein besonders zartes Lächeln im Gesicht, wenn er sie sah. Die Hebamme brachte mir meine wunderschöne Tochter, *Baba Hadji*s Enkeltochter. Gesegnet und geliebt von ihrem Großvater, den sie nie kennenlernen würde. Ich schaute mir mein Kind an. Nur wenige Haare zierten das Köpfchen, die schwere Geburt hatte Schwellungen im Gesichtchen hinterlassen. Sie sah so gar nicht nach einem Mädchen aus. Für mich war sie dennoch das schönste Baby-Mädchen der Welt. Meine Liebe, meine Dankbarkeit und mein Glücksgefühl waren unermesslich groß. Mein Kopf war frei von allen Gedanken und meine Seele jubelte unentwegt: „Wir haben ein Mädchen! Danke, lieber Gott, wir haben ein Mädchen!" Wir nannten sie Yasmin.

Aus einem Brief an Gudrun:

Yasmin entwickelt sich prächtig und sie ist sehr eigenwillig. Sie schläft nur auf dem Bauch ein, und wenn sie gehalten wird, will sie sitzen oder stehen. Wenn sie uns nur später mal nicht so schnell davonläuft. Auch mit den Zähnchen hatte sie es sehr eilig, mit vier Monaten kamen die ersten beiden durch. Zurzeit sind die oberen Zähne dran. Sie ist zierlicher als ihre Brüder im gleichen Alter waren, und ist schon eine kleine Schönheit. Da hat sich wohl mehr der persische Stammbaum durchgesetzt. Wir sind ja so glücklich, dass wir sie haben, die Buben lieben sie sehr und ihr Papa ist ganz vernarrt in sie.
Wie ich gehört habe, soll in Deutschland ein wunderschöner, leuchtender Frühling seinen Einzug gehalten haben. Jeder Frühling ist ein neuer Anfang. Mein Platz ist leer, ihn zu erleben! Kannst Du Dir vorstellen, dass ich schon fast fünf Jahre lang weder einen richtigen Blütenbaum, noch ein Gänseblümchen, keine Schlüsselblume oder gar eine Anemone gesehen habe? Ich vermisse meine Sommerblumenwiese, den Duft der Heckenrosen und die Hügel meiner Heimat, meinen Wald und

eine verschneite Landschaft. Erinnerst Du Dich, wie wir beide mit den Fahrrädern weite Strecken fuhren, um Sonnenblumen zu finden? Dazu steckten wir Zweige mit buntem Eichenlaub in unsere großen Vasen und stimmten uns damit auf die Schönheiten des Herbstes ein. Für mich sind die Erinnerungen an all diese mir so lieben Dinge noch immer eine Kraftquelle, und es tut nur dann weh, wenn ich daran denke, dass ich meinen Kindern das alles nicht zeigen und auf ihren Weg mitgeben kann. Ich hoffe aber, wenn sie glücklich aufwachsen, wird jeder Ort, wo sie leben, auch für sie als Paradies der Kindheit in Erinnerung bleiben, aus der sie eines Tages Kraft schöpfen können.

Wenn ich höre, wie meine Kinder ihren Kindern von ihrer „paradiesischen Kindheit" erzählen und in Erinnerungen schwelgen, weiß ich, dass ich doch einiges richtig gemacht habe, und dass meine Hoffnung berechtigt war. Interessant wird es, wenn in ihren Erinnerungen Geschehnisse, besonders Streiche und gefährliche Abenteuer, auftauchen, von denen ich keine Ahnung hatte. Da bleibt mir heute noch das Herz stehen. Und mehr denn je weiß ich, dass sie behütet waren. Dass wir alle behütet waren, auch durch die unruhigen Zeiten hindurch, die noch kommen sollten.

– 27 –

Nach *Baba Hadji*s Tod erklärte Kurosch sich bereit, im großen Haus bei seiner Großmutter zu wohnen. Er hatte sich ein Zimmer im oberen Wohntrakt erkämpfen müssen, denn *Bibi Hadj*i hätte ihn lieber mehr in ihrer Nähe gehabt. Es war gut für seine Entwicklung, dass er einen abgetrennten Raum für sich hatte. Dort konnte er sich zurückziehen und in Ruhe lernen. Dort störte ihn niemand, wenn er über Gott und die Welt nachdachte und seinen Träumen nachhing. Und er störte niemanden, wenn er Musik hörte, umgeben von seinen Favoriten, einer Fußballmannschaft, Sängern und Filmstars auf Postern an den Wänden. Gegessen hat er weiterhin mit uns oder bei seiner Tante, er konnte es sich aussuchen, meistens hat er beides wahrgenommen.

Bibi Hadji machte eine schwere Zeit durch, wir erkannten sie nicht wieder. Sie hatte ihr Personal, bis auf die Waschfrau, entweder entlassen oder vergrault und weigerte sich, dass wir eine Frau anstellten, die rund um die Uhr bei ihr wohnen sollte. Sie hatte schließlich ihre große Familie. *Bibi* Masume war infolge der vielen Schwangerschaften, sie hatte inzwischen sechs Kinder geboren, gesundheitlich angeschlagen und fühlte sich unter dem Druck dieser Erwartungen überfordert. Deshalb waren sie in ihr eigenes Haus, ein paar Häuser weiter, umgezogen. Es hatte mehr Räume als ihre bisherige Wohnung und Küche, Bad und WC waren im Haus. So war sie nicht ständig den Temperaturschwankungen von draußen und drinnen ausgesetzt, was gut war für ihre schmerzenden Gelenke. Nachts schlief abwechselnd eines der älteren Enkelkinder, Kurosch inklusive, bei *Bibi Hadji*. Hesam hatte eine ehemalige Hausangestellte gebeten, wieder zu kommen und ihr einen besseren Lohn versprochen. Sie blieb tagsüber und kochte und kümmerte sich um den Haushalt.

Wie es sich zur damaligen Zeit für eine Witwe geziemte, zog sich meine Schwiegermutter aus dem öffentlichen Leben zurück. Sie nahm nicht mehr am Koranunterricht teil und sie traf sich nicht mit ihren Freundinnen, wenn eine religiöse Zusammenkunft geplant war. Es war jetzt deren Aufgabe, sie zu besuchen. Sie verzichtete auch auf den monatlichen Besuch in einem öffentlichen Bad. So kam es, dass ich bei einer ihrer traditionellen Badezeremonien im eigenen Bad, die fast fünf Stunden dauerte, dabei sein durfte, um ihr zu helfen. Eine größere Ehre konnte mir nicht zuteilwerden! Sie erzählte mir dabei viel über ihr Leben und wie es früher war. Unter anderem auch, wie sie für ihre Söhne auf Brautschau ging. Unser gemeinsames Lachen und das Vertrauen, dass sie mich bei diesem sensiblen und intimen Prozedere dabeihaben wollte, hat uns beiden gutgetan und brachte uns einander näher.

Wie auch die gemeinsame Sorge um Nuri. Denn Nuri war stiller geworden. Er vermisste seinen Vater, der auf seinem morgendlichen Rundgang immer zuerst nach Nuri geschaut und mit ihm geredet hatte. Stundenlang saß der Arme im Hof und wartete auf die vertrauten Schritte. Ein trauriges Bild, das mir in der Seele wehtat. Seine Mamme versuchte ihm zu erklären, dass sein Baba jetzt im Himmel bei Allah war, aber damit konnte Nuri nichts anfangen. Er wartete und lauschte weiter. Das Laufen fiel ihm mit der Zeit immer schwerer und irgendwann bewegte er sich nur noch im Sitzen vorwärts. Der Übergang war schleichend, wir hatten es kaum bemerkt.

– 28 –

Die nächsten vier Jahre waren voller Liebe und Glück und Freude mit unseren Kindern. Zu sehen, wie jedes sich zu einer ganz eigenen Persönlichkeit entwickelte, machte mich glücklich und unser Leben reich, spannend und bunt. Ich lebte ein erfülltes Leben, das von Liebe gezeichnet war. Ich war im Einklang mit meiner Seele und stellte mich darauf ein, dass ich mein Leben in diesem islamisch geprägten Land verbringen und eines Tages auch hier begraben sein würde.

Unsere Stadt lag in einer besonderen Gegend. Der Prophet Daniel und einige andere Propheten sollen hier gelebt und gewirkt haben. Auch die Heiligen Drei Könige kamen den Erzählungen nach aus dieser Region. Ich lebte sozusagen auf geheiligter Erde. Ich fühlte mich den Propheten sehr nahe, wenn wir im Sommer oben auf dem Flachdach schliefen und ich über mir den weiten, klaren Sternenhimmel sah. Es erfüllte mich mit Ehrfurcht, wenn ich mir vorstellte, dass die Propheten diesen Himmel ebenfalls gesehen hatten. Ich sah dieselben Sterne, die ihnen damals schon geleuchtet und den Weg gewiesen hatten.

Ich war eingebettet in das islamische Leben mit den regelmäßigen Gebeten und Ritualen. Vor Sonnenaufgang weckte uns der Muezzin der angrenzenden Moschee mit dem Aufruf zum ersten, kurzen Morgengebet. Das wiederholte er mittags und nach Sonnenuntergang zu den beiden anderen Gebetszeiten. Dieser klangvolle Aufruf zog sich wie eine Melodie durch mein Leben und war fester Bestandteil meines Tagesablaufs. Jedes Mal, wenn der Ruf erklang, hielt ich kurz inne, besann mich auf meinen Ursprung und sprach ein kurzes Dankgebet ohne Worte, auch wenn ich nicht islamisch betete. Hesam hätte es zwar gerne gesehen und er bedrängte mich oft, aber er akzeptierte meine Beweggründe, warum ich es nicht tat. Wahrscheinlich hoffte er, dass seine Schwester mehr Erfolg haben würde.

Denn *Bibi* Masume bemühte sich schon seit meiner Ankunft, mir das islamische Gebet beizubringen. So sehr ich es schätzte und bewunderte, wenn ich jemanden beten sah, der ganz in sein Gebet versunken schien, konnte ich für mich keinen Bezug dazu finden. Vielleicht lag es auch daran, dass die Texte und Rituale mir fremd waren. Außerdem verrutschte der Gebetsschleier und meine Haare oder Füße wurden sichtbar. Sie wies mich nach dem Gebet freundlich darauf hin und zeigte mir, wie ich das verhindern konnte. Meinem rebellischen Argument: „Gott schaut in unsere Herzen und bestimmt nicht darauf, ob eine Haarsträhne zu sehen ist", konnte sie kein Verständnis entgegenbringen.

Sie war ein tiefgläubiger Mensch mit der Gabe, in ihren Träumen Visionen zu empfangen, die meistens auch so eintrafen. Es war eine unausgesprochene und geduldete Tatsache, dass sie an den täglichen Zusammenkünften der Derwische teilnahm. Für *Bibi Hadj*i waren die Sufis, auch Derwische genannt, Abtrünnige und Fehlgeleitete, deshalb sagte *Bibi* Mazume ihr, dass sie zum Koranunterricht ginge. Der Großcousin meines Schwiegervaters war ein Derwisch und unter seinen Nachkommen gab es einige Anhänger dieser Richtung. Ich fand es bewundernswert und mutig, dass *Bibi* Masume sich durchsetzte und ihrem Herzen folgte.

Mich nahm sie leider nie mit, ich vermute heute, dass mein Mann sie darum gebeten hatte. Das machte es für mich nur noch geheimnisvoller und mystischer. Die Vorstellung, einmal einem Derwisch-Meister zu begegnen und bei ihm in die Lehre zu gehen, faszinierte mich und wurde zur Sehnsucht, die immer noch besteht.

Durch *Bibi* Masume lernte ich *Rumi* kennen, einen in der ganzen Welt berühmten und verehrten Dichter und Mystiker des 13.

Jahrhunderts. Seine Anhänger nennt man die tanzenden Derwische oder Sufis. *Rumi* war überzeugt, dass unabhängig von der Zugehörigkeit zu einer Religion, jeder Gläubige auf dem Weg zu Gott ist; auf dem Weg, den Gott für ihn vorgesehen und ihm zugeordnet und für richtig befunden hat. Für ihn waren Rasse, Religion und Herkunft eines Menschen nicht wichtig, weil er jeden Menschen als ein Geschöpf von Gottes Liebe und diese als die alles zusammenhaltende Energie des Universums wahrnahm. Seine Werke sind Ergebnisse seiner göttlichen Ekstase, in die er sich in der Freude um Gottes spürbare Nähe und Liebe hineintanzte, indem er sich oft stundenlang um sich selbst drehte. Ein Schreiber war immer in seiner Nähe, um Erkenntnisse, die *Rumi* in dieser Ekstase erhielt und laut äußerte, aufzuschreiben.

Rumi wurde mein Lehrmeister. Seine Gedichte und seine tiefen Weisheiten waren besonders in den unruhigen Zeiten, die auf uns zukamen, Balsam und Nahrung für meine Seele. In mir war eine religiöse Weite entstanden, in der ich mich mit meinem islamischen Umfeld und den Propheten des Alten Testamentes verbunden fühlte. Ich lebte weiterhin als Gottvertrauende, nicht als Christin, und auch nicht als Muslimin. Ich lebte ein buntes Leben zwischen zwei Welten.

UNRUHIGE ZEITEN

Der ist der Selbsterkenntnis und der Selbstverwirklichung am nächsten, der mit seinem Schicksal zufrieden und einig ist. Denn die Zufriedenheit ist die Fröhlichkeit des Menschen, auch in der Bitterkeit des täglichen Lebens.

– persisches Sprichwort –

– 29 –

Als wir 1976 mit dem lang ersehnten Hausbau anfingen, war die Welt um uns herum noch in Ordnung. Unser Glück schien vollkommen. Ich konnte mir nicht vorstellen, wie es sein würde, in einem großen und voll klimatisierten Haus zu wohnen und nicht mehr der Hitze oder dem Dauerregen ausgesetzt zu sein, wenn ich in die Küche oder ins Bad wollte. Und das musste ich mit vier kleinen Kindern oft! Es war Zeit für eine Veränderung.

Seit *Baba Hadji*s Tod war vieles anders geworden. Wir versuchten zwar, das Anwesen sauber und bewohnbar zu halten, aber es war ein mühsamer Kampf gegen die Natur. *Bibi Hadji* wurde zunehmend unbeweglicher, nicht nur, was ihre Mobilität betraf. Mit *Baba Hadji*s Tod war sie in der Zeit stehengeblieben. Sie passte die Löhne nicht an die schleichende Inflation an und stellte wenig Haushaltsgeld zur Verfügung. Obwohl Sare, der den Einkauf übernahm, bis ins kleinste Detail seine Ausgaben dokumentierte, musste er jedes Mal um die Erstattung kämpfen, denn *Bibi Hadji* berechnete weiterhin die Preise, die bei *Baba Hadji*s Tod aktuell gewesen waren. Irgendwann gab mein Mann auf, ihr den Anstieg der Preise zu erklären und glich das Defizit mit Sare aus. Sie war mit den finanziellen Angelegenheiten ihres Haushalts völlig überfordert, aber nicht bereit, diese in andere Hände zu geben. Sie sah es als Vermächtnis ihres Mannes, das sie verwalten sollte.

Die Situation war unerträglich, da wir hinter ihrem Rücken agieren mussten, um den Haushalt und das übriggebliebene Personal, eine Waschfrau, die jeden Tag kam und Nuris Hemden wusch, und die Tagesbetreuung, zu bezahlen. Sie sah auch nicht ein, dass ihren Angestellten ausgewogeneres Essen zustand als nur ihre Diätsuppen. Auch Nuris Pfleger war nach einem Heimaturlaub nicht mehr zurückgekommen, obwohl Hesam ihm den Lohn verdoppelt hatte. Seither wechselten Sare und ich uns bei Nuris Pflege ab. Sare versorgte ihn tagsüber, ich abends. Nuris wegen war *Bibi Hadji* auch nicht bereit, in eine andere Stadt zu einem ihrer Söhne zu ziehen, auch nicht besuchsweise. Deshalb waren wir froh, dass sie einverstanden war, in unser neues Haus miteinzuziehen.

Das Grundstück für das Haus lag in einem gerade erschlossenen Neubaugebiet außerhalb der Stadt. Für *Bibi Hadji* war im Bauplan im Gästetrakt ein separates, großes Zimmer mit eigenem Bad und Zugang zu Terrasse und Garten vorgesehen. Der Bau ging nur schleppend voran, da auch Baumaterial von der Inflation betroffen war. Manche Produkte, die damals teilweise importiert werden mussten, waren nur noch über den Schwarzmarkt zu beziehen. So oft es möglich war, ‚besuchten' wir unser Haus und freuten uns, wenn es gewachsen war. Wir malten uns aus, wie es fertig aussehen würde und in Gedanken richteten wir es schon ein.

Wir bemühten uns, *Bibi Hadji*s Leben bunt und vielfältig zu gestalten. So trafen wir uns mit anderen Verwandten, die in der Nähe wohnten, täglich zum Nachmittagstee im *Heiat bozorg*. Wir feierten unsere Geburtstage und die islamischen Feste dort. Auch die Tradition, *Noruz* im Elternhaus zu feiern, versuchten wir zu erhalten. Mit der Zeit waren die unbenutzten Zimmer unbewohnbar geworden, und die Gäste mussten auf andere Möglichkeiten zum Übernachten ausweichen. Aber zum Frühstück auf der großen Veranda kamen wir alle wieder zusammen und verbrachten wie zu *Baba Hadji*s Zeiten die *Noruz*-Tage in seinem Haus und im fröhlichen Miteinander. Die Kinder spielten weiterhin im *Heiat* ihre vertrauten Spiele und holten sich Abkühlung im Schwimmbecken.

Die Doppelbelastung mit zwei Haushalten, die zusätzliche Arbeit mit Nuri und das Bemühen, *Baba Hadji*s Vermächtnis, seine Großfamilie, zusammenzuhalten, forderten mich bis weit über meine Grenzen hinaus. Ich merkte, dass ich den Kindern nicht mehr gerecht wurde, und ich ertappte mich dabei, wie ich sie anschrie. Das war der Wendepunkt, ich wurde mir bewusst, dass es so nicht weitergehen konnte. Ich testete erst gar nicht meine Grenzen aus, sondern entschied mich für einen kompletten Rückzug. Von da an wollte ich mich nur noch um meine Kinder und meinen Haushalt kümmern. Doch mit dem Loslassen kam auch die Erschöpfung und mit der Erschöpfung eine Traurigkeit, die ich nicht einordnen konnte. Sie war einfach da und gehörte dazu. Ich war kraftlos und innerlich leer und wollte nur schlafen. Kurosch war mir in dieser Zeit eine große Hilfe. Er übernahm, ohne dass wir es abgesprochen hatten, die Beaufsichtigung der Kinder, wenn sie im *Heiat* waren und achtete darauf, dass unsere beiden Großen zuerst ihre Hausaufgaben erledigten, wenn sie von der Schule kamen. Hesam versorgte uns mit Mittagessen aus dem Club-Restaurant seiner Firma. Oft waren die Kinder auch bei ihrer Tante zum Essen.

Vier Wochen war ich eingebettet in die liebevolle Fürsorge der Familie und schaffte es, aus dem tiefen Tal wieder herauszukommen, indem ich die Erschöpfung zuließ und nicht gegen sie ankämpfte. So konnte ich nicht noch tiefer fallen und blieb im Tal, wo die Seele, trotz der Traurigkeit, Kraft schöpfen konnte. Ich vertraute darauf, dass alles, wie es war, gut war und einen Sinn hatte, auch wenn ich ihn nicht kannte.

Inzwischen hatte der Familienrat getagt. *Bibi Hadji* war einverstanden, dass noch jemand eingestellt wurde und zusätzlich einmal in der Woche ein Mann kam, der sich um Hof und Garten kümmerte. Mir verordnete man, dass ich nur noch zu Besuch ins andere Haus durfte. Mir war es recht, denn wir würden sowieso in einigen Monaten umziehen. Im September 1978 war unser Haus trotz aller Schwierigkeiten bis auf Innenarbeiten, wie Türen, Einbauschränke, Malerarbeiten und Bodenbeläge fertig. Sogar die Einbauküche war schon in Auftrag gegeben. Im März des darauffolgenden Jahres wollten wir fertig sein, und unser erstes persisches Neujahrsfest im eigenen Haus feiern. Doch, wie so oft, kam alles anders als geplant.

– 30 –

Es war allgemein bekannt, dass ein großer Teil der Bevölkerung mit dem *Schah*-Regime unzufrieden war, wir gehörten auch dazu. Die *Savak* war allgegenwärtig, niemand traute dem anderen, die Korruption in der Regierung war offenkundig, und die Inflation nahm immer mehr zu. Die Erlöse der vielfältigen, reichen Bodenschätze transferierte man auf Privatkonten im Auslland. So kam es, dass die Reichen noch reicher und die Armen noch ärmer wurden, trotz der ‚Weißen Revolution', die der *Schah* 1963 ins Leben gerufen hatte. Sie beinhaltete Erweiterungen der Frauenrechte, landesweite Alphabetisierung und Landreformen, die besonders der Landbevölkerung zugutekomme sollten.

Wir wussten von Oppositionsbewegungen, aber wir hatten keine Ahnung vom Ausmaß dieser verschiedenen Gruppen, die vom Untergrund aus operierten. Vereinzelte Demonstrationen in größeren Städten wurden vom Militär brutal niedergeschlagen. Es beunruhigte uns, aber in *Ahwaz* war davon nur wenig zu spüren. Als 1977 die Oppositionsgruppen gemeinsame Demonstrationen organisierten und die Gegner des *Schahs* mutiger wurden, hörte ich zum ersten Mal etwas über die „Vereinigung der kämpfenden Geistlichkeit" und deren Oberhaupt, Ruhollah Khomeini, der vom Exil im Ausland seinen Einfluss geltend machte.

Die Unruhen eskalierten, nachdem am 19. August 1978 landesweit in fast dreißig Kinos Feuer gelegt worden war, oft während einer Vorstellung. Wie im Cinema Rex in *Abadan*, wo über fünfhundert Menschen qualvoll verbrannten, weil die Ausgänge von außen absichtlich verriegelt waren. Die Regierung und die Opposition schoben sich gegenseitig die Schuld zu. Die aufgebrachte Bevölkerung stellte sich immer mehr auf die Seite der Opposition und die Menschen gingen zu Millionen auf die Straßen und riefen: „Mark bar *Schah*!", „Tod dem *Schah*!"[2]

Die *Schah*-Miliz ging hart dagegen vor. Das bekamen wir eines Tages hautnah zu spüren und es veränderte unser Leben schlagartig, Wir wohnten damals mitten in der Maraschi-Gasse, im Haus, das Hesam von seinem Vater geerbt hatte. Es war zufällig frei geworden, als das Dach unserer bisherigen Unterkunft an mehreren Stellen leckte. Es war eines der wenigen Häuser, die zur Straße hin Fenster hatten. Während einer der Demonstrationen im November 1978 suchten Teilnehmende, meist Studenten, in unserer Gasse Zuflucht oder wollten sie als Fluchtweg vor der Miliz nutzen. Da es morgens schon Gerüchte um eventuelle Unruhen gegeben hatte, waren wir alle zuhause geblieben. Aus der Ferne hörten wir Sprechchöre, aber auch hin und wieder Schüsse. Wir hatten uns in das von der Straße aus hinterste Zimmer zurückgezogen und wollten gerade zu Mittag essen, als wir ganz nah aufeinanderfolgende Schüsse und das Zerbersten von Scheiben hörten.

„Auf den Boden!", schrie Hesam und konnte gerade noch rechtzeitig Omid schnappen, der nach draußen wollte, um zu schauen, was los war. Das Militär schoss wie wild um sich, auch durch die Fenster hindurch in die Häuser, weil sie die Demonstranten dort vermuteten.

Der Schock saß tief. Wir beschlossen, nicht auf die Fertigstellung unseres Hauses zu warten. Nachdem die Lage sich ein paar Stunden später beruhigt hatte, zogen wir noch am selben Tag ins neue Haus um, vorerst nur mit dem Nötigsten, was wir brauchten. Dort waren wir in Sicherheit, denn der Umsturz spielte sich hauptsächlich in der Innenstadt ab. *Bibi Hadji* kam wegen Nuri nicht mit und Kurosch wollte bei ihr bleiben. Er bereitete sich gerade auf sein Abitur vor und musste zuhause dafür lernen, weil der Unterricht wegen der Unruhen ausfiel. Das Elternhaus befand sich durch seine Lage nicht im Schussfeuer der Demonstrationen, deshalb bekamen sie von den Ausschreitungen nur wenig mit. Auch *Bibi* Masume hatte dort Zuflucht gesucht und bewohnte mit ihrer Familie wieder ihre frühere Wohnung, Sare kümmerte sich um Einkäufe und um Nuri.

Eine Woche nach diesem Vorfall organisierte Hesam unseren kompletten Umzug. Da wir beim Hauswechsel innerhalb der Maraschi-Gasse die meisten Kartons nicht ausgepackt hatten, weil wir fünf Monate später ohnehin umziehen wollten, schaffte er alles an einem Tag.

Soweit wir es selbst erlebten und beobachten konnten, verlief das öffentliche Leben in *Ahwaz* wieder einigermaßen normal. Nur an Tagen, für die eine Demonstration angesagt war, blieben die Schulen und Ämter geschlossen. Ruhollah Khomeini war der von einem Großteil der Bevölkerung auserkorene Führer der Opposition. Die äußerst brutal vorgehende *Schah*-Miliz konnte die Protestbewegung nicht mehr aufhalten. Der Hass auf den *Schah* wuchs. Am 16. Januar 1979 gingen der *Schah* und seine Familie unter dem Druck der Bevölkerung ins Exil nach Ägypten. Am Tag danach feierten die Menschen mit den Oppositionellen auf den Straßen seine Flucht.

In einem Brief an meine Schwester berichtete ich im Nachhinein davon:

Vor sechs Wochen war hier in Ahwaz ein militärischer Umsturz. Hesam war an dem Tag um 10 Uhr schon vom Büro nach Hause gekommen, Schulen und Ämter hatten vorzeitig geschlossen. Man feierte offiziell die Flucht des Schahs, der am Tag zuvor ins Exil gegangen war. Hesam meinte, dass wir uns das anschauen sollten. Er wollte gleich losfahren und war ungeduldig, weil ich vorher noch Wäsche aufhängen und duschen wollte. Wahrscheinlich hat das unser aller Leben gerettet (das musst Du in der Ringstraße aber nicht erzählen, bitte), denn als wir eine halbe Stunde später aufbrechen wollten, wurden wir von Sadegh, dem Cousin Hesams, aufgehalten. Du hast ihn kennengelernt, er ist der, der in Mainz studiert hat. Er ist jetzt unser direkter Nachbar, denn wir haben zeitgleich gebaut. Er kam gerade aus der Stadt und war kreidebleich und am Ende seiner Kräfte. So konnten wir ihn unmöglich zu seiner Familie gehen lassen.

Dieser Tag existierte in meinem Gedächtnis nicht mehr. Die Ereignisse waren so grausam, dass ich alles vergessen durfte. Als ich den Brief im Nachlass meiner Schwester fand, und mit dem Erlebten konfrontiert wurde, konnte ich mich zwar daran erinnern, dass es diesen Tag gegeben hat, aber die Details fehlten. Jetzt, beim Abschreiben des Briefes, kommen nach fast vierzig Jahren sehr behutsam Erinnerungen hoch und manche Details werden sichtbarer.

Sadegh zitterte am ganzen Körper. Hesam führte ihn zu einem Sessel und setzte sich zu ihm. Einer unserer Buben brachte eine Decke und legte sie ihm um die Schultern. Sadegh ließ alles über sich ergehen. Während er ein großes Glas heißen Tee mit Honig trank, brachte ich die Kinder in den Salon, der noch nicht eingerichtet war. Sie hatten dort ihre Spielsachen aufgebaut. Ich bat sie, leise zu spielen und versprach sie zu holen, wenn es *Amu* Sadegh wieder besser ging. Ich versorgte sie noch mit Getränken und Keksen und ging zurück zu den beiden Männern. Die wohltuende Wirkung des Tees machte sich bei Sadegh bemerkbar, er zitterte weniger und war ruhiger. Er begann zu erzählen:

„Ich war auf dem Weg von meiner Firma nach Hause und wollte erst noch nach meiner Mutter schauen. Es waren viele Menschen auf den Straßen, die feierten und sich freuten, dass der *Schah* weg war. Sie tanzten und umarmten und beglückwünschten sich und verteilten Süßigkeiten. Ich wollte zur Bushaltestelle und kam nur mühsam voran. Viele Familien waren gekommen und es kamen immer mehr. Dann hörte ich plötzlich Schüsse und dachte zuerst, es wären Freudenschüsse. Aber die Menschen schrien und rannten davon. Ich rannte einfach mit, denn es blieb mir gar keine andere Wahl, sie hätten mich sonst umgerannt und totgetrampelt. Von der Brücke aus konnte ich kurz zurückschauen und sehen, dass ein Heer von Soldaten plötzlich aufgetaucht war, sie waren vorher noch nicht da gewesen. Sie schossen auf die fliehenden Menschen! Ich rannte weiter, bis ich keine Luft mehr bekam. Zum Glück war ich da schon über der Brücke. Auf der Brücke haben sie uns nicht verfolgt, sie hatten Angst, dass die Menschen sie angreifen und ins Wasser werfen würden."

Es war auf einmal ganz still, wir konnten nicht fassen, was Sadegh berichtete. „Die haben einfach geschossen, auf unschuldige Kinder haben die geschossen!", erinnerte er sich entsetzt. Er schaute uns an, als wollte er von uns hören, dass er nur geträumt hatte und das alles nicht geschehen war. Dann brach es noch einmal aus ihm heraus: „Die haben die Kinder erschossen! Kleine Kinder und ihre Mütter und Väter haben die einfach erschossen! Unschuldige Kinder!" Das erinnerte ihn an seine Kinder:

„Die Kinder, wo sind meine Kinder? Oh Gott, ich muss meine Kinder suchen!", rief er verzweifelt und wollte weglaufen. Ich versuchte ihn aufzuhalten:

„Es geht allen gut! Feri war vor kurzem noch bei uns mit den Kindern. Sie machte sich Sorgen um dich und wollte wissen, ob Hesam dich gesehen hat." Doch nichts konnte ihn mehr halten. Hesam wollte ihn nach Hause begleiten, als es an der Haustüre klingelte. Feri und ihre beiden Kinder hatten die Schüsse aus der Stadt gehört und hatten Angst um Sadegh und wollten nicht allein sein. Sie waren unendlich erleichtert, als sie sahen, dass er bei uns und in Sicherheit war.

Sie blieben bis zum nächsten Morgen. Vom Dach aus konnten wir in sicherer Entfernung das Geschehen in der Stadt nur vage verfolgen. Die dem *Schah* treue Miliz und die Oppositionellen, darunter auch übergetretenes Militär, lieferten sich erbitterte Kämpfe. Außer Schüssen hörten wir ein dumpfes Grollen, das wir nicht einordnen konnten. Über der Stadt lag schwarzer Rauch, ein Feuer konnten wir jedoch nicht ausfindig machen. Die Schießereien und die Unruhen hielten bis spät in der Nacht an.

Über BBC hörten wir, dass es in fast allen größeren Städten ähnliche Umbrüche durchs Militär gegeben hatte, überall im Land war die Lage ähnlich wie bei uns. Daher erübrigte sich die bange Frage, wohin wir die Kinder in Sicherheit bringen konnten.

Zu unserer großen Erleichterung verkündete am nächsten Morgen ein Militärsprecher, dass von Militärseite aus nichts mehr unternommen würde. Daraufhin wollten Hesam and Sadegh nach ihrer Mutter und den anderen Verwandten schauen. Ich bestand darauf, dass wir alle mitkamen. Hätte ich auch nur geahnt, was uns erwartete, wären wir zuhause geblieben.

Der Brief an meine Schwester ist für mich das einzige Zeugnis dieses schlimmen Tages.

In den Hauptstraßen und am runden Platz, wo Du immer Geld gewechselt hast, war fast jedes Haus in irgendeiner Weise beschädigt. Wegen der Aufräumarbeiten kamen wir nur langsam voran. Viel zu langsam, um nicht zu sehen, was geschehen war. Unzählige Autos lagen von Panzern plattgewalzt am Straßenrand und über die Straße verteilt. Man suchte nach Überlebenden, Rettungswagen standen bereit, in den Autos waren bestimmt noch ...

Hier endet mein Brief, der Rest der Seite ist leer. Deshalb gehe ich davon aus, dass ich hier aufhörte weiterzuschreiben, weil das, was wir gesehen hatten, zu grausam war. Ich hoffe, dass die Erinnerungen daran für immer in mir verschlossen bleiben.

Woran ich mich wieder erinnern kann ist, dass Hesam sofort in die nächste Nebengasse abbog, bevor die Kinder begriffen hatten, dass in den platt gewalzten Autos wahrscheinlich auch Menschen waren.

Ein Großteil unserer Familien hatte im *Heiat bozorg* übernachtet, weil es von allen Häusern am geschütztesten lag. Von *Agha* Mirakbari erfuhren wir, was geschehen war. Die Panzer waren unmittelbar nach den Soldaten wie aus dem Nichts aufgetaucht und hatten alles, was ihnen im Weg war, niedergewalzt. Sie machten Autos platt, egal ob leer oder mit Insassen und fuhren absichtlich in Ansammlungen von Menschen und in Häuser und demolierten Geschäfte und Banken. Die Soldaten bestürmten Versammlungen in Moscheen und in der Universität. Es gab unzählige, unschuldige Opfer, darunter auch viele Familien, die zum Feiern gekommen waren und versucht hatten, im Auto zu fliehen.

Ich hatte wochenlang Albträume und konnte nicht schlafen. Die Bilder des 17. Januars verfolgten mich und die Vorstellung, dass uns das beinahe auch passiert wäre, ließ mich nicht mehr los. Es ging so weit, dass allein der Gedanke, was hätte passieren können, für mich zur Realität wurde. Ich litt unsagbar. Wie eine Glucke wachte ich über meine Lieben und kontrollierte jeden ihrer Schritte. Als dann vier Wochen nach dem Umsturz auch noch die Islamische Revolution folgte, mit all den schrecklichen Bildern von Hass, Zerstörung, Hinrichtungen und aufgebrachtem, jubelndem Volk, streikte meine Seele und verbannte alles Grausame aus meinen Erinnerungen. Nur langsam begriff ich, dass wir alle lebten und vor Schlimmerem bewahrt geblieben waren.

Auch jetzt bin ich blockiert, meine Seele will mich auch vierzig Jahre danach immer noch vor diesen Bildern schützen. Es war das Schrecklichste, was ich je gesehen habe. Diese Bilder will ich nie mehr sehen, ich hoffe, sie sind für immer gelöscht!

Gut erinnern kann ich mich jedoch an die Wogen der Begeisterung, welche die Menschen während der Revolution auf die Straßen trieb. Durch Mark und Bein gehende Revolutionslieder, bestimmt schon von langer Hand vorbereitet, schoben die Menschen wie auf einer hohen Welle in diese Begeisterung hinein. Sie ertönten den ganzen Tag über aus Radio, Fernsehen, Moscheen und aus allen Lautsprechern, die dafür zusätzlich in der Stadt installiert wurden. Es fiel schwer, sich da nicht mitreißen zu lassen.

Die neue, islamische Regierung änderte an den vom *Schah* erstellten Gesetzen für Frauenrechte vorerst nicht viel. Sie legte aber islamisch geprägte Rahmenbedingungen für diese Gesetze fest, deren Nichteinhaltung bestraft wurde. Wie zum Beispiel die Kleiderordnung. Anfangs wurde den Frauen freigestellt, selbst zu entscheiden, ob sie islamische Kleidung und Kopfbedeckung tragen wollten. Nur wenige Wochen später wurden sie dazu ermahnt, kurz darauf sogar bestraft, wenn sie sich dem widersetzten. Zu *Schah*-Zeiten musste man auf seine Worte achten, der Geheimdienst, die *Savak*, konnte überall sein und zugreifen. Man war nirgendwo sicher, misstraute jedem. Jetzt interessierte niemanden, was man sagte und ob man Kritik übte, solange man es nicht in einer Zeitung veröffentlichte oder offizielle Reden hielt. Dafür achtete eine neu geschaffene Berufsgruppe, nämlich die der ‚Sittenwächter', umso mehr auf das Einhalten der Kleiderordnung, besonders auf die der Frauen. Zumindest was das äußere Erscheinungsbild der Frauen anbetraf, hatten sie es geschafft, alle, auch die Christen, Juden, Bahais und die Anhänger des Zarathustra, innerhalb eines Jahres islamisch zu machen. Sogar die Frauen ausländischer Diplomaten mussten sich einfügen in diese neuen Ordnungen.

Die Monate nach der Revolution verliefen für uns im Süden relativ ruhig, während in den größeren Städten, hauptsächlich in *Teheran*, Kämpfe ausgefochten wurden. Der Grund für diese Unruhen war, dass alle Gruppen, die an der Revolution beteiligt waren und gemeinsam für den Umsturz des *Schahs* gekämpft hatten, mitbestimmen und einen Anteil an der Regierung haben wollten. Doch davon bekamen wir kaum etwas mit. Unser Alltag verlief fast wieder normal. *Bibi Hadji* war immer noch nicht zu einem Umzug zu uns bereit. Hesam hatte mir einen Kleinwagen gekauft, damit ich morgens, wenn alle außer Haus waren, nach ihr und Nuri schauen konnte.

– 31 –

Nuri war inzwischen zum Pflegefall geworden und schlief viel. Er erkannte mich immer noch an meinen Schritten und freute sich, wenn ich kam. Dann versuchte er auf seinem Blechnapf zu trommeln, es wollte aber nicht mehr so recht gelingen. Die meiste Zeit verbrachte er in seinem Zimmer auf einer Matratze. Ganz selten robbte er vor die Tür, um die Sonne zu spüren.

Eines Morgens hatte sich über Nacht ein Druckgeschwür an seinem linken Oberschenkel gebildet und zusätzlich noch entzündet. Bei der Suche nach der Ursache stellten wir fest, dass Nuri die Beine nicht mehr bewegen konnte. Um seine Pflege und die bestmögliche Versorgung der Wunde zu gewährleisten, besorgten wir ein Krankenbett. Durch mehrmaliges Umlagern täglich und dank *Bibi Hadji*s Allheilmittel für alle Hautläsionen, Merchurochrom, heilte die Wunde in kurzer Zeit wieder zu. *Bibi Hadji* hätte lieber eine Ziege gekauft wegen der Ziegenwundermilch, um damit die Wunde zu behandeln, aber Sare erfand in Absprache mit uns allerlei Ausreden, warum er keine Ziege finden konnte.

Während einer Badezeremonie hatte Bibi Hadji mir auch erzählt, dass sie früher immer zwei Ziegen hatten. Ihre Milch, direkt aus dem Euter, half bei fast allen Krankheiten. Wenn eines der Kinder eine Halsentzündung hatte, musste es sich unter die Ziege legen und weit den Mund öffnen. Sie selbst spritzte dann einige Milchstrahlen auf die entzündete Stelle und wiederholte das mehrmals am Tag. Auch Wunden behandelte sie so. Bei inneren Beschwerden mussten die Kinder die frisch gemolkene Milch trinken. Das ersetzte viele Arztbesuche und es scheint geholfen zu haben, denn zwölf ihrer dreizehn Kinder erreichten ein hohes Alter. Ein Kind verstarb mit zwei Jahren an inneren Blutungen, nachdem es eine Glasscherbe verschluckt hatte.

Bibi Hadji war sehr in Sorge um Nuri. Seit ihre Arthritis schlimmer und das Gehen beschwerlicher geworden war, konnte sie sich nicht mehr wie bisher um ihn kümmern. Sie litt sehr darunter, deshalb besorgten wir einen Rollstuhl. Damit konnte sie wenigstens zu Nuri gefahren werden, denn auch er vermisste seine Mamme. Sie saß dann lange an seinem Bett und streichelte ihn zärtlich. Ihre Liebe spiegelte sich in Nuris Lächeln wider, wenn er andächtig ihrer Stimme lauschte.

Anfang März 1980 waren wir mit den Innenarbeiten in unserem Haus fertig, und bis auf den Salon waren alle Zimmer eingerichtet. Es war ein unbeschreiblich gutes Gefühl, in diesem Haus zu wohnen. Mit viel Freude, Begeisterung und Liebe hatten wir geplant und den Bau miterlebt und im letzten Jahr die Innenarbeiten gemeinsam fertiggestellt. Wir hatten eine Atmosphäre geschaffen, in der wir uns wohl und unsere Gäste sich willkommen fühlten. Wir waren glücklich und ich war stolz auf meinen Mann, der das möglich gemacht hatte. Hier würden wir später einmal die Hochzeiten unserer Kinder feiern und unsere Enkel in den Ferien zu uns holen. Ein Schwimmbad im Garten war schon in Planung. Und wir würden ein großes Spielzimmer für sie mit all den schönen Spielsachen ihrer Eltern einrichten: mit Eisenbahnanlage, Puppenhaus, Kaufladen, Legosteinen, Technikbaukästen, Autorennbahn und den Spielen und Büchern aus Deutschland. Es war schön, in die Zukunft zu planen.

Wir hatten uns für ein weiteres Kind entschieden, in der Hoffnung auf ein Schwesterchen für Yasmin. Ich freute mich sehr darauf, dieses Mal viel Zeit zu haben für mein Baby, ohne Hektik, ohne Stress. Ich wollte jede Sekunde mit ihm voll auskosten! Der Geburtstermin war für Ende Juni berechnet. Da mir mit fortschreitender Schwangerschaft das Organisieren und Mithelfen bei einem *Noruz*-Hausputz im Haus der Eltern zu mühsam war, boten die

Brüder in *Chorramschahr* an, das Neujahrsfest dieses Mal bei ihnen zu feiern. Sechs Wochen vor *Noruz* konnte Hassan seine Mutter überreden, ein paar Tage mit zu ihm zu kommen. Dass sie spontan einverstanden war, grenzte fast an ein Wunder! Sare versprach ihr, sie jeden Tag anzurufen und von Nuri zu berichten.

Umhegt und liebevoll umsorgt, genoss *Bibi Hadji* die Bequemlichkeiten eines nicht mehr im alten Stil gebauten Einfamilienhauses. Mit diesen Erfahrungen konnte sie loslassen und meinte: „Ich gehe von hier aus zu *Hadj*i, das hätte ich schon viel früher machen sollen. Ich dachte halt immer, dass Nuri mich braucht, aber er ist bei Sare gut versorgt." Sie wollte bis *Noruz* bleiben und dann mit uns zurückfahren. In ihr Haus wollte sie nur noch, um Nuri zu besuchen.

So kam es, dass wir *Noruz* alle zu ihr nach *Chorramschahr* fuhren. Zum ersten Mal feierte die Familie *Noruz* nicht im Elternhaus. Wir waren mit unseren Kindern bei Karim und Ulrike untergebracht. Sie waren ein Jahr zuvor nach ihrem Studium in den Iran gekommen und hatten eine Stelle an der Universität von *Chorramschahr* angenommen. Die beiden überraschten uns mit einer Schifffahrt durch den iranischen Teil des *Schatt-al-Arab*, dem Zusammenfluss von Euphrat und Tigris, der zugleich Grenze zwischen Irak und Iran war. Ich wunderte mich, dass die Grenzen auf beiden Seiten kaum bewacht wurden.

„Habt ihr keine Bedenken, dass die Iraker hier herüberkommen?", fragte ich deshalb. Ulrike lachte:

„Nein, warum sollten wir? Wir sind fast jeden Tag hier und entnehmen Wasserproben. Sie freuen sich, wenn wir ihnen im Vorbeifahren zuwinken. Sie sind sehr freundlich und winken zurück."

Meine Bedenken sollten sich leider bald bewahrheiten. Ohne es zu wissen, war unser Neujahrsfest im Jahr zuvor das letzte Noruz im Elternhaus gewesen. Und ohne es auch nur zu ahnen, war Noruz in Chorramschahr für lange Zeit unsere letzte fröhliche Zusammenkunft als Großfamilie.

Hesam und ich blieben nur zwei Tage. Wir hatten Sare zugesagt, uns um Nuri zu kümmern, damit auch er mit seiner Familie verreisen konnte. Die Kinder ließen wir in der Obhut ihrer Verwandten zurück, sie würden fünf Tage später mit *Bibi Hadji* und den *Ahwaz*er Familien zurückkommen. Stattdessen nahmen wir Narges und ihren Bruder Afschin mit. Beide wollten sich auf anstehende Prüfungen vorbereiten. Da sie in unmittelbarer Nachbarschaft zu Nuri wohnten, bot Narges an, gleich nach unserer Ankunft nach ihrem Onkel zu schauen.

„Traust du dir das wirklich zu?", fragte ich sie, „es ist dunkel geworden und außer Nuri ist niemand im Haus." Sie lachte und mit einem Blick auf ihren drei Jahre jüngeren Bruder meinte sie verschmitzt:

„Ich habe doch meinen Bodyguard dabei." Dieser bestätigte: „Wir machen das schon. Fahrt ihr nur nach Hause." Narges überraschte uns noch mit der Zusage, auch am nächsten Morgen *Dai* Nuri das Frühstück zu reichen. Sie hatten es *Bibi Hadj*i versprochen, sonst wäre sie nicht in *Chorramschahr* geblieben. Ich war dankbar für diese unerwartete Hilfe, denn die lange Fahrt und der Trubel der letzten Tage hatten mich erschöpft. Ich vereinbarte mit den beiden, dass ich Essen vorbereitete und mitbrachte, wenn wir für Nuris Pflege kamen. Beim gemeinsamen Mittagessen könnten wir dann besprechen, wie es weitergehen sollte.

Am nächsten Morgen fuhr Hesam früh ins Büro, um nach dem Rechten zu schauen, denn die Computer und Drucker liefen auch während der Feiertage ohne Unterbrechung und erstellten und druckten Stromrechnungen für die Verbraucher in *Chuzestan*. Schon eine Stunde später kam er zurück. Er sah blass aus und ich vermeinte, Tränenspuren in seinem Gesicht zu sehen. Voller Sorge schaute ich ihn an und traute mich nicht zu fragen, was geschehen war. Hunderte von Gedanken, einer schlimmer als der andere, peitschten durch meinen Kopf. Bestimmt war etwas mit den Kindern passiert, dachte ich. Als Hesam sagte, dass Narges angerufen hatte, weil mit Nuri etwas nicht stimmte, spürte ich eine unsagbare Erleichterung. Erst dann begriff ich, was Hesam gesagt hatte: Nuri ging es nicht gut! Wir fuhren sofort los. Unterwegs berichtete Hesam mehr über das Telefonat mit Narges:

„Sie hat Nuri heute Morgen leblos vorgefunden. Gestern Abend habe er noch tief geschlafen und laut geatmet." Nuri war tot? Ich konnte es nicht glauben. Er konnte doch nicht einfach so gehen! Ich machte mir bittere Vorwürfe, Narges dieses schlimme Erlebnis aufgebürdet zu haben. Noch mehr bedrückte mich der Gedanke, dass Nuri allein war, als er starb und wir ihn im Stich gelassen hatten. Wäre ich abends selbst zu Nuri gegangen, hätte ich gesehen, dass er im Sterben lag und wäre bei ihm geblieben. Als wir ankamen, kümmerten wir uns erst um Narges, die sichtlich unter Schock stand. Was sie erzählte, konnte ich kaum glauben, so unfassbar war das. Doch es erwies sich als traurige Realität. Bei Nuri bot sich uns ein schrecklicher Anblick. Sein Körper war übersät mit kleinen, hellen Maden. So etwas hatte ich noch nie gesehen! Ich musste mich mehrmals übergeben. Doch dann packte mich eine verzweifelte Wut und Entschlossenheit. Nichts und niemand konnte mich mehr zurückhalten, sofort zu handeln. Auch nicht die flehenden Bitten meines Mannes, doch an unser ungeborenes Kind zu denken. Sare war zum Glück telefonisch noch erreichbar. Weinend schilderte ich ihm die Situation und beschwor ihn, alles an Alkohol mitzubringen, was er in den Apotheken bekommen konnte. Ich war mir bewusst, dass dies schwierig sein würde, und dass ich Sare damit in Verlegenheit brachte. Alkohol in größeren Mengen durfte nicht an Privatpersonen abgegeben werden. Aber das war mir in dem Moment egal.

„Du musst das machen! Bitte, beeil dich!" Ich wusste nicht, wie er es geschafft hatte, aber eine halbe Stunde später war er da, mit vier großen Flaschen reinen Alkohols. Er war sehr betroffen und weinte, als er Nuri sah.

„Sare, du musst doch etwas bemerkt haben! Maden kommen nicht nach ein paar Stunden!", bedrängte ich ihn sofort und sprach meine nächsten Gedanken laut aus: „Nuris Dekubitus ist abgeheilt, das kann nicht die Ursache sein." Sare erzählte unter Weinen, dass ihm die kleinen Maden schon vor drei Tagen aufgefallen waren, und er sie zwar immer entsorgt hatte, aber bald wieder neue auftauchten. Er erzählte uns auch, dass Nuri seit drei Tagen nichts mehr gegessen und seit zwei Tagen auch nichts mehr getrunken hatte.

Ich gestand mir ein, dass es ungerecht von mir war, ihm Vorwürfe zu machen. Ohne pflegerische Vorkenntnisse war er mit der

Situation überfordert gewesen. Er hatte Nuri geliebt wie einen Bruder, ihn traf wirklich keine Schuld.

„Ich bin auch deshalb heute Morgen noch nicht mit meiner Familie weggefahren, ich wollte vorher mit euch sprechen", ergänzte er zerknirscht. Ich versuchte ihn zu beruhigen und entschuldigte mich: „Alles ist gut, Sare, es tut mir leid. Natürlich mache ich dir keine Vorwürfe, du kannst nichts dafür. Dinge geschehen, wir können sie nicht aufhalten. Wir alle wissen, wie liebevoll du dich um Nuri gekümmert hast, und wir wissen auch, dass dieser Prozess schon seit längerem begonnen hat und wir damit rechnen mussten. Danke, dass du immer für Nuri da warst und danke, dass du auch heute da bist." Sare ließ seinen Tränen freien Lauf.

Hesam hatte inzwischen Matratzen aus dem Lager geholt. Um zu verhindern, dass ich mit anpackte, gingen die beiden Männer auf meine Anweisungen ein. Sie brachten Nuri ins Freie und legten ihn auf eine der Matratzen und überschütteten ihn mit Alkohol. Danach duschten sie ihn mit einem Wasserschlauch ab und trugen ihn auf eine neue Matratze. Diese Prozedur wiederholten sie noch dreimal, bis keine Maden mehr zu sehen waren. Ich redete während der ganzen Zeit mit Nuri und erklärte ihm, was wir machten und warum wir es machten. Hesam schaute mich besorgt an:

„Nuri ist tot, er merkt nicht, was mit ihm machen!"

„Aber er ist doch blind! Wir können ihn nicht einfach so abspritzen, er muss es doch vorher wissen!" Meine Augen nahmen das Geschehene zwar auf, aber mein Herz wollte die Realität nicht wahrhaben. Mit Seife und Shampoo wuschen wir Nuri ein letztes Mal und rieben seinen geschundenen Körper mit Rosenöl ein. Ich nahm das schönste weiße Hemd und eine weiße Pyjamahose seines Vaters aus dem Schrank in *Bibi Hadji*s Schlafzimmer. Das zogen wir ihm an. Die beiden Männer trugen ihn in das große Empfangszimmer. Die Klimaanlage lief auf höchster Stufe. Ich war zuversichtlich, dass die Kälte verhindern würde, dass weitere Maden auftauchten.

Auf der besten Gästematratze, dort wo *Baba Hadji* immer an seinem Tisch gesessen hatte, bahrten wir Nuri so auf, dass der leicht zur Seite gedrehte Kopf in Richtung Mekka schaute. Aus dem Garten holte ich Blumen und stellte sie in eine der Vasen in die Nische, die in Nuris Nähe war. Um ihn herum legte ich Hibiskusblüten. Kerzen und Weihrauch verbreiteten eine wohltuende, heilige Atmosphäre. Sare hatte diese voraussichtig besorgt. Auf meine erstaunten Blicke erklärte er mir, dass Weihrauch den Engeln, die Nuris Seele abholten, ihren Weg von bösen Geistern befreite.

Viele Jahre schon durfte Nuri nicht mehr in dieses Zimmer kommen und er war ausgegrenzt, wenn Feste gefeiert wurden. Jetzt gehörte das Zimmer ihm allein, und dieses Mal würden alle seinetwegen und zu ihm kommen.

„Wenigstens nach seinem Tod wird ihm diese Gerechtigkeit noch zuteilwerden", dachte ich traurig, aber es schwang auch ein wenig Genugtuung mit. Ich redete mit Nuri:

„Nur das Beste ist heute gut genug für dich, mein liebster Schwager, und niemand kann uns daran hindern." Es schien, als lächelte er, und als ob ich ihn auf seinem Blechnapf trommeln hörte: „Siegi *Chanum*, Siegi *Chanum*." Das ließ mich laut aufschluchzen. Hesam nahm mich in die Arme. Jetzt endlich konnte ich mich fallen und den Tränen freien Lauf lassen. Gemeinsam weinten wir all die Tränen, die Nuri mit seinen vernarbten blinden Augen nie hatte weinen können. Wir weinten um die Liebe, die wir ihm zu wenig gegeben hatten, und die er doch so bedingungslos allen zuteilwerden ließ. Wir weinten um all das Leben, das ihm nicht vergönnt war zu leben. Wir weinten und weinten, bis uns eine andere, wohltuende Erschöpfung einholte. Sieben Stunden waren seit Narges Anruf vergangen.

Als die ersten Angehörigen mit der Mutter aus *Chorramschahr* eintrafen, sah Nuri verändert aus. Er lächelte, ein überirdisches Lächeln. Sein Gesicht war wie von einer Aura umgeben. Ich war mir sicher, dass seine Seele bereits auf dem Weg in den obersten Himmel war und er direkt ins Paradies kam. Ich stellte mir vor, wie das Lächeln in seinem Gesicht erschien, als er die Engel sah. Für einen kurzen Moment hatte ich die Intuition, dass *Baba Hadji* ihn begleitete. Ich bat Sare, alle für Nuri benutzten Matratzen und Wäschestücke aufs Dach zu tragen und dort zu verbrennen. Das Feuer, das er entfachte, war wie ein Leuchtfeuer, ein letzter Gruß auf Nuris Weg zum Licht.

Die Beerdigung war für den nächsten Tag festgelegt. Er sollte in Ghom in der Familiengruft neben seinem Vater beigesetzt werden, deshalb wollte die Familie noch am selben Abend nach der zeremoniellen Totenwäsche aufbrechen. Da die Buben dabei sein wollten, wenn ihr *Amu* Nuri verabschiedet wurde, durften sie mit ihrem Papa nach Ghom fahren. Ich war zu erschöpft, um mitzukommen. Ich brauchte das auch nicht. Nuri würde für immer in meinem Herzen sein. Ich blieb mit Yasmin zuhause. Ein Neffe und seine Schwester hatten angeboten, zu uns zu kommen, während der Rest der Familie Nuri auf seiner letzten irdischen Reise begleitete.

Wegen der Trauerfeierlichkeiten und den damit verbundenen Kondolenzbesuchen blieb *Bibi Hadj*i vorerst noch in ihrem Haus. Der neue Einzugstermin bei uns war für die Woche nach dem vierzigsten Todestag geplant, wenn die offizielle Trauerzeit vorbei sein würde. Doch *Bibi Hadj*i brauchte noch etwas Zeit, um Abschied zu nehmen, es fiel ihr sehr schwer. Als ich ihr sagte, dass ich ihre Hilfe brauchen würde, wenn das Baby geboren war, setzte sie sich selbst ein Ultimatum. Doch wieder kam alles anders als geplant.

Zwei Tage vor ihrem Einzug spürte ich kaum noch Kindsbewegungen und Hesam brachte mich in die Klinik. Da auch die Herztöne unseres ungeborenen Kindes schwächer wurden, holte man es zwei Wochen vor dem errechneten Geburtstermin mit einem Notkaiserschnitt zur Welt. Ich hatte eine Vollnarkose und erlebte die Geburt dieses Mal nicht mit. Am nächsten Morgen war ich noch in einem Dämmerzustand und hörte aus weiter Ferne, wie jemand Glückwünsche zu einem Sohn aussprach.

„Ich gratuliere auch zum Sohn!", lallte ich schlaftrunken an Adresse unbekannt.

„Nein", kam dieselbe Stimme zurück, „ich habe ein Mädchen, Sie haben einen Jungen!"

„Mädchen, Junge, wo bin ich nur?", fragte ich mich irritiert. Auf einmal war ich hellwach und schaute mich suchend um. Außer einer Bettnachbarin sah ich nichts.

„Wo ist mein Kind? Was ist mit meinem Kind? Warum ist es nicht hier?", rief ich aufgeregt. Meine Bettnachbarin versuchte mich zu beruhigen:

„Ihrem Sohn geht es gut, er ist, wie meine Tochter auch, im Säuglingszimmer." Ich wollte aufstehen und mein Kind suchen, aber ich war viel zu schwach. Die Bettnachbarin wollte gerade Hilfe herbeirufen, als zwei Männer das Zimmer betraten. In meiner Panik erkannte ich sie nicht und war mir sicher, dass sie mir eine Hiobsbotschaft bringen wollten.
„Was ist mit meinem Kind?", flehte ich sie an. „Wo ist es?"
„Haben Sie Ihren Sohn noch nicht gesehen?", fragte einer der Männer erstaunt. „Wo ist mein Kind, ich will zu meinem Kind!", rief ich wieder.
„Gut, dann bringen wir Sie hin", sagte der freundliche Mann. Als ich merkte, dass sie mir keine schlimme Nachricht bringen wollten, beruhigte ich mich ein wenig. Jetzt erkannte ich die beiden auch. Es waren der Gynäkologe und der Anästhesist. Sie halfen mir aus dem Bett, zogen mir den Morgenmantel über und packten mich unter den Armen, als sie merkten, dass ich nicht genügend Kraft hatte, um eigenständig zu gehen. Der Gynäkologe verhandelte mit der Kinderkrankenschwester, während ich durch die große Glasscheibe nach meinem Kind suchte. Mein Blick führte mich gezielt zu einem Bettchen, in dem ein Kind mit rundem Köpfchen lag. Das war mein Kind, mein Herz war sich ganz sicher. Die Schwester brachte es entgegen den Bestimmungen vor die Tür und ich durfte mein Kind wenigstens berühren. Der kleine Mann hatte die Augen weit auf und war so wunderschön. Sein Köpfchen war umrahmt von dunklen Haaren und das Gesichtchen zeigte keinerlei Schwellungen, wie bei Neugeborenen, die auf natürlichem Weg auf die Welt kamen. Ich redete mit ihm, so wie ich mit ihm geredet hatte, als er noch in mir heranwuchs. Und plötzlich lächelte mein Kind, das ganze Gesichtchen strahlte, und auf der rechten Wange erschien ein Grübchen. Jeder noch so kleine Gesichtsmuskel schien in dieses Lächeln eingebunden zu sein.

Das war unsere erste Begegnung, die ich nie vergessen werde, eine der Sternstunden, wie ich sie auch bei der Geburt der anderen Kinder erlebt hatte. Eine Sternstunde, ein Ahnendürfen, ein kurzer Blick am Rande der Ewigkeit hinter die Schleier, wo das Geheimnis dieses unfassbaren Wunders verborgen lag. Eine Sternstunde, erfüllt von Liebe, die für die Ewigkeit war, wie ein unzertrennbares Band und erfüllt von tiefer Dankbarkeit.

Ich war nicht bereit, mein Kind noch länger allein zu lassen und bat darum, am selben Tag entlassen zu werden. Meine Ärzte, sichtlich berührt von der Reaktion des Neugeborenen, waren einverstanden, sofern ich absolute Ruhe einhalten und regelmäßig zu Nachuntersuchungen in die Praxis kommen würde. Das konnte ich versprechen, denn der stolze Papa hatte extra Urlaub genommen. Als er Yasmin gesagt hatte, dass unser Baby nicht das ersehnte Schwesterchen, sondern ein Brüderchen ist, war ihr einziger Kommentar: „Dann ist er der Papa, wenn wir mit meinen Puppen spielen, zwei Mamas geht doch garnicht." Von da an war das Brüderchen ihr Baby, sie wich nicht von seiner Seite, wenn es wach war.

Wie sich bei der Geburt herausstellte, hatte sich das Köpfchen in die unterste Rippe eingedrückt. Das Ungeborene bewegte sich nicht mehr und signalisierte damit, dass es in Gefahr war, so hatte es uns der Arzt bei der Entlassung erklärt. Wir waren unendlich dankbar, dass Gott uns dieses Kind geschenkt hatte, und dass es ein gesundes Kind war. Eine leichte Vertiefung in der Schädeldecke, da, wo das Köpfchen eingeklemmt war, ist heute noch zu ertasten. Für mich ist es das Nuri-Mal, ein Segensmal. Wir nannten unseren vierten Sohn nach seinem Großvater, Hadi.

Die folgenden Wochen waren erfüllt von Freude und Glück. Die Sommerferien hatten begonnen und die Kinder konnten bewusst miterleben, wie ihr kleiner Bruder sich von Tag zu Tag veränderte. Hesam hatte Urlaub genommen, und wir kosteten es voll aus, einmal nur Familie zu sein. Die Kinder halfen ihrem Papa, die obere Wohnung fertigzustellen. Die Regale in den Einbauschränken und der Teppichboden in den Schlafzimmern fehlten noch. Wir wollten die Wohnung zum Herbst vermieten. Hesam kümmerte sich ums Essen. Entweder kochte er oder er fuhr mit den Kindern zum Essen ins Club-Restaurant seiner Firma. Auch die Kinder übernahmen kleinere Aufgaben im Haushalt. Ich genoss es, in der liebevollen Fürsorge meiner Familie viel Zeit für unser Baby zu haben. Vier Wochen nach der Geburt konnten wir *Bibi Hadji* endlich zu uns holen. Sie benötigte nur Hilfestellung bei der Morgenwäsche und beim An- und Ausziehen. Zur Toilette und innerhalb der Wohnung konnte sie mit Hilfe eines Rollators selbständig gehen. Wenn Hadi wach war, legte ich ihn ihr oft in den Schoß und sie spielte und redete mit ihm.

Manchmal konnte ich es nicht fassen, dass uns so viel Glück an einem Stück zuteilwurde. Und doch waren wir alle mitten drin und damit so sehr gesegnet. Dieses Gefühl der Fassungslosigkeit verdichtete sich nachts, wenn ich schlief. Ich merkte es daran, dass ich plötzlich wach wurde. Mein Herz klopfte laut und ich spürte eine innere Unruhe. Voller Bange lauschte ich auf die leisen Atemzüge meines Kindes, das neben meinem Bett im Stubenwagen lag und friedlich schlief. Erst nachdem ich mich überzeugt hatte, dass auch bei seinen Geschwistern alles in Ordnung war, beruhigte sich mein Herz wieder, doch die Unruhe blieb. Tagsüber konnte ich sie verdrängen, aber fast jede Nacht wurde ich, getrieben von einer unerklärlichen Sorge, wach und drehte meine Runde. Ich vermutete, dass der nachträgliche Schock, dass Hadi Schlimmes hätte passieren können, diese Unruhe verursachte und hoffte, dass sich das mit der Zeit von selbst geben würde. Ich legte es in Gottes Hand, denn damit hatte ich bisher die besten Erfahrungen gemacht.

Damals ahnten wir noch nicht, was sich über unseren Köpfen zusammenbraute!

– 32 –

Die Sommerferien gingen zu Ende. Es war der 22. September 1980, für die Kinder der erste Schultag nach mehr als drei Monaten Ferienzeit. Wir saßen alle um den großen Tisch in der Küche und unterhielten uns lebhaft. Das gemeinsame Frühstück war uns als Morgenritual sehr wichtig, weil wir erst nachmittags wieder als Familie zusammen sein würden.

Zwei Tage zuvor waren wir mit *Bibi Hadj*i aus *Teheran* zurückgekommen. Morteza hatte uns ans Kaspische Meer eingeladen. In einer Ferienwohnanlage, welche die Oil Company ihren Mitarbeitern zur Verfügung stellte, verbrachten wir zehn unvergesslich schöne Tage. Bevor wir ans Kaspische Meer fuhren, hatten wir in *Teheran* Gardinen für den Salon in Auftrag gegeben und Kristallleuchter ausgesucht. Auf der Rückfahrt machten wir Zwischenstation in *Teheran*, um diese abzuholen. Auch *Bibi Hadj*i nahmen wir wieder mit. Sie wollte nicht mit ans Meer und war solange bei ihrem ältesten Sohn geblieben.

Die Erinnerung an die gemeinsamen Tage am Meer zaubern mir ein Lächeln ins Gesicht. Sepide hatte auch damals wieder einige Monate nach mir ein Kind bekommen. Das war eine große Überraschung, denn sie hatten ihre Familienplanung schon abgeschlossen. Ohne dass wir es abgesprochen hatten, waren unsere Kinder immer nacheinander im Abstand von sechs bis neun Monaten zur Welt gekommen.

„Um Allahs Willen, werde bitte nicht wieder schwanger!", hatte Sepide mich beschworen. Unter Lachen konnte ich sie beruhigen. Ich erzählte ihr von den ‚notwendigen Maßnahmen', die während Hadis Geburt angefallen waren und dass ich nicht mehr schwanger werden konnte. Der Gynäkologe hatte gefragt, ob er meine Eileiter unterbinden sollte. Auf meinen Einwand, dass mein Mann niemals seine Einwilligung dazu geben würde, meinte er verschmitzt:

„Die haben wir schon. Ihr Mann musste eine Einwilligung zur OP unterzeichnen, diese beinhaltet auch die notwendigen anfallenden Maßnahmen." Ich gab meine Einwilligung. Meinem Mann hatte ich den Eingriff verschwiegen, er würde es später erfahren. Doch dazu sollte es nie kommen, er weiß es wahrscheinlich bis heute nicht.

Am Tag nach unserer Rückkehr, dem letzten Ferientag, hatten wir die Gardinen und die Kristallleuchter im Salon und im Esszimmer angebracht. Die Kinder durften nach der Montage die vielen kleinen Teile an die Leuchter hängen. Sie standen dabei auf dem großen Esszimmertisch, Yasmin in einem orangefarbenen Sommerkleidchen und lockigen offenen Haaren. Wie glücklich und auch ein wenig stolz waren wir, als dann die Lichter angingen und unser Salon erstmals in hellem Glanz erstrahlte und so schön erschien mit den neuen Möbeln und den Teppichen und den Gardinen. Für den Esszimmertisch hatte ich eine große Decke in Filettechnik gehäkelt, sie war gerade noch rechtzeitig fertig geworden. Wie hatten wir diesen Tag herbeigesehnt!

Irgendetwas bewegte mich dazu, Hadi, der friedlich in seinem Stubenwagen schlief, zu uns in die Küche zu holen. Die Kinder unterhielten sich nun leiser, um ihr Brüderchen nicht zu wecken. Sie freuten sich auf die Schule und besonders auf ihre Freunde. Ich war froh, dass die Unruhen der Revolution vorbei waren und eine gewisse Normalität wieder unser Leben bestimmte. Dankbarkeit erfüllte mich und ich spürte, wie ich mit allem um mich herum im Einklang war. Es war einer der Momente in meinem Leben, in dem die Zeit für einen Augenblick stehen zu bleiben schien, ich spürte nur noch Liebe. So hörte ich das Flugzeug auch erst, als es mit donnerndem Getöse über uns hinwegflog.

„Was war das denn?", Reza reagierte als erster.

„Auf alle Fälle laut", scherzte ich noch, als ein ohrenbetäubender Knall folgte, der unsere Scheiben erzittern ließ. Wir konnten uns nicht erklären, was das bedeutete, auch im Radio kam keine diesbezügliche Meldung.

„Das war bestimmt ein Militärtestflug", beruhigte Hesam uns.

„Wir sind aber nicht im Testflugbereich, das gab es noch nie, das wäre ja furchtbar. Wir wohnen doch schon über ein Jahr hier, und noch nie war ein Testflug. Dann hätten wir doch nicht hierher gebaut!", gab ich zu bedenken. Die Kinder waren schnell nach draußen gerannt, weil sie erhofften, noch einen Blick auf den Jet zu erhaschen, und ich trug Ranzen und Schulbrote hinterher. Da kam auch schon der Schulbus um die Ecke. Ich machte mir noch keine großen Sorgen, auch der Fahrer schien unbesorgt. Die beiden Großen waren zu Fuß unterwegs. Reza zum Gymnasium, Essi in dessen Nähe zur Übergangsschule fürs Gymnasium. Ein Nachwinken, dann ging ich am Garten vorbei ins Haus zurück. Mitten auf dem Rasen stand ein Hibiskusbäumchen. Die roten Blüten waren in der ersten Morgensonne aufgegangen und bildeten einen schönen Kontrast zu dem grünen Rasen.

Bibi Hadji war vom Fluglärm wach geworden. Sie war schon im Bad. Ich half ihr beim Waschen und Anziehen. Hesam hatte noch eine halbe Stunde Zeit, bis er ins Büro musste. Wir setzten uns zu *Bibi Hadji* und tranken Tee, während sie frühstückte. Hadi beobachtete ein Mobile, das am Stubenwagen befestigt war und sich drehte. Er freute sich und machte erste Greifversuche. Im Radio spielte klassische persische Musik.

„Hast du gut geschlafen?", fragte Hesam seine Mutter.

„*Alhamdelellah*, sehr gut, ich schlafe hier immer gut." Sie lächelte mich dabei an, ich lächelte zurück. Es war so bereichernd für uns alle, dass sie bei uns war und sich wohlfühlte.

Die Musik im Radio wurde jäh unterbrochen und es erklang eine Sirene. Eine männliche Stimme sprach laut und jedes Wort betonend: „Es folgt eine wichtige Mitteilung!" Noch bevor er weitersprach, ahnte ich bereits Schlimmes. „Wir teilen unseren werten Mitbürgern mit, dass unser Nachbarstaat Irak unserer Islamischen Republik Iran den Krieg erklärt hat!" Er sagte noch etwas von Amerika im Zusammenhang, aber ich war zu geschockt, um noch mehr aufnehmen zu können. In meinem Kopf schallte es von allen Seiten zurück: „Krieg, Krieg, Krieg!". Die Sirene schrillte weiter. Wir saßen wie erstarrt, konnten das Unfassbare nicht fassen.

„Die Kinder! Ich muss die Kinder holen!", war meine erste Reaktion. „Oh mein Gott, sie sind bestimmt schon über die Brücke! Brücken werden zuerst bombardiert!" Wie unter Schock holte ich Hadi aus seinem Stubenwagen und presste ihn an mich. Ich war nicht bereit, ihn wieder loszulassen. Fassungslos schauten mein Mann und ich uns an, in der Hoffnung, dass das eben Gehörte nicht wahr sein würde. Im Radio kam eine Meldung, dass die Schulen bis auf weiteres geschlossen blieben und die Kinder mit den Schulbussen nach Hause zurückgebracht würden, beziehungsweise abgeholt werden müssten. „Gott sei Dank, aber was ist mit Essi und Reza? Bitte, lieber Gott, lass sie heil nach Hause kommen!" Hesam beschwor ich:

„Du musst sie holen, bitte! Bitte, bring unsere Kinder nach Hause. Wir müssen sie beschützen!" Hesam versuchte mich zu beruhigen: „Sie sind bestimmt schon unterwegs und ich weiß nicht, welchen Weg sie wählen, um schneller hier zu sein. Wir legen sie in Allahs Hand!" Die Perlen seines Gebetskranzes glitten dabei unter seinem rechten Daumen und Zeigefinger dahin, eine nach der anderen an den ihr zugeordneten Platz in der Reihe vieler Perlen. Für einen Moment waren sie von ihrer Reihe getrennt. Es war der Moment, wenn sie mit einem sich immer wiederholenden kurzen Gebet oder Aufruf zu Gott weitergeschoben wurden zu den Perlen vor ihnen, bis sie wieder in der Reihe waren. Für diesen einen Moment war jede von ihnen hervorgehoben, etwas Besonderes, eine Botschaftsträgerin zu Gott. Die Kontinuität im Ablauf bewirkte, dass mein Mann in all dem Chaos, das sich um uns herum zusammenbraute, ruhig und gelassen blieb. Ich beneidete ihn um diese Gelassenheit, denn ich selbst hatte das Gefühl, als ob mir der Boden unter den Füßen weggerissen würde. Sogar die vertrauten Revolutionslieder und Koranrezitationen, die nun anstelle der klassischen Musik gesendet wurden, klangen für mich bedrohlich.

Die Zeit der Ungewissheit, was mit den Kindern war, erschien mir wie eine Ewigkeit. Meine Sorge machte mich fast wahnsinnig, und ich stellte mir die schlimmsten Szenarien vor. Im Radio kamen immer wieder neue, schrecklichere Nachrichten. In einer groß angelegten Kampagne hatte der Irak mehrere Flughäfen im Iran fast zeitgleich bombardiert, auch den von *Ahwaz*.

„Wir sind hier nicht mehr sicher! Die irakische Grenze ist nur einige Kilometer von *Ahwaz* entfernt! Bitte, bring uns von hier weg!", flehte ich meinen Mann an. Er betete mit seinem Gebetskranz und schien in sich versunken. Dabei hörte er aber auch auf jede neue Nachricht im Radio. Ich sah ihm an, dass ein enormer Druck auf seinen Schultern lastete. Seine Sorge um die Kinder ließ erst einmal alles andere unwichtig erscheinen. Ich hielt es nicht mehr aus und übergab Hadi seinem Vater und ging auf die Straße. Als dann endlich der Schulbus um die Ecke bog und meine Kinder ausstiegen, war ich am Ende meiner Kräfte. Ich bemühte mich, mir meine Angst nicht anmerken zu lassen. Der Fahrer hatte unsere Großen, die schon auf dem Rückweg waren, gesehen und mitgenommen.

„Keine Schwäche zeigen, du musst stark sein!", redete ich mir Mut zu und unterdrückte die aufkommenden Tränen der Erleichterung.

Die Kinder waren verstört. Ihr erster Schultag, auf den sie sich so sehr gefreut hatten, hatte eine ganz andere Wende genommen. Es war Krieg.

„Ist der Papa noch da?", fragte Reza besorgt. Mit seinen zwölf Jahren fühlte er sich mitverantwortlich. Ich konnte ihn beruhigen, und wir gingen schnell ins Haus. Um elf Uhr schien alles vorbei zu sein. Keine Sirenen, keine Schreckensnachrichten, keine Bombeneinschläge mehr.

„Der Irak scheint uns nur gewarnt zu haben und wartet auf Verhandlungen", meinte Hesam.

Doch er lag falsch mit seiner Vermutung. In *Abadan* und *Chorramschahr* war die Hölle los. Wir waren sehr in Sorge um unsere Verwandten, die dort lebten. Im Laufe des Tages erfuhren wir, dass der Iran nicht vorgewarnt und somit auch nicht vorbereitet war, und jetzt erst dabei war, aufzurüsten. In einem Aufruf an die Bevölkerung bat die Regierung um Hilfe. Hunderttausende junger Männer meldeten sich und waren bereit, ihr Leben zu opfern. Bis mehr militärisches Geschütz vor Ort eintraf, wollten diese mutigen Menschen unsere Grenzen verteidigen.

Der nächste Tag verlief noch einigermaßen ruhig. Hesam nutzte die Gelegenheit und machte Großeinkäufe. Seine Firma hatte einen eigenen Supermarkt. Dort gab es noch genügend Vorräte, während in der Stadt einige Läden bereits geschlossen hatten, weil es keinen Nachschub gab. Es wurde alles an der Front gebraucht.

Sadegh und seine Familie waren schon nach *Teheran* aufgebrochen. Feris Eltern lebten dort und warteten auf sie. Gerüchte, dass die Iraker zu Fuß auf dem Vormarsch und nur noch fünf Kilometer von uns entfernt waren, versuchten wir so gut es ging, von den Kindern fern zu halten. Ich hatte einen großen Notfallkoffer gepackt, vorwiegend mit Sachen für Hadi, wie Kleidung für die nächsten Monate, Trockenmilch und einigen Packungen zur Zubereitung von Brei.

In der folgenden Nacht schliefen wir alle in einem Zimmer. Zum ersten Mal erwog mein Mann, dass ich mit den Kindern nach Deutschland fliegen und uns in Sicherheit bringen sollte. Für mich kam das nicht in Frage, denn wir hätten ohne ihn fliegen müssen. Die Regierung hatte gleich in den ersten Tagen ein Ausreiseverbot für Beamte erlassen. Es betraf auch Hesam. Wir wollten, solange es ging, in unserem Haus bleiben. Im kleinen Wohnzimmer, das Zugang zu allen Schlafzimmern und zur Küche hatte, versuchten wir, möglichst normales Leben aufrecht zu erhalten. Die Beschäftigung mit Hadi, seine Unbekümmertheit und seine täglichen kleinen Fortschritte lenkten uns ab und ließen uns das Geschehen um uns immer wieder für kurze Zeit vergessen. Seine Sorglosigkeit war ein Gegenpol zu unseren Sorgen und Ängsten.

Dass wir diese vor den Kindern nicht verbergen konnten, merkten wir, als Omid als erster davon sprach, dass wir die Stadt verlassen müssten. Mit Blick auf die Wellensittiche im Patio meinte er: „Wenn wir hier weggehen, müssen wir sie freilassen!" Wie gut, dass er daran dachte. Omid war schon immer unser Planer. Mit sechs Jahren hatte er uns mit einem Plan überrascht, wie er sich seinen späteren Bauernhof vorstellte. Er hatte errechnet, wie viele weibliche und männliche Tiere er brauchte, um genügend Jungvieh zu bekommen und wie viel Hektar Land er bearbeiten müsste, um das Vieh zu ernähren. Und jetzt machte er sich Gedanken, was mit den Wellensittichen geschehen sollte.

In der Mitte des Hauses war ein mit Glasscheiben versehener Lichtfang, der den Aufenthaltsraum und die Küche mit mehr Tageslicht versorgte. Dort, auf etwa zwanzig Kubikmetern, lebten zweiunddreißig Wellensittiche. Die Kinder hatten einen trockenen Baum in dem Patio aufgestellt und einige Bruthäuschen gebaut. In drei Metern Höhe war ein Zaun als Decke gespannt. Aus anfänglich zwei Wellensittichen war eine bunte Kolonie entstanden.

Omids Bemerkung hatte uns vor Augen geführt, dass es Zeit war, eine eventuelle Flucht zu planen, damit wir nicht überstürzt abreisen mussten. Wir überlegten uns, wie wir das am besten organisierten, damit es schnell ausführbar war.

„Wir lockern schon mal den Zaun so, dass wir ihn nur zurückschlagen müssen", war Rezas praktische Idee.

„Und alles Futter, das wir haben, und viel Wasser deponieren wir hier, falls sie in der ersten Zeit zurückkommen!" Mit seinen elf Jahren dachte Essi schon sehr vorausschauend. Omid erstellte einen Plan X für den Notfall und dokumentierte alles. Reza wurde eingeteilt, den Zaun zu öffnen, die Leiter dafür stellte er im Patio bereit. Außerdem sollte er sich darum kümmern, dass alle Geschwister zweimal Kleidung zum Wechseln und eine warme Jacke für nachts einpackten, ebenso eine Decke und ihr Kopfkissen. Mehr würde nicht möglich sein. Essi übernahm die Verantwortung für Hadis bereitstehenden Koffer und für den Kinderwagen mit Inhalt. Hesam war für seine Mutter zuständig, und ich für Hadi. Wir bereiteten gemeinsam Brote und ein Nudelgericht für unterwegs vor und froren alles in einem großen Behälter ein. So waren wir im Notfall erst einmal versorgt und konnten darauf zurückgreifen. Auftauen würde es bei der extremen Hitze schnell.

Wir überlegten, was noch alles wichtig sein könnte. Jedes Kind konnte ein Lieblingsspielzeug mitnehmen, vorausgesetzt, es hatte in seiner Hand Platz. Yasmin durfte eine ihrer Puppen aussuchen, doch sie konnte sich für keine entscheiden. Stattdessen versteckte sie alle an einem sicheren Ort im Obergeschoss. Mein tapferes Mädchen. Schon damals war zu erkennen, dass sie eine gute Mutter sein würde. Sie nahm stattdessen eine kleine Dose mit, die ihr meine Schwester geschenkt hatte. Es war eine Geheimnisdose, in die sie Freude, Kummer oder Geheimnisse hineinlegen, aber auch wieder herausnehmen konnte, so hatte es meine Schwester ihr erklärt. Meine einzige Schwester, wie sehr ich sie vermisste! Ich dachte auch an meine anderen Lieben in Deutschland, die bestimmt in großer Sorge um uns waren. Hesam wollte versuchen, vom Büro aus anzurufen.

Meinen Schmuck versteckte ich in einem Glas mit Hülsenfrüchten. Auf die Idee, ihn mitzunehmen, kam ich nicht. Die Kinder packten einen Großteil ihrer Spielsachen in Kartons und deponierten sie in den obersten Schrankfächern der unbewohnten Wohnung. Da die Schränke sehr tief eingebaut waren, konnte man die Sachen bei geöffneten Schranktüren nicht sehen. Hesam dachte zum Glück noch an unsere Papiere und legte sie bereit. Im Wohnzimmer, das wir am Abend vor Kriegsbeginn eingerichtet hatten, rollten wir die Teppiche zusammen und verschnürten diese mit Plastikfolie. Die Kinder hatten vorher Tabak darüber verteilt zum Schutz vor Silberlingen und Motten. Die neuen Sitzmöbel und Möbel verhängten wir mit großen, schweren Tüchern. Das Silberbesteck wickelten die Kinder in Alufolie, damit es nicht anlaufen konnte, und verbargen es unter trockenem Müll im Mülleimer. Omid war in seinem Element und notierte, was und wohin wir etwas versteckt hatten, bis ins kleinste Detail. Wir waren so beschäftigt, dass wir für kurze Zeit vergessen konnten, wofür wir das planten und organisierten. Wir hofften immer noch, dass dieser Tag nie kommen würde.

Mittlerweile war es der siebte Tag nach Kriegsbeginn. Die irakische Luftwaffe bombardierte seit Stunden Öl- und Industrieanlagen. Auch die wichtigste Brücke über den *Karun* hatten sie im Visier, konnten aber bisher nicht treffen. Das Gerücht, dass die irakische Kavallerie auf dem Vormarsch war, bewahrheitete sich leider. In immer kürzeren Abständen schlugen Mörser in der Umgebung unserer Stadt ein. Beim Aufprall verwandelten sie sich in Tausende gefährlicher Geschütze. Bald würden sie uns erreichen, das war uns klar. Hesam und Reza hatten in der Nacht beim Bäcker angestanden und kamen gegen fünf Uhr mit zwanzig Fladenbroten und zehn Kilo Mehl nach Hause. Das war eine große Beruhigung, denn die Brote und das Mehl würden uns über die nächsten Wochen helfen, falls es uns nicht mehr gelingen sollte, die Stadt zu verlassen.

Von unserem Aufenthaltsraum führte ein kleiner Flur zu einem der drei Badezimmer. Da der Flur schmal war, hatten wir ihn als Schutzraum ausgesucht. Er lag durch ein WC getrennt, nahe an einer Außenwand des Hauses und bot mehr Schutz vor herabfallenden Decken und Wänden als die anderen Räume.

Nach den heftigen und zahlreichen Bombardierungen an diesem Morgen rückte unser Plan X immer näher. Hesam sprach erstmals darüber, dass es zu gefährlich war, in *Ahwaz* zu bleiben, als die Sirene im Radio einen erneuten Angriff ankündigte. Binnen weniger Sekunden waren wir alle im Schutzraum, Hadi auf meinem Arm und *Bibi Hadj*i im Rollstuhl. Dicht aneinandergedrängt standen wir an der Wand. Der schrille Schrei der Sirene nahm kein Ende. Was das bedeutete, merkten wir bald. Ein dumpfer Aufprall folgte dem nächsten. Hesam rezitierte eine bestimmte *Sure* aus dem Koran, welche die Angst nehmen sollte. Seine Stimme wirkte beruhigend. Psalmworte fielen mir ein und ich sprach sie leise vor mich hin: „…und ob ich schon wanderte im finsteren Tal, fürchte ich kein Unglück, denn du bist bei mir…". Wie oft hatte ich diesen Psalm schon aufgesagt, in der Schule und im Konfirmandenunterricht. Erst jetzt begriff ich seinen tieferen Sinn!

Ich bemerkte Essi, wie er in der hintersten Ecke auf dem Boden kauerte, den Kopf in seinen Armen verborgen. Es tat weh, unseren sonst starken, großen Sohn so hilflos zu sehen. Hesam nahm mir Hadi ab, und ich setzte mich zu Essi. Er zitterte am ganzen Körper. Ich nahm ihn in meine Arme und wiegte ihn hin und her. Dabei summte ich ein Schlaflied, so wie ich ihn als Baby beruhigt hatte. Seine Geschwister schmiegten sich an uns. Sie wollten mit trösten, weil auch sie Trost brauchten. In all dem Getöse um uns herum, stand die Zeit für mich wieder still. Ich wollte sie festhalten, wollte alles wandeln, als ob nichts geschehen wäre.

Als alles vorbei war, ortete Hesam vom Dach aus die Einschläge der Bomben. Er schien erleichtert, als er zurückkam und meinte, dass er nur außerhalb der Stadt Rauchschwaden gesichtet hatte. Er wunderte sich, weil es dort weder Industrieanlagen noch Ansiedlungen gab. Reza erwog, dass vielleicht neue Militärstützpunkte das Ziel gewesen sein könnten. Das machte mich betroffen. Bisher hatte ich nicht einmal daran gedacht, dass meine Söhne irgendwann in einem Krieg Wehrdienst leisten müssten, während unser gerade mal Zwölfjähriger sich in Gedanken schon mit diesen Dingen beschäftigte. In der folgenden Nacht schliefen wir alle auf unserem großen Doppelbett, eng aneinandergeschmiegt und geborgen. Damit auch *Bibi Hadj*i in unserer Nähe war, schoben wir für sie Yasmins Bett in den Aufenthaltsraum.

– 33 –

Am nächsten Tag sahen wir aus der Ferne, wie Bomben über Wohngebieten abgeworfen wurden. Wir machten uns große Sorgen um unsere Verwandten in der Stadt. Die Familien aus *Chorramschahr* hatten nach den ersten Bombardierungen ihre Stadt verlassen und waren bei Angehörigen in der Innenstadt von *Ahwaz* untergekommen. Auch Karim hatte mit seiner Familie bei Seyede übernachtet. Sie wollten mit der Bahn weiter nach *Teheran* fahren. Dort hatten sie eine Eigentumswohnung, in der zurzeit Kurosch wohnte, der nach dem Abitur in *Teheran* eine Ausbildung zum Elektriker begonnen hatte. Hesam fuhr seinen Bruder zurück zum Bahnhof, wo Ulrike mit den beiden Mädchen auf ihn wartete. Nach seiner Rückkehr teilte mein Mann uns mit, dass er sich unterwegs entschlossen hatte, *Ahwaz* zu verlassen. Er wollte noch eine Nacht abwarten und dann ganz früh im Dunkeln aufbrechen.

Eine halbe Stunde später erfolgte der nächste Luftangriff, der fünfzehn Minuten dauerte. Dieses Mal hatte es in der Innenstadt eingeschlagen. Wir waren in großer Sorge um unsere Familien. Vom Nachbarhaus aus wählte ich die Nummer *Bibi* Masumes und war unendlich froh, als am anderen Ende der Leitung die Stimme meines Schwagers erklang:

„Es geht uns allen gut, *Alhamdelellah*. Wir wollen aber heute Abend in der Dunkelheit mit der Bahn die Stadt verlassen, es wird zu gefährlich hier. Kommt doch auch mit!", forderte er mich auf.

„Wir werden das Auto nehmen, für *Bibi Hadj*i ist alles andere nicht machbar. Passt gut auf euch auf. Gott beschütze euch. Wir sehen uns in *Teheran* wieder, *Inschallah*!", hörte ich mich sagen.

Ich wollte schnell nach Hause, meinem Mann davon berichten, ihm sagen, dass alle die Stadt verließen, auch wir! Ich wollte nicht mehr bis zum Morgen warten! Ich verabschiedete mich von unseren Nachbarn, die das Auto schon gepackt hatten. Sie wollten bis zum Abend möglichst weit weg vom Kriegsgeschehen kommen. Wohin, wussten sie selbst noch nicht. Bevor ich unser Haus erreichte, flog plötzlich, wie aus dem Nichts kommend, ein irakischer Kampfjet so tief über mir, dass er fast die Häuser streifte, so zumindest erschien es mir. Instinktiv ließ ich mich fallen und sah gerade noch, wie der Jet eine Bombe abwarf. Der lauteste und verzweifeltste Schrei meines Lebens wurde vom Aufprall der Bombe verschluckt. Ich wusste nicht mehr, wie ich nach Hause gekommen war.

„Bring uns hier weg, bitte, um Gottes Willen, bring uns hier weg! Sie werden uns töten!" Ich kauerte auf dem Boden und wimmerte wie ein kleines Kind vor mich hin. Nichts konnte mich mehr von außen erreichen, weder die tröstenden Worte meines Mannes, noch das ängstliche Flehen der Kinder. Auch das Schreien unseres Babys prallte an mir ab. Ich stand unter Schock. Auf Anraten *Bibi Hadji*s flößte Hesam mir eine Kräuteressenz aus ihrem Kräuterschatz, aufgelöst in gesüßtem Wasser, ein.

Er war so erschrocken über meinen Zustand, dass er sofort den Plan X aufrief. Die Kinder waren froh, in dieser Situation, die ihnen bedrohlich erschien, etwas tun zu können. *Bibi Hadji*s Zaubertrank blieb nicht ohne Wirkung und ich kam langsam wieder zu mir, funktionierte irgendwie und konnte mich wenigstens um Hadi kümmern. Dank unserer Planung verlief alles reibungslos und schnell. Die Wellensittiche hatten noch nicht begriffen, dass sie frei waren und in ihren natürlichen Lebensraum zurückdurften. Aber es genügte, wenn einer den Weg fand, dann würden alle hinterherfliegen. Zum Glück war die Brutzeit vorbei und die Jungen konnten schon fliegen. Reza deponierte viel Wasser und Körnerfutter im Patio, es würde noch einige Zeit reichen, falls sie zurückkamen.

Hesam hatte Karims Auto vor unserem eingeparkt. Da unser Pontiac auf der Heimfahrt von *Teheran* Probleme gemacht hatte, entschloss sich Hesam, mit Karims Auto zu flüchten. Er zapfte den Sprit aus dem Pontiac und füllte den anderen Tank damit auf. Wir hatten keine Zeit mehr. Bald konnte der nächste Angriff sein. Nach Plan X verlief das Einpacken reibungslos, alles musste mit: *Bibi Hadji*s Rollstuhl, ihr Laufgerät, ein Hocker mit Nachttopf für unterwegs, Kinderwagen und was wir sonst vorbereitet hatten. Auch unser eingefrorenes Esspaket und Kekse, Brot, Obst und Wasser für unterwegs. Vor den Sitzen war alles zugepackt, außer bei *Bibi Hadji* und dem Fahrersitz. Auf meiner Seite hatten wir etwas Platz gelassen für meine Füße.

„Können wir noch einmal kurz die Liste durchchecken?", fragte ich. Die Kinder hatten tolle Arbeit geleistet, an alles gedacht. „Ich habe für mich nichts eingepackt!", fiel mir gerade noch ein. „Meine Kleider zum Stillen hängen alle auf der Wäscheleine im Hinterhof, bitte holt zwei davon. Und ein Paar Schuhe brauche ich auch!" Essi erledigte das und steckte die Sachen irgendwo dazwischen. Bevor wir ins Auto einstiegen, hielt Hesam einen Koran so, dass wir alle darunter durchgehen konnten, er segnete uns für unseren Weg und bat um Gottes Schutz. Reza durfte den Koran für seinen Papa halten, damit auch er unter diesen Schutz fiel. Die drei Buben teilten sich den Rücksitz mit *Bibi Hadj*i, Yasmin saß vorne bei mir und Hadi.

Hesam ging noch einmal zurück, um das Haus abzuschließen. Seine Schultern waren gebeugt und der Blick nach unten gerichtet, als er sich ins Auto setzte. Er wirkte sehr einsam in diesem Moment und überließ sich den aufkommenden Emotionen. Ich griff nach seiner Hand, die noch den Hausschlüssel umfasste und sah seine Tränen. Es zerriss mir fast das Herz. Meine Sorgen und der Schmerz waren übermächtig. Wir wussten nicht, ob wir jemals zurückkommen würden. Wir wussten nicht, ob das Haus dann noch stehen würde. Wir wussten nicht, was uns unterwegs beggenen würde. Aber wir wussten, dass wir zusammengehörten. Über uns flogen die ersten Wellensittiche ihrer nie erfahrenen Freiheit entgegen.

„Weiß ich den Weg auch nicht, du weißt ihn wohl. Bitte bleibe bei uns, beschütze uns. All unsere Schutzengel, begleitet uns!", betete ich im Stillen. Ich versuchte, mich im Vertrauen, dass wir auch auf diesem Weg geführt waren, wiederzufinden. Es fiel mir unsagbar schwer.

*Bibi Hadj*i war völlig überfordert mit der Situation. Immer wieder fragte sie, was wir vorhatten. Hesams Erklärungen verstand sie nicht. Schließlich meinte er: „Wir fahren zu deinem Haus." Das beruhigte sie. Anfangs mussten wir mehrmals von der Straße abfahren, weil über Radio Fliegeralarm angesagt wurde und wir parallel zum Bahndamm fuhren, der ein wichtiges Zielobjekt sein konnte. Je weiter wir uns von *Ahwaz* und den akuten Gefahren entfernten, desto ruhiger wurde es um uns. Unsere Gedanken und Gebete waren bei den Menschen, die noch in den Kriegsgebieten waren.

*Bibi Hadj*i fragte nicht mehr. Die Weisheit ihrer Seele hatte verstanden, ohne zu verstehen. Ab und zu unterhielt sie sich mit den Kindern und versuchte, Scherze zu machen. Es war dunkel, als wir eine kleine Talschlucht erreichten
„Hier sind wir *Alhamdelellah* in Sicherheit, hier können sie uns nicht finden, denn die hohen und schroff abfallenden Felswände sind zu gefährlich für sie!", stellte Hesam erleichtert fest. „Wir werden hier übernachten. Der Tank ist auch fast leer, ich muss schauen, wo ich morgen eine Tankstelle finde."
Es waren schon viele Autos vor uns da. Die Talbewohner brachten unaufgefordert heiße Milch und frisches Brot für die Kinder, denen die enorme körperliche und seelische Belastung anzumerken war. Die heiße Milch beruhigte sie und machte sie müde. Sie zogen ihre Jacken an und gingen ins Freie. Dank *Bibi Hadj*is Nachttopf und Blümchenschleier mussten sie nicht ins Gebüsch, wo Schlangen sein konnten. Sie halfen mit, das Auto zu entladen. Im Auto bereiteten wir auf den zurückgeklappten Rücksitzen Schlafplätze vor. Es war sehr kalt und ich war froh, dass wir warme Jacken und Decken dabeihatten. *Bibi Hadj*i und die Kinder schliefen bald dicht beieinander liegend ein. Vorher hatte *Bibi Hadj*i ihren Schleier über alle ausgebreitet. Es erinnerte mich an das Bild eines Engels, der mit ausgespannten Flügeln über seine Schützlinge wacht. Reza durfte auf den Vordersitzen die Aufsicht übernehmen. Ich war froh, dass auch er bald einschlief. Als ältester Sohn fühlte er sich mit in der Verantwortung für uns und lud sich Bürden auf, die zu schwer für ihn waren. Hadi ruhte warm eingepackt und vor Zug geschützt in seinem Wagen im Freien.
Hesam und ich hielten Wache. Wir redeten mit den anderen Flüchtlingen, trösteten sie so gut wir es in unserem eigenen Schmerz vermochten. Es kursierte das Gerücht, dass die Benzinvergabe an Privatpersonen eingestellt wurde. Das Gefühl, in Sicherheit zu sein, überwog die Tragweite dieser Nachricht. Immer mehr Autos kamen an. Vorwiegend waren es Menschen aus *Chorramschahr* und *Abadan*, die Schreckliches berichteten. Viele standen unter Schock und realisierten noch nicht, dass sie in Sicherheit waren. Ihre weit geöffneten Augen nahmen uns nicht wahr, zu sehr hatte

sich ihnen das Szenario, aus dem sie geflohen waren, eingeprägt. Wie in einem Film erlebten sie es immer wieder und fanden keine Ruhe. Sie hatten alles zurückgelassen, viele von ihnen hatten nicht einmal ihre wichtigsten Unterlagen wie Ausweise und Sparbücher mitnehmen können.

Wir bemerkten, wie im Scheinwerferlicht Lastwagen anfuhren, ihre Ladung entleerten und wieder abfuhren. Mit der Zeit türmte sich vor unseren Augen ein Sandhügel auf. Einer der Lastwagenfahrer kam auf uns zu und sagte:

„Ich kann euch nach *Teheran* bringen, das kostet tausend *Toman*." Er erklärte uns, dass wir mit unserem Auto mit allen Insassen von diesem schnell erbauten Sandhügel aus auf die Ladefläche eines Lasters fahren konnten. Lastwagen waren vom Benzinverbot noch ausgeschlossen. Hesam sagte ohne Zögern zu.

Die Talbewohner versorgten in dieser Nacht hunderte von Menschen mit heißem Tee, Brot und Käse, für die Kinder gab es heiße Milch, alles umsonst. Ihre selbstlose Liebe und Gastfreundschaft berührten mein Herz und halfen mir, mein Gottvertrauen, das in den letzten Tagen auf eine harte Probe gestellt worden war, ein wenig wieder zu festigen. Die Engel begleiteten uns auf unserem Weg, wir mussten sie nur als solche erkennen!

Wir waren bei den Ersten, die am Morgen die außergewöhnliche Reise nach *Teheran* antraten. Wir saßen alle im Auto und Hesam fuhr es den Sandhügel hoch. Oben endete dieser jäh, ein Lastwagen mit offener Ladefläche stand auf der anderen Seite des Hügels bereit, uns aufzunehmen. Vom Hügel fuhren wir direkt auf den Lastwagen. Ein zweites Auto schloss sich uns an. Dicke Holzklötze wurden unter die Räder geschoben. Mein Mann schaltete den ersten Gang ein und zog die Handbremse fest an. Den Autoschlüssel zog er vorsichtshalber ab.

Hinter uns fuhren schon die nächsten Autos auf den Sandhügel. Ich fragte mich, wie viele es wohl im Laufe des Tages sein würden, und ob unsere Verwandten darunter waren.

Hesam saß mit verschränkten Armen vorm Lenkrad, endlich konnte er schlafen. Für kurze Zeit durfte er eintauchen in barmherziges Vergessen.

Ungefähr fünfhundert Kilometer Fahrt über kahle Berge, aber auch durch fruchtbare Gebiete in der Provinz *Kermanschah*, nahe der irakischen Grenze, lagen noch vor uns. Die Route führte teilweise auch durch Grenzgebiete der Wüste *Lut*. Schmale, kurvige Bergstraßen mit steil abfallenden Abhängen hatte ich von unserer letzten Reise noch in Erinnerung. Sie waren für unseren PKW schon eine Herausforderung gewesen, wie würde der Lastwagen mit zwei schweren Autos auf der Ladefläche das schaffen? Wir hatten keine andere Wahl.

Es tat gut, die Kinder entspannter als am Vortag zu erleben. Sie waren abgelenkt vom Kriegsgeschehen und sahen das Ganze als ein Abenteuer an und entdeckten immer wieder Neues aus der Lastwagenperspektive. Ohne dass wir es so abgesprochen hatten, übernahm Reza die Aufgabe, keinen Streit aufkommen zu lassen und zu schlichten, wo es nötig war. Er war es auch, der ermahnte, wenn es zu laut und turbulent zuging, er machte Ratespiele mit den Geschwistern und versorgte sie mit Leckereien aus der Notfallbox. Yasmin war auch auf den Rücksitz geklettert. Die Vordersitze hatten wir so weit wie möglich nach vorne geschoben und die Zwischenräume vor den Sitzen der Kinder mit Gepäckstücken und Decken aufgefüllt. So hatten sie mehr Platz zum Sitzen. Hadi war in meinen Armen eingeschlafen. Unsere Kinder waren groß geworden. Und doch waren sie hilflos dieser Situation ausgeliefert und schutzbedürftig. Als sie klein waren, tröstete ich sie mit dem Bajuschkibaju-Lied, das ich jetzt für Hadi sang. Stellvertretend für alle.

„Mama, du kannst ruhig auch ein wenig schlafen", meinte Essi fürsorglich, „wir sind auch ganz leise." Ich lächelte ihm dankbar zu. Es tat gut, die Kinder in Sicherheit zu wissen.

Die Kolonne hinter uns war angewachsen, vielleicht dreißig Lastwagen fuhren im Tross hinter uns her, wir waren vorn an dritter Stelle. Für die Landbevölkerung schienen wir etwas Bedrohliches zu haben. Die Kinder klammerten sich eng an ihre Eltern und verbargen ängstlich ihre Köpfchen in deren Umhängen, als wir vorbeifuhren. Am Abend gegen neun Uhr erreichten wir *Teheran*.

Wir hatten es zuerst gar nicht bemerkt, denn *Teheran*, eine Stadt, die sonst im Lichtermeer versank, lag im Dunkeln vor uns.

Kein einziges Licht brannte, weder auf den Straßen noch hinter den Fenstern. Auch die Lastwagen vor uns fuhren ohne Licht. Es war der erste Abend, an dem die *Teheran*er Bevölkerung direkt vom Krieg betroffen war. In *Teheran* und Umgebung bestand Verdunkelungsgebot, dem entsprechend auch ein Ausgangsverbot. Wo wir gehofft hatten, mit offenen Armen begrüßt zu werden, folgte eiskalte Ernüchterung. Schemenhaft als dunkle Schatten erkannten wir Menschen, die sich weit aus den Fenstern beugten und uns beschimpften:

„Was wollt ihr hier? Feiglinge seid ihr! Geht dorthin zurück, wo ihr hergekommen seid!" Wir waren entsetzt, doch damit war es noch nicht genug:

„Ihr habt uns den Krieg mitgebracht, die Iraker sind euch gefolgt!", oder:

„Warum kommt ihr? Euch geht es lange nicht so schlecht wie uns!" Die Angst hatte auch die Menschen in *Teheran* eingeholt. Die Kolonne der Lastwagen musste sie erschreckt haben.

Auch hier hatte man schon einen Sandhügel errichtet und das Verlassen der Lastwagen verlief reibungslos. Jetzt waren wir wieder auf uns selbst gestellt. Ohne Licht fuhren wir weiter und tasteten uns vorsichtig durch die Dunkelheit. Die Straßen waren menschenleer, auch aus den Fenstern beschimpfte man uns nicht mehr. Zwei Stunden später hielten wir vor dem Haus des ältesten Bruders an. Zum Glück hatte das Benzin gerade noch gereicht. Auf unser Klingeln öffnete niemand. Hesam klopfte an die Fenster.

„Vielleicht sind sie schon umgezogen?", erinnerte er sich. „Sie haben doch im Norden *Teheran*s ein Haus gebaut."

Es war fast 23 Uhr, die Kinder schliefen, *Bibi Hadj*i musste auf die Toilette. Hadi quantelte vor sich hin. Wir wussten nicht, wohin wir fahren sollten. Alle *Teheran*er Brüder wohnten zwar im eigenen Haus, aber in einem nur über Treppen erreichbaren Stockwerk, was für *Bibi Hadj*i nach fast zwei Tagen im Auto unmöglich zu bewältigen war.

Wir fuhren zu Moalis Haus, das ganz in der Nähe war. Seit einigen Monaten lebten sie in *Teheran* und hatten uns schon erwartet. Die Begrüßung war herzlich und sie waren erleichtert, dass wir es geschafft hatten. Wir erfuhren, dass die Familien aus *Ahwaz* mit dem Bus unterwegs nach *Teheran* waren. Der letzte Zug, der noch Zivilpersonen transportiert hatte, war der, mit dem Karim und seine Familie geflüchtet waren. Die Anspannung der letzten Tage war zu viel und hatte sich in mir angestaut. In einer Tränenflut brach sie nach außen durch. Ich war nur noch müde und kraftlos, aber auch erleichtert und dankbar, uns und alle Familien in Sicherheit zu wissen.

Die Wohnung des ältesten Bruders stand tatsächlich leer. Die *Teheran*er Verwandten hatten sie in Anbetracht unserer Ankunft und des anstehenden Flüchtlingsstroms notdürftig wieder eingerichtet. Aus *Ahwaz* hatte sie die Nachricht erreicht, dass wir mit *Bibi Hadj*i unterwegs waren, da bot sich diese Wohnung an, weil sie im Erdgeschoss lag. Esmat hatte Essen vorbereitet und Lebensmittel besorgt. Auch an die Verdunkelung der Fenster hatten sie gedacht. So konnten wir ein kleines Licht anmachen und erst einmal ankommen. In jedem der fünf Schlafzimmer lagen Stapel neuer Matratzen und Decken und Kopfkissen, die sie bei einer eigens für Flüchtlinge eingerichteten Organisation schnell und unkompliziert abholen konnten. Für *Bibi Hadj*i stand ein Bett bereit und für Hadi war ein Laufstall mit Matratze als Bettchen gerichtet. Die Männer kümmerten sich um ihre Mutter und Esmat half mir, die Kinder zu versorgen. Obwohl es spät war, bestand ich darauf, dass alle duschten. Unterwegs hatte unser Fahrer zwei Essenspausen bei einem Restaurant eingelegt und alle waren auf öffentlichen Toiletten, außer *Bibi Hadj*i und mir. Wir hatten zwar einen Wasserkanister mit Drehhahn und Seife im Auto und achteten darauf, dass wir oft die Hände wuschen, aber die Dusche nach unserer Ankunft musste sein. Als die Kinder satt und sauber auf ihren Matratzen lagen, verabschiedeten sich Esmat und Moali. Sie hatten ihre vier Kinder ohne Aufsicht zurückgelassen.

In dieser Nacht schliefen wir gut und ohne Albträume in dem Zimmer, in dem *Bibi Hadj*is Bett stand. Unsere Matratzen lagen dicht beieinander. Wir brauchten diese Nähe, sie gab den Kindern Sicherheit. Sie sollten nie mehr Angst haben müssen. Ich war dankbar, dass es ihnen gut ging und wir alle beisammen waren. Dankbar, dass wir nicht irgendwo feststeckten, sondern die Lösung mit dem Lastwagen gerade rechtzeitig angeboten wurde. Dankbar für die Fürsorge dieser lieben Menschen und für diese Wohnung. Wieder einmal durfte ich die Erfahrung machen, dass, wenn eine Tür für uns zugeht, eine andere schon offensteht. Ich war unendlich dankbar, uns in dieser göttlichen Ordnung aufgehoben zu wissen.

– 34 –

Im Laufe des nächsten Tages kamen die zwei Schwesterfamilien aus *Ahwaz* dazu, auch die beiden noch verbliebenen Familien aus *Chorramschahr* konnten sich rechtzeitig in Sicherheit bringen. Hassan mit Familie schloss sich uns an, alle anderen kamen bei Verwandten unter. Am Abend zuvor waren, nachdem ich eingeschlafen war, noch Sadeghs Bruder Mahdi mit Marianne, seiner deutschen Frau, und *Chale*, seiner Mutter, bei uns eingetroffen. Auch Kurosch war wieder bei uns. Er war froh, dass wir in Sicherheit waren und wollte bei uns bleiben. Tagsüber hatte er bei den Vorbereitungen für unsere Ankunft mitgeholfen und war nur nach Hause gefahren, um seine Sachen zu holen. Trotz Ausgehverbots war er im Dunkeln über Schleichwege unbemerkt zurückgelaufen.

Wie erleichtert waren wir, wenn wir hörten, dass auch entferntere Verwandte aus den Kriegsgebieten fliehen konnten und zumindest körperlich keinen Schaden erlitten hatten. Außer wichtigen Dokumenten, etwas Kleidung und Decken zum Schutz vor der Kälte, hatten die meisten nichts dabei.

Am Abend des zweiten Tages waren wir schon zweiunddreißig Personen in der Wohnung, darunter zwanzig Kinder! Obwohl alle sehr erschöpft und müde waren, saßen wir im warmen Schein einer Petroleumlampe noch lange beisammen. Jeder einzelne hatte seine eigenen Erlebnisse und seine eigenen Schreckensbilder, die ihn verfolgten, und seine eigenen Sorgen, was werden sollte. Im Austausch untereinander merkten wir, wie die Last leichter wurde. Zwischendurch rezitierten einige spontan, wie es ihnen einfiel, eine *Sure* aus dem Koran. Der monotone, meditative Gesang ließ Zuversicht und Hoffnung keimen, dass alles wieder gut würde. Die

Männer blieben lange wach und hörten BBC. Hesam hatte in letzter Sekunde noch an sein Radio gedacht und es eingepackt. Es war unsere einzige Verbindung zur Welt außerhalb des Irans. Wir waren fünf Familien, von denen jede ein Zimmer zugeteilt bekam. Das Wohnzimmer diente nachts als Schlafraum für die jungen Mädchen und für *Bibi Hadji* und *Chale*. Die männliche Jugend, zu der sich unsere drei Großen zählten, bekam zum Schlafen den Aufenthaltsraum zugeteilt. Abends war dieser der Treffpunkt für alle, tagsüber spielte sich das gemeinschaftliche Leben im Wohnzimmer ab, damit die beiden *Bibi Hadji*s daran teilhaben konnten. Wir waren froh, dass die Kinder durch das Zusammensein mit den vielen Cousins und Cousinen abgelenkt waren und fröhlich sein konnten. Wir hofften, dass ihre Schreckensbilder der letzten Tage immer mehr verblassten. Während die Erwachsenen sorgenvoll den Nachrichten der BBC lauschten, spielten sie Verstecken und Fußball und machten Türme aus Matratzen, von denen sie mutig in die Tiefe sprangen. Wir ließen sie gewähren, denn wir wussten, dass die älteren Kinder aufpassten.

BBC zu hören, war seit Kriegsbeginn verboten. Unsere eigenen Sender wurden zensiert, man wollte die Menschen angeblich nicht noch mehr verunsichern. Das Verbot machte es umso dringlicher für uns, es nicht zu beachten. Eine Schreckensnachricht jagte die andere. Die irakischen Panzer waren bis auf fünf Kilometer in Richtung *Ahwaz* vorgedrungen. Hunderttausende von Freiwilligen kämpften mutig und tapfer an vorderster Front und waren bereit, als Märtyrer zu sterben. Sie konnten die Panzer erst einmal am Vorrücken hindern. Es kursierte das Gerücht, dass man in einer groß angelegten Aktion gleichzeitig mehreren Eseln Sprengsätze umgebunden hatte, und sie in Richtung der Panzer laufen ließ. Da Esel in dieser Region frei umherliefen, hatten die Iraker keinen Verdacht gehegt und die Tiere gewähren lassen. Sobald diese sich den Panzern näherten, zündete man die Sprengsätze und setzte so viele der Panzer außer Gefecht, leider auch die mutigen Tiere. Ich empfand Trauer für sie, weil Menschen sich angemaßt hatten, über ihr Leben zu bestimmen und sie als Zielscheibe zu benutzen.

Einige Tage nach unserer Flucht wurde in *Ahwaz* das Waffenlager eines Militärstützpunktes, der drei Kilometer von unserem Haus entfernt lag, von Bomben getroffen. Zwei Tage lang erschütterten gewaltige Explosionen die Stadt. Das Ausmaß der Katastrophe sah mein Mann, als er zwei Wochen später zum ersten Mal wieder in *Ahwaz* war. Man hatte die Beamten unter Androhung der Todesstrafe aufgefordert, an ihren Arbeitsplatz zurückzukehren. Durch die Wucht der Explosionen waren viele der Fenster- und Türrahmen an unserem Haus herausgesprengt worden. Das Haus stand offen, Diebe brauchten sich nur zu bedienen. Sämtliche Schränke in den Zimmern und in der Küche waren bereits leergeräumt. Ertappten die Sicherheitssoldaten jemanden beim Diebstahl, wurde dieser auf der Stelle erschossen. Das war wohl der Grund, warum die großen Elektrogeräte und die Teppiche zwar alle schon im Flur abgestellt, aber nicht abgeholt waren. Mein Mann ließ die Fenster zumauern. Die Haustür war zum Glück unbeschädigt, so konnte er bei Bedarf ohne Mühe ins Haus gelangen. Er selbst übernachtete in der Nähe seines Büros bei Freunden im Keller. Er arbeitete vierzehn Tage durch, auch an Wochenenden, und hatte dann vierzehn Tage frei.

Es war eine schlimme Zeit für uns alle. Jeder Abschied konnte der letzte sein. Das Bangen um meinen Mann ließ alle Sorgen nur noch größer erscheinen. Ich wurde krank. Das bunte Leben in unserer Gemeinschaft nahm ich als Lärm wahr und ich merkte, wie angespannt mein Nervenkostüm war, denn ich ertrug diesen Lärm nicht mehr. Zum ersten Mal in meinem Leben beherrschte mich die Angst über einen längeren Zeitraum. Als ein Bruder Heschmats mir ein Zimmer im vierten Stockwerk seines Hauses anbot, ganz in der Nähe zu unserer jetzigen Unterkunft, nahm ich es dankbar an. Die Nähe zur alten Unterkunft war mir wichtig, damit vor allem auch die Kinder den Kontakt zu ihren Spielkameraden nicht verloren.

Hesam war in *Ahwaz* und ich brauchte mich um nichts zu kümmern.

Die Gastfamilie hatte alles für uns vorbereitet. Das Zimmer war mit einem dicken Teppich ausgelegt, unsere Schaumstoffmatratzen waren übereinandergestapelt und mit einer schönen

Decke zu einem Sofa umgewandelt. Wir hatten Heizung, einen Tisch, zusammenklappbare Stühle und einen Schrank. Vor dem Zimmer war ein kleiner Flur, den wir als Spiel- und Lernzimmer einrichteten. Es war wie eine kleine Wohnung. Den Weg zum WC mit Dusche hatte Heschmats Bruder extra für uns überdachen lassen, und ans Zimmer angrenzend eine kleine Kochecke eingerichtet. Und das alles mitten auf einer großen, ummauerten Dachterrasse mit Rundumblick über *Teheran* und die Berge! Und nachts mit dem Sternenhimmel über uns, der uns mit dem Papa verbunden hat.

Die Freundlichkeit und Hilfsbereitschaft dieser Menschen und der Anblick der Berge waren eine Wohltat für meine kranke Seele. Ich spürte, wie sie wieder weit ihre Flügel ausspannen konnte und erste Flugversuche machte. Der Druck in meiner Brust, wo die Angst sich manifestiert hatte, löste sich allmählich. Unser Alltag normalisierte sich, ich hatte wieder mehr Zeit und Ruhe für die Kinder und besonders morgens für Hadi. Die Kinder gingen zur Schule und machten ihre Hausaufgaben ohne Murren. Wir freuten uns auf Papa, wenn seine Zeit in *Ahwaz* um war, und waren traurig, wenn er wieder gehen musste.

Da Telefonate nach *Ahwaz* für uns nicht möglich waren, kommunizierten wir in einem abendlichen Ritual vom Flachdach aus. Wir suchten uns einen gemeinsamen Stern aus und stellten uns vor, dass der Papa diesen Stern jetzt auch sieht. Die Kinder erzählten, was sie tagsüber erlebt hatten und was sie bewegte, laut oder in Gedanken nur für sich. Das Ritual endete mit: „Lieber Gott, beschütze unseren Papa und alle Menschen, die im Kriegsgebiet sind." Es vermittelte den Kindern Sicherheit und Geborgenheit, besonders für ihren Papa. Ich hörte keine BBC-Nachrichten mehr und wenn Hesam in *Teheran* war, erzählte er auch nicht viel von *Ahwaz*. Es genügte, dass ich uns alle behütet wusste.

Bibi Hadji war gut versorgt, denn drei Familien lebten noch in der Wohnung, darunter auch ihre Schwester mit Sohn und Schwiegertochter. Ich schaute täglich nach ihr, kümmerte mich um ihre Wäsche und half ihr bei der Morgentoilette, die wir auf die Zeit nach dem Frühstück verlegt hatten. Mein Leben verlief wieder in ruhigeren Bahnen. Wenn mein Mann nach *Ahwaz* zurückmusste, fiel es mir leichter, auf Gottes Führung zu vertrauen.

Außer der abendlichen Verdunkelung merkte man in *Teheran* nicht viel vom Krieg. Stattdessen erschütterte im Juni 1981 ein Erdbeben, das 3000 Tote forderte, die Stadt. Das Epizentrum des Bebens lag zwar hunderte Kilometer von *Teheran* entfernt, aber wir blieben, zumindest, was den Schrecken anbetraf, nicht verschont. Es war mitten in der Nacht, als ich von einem Schaukeln geweckt wurde. Es fühlte sich an, als sei ich bei hohem Wellengang auf einem Schiff. Der Tisch kam auf mich zu und alles, was darauf lag, fiel herunter. Obwohl ich noch nie ein Erdbeben erlebt hatte, schrie ich, so laut ich konnte:

„Ein Erdbeben! Wir müssen hier raus, beeilt euch!" Ich holte Hadi mitsamt der Decke aus seinem Bettchen und packte Yasmin am Arm. Schlaftrunken und ohne zu protestieren, kam sie mit. „Kümmere du dich um die Buben! Und nehmt eure Decken mit, auch eine für Yasmin, macht schnell!", rief ich meinem Mann noch zu, und war schon unterwegs nach unten. Die Kinder waren es gewohnt, bei Alarm geweckt zu werden und reagierten sofort. Hesam wartete ab, bis auch die Buben im schwankenden Treppenhaus waren. Sie holten uns schnell ein und Hesam nahm Yasmin auf den Arm. Als wir unten ankamen, war das Beben vorbei, aber aus Sorge vor Nachbeben verbrachten wir den Rest der Nacht mit den anderen Bewohnern und Nachbarn zuerst auf der Straße, und dann, weil es zu kalt wurde, in der Wohnung unseres Hausbesitzers, die im Erdgeschoss lag. Seine Frau, versorgte alle mit einer heißen Suppe und Tee, Datteln und Gebäck.

Die Kinder schliefen in ihren Decken warm eingepackt und eng beieinander liegend wieder ein. Schon bald dachten wir nicht mehr an das Erdbeben und den Krieg. Wir hörten gespannt Heschmats Bruder zu, der auswendig Gedichte rezitierte und sie für uns interpretierte. Es waren bewusst ausgewählte Texte aus seinem enorm großen Gedichtschatz, die alle irgendwie zu unserer Situation passten und ihr etwas von ihrer Schwere nahmen. Wie schon so oft, berührte mich auch hier die Leichtigkeit und Gelassenheit, mit der die Menschen schwierigen Situationen noch etwas Schönes und

Lebenswertes abgewinnen konnten. Sie jammerten und klagten nicht über Dinge, die ihnen widerfuhren, sondern waren dankbar für alles, wovor sie bewahrt blieben. Das machte es ihnen leichter, Entbehrungen, die der Krieg mit sich brachte, anzunehmen und das, was sie hatten, wertzuschätzen. Ihr Vertrauen in eine höhere Führung war unerschütterlich.

Diese Erfahrungen haben Spuren in mir hinterlassen, die mein weiteres Leben prägten. Ich bin mir sicher, dass sie mich anfangs nach meiner Trennung davor bewahrt haben, in Depressionen zu verfallen, wenn mir das Herz allzu schwer wurde. Ich konnte spüren, wie ich schon im Fallen aufgefangen und sanft wieder nach oben geschubst wurde, wenn mir aus eigener Kraft der Aufstieg nicht gelingen wollte.

– 35 –

Während ich mich mit der aktuellen Situation arrangiert hatte und zufrieden war, bemühte sich mein Mann schon seit einigen Monaten um eine Ausreisegenehmigung. Es schien hoffnungslos. Doch dann bekam er über Beziehungen zu einem Mitglied des Parlaments ein Empfehlungsschreiben und die Ausreise wurde ihm gewährt. Er nahm für ein Jahr unbezahlten Urlaub und Ende Juni 1981 flogen wir alle nach Deutschland. Im Haus meiner Eltern hatten wir ein kleines Apartment für uns. Schon zu Beginn des Krieges hatten sie die drei Garagen, die im Erdgeschoss ins Haus integriert waren, zu einer Wohnung umgebaut und die Garagen im Hof neu errichtet. Mit dem anderen, dem Garten zugewandten Teil der unteren Etage verfügten wir über drei Schlafzimmer, ein Wohnzimmer, Küche und Bad. Meine Eltern waren glücklich, uns endlich in Sicherheit zu wissen und die Enkel um sich zu haben.

Mit Sorge verfolgten wir das Geschehen im Iran. Saddam und seine Unterstützer konnten noch keine nennenswerten Erfolge verzeichnen.

Wo sie mit einer schnellen Eroberung der Ölfelder gerechnet hatten, wurden sie von einer starken Defensive überrascht.

Die Angriffe auf Städte hatten sie größtenteils eingestellt. Während das Kriegsgeschehen sich nun hauptsächlich an der Front abspielte, gab es innenpolitisch sehr viel Unruhe. Staatspräsident Banisadr, der sich während seiner Amtszeit mehr und mehr gegen Ruhollah Khomeini stellte, wurde im Juni 1981 abgewählt. Neuer Präsident wurde der amtierende Ministerpräsident Rajaie. Nach Banisadrs Flucht ins Exil nach Frankreich entlud sich die Gewalt auf den Straßen zwischen den aufständischen Volksmojahedin, den Anhängern Banisadrs und der Khomeini-treuen Revolutionsgarde. In Folge hatten sich am 28. Juli Regierungsgegner den Weg ins Parlament frei geschossen und dann eine Bombe gelegt. Es gab 72 Tote, darunter war auch der Abgeordnete, der uns die Ausreise ermöglicht hatte. Außerdem erschütterte im Juli ein starkes Erdbeben erneut weite Teile des Iran, es gab über 1500 Tote.

Nach den hessischen Sommerferien meldeten wir die Kinder in verschiedenen Darmstädter Schulen an. Reza, Essi und Omid in ihren nächsten Klassen im Gymnasium. Yasmin wiederholte freiwillig das zweite Grundschuljahr und sprach schon bald fließend Deutsch. Sie brauchte, dank dieser Entscheidung, keine Nachhilfe von mir. Den drei Großen fiel es schwerer, sich im deutschen Schulsystem einzufinden. So gut ich konnte, lernte ich mit ihnen. Besonders in Deutsch und Englisch hatten sie Probleme. Ihre erste Fremdsprache im Iran war Arabisch und sie mussten einige Jahre Englisch aufholen. Sie waren nicht glücklich in der deutschen Schule, sie bemühten sich aber dennoch sehr.

Da es für mich leichter als für meinen Mann war, eine Arbeit zu finden, reagierte ich sofort, als eine Nachtwache in einem Krankenhaus gesucht wurde. Ich bekam die Stelle, inklusive Krankenversicherung für uns alle und Kindergeldanspruch. So waren wir im Krankheitsfall und finanziell erst einmal abgesichert. Obwohl meine Mutter morgens auch noch arbeiten ging, kochte sie während der Zeit meiner Nachtwache für uns mit und kümmerte sich um Hadi, wenn ich mit den Kindern lernte. Ich versuchte, nach der Arbeit bis mittags zu schlafen, wurde aber oft gestört von Hesam, der mit Hadi im gleichen Zimmer spielte.

Er wollte mich vermutlich an meine Grenzen bringen, damit ich vor Erschöpfung nicht mehr arbeiten gehen konnte. Mich daran zu hindern, wagte er nicht, denn vor meinem Vater hatte er Respekt. Es sollte so aussehen, als ob es mein Entschluss wäre.

Hesam war wieder eifersüchtig! Spät abends, wenn die Kinder schliefen, erschien er auf meiner Station, um zu kontrollieren, ob ich wirklich auf einer Frauenstation arbeitete. Bis ein Arzt ihm mit der Polizei drohte. Danach brachte er manchmal Hadi mit. Unter dem Vorwand, ich hätte etwas Wichtiges vergessen, bat er den Nachtportier mich anzurufen, dass ich zum Eingang kommen sollte. Dabei achtete er genau auf die Nummer, die der Portier wählte. Wenn es die Nummer war, die er kannte, war er zufrieden und fuhr nach Hause. War es eine andere Nummer, kämpfte er sich bis zu mir durch. Was er nicht wusste, war die Tatsache, dass ich nachts auf zwei Stationen, die auf derselben Flurebene lagen, Dienst machte und auch Männer betreute. Und das gemeinsam mit einem männlichen Kollegen.

Nach einem Jahr war es im Iran wieder ruhiger, man sprach von einem baldigen Waffenstillstand. Hesam wollte zurück, der unbezahlte Urlaub war vorbei und er hatte Bedenken wegen seiner Arbeitsstelle. Wir bezogen die Kinder in die Entscheidung mit ein. Obwohl unsere Buben es geschafft hatten, mit relativ gutem Zeugnis in die nächste Klasse versetzt zu werden, waren sie unzufrieden und unglücklich.

„Im Iran waren wir die besten in unserer Klasse, hier sind wir bei den letzten", beschwerte Reza sich. „Ich will zurück und im Iran mein Abitur machen. Ihr könnt ja hierbleiben, nach dem Abitur komme ich wieder."

„Wir wollen auch zurück!", unterstützten ihn seine Brüder. Nur Yasmin protestierte, sie wollte lieber in Deutschland bleiben. Ich selbst wusste nicht, was ich wollte. Einerseits waren wir hier alle in Sicherheit und versorgt, andererseits aber war mir die Doppelbelastung mit Arbeit und Unterstützung beim Lernen zu viel. Ich hätte viel mehr mit jedem Einzelnen arbeiten müssen. Es bedrückte mich, dass ich den Kindern nicht gerecht werden konnte. Außerdem nervte mich Hesams eifersüchtiger Kontrollzwang. Und noch mehr störte mich, dass er vor sich dahinlebte, als sei er im Urlaub. Er musste wieder Verantwortung übernehmen! Im Iran würde sich das schon einrenken. Schweren Herzens teilte ich meinen Eltern unseren Entschluss und auch die Beweggründe mit.

„Da hat der Hesam aber Glück gehabt, dass er selbst gemerkt hat, dass es so nicht weitergehen kann!", empörte sich mein Vater. „Ich hatte mir nämlich schon vorgenommen, mit ihm Tacheles zu reden. Du schaffst dich hier ab, hast kaum Schlaf, geschweige denn Erholung, und er liegt den ganzen Tag wie ein Pascha mit Kopfhörern auf den Ohren im Bett und lässt sich auch noch bedienen!" Mein Vater war sehr aufgebracht: „Wenn das mein Sohn wäre, dann ...". Ich unterbrach ihn. Er hatte recht, aber ich wollte nicht noch mehr hören.

„So schlimm ist er auch wieder nicht. Du musst verstehen, dass er ja gerne arbeiten möchte, aber ...". Mein Vater ließ mich nicht ausreden:

„Der und arbeiten, das glaubst du ja selbst nicht, Mädchen, du machst dir was vor! Lass ihn doch gehen, du bleibst hier mit den Kindern, wir unterstützen euch! Basta!" Ich versuchte, noch zu retten, was möglich war und sagte: „Im Iran ist er ganz anders, deshalb wollen wir ja auch zurück. Er fühlt sich hier nicht wohl, weil er nicht selbst für uns sorgen kann."

Und jetzt kam, was kommen musste: „Ich habe es dir ja schon immer gesagt. Das ist kein Mann für dich! Du hättest mal besser auf mich hören sollen!" Je mehr mein Vater über meinen Mann herzog, umso mehr ging ich in die Defensive, obwohl ich vorher selbst auch enttäuscht war und ähnliche Gedanken hegte.

„Vati, du vergisst, ich liebe ihn! Mein Platz ist bei ihm! Er ist wirklich ein guter Ehemann und Vater." Doch mein Vater hatte mich durchschaut:

„Ich möchte nicht wissen, was du uns alles verschweigst! Ich bin doch nicht blind! Ich sehe doch, was los ist! Mädchen, ich mach mir ja nur Sorgen um dich! Nur das zählt für mich!" Wie recht er hatte, ich verschwieg es ja sogar vor mir selbst. Meine Mutter saß die ganze Zeit still dabei. Ein Zeichen, dass sie mit meinem Vater übereinstimmte, was selten vorkam.

„Aber die Kinder tun sich hier schwer in der Schule, ich kann verstehen, dass sie zurückwollen." Sie versuchte, zu versöhnen. Auch wenn sie anderer Meinung war und es ihr schwerfiel, uns wieder gehen zu lassen.

„Fakt ist, wir gehen zurück. Wir haben ein großes Haus und ein angenehmes und gutes Leben dort, es fehlt uns an nichts. Und ob du es akzeptieren kannst oder nicht: Dafür hat der Pascha, dein angeblich fauler Schwiegersohn, gesorgt!", trumpfte ich auf. Meine Stimme klang sehr entschieden, ließ keine weitere Diskussion mehr zu.

„Und wenn jetzt der Krieg vorbei ist, wie es ja aussieht, dann können wir direkt nach *Ahwaz*", versuchte ich, meinen Vater zu besänftigen.

Im September flogen wir zurück. Schmerzlich war ich mir bei diesem Abschied bewusst geworden, wie sehr ich Grenzgängerin war und nicht so recht wusste, wo ich hingehörte. In der intensiven Zeit mit meiner deutschen Familie spürte ich meine Wurzeln. Hier war ich Siegi, weder die *Chanume Hadji*, die Frau von *Hadji*, noch die Madare Reza, Rezas Mutter oder die Aruse *Bibi Hadjis*, *Bibi Hadjis* Schwiegertochter. Ich war Ich und musste mich nur da anpassen, wo ich das auch wollte. Hier konnte ich meinen Beruf ausüben, hier waren meine Kinder in Sicherheit und es konnte mich niemand zwingen, gegen meinen Willen ein Kopftuch zu tragen oder sogar islamisch zu beten!

„Du denkst nur an dich!", haderte ich mit mir. „All das sind Dinge, die nur dich betreffen! Du hast aber eine Familie und eine Verantwortung übernommen, jetzt steh auch dazu!"

Ich hatte nicht bemerkt, dass es in unserer Beziehung kriselte. Unstimmigkeiten führte ich auf die von mir vermutete, Unzufriedenheit meines Mannes zurück. Ich habe mich oft gefragt, wie unser gemeinsames Leben verlaufen wäre, wenn wir nicht zurück in den Iran geflogen wären. Die Kinder waren ehrgeizig und hätten auch in Deutschland einen guten Schulabschluss gemacht und anschließend studiert. Hesam hätte mit seinem

Fachwissen eine entsprechende Arbeit gefunden. Doch die Erinnerung an die vielen glücklichen Jahre im Haus meiner Schwiegereltern, die mir sogar jetzt noch, nach all den Jahren, paradiesisch erscheinen, und unser schönes Haus, in dem wir glücklich waren, machten mir damals die Entscheidung schwer. Andererseits konnte ich nur glücklich sein, wenn unsere Kinder glücklich waren, und das waren sie in Deutschland nicht. Diese Tatsache zeigte mir aber auch, dass sie gerne im Iran lebten und dass sie schöne Erinnerungen an ihre Kindheit hatten, wie sie mir später oft beteuerten. Meine Bedenken der Anfangszeit, als ich mit Reza allein in den Iran flog, waren umsonst. Damals konnte ich mir nicht vorstellen, dass meine Kinder ohne die Dinge, die mir eine wundervolle Kindheit bescherten und mich prägten, glücklich werden könnten. Dass sie es dennoch waren, zeigt, dass eine glückliche Kindheit nicht von Äußerlichkeiten abhängig ist. Das zu wissen, erfüllte mich mit großer Dankbarkeit und machte mir die Entscheidung, zurückzufliegen, leichter. Ich glaubte immer noch fest daran, dass unsere Liebe größer war als alle Bedenken, die wundervollen Jahre im Iran ließen keine Zweifel daran zu.

– 36 –

Nach unserer Ankunft in *Teheran* fuhr Hesam erst einmal allein nach *Ahwaz*. Er wollte einiges im Haus richten, bevor er uns nachkommen ließ. Außerdem hatte er erfahren, dass vier miteinander verwandte Familien unser Haus besetzt hatten, und er wollte es mit Hilfe der Polizei räumen lassen. Der Gedanke, dass fremde Menschen in unserem Haus lebten und in unseren Betten schliefen, machte mir sehr zu schaffen und ungute Gefühle machten sich breit.

„Wir bleiben in *Teheran*, ich gehe nicht mehr in dieses Haus zurück. Das ist ja ekelhaft. Weißt du, wer diese Leute sind? Vielleicht sind sie Mörder oder Dealer oder sonst was Schlimmes!", äußerte ich meine Bedenken. Auch Hesams Antwort konnte mir diese nicht ganz nehmen:

„Sie haben nur ihre Sachen dort abgelegt. Ohne Strom und Wasser können sie unmöglich im Haus gewohnt haben. Sie haben

ganz in der Nähe eine Wohnung, in der sie zurzeit sind. Sie hatten nur gesehen, dass das Haus lange Zeit leer stand und hatten gehofft, dass die Besitzer nicht mehr zurückkommen, dann hätte das Haus ihnen gehört."
„Aber sie waren im Haus und das zählt!", argumentierte ich dagegen.
„Sie haben wirklich nicht darin gewohnt, ich habe unsere Nachbarn gefragt. Nur das Türschloss haben sie ausgetauscht."
Wir hatten nicht mehr viel Zeit, die Kinder in der Schule anzumelden, deshalb gab ich nach. Hesam holte uns ab und fast auf den Tag genau zwei Jahre nach unserer Flucht waren wir wieder zuhause. Dort bot sich uns ein trauriger Anblick. Unser schöner, einstmals bunt blühender Garten war abgebrannt. Hesam musste das tun, weil sich unzählige Skorpione und Schlangen eingenistet hatten, auch im Haus hatte er welche entdeckt. Die Fenster zur Straßenseite hin waren alle noch zugemauert. In den Schlafzimmern und im Innenbereich hatte er die Fenster zwar schon mit Glasscheiben versehen und die Wohnung putzen lassen, aber es war dennoch ein Schock, unser Haus, das wir gerade gemütlich eingerichtet hatten, dermaßen trostlos und beschädigt vorzufinden. Betten und Möbel waren noch da, auch die größeren Küchengeräte, aber die Kleider- und Wäscheschränke hatten die Diebe leergeräumt und die Klimaanlagen von außen entfernt und gestohlen. Es war schwül und heiß in der Wohnung.
Feri und Sadegh waren schon zurück, ein kleiner Trost für mich. Sie hatten in unserer Essecke in der Küche Frühstück vorbereitet. Der Willkommensblumenstrauß auf dem Tisch war an diesem Morgen das einzige Bunte und Schöne im Haus. Außerdem roch es verdächtig nach Kallepadje, Sadegh hatte es gut gemeint. Meinem Mann und den Kindern bereitete er damit eine große Freude, denn sie liebten Kallepadje. Bisher galt es in unserem Haus immer noch als Tabu. Ich wollte ihnen die Freude und das Ankommen nicht verderben und ließ mir nichts anmerken. Als dann aber im Radio auch noch Fliegeralarm ertönte, war es mit meiner Fassung aus:
„Ich dachte, es ist vorbei und sie wollen Frieden schließen! Du hast mich angelogen!", warf ich meinem Mann vor.

„Tante, das ist doch nicht schlimm, es hat nichts zu bedeuten, da passiert nichts!", versuchte Ali, Sadeghs und Feris Sohn, er war gerade fünf Jahre alt, mich zu beruhigen. Hesam schien genauso überrascht wie ich:
„Ich habe das wirklich nicht gewusst", verteidigte er sich. Sadegh, den das Ganze nicht aus der Ruhe bringen konnte, lenkte ein:
„Wir haben immer mal wieder Alarm, aber ohne Folgen. An der Front spielt sich noch einiges ab, aber hierher kommen sie nicht mehr. Ihr braucht euch wirklich keine Sorge zu machen, sonst wären wir auch nicht hier." Ich traute dem Frieden nicht, aber Sadegh und Feri blieben ruhig und gelassen, das beruhigte mich ein wenig. Ihre Kinder durften sogar mit unseren im oberen Stockwerk nach den versteckten Spielsachen suchen. Die Diebe hatten diese tatsächlich nicht entdeckt! Die Kinder waren selig und Hadile, für den alles neu war, durfte die Schätze begutachten und damit spielen. Omid hatte den Notfallplan aufgehoben und war mit Eifer am Wiederfinden der anderen Sachen.

Die Idee, meinen Schmuck zwischen Hülsenfrüchten in der Küche zu verstecken, erwies sich als Volltreffer. Er war unberührt, auch an dem Mülleimer, in dem das Silberbesteck versteckt war, hatten sie kein Interesse gezeigt. Alle kleineren Küchengeräte und das umfangreiche Essservice einer bekannten Porzellanmanufaktur für vierundzwanzig Personen, ein Hochzeitsgeschenk meiner Schwester, hatten die Diebe mitgenommen. Auch die gehäkelte Tischdecke war weg. Das war zwar ärgerlich, aber diese Dinge waren ersetzbar. Viel wichtiger war, dass wir den Krieg bisher gut überstanden hatten und wieder zuhause waren.

Wir Erwachsenen hatten uns viel zu erzählen. Über allem lag nicht nur die Hoffnung, dass der Krieg bald vorbei sein möge, sondern auch der Duft des Hammelkopfs! Es würde Tage dauern, bis der Geruch sich wieder verflüchtigte. Ich musste die Story von meiner ersten Begegnung mit Kallepadje erzählen, und jeder wusste danach eine andere lustige Geschichte zu berichten. Wir schwelgten in Erinnerungen an die guten alten Zeiten, und unser Lachen wischte die Tränen des Tages weg. Feri lud uns dann noch zum

Mittagessen bei sich zuhause ein. Die Lieben hatten uns den Einstieg in unser altes und doch neues Leben so erträglich wie möglich gemacht.

Das in Deutschland erfolgreich abgeschlossene Schuljahr wurde Reza und Essi unter der Bedingung anerkannt, dass sie zwei Wochen später die Abschlussprüfungen des vorausgegangenen iranischen Schuljahrs nachholen mussten, die sie auch erfolgreich bestanden. Yasmin und Omid konnten die entsprechenden Prüfungen in Deutschland bei der Iranischen Botschaft in Bad Godesberg machen, Yasmin sogar für die dritte Klasse.

Unser Haus wurde nicht mehr das, was es vor unserer Flucht war, so sehr wir uns auch bemühten. Wir konnten es nicht mehr im Ganzen nutzen, es beschränkte sich in den überwiegend heißen Monaten auf zwei ungenügend gekühlte Räume, denn bis auf zwei Klimaanlagen waren alle gestohlen.

Die Diebe wurden zwar gefasst und bekamen auch Gefängnisstrafen, aber unsere Sachen waren weg. Die Polizei machte sogar eine Hausdurchsuchung, bei der Hesam und ich dabei waren. Aber sie hatten es am Tag vorher angekündigt und die Diebe hatten noch genug Gelegenheit, das Diebesgut verschwinden zu lassen. Ein einziges Teil fanden wir: einen kleinen, bunten Umhängebeutel. Da er von mir handgewebt war, war er ein Unikat. Als Beweisstück bei Gericht konnte er dennoch nicht eingesetzt werden, weil die Diebe aussagten, dass sie ihn auf der Straße vor unserem Haus gefunden hatten.

Mir fiel es schwer, damit fertig zu werden, dass fremde Menschen über Monate in unserem Haus gelebt hatten. Hesam stritt es zwar ab, aber ich spürte die unguten Energiefelder, die sie hinterlassen hatten. Die Atmosphäre, die wir im ersten Jahr mit unserer Liebe und mit unserer Begeisterung und Dankbarkeit geschaffen hatten, war nicht mehr da, so, als ob die Diebe diese auch mitgenommen hätten. Es war nicht mehr unser Haus. Hesam versuchte, mit Ausräuchern und Beschwörungsritualen die bösen Geister, wie er die unguten Energien nannte, zu vertreiben, aber aus meiner Sicht bewirkte das nichts. Die negative Energie war sehr stark. Dazu kamen die permanenten Bedrohungen aus dem Irak.

Im Februar 1984 schrieb ich an Gudrun:

... Zurzeit stehen wir wieder unter Bedrohung des Irak. Er fordert in seinem persischsprachigen Programm die Bevölkerung der Grenzgebiete auf, die Städte zu räumen, weil er mit Raketen angreifen würde. Wir haben uns entschlossen, hierzubleiben. Im Haus haben wir alles, was wir brauchen. Unser Wohngebiet ist auch kein interessantes Objekt für den Irak, es sei denn, die Rakete findet ihr Ziel nicht und kommt in unserer Gegend runter. Das Risiko gehen wir ein. Außerdem habe ich gerade ein neugeborenes Frühchen zur Pflege. Das Baby war einen Monat zu früh mit nur 1900 Gramm zur Welt gekommen. Seine Mutter, die Frau eines Großcousins, starb dreißig Stunden nach der Geburt während eines Eklampsie-Anfalls. Sie war erst dreiundzwanzig Jahre alt. Nach nur zwei Tagen im Inkubator hat man das Baby der Familie mit nach Hause gegeben. Als ich Rezwan, so heißt die Kleine, zum ersten Mal sah, war sie seit zwölf Stunden zuhause. Ihre Haut war bläulich verfärbt und sie konnte noch nicht richtig trinken. Sie hatte nicht einmal die Kraft zu weinen.
Ich schickte zuerst nach einer Wärmflasche, packte Rezwan warm ein, und nahm sie nach Absprache mit ihrem Vater mit zu uns. Die Großmutter fühlte sich durch den Schmerz über den Tod ihrer Tochter nicht in der Lage, sich um das Baby zu kümmern, es überhaupt als Enkelkind anzunehmen.
Rezwan ist jetzt dreizehn Tage alt und wiegt 2.170 Gramm. Die erste Woche habe ich sie mit Wärmflaschen in warme Watte gepackt und jede Stunde gefüttert. Langsam habe ich die Abstände zwischen den Mahlzeiten verlängert und die Trinkmenge erhöht. Zum Glück verträgt Rezwan die Trockenmilch gut. Inzwischen sind wir bei zehn bis zwölf Mahlzeiten je vierzig Milliliter angelangt und ihr Zustand hat sich stabilisiert. Sie wird in einem Monat aufgeholt haben und sich ganz normal entwickeln können.
Die Großmutter war einmal hier und hat ihr Enkelkind lange im Arm gehalten, während sie ihm das Fläschchen reichte. Es

war eine sehr bewegende, innige und tröstliche Begegnung, trotz aller Trauer. Ich denke, dass sie Rezwan bald zu sich holen wird.

Zwei Monate später, in einem anderen Brief, berichtete ich unter anderem:

Wir leben in ständiger Alarmbereitschaft. Der Irak hat an der Front chemische Kampfwaffen eingesetzt und die Verletzten werden täglich zu Hunderten gebracht. In Ahwaz werden sie notärztlich versorgt und dann mit Flugzeugen in andere Städte verteilt. Und das alles unter stetem Beschuss der Iraker. Die Sirenen der Krankenwagen sind Tag und Nacht ohne Unterbrechung zu hören. Die Gefahr, dass auch die grenznahen Städte mit Giftgas kontaminiert werden, ist groß. Deshalb haben wir sowohl ebenerdig als auch auf dem Dach große, geschlossene Behälter mit Wasser stehen. Dabei, gut verpackt, jede Menge Handtücher und große Leinentücher, die wir im Ernstfall in Wasser getränkt über Kopf und Gesicht werfen müssen, um Augen und Atemwege zu schützen. Über Radio werden wir informiert werden, welche der beiden Notversorgungen zutrifft, ob oben oder ebenerdig. Auch einen kleinen Vorrat an Konserven und Flaschen mit Trinkwasser haben wir im oberen Treppenhaus deponiert. Zum Glück mussten wir bisher keinen Gebrauch davon machen, obwohl eine Zeit lang fast täglich Giftgasangriffe stattfanden.
Die Feigenbäume, Traubenstöcke und Granatapfelbäume aus dem abgebrannten Garten haben sich wider Erwarten fast alle erholt, ebenso der Hibiskus- und der Dattelbaum. Die Oleander auf dem Bürgersteig hängen tief unter der Last der rosa Blüten und die hässlichen Gartenmauern sind unter der Blütenpracht der Bougainvillea kaum noch zu sehen. Wenn ich es nicht selbst erlebt hätte, würde ich nicht glauben, dass dieser Garten vor zwei Jahren abgebrannt war! Wir mussten nur den Rasen neu anlegen. Über einen Monat hatten wir Handwerker im Haus. Das obere Stockwerk war durch Mörsergeschosse und einen Kanoneneinschlag in der Nachbarschaft arg beschädigt. Wir haben

es noch immer nicht vermietet, obwohl eine große Nachfrage besteht. Die Wohnung ist mit 300m² fast so groß wie unsere. Hesam will das ganze Haus an eine Firma vermieten, sobald wir nach Teheran umgezogen sind. Er ist inzwischen auf eigenen Wunsch Pensionär. Ihm wurden 80% Arbeitsunfähigkeit wegen seiner Augen, die bei einer kleinen Explosion in seiner Firma leicht verletzt wurden, zugesprochen. Er hatte von Kindheit an Probleme mit den Augen. An seiner Sehkraft hat sich nach dem Arbeitsunfall nicht viel geändert. Nun ist er frei und bekommt als Beamter eine ordentliche Pension. Reza macht nächstes Jahr schon Abitur. Damit er und seine Geschwister in Teheran studieren können, wollen wir nach der Aufnahmeprüfung für die Universität nach Teheran umziehen, Hesam will sich dann selbständig machen und hat schon einige Ideen für die Umsetzung seiner Pläne.

Ich kann mich an diese drei Jahre, die wir nach unserer Rückkehr noch in Ahwaz lebten, kaum erinnern.

Auch die beiden großen Hochzeiten von Mariam und Nilufar, beide Töchter Bibi Masumes, die wir mit jeweils fast zweihundert Gästen in unserem Haus feierten, kann ich nur in wenigen Bildern aus meiner Erinnerung hervorholen, obwohl es bestimmt einschneidende und schöne Ereignisse waren. Ich bin froh, dass wir diese Feste in unserem Haus ermöglichen konnten, stellvertretend für unsere Träume, eines Tages die Hochzeiten unserer Kinder dort zu feiern.

Einzelne Bruchstücke erscheinen vor meinen Augen: Ich sehe Essi und Omid, wie sie Nilufar beim ersten Date mit ihrem zukünftigen Mann, das in unserem Salon stattfand, mit Spiegeltricks heimlich beobachteten und live berichteten. Oder wie während einer der Hochzeitsfeiern Garten und Haus, die vorher hell erleuchtet waren, plötzlich in völliger Dunkelheit versanken. Einer der Lausbuben hatte den kompletten Strom ausgeschaltet. Die Gäste dachten, es sei ein Luftangriff und gerieten in Panik. Das Ergebnis war ein völlig zerstörter und zertrampelter Garten, der sich aber bald wieder erholte.

Ich sehe mich im Hinterhof am großen gekachelten Waschbecken, das in den Boden eingelassen war, wie ich ein totes Huhn aus heißem Wasser holte und ihm einzeln die Federn ausrupfte. Dabei schrie ich jedes Mal auf, als würde man mir selbst bei lebendigem Leibe diese Federn ausreißen. Ich habe das nie wieder gemacht, auch wenn meine Kinder dann kein Hühnchen zu essen bekamen. Da ging Eigenliebe ausnahmsweise einmal vor Mutterliebe.

Ich sehe Omid und Essi, wie sie die Gegend durchstreiften und mutterlose Welpen und Kätzchen anschleppten, um diese zu retten und groß zu ziehen. Wir hatten immer irgendwelche Tierkinder zum Aufpäppeln in unserer offenen, überdachten Garage.

Ich sehe Yasmin in ihrem kleinen Reich mit ihren Puppen und all den anderen Spielsachen, wie sie diese gegen die Angriffe ihres kleinen Bruders verteidigte. Kurze Zeit später spielten die beiden in schönster Harmonie Vater, Mutter und Kind zusammen.

Ich höre die Schritte meines Ältesten, der im oberen Stockwerk stundenlang hin und her ging und sich dabei auf sein Abitur und die Aufnahmeprüfung für ein Medizinstudium vorbereitete. Die Erinnerungen kommen und gehen.

Trotz der Widrigkeiten, derentwegen ich mich im eigenen Haus nicht mehr wohlfühlte, waren die drei Jahre eine sehr intensive und schöne Zeit mit Neffen, Nichten, Cousins und Cousinen, die inzwischen verheiratet waren und selbst Kinder hatten. Mein Mann war ihr einziger Onkel vor Ort und wenn man sich früher bei *Baba Hadji* und *Bibi Hadji* getroffen hatte, traf man sich jetzt bei uns, im Haus der offenen Tür. Mona und Azita wohnten in unserer Nähe. Beide hatten Söhne in Hadis Alter und waren fast täglich bei uns. So hatte Hadi immer Spielkameraden, denn im Vergleich zu seinen Brüdern wuchs er eher als Einzelkind auf.

Über eine Cousine lernte ich Firuze kennen, die mir eine liebe Freundin wurde. Es war für mich die erste Freundschaft außerhalb der Familie, ein Dorn im Auge meines Mannes. Firuze konnte ihn jedoch mit ihrem Charme herrlich um den Finger wickeln, ohne dass er es merkte. Schon bald hatte sie sein Vertrauen und wir konnten uns treffen, wann immer wir wollten. Sie wohnte nur einige Häuser weiter.

Hesam schmiedete Pläne, was er in *Teheran* machen wollte. Mir war alles recht, was mich von *Ahwaz* wegbrachte! Ich wollte nicht mehr in diesem Haus und in dieser Stadt leben. Die meisten der Maraschi-Familien hatten sich nach der Flucht in *Teheran* ein neues Leben aufgebaut. *Bibi* Masume war von den Geschwistern als einzige zurückgekommen, aber auch sie planten den Umzug in die Hauptstadt. Während wir in *Ahwaz* unter ständiger Bedrohung lebten, merkte man in *Teheran* kaum etwas vom Krieg. Sadegh hatte Glück. Er bekam von seiner Firma ein Angebot für eine Stelle in *Teheran* und er suchte schon nach Interessenten für sein Haus.

In unserer Beziehung kriselte es auch weiterhin. Was in Deutschland durch das Ungleichgewicht in unserer Aufgabenverteilung und durch Hesams Eifersucht begonnen hatte, setzte sich fort. Ich hatte mir falsche Hoffnungen gemacht, als ich dachte, dass alles wieder so wie früher würde. Dass ich eine Abneigung gegen das Haus hatte, das sein Lebenswerk war, und seine Mühe in seinen Augen nicht wertschätzte, hat Hesam bestimmt zu schaffen gemacht und dazu beigetragen, dass Vertrauensrisse entstehen konnten. Auf beiden Seiten, denn auch ich fühlte mich nicht verstanden. Die Abneigung gegen das Haus war nicht gewollt von mir und ich versuchte alles, um aus diesem unguten Gefühl herauszukommen. Dazu holte ich all die schönen und glücklichen Stunden, die wir hier erlebt hatten, aus meiner Erinnerung hervor und entschied mich, glücklich zu sein. So gut ich es vermochte, verdrängte ich alle negativen Gefühle. Bis mich aus heiterem Himmel eine Panikattacke heimsuchte, weil ich fremde Menschen im Haus umherlaufen sah, die ich nicht kannte und die nicht wirklich existierten. Sobald ich in den Garten flüchtete, verschwanden alle, die Panik und die Menschen.

„Das sind unruhige Geister von Verstorbenen!", meinte Firuze ehrfürchtig, als ich ihr davon erzählte.

„Ach, Quatsch, das sind meine Fantasien, ich bilde mir das nur ein. Und an Geister glaube ich schon gar nicht!", hielt ich ihr dagegen. „Und außerdem können gar keine Geister von Verstorbenen in unserem Haus sein, wir haben es ja erst gebaut!" Doch Firuze war fest von ihrer Theorie überzeugt:

„Du kannst sie vertreiben, du musst in jedem Zimmer drei Mal in jede Himmelsrichtung pusten und dabei eine bestimmte Formel aufsagen, ich schreibe sie dir auf!"

„Das werde ich mit Gewissheit nicht tun, das überlasse ich lieber meinem Mann! Der hat es schon einmal versucht, ohne Erfolg", spöttelte ich. Doch sie wollte sofort mitkommen und mit Hesam reden. Mir kamen Zweifel an mir selbst. Einerseits leugnete ich die Existenz von Geistern, andererseits sprach ich von negativen Energien. Wo war da der Unterschied? War ich schon so tief im Aberglauben der Menschen hier gefangen? Firuze und mein Mann sagten den Geistern gemeinsam den Kampf an. Mit Räucheröfchen wandelten sie durch die Zimmer, tief versunken in das Ritual der Geisterbeschwörung. In jedem Raum pusteten sie drei Mal bedächtig in alle vier Himmelsrichtungen, dabei drehten sie sich einmal um sich selbst.

Ich sehe sie vor mir: ein Bild für die Ewigkeit. Zu ihrer Enttäuschung brachte es nicht den gewünschten Erfolg, aber die Abstände zwischen den Attacken wurden länger und die Gestalten weniger. Nach unserem Umzug nach Teheran waren sie nie wiedergekommen. Heute denke ich anders darüber. Firuze war meinen Erfahrungen weit voraus.

Die letzten Sommer in *Ahwaz* waren heiß. Hesam hatte die gestohlenen Klimaanlagen nicht ersetzt, was ich ihm übelnahm, denn ich litt sehr unter der Hitze. Ihm und den Kindern machte diese weniger zu schaffen, sie waren damit aufgewachsen, für sie war die Hitze normal. Auf meine Bitte, doch wenigstens ein neues Gerät zu kaufen, meinte er, dass er kein Geld dafür habe, ich solle mich an den lieben Gott wenden. Ich wusste, dass genug Geld da war, wir hatten für das Haus keinen Kredit aufnehmen müssen und waren schuldenfrei.

„Da hast du schon mal einen Vorgeschmack auf die Hölle, wie es sein wird, wenn du nicht betest!", fügte er hinzu. Es sollte ein

Scherz sein, aber ich spürte einen unguten Unterton mitschwingen. Er bedrängte mich aufdringlicher als bisher, islamisch zu beten. Und ich wehrte mich vehementer als bisher, es zu tun. Meine Kraftquelle waren weiterhin die Sterne und die Weite des Himmels, die mich an mein Gottvertrauen erinnerten und mich zurückholten, wenn ich mich verirrt hatte, was jetzt öfter geschah. Mein Mann fing an sich zu verändern, zuerst leise, unbemerkt und schleichend. Als er mich unter Druck setzte, im Ramadan zu fasten und er seine Schreckensbilder, was mit mir geschehen würde, falls ich mich widersetzte, sogar vor den Kindern ausbreitete, konnte ich es nicht mehr ignorieren, dass etwas mit ihm nicht stimmte. Denn mein Mann wusste, dass ich aus gesundheitlichen Gründen nicht fasten durfte.

– 37 –

Dazu eine kleine Erläuterung aus meinen zahlreichen Briefen. Ende Mai 1984 schrieb ich an Gudrun:

Du fragst, was der Ramadan ist. Wir sind gerade mittendrin! Ich will versuchen, Dir das so zu erklären, wie ich ihn erlebe und was ich durch das Abhören der Schulaufgaben darüber weiß. Das Fasten ist eine der fünf Säulen im Islam. Dazu gehören noch das Glaubensbekenntnis, das Gebet, die Pflicht zur Almosengabe und die große Wallfahrt nach Mekka. Der Ramadan ist der Monat, in dem die Moslems der Nacht gedenken, in der die ersten Koranverse vom Himmel herabgesandt wurden. Der Prophet Mohammad hatte sich zu der Zeit in die Wüste zurückgezogen und fastete, um seinem Schöpfer näher zu sein. Er ist ein segensreicher Monat, in dem alle religiösen Handlungen um ein Vielfaches belohnt werden. Die Entschlackung des Körpers durch Verzicht auf Nahrung und Flüssigkeit verlangt viel Disziplin. Es ist auch eine Möglichkeit, Gottesnähe zu spüren und sein Leben und das, was man tut, zu überdenken. Das Fasten beginnt nach Sahari, dem letzten Essen vor Sonnenaufgang und endet mit Eftari, dem Fastenbrechen nach Sonnenuntergang.

Reza fastet schon im dritten und Essi im zweiten Ramadan. Omid übt in diesem Jahr ganze Tage durchzuhalten, es gelingt ihm schon recht gut. Ich bewundere sie, wie sie mit Begeisterung dabei sind, denn ich selbst habe immer wieder versucht zu fasten, weil ich wissen wollte, wie sich das anfühlt, was es mit mir macht. Es ist mir nicht gelungen. Ohne Flüssigkeitsaufnahme kam mir, weil ich ja, wie Du weißt, keine Gallenblase mehr habe, im wahrsten Sinne des Wortes die Galle hoch und ich musste abbrechen. Umso mehr bewundere ich meine Kinder. Sie nehmen das Fasten sehr ernst, auch ihre Gebete und die täglichen Koranlesungen erfüllen sie mit besonderer Hingabe. Schon als kleine Kinder wollten sie unbedingt fasten. Der Ramadan war ihnen von Kindheit an vertraut. Die Großfamilie war ihr Umfeld, in dem sie aufwuchsen, nach ihr richtete sich ihr Leben. Die Rituale, die in unserer Familie mit diesem Monat verbunden waren, prägten sie. Sie sahen, wie alle beteten, im Koran lasen, tagsüber fasteten. Und sie erlebten das abendliche, gemeinsame Fastenbrechen im Haus der Großeltern, das etwas ganz Besonderes war, weil sich alle freuten und sich gegenseitig gratulierten und sich wünschten, dass Allah ihr Fasten, Beten, und ihre Fürbitten annehmen möge. Den Tee nach dem Essen mochten sie besonders gern, denn er wurde mit einer Süßigkeit verabreicht, die es nur im Ramadan gibt. Die Abende bei den Großeltern waren urgemütlich und heilig. An bestimmten, im Islam wichtigen, Abenden saßen die Erwachsenen bis zum *Sahari* beisammen und beteten. Sie rezitierten aus dem Koran oder sie erzählten von ihren Erfahrungen mit Gott und seinen Propheten, und von Visionen und Träumen, die sie durch das Fasten noch intensiver erlebten. Wir hörten fasziniert zu und die Kinder schliefen dabei irgendwann ein. Das *Sahari* haben wir dann noch alle gemeinsam eingenommen. Dazu weckten wir die Kinder, dann konnten sie das Frühstück verschlafen. Diese Tradition haben wir auch nach dem Tod meines Schwiegervaters noch einige Jahre beibehalten. Da die Kinder bei allem immer dabei waren, verstanden sie nicht, warum sie von etwas, was alle betraf, ausgeschlossen waren. Ich versuchte, es ihnen mit folgendem Beispiel zu erklären: „Der liebe Gott hat gesagt, dass Kinder noch nicht fasten dürfen, weil sie dann nicht wachsen können, und dass er traurig ist, wenn sie es dennoch tun. Das ist wie mit einer Blume und einem Baum. Ihr seid die Blume und ein Erwachsener, wie euer Baba, ist der Baum. Wenn wir dem Baum tagsüber kein Wasser geben, passiert nichts. Er hat in seinem Stamm, den Ästen und den Blättern viel Wasser gespeichert, außerdem reichen seine Wurzeln bis dahin, wo in der Erde Wasser ist. Aber die kleinen Blumen haben nur einen dünnen Stängel und wenige Blätter und ganz kurze Wurzeln, also auch viel weniger Wasser auf Vorrat. Wenn dann die Sonne so heiß scheint wie heute, hat die Blume ganz viel Durst, und ihr Wasser ist schnell aufgebraucht und sie fällt um." Omid, der damals erst vier Jahre alt war, protestierte: „Aber unsere Blumen sind nicht umgefallen!" „Genau! Weil ihr ihnen Wasser gebt, haben sie Kraft und müssen nicht verwelken. Nur mit Wasser können sie sich ihre Nahrung aus der Erde holen und wachsen und stärker werden! Und deshalb will der liebe Gott nicht, dass die kleinen Kinder schon fasten. Sie brauchen tagsüber auch Wasser und Essen, sonst haben sie wie die Blumen keine Kraft mehr und fallen um." Damit waren sie vorerst zufrieden. Die Vorstellung, dass ihr Baba ein Baum wäre, fanden sie lustig, und sie überlegten sich, was für ein Baum das sein könnte. Von Dattelpalme bis Weihnachtsbaum war alles vertreten. Bis Essi meinte: „Baba ist gar kein Baum, er ist ein Dromedar, das hat nämlich einen Höcker mit ganz viel Wasser drin, so wie dem Baba sein Bauch!" Wie so oft ging die darauffolgende Heiterkeit in brüderliches Gerangel über, irgendwann wurde aus Spaß Ernst, und ich wusste, dass es mit Schreien und Tränen enden würde. Normalerweise lasse ich sie gewähren und mische mich nicht ein, weil sie nicht nachtragend und kurz nach dem Streit schon wieder die besten Freunde sind. Ich denke, dass diese Art von Streitigkeiten bei Kindern für ihre soziale Entwicklung sein müssen, damit sie die Erfahrung machen, dass Streiten zum Leben zwar dazugehört, aber der Zusammenhalt und die Liebe untereinander viel

wichtiger und stärker sind. Damals habe ich sie jedoch noch vor dem unausweichlichen Finale unterbrochen: „Wenn ihr fasten wollt, dann dürft ihr aber nicht streiten! Wie wäre es, wenn ihr euch schon in diesem Ramadan bemüht, nicht zu streiten, keine bösen Worte zu sagen und etwas freundlicher miteinander umzugehen?" Sie bemühten sich tatsächlich!
Als sie älter wurden, durften sie auch stundenweise fasten, je nach Alter von zwei Stunden bis höchstens einem halben Tag. Mit Erreichen der Pubertät konnten sie frei entscheiden, ob und ab wann sie fasten wollten. Das war für sie keine Frage, sie hatten diesen Tag ja herbeigesehnt! Sogar Yasmin fastet schon im ersten Jahr probeweise einen halben Tag. Ihren kleinen Bruder beziehen sie auch mit ein. Sie erklären ihm, warum er noch nicht fasten darf, dass er sich aber bemühen kann, in der Fastenzeit ganz lieb zu sein, ähnlich wie ich es damals bei ihnen getan habe. Dazu eine kleine Episode, die letzte Woche geschah: Ich kam dazu, wie Hadi bei offener Tür im Bad vor der Toilette stand und seinen Kopf schräg darüber hielt. Es sah aus, als ob er etwas im Ohr habe, denn er bohrte mit seinem Zeigefinger, um etwas herauszuholen. Ich wollte natürlich sofort nachschauen, was da los war, doch bevor ich intervenieren konnte, drückte er plötzlich die Spülung und lächelte zufrieden. Erst dann bemerkte er mich. Auf meine besorgte Frage, ob er Ohrenschmerzen habe, meinte er: „Nein, ich hab nur das Teufelchen aus meinem Ohr geholt!" „Und wie ist das Teufelchen da hineingekommen?", hakte ich nach.
„Das weiß ich auch nicht, es war auf einmal da. Ich hab zu Reza ein böses Wort gesagt. Und da hat Reza gesagt, dass da ein kleiner Teufel in meinem Ohr sitzt, der mir sagt, ich soll so böse Sachen sagen. Und jetzt hab ich das Teufelchen herausgeholt und weggespült!" Kinder haben ihre eigene Weisheit, unkompliziert und so wirkungsvoll. Wir können viel von unseren Kindern lernen! Aber das erfährst Du selbst bestimmt jeden Tag aufs Neue.
Der Einstieg meiner Kinder ins Fasten fiel in die Sommerferien, das war eine große Erleichterung. Wäre es bei dieser Hitze

zur Schulzeit gewesen, weiß ich nicht, wie ich als Mutter reagiert hätte. Ich befinde mich im Ramadan eh schon im Ausnahmezustand und fühle mich wie eine Glucke, die ihre Kinder beobachten und beschützen muss. Nächstes Jahr wird es noch einmal so sein, die Fastenmonate danach werden wir zwar schon außerhalb der Ferien, aber dafür im kühleren Teheran sein. Der islamische Kalender richtet sich nämlich nach dem Mond, und das Mondjahr hat zehn bis elf Tage weniger als unser Sonnenjahr. So kommt es, dass der Ramadan, und auch all die anderen islamischen Feiertage, in unserem gregorianischen Kalender keine festen Daten haben, sondern jedes Jahr ungefähr elf Tage früher sind und im Laufe von ungefähr dreiunddreißig Jahren einmal rückwärts durch unseren Sonnenkalender wandern.

Wir gehen also kühleren Fastenzeiten entgegen und bis der Ramadan wieder auf einen Sommer fällt, werden die Jungs schon gestandene Männer sein, und ich werde mich abgenabelt haben! Ich will ja keinen Streit mit meinen Schwiegertöchtern! Ich unterstütze die Kinder beim Fasten, so gut ich kann. Nachts bleibe ich wach, damit ich sie wecken kann für das *Sahari*. Meistens essen sie nur Haferbrei mit Fladenbrot, weil dann das Sättigungsgefühl länger anhält. Erst wenn alle gegessen und genügend getrunken haben, bin ich beruhigt und kann einige Stunden schlafen. Wie befreiend ist es für mich, wenn der Muezzin nach Sonnenuntergang zum Gebet aufruft. Es ist ein spezieller Ruf für das Fastenbrechen, überirdisch schön. Mit Mühe kann ich sie dann überreden, wenigstens eine Dattel und etwas Tee zu sich zu nehmen, bevor sie ihr Abendgebet verrichten. „Gott ist wichtiger!", bekomme ich zu hören. Das einzige Gegenargument, das dann wirkt, ist meine mir im Islam vorgegebene Rangstellung als Mutter, die ich mir nur in Notfällen zunutze mache: „Und der liebe Gott hat euch eure Mutter gegeben, weil er nicht gleichzeitig überall sein kann! Deshalb hat er ihr auch einige Befugnisse gegeben. Eine davon ist, darauf zu achten, dass ihr gesund bleibt!", war meine Antwort, die wirkte. In einigen Tagen ist es soweit, dass der Mond kurz

verschwindet. Und überall, wo die Sichel des Neumondes gesehen wird, ist der Ramadan zu Ende. Mindestens zwei Geistliche müssen den Neumond sichten, dann wird es über die Medien bekanntgegeben und sofort für den folgenden Tag das Eide Fetr, das Fest nach Ramadan, auch Süßigkeitsfest genannt, ausgerufen. Manchmal wird die Sichel nicht gesehen und sie müssen einen Tag länger fasten, doch das scheint meinen Kindern nichts auszumachen. Die Liebe zu Gott macht sie so stark und diszipliniert. Sie sind auf einem guten Weg, und ich bin sehr stolz auf sie!
Liebe Gudrun, ich wusste gar nicht, dass ich so viel über Ramadan weiß. Ich hoffe, dass das nicht zu viele Informationen waren. Wenn Deine Töchter konfirmiert werden, kannst Du mir ja berichten, wie Du ihnen den Sinn der Konfirmation erklärt hast, worauf ich mich jetzt schon freue!"

– 38 –

Anfang August 1985 war es soweit. Wir zogen um nach *Teheran*. Reza hatte bei den Aufnahmeprüfungen für die Universität unter landesweit 500000 Bewerbern den 302. Platz belegt und somit freie Studienwahl. Er entschied sich für ein Medizinstudium in *Teheran*. Trotz aller Wehmut konnte ich *Ahwaz* loslassen. Mein Paradies, so wie ich es in den ersten Jahren und auch noch bis zu Beginn des Krieges in unserem Haus erlebt hatte, gab es nicht mehr. Das Elternhaus war unbewohnt und fing an zu zerfallen Die Familie war durch den Krieg auseinandergerissen und lebte größtenteils in *Teheran*, jede Familie für sich allein.

Bis Schulanfang, Mitte September, wollten die inzwischen verheirateten Nichten und Neffen, die mit ihren Familien noch in *Ahwaz* lebten, nachkommen. Sie sahen in ihrer Stadt keine Perspektive mehr für sich und ihre Kinder, denn an den nahen Fronten wurde weiterhin hart gekämpft. Beide Seiten eroberten weite Landstriche oder holten sich die vom Feind eroberten Gebiete und Städte wieder zurück. Die Bevölkerung hatte keinen Überblick mehr über die jeweils aktuelle Lage, denn es wurden nur Siegesmeldungen verkündet – auf beiden Seiten. *Ahwaz* war wegen seiner geografischen und wirtschaftlichen Lage ein gezieltes und begehrtes Objekt bei den irakischen Streitkräften. Bisher war es ihnen jedoch nicht gelungen, *Ahwaz* einzunehmen, es konnte aber jederzeit geschehen, denn sie hatten wieder mit Bombardierungen der grenznahen Städte begonnen, unsere Stadt gehörte auch dazu. Außerdem bedrohte Saddam uns weiterhin mit Raketenangriffen und Giftgas, ein Ende des Krieges war nicht in Sicht.

Das Einzige, was in dieser unruhigen und sich kontinuierlich verändernden Zeit Bestand hatte, war der Sternenhimmel über Ahwaz. Seine Beständigkeit verhieß Hoffnung, und diese Hoffnung war die Kraft meines Vertrauens. Vertrauen, dass wir geführt waren, so wie früher die Menschen anhand der Sterne ihren Weg fanden. Ich habe Ahwaz und unser Haus nie mehr gesehen. Auch bei meinen späteren Reisen in den Iran nicht und auch nicht auf Bildern. Nach dem Verkauf wurde es in eine Schule umgebaut, die in dem Neubaugebiet noch fehlte. Als mir einer der Neffen Bilder vom Heiat bozorg, dem Elternhaus meines Mannes, schickte, erkannte ich es kaum wieder. Die Gebäude waren in sich zusammengefallen, nur die beiden Zimmer von Nuri und Kurosch standen noch. Doch inmitten dieses Zerfalls grünte es, der Garten hatte sich ausgebreitet, die Bäume waren groß geworden. Auch die Dattelpalme war noch da und ragte weit über Kuroschs Zimmer hinaus. Ein Wunder inmitten der Verwüstung! Ein Hauch vom Paradies, das es einst für mich war und immer sein wird, war geblieben. Uns unbekannte Menschen lebten dort, hatten das, was noch übrig war, besetzt und versuchten, es zu erhalten. Wenn ich wie jetzt zurückdenke, spüre ich immer noch einen kleinen Schmerz in mir und Wehmut.

Bis wir eine passende Wohnung finden würden, wohnten wir in *Teheran* im Sommerhaus von *Agha* Djavad. Das mindestens eintausend Quadratmeter große Grundstück lag an einem auslaufenden Berghang des Elbursgebirges. Ich war gern dort oben. Die wunderbare Berglandschaft und der große Garten entschädigten mich für vieles. Im Garten blühte sogar wilder Safran. Es war inmitten der felsigen Bergwelt wie ein kleines Paradies für mich. Wie überall, wo meine Seele ihre Flügel ausbreiten konnte, war ich in meiner inneren Heimat angelangt.

Unsere Bleibe wurde auch hier zum Haus der offenen Tür, besonders an den Wochenenden. Von hier aus starteten unsere Jugendlichen ihre gemeinsamen Bergwanderungen, die sie bis zur Schneegrenze führten. Die etwas älteren Familienmitglieder und die Familien mit Kleinkindern kamen gegen Mittag. Sie brachten *Bibi Hadj*i mit, die vorübergehend bei einem ihrer Söhne untergebracht war. Einige machten kleinere Wanderungen, andere schauten sich die Berglandschaft von der Seilbahn aus an. Den schönen Tag ließen wir mit einem Picknick im Garten ausklingen, wofür alle etwas mitgebracht hatten. Endlich waren wir wieder eine große Familie. Erst jetzt, wo wir uns wieder regelmäßig trafen, merkten viele, wie sehr sie die Gemeinschaft vermisst hatten, und wie wichtig diese für uns alle war.

Ich war froh, dass mein Mann vorerst noch nicht arbeitete und ich in der fremden Stadt nicht alles allein erledigen musste. Hesam führte mich in das Leben einer Großstadt ein, zeigte mir, wie die Verkehrsverbindungen waren, wie ich mich in den Straßen und unendlich vielen Gassen zurechtfinden konnte, und wie ich sicher über eine große Verkehrsstraße kam. Ampeln für Fußgänger gab es zwar, aber sie wurden nicht beachtet. Eine Straße zu überqueren war jedes Mal ein gewagtes Abenteuer. Wir gingen gemeinsam einkaufen, zu Ämtern und zum Arzt. Und wir standen gemeinsam stundenlang in der Schlange, denn Reis, Zucker, Fleisch, Öl, Butter und Eier bekamen wir mit Lebensmittelkarten zugeteilt. Wann und wo etwas davon verteilt werden sollte, erfuhren wir aus den Medien. Oft reihten wir uns schon vor Sonnenaufgang in die bereits wartende Menschenschlange ein. Mit ein wenig Kreativität und Fantasie beim Kochen kamen wir mit den zugeteilten Mengen gut hin. Für die üblichen Fladenbrote brauchten wir keine Karten, aber die Bäckereien waren überfordert, weil durch die Rationierung der anderen Lebensmittel die Nachfrage für Brot weitaus größer als das Angebot war. Hesam ging deshalb morgens um vier

Uhr schon los. Da konnte er noch, ohne anstehen zu müssen, so viel Brot bekommen, dass es für zehn Tage reichte. Das war möglich, weil das Brot ohne Unterbrechung gebacken wurde. Es musste zügig verkauft werden, sonst trocknete es aus. Er sorgte gut für uns und es war eine harmonische Zeit. Da die Panikattacken in *Teheran* nicht wiederkamen, machte ich die äußeren Umstände für unsere kleinen Zwistigkeiten in *Ahwaz* verantwortlich und war beruhigt und glücklich.

In dieser Anfangszeit in Teheran ist meine Schwiegermutter in meinen Armen gestorben. Was damals geschah, ist unglaublich. Aber es ist geschehen, und es hatte Folgen für mein weiteres Leben. Erst ein Jahr danach hatte ich den Mut, mir das, was mit mir ein Jahr zuvor bei Bibi Hadjis Tod geschah, anzuschauen.

– 39 –

Vier Monate nach unserem Umzug war *Bibi Hadj*i nach einer überstandenen, aber noch nicht ausgeheilten Fraktur im rechten Oberschenkel erneut im Krankenhaus, dieses Mal wegen Herzproblemen. Es ging ihr nicht gut und sie war kaum ansprechbar. Ihr behandelnder Arzt, ein entfernter Verwandter von ihr, er nannte sie Tante Batul, bat uns zu sich. Acht der elf Geschwister kamen, teilweise mit Ehepartner. Nach einer kurzen, vertrauten Begrüßung kam Dr. Iraj auf sein Anliegen zu sprechen:

„Ich habe mit eurer Mutter gesprochen, als sie noch reden konnte. Um was ich euch jetzt bitte, ist auch ihr Wunsch gewesen. Ihr Herz ist sehr schwach, es arbeitet kaum noch. Holt sie zu euch nach Hause, solange ein Transport möglich ist. Sie hat zwölf Kinder großgezogen und hat es nicht verdient, im Krankenhaus zu sterben."

„Aber sie braucht doch Infusionen, sonst verdurstet sie!", gab Seyede zu bedenken.

„Ihr Herz kann die aufgenommene Flüssigkeit nicht mehr resorbieren, und sie lagert überall Wasser ein, auch in der Lunge. Das wiederum führt zu Atemnot und die anderen Ödeme drücken auf die Nerven und verursachen Schmerzen."

Wieder unterbrach Seyede ihn: „Dann musst du ihr wassertreibende Medikamente geben, das hilft doch auch bei meiner Schwiegermutter!" Dr. Iraj ließ sich nicht beirren:
„Das haben wir versucht, aber ihr Körper reagiert kaum noch auf Medikamente. Nehmt sie zu euch, sie ist dabei, sich zu verabschieden. Es war ihr größter Wunsch, zum Sterben nach Hause zu kommen. Er wandte sich an Hassan:
„Du warst doch dabei und kannst es bezeugen!" Hassan nickte: „Ja, das stimmt, es war genauso, wie du sagst."
Obwohl die meisten unter uns eine ähnliche Botschaft erwartet hatten, als der Arzt um ein Familiengespräch bat, war die Betroffenheit groß. Unsere Befürchtung, dass dieser Krankenhausaufenthalt der Anfang von *Bibi Hadj*is Ende sein könnte, stand nun als in Worten ausgesprochene Realität mitten im Raum. Einige weinten still vor sich hin. Doch niemand wollte diese Verantwortung übernehmen. Jeder argumentierte mit anderen Ausreden, teils auch berechtigten. In kurzer Absprache mit meinem Mann waren wir die einzigen, die dazu bereit waren, obwohl wir immer noch oben in den Bergen im Sommerhaus wohnten. Mit unausgepackten Umzugskartons, ohne warmes Wasser und ohne all die Dinge im Haushalt, die ein Leben einfacher gestaltet hätten. Wir hatten zwar einen Durchlauferhitzer zum Duschen, aber der musste immer neu angeschaltet und beobachtet werden, damit er nicht plötzlich ausging, wenn jemand unter der Dusche stand.

Bei elf Geschwistern, die alle in der Nähe wohnten, konnten in Bezug auf Therapie und Pflege Unstimmigkeiten auftreten. Ich musste mich absichern und bat den Arzt, der sich verabschieden wollte, zu bleiben. In seiner Anwesenheit fühlte ich mich mutiger und stellte Bedingungen:

„Wir nehmen *Bibi Hadj*i gerne zu uns. Ihr müsst euch aber darüber im Klaren sein, dass wir sie zum Sterben und nicht zum Gesundwerden nach Hause holen, wobei ich letzteres nicht ausschließen möchte, alles liegt in Gottes Hand, *Inschallah*. Falls jemand Einwände hat, bitte jetzt sagen, dann müssen wir eine andere Lösung finden." Hassan meldete sich:
„Es berührt und beschämt mich sehr, dass du das für uns tun willst."

„Stopp!", unterbrach ich ihn.

„Wir machen das nicht für euch, wir machen das auch nicht für uns, oder um Punkte fürs Paradies zu sammeln. Wir machen es einzig und allein *Bibi Hadj*is wegen! Sie braucht Hilfe. Hilfe, die wir ihr geben können und auch geben wollen. Sie hat uns allen viel Liebe geschenkt, jetzt braucht sie unsere Liebe!" Ich schaute in viele betretene Gesichter und fuhr fort:
„Das gilt auch für euch. Schenkt ihr all eure Liebe, kommt zu ihr, betet mit ihr und lest ihr aus dem Koran vor. Jeder kann sich so einbringen, wie er will und wie er kann. Redet mit ihr, lacht mit ihr, sie wird es hören, auch wenn sie keine Reaktion zeigt. Ihr seid jederzeit willkommen, unser Haus ist euer Haus, ich bitte euch sogar darum." Vereinzelt kamen schon Ideen, wie die Hilfe aussehen könnte. Es gab noch etwas zu sagen, jetzt war die Gelegenheit dazu:
„Um den Frieden und die Harmonie, die sie bei uns finden wird, zu gewährleisten, habe ich noch eine große Bitte. Da elf erwachsene Kinder auch elf verschiedene Meinungen haben können, bitte ich euch zu akzeptieren, dass Entscheidungen in medizinischen Angelegenheiten nur Dr. Iraj im Sinne von *Bibi Hadj*i treffen wird und ich mich an diese Anordnungen halte. Ihr könnt mir gerne bei der Pflege helfen, aber bitte, mischt euch nicht ein, ich weiß, was zu tun ist. Wer kein Vertrauen oder etwas zu beanstanden hat, kann es jetzt sagen oder Dr. Iraj oder mich jederzeit persönlich ansprechen." Ich zögerte einen kurzen Moment und fuhr fort:
„Nach *Baba Hadj*is Tod ging das Gerücht um, dass ich zu wenig für ihn getan und seinen Tod geduldet hätte. Ihr wart alle Zeugen, dass *Baba Hadji*, nachdem er im Krankenhaus in *Teheran* die endgültige, hoffnungslose Diagnose bekommen hatte, eine Chemotherapie ablehnte. Er wollte nur noch nach Hause und palliativ versorgt werden. Ich bin froh und dankbar, dass ich zu seinem Seelenfrieden beitragen konnte, indem wir seinen Wunsch respektierten, auch wenn es uns sehr schwerfiel, ihn gehen zu lassen. Ich hatte mir nach den Vorwürfen zwar vorgenommen, mich nie mehr in ähnlichen Situationen einzubringen, aber mir bleibt keine andere Wahl. *Bibi Hadj*i war immer gut zu mir, ich kann nicht anders, als ihr von ihrer Liebe zurückzugeben." An der Stille und

Betroffenheit, die im Raum standen, merkte ich, dass meine Worte etwas bewirkt hatten. Deshalb fügte ich noch hinzu:

„Entschuldigt bitte, ich wollte euch nicht zu nahetreten, aber das musste einmal gesagt werden, damit ich mit freiem Herzen und ohne Bitterkeit *Bibi Hadji* auf ihrem Weg begleiten kann. Dass wir sie gemeinsam begleiten können, wie es bei *Baba Hadji* auch war."

Dr. Iraj, der die ganze Zeit neben mir stand, reagierte als erster. Seiner Stimme hörte ich an, dass er sehr bewegt war.

„Gott schenke dir und deinen Lieben ein glückliches Leben, Tante Batul ist bei dir gut aufgehoben, *Alhamdelellah*!"

Am nächsten Tag holte Hesam seine Mutter zu uns, sie wurde im Krankenwagen gebracht. Als ich sie begrüßte und sagte: *„Bibi Hadji*, jetzt bist du bei uns. Du bist zuhause!", kam ein tiefer Seufzer aus ihrer Brust, so, als ob sie darauf gewartet hätte. Ich war sehr froh, diese Entscheidung getroffen zu haben. Dr. Iraj setzte sofort alle medizinischen Maßnahmen, wie Infusionen und Medikamente ab. Im Krankenhaus waren ihm die Hände gebunden. Die Sauerstoffzufuhr sollte sie weiterhin erhalten. Palliativ bekam sie eine geringe Wassermenge über eine sehr langsam unter die Haut tropfende Infusion. Dies sollte einerseits ein eventuelles Durstgefühl mildern, andererseits war es eine Maßnahme zur Beruhigung der Angehörigen.

Nach zwei Tagen ging es *Bibi Hadji* schon deutlich besser. Sie schien zu merken, dass sie bei uns war. Die vertrauten Stimmen erreichten sie in ihrem Dämmerzustand. Sie war sogar manchmal wach und beobachtete das Geschehen um sie herum. Sprechen konnte sie nicht, aber sie lächelte uns an. Sie hatte wieder, wenn auch nur wenig, gegessen und getrunken. Nach Absprache mit Dr. Iraj versuchte ich, ihr eine aufgelöste Tablette zum Ausschwemmen der Ödeme zu geben. Es gelang und ihr Körper reagierte sogar ein wenig auf das Medikament. Die Erwachsenen sprachen ihre Einsätze untereinander ab. Damit ich nicht kochen brauchte, versorgten sie uns mit Essen. Sie kamen gegen Mittag und blieben bis abends. Manchmal blieb jemand auch über Nacht. Das Haus war groß und hatte viel Platz für Gäste. Diese versorgten sich selbst mit Tee, Obst und Gebäck, das sie jeden Tag frisch mitbrachten.

Nach langen Entbehrungsjahren rückten wir als Großfamilie immer mehr wieder zusammen. Es war eine friedliche und heilige Atmosphäre im Haus.

Zwei Wochen war *Bibi Hadj*i eingebettet in die Liebe ihrer Familie. Dann konnte sie loslassen. Wie jeden Morgen hatte Hesam bei der Pflege geholfen. Danach fuhr er mit einem Neffen, der Medizin studierte und die Nacht bei seiner Großmutter Nachtwache gehalten hatte, nach *Tadjrisch*, um einen Arzttermin wahrzunehmen. Schon am Vortag hatte *Bibi Hadj*i von dem in Milch eingeweichten und pürierten Zwieback kaum etwas zu sich genommen. Es war für mich ein Zeichen, dass sie bereit war zu gehen. Auf meine Frage, ob sie etwas essen möchte, hob sie ihr Kinn ein wenig nach oben. Im Iran bedeutet das ein Verneinen. Ich feuchtete ihre Lippen mit Wasser an. Dieses Ritual löste bisher bei ihr einen Schluckreflex aus und sie konnte danach ein wenig Wasser trinken. Aber sie signalisierte mir mit zusammengepressten Lippen, dass sie das nicht mehr brauchte. Ihre Zeit war gekommen, noch ein bis drei Tage, wie ich die Situation aus Sicht einer Krankenschwester einschätzte. Wie immer nach dem Frühstück löste ich ihre Zöpfe und flocht sie erneut. Dabei erzählte ich ihr, dass Djavad und Heschmat kommen wollten. Sie schaute mich an und versuchte ein Lächeln. Sie wirkte müder als sonst.

„Sie kommen erst gegen Mittag, du kannst jetzt ruhig ein wenig schlafen, dann bist du wacher, wenn dein Sohn bei dir ist. Ich hol mir nur ein Glas Tee und bleibe dann bei dir", versprach ich ihr.

Hadi war ins Zimmer gekommen. Ich hatte Hadi in den letzten Tagen darauf vorbereitet, dass *Bibi Hadj*i bald sterben würde. Er wollte nur wissen, ob dann auch bei ihr die Engel kommen, um sie zum lieben Gott zu bringen. Wir hatten nie darüber gesprochen, er muss es irgendwann in der großen Familie gehört haben. Vielleicht dachte er, dass sie nur einen Besuch im Himmel machte und dann wiederkam.

„Guten Morgen, mein Bubele, du bist ja schon munter, konntest du nicht mehr schlafen?", fragte ich ihn erstaunt.

„Ich will dir doch helfen, weil Papa gestern Abend gesagt hat, er muss heute Morgen etwas erledigen", erklärte er mir.

„Da bin ich aber froh, dass ich nicht allein bin und eine große Hilfe habe! Magst du schon mal eine Tasse Kakao vor dem Frühstück?"

„Nein, ich bleibe bei *Bibi Hadj*i und will Staub wischen." Er fühlte sich sehr wichtig mit seinen gerade mal fünf Jahren.

„Das ist fein, da freut sich *Bibi Hadj*i bestimmt."

In der Küche war ich dabei, mir Tee aus einer Thermoskanne in ein Glas zu gießen. Plötzlich wurde ich ganz leicht und mir war, als ob sich etwas von meinem Körper löste und wie auf unsichtbaren Flügeln fortgetragen wurde, zarten Nebelschwaden vergleichbar. Die zurückgebliebene Hülle zog sich wie eine Ziehharmonika zusammen. Ein unendliches, überirdisches Glücksgefühl umhüllte mich. In ihm war alles vereint: Liebe, Frieden, Glück, Freude, Leichtigkeit, Harmonie, Gott.

„So schön ist Sterben", dachte ich und wollte mich in den Sog dieser Glückseligkeit hineinfallen lassen. Doch im selben Moment wehrte sich etwas in mir:

„Aber ich kann noch nicht sterben, ich habe doch Kinder und einen Mann, sie brauchen mich!" Bevor ich begreifen konnte, was geschah, lief das vorherige Geschehen wie beim Zurückspulen eines Films in umgekehrter Reihenfolge ab. Die zusammengefaltete Hülle breitete sich auseinander und so, wie mein Körper sie verlassen hatte, kehrte er nun wieder in die Hülle zurück und entfaltete und streckte sich, wie eine Ziehharmonika beim Auseinanderziehen.

Ich war immer noch am Tee Ausgießen. Das Ganze musste sich in Bruchteilen einer Sekunde abgespielt haben. Ich tastete mich ab, kniff mich, um zu testen, ob ich gestorben oder am Leben war und wusste intuitiv, dass irgendetwas mit *Bibi Hadj*i nicht stimmte. Als ich ins Zimmer kam, war sie schon nicht mehr ansprechbar und die Atmung hatte sich verändert und war in eine plötzlich eingetretene Schnappatmung übergegangen. Sie war dabei zu gehen. Ich informierte telefonisch nur Heschmat, und bat sie, den anderen Bescheid zu geben.

„Jetzt hat *Bibi Hadj*i die Engel gerufen", sagte ich zu Hadi, der mich fragend ansah. Ich musste ihn einbinden in das Geschehen, damit es für ihn als etwas Schönes in Erinnerung blieb.

„Komm, Hadile, hilf mir, das Fenster ganz weit zu öffnen, damit die Engel auch Platz genug haben!" Die Vorstellung, dass Engel anwesend waren, gab der Situation etwas Heiliges. Hadi half mir, das Bett so zu drehen, dass *Bibi Hadj*is Gesicht, das ich leicht zur Seite gedreht hatte, Mekka zugewandt war.

„Bringst du mir bitte *Bibi Hadj*is Gebetsstein?" Hadi reichte ihn mir und ich legte ihn auf ihre Brust und ihre rechte Hand darüber.

„Wir beten jetzt mit ihr das Morgengebet. Das ist für sie sehr wichtig. Und weil sie es nicht mehr allein kann, helfen wir ihr."

Ich setzte mich zu ihr und sagte ihr, dass alles bereit war und sie zu *Baba Hadji* gehen konnte. Sie hatte mir das islamische Gebet beigebracht, jetzt betete ich es für sie. Das islamische Glaubensbekenntnis, das auch im Gebet vorkommt, sprach ich noch mehrmals extra. Ich betete alle Gebete, die ich kannte, auch das Vaterunser ließ ich mit einfließen, alles, wie es kam, auch den Psalm 23 „Der Herr ist mein Hirte". Hadi kannte schon einige *Suren* aus dem Koran auswendig, manche davon hatte er von *Bibi Hadji* gelernt. Die sagte er ihr auf, als letztes Geschenk für ihren Weg.

Er hielt die ganze Zeit ihre linke Hand und sagte ihr, dass er sie liebhabe. Ich war so stolz auf meinen kleinen, tapferen Mann.

„Jetzt schläft *Bibi Hadj*i ganz ruhig", meinte er, als er sie nicht mehr laut atmen hörte.

„Ja, sie ist schon mit den Engeln unterwegs zum Licht, jetzt zieht sie um in ein schöneres Haus, und da wird sie ganz gesund sein."

Hadi schaute mich irritiert an: „Aber sie ist doch hier?"

„Weißt du, es ist wie bei einem Schmetterling. Sein erstes Haus ist der Kokon, in dem er als Raupe heranwächst. Erinnerst du dich an dein Bilderbuch, wo die Raupe Nimmersatt den Kokon verlässt? Aber sie war gar keine Raupe mehr. Weißt du noch, was aus ihr geworden war?" „Ja, ein wunderschöner Schmetterling!", erinnerte er sich und strahlte.

„Genauso ist das mit *Bibi Hadj*i. *Bibi Hadj*i, die hier im Bett liegt, ist der Kokon. Den braucht sie nicht mehr. Sie selbst ist eine wunderschöne Frau geworden, wie eine Fee, die du ja auch nicht sehen kannst. Sie ist jetzt unterwegs zum Licht. Die Engel tragen sie immer höher, noch weiter als die Sonne. Dort wird sie vom lieben

Gott und von allen anderen Engeln und von *Baba Hadji* schon erwartet." Die islamische Variante, laut der sie noch lange im Grab verweilen musste, bis über ihr weiteres Schicksal entschieden wurde, wollte ich meinem Kind nicht zumuten.

„Und von *Amu* Nuri", ergänzte Hadi, obwohl er seinen Onkel nie gesehen hatte. Er war zufrieden mit dieser Erklärung und schaute durch das offene Fenster ehrfurchtsvoll zum Himmel hinauf. Ich war dankbar, dass wir diese friedliche und heilige Abschiedsstunde bei *Bibi Hadj*i hatten, denn schon bald trafen die ersten Trauergäste ein, und das große Wehgeschrei und Wehklagen begann. Hadi und ich lächelten uns an, wir wussten um ein wunderschönes Geheimnis, da musste man doch nicht weinen.

Meine Schwiegermutter wurde noch am nächsten Tag im Paradiesgarten in der Familiengruft beigesetzt. Erst ein Jahr nach ihrem Tod, an ihrem Jahrestag, rückte das Erlebnis, das ich in der Küche hatte, als *Bibi Hadj*i starb, wieder in mein Bewusstsein. Die Familie hatte sich in *Agha* Farhads Wohnung versammelt, um ihrer zu gedenken. Ich suchte meine Tochter. In einem der Kinderzimmer fand ich sie mit gleichaltrigen Cousinen über ein Brett gebeugt. Ich kannte dieses Brett. Sie hatten es aus festem Pappkarton selbst angefertigt. Am oberen Rand und entlang der seitlichen Ränder waren mit Hilfe eines Teeglases zweiunddreißig Kreise eingezeichnet und diese mit den Buchstaben des persischen Alphabets ausgemalt. Im unteren Randbereich waren zehn Kreise mit den Zahlen null bis neun. Mittig gab es einen Ausgangspunkt, in dem das Teeglas stand, und je einen Kreis mit „Ja" und „Nein". Der Ja-Kreis hat dem Brett seinen Namen gegeben, „Ouija", aus dem französischen „Oui" und dem deutschen „Ja" zusammengesetzt. Sie konnten damit angeblich mit Verstorbenen Kontakt aufnehmen.

Ich belächelte das Ganze, denn in meiner Jugend hatte ich mit Freunden auch ähnliche Sitzungen abgehalten und, ohne Schaden zu nehmen, schon bald das Interesse daran verloren. Wir konnten nicht wirklich eine Verbindung zum Jenseits herstellen, aber wir hatten das Gefühl, ein großes, geheimnisvolles Abenteuer zu erleben. Ohne es zuzugeben, fürchteten wir uns eigentlich und überspielten das mit vorgetäuschtem Mut. Irgendwann während der

Sitzungen konnten wir die Realität nicht mehr von der Imagination unterscheiden und wir fantasierten uns gegenseitig etwas vor. So verschafften wir uns den erhofften Kick! Yasmin würde es ähnlich ergehen. Ich ließ sie gewähren, zumal es auch eine Ablenkung vom Kriegsgeschehen war. Sie musste ihre eigenen Erfahrungen sammeln. Die Mädchen schienen wie in Trance zu sein und bemerkten mich nicht. Ich erschrak über die Ernsthaftigkeit, mit der sie bei der Sache waren. Jede hatte ihren rechten Zeigefinger auf dem Teeglas liegen. Es bewegte sich mit den aufliegenden Fingern gezielt von Kreis zu Kreis.

Hoch, runter, links, dann mehrere Zahlen. Und das in einem Tempo, dass ich es mit meinen Augen kaum verfolgen konnte. Ich bekam Gänsehaut und ein mulmiges Gefühl.

„Hätte ich es doch nicht erlauben sollen?", fragte ich mich besorgt und machte mich durch Räuspern bemerkbar. Yasmin erzählte mir ganz begeistert, dass *Bibi Hadji* auf ihr Rufen erschienen sei.

„Mama, *Bibi Hadji* hat gesagt, dass der Krieg nächstes Jahr zu Ende sein wird! Sie hat uns sogar ein festes Datum gezeigt." Ich war verunsichert und versuchte, das Ganze als manipulierbares Spiel abzutun.

„Das habt ihr euch aber gut ausgedacht. Warum erst übernächstes Jahr, früher wäre mir lieber!"

„Du glaubst uns nicht?" Yasmin war sichtlich enttäuscht. „Versuch es doch auch einmal! Dann wirst du schon sehen, dass wir das nicht selbst machen!" Ich ließ mich auf diese Herausforderung ein, aber nur, um ihnen das Gegenteil beweisen zu können. Eine der Cousinen überließ mir ihren Fingerplatz auf dem Glas.

Was dann geschah, war so unfassbar, dass ich es nach so vielen Jahren immer noch kaum in Worte fassen kann. Ich will versuchen, das Geschehen, so wie ich es in Erinnerung behalten habe, wiederzugeben.

Eine Cousine fragte: „*Bibi Hadj*i, bist du noch da?" Das Glas rutschte auf den Ja-Kreis, der daneben war. Yasmin wurde ausgesucht, im Stillen eine Frage zu stellen, die niemand kannte. Das Glas flitzte unter unseren Fingern, richtiger mit unseren Fingern von einem Kreis zum anderen. Niemals überschritt es dabei die Umrandung, es stand exakt mitten im Kreis. Wie von Geisterhand geführt. Ich versuchte gegenzusteuern. Doch mein Finger war den Bewegungen willenlos ausgeliefert, wie festgeklebt. Im Ausgangspunkt blieb das Glas endlich stehen. „Cheili chube", „Sehr gut", war die Antwort.

„Was hast du *Bibi Hadj*i gefragt?", wollten die Mädchen wissen.

„Wie es ihr dort, wo sie jetzt ist, geht", antwortete Yasmin. Sie schaute mich fragend an.

„Ja, ich konnte mitlesen. Aber ich denke, das hat etwas mit Telepathie zu tun", wagte ich einzuwenden. Doch was war mit mir? Ich war dabei und hatte, wie die anderen auch, keine Ahnung, welche Frage Yasmin gestellt hatte, geschweige denn, welche mögliche Antwort zu erwarten war! Und willentlich gegensteuern konnte ich auch nicht. Ich brauchte aber noch einen Beweis.

„Ich gehe jetzt in ein anderes Zimmer und stelle *Bibi Hadj*i eine Frage, nur in Gedanken. Und ihr sagt mir das Ergebnis," schlug ich vor. Nach einigen Minuten kam meine Tochter und meinte: „Mama, das Ergebnis lautet ‚Izrael', was hast du gefragt?"

„Damit kann ich nichts anfangen, meine Frage hat überhaupt nichts mit Israel zu tun", erwiderte ich erleichtert. „Da habt ihr den Beweis, dass alles nur in euren Köpfen herbeigezogen ist!"

„Ach, übrigens, das Land Israel wird mit scharfem s geschrieben, aber *Bibi Hadj*i hat das weiche z genommen", erinnerte sich Yasmin.

Und was bedeutet das?", fragte ich.

„Das weiß ich auch nicht", musste sie zugeben.

„Da hat *Bibi Hadj*i wohl einen Rechtschreibfehler gemacht, sie konnte ja nicht schreiben. Glaub mir, das ist alles nur eure Einbildung!", versuchte ich Yasmin zu überzeugen. Ich selbst glaubte nicht mehr an Einbildung, zu unfassbar war das, was ich gerade erlebt hatte. Ich wusste, dass es für den Buchstaben ‚s' vier verschiedene Varianten gab, und jedes mit einem anderen ‚s' geschriebene, aber sonst gleiche Wort eine andere Bedeutung hatte. Vielleicht traf das auch auf ‚Izrael' zu? „*Bibi Hadj*i wollte mir bestimmt etwas sagen", überlegte ich und ging auf die Suche nach meinem Mann. Er war im Gespräch mit einem seiner Brüder. Als sie mich bemerkten, unterbrachen sie ihre Unterhaltung.

„Es tut mir leid, wenn ich euch störe, aber es ist wichtig", entschuldigte ich mich und wandte mich an meinen Mann: „Kannst du mir sagen, was Izrael mit ‚z' geschrieben bedeutet?" Ich bemerkte Betroffenheit in den Gesichtern. Hesam schaute mich verwundert an. „Warum fragst du das?" Ich antwortete nicht und wartete auf seine Erklärung, die mich dann völlig überraschte. Begreifen, Erschrecken und eine wahnsinnige Angst überrollten mich. Ich stürmte in das Zimmer der Mädchen und zerriss mit übermenschlichen Kräften den starken Karton in viele kleine Stücke.

„Ihr dürft das nie mehr machen! Ihr müsst die Toten gehen lassen, ihr dürft sie nicht hier zurückhalten, sie haben eine ganz andere Bestimmung", beschwor ich die Mädchen, die verängstigt zusammengerückt waren. Später, als ich mich ein wenig beruhigt hatte, redeten wir noch einmal darüber, ohne konkret auf meine Frage einzugehen. Das Ouija-Brett war nie mehr Thema. Ehrfurcht und Respekt vor einer anderen Wirklichkeit außerhalb unseres physischen Daseins verbot ihnen das.

Meine Frage damals an meine Schwiegermutter lautete: „Was ist mit mir in der Küche geschehen, als du im Sterben lagst?" Die Antwort war „Izrael", mit ‚z' geschrieben, der Name des Todesengels. Ich konnte es mir nur so erklären, dass der Todesengel einen Auftrag in unserem Haus hatte und versehentlich zuerst mir begegnet war und durch mein Aufbegehren seinen Irrtum bemerkte. Vielleicht hatte aber auch mein Schutzengel eingegriffen und damit Schlimmeres verhindert.

.

AUFBRUCH

Sei geduldig, wenn Du im Dunkeln sitzt.
Der Sonnenaufgang kommt.
– Rumi –

– 40 –

Das Nahtoderlebnis war der Beginn meines inneren Wachwerdens, ohne dass ich mir darüber anfangs bewusst war. Zunehmend spürte ich eine Unruhe in mir und merkte, dass mir etwas fehlte. Aber was? Ich konnte die Unruhe nicht einordnen und wunderte mich, dass ich mir auf einmal darüber Gedanken machte, was wäre, wenn meine Zeit hier auf Erden plötzlich zu Ende ginge und ob ich bereit wäre zu gehen. Ich fragte mich auch, ob ich meine Lebensaufgabe kannte und wie weit ich sie in mein Leben integriert hatte. Schon lange hatte ich nicht mehr über den Sinn meines Lebens nachgedacht, weil mir meine Familie alles bedeutete und mein Lebensinhalt war. Sie machte Sinn.

Wir waren inzwischen umgezogen und wohnten ungefähr acht Kilometer Luftlinie südlich vom Sommerhaus entfernt in einer großen Mietwohnung. Die Berge waren etwas weiter weggerückt, aber ich konnte sie immer noch ganz nahe vor mir sehen. Die Lage war ideal, weil die Kinder die Schule nicht wechseln mussten. Sie konnten die wenigen Kilometer mit dem Bus fahren. Nur für Hadi, der die erste Klasse besuchte, hatten wir in der Nähe eine Schule ausgesucht. Zum ersten Mal im Iran wohnten wir mit fremden Menschen in einem Haus. Es war eine neue Erfahrung für mich zu sehen, wie Menschen außerhalb der Maraschi-Familie ihr Leben gestalteten. Bald schon luden wir drei Hausfrauen, es waren drei Wohnungen, uns gegenseitig zum Tee ein. Wenn ich an der Reihe war, blieb Hesam entgegen seinen sonstigen Gepflogenheiten an diesen Tagen zuhause. Er fing wieder an, mich zu kontrollieren. Dazu kam, dass Ulrike, die an der deutschen Botschaftsschule unterrichtete, mich eines Tages einlud, an einem Frauentreff in der deutschen Kirchengemeinde teilzunehmen.

„Das wird dir guttun, da sind viele Frauen, die auch mit Iranern verheiratet sind. Einmal in der Woche treffen sie sich zum Basteln und Handarbeiten machen. Das ist immer sehr lustig", meinte sie.

„Außerdem kannst du dort Filme und Bücher ausleihen. Die Gemeinde ist zwar immer noch ohne Pfarrer, der wurde zu Kriegsbeginn nach Deutschland zurückgerufen, aber er wäre unseren Männern sowieso ein Dorn im Auge", sagte sie und lachte, womit sie vollkommen recht hatte. Das Angebot, deutsche Bücher und Filme ausleihen zu können, klang sehr verlockend und ich bat Ulrike, mich beim ersten Mal zu begleiten.

Nach sechzehn Jahren im Iran lernte ich deutsche Frauen kennen, die auch wie ich binational waren. Da war auf einmal die Möglichkeit zum Erfahrungsaustausch, aber auch zum Vergleich. Ich stellte erstaunt fest, wie isoliert ich all die Jahre gelebt hatte, wie mein Leben in einer traditionellen Großfamilie ganz anders verlaufen war als das der deutschen Frauen im westlich geprägten *Teheran*. Es erschien mir, als ob wir in zwei völlig verschiedenen Welten gelebt hatten und teilweise noch lebten. Die Art, wie manche über ihre Männer herzogen und intimste Dinge preisgaben, wirkte auf mich befremdlich und unangenehm. Deshalb erzählte ich nicht viel von mir und meinem bisherigen Leben im Iran. Ich wusste genau, was ich hier sagen konnte, und was ich besser für mich behielt. Da ich sehr gerne bastelte, wollte ich zum nächsten Treffen dennoch wiederkommen. In der Bibliothek suchte ich mir jede Menge Bücher aus. Ich hatte großen Nachholbedarf. Doch mein Mann sah das anders:

„Du musst nicht zu fremden Leuten gehen, wir haben doch eine große Familie, die du jederzeit besuchen kannst!", regte er sich auf. „Wer weiß, was das für Menschen sind? Wahrscheinlich trinken sie Alkohol und spielen Karten. Woher weißt du, ob sie nicht auch Opium in ihren Wasserpfeifen rauchen?" Für ihn war das alles schon Fakt. Meine Gegenargumente kamen nicht an, deshalb verschob ich die Diskussion auf einen anderen Zeitpunkt und widmete mich lieber den Büchern. Wie eine Verhungernde verschlang ich sie, um mich herum standen Raum und Zeit still. Bis eines Tages an ihrer Stelle ein Koran mit einer Gebetsanleitung lag. Als ich Hesam darauf ansprach, hatte er schon die Antwort bereit:

„Das sind Werke des Teufels! Sie halten dich nur vom Islam ab! Du sollst keine Bücher lesen, sondern den Koran! Und du sollst jetzt endlich beten!" Ich war erschrocken über seine heftige Reaktion, blieb aber erstaunlich ruhig. Ich wies ihn darauf hin, dass er die Bücher bezahlen müsse, wenn ich sie nicht zurückbrachte. Erst später am Abend gab er sie mir zurück. Von da an lieh ich nur maximal zwei Bücher aus, weil ich sie so besser vor ihm verstecken konnte.

Bisher hatte ich mich nie unfrei oder gefangen gefühlt, deshalb merkte ich nicht, dass sich langsam ein anderes Gefühl von Freiheit in mir Raum schaffen wollte. Schmerzlich wurde mir bewusst, dass Hesam alles, was mir außerhalb der Familie Freude bereitete, boykottierte, oder es zumindest versuchte.

Trotz aller Widrigkeiten durch meinen Mann ging ich jeden Dienstag zum Bastelkreis. Einmal im Monat trafen wir uns auch, abwechselnd reihum, privat zuhause zu Kaffee und Kuchen. Zum ersten Mal baute ich mir außerhalb der Familie ein soziales Umfeld auf, wenn auch nur für einen oder zwei Tage in der Woche. Sehr geschickt versuchte Hesam, das einzugrenzen, indem er Gründe erfand, warum Angelegenheiten, bei denen meine Anwesenheit erforderlich war, immer nur dienstags erledigt werden konnten. Oder er begleitete mich zu meinen Verabredungen und Terminen unter dem Vorwand, etwas für seine Gesundheit tun und laufen zu müssen. Wir liefen viele Kilometer und oft kam ich zwei Stunden später erst an. Alles wollte er mit mir gemeinsam machen, er drängte mir seine Nähe förmlich auf. Er entschied, wer von meinen Bekannten vertrauenswürdig war und wen ich meiden sollte. Er fragte mich aus, wenn ich privat eingeladen war, wollte wissen, ob der Ehemann dabei war, was er arbeitete, ob es im Haus einen Gebetsplatz gab und ob es vielleicht nach Opium gerochen hatte.

„Wieso willst du das alles wissen?", fragte ich ihn verwundert. „Ich frag doch nicht nach solchen Dingen! Und den Geruch von Opium kenne ich gar nicht, wie soll ich das denn merken? Und nein, zu deiner Beruhigung, es waren keine Männer da, die waren nämlich arbeiten!", antwortete ich gereizt und murmelte hinterher: „Falls du noch weißt, was das ist!" Ich wunderte mich über mich selbst, dass ich so empfindlich und vielleicht auch ungerecht reagierte. Zum Glück hatte er es nicht verstanden, er zeigte zumindest keinerlei Reaktion.

Es schien mir, als ob wir beide noch vorsichtig die Grenzen unserer gegenseitigen Duldung abtasteten, wobei die Spannungen in unserer Ehe immer mehr zunahmen. Meine Freundin Firuze fehlte mir. Ihre Tochter studierte noch in *Ahwaz*. Nach dem Studium wollten sie nach *Teheran* kommen.

– 41 –

Mit der Zeit entwickelte sich mein Mann mehr und mehr zum Kontrollfanatiker. Mitgehörte Telefongespräche waren an der Tagesordnung. Bekam ich Besuch, spielte er den freundlichen, charmanten Gastgeber und war immer dabei. Auch als ich mit einer Einladung der Bastelgruppe an der Reihe war, hielt er sich in der Küche auf und speicherte jedes von uns gesprochene Wort, um es hinterher zu analysieren und daraus seine Schlüsse zu ziehen, die jeder Realität entsagten. Meine Bücher, soweit er sie entdeckte, meine Briefe, alles kontrollierte er. Was ihm nicht passte, ließ er verschwinden. Er mischte sich auf einmal in Dinge ein, die bisher in meinem Aufgabenbereich lagen. So kannte ich meinen Mann nicht, er wurde mir immer fremder. Dennoch versuchte ich, für seine Situation Verständnis aufzubringen.

„Er ist mit vierundvierzig Jahren in Pension gegangen, da muss er erst wieder einen Lebensinhalt finden. Er steckt bestimmt mitten in einer Krise, die Umstellung verursacht Stress. Da müssen wir jetzt gemeinsam durch!", entschuldigte ich sein seltsames Verhalten vor mir selbst. Doch die Wirklichkeit war eine andere und zeigte sich schon bald in ihrer ganzen Härte.

Eines Tages, wir hatten gerade noch gemütlich zusammen Tee getrunken und Pläne fürs Wochenende geschmiedet, kippte seine Stimmung von einer Sekunde zur anderen plötzlich um, ohne Grund und ohne Vorboten und es entwickelte sich folgender Dialog:
„Warum betest du nicht? Du bist eine Ungläubige und kein gutes Vorbild für unsere Kinder!" Ich fühlte mich wie vor den Kopf gestoßen und machte ihm Vorwürfe:
„Warum musst du immer unseren Frieden zerstören? Wir haben dieses Thema schon so oft durchdiskutiert und waren uns einig,

dass jeder seinen Glaubensweg gehen kann. Wir gehen doch keine entgegengesetzten Wege, unsere Mitte ist dieselbe!"
„Es gibt nur einen Weg, und das ist der Islam!", erwiderte er. Doch ich hielt dagegen: „Gott hat mir christliche Eltern zugedacht, wenn er gewollt hätte, dass ich Muslimin werde, hätte ich andere Eltern bekommen. Du wärst ja auch Christ, wenn du in einer christlichen Familie geboren wärst."
„Nein, das wäre ich nicht, ich wäre zum Islam übergetreten, wenn ich davon gehört hätte!"
„Das sagt sich so leicht dahin. Was willst du denn noch von mir? Ich erziehe unsere Kinder in einem Glauben, der mir fremd ist. Glaubst du, das fällt mir leicht? Mein Herz blutet dabei. Habe ich dir das jemals vorgehalten? Es war so vereinbart, und ich stehe zu meinem Wort, aber du hältst deine Versprechen nicht!" Er war still, tat so, als ginge ihn das alles nichts an. Das weckte meinen Kampfgeist, und ich fuhr fort:
„Habe ich jemals versucht, die Kinder christlich zu beeinflussen? Habe ich jemals schlecht über den Islam gesprochen? Nein! Du hingegen trittst meinen Glauben mit Füßen, verspottest ihn, wo und wie du nur kannst, sogar vor den Kindern hast du versucht, mich schlecht zu machen! Wenn ich das geahnt hätte, wäre ich niemals deine Frau geworden!"
„Ich muss die Kinder vor deinem Irrglauben schützen, das ist meine Vaterpflicht!", erwiderte er bockig.
„Du musst sie nicht schützen. Wie ich schon sagte: Ich stehe zu meinem Versprechen. Nicht, weil der Islam die bessere Religion ist, das kann ich nicht beurteilen. Ich mache es der Kinder wegen. Ich will nicht, dass sie irgendwo zwischen unseren beiden Religionen mitlaufen und nicht wissen, wo sie hingehören. Dass sie eine innere Heimat haben, ist für mich viel wichtiger als ihre Religionszugehörigkeit." Er stellte sich taub, was mich noch mehr in Wut versetzte.
„Und deshalb werde ich auch nicht deinetwegen beten! Was ist das denn für ein Glaube, dass du denkst, ich sei Muslimin, wenn ich nur die Rituale des Gebetes einhalte? Das sind doch alles Äußerlichkeiten, die für dich wichtig sind. Wie es in meinem Herzen aussieht, und dass dort vielleicht eine ganz besondere Liebe zu Gott

brennt, interessiert dich doch gar nicht. Hauptsache, die Haare sind bedeckt und ich verbeuge mich, was ich dabei fühle und was ich dabei denke, ist dir doch egal!"

„Du bist ein schlechtes Vorbild für die Kinder, und deshalb sollst du beten", wiederholte er sich. Ich war ihm wirklich egal, für sein Seelenheil war er bereit, über Leichen zu gehen. Ich versuchte, die Ruhe zu bewahren, aber es fiel mir sehr schwer.

„Ich habe sogar gelernt, arabisch zu lesen, damit ich die Kinder in Religion unterstützen und abhören kann, wenn sie die *Suren* aus dem Koran auswendig lernen müssen. Aber deswegen bin ich doch noch lange nicht islamisch!" Seine Antwort ging weit unter die Gürtellinie. Er begriff nichts, er wollte es nicht begreifen! Schmerzhafter als je zuvor vermisste ich die Rückendeckung *Baba Hadjis*. Er hätte nie zugelassen, dass mein Mann mich so quälte. Dieser stellte sich weiterhin taub und zeigte keinerlei emotionale Reaktion. Ich resignierte. Warum sollte ich hier all meine Kraft vergeuden? Zweifel tauchten auf: „War das der Mann, dem ich seit fast zwanzig Jahren vertraute? Der mir beteuerte, er liebe mich über alles? Der Mann, den ich bedingungslos geliebt hatte und immer noch liebte?" Antworten fand ich keine. Ich wusste auch nicht, wie ich mit dieser neuen Situation umgehen sollte. Ich fühlte mich verlassen und hilflos. Und ich fühlte mich schuldig, weil ich anfing, eigene Wege zu gehen.

Ein Rückzug schien mir die beste Lösung zu sein, ihm nicht noch mehr Anlass zu geben, verletzende Worte zu sagen, die er vielleicht später bereute.

Nach drei Tagen war alles überstanden. Er entschuldigte sich, aber ohne den Grund zu nennen, warum er so reagiert hatte. Wahrscheinlich wusste er es selbst auch nicht. Er war wieder liebenswert, aufmerksam, fast so wie früher. Ich konnte Freunde treffen und zum Bastelkreis gehen. Er half mir sogar, das nötige Bastelmaterial im Bazar zu finden, und er machte Vorschläge, wie ich etwas besser machen könnte. Es fiel kein böses Wort, auch nicht darüber, dass ich nicht islamisch bete. Bis seine Stimmung wie aus dem Nichts, ohne ersichtlichen Grund, wieder umkippte. Bei anderen, auch bei unseren Kindern, verhielt er sich normal. Da er nur mir gegenüber so verletzend war, suchte ich weiterhin die Schuld bei mir. Das ständige, unvorhersehbare Auf und Ab in seinen Stimmungen zehrte an meinen Nerven und raubte mir viel Kraft.

Als er den Antrag auf vorzeitige Pensionierung gestellt hatte, war vorgesehen, dass er sich in *Teheran* eine neue Beschäftigung suchte, er hatte auch einige gute Ideen. Ich war überzeugt, dass es das war, was er brauchte, um sein Selbstwertgefühl und inneres Gleichgewicht wieder zu finden. Als ich ihn daran erinnerte, verhieß seine Antwort nichts Gutes: „Die habe ich schon gefunden. Du bist meine Beschäftigung. Ich muss auf dich aufpassen, dass du den richtigen Weg gehst! Und der ist nur im Islam. Ich habe den Auftrag, dich dorthin zu bringen!" Mit allem hatte ich gerechnet, aber nicht damit. „Mein Gott, wo wird das noch hinführen?", dachte ich verzweifelt. Ich hatte mich in Vielem angepasst und viel von meiner Individualität aufgegeben. Dafür hatte ich in der anderen Kultur und in den alten Traditionen viel dazugewonnen, das Geben und Nehmen war bisher im Gleichklang. Dass mein Mann jedoch über meinen Glauben bestimmen und meine Seele in eine andere Richtung als die ihrer Bestimmung zwingen wollte, und das auch noch als seine Lebensaufgabe ansah, überstieg meine Toleranzgrenze. Es brachte mich völlig aus dem Gleichgewicht. Unsere endlosen Diskussionen endeten in Beschimpfungen seinerseits und Verletzungen bei mir. Ich erkannte meinen Mann nicht wieder. Es war, als ob er seine Liebe und seine Seele in der Wüste zurückgelassen hätte.

Mein Vertrauen in meinen Mann und meine Ehe bekamen Risse und meine Seele wurde verletzbar. Das Gefüge meiner inneren Heimat, das ein Vermächtnis meiner glücklichen Jahre in *Ahwaz* war, geriet ins Schwanken. Dennoch war ich zuversichtlich, dass es halten würde, weil es auf gutem Fundament, meinem Urvertrauen in Gottes Fügung, gebaut war. Ich hoffte, dass alles vorübergehend war und bald wieder wie früher sein würde.

– 42 –

Da Hesams Stimmungsschwankungen sehr wechselhaft und unberechenbar kamen, wollte ich auf den geplanten Besuch bei meinen Eltern verzichten und sagte ab, ohne einen Grund zu nennen. Wie sollte ich meinem Vater, der inzwischen pensioniert war, und dem nichts entgehen würde, erklären, wieso ich mir das alles gefallen ließ? Ich wusste es ja selbst nicht, und Diskussionen würde ich möglicherweise nicht standhalten. Unser letzter Besuch lag vier Jahre zurück und meine Eltern vermissten uns sehr. Sie vermuteten finanzielle Probleme hinter unserer Absage, deshalb überwiesen sie den Betrag für die Flugtickets. Hesam hatte keinerlei Hemmungen, das Geld anzunehmen und unseren Flug damit zu bezahlen.

Meine Bedenken waren unbegründet. Hesam bemühte sich in Deutschland liebevoll um mich. Er konnte demnach auch anders! Ich war froh darüber und genoss diese Auszeit mit Yasmin und Hadi. Die drei Ältesten durften bis nach Absolvierung ihrer Wehrpflicht nicht mehr ausreisen. Es war das erste Mal, dass sie sich selbst versorgen mussten. Ich hatte zwar reichlich vorgekocht und eingefroren, aber ich ließ sie nur ungern allein.

Ende Juli 1987, den genauen Tag weiß ich nicht mehr, wurde in den deutschen Abendnachrichten von Überschwemmungen im Norden *Teherans* berichtet.

„Das ist bestimmt eine Falschmeldung. Der Norden *Teherans* kann nicht überschwemmt werden, weil er hoch liegt und das Regenwasser sich nicht ansammeln kann", beruhigte ich besorgte Verwandte, die mir davon erzählten. Ich selbst hatte die Nachrichten nicht gesehen, nur übers Autoradio gehört. Deshalb rief ich in *Teheran* an. Essi war am Apparat und ich fragte ihn, ob er mir etwas dazu sagen könne.

„Ich weiß von nichts, hier ist alles okay. Uns geht es gut, macht euch keine Sorgen", versicherte er glaubwürdig. Wir sprachen auch mit Reza und Omid, um uns zu überzeugen, dass es allen gut ging. Auch sie sagten, dass alles ok sei.

Dass doch nicht alles in Ordnung war, merkten wir erst, als wir zwei Wochen später wieder im Iran waren. Auf dem Weg vom

Flughafen zu unserer Wohnung kamen wir wegen einer Umleitung an *Tadjrisch* vorbei. Wir trauten unseren Augen nicht: Der große Platz war eine einzige Baustelle! Auf der südlichen Hälfte, dort, wo sonst die Bushaltestellen waren, schaufelten Bagger schichtweise Lehm von einem flachen Hügel ab. Die Arbeiter und auch die meisten der Passanten trugen Masken vor Mund und Nase. Über Lautsprecher ertönten Koranrezitationen, es klang wie bei einer Trauerfeier. Der Verkehr stand still. Die Sensationsgier einiger Autofahrer hatte diesen Stau verursacht. Über Lautsprecher wurden sie gebeten, weiterzufahren und von Foto- oder Filmaufnahmen abzusehen. Hesam fragte den Taxifahrer, was passiert sei. In dem Lärm verstand ich nur „Überschwemmung" und „Schlammlawine". Gleich nach unserer Ankunft stellte ich Essi, der allein zuhause war, zur Rede.

„Warum habt ihr uns das verschwiegen? Das hätten wir doch wissen müssen, es hätte ja auch etwas passiert sein können! Hättet ihr uns dann auch angelogen?", bedrängte ich ihn. Ich merkte, dass Essi zögerte. „Warum sagst du nichts? Ist in der Familie etwas nicht in Ordnung? Nun sag es doch schon!" Schließlich rückte er heraus mit der Sprache:

„Es ist ja nochmal alles gut gegangen, deshalb haben wir euch das nicht gesagt, sonst wärt ihr zurückgekommen, und das wollten wir nicht!" Dann erzählte er uns, was an jenem Tag geschehen war. Im Elbursgebirge hatte sich oberhalb einer Talschlucht infolge starken Regens viel Wasser in einer beckenartigen Felsenformation angesammelt. Die Steine hielten dem enormen Druck nicht stand und das Wasser hatte auf dem Weg ins Tal riesige Schlammlawinen gebildet, die alles mitrissen. Menschen, Tiere, Bäume, sogar Häuser, alles, was sich in Bachlaufnähe befand. *Tadjrisch* lag am Ende dieser Talmulde, und innerhalb von wenigen Minuten war der wichtigste Einkaufs-, Bus- und Taxiplatz im Norden *Teheran*s von meterhohem Schlamm bedeckt. Die Lawinen hatten ganze Busse mit Menschen unter sich begraben. Viele der Passanten, die das Donnern und Grollen gehört hatten, vermuteten einen Luftangriff und waren in die unteren Einkaufspassagen geflüchtet, eine tödliche Fehlentscheidung.

Essi war an jenem Tag von der Uni auf dem Weg nach Hause. Er wollte von *Tadjrisch* aus den Bus nehmen und hatte den Platz fast erreicht, als er das Grollen und Donnern vernahm. Auch er dachte an einen Luftangriff. Im Widerhall der Berge klang es noch bedrohlicher als die normalen Luftangriffe. Intuitiv drehte er um und lief zurück zu seiner alten Schule, die etwas höher als *Tadjrisch* lag. Dort gab es einen Schutzraum. Sein Respekt vor den Angriffen und die Tatsache, dass er entgegen seinen Gewohnheiten, nicht auf öffentliche Toiletten zu gehen, an diesem Tag doch eine Ausnahme machte und dadurch zehn Minuten später das Universitätsgelände verließ, haben ihm wahrscheinlich das Leben gerettet. Ich war mir sicher, dass sein Schutzengel an diesem Tag viele Tricks angewandt hat, um ihn aufzuhalten und vor Schlimmem zu bewahren.

„Danke Gott, dass du meine Kinder unter deinen Schutz genommen hast und sie führst. Danke, dass sie offen sind für deine Führung und darauf hören. Danke, dass Essi mit deiner Hilfe die richtige Entscheidung getroffen hat. Danke, dass du uns Essi noch einmal geschenkt hast." So oder ähnlich lautete mein Dankgebet an jenem denkwürdigen Tag, der mir heute noch Gänsehaut verursacht. Wieder einmal wird mir bewusst, wie behütet wir über die vielen unruhigen Jahre waren. Dankbar schaue ich zurück.

– 43 –

Obwohl der Krieg und die damit verhängten Sanktionen schon sieben Jahre andauerten, ging es uns erstaunlich gut. *Teheran* war dank seiner Lage bis auf einige Luftangriffe bisher vom Krieg weitgehendst verschont geblieben. Auch innenpolitisch war es ruhiger geworden, und unser Leben verlief relativ normal. Nur das stundenlange Anstehen für den Umtausch der Lebensmittelkarten in Materialien und die Schlimmes verheißenden Nachrichten aus den Kriegsgebieten erinnerten daran, dass wir uns im Krieg mit dem Irak befanden.

Doch das änderte sich schlagartig. Es traf uns vollkommen unerwartet, als im Frühjahr 1988 überall in der Stadt Sirenen heulten und ein Luftangriff angekündigt wurde. Dieser erfolgte, noch während die Sirenen ihn ankündigten, mit voller Wucht.

Wie wir später erfuhren, war es eine zwölf Meter lange Boden-zu-Boden-Rakete, die aus 700 km Entfernung von einem irakischen Stützpunkt aus abgeschossen worden war. Es blieb nicht bei dieser einen Rakete. Unserer Rechnung nach waren es über dreihundert Raketen, die in Teheran und Umgebung innerhalb der nächsten fünf Monate einschlugen. Manchmal konnten wir hören, wenn eine Rakete direkt über uns hinweg zischte. Ich schämte mich für meine Erleichterung, wenn dann die unmittelbare Gefahr für uns vorüber war, weil ich wusste, dass sie gleich irgendwo einschlagen und unsagbares Leid verursachen würde. Einmal hatte ich sogar gesehen, wie eine Rakete als feuerroter Ball über mir am Himmel vorbeischoss. Nach einem Angriff liefen die Telefone heiß, und bald wussten in der inzwischen auf vierzehn Millionen Einwohner angewachsenen Stadt alle, was und wo die Rakete eingeschlagen hatte, zum Glück oft unbewohnte Gebiete außerhalb der Stadt. Leider trafen sie auch viele zivile Gebiete und löschten ganze Straßenzüge dabei aus.

Wir entschieden uns bewusst gegen eine Evakuierung. In Zelten außerhalb *Teherans* Schlangen und Skorpionen und der Hitze ausgeliefert zu sein, erschien uns schlimmer als die irakischen Raketen auszuhalten. Ganz zu schweigen von den hygienischen Verhältnissen. Die Schulen und Universitäten waren größtenteils geschlossen. Ich musste mir deshalb keine zusätzlichen Sorgen um die Kinder machen. Ein Lebensmittelladen in unmittelbarer Nähe bot auch Brot vom Bäcker an. So blieben uns lange Wege und langes Anstehen erspart.

Hadi und Goli, die etwa gleichaltrige Tochter der Vermieter, die über uns wohnten, hatten sich auf der Verbindungsfläche zum Keller eine gemütliche Spielecke eingerichtet. Mit Teppich, Tisch, Bank und einem Spielzeugregal. Dort fühlten sie sich sicher und konnten das schreckliche Geschehen um sie herum vergessen. Nach einem Raketenangriff hatten wir meistens für drei Stunden Ruhe, bevor ein zweiter, von maximal drei an einem Tag, folgte. Deshalb durften sie danach für eine Stunde an die frische Luft und auf der Straße vor dem Haus spielen und sich austoben. Wenn die Sirene einen Luftangriff ankündigte, blieben noch zwei Minuten, bis die Rakete *Teheran* erreichte. Das war genügend Zeit, die Kinder ins Haus zu holen. Unsere Wohnungstür stand immer offen, weil die beiden anderen Familien, die im Haus wohnten, bei Alarm in unserer Wohnung Zuflucht suchten. Wirklich geschützt waren wir zwar nicht, aber die Gemeinschaft half uns, die Angst und die Ungewissheit auszuhalten. Oft blieben die Nachbarn noch, wenn wieder Entwarnung gegeben wurde. Bei Kaffee, Tee und Kuchen tauschten wir uns gegenseitig aus, weinten und lachten miteinander. So konnten wir für einige Stunden die Gefahr, in der wir uns befanden, vergessen. Bis zum nächsten Angriff.

Eines Tages saß ich, wie immer, wenn Hadi und Goli auf der Straße spielten und Sonne, Luft und Bewegung genossen, in der Nähe der offenen Haustür, um sie bei Alarm schnell ins Haus zu holen. Ich erfreute mich an ihrer Unbekümmertheit, mit der sie diese schwierige Zeit bisher gut überstanden hatten. Plötzlich waren sie abgelenkt und liefen voller Freude in eine bestimmte Richtung. Den Grund dafür konnte ich hören: Es war Kuroschs Knatterkiste, wie die Kinder seinen Lieferwagen liebevoll nannten. Die letzten Meter bis zum Haus durften die beiden auf der offenen Ladefläche mitfahren.

Als sie alle ausstiegen und gemeinsam in Richtung Haus liefen, winkte ich ihnen zu und ging zurück in die Wohnung, um Essen vorzubereiten. Als die Haustür hinter ihnen ins Schloss fiel, wurde ihr fröhliches Lachen und Erzählen durch einen lauten, sehr nahen Knall jäh unterbrochen. Mehrere Explosionen folgten. Glasscheiben zerbarsten, die Hausbewohner kamen überstürzt und schreiend die Treppen herunter. Ich sah noch, wie ein sich rasant bewegendes Etwas mit leuchtendem Feuerschweif in Fensterhöhe durch unser Wohnzimmer zischte, dann war nur noch Rauch um uns herum. Ich war wie gelähmt und wusste nicht, ob ich tot oder lebendig war. Kinderhände griffen nach mir und tasteten mich ab. Es war Hadi, der sich ängstlich an mich klammerte und mich aus meiner

Erstarrung zurückholte. Wegen der zerborstenen Fensterscheiben verzog sich der Rauch nach einiger Zeit, auch die Explosionen hatten aufgehört. Wie durch ein Wunder war niemand verletzt. Es war keine Warnung vorausgegangen, auch nach dem Einschlag gab es keinen Alarm. Kurze Zeit später erfuhren wir, was geschehen war. Teile einer fehlgezündeten Luftabwehrrakete waren auf unsere Straße gefallen und dort explodiert. Das Ausmaß der Schäden und die große Gefahr, in der besonders die beiden Kinder und auch Kurosch sich befunden hatten, wurde uns erst bewusst, als wir nach draußen gingen. Kurosch hatte sein Auto genau an der Stelle geparkt, wo die Kinder vorher gespielt hatten. Es war von Splittern durchsiebt, wie auch unsere Hauswand, die überall Einschlaglöcher aufwies. Alle Glasscheiben waren in sich zusammengestürzt und ein riesiger Scherbenhaufen lag im Hof. Der Feuerschweif in unserem Wohnzimmer entpuppte sich als ein zwölf Zentimeter langes, wahrscheinlich beim Einschlag noch brennendes oder glühendes Raketenteil, das nach einem vierzehn Meter Flug durch unser Wohnzimmer eine Stehlampe durchbohrte und tief in der Wand dahinter stecken blieb. Wie durch ein Wunder stand niemand in dessen Flugbahn.

Was geschehen wäre, wenn Kurosch auch nur eine Minute später oder gar nicht gekommen wäre, wagte ich mir nicht auszumalen. Kurosch war für uns ein Engel, zum richtigen Augenblick am richtigen Ort. Siebzehn Jahre nachdem wir ihn aus dem Heim zu uns geholt hatten, hatte Kurosch Hadi und Goli und vielleicht auch mir das Leben gerettet!

Meine Gedanken gehen weiter bis zu dem Tag, der endlich Frieden bringen sollte. In meinem Tagebucheintrag ist er unter dem 8. August 1988 vermerkt. Im Internet ist allgemein der 20. August 1988 angegeben.

– 44 –

Es war der Tag, den *Bibi Hadj*i über das Ouija-Brett vorausgesagt hatte. Um 13 Uhr sollte das Ende aller Kampfhandlungen durch einen Waffenstillstand besiegelt werden. Die Raketenbeschüsse der vorausgegangenen Tage und Wochen waren wie ein makabres Grand Finale auf beiden Seiten. Wie viele Raketen von unserer Seite in Bagdad einschlugen, weiß ich nicht, aber es werden nicht viel weniger gewesen sein als die, welche bei uns ankamen.

Wir waren alle zuhause versammelt, um dieses historische Ereignis gemeinsam zu erleben. Kurosch und sein Vater hatten in der Nähe zu tun und waren vorbeigekommen. Es war kurz vor 13 Uhr. Angespannt und in Erwartung der frohen Botschaft lauschten wir der Stimme im Radio, welche die noch verbleibende Zeit ankündigte. Ich konnte mir noch nicht vorstellen, wie es sich anfühlen würde, nicht in ständiger Alarmbereitschaft zu leben und nachts über meine Lieben zu wachen für den Fall eines Raketenalarms. Das sollte nun vorbei sein. Wir würden keine Schreckensnachrichten mehr hören über die Anzahl der Todesopfer bei Luftangriffen, weder im Iran, noch im Irak. Auf beiden Seiten würden unzählige Mütter und Ehefrauen erleichtert und dankbar aufatmen, dass der Sohn oder der Ehemann nicht mehr an die Front mussten. Ich selbst war eine dieser Mütter!

Obwohl wir Grund zur Freude hatten, war die Stimmung bedrückt. „Wie sinnlos dieser Krieg doch war! Und was hat er den Beteiligten gebracht? Außer unzähligen, unschuldigen Opfern, Verwüstungen und unsagbarem Leid?", dachte ich laut. Aber es war mehr eine rhetorische Frage, die keine Antwort erwartete, weil sie keine hatte. Ich dachte an die Mütter und Väter, die ihre Söhne verloren hatten, oft mehrere in einer Familie. Ich dachte an die Witwen und Waisen und die vielen unschuldigen Kinder, die traumatisiert waren, ich dachte an die Soldaten und Zivilisten, die an ihren Verletzungen, auch den traumatischen, ihr Leben lang leiden würden. Meine Gedanken galten den Giftgasopfern, bei denen das Gift irreparable Schäden im Hirn verursacht hatte. Sie würden schwerstbehindert bleiben. Ich gedachte der vielen Heimatlosen, die alles verloren hatten.

Die nachdenklichen Gesichter meiner Lieben ließen mich vermuten, dass sie ähnlichen Gedanken nachhingen. Es waren noch zwei Minuten bis zum Countdown. Doch anstelle der Trompeten und Fanfaren, die Freude und Frieden verkünden sollten, ertönten plötzlich Sirenen. Dreizehn Sekunden vor Beginn des Waffenstillstands raste noch eine Rakete über uns hinweg und schlug in der Nähe der britischen Botschaft ein, vier Kilometer Luftlinie von uns entfernt. Der Aufprall war so heftig, dass einige der erneuerten Glasscheiben am Haus wieder einstürzten. Wie durch ein Wunder gab es keine Todesopfer zu beklagen.

Als der Waffenstillstand dann endlich verkündet wurde, war die Freude entsprechend verhalten. Mit Tränen in den Augen und in der erlösenden Hoffnung auf bessere Zeiten umarmte ich meine Kinder und Kurosch und dankte Gott, dass er unsere beiden Ältesten und Kurosch vor Einsätzen im Kriegsgebiet bewahrt hatte. Sie würden nun nicht die unmenschliche und grausame Entscheidung treffen müssen, ob sie den angeblichen Feind vor sich töten sollten, um selbst nicht getötet zu werden. Den Feind, der wie sie auch nur ein Mensch und Sohn einer Mutter war. Den Feind, der wie sie Moslem und unschuldig in diesen Krieg geraten war. *Inschallah* würden sie das niemals entscheiden müssen! Voller Dankbarkeit und Hoffnung schaute ich in die Zukunft und umarmte auch meinen Mann.

„Vielleicht fällt jetzt der Druck der Sorge um seine Kinder von seinen Schultern und er ist wieder normal? Lieber Gott, lass es das bitte gewesen sein!", hoffte ich. Die letzten drei Monate waren trotz der Raketen friedlich verlaufen. Die akute Lebensgefahr, in der wir uns alle befanden, hatte andere Wertigkeiten geschaffen. Hesam sorgte gut für uns. Ich war glücklich und glaubte fest daran, dass alles wieder in Ordnung war. Doch es blieben Wunschträume. Da ich während des Raketenbeschusses nirgendwo hinging, war das genau das, was mein Mann von mir erwartete, nur zuhause und nur für ihn und die Familie da zu sein. Als die Treffen wieder möglich waren, kippte auch seine Stimmung wieder ins Extreme um, noch bevor ich irgendwo gewesen war.

– 45 –

Schon bald nach dem Waffenstillstand stand unser dritter Umzug innerhalb von vier Jahren bevor. Das Haus, in dem wir wohnten, sollte im Rahmen der Stadtplanung abgerissen werden. Wir hatten gerade wieder zur Normalität zurückgefunden, als wir diese Nachricht erhielten.

In Darband, einem kleinen Tal im Norden *Teherans*, an einem Berghang fanden wir ein Haus zur Miete. Es stand an einem Bachlauf, den hohe Bäume säumten. Bei der Überschwemmung hatte es im Verlauf der Schlammlawine gelegen. Das Haus war teilweise über den Bach gebaut, um einen Baum herum, der in der Mitte des Hauses in die Höhe wuchs. Seine Baumkrone breitete sich über das Dach, so als ob sie uns alle umarmen und beschützen wollte. Es war mein Traumhaus, mitten in einer zauberhaften Landschaft und doch nah genug am pulsierenden Leben *Teherans*. Es roch nach Heimat, nach Wald, nach Frühling und Wiesen. Die Vögel zwitscherten von früh bis spät, darunter viele Nachtigallen. Wenn die Sonne durch die Baumkronen brach, glitzerten im Bach die Kieselsteine wie Diamanten. Von der großen Terrasse aus war nur Natur zu sehen, kein Haus störte die Idylle. Es hätte genauso gut in einem Tal im Odenwald stehen können. Ich war angekommen. In der wohltuenden Nähe zur Natur kam meine Seele zur Ruhe, es war fast wie früher. Ich nahm mir vor, nur noch glücklich zu sein.

Das Haus wies nach einigen Monaten viele Mängel auf, obwohl es nach der Schlammflut vollständig renoviert worden war. In fast allen Zimmern blätterte irgendwo an einer Stelle der Putz von den Wänden, und in unserem Schlafzimmer tropfte es durchs Dach, wenn es regnete oder wenn der Schnee taute.

Wir hatten viel Schnee in diesem einen Winter, den wir dort wohnten, einmal fast zwei Meter hoch. In der ersten Schneenacht fiel die Heizung aus, das Öl war aufgebraucht. Kurz vorher hatten wir zwar Heizöl bestellt, aber die Lieferung verzögerte sich. Nachdem in der Nacht viel Schnee gefallen war, stand fest, dass kein Lastwagen zu uns durchkommen würde. Hesam wusste Rat: Er baute uns einen *Korsi*. Er erschuf die modernere Version, indem er unseren elektrischen Heizofen, der keine offenen Heizelemente aufwies, unter den großen Esstisch stellte und schwere Decken so über den Tisch legte, dass diese ringsum bis weit über den Boden reichten und die Wärme unter ihnen nicht durchließen. Um die Länge zu erreichen, die man dazu brauchte, und damit die Decken nicht verrutschten, nähte er alles mit groben Stichen zusammen. Tagsüber saßen wir auf Stühlen um den Tisch herum, die Beine unter den Decken, nachts legten wir soweit wie möglich die Fußenden unserer Matratzen unter den Tisch, immer darauf bedacht, dass die Decken geschlossen blieben, wenn wir sie über uns ausbreiteten. Es war kuschelig warm und urgemütlich, eine Zeit großer Nähe. Unser Leben spielte sich in dieser heizungslosen Zeit fast ausschließlich an diesem Tisch ab. Wir spielten Gesellschaftsspiele, sahen uns deutsche Videofilme an und nahmen unsere Mahlzeiten dort ein. Ich las viel oder machte Handarbeiten.

Eine große Hilfe war unser Aladdin, ein kleiner Petroleum-Heizofen, den wir in *Ahwaz* im Winter manchmal angemacht hatten, denn eine Heizung brauchte man dort nicht. Zum Glück war noch genügend Petroleum dafür vorhanden, und wir konnten ihn auch nachts anlassen. Er sorgte für überschlagene Wärme im Wohn- und Essbereich und hielt in einem Wasserkessel immer heißes Wasser für uns bereit. Wenn wir duschen wollten, stellten wir den Aladdin zum Wärmen ins Bad und bereiteten in einer großen Schüssel warmes Wasser vor. Mit Hilfe einer Kanne, mit der wir Wasser aus der Schüssel schöpften, spülten wir uns nach dem Einseifen ab.

Fünf Tage und Nächte lang schneite es ununterbrochen. Die Zeit schien stillzustehen. Es war so still und friedevoll um uns herum, dass wir unweigerlich im Haus auch leiser sprachen. Stundenlang schaute ich den sanft fallenden Schneeflocken zu. Ihre Zartheit berührte mich sehr und ich ließ mich in diesen Frieden fallen. Ich glaubte fest daran, dass alle unguten Gefühle darin verwandelt würden, auch bei meinem Mann.

Als es aufhörte zu schneien, schaufelten meine Männer einen schmalen Gehweg bis zur Straße frei. Die Schneewände in diesem Weg waren höher als sie selbst. An der Hauptstraße waren die Bürgersteige soweit frei geräumt, dass wir zu Fuß zum Einkaufszentrum laufen konnten. Dort überrollten uns der Lärm und die Hektik eines normalen Alltags. Die Straßen waren größtenteils von Schnee befreit, nur an den Straßenrändern und in den kleineren Gassen lag noch Schnee.

Wir wollten unsere Geduld und Ausdauer feiern. In einem gemütlichen Restaurant bei angenehmer Wärme und *Tjelo Kabab*. Wie Ausgehungerte bestellten unsere Jungs nach und ich staunte wieder einmal, wie viel sie essen konnten, obwohl ich sie die Schneetage über besonders gut bekocht und mit Kuchen und Desserts verwöhnt hatte. Als wir bei unserer Rückkehr wieder eintauchten in die verzauberte Schneelandschaft, konnten wir nicht glauben, dass *Tadjrisch* nur zwei Kilometer entfernt war. Nach sieben Tagen war unsere Straße wieder für Lastwagen befahrbar und der Öltank konnte aufgefüllt werden.

– 46 –

Auch dieses Haus mussten wir nach einem Jahr wieder verlassen, weil der Besitzer es nicht mehr länger vermieten, sondern verkaufen wollte. Wir hätten es gerne gekauft, aber leider war noch kein Käufer für unser Haus in *Ahwaz* gefunden und der Erlös einiger verkaufter Grundstücke reichte nicht aus.

Bis heute, mehr als dreißig Jahre danach, ist mir der Tag des Abschieds von dort in schmerzlicher Erinnerung.

Ein letztes Mal saß ich auf dem Balkon. Ich wartete auf meine vier Männer und den Umzugswagen. Ein letztes Mal ließ ich meine Seele ihre Flügel ausbreiten und tief durchatmen. Die Sonne gab sich alle Mühe, mir den Abschied noch schwerer zu machen als er schon war. Sie schien durch die Baumkrone und ihre Strahlen warfen filigrane, tanzende Schattengebilde auf mein Gesicht und verzauberten alles um mich herum. Vom Bach glitzerte es tausendfach zurück. Sein fröhliches Murmeln war im Einklang mit dem vielfältigen Gesang der Vögel. Ich beobachtete zwei muntere Enten, die im Wasser spielten, und musste an Nelly denken, eine kleine Gans, die bei uns in Pflege war. Sie gehörte Sahra, der dreizehnjährigen Tochter von Ulrike und Karim. Sie verbrachten sechs Wochen der Sommerferien in Deutschland bei Ulrikes Eltern, und hatten uns Nelly anvertraut. Wir hatten viel Freude an unserer süßen Mitbewohnerin und hätten sie am liebsten behalten. Drei Tage vor ihrer Rückkehr hatte Sahra mit Nelly per Telefon kommuniziert. Als Nelly Sahras Stimme hörte, schnatterte sie ihre Freude in den Hörer. Doch noch in derselben Nacht nahm das Schicksal seinen Lauf.

Hesam war wach geworden, weil ein starker Wind aufgekommen war. Er wollte Fenster und Türen überprüfen und offenstehende schließen. Als er ins Wohnzimmer kam, sah er gerade noch, wie eine Mäusegroßfamilie in den Patio davonhuschte. Sie waren über den Baumstamm in den Patio und von dort über die offene Tür ins Haus gelangt.

Am nächsten Abend legte er mit Gift präparierte Körner um den Baum herum. Aus Rücksicht auf meine Mäusephobie hatte er mir nichts davon gesagt, denn er wollte am nächsten Morgen, bevor ich wach wurde, alles, inklusive der Mäuse, entsorgt haben. Er wusste, dass ich niemals damit einverstanden gewesen wäre, die Mäuse zu töten. Denn er und die Kinder mussten mehrmals täglich auf Spinnen- und Insektenjagd gehen, um diese lebend einzufangen und über den Balkon in ihren Lebensraum zurückzuschicken. Aber die Insekten waren hartnäckig und kamen immer wieder. Wie hätte er da achtzehn Mäuse, die sich munter auch innerhalb ihrer eigenen Familie vermehrten, bändigen sollen?

Wie so oft, wenn die Tür zum Patio offenstand, übernachtete Nelly dort. An sie hatte mein Mann nicht gedacht, denn sie schlief an jenem Abend noch im eigens für sie gerichteten Nestchen vor der Terrassentür. Irgendwann in der Nacht hatte sie den Schlafplatz im Patio aufgesucht. Am nächsten Morgen wachte ich vor meinem Mann auf. Nelly fing normalerweise an zu schnattern, sobald sie merkte, dass sich jemand im Haus regte. Ich wunderte mich, dass sie so still blieb und schaute nach.

Ein trauriger Anblick bot sich mir. Nelly lag leblos im Patio, um sie herum viele kleine und größere tote Mäuse. Sie hatte auch von den präparierten Körnern gefressen. Ich muss fürchterlich geschrien haben. Hesam war untröstlich. Erst jetzt erzählte er mir, wie es dazu kommen konnte. Wir alle weinten um Nelly, und die Vorstellung, wie es erst Sahra ergehen würde, wenn sie ihre Nelly nicht mehr vorfand, war schlimm. Ich fasste einen Entschluss: Eine neue Nelly musste her.

Auf dem großen Bazar im Süden *Teherans*, dreißig Kilometer von uns entfernt, hatte ich mich zum Gänsemarkt durchgefragt. Doch es gab auch nicht annähernd eine Gans in Nellys Größe, alle waren viel größer und schwerer.

„In sechs Wochen kann eine Gans ja gewachsen sein", beruhigte ich mich und suchte die kleinste unter allen aus, die immer noch fast doppelt so groß wie Nelly war. Der Verkäufer wunderte sich, dass ich es ablehnte, sie an den Füßen zusammenbinden zu lassen. Als ich dann auch noch die Gans wie ein Kind auf meinen Armen davontrug, musste er an meinem Verstand gezweifelt haben, denn ich hörte ihn hinter mir her murmeln: „Diese Ausländer sind doch alle verrückt!" Die Suche nach einem Taxi verlief ergebnislos. Nach einem kritischen Blick auf Nelly und einem verwunderten Blick auf mich, war kein Taxifahrer bereit, uns mitzunehmen.

Was sollte ich tun? Dreißig Kilometer in der Hitze mit Mantel und Kopftuch zu Fuß laufen? Das war mehr als ein Tagesmarsch. Und das mit der schweren Gans. Abholen lassen konnte ich mich auch nicht, da unser Auto wegen der Luftverschmutzung an diesem Tag für bestimmte Zonen in der Stadt gesperrt war. Von der Metro waren große Strecken schon fertig, aber noch nicht in Betrieb. Ich versteckte die Gans deshalb unter meinem weiten Mantel und stieg mutig in einen Bus ein, der durchgehend bis nach *Tadjrisch* fuhr. Von dort aus konnte Hesam oder einer der Buben uns abholen.

Ich muss wohl den Eindruck erweckt haben, schwanger zu sein, denn ich bekam sofort einen Sitzplatz angeboten, den ich ohne schlechtes Gewissen dankend annahm. Als der Bus losfuhr, wurde die neue Nelly unruhig. Und neugierig! Sie zwängte ihren Kopf durch die Mantel-Kopftuch-Lücke an meinem Hals und war schneller als ich reagieren konnte. Lautstark schnatterte sie in die Runde: „Wakwak, wakwak!" Dabei wackelte sie mit ihrem Kopf auf dem langen Hals hin und her. Ich drückte sie schnell wieder unter den Mantel und erwiderte die fragenden, erstaunten Blicke mit einem unschuldigen Lächeln. Doch Nelly ließ sich nicht beirren.

„Wakwak, wakwak!", Kopf raus, „Wakwak, wakwak!", Kopf rein. Wir wiederholen dieses Spielchen mehrmals, sehr zur Erheiterung der Fahrgäste. Ich war froh, dass niemand Einwände gegen Nellys Anwesenheit erhob und stellte mich auf eine lustige Busfahrt ein. Doch ich hatte nicht daran gedacht, dass Gänse auch Bedürfnisse haben. Als es mir unerwarteterweise warm und nass um die Beine wurde, stieg ich an der nächsten Haltestelle aus, um eine stabile Plastiktüte für sie zu besorgen. Das war nicht einfach. Die Plastiktüten waren alle zu klein für eine quicklebendige Gans. Wir erregten Aufsehen und hatten bald viele Zuschauer.

Ein junger Mann hatte eine Idee und bat mich zu warten. Nach wenigen Minuten kam er zurück und brachte eine Tasche, die groß genug war. Er half mir, Nelly in die Tasche zu heben. So schnell wie sie drin war, war sie auch wieder draußen, und rannte laut schnatternd und mit den Flügeln um sich schlagend davon, und ich und noch einige andere Passanten laut schreiend und teils fluchend hinterher. Ein beherzter Fußgänger, der sich offensichtlich mit Gänsen auskannte, fing sie schließlich ein. Er zeigte mir, wie ich eine erneute Flucht verhindern konnte. Die Tasche hatte oben einen Reißverschluss, den zog er soweit zu, dass Nelly nur den Kopf herausstrecken konnte. Ich bedankte mich bei ihm und wollte ihm eine Entschädigung für seine verschmutzte Kleidung geben, aber er nahm mein Angebot auch nach mehrfachem Bitten nicht an. „Schließen Sie mich in Ihre Gebete mit ein", bat er, „es war mir eine Ehre, Ihnen helfen zu können!"

Für das Dreifache einer normalen Taxifahrt hatte uns dann doch noch jemand bis vor die Haustüre gefahren. Die Krönung meiner neuen Freundschaft mit der Gans war eine gemeinsame Dusche, gleich nach unserer Ankunft. Nelly war zuerst dran, ohne Seife, wie Sahra es uns bei der Übergabe geraten hatte. Danach übernahm Essi das Trockenföhnen. Endlich konnte ich duschen, fünfmal schrubbte ich meine Haut, bis sie schmerzte. Den Rest des Abends verbannten wir Nelly auf den Balkon, nachdem es in unserer Wohnung wie auf einem Fußballfeld zugegangen war. Mit dem Unterschied, dass der Ball eine Gans war, und wir nicht dem Ball hinterher, sondern vor ihm wegrannten. Die Gans hielt uns alle in Schach.

Sahra war überrascht, dass ihre geliebte Nelly so gewachsen war und nahm sie nichts ahnend mit. Doch die Gans war alles andere als brav und anhänglich wie ihre Nelly. Sie lief hinter Sahra her, machte viel Lärm und griff Sahra und jeden an, der ihr vor die Füße lief. Überall hinterließ sie ihre unvermeidlichen Spuren. Sahra sah die Ursache für Nellys Verhalten im Umgang mit unseren, wie sie meinte, wilden Jungs. Am vierten Tag brachten Sahras genervte Eltern die Gans zu Hanna, einer deutschen Bekannten von Ulrike, die einen großen Garten mit Teich hatten. Bisher lebten dort noch mehr zurückgelassene und verschmähte Tiere in einem friedlichen Miteinander. Bis Nelly kam und den Garten für sich allein beanspruchte. Sie war schlimmer als ein Wachhund und attackierte jeden, auch diejenigen, die ihr Nahrung brachten. Der Garten war ihr Revier!

Ich kannte Hanna zu der Zeit nur vom Sehen, Erst viele Jahre später, als auch sie mit ihrer Familie in Deutschland und in meiner Nähe wohnte, wurden wir beste Freundinnen. Eines Tages kamen wir bei Erinnerungen an unsere verschiedenen Weihnachtsbräuche auch auf das Thema Gänsebraten zu sprechen. Hanna fing plötzlich an zu lachen und erzählte mir von ihrem ersten selbst gemachten Gänsebraten, der genauso zäh war wie die störrische Gans, die dafür herhalten musste. Damals hatten sie als letzten Versuch die Unbändige mit in ihr Sommerhaus im Norden Irans genommen. Doch auch dort fanden sie alle, Mensch wie Tier, erst dann endlich Ruhe, nachdem Nelly als Braten auf dem Tisch gelandet war. Bis zu jenem Tag wussten wir beide nicht, dass unsere Verbundenheit schon im Gänsebraten ihren Ursprung hatte. Noch andere schöne Erinnerungen an das Haus erschienen an jenem Tag vor meinem inneren Auge. Heute weiß ich, dass mein Unterbewusstsein mich mit Freudeenergien stark machen wollte für weniger schöne Erinnerungen, die schon lange an die Oberfläche wollten und unbarmherzig folgten.

- 47 -

Eine Wolke hatte sich vor die Sonne geschoben und holte mich zurück in die bittere Realität, die ich am liebsten vergessen würde: Auf uns wartete kein neues Zuhause. Wir hatten viele Wohnungen besichtigt, einige gefielen mir sogar sehr gut. Hesam unterstellte den Maklern jedoch, die Miete zu hoch angesetzt zu haben, weil ich Ausländerin war, und lehnte die seiner Meinung nach überteuerten Angebote ab.

Eine Zeit lang durfte ich nicht mehr mitkommen, weil er dachte, dass er so eine günstigere Miete verhandeln könnte. Dann änderte er seine Meinung wieder und ich wurde als Lockvogel eingesetzt. Nun hoffte er, dass man vielleicht eine Ausländerin als Mieterin bevorzugte. Es war ein ständiges Hin und Her.

Eine der Wohnungen, die wir besichtigten, war sogar ganz in der Nähe von Firuze, meiner einzigen Freundin, aber das wusste ich damals noch nicht. Vier Wochen vor unserem Umzug rief sie mich aus *Teheran* an und hinterließ eine Nachricht auf unserem Anrufbeantworter. Ich war überglücklich, dass sie wieder in meiner Nähe war. Sie wohnte im Haus ihres Sohnes in einem eigenen Appartement. Bei unserem ersten Treffen in *Teheran* erzählte sie mir, dass Hesam bei ihr gewesen war und sie gebeten hatte, ihn zu unterstützen im Kampf gegen meinen Unglauben und den schlechten Einfluss der deutschen Frauen auf mich.

„Wann war er denn da? Und woher wusste er, dass du in *Teheran* bist?", fragte ich sie erstaunt. „Du hast doch gestern erst angerufen." Sie reagierte betroffen: „Sagt dein Mann das? Ich habe vor einer Woche schon angerufen und wir hatten ausgemacht, dass ihr beide am vergangenen Dienstag zu mir kommt. Aber er kam allein und sagte, du wärst lieber zu den deutschen Frauen gegangen. Ich habe mich zwar gewundert, aber ich dachte mir, dass ihr möglicherweise Stress habt und du deshalb nicht mitgekommen bist."
Ich erzählte ihr, dass mein Mann mich an jenem Dienstag sogar dorthin begleitet hatte und besonders gut gelaunt war und uns viel Spaß wünschte, aber ihren Anruf mit keinem Wort erwähnt hatte.

Spontan kam mir eine Idee, wie ich meinen Mann in Bezug auf die Bastelgruppe umstimmen könnte.

„Du handarbeitest doch gerne. Willst du nicht zu unseren Dienstagtreffen mitkommen? Wenn du dabei bist, hat mein Mann bestimmt nichts dagegen einzuwenden. Er will die Kontrolle über mich nicht verlieren und sieht in dir eine Verbündete." Sie lachte und meinte: „Wenn er sich da nicht verschätzt hat, denn der Tod soll mich holen, bevor ich dich verraten würde! Und zu eurem Bastelkreis komme ich gerne." Ihren Einwand, dass zum Bastelkreis bestimmt nur deutsche Frauen zugelassen wären, konnte ich widerlegen: „Erstens sind wir hier im Iran keine Deutschen, und zweitens haben wir noch drei andere iranische Damen in unserer Gruppe", erklärte ich ihr.

„Aber du fragst erst, ob es den anderen auch recht ist, wenn ich mitkomme", bat Firuze mich. Ich versprach es. Eine Weile war sie still und in Gedanken versunken. Ihre Stimme klang ein wenig vorwurfsvoll, als sie sagte: „Ich kann mich gut erinnern, wie unglücklich du oft warst. Ich dachte aber, das hat sich wieder gelegt, nachdem ihr nach *Teheran* umgezogen wart. Du hast nie etwas am Telefon gesagt."

„Ich wollte dich nicht beunruhigen, außerdem war es auch nicht möglich, weil mein Mann vom Schlafzimmer aus alle Gespräche mithört. Er hat extra einen Anschluss dafür gelegt."

Meine Antwort machte sie sichtlich betroffen: „Das ist ja entsetzlich. Wie hältst du das aus?"

„Um unserer Liebe willen, ich hoffe, dass es vorübergeht." Wie Hohn hallten meine Worte in mir nach und ich hatte das Gefühl, mich auch vor mir selbst rechtfertigen zu müssen: „Ich denke, er ist noch nicht richtig angekommen, er ist im Herzen noch in *Ahwaz*." Um es zu bekräftigen, ergänzte ich: „Auch Männer haben Heimweh, anders halt. Bei Hesam äußert es sich in Aggressionen mir gegenüber." Firuze schaute mich verständnislos an.

„Dazu kommt noch die Sorge wegen des Hausverkaufs. Obwohl ich manchmal denke, dass er das Haus gar nicht verkaufen will, weil …".

„Da muss ich dir leider recht geben", unterbrach Firuze mich. „Ich selbst habe ihm zwei Interessenten vermittelt, die wirklich bereit waren, mehr als den verlangten Preis zu zahlen. Er hat sie auf später vertröstet unter dem Vorwand, erst müsste noch etwas am Haus in Ordnung gebracht werden, und er wollte es nun doch eventuell für den Eigenbedarf behalten." Ich lag also richtig mit meiner Vermutung, dass mein Mann nicht verkaufen wollte. Dennoch zeigte ich Verständnis für ihn:

„Irgendwo kann ich es verstehen. Es ist sein Lebenswerk, wir hatten noch so viele Träume mit diesem Haus. Er kann schlecht loslassen, besonders Besitz oder was er für seinen Besitz hält. Das beste Beispiel bin doch ich. Er will mich nur für sich und klammert regelrecht. Aber indem er mich halten will, verliert er mich immer mehr." Ich erschrak über meine eigenen Worte. So hatte ich das bisher selbst noch nicht gesehen. Ich setzte meinen Gedankengang laut fort:

„Dazu würden auch die Aggressionen mir gegenüber passen. Er hat Angst, mich zu verlieren und Angst kann Aggressionen auslösen. Er kann das aber nicht so einordnen und sucht einen Schuldigen. Und das bin ich, weil ich nicht islamisch bete. Also besteht er auf dem Gebet und denkt, alles würde damit wieder gut werden." Firuze konnte meinen Gedankengängen nicht folgen und hakte nach:

„Was meinst du mit ,Er kann das aber so nicht einordnen'?"

„Ich weiß es ja selbst nicht! Das sind alles Spekulationen. Es könnte die Verlustangst sein. Er will mich halt so haben, wie ich die ersten Jahre war, als wir noch bei den Schwiegereltern wohnten. Ein Mensch verändert sich doch mit der Zeit durch die Erfahrungen, die er macht. Das ist normal und nichts Schlechtes, im Gegenteil! Als die Kinder noch klein waren, brauchten sie mich Tag und Nacht. Und das war gut so, es war die bisher schönste Zeit in meinem Leben. Jetzt, wo sie groß sind, ist eine andere Zeit gekommen. Sie werden selbständiger. Wir waren so oft in akuter Lebensgefahr, dass ich einfach nur dankbar bin, dass wir alle gesund geblieben sind. Es hätte auch ganz anders ausgehen können." Ich dachte an mein vermutliches Erlebnis mit dem Todesengel und fuhr fort:

„Ich frage mich in letzter Zeit oft, ob ich bereit gewesen wäre, zu sterben. Und ob ich meine Lebensaufgabe schon erfüllt habe. Wenn ich mit Hesam darüber rede, will er das nicht hören, weil

er seine Lebensaufgabe klar vor sich sieht: ein gläubiger Moslem zu sein! Und das praktiziert er hauptsächlich durch seine Gebete. Das erscheint ihm auch für mich der richtige Weg, zumindest argumentiert er so." Firuze unterbrach mich:
„Dein Mann will dich bekehren, damit er direkt ins Paradies kommt. So verspricht es der Koran, wenn man einen Ungläubigen, denn das bist du in seinen Augen, zum Islam bekehrt. Wenn ihm das nicht gelingt, muss er sich anderswo anstrengen. Kann es sein, dass er Angst um sein eigenes Seelenheil hat?" Mir erschien Firuzes Aussage ziemlich weit hergeholt.

„Das würde ja bedeuten, dass er mich quält, um sich auf meine Kosten einen Vorteil zu verschaffen? Nein, Firuze Djan, das glaube ich nicht. Er liebt mich doch!" Firuze wollte etwas erwidern, sagte dann aber nur:

„*Inschallah*! Hoffentlich weiß er deine Liebe zu schätzen." Ihre Stimme klang besorgt, als sie mich fragte:

„Wie stellst du dir das vor, wie es weitergehen soll? Soll ich mit ihm reden?"

„Nein, um Himmels willen! Dann darf ich nicht mehr zu dir kommen!" Allein der Gedanke daran bewirkte, dass ich anfing zu weinen. Es zerriss mir fast mein Herz, als mir bewusst wurde, dass mein Mann mich vielleicht gar nicht liebte und nicht nur mir, sondern sich selbst etwas vormachte. Vielleicht war seine Liebe keine echte Liebe, wenn sie nur an Bedingungen geknüpft war. In meinem Kopf herrschte Chaos. Wie beim Abspulen eines Films rasten Bilder an mir vorbei, ich konnte nichts erkennen. Ich wollte sie auch nicht anhalten, um sie mir anzuschauen. Es sollte nur schnell vorbei sein und aufhören! Mein Kopf dröhnte und Schuldgefühle kamen auf: Wie konnte ich auch nur denken, dass Hesam mich nicht liebte? Und so plötzlich wie die Tränenflut gekommen war, genauso abrupt versiegte sie auch wieder. Firuze saß die ganze Zeit still neben mir. Sie stand auf und brachte Tee für uns. In mein Glas rührte sie einen Löffel Honig mit ein.

„Du brauchst das jetzt, es wird dir guttun." Ich fühlte mich tatsächlich leer und hatte keine Kraft, auch keinen Drang zu widersprechen, und ließ mich voll auf diese liebevolle Fürsorge ein. Der heiße

Tee tat mir gut und ich spürte, wie wohltuend es war, einiges von meinem Kummer abgeladen zu haben. Deshalb nahm ich all meinen Mut zusammen und vertraute ihr an, was zwei Wochen zuvor in der Kirche mit mir geschehen war. Ich hatte es noch niemandem erzählt.

– 48 –

Nach über zehn Jahren hatte die Gemeinde wieder einen Pfarrer. Wir waren im Bastelkreis übereingekommen, alle am Einführungs-Gottesdienst teilzunehmen, um Pfarrer A. angesichts einer vollen Kirche den Einstieg leichter zu machen. Für mich war es nach mehr als zwanzig Jahren der erste Gottesdienst überhaupt, und ich freute mich darauf. Mein Mann war noch in *Ahwaz*, ich musste mich also vor niemandem rechtfertigen oder sogar lügen.

„Gut, ich gehe da hin, aber es hat nichts zu bedeuten, ich habe meinen Weg gefunden." Wie bei einem Schriftband, das sich kontinuierlich dreht und immer wieder denselben Text anzeigt, manifestierten sich diese Worte in meinem Kopf. Ich wunderte mich, dass ich überhaupt solche Gedanken hatte, denn ich dachte, mit Gott alles schon längst geregelt zu haben. Schließlich war Er es ja, der mir diesen Mann zugedacht und mich in dieses Land geführt hatte. Außerdem hatte ich mich doch auf den Gottesdienst gefreut. Ich grübelte darüber nach, warum ich mich so seltsam verhielt. In diese Gedanken war ich tief versunken, sodass ich von der Predigt kaum etwas mitbekam. Bis zu jenem schicksalsschweren Satz, den ich als einzigen heraushörte und der mich endgültig aus meinem inneren Paradies vertreiben sollte.

„Aber oft sind wir innerlich schon so tot, dass wir diesen Schmerz nicht mehr empfinden." Die Worte durchzuckten mich wie ein Blitz und erschütterten mich! Von einer Sekunde zur anderen war nichts mehr wie vorher. Ich bebte und zitterte am ganzen Körper. Meine scheinbar heile Welt stürzte ein, ihrer Grundmauern entrissen. Ich stand hilflos daneben und konnte es nicht verhindern, nichts dagegen tun.

Ich fand keine Antwort auf meine unausgesprochenen Fragen: „Was war geschehen? Warum reagierte meine Seele so heftig?

Ich und innerlich tot? Ganz gewiss nicht!" Ich war verzweifelt, haderte mit Gott und wollte meine Sicherheit zurückhaben. Je mehr ich in den nächsten Tagen innerlich wach wurde, umso bewusster wurde mir, dass ich mein Christsein nicht mehr verleugnen durfte. Je mehr ich die Schmerzen in mir, von deren Existenz ich keine Ahnung hatte, zuließ, umso bewusster wurde mir, dass ich mir selbst all die Jahre etwas vorgemacht hatte. Ich hatte die Schmerzen, ohne sie anzuschauen, einfach in eine Lade verpackt. Das war es, was das Erlebnis mit dem Todesengel und die Unruhe, die sich damals in mir ausbreitete, mir sagen wollten: „Besinn dich, es ist noch nicht zu spät!"

Ich konnte mit niemandem darüber sprechen, so ungeheuerlich kam mir alles vor. Ich hatte die Vorstellung, nicht nur meinen Mann und die Kinder zu verraten, sondern noch viel schlimmer, den Gott meiner Kindheit und Jugendzeit all die Jahre über verleugnet zu haben. Ich versuchte, mit meinem Mann darüber zu sprechen. Schließlich hatte er mir vor der Ehe versprochen, dass ich meinen Glauben leben und in die Kirche gehen durfte, wenn dazu die Möglichkeit gegeben war. An seiner heftigen, abwehrenden Reaktion merkte ich jedoch, dass er das niemals geduldet hätte.

Es waren die Nächte, in denen meine Seele ruhelos war, tagsüber lebte ich mein Leben so weiter wie bisher. Ich merkte, wie Jesus wieder in mein Leben trat, wie ich ihn wieder wahrnahm und in seiner Liebe geborgen war. Dabei hatte ich seine Abwesenheit gar nicht als solche empfunden. Viele Träume in dieser Zeit gaben mir Antwort auf meine Fragen und nahmen mir etwas von der Last meiner Schuldgefühle. Wie dieser Traum:

„Ich sehe ein winzig kleines Samenkorn in der Wüste, hilflos der Sonne und damit unweigerlich dem Vertrocknen und Sterben ausgeliefert. Ich grabe es ein in den Wüstensand, tiefer und tiefer, aus Angst, dass ein kurzer Wüstenregen es zwar zum Erblühen bringen könnte, es dann aber für immer verwelken würde. Da war es tief unter der dunklen Erde besser aufgehoben als unter der sengenden Wüstensonne. Bis die Zeit kommen würde, es auszugraben, damit es an anderer Stelle blühen und wieder Samen schenken konnte."

Ein anderer Traum, eine ähnlich deutliche Aussage:

„Vor der hohen Treppe, die zu meiner Heimatkirche führt, steht ein uralter Lindenbaum. Meine Mutter konnte sich erinnern, dass er schon zu ihrer Konfirmation so groß gewesen war. Unter diesem Lindenbaum verströmt ein noch älterer Brunnen sein Wasser, das von einer Quelle kommt. Ich beobachte mich, wie ich vor dem Brunnen etwas ausgrabe. Ich kann ein Neues Testament erkennen, in ein weißes, sauberes Leinentuch eingewickelt."

Ich hatte wohl schon sehr früh gespürt, dass ich zu meinem eigenen Schutz und zum Schutz meiner Familie meinen christlichen Glauben nach außen nicht leben durfte. Deshalb das tief in der Erde geschützte Neue Testament und das Samenkorn. Es tröstete mich, den Glauben meiner Jugend durch Vergraben bewahrt zu haben. Und ich war dankbar, an seiner Stelle eine religiöse Weite gefunden zu haben, in der ich mich über die Jahre geborgen fühlte.

All das erzählte ich Firuze. Eine Stunde redete ich mir alles von der Seele, es war befreiend, diese Last ablegen zu dürfen. Firuze hatte nur zugehört, manchmal mit Tränen in den Augen. Als ich mit dem Erzählen fertig war, umarmte sie mich, so als wollte sie mir all ihre Kraft schenken. Wir ließen beide unsere zurückgehaltenen Tränen fließen.

„Allah beschütze dich, meine Liebe, er ist bei dir, glaub es mir, und er wird dir helfen! Das alles sind Zeichen von ihm! Du kannst jederzeit zu mir kommen, Tag und Nacht, ich bin für dich da und ich bete für dich!"

„Danke, Firuze Djan, das weiß ich. Allah beschütze auch dich und deine Lieben. Möge er barmherzig sein mit deinen verstorbenen Eltern, die dich großgezogen und mir eine liebe Freundin geschenkt haben", antwortete ich. Nicht nur, weil diese Art sich auszudrücken zur persischen Denkweise und Kommunikation gehörte, sondern weil ich es aus tiefstem Herzen auch so meinte.

Als ich an diesem Tag voller Trost, dass Firuze jetzt in *Teheran* in meiner Nähe war, nach Hause kam, suchte Hesam Streit. Ich bezog es auf sein schlechtes Gewissen, weil er mir seinen Besuch bei

Firuze verschwiegen hatte und bemühte mich, eine Eskalation zu verhindern, indem ich ihn ablenkte:

„Firuze lässt dich grüßen, sie fand es schade, dass du nicht mitgekommen bist. Sie hatte extra deinen Lieblingskuchen gebacken." Für einen kurzen Moment schien er irritiert zu sein. Als ich nach den Kindern fragte, rastete er ohne ersichtlichen Grund aus. Er stellte seine Vaterschaft in Frage und drohte, die Kinder in unsere Streitereien mit einzubeziehen.

„Du weißt genau, dass die Kinder das nie glauben würden. Aber sie würden ihre Achtung vor dir verlieren. Merkst du denn nicht, wie du nicht nur meine, sondern auch deine eigene Würde mit Füßen trittst und dich auf unterstes Niveau herablässt?" Mein Appell an sein Selbstwertgefühl prallte an ihm ab. Er war in seiner Annahme gefangen, im Recht zu sein. Der Gedanke, die Kinder in Zwiespalt mit ihrem Vaterbild zu bringen, war für mich unerträglich. Sie sollten zu ihrem Vater aufschauen können, das war wichtig für ihre Entwicklung. Sie hatten schon einen Krieg zu verkraften. Es würde vorübergehen. Er war ein guter Vater und die Kinder liebten ihn. Ich konnte nicht zulassen, dass er sie mit seinen verwirrten und absurden Gedanken belastete. Ich beendete die Diskussion, indem ich mich zurückzog.

In den folgenden Tagen merkte ich, wie ich an meinen psychischen und auch physischen Grenzen angelangt war und das Auf und Ab der Stimmungen und der damit verbundenen Emotionen nicht mehr aushalten konnte. Firuzes Vorschlag, Hesams Forderungen vorerst nachzugeben, um etwas zur Ruhe zu kommen, erschien mir als einziger Ausweg. Sie hatte mir geraten: „Bete doch, dann hast du da wenigstens deine Ruhe. Du bist innerlich so zerrissen, dass du das nicht auch noch verkraften kannst!" Als sie merkte, dass ich ihr widersprechen wollte, hatte sie noch hinzugefügt: „Bete was du willst, tu so, als ob du betest, er weiß es ja nicht! Beten beruhigt die Seele, versuche es wenigstens. Wenn du dann in Ruhe genügend Kraft sammeln konntest, und dein Kopf wieder klarer denkt, wirst du mutiger und sicherer sein, deine Rechte einzufordern. Er wird dich zermürben, wenn du dich nicht selbst schützt."

Ich nahm mir ihren Rat zu Herzen und täuschte vor, zu beten, indem ich meine Lippen bewegte. Dabei war ich so konzentriert, den Ablauf des Niederkniens und Aufstehens korrekt einzuhalten, dass kein Raum mehr blieb, über mein Tun nachzudenken. Zu dem Schmerz, dass mein Mann seine Liebe zu mir von diesem Gebet abhängig machte, kam die Scham vor mir selbst, ihn zu betrügen. Und auch die Scham, nicht für meinen Glauben einzustehen und zu kämpfen. Dort, wo Vertrauen und Liebe unsere Beziehung bestimmt hatten, schlichen sich immer mehr Lügen, Misstrauen und Zweifel ein. Das verursachte bei mir neue Schmerzen und Schuldgefühle. Tagsüber verdrängte ich sie und machte mir vor, ein glückliches und harmonisches Leben zu führen. Nachts holte die Realität mich ein. Schlaf- und Wachphasen wechselten einander ab. In den kurzen Schlafphasen träumte ich viel und in den Wachphasen schrieb ich die Träume auf. Die Psalmen waren meine Gebete. Sie schenkten mir Trost und Hoffnung und machten mir Mut, auch weiterhin auf die Führung von oben zu vertrauen. Im Neuen Testament sprachen mich besonders die Gleichnisse an. In ihnen fand ich mich wieder, nicht selten in der Rolle einer Sünderin. In der tiefsten Dunkelheit meiner Nächte spürte ich Gottes Gegenwart am meisten und es keimte neue Hoffnung. Nach jeder dunklen Nacht ging ich aufgerichtet und gestärkt in einen neuen, lichtdurchfluteten Tag. Als Hesams Frau und Mutter unserer Kinder.

Mein Mann war überglücklich. Dachte er doch, mich bekehrt und dadurch seinen Weg ins Paradies geebnet zu haben. Ich ertappte mich manchmal dabei, wie ich ihn heimlich beobachtete und mich dabei ein Gefühl der Verachtung beschlich. Mit der Zeit kontrollierte er mich weniger, sodass ich auch Gebete ausfallen lassen konnte, ohne dass er es merkte. Ich führte nach außen ein normales, glückliches, muslimisches Leben, während meine Seele ihren eigenen Lobgesang zelebrierte und mir die Melodie meines Herzens vorsang, damit ich sie nie mehr vergessen konnte. In diese relativ harmonische Zeit fielen die Vorbereitungen für den Auszug aus meinem Traumhaus.

- 49 -

Es war kühler geworden auf dem Balkon. Mich fröstelte. Ein Blick auf die Uhr, zeigte mir, dass meine Männer sich schon um eine Stunde verspätet hatten. Um 12 Uhr wollten sie mit drei Hilfsarbeitern hier sein und mit dem Umzug beginnen. Bestimmt steckten sie im Stau fest. Ich zog einen dicken Pullover über und holte mir ein Glas heißen Tee aus einer Thermoskanne.

Für die wohnungslose Zeit mussten wir uns unter Verwandten aufteilen. Unsere Sachen durften wir in einem abgeschlossenen Raum in Djavads Sommerhaus zwischenlagern. Wohnen konnten wir dort nicht, weil Djavad angefangen hatte, das Haus für eigene Zwecke umzubauen. Meine Kinder aufzuteilen, war das Schlimmste, was mein Mann mir bisher zugemutet hatte. Ich fühlte mich als Frau und Mutter gedemütigt und wertlos. Dabei waren die Kinder überall willkommen und es machte ihnen nichts aus. Mein Mutterherz sah das anders, ich war enttäuscht und verzweifelt. Meine Kinder waren mein Halt, sie fehlten mir jetzt schon. Dazu kam der Verlust dieses Hauses, in dem ich nach langer Zeit wieder mit der Natur verbunden und glücklich sein konnte. Es war wie eine kleine Heimatoase am Rande *Teherans*. Hesam hatte sich nicht wirklich bemüht, dass wir bleiben konnten. Die Risse im Vertrauen schlichen sich nicht mehr leise ein, sondern taten verdammt weh und strahlten in mein Herz aus.

Die Zweifel warfen viele Fragen auf, die ich mir auch an jenem Tag stellte, und auf die ich keine Antwort fand: „Wie lange würde das noch so weitergehen? Jedes Jahr umziehen, jedes Jahr eine andere Schule für Hadi, was für ihn vor allem den Verlust der Freunde bedeutete. Wie konnte meinem Mann das alles gleichgültig sein? Wie lange würden wir unsere Probleme vor den Kindern noch verbergen können? Immer in der Hoffnung, dass alles wieder gut würde und sie es deshalb erst gar nicht wissen mussten. Gab es überhaupt Hoffnung, dass alles wieder gut wurde? Liebte ich meinen Mann noch? Hatte ich ihn jemals geliebt? Wie sollte das werden, wenn die Kinder eines Tages nicht mehr bei uns wohnten?" Ich konnte mir manchmal nicht mehr vorstellen, mit diesem Mann alt zu werden.

In mir war nur noch Leere. Ich spürte eine tiefe Traurigkeit, die aus meiner Enttäuschung und den damit verbundenen Schmerzen gewachsen war. Sie füllte den leeren Raum in mir und riss dabei alte Wunden auf. Unbarmherzig bahnten sich die Erinnerungen den Weg nach draußen und konfrontierten mich mit Geschehnissen, die ich nicht wahrhaben wollte. Es waren Vorfälle und viele kleine Warnsignale, die ich hingenommen und hinter den Narben eingeschlossen hatte. Mir schien, als riefen sie mir herausfordernd und hartnäckig zu:

„Da, schau her, sieh uns endlich an! Wir halten es hier drinnen nicht mehr aus, weil wir sehen, wie du dich quälst. Du kannst es dir jetzt anschauen, die Zeit ist gekommen!" Sie holten mich zurück in die Vergangenheit, damit ich das, was ich verdrängt hatte, mir noch einmal anschaute und die Demütigungen als solche wahrnahm und fühlte.

Ich sah das traumhaft schöne und von mir in zarten Spitzen gehäkelte, orangefarbene Kleid, das Heschmat unterfüttert hatte. Es war nach einmaligem Tragen spurlos verschwunden. Damals verdächtigte ich meinen Mann, aber er stritt es vehement ab. Er lenkte den Verdacht auf die Dienstboten, ohne jemanden zu benennen. Ich beließ es damals bei dem Verdacht und fragte nicht nach. Weil ich tief in mir wusste, dass er es weggenommen hatte, ich es aber nicht wahrhaben wollte.

Es erinnerte mich an ein anderes Kleid, auch diesen Vorfall hatte ich in die tiefste Vergessenheit verbannt. Wir lebten damals noch in Deutschland. Ich hatte mir ein wunderschönes, ärmelloses Wiesenblumen-Sommerkleid gekauft, Hesam hatte beim Aussuchen sogar mitgeholfen. Am nächsten Tag zog ich es an und ging mit Reza zum Spielplatz. Als sein Papa, wie verabredet, uns nach der Uni abholen wollte, sah ich gerade noch, wie er wieder umkehrte, bevor er den Spielplatz erreichte. Voller Sorge, dass es ihm vielleicht nicht gut ging, machte ich mich mit Reza sofort auf den Heimweg. Als wir zuhause ankamen, war er schlecht gelaunt. Auf meine Frage, ob er Probleme hätte, bekam ich keine Antwort. Stattdessen zerriss er ohne Vorwarnung die Knopfleiste meines Kleides, das ich noch anhatte. Ich war so geschockt und erstarrt, dass ich mich nicht wehrte. Ohne ein Wort zu sagen, verließ er fluchtartig die Wohnung und schloss die Tür von außen zu. Das, was mit mir geschehen war, verblasste unter der großen Sorge, die ich mir um meinen Mann machte. Es musste etwas Schlimmes passiert sein, dass er das getan hatte. Es ergab sonst keinen Sinn, denn Hesam verabscheute und verurteilte physische Gewalt aufs Schärfste. Wenn er damit konfrontiert wurde, versuchte er als Außenstehender, den Gewalttätigen umzustimmen.

Reza war an diesem Nachmittag und Abend sehr unruhig. Er bekam seinen ersten Backenzahn und fieberte leicht. Deshalb holte ich ihn zum Schlafen zu mir ins Bett und wollte ihn in den Schlaf singen. Darüber war ich selbst auch eingeschlafen und wachte erst am frühen Morgen wieder auf, als Reza sich neben mir bewegte und auf seine Art den neuen Tag begrüßte. Hesam lag neben uns und schlief. Ich hatte ihn nicht kommen hören. Er wirkte entspannt und nichts deutete darauf hin, dass er Schwierigkeiten haben könnte. Mein Herz war voller Liebe für ihn, und ich war überzeugt, dass sein Problem nichts mit mir zu tun hatte. Als er aufwachte, kam er zerknirscht auf mich zu und umarmte mich. Er entschuldigte sich und sagte, dass er es nicht ertragen hatte, mich in diesem Kleid den Blicken anderer Männer ausgesetzt zu sehen. Ich hatte ihm schon längst verziehen und das ganze Geschehen aus meinem Gedächtnis verdrängt. Die Tatsache, dass mein ärmelloses Kleid nicht Opfer, sondern Verursacher war, änderte nichts mehr daran. Im Gegenteil, ich fühlte mich geschmeichelt und wertete sein Verhalten als Beweis seiner großen Liebe.

Unbarmherzig zogen Bilder an meinem inneren Auge vorbei. Manche hielt ich an, wie das einer Gitarre. Die Gitarre gehörte meiner Tante und sie hatte sie mir bei unserem ersten Deutschlandurlaub zum Abschied geschenkt. Ich spürte noch einmal den Schmerz, als Hesam mir am Flughafen zuraunte und drohte, die Gitarre zu zertrümmern, wenn wir vor der Moschee aus dem Auto stiegen. Gitarre spielen wäre im Islam verboten, gab er als Grund an. Ich konnte es mir nicht erklären, denn er hatte sich bei meiner Tante bedankt und ihr versichert, welche Freude sie mir damit gemacht hätte. Hesam wusste, wie sehr ich mir eine Gitarre gewünscht hatte, aber ich merkte ihm an, wie ernst er das mit dem Zertrümmern meinte. Deshalb gab ich meiner Tante die Gitarre schweren Herzens zurück, unter dem Vorwand, dass die Gitarre die feuchte Hitze in *Ahwaz* nicht ohne Schaden überstehen würde.

Erst viel später, ich lebte schon lange wieder in Deutschland, erfuhr ich bei einem Treffen ehemaliger Kollegen den wahren Grund. Er wollte nicht, dass ich Gitarre spielte und christliche Lieder dazu sang, wie er es erlebt hatte, als Gudrun mich kurz vor Weihnachten besucht hatte und ihre Gitarre mitbrachte. Es war im ersten Jahr unserer Ehe und ich war wegen Komplikationen in der Schwangerschaft ans Haus gebunden. Ich hatte seit Monaten nicht mehr gesungen und freute mich sehr, als Gudrun und noch eine andere Mitschülerin einen Singbesuch ankündigten. Außer unseren Jugendgruppenliedern sangen wir natürlich auch Adventslieder, die meisten davon dreistimmig. Mein Mann saß die ganze Zeit über unbeteiligt in unserer Nähe und beobachtete uns. Beim Abschied, ich war gerade abgelenkt, gab er Gudrun zu verstehen, dass ihr Besuch nicht mehr erwünscht sei. Ich wusste davon nichts und wunderte mich, dass sie, und auch einige meiner anderen Freunde, sich nur noch außerhalb mit mir treffen wollten. Mit der Zeit hatte mein Mann mir viele Freundschaften auf ähnliche Weise unterbunden. Ich begreife nicht, wie er das alles hinter meinem Rücken machen konnte, ohne dass ich es merkte. Es war eine Zeit, in der ich in meiner neuen Rolle als Ehefrau und zukünftige Mutter vollkommen aufging. Ich hatte alles, was ich brauchte, um glücklich zu sein. Geschickt nutzte mein Mann das aus und grenzte mein soziales Umfeld immer mehr ein. Ein Schulfreund aus Ahwaz musste als Ersatz für Hesams Familie fungieren. Bisher hatte Hesam keinen Kontakt zu ihm. Und jetzt trafen wir uns plötzlich an jedem Wochenende. Mahmud, so hieß der Freund, hatte auch eine deutsche Frau. Wahrscheinlich hatten beide Männer das gleiche Interesse: Ihre Frau von deutschen Freunden fernzuhalten. Mit Christoph, seinem Studienfreund, pflegte er keinen Kontakt mehr, ich vermute, weil Christoph inzwischen mit Saskia, meiner Mitschülerin, verheiratet war. Das alles fällt mir jetzt beim Niederschreiben erst auf. Auch, dass mein Mann in unserem gemeinsamen Leben im Iran keine Freunde hatte, zumindest habe ich nie einen kennengelernt. Ihm genügte die Familie, das erwartete er auch von mir und später auch von seinen Kindern. Doch die gingen ihre eigenen Wege und ich kannte ihre Freunde. Wenn Hesam in Ahwaz war, durften sie die Freunde nach Hause einladen. Wenn ich mich richtig erinnere, hatte niemand in unserer Großfamilie Freunde. Wir waren uns alle selbst Freunde und vermissten nichts. Ich war dennoch froh, Firuze als Freundin gefunden zu haben.

Die Erinnerungen schürten hartnäckig in den vernarbten Wunden, um die Schmerzen, die niemals gespürt und durchlebt werden konnten, aus ihrer Verbannung zu befreien. Sie warfen mir einen Ball des Vergessens nach dem anderen zu, und öffneten mir die Augen! „Schau her, wach auf!", mahnte eine innere Stimme: „Ich habe schon zu lange geschwiegen." Sie konfrontierten mich mit Situationen, die so demütigend und erniedrigend für mich gewesen waren, dass ich, als sie geschahen, nicht anders reagieren konnte als sie zu verdrängen. Wie blind war ich doch gewesen. Ich fragte mich selbst, wie ich all das zulassen konnte.

Zu der Trauer, dieses Haus verlassen zu müssen, kamen all die verdrängten Traurigkeiten hinzu. Ich sah auf einmal ganz klar, dass mein Mann alles unterbunden hatte, was mich selbständiger und dadurch auch freier gemacht hätte. Er hatte mir alles verboten und von mir ferngehalten, was mir außerhalb der Familie und außerhalb des Islam Freude bereitet hätte. Diese Erkenntnis tat unendlich weh. Sogar auf mein kleines Auto, das er mir selbst geschenkt hatte, war er eifersüchtig und gönnte mir die kleinen Freiheiten nicht, die es mir ermöglichte. Nach nur vier Monaten war es über Nacht verschwunden, angeblich weil er ein größeres Auto für mich besorgen wollte, was aber nie geschah. In meine Enttäuschung mischten sich Scham und Wut gegen mich selbst, dass ich das alles geduldet hatte und immer noch duldete. Aber auch Entschlossenheit. „Ich werde mich nicht mehr unterkriegen lassen und meine Rechte in Zukunft einfordern!", nahm ich mir fest vor.

So einfach war es jedoch leider nicht.

– 50 –

Die bittere Erkenntnis, dass die heile Welt unserer Beziehung eine Fassade war, hinter der meine Seele gegen die Verletzungen und Demütigungen meines Mannes ankämpfte, brachten mich in den folgenden Wochen an meine Grenzen. Dazu kam die Unberechenbarkeit seiner Stimmungen. Ich sah keinen Ausweg mehr. Wenn ich bei seinen Geschwistern eine leise Andeutung machte, dass bei uns einiges im Argen lag, konnten sie das nicht nachvollziehen. In ihrer Gegenwart verhielt Hesam sich mir gegenüber völlig normal. Er lachte und schäkerte mit mir wie ein Frischverliebter, und ich war diejenige, die ihn abwies, die seine Liebe nicht wertschätzte. Von ihnen konnte ich keine Hilfe erwarten.

Bei Heschmat, meiner Lieblingsschwägerin, heulte ich mich aus. Sie zeigte Mitleid, aber wenig Verständnis. „Er liebt dich halt so sehr. Er will dich ganz für sich haben, du Glückliche." Sie versprach dennoch, mit ihm zu reden. Ihr gegenüber schwor er bei Allah, mir nie etwas Böses antun zu können, weil er mich über alles liebe. Meine Schilderung unserer Situation hatte gegen seine Liebesbeteuerungen keine Chance.

Heschmat konnte nicht verstehen, wie ich mich fühlte, weil sie noch nie mit so einer Situation konfrontiert worden war. Über Islam diskutierte man nicht, er gehörte wie selbstverständlich und unangreifbar zu ihrem Leben dazu. Auch sie hatte wie unsere älteste Schwägerin, ihren Mann mit dreizehn Jahren geheiratet und war bei Problemen ins Elternhaus geflüchtet. Ihre Erfahrung, dass immer eine Versöhnung folgte, machte es ihr schwer, bei Eheproblemen überhaupt eine andere Möglichkeit in Erwägung zu ziehen. Sie verteidigte mich zwar bei meinem Mann und redete ihm gut zu, aber im nächsten Moment scherzte sie mit ihm und erteilte ihm Ratschläge, wie er mich wieder besänftigen könnte.

Das Einzige, was sie bewirken konnte war, dass mein Mann ernsthafter nach einer Wohnung suchte. Nach vier für mich endlos erscheinenden Wochen waren wir wieder als Familie vereint. Zehn Autominuten von unserem alten Wohnsitz entfernt, hatten wir eine wunderschöne Wohnung gefunden. Die Schlafzimmer lagen ebenerdig zum Garten hin. Ein paar Stufen führten hoch in den Wohnbereich und die Küche. Dort war auch der Eingang. Ich packte nur noch das Nötigste aus. Die Kinder durften frei entscheiden, was und wie viel sie auspacken wollten. Im Wohn- und Esszimmer war außer den Möbeln und Teppichen und den Lampen keine Dekoration. Bis auf ein paar Bücher aus meiner Jugendzeit, meine Bibel und ein neues Buch von Khalil Gibran hatte ich alle anderen Bücher im Karton belassen.

Den Parkplatz in der Garage unter dem Haus nutzte Hesam als Lagerraum für die vielen noch nicht ausgepackten Kartons. Mit jedem Umzug waren es mehr geworden. Je schwerer der seelische Druck in mir wurde, desto mehr befreite ich mich von äußerem Ballast. Solange wir kein eigenes Haus hatten, war der nächste Umzug schon absehbar und deshalb gab es für mich keinen Grund mehr, mich in einer dieser Wohnungen komplett einzurichten. Ich versuchte, mit dem Wenigen ein gemütliches Zuhause zu schaffen und stellte fest, wie viel unnötigen Ballast wir gar nicht brauchten und mit uns durchs Leben schleppten.

Ich nahm jede der seltenen Gelegenheiten wahr, um in die Kirche zu gehen. Die vertrauten Lieder und die Liturgie schenkten mir ein wenig Heimat und für kurze Zeit inneren Frieden. Die Predigten wirkten auf mich so, als ob sie extra für mich geschrieben wären. Während einem dieser Gottesdienste wollte ich zum ersten Mal nach über zwanzig Jahren wieder am Abendmahl teilnehmen. Doch ich war wie gelähmt, nicht fähig, mich zu bewegen. „Du bist Judas, der Jesus verraten hat. Du bist ein Verräter!", raunte eine Stimme in mir. Ein heftiges Zittern erfasste meinen ganzen Körper. Erst, als der Gottesdienst vorbei war, beruhigte sich der Tremor etwas. Doch die Stimme in mir blieb und quälte mich, besonders nachts in meinen Träumen.

Im Bastelkreis wollte ich nicht darüber reden. Ich hatte die Frauen erlebt, wie sie über andere urteilten und sich in deren Probleme mit mehr oder weniger gut gemeinten, oberflächlichen Ratschlägen einmischten. Ich ließ deshalb kaum durchblicken, dass ich Schwierigkeiten hatte. Wie sehr ich mit meiner Beobachtung richtiglag, bekam ich selbst zu spüren. Mein Mann war unangemeldet und vorzeitig aus *Ahwaz* zurückgekommen, natürlich an einem Dienstag, und hatte mich in der Wohnung nicht angetroffen. Er vermutete mich im Bastelkreis und rief dort im Büro an. Er machte mir heftige Vorwürfe. Als ich aufbegehrte, drohte er, sofort zu kommen und alle in die Luft zu sprengen, wenn ich nicht in einer Stunde zurück wäre.

„Das sieht aber nicht nach Freudentränen aus", bemerkte eine der Damen besorgt, als ich meine Tasche und Mantel holen wollte.

„Ist etwas Schlimmes passiert?" Sie hatten mitbekommen, dass der Anruf von meinem Mann kam.

„Ich habe das schon lange geahnt, dass bei euch etwas nicht stimmt, ich mochte deinen Mann von Anfang an nicht", versuchte eine andere mich zu trösten.

„Ich kann mir vorstellen, dass er sie schlägt", flüsterte hinter mir eine Stimme.

Jede der Frauen hatte eine andere Vermutung und sprach sie mehr oder weniger laut aus. Ich schwieg. Das Urteil über meinen Mann war gefallen, ohne dass ich etwas gesagt hatte. Es folgten viele gut gemeinte Ratschläge.

„Ich würde ihn an deiner Stelle verlassen."

„Du musst dir nicht alles gefallen lassen!"

„Wenn er dich schlägt, geh zur Polizei." Dieser Rat stieß innerhalb ihrer Gruppe sofort auf Protest: „Das glaubst du doch selbst nicht, dass die ihr helfen? Der bringt einen Zeugen mit, der seine Unschuld beteuert. Eine der Damen meinte abwertend: „Wie kann man nur so naiv sein und einem Mann blind vertrauen und sich auch noch misshandeln lassen?"

Ich ertrug es nicht, dass sie hier über meinen Mann herzogen und verließ fluchtartig den Raum. Vor der Tür blieb ich einen Moment stehen, um zur Ruhe zu kommen. Die Frauen waren auf einmal still. Nach einer kurzen Pause der Betroffenheit, spekulierten sie weiter, noch lauter als vorher.

„Kann ich Ihnen helfen?", fragte eine leise Stimme hinter mir. Jemand legte von der Seite die Hand auf meine linke Schulter. Die Frau des Pfarrers war mir nachgekommen.

„Die Frauen können doch nicht einfach sagen, dass ich meinen Mann verlassen soll, sie kennen meine Situation doch gar nicht. Wie

können sie sich das anmaßen, über meinen Mann so zu urteilen!"
Meine Stimme, die eigentlich empört sein müsste, klang traurig und verzweifelt. Dann fuhr ich fort:
„Ich kann doch meine Kinder nicht allein lassen! Außerdem liebe ich meinen Mann. Er ist nur so komisch in letzter Zeit, er kontrolliert mich ständig und beschimpft mich. Und dann tut er so, als ob nichts geschehen wäre, und alles ist wieder gut!", brach es aus mir heraus.

Frau A. hörte nur zu. Durch ihr Schweigen gab sie mir die Möglichkeit und auch den Mut, weiter zu reden. „Es wird schon wieder werden. Er würde nie eine Hand gegen mich erheben, er liebt mich doch auch. Er kommt nur mit der neuen Situation, dass er nicht mehr arbeitet, noch nicht zurecht. Ich muss ihm mehr Zeit lassen, ihm mehr Verständnis entgegenbringen. Es ist bestimmt auch meine Schuld. Da kann mir niemand helfen!" Ihre Ruhe und der Ernst, mit dem sie mir zuhörte, wirkten beruhigend auf mich nach all den Anfeindungen im Saal.

„Ich kann Ihnen helfen", sagte sie. Ich schaute sie erstaunt an. „Ich bin Psychotherapeutin." War das meine Rettung? Konnte sie mir helfen, meine Ehe zu retten? Ich zögerte mit einer Antwort und lenkte ab: „Danke, ich überlege es mir. Aber ich muss weg, sonst kommt er noch hierher und macht Radau!"

Draußen fuhr gerade ein Taxi vorbei, das mich mitnahm. Während der Fahrt bereitete ich mich innerlich auf die Konfrontation vor, die mich zuhause erwarten würde. „Lieber Gott, lass heute bitte ausnahmsweise eines der Kinder schon zuhause sein. Ich habe keine Kraft mehr für eine Auseinandersetzung."

Wider alles Erwarten wurde ich zuhause freudig und liebevoll begrüßt, obwohl noch keines der Kinder da war. Doch der kleine Hoffnungsschimmer, der meine innere Zerrissenheit durchbrechen wollte, hatte keine Kraft mehr.

„Ich kann Ihnen helfen." Die Stimme war noch immer in meinem Ohr. Die nächsten Tage verliefen ruhig und friedlich. Ich wünschte mir, dass es immer so bleiben könnte. Eines Nachts hatte ich einen Traum:

„Ich liege mitten auf meiner Wiese in einem weißen Sarg. Ich bin nicht tot und sehe den Bach, der durch die Wiese verläuft. Dort hatte ich immer die ersten Schlüsselblumen gefunden. An seinem Ufer steht ein großer Baum."

Als ich aufwachte, spürte ich einen tiefen Frieden in mir. Mein Taufspruch fiel mir ein: „Ich aber werde bleiben wie ein grünender Ölbaum im Hause Gottes ewiglich." Ich war getrost, dass meine Wurzeln wie der Baum aus meinem Traum, auch unter härtesten Bedingungen, das Wasser erreichen würden. Nichts konnte mich aus dieser Verwurzelung reißen, egal, was kommen mochte.

Eine Woche, nachdem er gekommen war, musste Hesam wieder nach *Ahwaz* zurück. Sofort rief ich im Pfarrhaus an und bat um ein Vorgespräch. Ich war noch nie bei einem Psychologen gewesen und hatte keinerlei Vorstellungen von den verschiedenen Möglichkeiten einer Therapie. Ich wollte nur meine Ehe retten und verstehen, wo meine Schuld lag, und wo ich etwas ändern konnte.

„Ich arbeite mit Hypnose", erklärte Frau A. und bemerkte mein Zögern. „Wie soll ich das verstehen? Was geschieht in einer Hypnose mit mir?", fragte ich skeptisch und dachte dabei an Hypnose-Shows im Fernsehen, wo Menschen willenlos gemacht wurden, und sprach meine Bedenken aus:

„Ich will aber nicht fremdgesteuert werden, ich bin ja hier, weil ich von der aufgezwungenen Fremdsteuerung durch meinen Mann frei werden will." Frau A. beruhigte mich:

„Sie werden alles mitbekommen. Die Entscheidung, ob Sie etwas sagen oder tun wollen oder nicht, liegt ganz allein bei Ihnen. Ich führe Sie nur dorthin, wo Ihr Unterbewusstsein mit Ihnen spricht. Ihre Seele übernimmt dann die Führung und zeigt Ihnen, was gerade wichtig ist für Sie. Sie werden selbst erkennen, woran Sie arbeiten müssen." Ich konnte es mir nicht vorstellen und entgegnete ihr: „Dann habe ich ja noch mehr Probleme!"

„Ihre Seele führt Sie auch zu der Lösung, Sie selbst werden sie finden", erwiderte sie. Ich spürte, dass ich ihr vertrauen konnte und erbat mir eine Bedenkzeit.

„Ich möchte gern noch einmal eine Nacht darüber schlafen." Frau A. stimmte mir zu: „Ja, das ist gut. Ich hätte Sie jetzt auch darum gebeten." Wir einigten uns darauf, dass ich anrufen würde, wenn ich Fragen hätte oder einen Termin ausmachen wollte. Auf der Heimfahrt plagten mich Schuldgefühle und Gewissensbisse: „Das sind dann noch mehr Heimlichkeiten vor Hesam. Aber ich will es ja für uns tun. Ich muss einen Weg finden, damit unsere Beziehung wieder in Ordnung kommt", rechtfertigte ich mich vor mir selbst. Noch bevor ich zuhause ankam, wusste ich, dass ich diese Chance nutzen und die Therapie machen wollte.

Doch erst einmal wurden meine Gedanken von den sich überstürzenden Abendnachrichten, die mir Sorge machten, abgelenkt. In einem für Weihnachten anstehenden Rundbrief, den ich vor der Therapie noch als erledigt abhaken wollte, schrieb ich unter anderem:

Es sind jetzt zwei Jahre seit dem Waffenstillstand vergangen, und schon wieder schwebt eine neue Kriegsgefahr am Golf wie ein Damoklesschwert über uns. Der Irak hat strategisch und wirtschaftlich wichtige Teile von Kuwait besetzt. Im Krieg gegen den Iran hatte die USA Saddam Hossein unterstützt, ihm geraten, den Iran anzugreifen. Jetzt bekämpfen sie den ehemaligen Verbündeten! Sie selbst haben ihm zu dieser Macht verholfen und viel Leid über die Menschen der beiden Nachbarstaaten Iran und Irak gebracht. Wir hoffen, dass die Lage sich entspannt, und dass man zu einer friedvollen Lösung gelangen wird!

Ich erinnere mich, wie bedrohlich ich diese Situation empfand. Wir lebten endlich wieder normalen Alltag. Besonders froh war ich für meine Kinder, denen ich ihre unruhige Jugendzeit, die mehr als zehn Jahre dauerte, gerne erspart hätte. Jetzt verstehe ich auch, warum ich nicht früher merken sollte, dass meine heile Welt eigentlich nicht heil war. So konnte wenigstens die Familie ein fester Fels im Leben meiner Kinder sein, als die Welt um sie herum im Chaos versank. Ich bin dankbar, dass ich auch da geführt war. In meinem Rundbrief von damals lese ich weiter:

Hadis Schule ist nur drei Häuser von uns entfernt, das hat ihn mit dem Abschied von der alten Schule und den Freunden versöhnt. Er passt sich schnell und gut neuen Gegebenheiten an und findet auch sofort Freunde. Er geht jetzt in die fünfte Klasse, spielt gerne Fußball, interessiert sich für Astronomie und Computer und kennt fast alle Mitglieder des deutschen WM-Teams mit Namen, was Persisch ausgesprochen sehr lustig klingt.
Yasmin, gerade siebzehn geworden, 172 cm groß, ist in diesem Schuljahr von allen Hausarbeiten befreit. Sie macht im Mai Abitur und bereitet sich gleichzeitig auch auf die Aufnahmeprüfung für die Uni vor. Sie ist ein typisch persisches Mädchen mit dunklen, langen Haaren und großen verträumten Augen. Zurzeit hat sie eine Ohrringphase, ohne Ohrringe geht nichts. Ihr gemütliches Zimmer ist voll mit Kinkerlitzchen, Büchern und Erinnerungsstücken. Sie hört gerne Reinhard May und kennt fast alle Lieder von ihm. Am liebsten aber hört sie persische Musik, und noch lieber mit ihren vielen Freundinnen gemeinsam, denn dann tanzen sie dazu. Sie ist für persische Verhältnisse sehr selbständig, kennt sich in *Teheran* bestens aus und geht überall alleine hin. Nur bei Dunkelheit darf sie nicht ohne Begleitung zurückkommen, da müssen dann schon mal die Brüder einspringen.
Der Nächste in der Reihe Omid, ist inzwischen neunzehn Jahre alt. Er studiert in *Ahwaz*, seiner Geburts- und Heimatstadt, im dritten Semester Wasser- und Dammbau. Alle zwei Monate kommt er für zehn Tage nach *Teheran*, in den Semesterferien natürlich auch. In Ahwaz hat er ein eigenes Zimmer mit Bad und Kochecke, er isst aber meistens in der Mensa. Die Universität ist nur einige Minuten von seiner Wohnung entfernt. Er fehlt uns allen sehr, denn er ist von den Kindern der lustigste. Außerdem ist er sehr praktisch veranlagt. Ich weiß, wenn Omid da ist, wird der Posten angefallener Reparaturen kleiner.
Essi ist schon einundzwanzig und studiert hier in *Teheran* im sechsten Semester Hoch- und Tiefbau. Ich kann es manchmal nicht glauben, wie schnell die Jahre vergangen sind! Zurzeit

macht er ein studienbegleitendes Praktikum, wir sehen ihn kaum. Er ist Yasmins Ansprechpartner in Sachen Abitur, wenn nötig, gibt er ihr Nachhilfe in Mathe und Physik. Jeden Morgen nimmt er im nahegelegenen Park an einem Nachbarschaftssport teil. Vom Körperbau und der Länge her ist er der stärkste und der größte unter den Brüdern. Er hat am wenigsten lernen müssen während der Schulzeit. Einmal gehört, war es schon einprogrammiert in seinem Kopf. Dadurch hatte er viel Freizeit.

Reza wird im Februar dreiundzwanzig, er bereitet sich gerade auf das große Staatsexamen in Medizin vor, dann muss er ein Jahr hier in Teheran in einem Krankenhaus assistieren. Er ist das, was man einen zerstreuten Professor nennt. Kürzlich bat ich ihn, mir eine Tasse Schnellkaffee zu machen und erklärte ihm, wo er das Glas mit Kaffee findet. Ich bekam einen super starken Kaffee serviert. Er hatte direkt im Glas überbrüht! Zu seiner Entschuldigung muss ich aber auch erwähnen, dass er den Rest Kaffee im Glas anstatt mit einem Teelöffel mit den Augen abmaß und sich dabei verschätzte. Von ihm hat Hadi seine Liebe zur Astronomie. Stundenlang beobachten die beiden mit Rezas Teleskop den Himmel. Von den Kindern ist Reza am sozialsten eingestellt, persönlichen Besitz empfindet er als Belastung. Er trägt zum Beispiel ein Paar Schuhe solange, bis sie ihm von den Füßen fallen, obwohl im Schrank zwei Paar neue Schuhe stehen, beziehungsweise stehen müssten, wenn er diese nicht schon längst an Bedürftige verschenkt hat. Hoffentlich findet er die richtige Partnerin, die in einem ihm noch zumutbaren Maße ausgleichend wirkt.

Bei schönem Wetter machen die Großen mit ihren Cousins und Cousinen und einigen Freunden an den Wochenenden Bergwanderungen. In einer Gruppe von ungefähr zwanzig Jungen und Mädchen, oft auch mehr, genießen sie die Freiheit und Unbeschwertheit der Jugend. Auch in den Bergen sind in kleinerem Aufgebot die Sittenwächter präsent. Es kann passieren, dass sie die Gruppe auf Verwandtschaftsgrade überprüfen, was aber bisher noch nicht vorkam. Wichtig ist, dass die Mädchen in der Gruppe mindestens einen Bruder dabeihaben.

Es ist zur Tradition geworden, dass sie nach der Wanderung alle zu uns kommen, wo ein Riesentopf mit einem Hülsenfrüchte-Kräuter-Nudel-Eintopf und Hühnersalat-Sandwiches und mehrere selbst gebackene Kuchen sie erwarten. Es macht mich glücklich und hoffnungsfroh, diese jungen Menschen, deren Kindheit und Jugendzeit von der Revolution und vom Krieg geprägt ist, so ausgelassen und fröhlich zu erleben. Sie erzählen begeistert von ihren Eindrücken. Die Pflanzen- und Tierwelt in den Bergen muss vielfältig und einmalig schön sein. Gämsen und Füchse haben sie gesehen und einen Adler, der majestätisch über ihnen dahinschwebte.

Nach dem Gespräch mit Frau A. hatte ich nachts einen Traum. Ohne ihn deuten zu können, wusste ich, dass er mir Mut machen wollte, die Therapie zu beginnen.

„Ich sitze in einem Boot auf einem See. Ein Kind ist bei mir. Es ist sehr lebhaft, und die Gefahr, dass es über Bord fallen könnte, ist groß. Ein anderes Boot mit einer Gestalt und auch einem Kind, beide ohne Gesicht, ist in meiner Nähe. Ich sehe eine Trauerweide mitten im See, deren Zweige bis an die Wasseroberfläche herunter reichen. Dahinter erkenne ich eine kleine, verborgene Insel und ich rudere darauf zu. Seit ich begonnen habe zu rudern, sitzt das Kind mir still gegenüber, die Gefahr, dass es ins Wasser fallen könnte, ist vorbei. Das andere Boot begleitet uns parallel, ohne rudern, wie von einem Magneten gezogen."

Ich frage mich heute noch, woher ich mir damals so sicher war, was der Traum mir sagen wollte. Deshalb habe ich im Internet nach einer Antwort gesucht. Sie ist so überwältigend, dass ich gerade fassungslos bin. Die Bedeutung meines Traums ist so wichtig, dass ich diese hier in etwas gekürzter Form wiedergeben möchte: „Menschen ohne Gesicht" signalisiert: Sie müssen den ersten Schritt in einer Beziehung tun. Jemand stellt Ihren Charakter in Frage und schadet Ihrem Ruf. „Kind ohne Gesicht" zeigt: Sie müssen mehr mit Ihrer Sinnlichkeit in Berührung kommen. Jemand gibt vor, jemand zu sein, den Sie kennen. „Boot" versinnbildlicht oft Optimismus und Hoffnung, ebenso Veränderungen und Phasen des Wandels und des Übergangs.

Was für eine deutliche und klare Aussage, auch wenn ich diese erst jetzt erkenne. Mein Unterbewusstsein wusste, was ich tun musste, und zeigte mir einen Weg. Das genügte.[3]

Am nächsten Morgen rief ich bei Frau A. an und hatte noch am selben Tag die erste Sitzung. Dank der Therapien verlief das folgende Jahr für mich etwas ruhiger als das Jahr zuvor. Trotz der Stimmungsschwankungen meines Mannes, die in immer kürzeren Abständen auftraten, aber auch schneller wieder vorbei waren. Manchmal dauerten sie nur einige Stunden. Deshalb versuchte ich so oft wie möglich, die vereinbarten Termine bei Frau A. wahrzunehmen. Mit Hilfe von Firuze gelang es fast immer.

Ab und zu kam Firuze uns auch besuchen, um bei meinem Mann keine Zweifel an ihrer Loyalität aufkommen zu lassen. Dann redete sie mir ernsthaft ins Gewissen, ganz nach seiner Vorstellung. Wenn ich sehr betrübt dreinschaute, versuchte sie bei ihm ein gutes Wort für mich einzulegen, genauso, wie es gute Freunde tun, das wäre sonst zu auffällig gewesen. Ich musste höllisch aufpassen, nicht zu lachen, denn sie machte es mit so viel Raffinesse und Charme, dass mein Mann darauf hereinfiel und sie bat, in seiner Abwesenheit noch mehr nach mir zu schauen. So eine Frau hätte ich ihm gegönnt! Die hätte ihn um ihren kleinen Finger gewickelt!

Die Bilder, die mir mein Unterbewusstsein in den Therapien aufsteigen ließ, hatten dem Anschein nach wenig mit meinem Leben im Iran zu tun. Und doch trugen sie sehr viel Symbolik in sich, die meine Seele dann in den darauffolgenden Nächten aufarbeitete. Ich träumte fast jede Nacht und wachte sofort nach den Träumen auf. Noch im Halbschlaf schrieb ich alles auf, was mich bewegte, was ich träumte, oft auch als Gedicht. Mir war, als ob meine Hand geführt würde. Zusammenhänge sah ich in der höheren Schwingungsfrequenz, in der ich mich zwischen Schlafen und Wachsein befand, klar vor mir. Wie Puzzleteile fügten sie sich zusammen. Manchmal dauerte es Nächte, bis das Puzzle fertig war und ich seinen Sinn erkennen konnte. Nach dem Schreiben schlief ich noch einmal fest ein. Morgens hatte ich keine Erinnerung mehr an das Geschriebene, und ich war erstaunt, was mir die Seele nachts gesagt, besser diktiert, hatte. Wie sie genau wusste, was mich bewegte.

Ein Bild, das mich durch die Therapiezeit begleitete, war das Tal meiner Jugendzeit. Immer wieder wurde es während einer Therapie, aber auch in Träumen in seiner natürlichen Struktur gewaltsam verändert. Die Veränderungen waren meistens erzwungene und mit Zement stabilisierte Begradigungen. Wie zum Beispiel der munter dahin plätschernde Bach, der sich mit eigener Kraft und Geduld über viele Jahrzehnte einen Weg durch die Wiesen gebahnt und damit Lebensraum für viele Pflanzen und Tiere geschaffen hatte. Er wurde in ein gerade verlaufendes, auszementiertes Kanalbett umgeleitet. Darin floss er stumm und ohne sein fröhliches und eiliges Geplätscher dahin, er hatte ja keine Unebenheiten zu überwinden. Seine Sehnsucht nach der ehemaligen Lebendigkeit und Freiheit trug er verborgen in sich. Viele Insekten und Blumen waren verschwunden, und der Storch war auch nicht mehr zu sehen.

In einem anderen Traum sah ich einen krumm gewachsenen Apfelbaum, dessen Stamm mit Zement begradigt wurde. Die Käfer und Insekten, die unter seinen Borken emsig dafür sorgten, dass der Energieaustausch funktionierte, wurden miteinzementiert und ausgelöscht. Ich hörte das verzweifelte, schwache und nach und nach verstummende Piepsen der Vogelkinder, die noch nicht flügge waren und in den Nischen des zugemauerten Stammes in ihren Nestern erstickten. Ihre Eltern hatten sich gerade noch rechtzeitig retten können und flogen aufgeregt und ziellos umher. Sogar die Mäuse, die das Erdwerk um die Wurzeln herum auflockerten, waren fortgelaufen, weil sie keine Nahrung mehr fanden. Der Baum war zum Absterben verurteilt.

Auch die Wege, die durch das Tal führten, verliefen nur noch gerade und ohne Nebenwege. Man konnte sich nicht verlaufen und musste keine Entscheidung treffen, in welche Richtung man gehen sollte. Man konnte nur in die eine Richtung laufen oder zurück. Irgendwann war aus dem Tal mit seinen sanften Hügeln eine große Industrieanlage geworden. Alles natürliche Leben war wie ausgelöscht.

Die Träume zeigten mir, dass meine Seele sich vehement gegen den kerzengeraden Weg wehrte, den mir mein Mann mit seinem Verständnis vom Islam aufzwingen wollte. Sie zeigte mir sehr deutlich, was dann geschehen würde. Hartnäckig rüttelte sie an einer Tür, die ich noch nicht gefunden hatte, oder noch nicht finden wollte. In immer grausamer werdenden Bildern malte sie mir aus, wie etwas, das ich liebte und mir Heimat bedeutete, mit Gewalt begradigt wurde und nun zum Tode verurteilt war. Ich fand mich in meinen Träumen wieder: Aufgebaute Mauern wurden erneut niedergerissen, Flügel, die nachgewachsen waren, wurden wieder gestutzt.

Auch das Bild eines Taubstummen erschien oft während einer Therapie oder im Traum. Was wollte es mir sagen? Hatte ich eine innere Kommunikationsblockade? Konnte ich nichts mehr hören und sagen? Oder wollte ich nichts mehr hören und sagen? Vielleicht war es aber auch mein verzweifeltes Bemühen gehört zu werden? Oder war mein Mann in seinem Wahn nicht eher der Taubstumme, der meine Verzweiflung nicht wahrnahm, der sich selbst nicht mehr wahrnahm? Dessen Worte nicht mehr seine Worte waren? Waren sie verstummt, weil eine andere Sprache, die ihn nun beherrschte, sie verdrängt hatte?

Ich ließ den Schmerz über das Verstummen unserer Herzen in kleinen Portionen zu, mehr wäre nicht zu ertragen gewesen. Mehr wollte ich auch nicht zulassen, denn es gab immer wieder Zeiten der Hoffnung.

Das zermürbende Auf und Ab in unserer Beziehung war eine ständige Gratwanderung zwischen Hoffnung und Verzweiflung. Mein Mann würde sich nicht ändern. Deshalb musste ich etwas tun. Aber woher sollte ich wissen, was es war und wann der richtige Zeitpunkt dafür gekommen sein würde?

Eine große Hilfe war mir der Bibelgesprächskreis. Wann immer es dank Firuzes Rückendeckung möglich war, nahm ich daran teil. Jesus war zu meinem wichtigsten Wegbegleiter und Therapeuten geworden. In seinen Gleichnissen packte er mich, als ob ich ihm gegenüberstünde und er genau auf meinen wunden Punkt zeigte: „Daran musst du etwas ändern!" In vielen schlaflosen Nächten setzte ich mich dann mit diesem Thema auseinander, ohne es bewusst herbeizuführen. Ich wurde wach, und es war einfach da. Ich fühlte mich sicher eingebettet in ein gut zusammenarbeitendes Team von Jesus, Frau A., meinem Unterbewusstsein und meiner Seele. Ich wusste, dass ich getragen und geführt war, egal wie schlecht es mir dabei gehen mochte. Das war nicht immer einfach, denn auch in dieser Konstellation gab es Höhen und Tiefen, Anklagen, Schuldgefühle, ein nicht-verstehen-Wollen, Zweifel, Trotz und Angst, die ich aushalten musste.

Ich merkte, wie sich langsam etwas in mir veränderte, und wie ich aus meinem Wüstenschlaf herausgeholt wurde. Meine Seele signalisierte mir in vielen Bildern und Visionen, dass es allerhöchste Zeit war, zu handeln. Die Hoffnung, dass alles wieder gut werden würde, gab ich dennoch nicht auf. Die Schimpftiraden meines Mannes ertrug ich dadurch gelassener und wartete ab, bis sie spätestens nach zwei bis drei Tagen vorbei waren. Ich wusste ja, dass sie vorbeigehen würden. Hesam muss diese Veränderung gespürt haben. Er kontrollierte mich fortan heimlich und war noch misstrauischer. Er schrieb Nachrichten auf kleine Zettel, legte diese in meine Bibel, versuchte damit Aussagen Jesu mit entsprechenden Stellen aus dem Koran zu widerlegen. Ich ging auf diese Herausforderungen nicht ein, vermied endlose, verletzende Diskussionen und war gleichbleibend freundlich, egal was geschah. Ich wollte auf keinen Fall das Risiko eingehen, eingesperrt zu werden und die Therapien nicht wahrnehmen zu können.

– 51 –

Das Bild von meinem Prinzen aus dem Morgenland versuchte ich mit allen Kräften zu bewahren. Manchmal holte ich es aus der inneren Versenkung und schaute es mir an, um aus den schönen Erinnerungen die Hoffnung und die Kraft zu schöpfen, dass es sich lohne, weiter für unsere Liebe zu kämpfen. Diese Hoffnung spiegelte sich auch in meinem Rundbrief zu Weihnachten 1991 wider.

Barbarazweig

Dich abgebrochnen Zweig vom Apfelbaum, erstarrt und kalt,
dich hol ich ein zum warmen Winterraum.
Ich weiß, du blühst mir bald.
Ein klares Wasser richt ich dir im Krug,
der Ruf des Lichts ergeht an dich, ihn hören ist genug.
Aus dir vermagst du nichts.
Lass die erwartungsvollen Wochen still vorübergehn.
Der Christnacht, die auch dich erlösen will,
wird niemand widerstehn.
Erstarrter, abgebrochner Apfelzweig, dein Traum war tief.
Nun kam die Segensstunde. Und nun zeig,
was in dir schwieg und schlief.
– Bernt von Heiseler –

Liebe Freunde!
Auch das kann Weihnachten sein: neues Leben, das aus scheinbar Erstarrtem erblüht! Schöner und wunderbarer als zuvor, mitten im Winter, ein kleines Wunder! Wer auf diese Art Wunder hofft und daran glaubt, wird Weihnachten tief im Innersten erleben. Er wird zum blühenden Apfelbaum, diesen Frühling haltet fest!
Viele von Euch werden sich über meinen Briefanfang wundern, einige werden sagen: ‚Typisch Sieglinde!' Aber Ihr alle werdet Euch auf diesen Rundbrief gefreut haben, ist er doch oft die einzige Nachricht von uns seit meinem letzten Adventsbrief. In Gedanken bin ich jedoch oft bei Euch. Es sind die guten Gedanken, die beständig sind, weil sie im Unterbewussten für die Ewigkeit gespeichert werden. Um es vorwegzunehmen: Es geht uns allen gut, und wir sind im letzten Jahr um zwei Familienmitglieder reicher geworden! Nein, ich habe keine Zwillinge bekommen, sondern zwei sehr liebe Schwiegertöchter!
Reza und Fatemeh haben sich im Juli verlobt und eine Woche später war *Aghd* mit islamischer und standesamtlicher Trauung in Fatemehs Elternhaus. Ende Dezember werden sie

heiraten. Fatemeh muss vorher noch einmal für einige Monate nach Erlangen, um ihr Studium abzuschließen und die Studentenwohnung aufzulösen. Essi und Roxana wurden im September getraut, ohne vorausgegangene Verlobung. Die richtige Hochzeit, die *Arusi*, wird erst nach Essis Studienabschluss sein. Jetzt fragt Ihr Euch sicher, wo der Unterschied ist zwischen *Aghd* und *Arusi*? Meistens sind beide Feiern, die Trauung und die Hochzeit an einem Tag. Wenn aber äußere Umstände noch kein Zusammenleben ermöglichen und eine Verlobungszeit zu lange dauern würde, wird das Paar erst getraut. Das heißt, sie sind offiziell verheiratet, leben aber noch getrennt bei den Eltern bis zur Hochzeit.

Beide Söhne haben sich ihre Partnerinnen selbst ausgesucht. Jedes Paar hatte vieles, was ein gemeinsames Leben betrifft, schon unter sich besprochen, alles sittsam und unter Wahrung der islamischen Regeln. Erst als sie sich sicher waren, dass sie füreinander bestimmt waren, haben sie uns Eltern damit überrascht. Dennoch mussten wir offiziell bei beiden Familien ein *Chastegari* machen, das heißt, um die Hand ihrer Tochter anhalten, wie es die Tradition verlangte.

Bei Fatemeh und Reza verlief das *Chastegari* reibungslos und unkompliziert. Da Fatemehs Mutter auch Deutsche war und wir Mütter nicht so recht wussten, wie ein *Chastegari* ablaufen sollte, welche Rituale einzuhalten waren und welche Traditionen gewahrt werden mussten, hatten wir Heschmat und Djavad und Sahar mit Farhad um Unterstützung gebeten.

Ich erlebte die Zeremonie, als wäre ich Zuschauer in einem grotesken Theaterstück. Grotesk, weil es mich einerseits berührte, meinen Erstgeborenen als Bräutigam zu sehen, andererseits war diese Tatsache in meinem Mutterherzen noch nicht angekommen. Die beiden Väter priesen ihre Kinder und überboten sich ständig im Aufzählen derer guten Eigenschaften. Sie einigten sich unter anderem auch darauf, wie hoch die Morgengabe sein sollte und wer für welche Feierlichkeiten die Kosten übernahm. Das junge Paar, das sich schon längst entschieden und eine klare Vorstellung davon hatte, wie es sein gemeinsames Leben gestalten wollte, musste vieles über sich ergehen lassen. Als die Väter der Tradition alle Ehre erwiesen hatten und zufrieden waren, meldeten sich die jungen Leute zu Wort und ließen uns ihre Pläne wissen. Diese waren völlig anders als die ihrer Väter. Unter Wahrung des Respekts und mit viel Diplomatie setzten sie ihre Wünsche durch und machten das so geschickt, dass unsere beiden Männer am Schluss fest davon überzeugt waren, dass der Ehevertrag aus ihren Ideen, Wünschen und Vorschlägen entstanden war.

Da die Ausrichtung der Trauungsfeierlichkeiten bei den Brauteltern lag, waren wir nur für die Gestaltung der *Sofre Aghd* zuständig. Elahe, Heschmats jüngste Tochter, hatte sich angeboten, das zu übernehmen. In Absprache mit Fatemeh schuf sie wunderschöne, einmalige Kunstwerke. So legte sie das Fladenbrot nicht einfach auf einen Teller, sondern wickelte es zu Rosenblüten. Sie vergoldete oder versilberte Nüsse und verzierte die Gefäße und Schalen für die symbolischen Objekte einheitlich mit den gleichen Bändern, Perlen oder Blüten. Sogar das Material, das im Brautkleid verarbeitet wurde, spielte bei der Auswahl der Dekoration eine entscheidende Rolle.

An die Trauung kann ich mich nur vage erinnern. Sie fand in Fatemehs Elternhaus im engeren Familienkreis mit ungefähr achtzig Personen statt. Ich weiß nur noch, dass ich in einem tranceähnlichen Zustand war und viel getanzt habe.

Ein ganz anderes *Chastegari* erlebten wir bei Roxana. Die Familie war türkischer Abstammung und hatte eigene Traditionen. Roxanas Bruder war Essis bester Freund und Schulkamerad. Essi hatte ihm in der Vorbereitung zum Abitur fast täglich beim Lernen geholfen. Bei den gemeinsamen Mahlzeiten und Familienfeiern, zu denen Essi meistens auch eingeladen war, lernte er Roxana kennen und sie verliebten sich ineinander. Das konnte den Eltern Roxanas nicht entgangen sein, sie hätten durchaus eingreifen und das unterbinden können. Dennoch schienen sie überrascht zu sein, als wir auf Essis Wunsch, ihnen unser Anliegen vorbrachten. Mit der

Empörung einer Mutter, deren Tochter verführt worden war, griff Roxanas Mutter Essi an:

„Wir haben dich wie einen Sohn aufgenommen und du verletzt unsere Gastfreundschaft, indem du unserer Tochter den Kopf verdrehst? Roxana ist wie deine Schwester!" Essi war von seinem Freund vorgewarnt, dass genau diese Vorwürfe kommen könnten, und ließ die Anklagen geduldig und kommentarlos mit gesenktem Kopf über sich ergehen. Es ging ja schließlich um die gemeinsame Zukunft mit der Frau, die er liebte.

Uns warf sie vor, Essi schlecht erzogen zu haben. Essi hatte uns eingeweiht, dass sie erst einmal so reagieren mussten, um dem Anschein nach, die Ehre der Familie zu retten, denn von ihrer Seite waren einige nähere Angehörige bei dieser Zeremonie anwesend. Zuerst amüsierte mich das und ich machte das Spiel mit. Als dann aber immer mehr Vorwürfe kamen, war das zu viel für mein Mutterherz, das es gewöhnt war, wie eine Löwin für seine Kinder zu kämpfen. Empört stand ich auf und machte Anstalten zu gehen, indem ich sagte:

„Wenn Essi in euren Augen so ein schlechter Mensch ist, brauchen wir gar nicht weiter zu diskutieren. Komm, Essi, wir gehen!" Das passte so gar nicht in den rituellen Ablauf einer Ehrenrettung, aber schließlich hatten wir als Familie des zukünftigen Bräutigams auch eine Ehre zu verteidigen. Essi sah mich flehend an. Er stand natürlich nicht auf, auch sein Vater blieb sitzen. Als ich dennoch gehen wollte, hielt Roxanas Mutter mich irritiert zurück:

„Bitte bleib, wir können doch über alles reden!" Weil ich nicht mehr zwischen gespielter Empörung und Realität unterscheiden konnte, hatte ich unbewusst die Opferrollen vertauscht, jetzt war mein Sohn das Opfer, und die Ehre beider Familien war gerettet. Unser Antrag wurde wie erwartet angenommen. Wir verbrachten noch einen sehr fröhlichen Abend miteinander, und Essi und Roxana waren glücklich.

Mit Roxanas Mutter verabredete ich mich für den übernächsten Tag. Im *Bazare-Bozorg*, dem Großen-Bazar, wollten wir ein Hochzeitskleid für Roxana und auch die Accessoires dazu aussuchen. Ich war noch nie bei einem solchen Event dabei gewesen. Auf die

Unterstützung meines Mannes konnte ich nicht hoffen, denn es war absolute Frauensache. Er durfte nur am nächsten Tag unsere zurückgelegten Einkäufe abholen und bezahlen. Wir waren sechs Frauen, die Braut, ihre Mutter, deren Schwester, meine Schwägerinnen Heschmat und Sahar und ich. Gut, dass sie alle dabei waren, allein wäre ich in diesem riesigen Komplex verlorengegangen. Ich freute mich, dass ich den Bazar endlich auch von innen kennenlernte. Das erste Mal war ich dort, als Sahras Gans Nelly gestorben war und ich dringend einen Ersatz brauchte. Da der Gänsebazar jedoch außerhalb lag, blieb mir der Bazar selbst noch ein Geheimnis.

Bei der Recherche nach der Größe des Bazars, ich hatte nur einen kleinen Teil davon gesehen, fand ich außer interessanten Informationen folgendes Sprichwort, das sagt: „Auf dem Bazar von Teheran kannst du alles finden, von der Milch des Huhns, bis zum Leben der Menschen." Das heißt, hier kann man alles, sogar das Unmögliche finden. Den Bazar muss man erleben, Worte können seinen Flair und seinen Zauber nicht beschreiben. Dennoch will ich es versuchen.

Als wir durch eines der vielen Tore den Bazar betraten, tauchte ich ein in eine verzauberte Welt aus 1001 Nacht. Meine Sinne kamen den vielen Eindrücken, die auf mich einstürzten, nicht nach. Die Luft vibrierte von orientalischen Klängen und Gerüchen. Aus fast jedem Laden ertönte persische Hintergrundmusik, leise und lockend. Stimmen, die Waren anboten, vermischten sich mit dem hartnäckigen Hin und Her, wenn um den Preis gefeilscht wurde, ein im Preis schon einkalkuliertes ‚Mustbe'. Karren brachten neue Ware. Sie rollten und schepperten über die unebenen Wege. In einer Moschee rezitierte ein *Mullah* über Lautsprecher Stellen aus dem Koran.

Fasziniert beobachtete ich das bunte, geschäftige Treiben um mich herum und bestaunte die Vielfalt der Waren und der Menschen. Die alten, oft wunderschön gestalteten hohen Gewölbe über mir bannten meinen Blick, und ich musste aufpassen, dass ich niemanden umrannte oder stolperte. Über allem lag der intensive Duft einer Vielfalt von Gewürzen. Ich vermutete, dass der Gewürzkorridor irgendwo in der Nähe sein musste. Aus der Küche eines Restaurants roch es nach *Ghorme Sabsi* und *Kabab*. Es lag an einem Rondell, in der Nähe einer Moschee und einer iranischen Bank. Wir kamen jetzt etwas schneller voran. Die Klänge und Gerüche waren andere geworden. Der schwere Gewürzduft wurde überlagert von allen möglichen Odeurs teurer Parfüme. Auch die Musik wurde leichter und fröhlicher. Die Einkäufe fanden nun vorwiegend hinter geschlossenen Türen statt. Einige Minuten später waren wir im Hochzeitskorridor angelangt.

Schwere Kristallleuchter hingen von der Decke, und unzählige, hell erleuchtete Geschäfte mit Brautkleidern in den Vitrinen lösten die offenen Buden nun endgültig ab. Über jedem Geschäft war noch mindestens eine Etage mit Nähstuben zum Umändern oder Nähen der Brautkleider. Im fünften Brautatelier, das wir aufsuchten, empfing man uns mit einem Klavierkonzert von Mozart, die Töne schienen zu tanzen und sich in den traumhaft schönen Kleidern zu verfangen. Nach sechzehn Anproben in den vier bisher besuchten Ateliers fand Roxana hier ihr Traumkleid. Die großen Puffärmel waren über und über mit Blüten aus dem gleichen Stoff wie das Kleid besetzt und die schmale Taille ging nach unten in einen schwingenden, von einem Reif in Form gehaltenen Rock über. Roxana sah reizend und allerliebst aus, obwohl sie für mich in jedem Brautkleid wunderschön ausgesehen hatte, ich hätte keine Entscheidung treffen können. Die Schneiderin steckte das Kleid auf Roxanas zarte Figur ab, in einer Woche sollte dann die nächste Anprobe sein.

Nach fast fünf Stunden in den Ateliers waren wir alle hungrig. Wir schleppten uns mit knurrenden Mägen und erschöpft ins Restaurant. Es schien Treffpunkt für ähnliche Brautdelegationen zu sein, denn als wir eintraten, stimmte eine Angestellte für unsere Braut den Freudentriller an. Von allen Seiten wurde geklatscht und man beglückwünschte uns: „Mobarake, Inschallah." Diese nette Begrüßung erlebten wir während unseres Aufenthaltes im Restaurant noch einige Male. Immer dann, wenn eine neue Gruppe von Frauen eintraf, die offensichtlich eine Braut in ihrer Mitte hatte.

Wir feierten diesen besonderen Tag mit verschiedenen Gerichten und Beilagen zu Djelo *Kabab*. Nach dem Essen servierte man uns noch herrlich duftenden Tee mit einem süßen Gebäck, beides eine Aufmerksamkeit des Hauses. Beim Tee überlegten wir, was wir noch erledigen wollten.

„Es wäre mir lieb, wenn wir den Schmuck für Roxana aussuchen könnten, denn davon habe ich überhaupt keine Ahnung", schlug ich vor. Alle stimmten begeistert zu. Da der Bazar für Brautaccessoires, inklusive Dessous, in der Nähe des Goldkorridors lag, wollten wir erst noch dorthin. Vorher verrichteten die Frauen ihr Mittagsgebet in der Moschee.

Die Pause hatte uns allen gutgetan. Unsere neu gewonnenen Energien bekam nun der Verkäufer der Reizwäsche zu spüren. Heschmat ließ, unter Wahrung ihrer Würde, in herrlicher Unbekümmertheit ihren Charme spielen. Das brachte in dieser Kombination nur Heschmat fertig. Wir amüsierten uns köstlich und lachten viel. Der Verkäufer schien einiges gewohnt zu sein, denn er blieb gelassen und freundlich. Dennoch bezahlte ich die ausgesuchten Teile lieber gleich und nahm sie mit. Noch einmal wollte ich mich hier, wenn auch in Begleitung meines Mannes, nicht mehr blicken lassen.

Je mehr wir uns dem Goldbazar näherten, umso heller und glitzernder wurde es. Der zur Schau gestellte Glanz in den überfüllten Vitrinen erdrückte mich. Deshalb war ich froh, dass wir nur in einen bestimmten Juwelierladen gehen wollten, der einem Cousin von Heschmat gehörte.

„Ich war noch nie in einem Juwelierladen", stellte ich erstaunt fest. Ich musste es wohl laut gedacht haben, denn ungläubige Blicke trafen mich:

„Wie? Du warst noch nie in einem Juwelierladen? Wie sollen wir das verstehen?"

„Genauso wie ich es sage!", antwortete ich und fügte noch entschuldigend hinzu: „Aber ich wollte das selbst nicht." Diese Notlüge musste sein, ich wollte Roxana und den andern diesen besonderen Tag nicht mit Misstönen verderben. Es hatte tatsächlich nie zur Debatte gestanden, einen Juwelierladen aufzusuchen, es war einfach so.

„Aber heute freue ich mich darauf. Wir haben einen wunderbaren Anlass dafür! Komm, meine liebe Schwiegertochter, wir suchen jetzt etwas Schönes aus, das dich immer an deinen Hochzeitstag und eure Liebe erinnern wird." Meine Begleiterinnen waren sofort in ihrem Element, es war bestimmt nicht das erste Mal, dass sie in einem Goldladen waren.

So merkten sie zum Glück nicht, dass ich sehr nachdenklich und still geworden war. Mir wurde bewusst, dass Hesam mir niemals ein Schmuckstück geschenkt hatte, außer dem Ehering. Nicht einmal zur Geburt der Kinder. Die iranischen Männer schenken ihrer Frau zu jeder Gelegenheit Schmuck, er ist eine Art Kapitalanlage für die Frauen. Ich hatte es aber auch nie eingefordert, weil mir andere Werte wichtiger erschienen. „Oder war das nur eine Ausrede zum Schutz davor, verletzt zu werden, weil er es eh nicht gemacht hätte?", zweifelte ich und stellte damit meine eigene Ausrede in Frage. „Er hat mich einfach nur ausgenutzt und hätte es auch dann nicht gekauft, wenn ich es von ihm verlangt hätte", war meine traurige Erkenntnis.

Als ich spürte, wie sich Enttäuschung und Traurigkeit Raum verschaffen wollten, ließ ich es nicht zu und schloss mich den anderen an. Sie bewunderten gerade ein Set in Weißgold mit kleinen Brillanten, bestehend aus Halskette, Armband und Ohrringen. Roxana gefiel es. Sie zögerte kurz, dann gab sie es dem Juwelier zurück.

„Es ist leider zu teuer." Bevor der Juwelier ihr anderen Schmuck zeigen konnte, wandte ich mich an ihn: „Legen Sie dieses Set bitte zurück, mein Mann wird es morgen abholen." „*Mobarake, Inschallah*, Roxana Djan!", hörte ich mich sagen, während ich mich noch immer über meinen Mut wunderte, und umarmte meine zukünftige *Arus* herzlich. Auch die anderen umarmten die Braut und wünschten ihr alles Gute. Der Juwelier beglückwünschte Roxana zu ihrer Wahl und ließ uns Tee und Gebäck servieren. Während Heschmat noch wegen des Preises verhandelte, bedrängten die Frauen mich, mir auch etwas auszusuchen. Es sei üblich, dass ein Ehemann seiner Frau zur Hochzeit der Kinder ein Geschenk mache und sich damit bei ihr für ihre Mühe, dass sie das Kind großgezogen hat, bedankte. Unaufgefordert breitete der Juwelier die schönsten und größten Geschmeide, die er extra aus einem Tresor holte, vor uns aus. Von allen Seiten überrollten mich begeisterte Ratschläge. Man legte mir ein Geschmeide um das andere an und versuchte mich zu überzeugen. Ich war fast geneigt, das nächstbeste zu nehmen, um meine Ruhe zu haben. Aber was sollte ich damit? Es konnte das, was ich mir von meinem Mann ersehnte, nicht ersetzen. Ich spürte wieder meine Traurigkeit aufkommen. Bevor ich in Tränen ausbrechen würde, musste ich diese unerträgliche Situation beenden. Mein Einwand, dass ich das lieber mit meinem Mann aussuchen würde, weil es eine größere Anschaffung sei, war eine Ausrede, aber sie konnten es verstehen. Nur Heschmat schaute mich etwas skeptisch an.

In einer Parfümerie in der Nähe des Goldkorridors entschied sich Roxana für ein französisches Parfüm. Die Schuhe zum Hochzeitskleid wollte sie mit ihrer Mutter vor der ersten Anprobe kaufen, denn die Anprobe sollte mit den Schuhen sein. Zufrieden und glücklich ließen wir den schönen Tag in einem Eissalon ausklingen.

Am nächsten Morgen begleitete ich Hesam zum Bazar. Um sein Gesicht zu wahren, immerhin gehörte der Juwelier zur Familie, musste er tief in die Tasche greifen, er wagte nicht zu protestieren. Nur den Preis konnte er noch etwas herunterhandeln. Für diesen einen Augenblick der „Rache" nahm ich, als wir wieder zuhause waren, gern seine Schimpftiraden in Kauf. Mein schlechtes Gewissen war nur winzig klein. In einem Zwiegespräch mit Gott klang das in etwa so: „Lieber Gott, bitte verzeih mir, aber es musste sein, auch wenn Rachegefühle dabei waren."

Reza wird in zehn Monaten fertig sein. Dann könnte er direkt eine Facharztausbildung hier in Teheran anschließen. Seine Pläne sind aber andere: Er möchte in Deutschland den Facharzt machen. Das bedeutet, dass er, um ausreisen zu dürfen, erst drei Pflichtjahre als Ersatz für den Wehrdienst in einer abgelegenen kleineren Stadt als Arzt arbeiten muss. Als leitender Arzt einer Poliklinik wird er dann mehrere umliegende Dörfer mitversorgen.

Draußen regnet es. Durchs Fenster sehe ich, wie die nahen Berge des Elbursgebirges in dichten Nebel gehüllt sind und ihr neues weißes Kleid verbergen. Wir sind sehr nahe an der Schneegrenze. Eine Kerze brennt, symbolisch für das Licht, das mir Eure Freundschaft bedeutet. Der Duft des Wachses vermischt sich geheimnisvoll mit den ätherischen Düften eines Räuchermännchens. Die Wirklichkeit entschwebt mir zuweilen wie ein Traum. Das sind kostbare, seltene Momente in meinem sonst so kunterbunten, leider manchmal auch hektischen Leben. Ab übermorgen wird es mit der Ruhe vorbei sein, denn dann beginnen die Vorbereitungen für die nächste Hochzeit...

Ich erinnere mich an Essis Trauung, die damals, als ich den Brief geschrieben hatte, schon drei Monate zurücklag. Ein Erlebnis ist mir in besonderer Erinnerung.

Wir hatten eine gute, einigermaßen harmonische Phase, und ich bemühte mich, sie auch aufrecht zu halten, indem ich so funktionierte, wie mein Mann es wollte. Es ging schließlich um den glücklichsten Tag im Leben meines Sohnes!

Bei einem Familientreffen einige Tage vor der Trauung, fragte Heschmat mich, was ich anziehen würde. Da ich inzwischen einige Abendkleider besaß und keine Probleme damit hatte, eines davon bei der Feier noch einmal zu tragen, hatte ich mir selbst diese Frage noch nicht gestellt. Heschmat war entsetzt, als ich ihr das sagte. Sie meinte, als Mutter des Bräutigams sei ich nach dem Brautpaar die wichtigste Person an diesem Abend und müsse deshalb auch etwas Besonderes und vor allem etwas Neues tragen.

„Du musst glitzern und glänzen und alle anderen hinter dir lassen!" Ich schaute sie skeptisch an.

„Du weißt, dass ich nicht so bin."

„In dem Fall musst du aber so sein. Allein schon wegen der Achtung, die Essi dann von der Brautfamilie bekommen wird."

Ich widersprach ihr: „Die hat er schon, weil er so ist, wie er ist, und weil Achtung nichts mit Äußerlichkeiten zu tun hat. Und schon gar nicht mit meinem Aussehen!"

Heschmat lächelte: „Du hast ja recht, deinen Kindern sind Respekt und Achtung sicher. Sie haben sich zu wunderbaren Persönlichkeiten entwickelt. Das alles ist aber auch dein Verdienst." Und wieder musste ich ihr gegenhalten: „Nein, Heschmat Djan, ich habe sie nur führen und für sie da sein können. Das, was sie mit ihren Fähigkeiten und meiner Führung gemacht haben, ist einzig und allein ihr Verdienst." Ich wollte das Gespräch beenden. Die im Iran übliche, zur Schau gestellte Wertschätzung von Menschen, die etwas erreicht haben oder eine hohe Position im Berufsleben einnahmen, war mir immer noch fremd. Das ging soweit, dass man sie auch im engsten Familienkreis nicht mit ihrem Namen ansprach, sondern mit dem erworbenen akademischen Titel.

„Ich möchte ein einfaches Kleid, ohne jeden Schnickschnack", lenkte ich sie ab.

„Du hast eine gute Figur und kannst enganliegend tragen, lang, hochgeschlossen mit schmalen Ärmeln, die bis zum Handgelenk reichen", schlug sie vor. Das klang gut, und wir überlegten uns die Auswahl des Stoffes. Heschmat hatte schon eine Vorstellung: „Du solltest ein Graublau wählen, zu deinen Augen passend." Der Vorschlag gefiel mir. Es war eine meiner Lieblingsfarben, zumal meine Haare einen leichten Hennaschimmer hatten und graue und blaue Farbtöne gut dazu passten.

„Es gibt Paillettenstoffe in der Farbe und…"

„Keine Pailletten, bitte", unterbrach ich Heschmat in ihrer Begeisterung. Sie schien enttäuscht und versuchte mich zu überreden. Nach einer Stunde geduldigen Zuredens gab ich nach und willigte dann doch ein. Ein wenig Glitzer konnte nicht schaden. Heschmat entwarf das Schnittmuster. Sie wollte auch die Anproben und Änderungen übernehmen. Für Hesam hinterließ sie eine schriftliche Nachricht, welchen Stoff, wie viel und in welchem Geschäft er ihn kaufen sollte, was er auch machte.

Der Stoff war genau in der Farbe, die ich mir vorgestellt hatte, aber er war komplett mit Pailletten bestückt. Mir wurde es etwas unbehaglich bei dem Gedanken, ein daraus gearbeitetes Kleid zu tragen. Nach Heschmats Schnittmuster schnitt ich ihn zu und reihte die Teile aneinander.

Abends kamen Heschmat und Elahe zur Anprobe. Heschmat steckte ab, änderte und erteilte Ratschläge. Dann nähte sie die Hauptteile mit der Nähmaschine zusammen. Ich war dankbar für ihre Hilfe, denn nur so würde das Kleid rechtzeitig fertig werden.

„Welche Schuhe wirst du dazu tragen, weißt du das schon?", fragte Elahe. „Du musst unbedingt vorher mit dem Kleid darin gelaufen sein und üben. Es soll elegant aussehen." Sie bemerkte mein amüsiertes Lächeln. Bevor ich jedoch etwas einwenden konnte, ergänzte sie schnell: „Auch wegen der Länge des Kleides ist es wichtig." Das war ein Argument, das ich akzeptieren konnte. Ich zog meine hellgrauen Pumps an, und Heschmat steckte die Länge des Kleides ab.

„Und jetzt üben wir deinen großen Auftritt!", freute sich Elahe.

„Um Himmelswillen, was für einen Auftritt?", dachte ich entsetzt. Elahe meinte es gut mit mir. Deshalb trug ich es mit Humor und antwortete:

„Ich habe große Füße. Da hinterlässt jedes Auftreten automatisch auch große Auftritte! Das brauche ich nicht zu üben!" Elahe schaute mich verständnislos an. In der persischen Sprache fehlt die Assoziation der beiden Bedeutungen für „Auftritt." Doch dann ergriff sie die Initiative und nahm mich lächelnd an der Hand.

„Komm, ich zeig dir, wie du laufen musst. Wie ein Mannequin!" In kleinen Schritten setzte sie in gerader Linie einen Fuß direkt vor den anderen, dabei bewegte sie ihre Hüften, bewusst übertrieben, sanft hin und her. Ich durfte nicht daran denken, wie das bei mir wohl aussehen mochte. Dennoch bemühte ich mich, ihr das nachzumachen, aber ohne Hüftschwung. Plötzlich war ein leises Rauschen und Rascheln in der Luft. Je sicherer und schneller ich beim Laufen wurde, umso lauter wurde das Rascheln. Abertausende von Pailletten bewegten sich mit mir und umtanzten meinen Körper. Ich war ihnen hilflos ausgeliefert und fühlte mich fremd in meinem eigenen Körper, ich war nicht mehr ich selbst. Heschmat und Elahe waren begeistert und meinten:

„Du siehst so toll aus in dem Kleid!" Wie aus weiter Ferne hörte ich mich sagen:

„Aber ich kann das unmöglich tragen."

Sie schauten mich entsetzt an. Ich versuchte, mich für meine Reaktion zu entschuldigen:

„Ich komme mir darin vor wie eine schillernde Meerjungfrau, die außerhalb des Wassers mit ihrer Flossenspitze über den Boden robbt!" Elahe wiederholte:

„Du siehst wirklich fantastisch aus in dem Kleid, das denkst du nur!" Ich schaute in den Spiegel, Elahe hatte recht: Das Kleid stand mir gut. Aber ich war nicht die Person, die ich im Spiegel sah. Dazu kam noch dieses schreckliche Rascheln!

„Ich kann das nicht anziehen, ich mische mich nicht als raschelnde Meerjungfrau unter die Gäste! So nach dem Motto: ‚Schaut her, hier bin ich, und ich bin schön'! Lieber gehe ich erst gar nicht zur Hochzeit!" Trotz aller Proteste riss ich mir das Kleid vom Leib und verpackte es in einer Tüte. Nichts sollte mich mehr daran erinnern! Warum nur hatte ich nicht auf meine innere Stimme gehört? Die Erschöpfung und Anspannung der letzten Tage, der wenige Schlaf und die Enttäuschung forderten ihren Tribut, und die Tränen flossen. Heschmat wollte mich trösten:

„Das ist doch nicht schlimm. Du musst dich darin wohlfühlen, das verstehe ich sehr gut. Wir suchen etwas anderes." Doch ich war untröstlich.

„Wie soll das denn gehen? Übermorgen ist schon die Trauung!" Ihre Worte konnten mich nicht erreichen, und all die verdrängten Qualen der vergangenen Wochen und Monate brachen mit noch mehr Tränen, die vor meinen Augen wie die Pailletten schimmerten, aus mir heraus.

„Vielleicht überlegst du es dir bis morgen ja noch einmal. Du siehst wirklich wunderschön darin aus! Ich helfe dir dann gern, es fertig zu nähen oder wir suchen eine andere Lösung", bot Heschmat mir noch einmal an. Sie war bestimmt sehr enttäuscht, aber ich konnte ihretwegen nicht etwas anziehen, in dem ich mich nicht wohlfühlte. Sie bedrängten mich nicht weiter und Elahe brachte Tee aus dem *Samowar*. Mit der gemeinsamen Teerunde kam auch die alte Vertrautheit wieder und ich beruhigte mich. Ich verabredete mich mit Elahe für den nächsten Morgen. Sie hatte die Gestaltung des Zimmers übernommen, in dem die Trauung stattfinden sollte.

Dort wollten wir uns treffen. Beim Verabschieden bat ich Heschmat um eine Nacht Bedenkzeit.

Als sie gegangen waren, fiel mein Blick auf die Tüte mit dem Paillettenkleid. Bei der Vorstellung, wie ich als glitzerndes Meereswesen darin gewirkt hätte, musste ich dann doch lächeln. Ich war heilfroh, das noch rechtzeitig verhindert zu haben. Ich nahm mir vor, mir die Hochzeit unseres Sohnes dadurch nicht verderben zu lassen und fasste einen Entschluss. Ich würde die weiße Klöppelbluse, ein Geschenk meiner Schwester, anziehen. Dazu brauchte ich einen schlichten Rahmen. Mein Mann war mit den Kindern unterwegs bei Verwandten, sie würden erst spät zurückkommen. Bis dahin musste ich eine Alternative gefunden haben, denn ich brauchte Hesams Hilfe.

In meinen Modeheften fand ich einen Zweiteiler. Schmaler, wadenlanger Rock, dazu ein einfach geschnittenes Oberteil mit V-Ausschnitt und dreiviertellangen Ärmeln. Das war es! Aus dunkelgrünem Samt wollte ich es nähen, da würde die schöne, hochgeschlossene Bluse mit kleinem Stehkragen und schmalen langen Ärmeln mit hoch geknöpftem Manschettenteil am besten zur Geltung kommen. Nur kurz wunderte ich mich, dass es wieder Samt sein sollte, wie damals bei Feris und Sadeghs Verlobung. Anscheinend war der Wunsch noch nicht ganz gestillt.

Bevor alle zurück waren, hatte ich schon das Schnittmuster kopiert, auf meine Länge verändert und ausgeschnitten. Hesam stellte ich vor vollendete Tatsachen: Er musste neuen Stoff besorgen. Er zeigte erstaunlicherweise volles Verständnis und versprach, am nächsten Morgen gleich zum Großen-Bazar zu fahren.

„Nur dort kann ich sicher sein, dunkelgrünen Samt auch zu finden", meinte er, „ich suche erst gar nicht hier in der Nähe." Er schien froh zu sein über meine Entscheidung, denn er ließ durchblicken, dass das Paillettenkleid doch „sehr sexy" gewesen wäre.

Am nächsten Morgen traf ich mich mit Elahe im Haus der Brauteltern. Sie hatte vieles für die *Sofre Aghd* schon vorbereitet und mitgebracht. Wir besprachen noch einige Details und überlegten, ob wir auch an alles gedacht hatten. Den Spiegel und die Kerzenhalter hatte Roxana mit ihrer Mutter und Essi ausgesucht.

„Was ist mit den Blumen?", erkundigte ich mich.

„Die werden morgen um zehn Uhr geliefert, ich werde hier sein und sie verteilen und noch einmal alles überprüfen. Du kannst unbesorgt sein", versprach mir Elahe.

„Elahe, du bist ein Schatz! Ich hätte das niemals machen können. Tausend Dank! Mögen deine Hände niemals wehtun, und möge der Tag bald kommen, an dem du selbst an einer *Sofre Aghd* sitzen und glücklich sein wirst, *Inschallah*. Gott segne dich, meine Liebe!" Mein Persisch war nach all den Jahren perfekt und blumenreich, wie es die Tradition verlangte. Heschmat ließ ich durch Elahe ausrichten, dass die Kleiderfrage gelöst sei und ich keine Hilfe mehr brauchte. Beruhigt machte ich mich auf den Heimweg.

Ich war gerade mit Kochen fertig, als Hesam zurückkam. Er strahlte, denn er hatte den Samt gefunden. Er war so glücklich, mir diese Freude machen zu können, dass ich den Moment, wo ich mich bedankte und ihn umarmte, am liebsten festgehalten und nie mehr losgelassen hätte. Ich fing sofort mit Zuschneiden an. Irgendwann in der folgenden Nacht hatte ich alle Teile zusammengenäht. Die einsetzende Morgendämmerung erinnerte mich daran, dass es nur noch zwölf Stunden bis zur Trauung waren. Bis auf den Rocksaum war alles fertig. Hesam war zum Morgengebet aufgestanden und überredete mich, wenigstens ein paar Stunden zu schlafen. Aus den geplanten vier Stunden wurden sieben, sodass ich erst unter der Trockenhaube beim Friseur den Rock säumen konnte. Die Zeit, bis Hesam und die Kinder mich abholen kamen, reichte gerade noch zum Schminken und Umkleiden.

Es wurde eine sehr schöne Hochzeitsfeier. Am meisten freute ich mich über Heschmats Kompliment, dass ich auch in dem grünen Kleid umwerfend aussehen würde. Sie war zum Glück nicht nachtragend. Auch wenn ihr das Paillettenkleid besser gefallen hätte, ließ sie es sich nicht anmerken. Wie sich noch am selben Abend herausstellte, war es die richtige Entscheidung, denn die Brautmutter trug ein langes Oberteil aus dem gleichen Paillettenstoff und der gleichen Farbe. Im westlich geprägten *Teheran* galt es nicht mehr unbedingt als Ehre, Kleider aus dem gleichen Stoff zu tragen, es wäre eher als peinlich erachtet worden.

Wir tanzten viel an jenem Abend. Hesam umwarb mich wie ein Frischverliebter. Ich ließ mich darauf ein und erlebte alles wie in einem Glücksrausch. Als wir nach der Feier den Bräutigam in unser Auto packten und mit nach Hause nahmen, und seine Geschwister sich nicht zurückhielten mit flapsigen Sprüchen, fielen wir alle von einem Lachanfall in den anderen. Wir waren eine rundum glückliche Familie.

Ich lese weiter im Brief:

Für Reza und Fatemeh haben wir in unserer Nähe eine kleine Wohnung gemietet. Die beiden richten sie mit Hilfe von Fatemehs Eltern gerade ein. Die Einladungen für die Hochzeit am zweiten Weihnachtsfeiertag, es ist übrigens der Geburtstag meiner Mutter, haben die jungen Leute schon verschickt und verteilt. Wir rechnen mit zweihundert Gästen. Für die Hochzeitsfeier mit Hochzeitsessen sind wir als Familie des Bräutigams zuständig. Hesams ältester Bruder hat uns überraschend sein großes Haus zur Verfügung gestellt. Die Dekoration im Festsaal wird in Absprache mit dem Brautpaar teilweise weihnachtlich sein. Hunderte von Sternen, die ich schon gebastelt habe, werden als Mobiles von der Decke herabhängen. Im Parking im Erdgeschoss wird eine Cateringfirma das Buffet anrichten und auch Bedienung zur Verfügung stellen. Teppiche und zusätzliche Stellwände mit integrierten Heizelementen sollen die sonst offene Fläche vor Kälte schützen. Die Wände will ich mit Tannenzweigen, die es in *Teheran* tatsächlich gibt, und weißen Schleifen verzieren. Auch für den Türrahmen zum Eingang ihrer Wohnung haben wir schon eine Girlande aus Tannenzweigen gewunden. Am Hochzeitstag wollen wir noch frische Rosen dazwischen stecken.

Und an anderer Stelle:

Obwohl unsere Familie jetzt auf neun Personen angewachsen ist, bin ich doch mehr allein als zuvor. Hadi kommt erst um zwei

Uhr aus der Schule. Sein neuestes Hobby ist Reiten. Freunde von mir, die zwei Pferde besitzen, nehmen ihn oft mit. Wenn er auf dem Pferd sitzt, hinter ihm die auslaufenden Bergketten als Kulisse, sieht er aus wie ein kleiner Bergprinz. Man merkt ihm seine Khan-Vorfahren an, die auf dem Rücken der Pferde zuhause waren.

In diesem Brief richtete ich persönliche Worte an Gudrun. Diese zeigen mir, dass ich mich vorsichtig öffnete und nicht mehr nur die heile Welt vortäuschen wollte:

Liebe Gudrun, ganz besonders liebe und persönliche Grüße an Dich und Deine große Familie! Ich hoffe so sehr, dass es Euch allen gut geht. Wie Du vielleicht aus meinen beiliegenden Gedichten, die nur Du bekommst, heraushören kannst, bin ich dabei, mich Raupe, die in einem islamischen Kokon eingezwängt und gefangen ist, durchzubeißen, um als Schmetterling meine Flügel in der Sonne zu trocknen und dann frei zu fliegen. Leider stoße ich dabei bei Hesam auf totales Unverständnis. Aber ich gebe die Hoffnung nicht auf, dass er es verstehen und akzeptieren wird. Aus der Hoffnung schöpfe ich Geduld und aus der Geduld neue Kraft. Die Kraft der Hoffnung ist die Geduld!

Rezas und Fatemehs Hochzeit war für mich die schönste von sehr vielen Hochzeiten, die ich im Iran miterlebt habe. Dass wir sie in einem Privathaus feiern durften, ähnlich, wie wir es uns für unsere Kinder in unserem eigenen Haus vorgestellt hatten, hat viel dazu beigetragen. Sie erinnerte mich auch sehr an die Hochzeit von Moali mit Esmat, für die ich zum ersten Mal in den Iran geflogen war. Damals feierten wir im Elternhaus mit einer Musikkapelle aus Schuschtar, diesmal im Haus des ältesten Onkels, mit einer anderen Kapelle, aber mit der gleichen Musik. Auch die Rituale waren ähnlich. Damals war Reza ein Baby, nun war er der Bräutigam. Es schloss sich ein Kreis, der 24 Jahre zuvor mit der Hochzeit seines Onkels begonnen hatte. Meinen kleinen Hoffnungsträger musste ich nun in sein eigenes Leben entlassen.

Er übernahm jetzt andere Verantwortungen: als Ehemann, als Arzt und später auch als Vater. In einem Brief an meine Schwester lese ich:

In meinem Herzen wird mein großer Bub, wie meine anderen Kinder auch, immer mein Kind bleiben. Er wird seinen Weg gehen, gemeinsam mit Fatemeh an seiner Seite. Er wird seine eigenen Erfahrungen machen und diese an seine Kinder weitergeben. Ich weiß ihn auf einem guten Weg. Möge es ein glücklicher Weg für beide sein!

– 52 –

Die Hochzeitsvorbereitungen und die Tatsache, dass Hesam oft für längere Zeit nach *Ahwaz* fahren musste, hatten das Leben für mich erträglicher und harmonischer gestaltet. Dank der Therapien hatte ich gelernt, mit Hesams Stimmungsschwankungen umzugehen und sie auszuhalten. Ich wusste zwar nicht, wie lange meine Seele das noch dulden und mitmachen würde, aber ich schöpfte wieder Hoffnung.

Doch die gute Stimmung und das Glücksgefühl währten nicht lange. Davon zeugt folgendes Gedicht, das ich im Februar 1992 schrieb:

Eine kleine Weile nur
war ich frei wie ein Vogel
mir waren Flügel gewachsen
leicht, gehoben und getragen
wagte ich die ersten Flüge
der Sonne entgegen
und verschmolz im Ursprung allen Seins

Nun sind die Flügel gestutzt
doch liebevoll gestützt
werden sie wieder wachsen
jedes Mal kräftiger, flugsicherer, tragfähiger
doch sie werden wieder wachsen
eine kleine Weile noch

Ich hoffte weiterhin auf ein Wunder. Dem widersprachen jedoch die vielen, sich anhäufenden Vorfälle, die ihren Höhepunkt am Ostersonntag erreichten.

Im Bastelkreis hatten wir einen kleinen Osterbazar vorbereitet. Mein Stand wirkte besonders bunt. Kleine Hexenmobiles tanzten von der Decke herab. Eierkränze mit farbigen Schleifen, verschiedene Fensterbilder aus Tonkarton, mit Transparentpapier unterlegten, ausgeschnittenen Jugendstilmotiven und vieles mehr bildeten eine fröhliche Kulisse, zu der mein Mann, der mich auch hierher „begleitet" hatte, so gar nicht passte. Unter dem Vorwand, mir helfen zu wollen, saß er neben meinem Tisch. Obwohl wir in einem Saal waren, hatte er seinen schwarzen Parka angelassen und verbarg seine Augen hinter einer dunklen Sonnenbrille. So konnte er alles beobachten, ohne dass man es ihm anmerkte. Ich versuchte, ihn nicht weiter zu beachten und mich auf die Besucher zu konzentrieren. Doch er holte mich immer wieder in seine Realität zurück. Bisher hatte er es toleriert, dass ich im Gemeindezentrum kein Kopftuch trug. An jenem Tag durfte ich es nicht ablegen. Er drohte mit Boykottierung unseres Bazars.

„Setz das Kopftuch richtig auf, dein Hals ist zu sehen", murmelte er in seinen Bart, nur hörbar für mich. Ich stellte mich taub. Doch er gab so schnell nicht auf:

„Du kannst dich ja gleich nackt ausziehen!" Seine Stimme war lauter geworden. Was hatte er vor? Braute sich da ein Gewitter zusammen? Mich beschlich ein ungutes Gefühl. Jemand wollte ein Hexenmobile kaufen. Hesam holte es von der Decke herunter und verpackte es. Er war überraschend freundlich und nett zu der Kundin, wie auch zu mir.

Als nebenan in der Kirche der Ostergottesdienst zu Ende war, füllte sich der Saal mit mehr Besuchern. Ich lauschte dem Orgelnachspiel, das bis in den Saal zu hören war, und ruhte einen kurzen Moment in mir und sprach ein stummes Bittgebet. Ein junger Legat der deutschen Botschaft, den ich aus dem Bibelgesprächskreis kannte, kam auf mich zu und sagte: „Schön, Sie zu sehen, Frau Maraschi." Ich reichte ihm wie sonst auch die Hand und begrüßte ihn freundlich. Im selben Moment wusste ich, dass das ein großer Fehler war. Er fuhr fort:

„Wo waren Sie, wir haben Sie vorgestern vermisst?" Obwohl es im Raum sehr laut war, fühlte ich plötzlich eine unheimliche Stille in mir. Ich kannte meinen Mann, und ich wusste, dass er das nicht einfach so hinnehmen würde. Wie in Zeitlupe erlebte ich das Geschehen um mich herum.

„Ach, hast du mit dem da auch schon geschlafen?" Hesams Stimme war lauter als sonst und er hatte dieses Mal Deutsch gesprochen. Einigen der um uns Stehenden sah ich ihre Betroffenheit und Bestürzung an, besonders dem Legaten. Mit den Augen flehte ich ihn an, zu schweigen. Ich wollte weg, um uns allen die unweigerlich noch kommenden Peinlichkeiten zu ersparen. Deshalb packte ich meinen Mann am Arm und zog ihn fort. Frau A. hatte uns beobachtet. Ich rief ihr zu: „Ich glaube, es ist besser, wenn wir gehen! Übernehmen Sie bitte meinen Stand!" Hesams Mimik entnahm ich, dass er sein Ziel erreicht hatte: mich vor anderen Menschen so zu blamieren, dass es mein eigener Wunsch sein würde, wegzugehen und mich nie mehr hier blicken zu lassen.

Der Pfarrer hatte von all dem nichts mitbekommen, er war in einer anderen Ecke des Saals in ein Gespräch vertieft. Als er mich weggehen sah, rief er mir hinterher:

„Frau Maraschi, wollen Sie schon gehen? Das ist aber schade." Zu meinem Entsetzen fügte er noch hinzu: „Bis morgen dann, denken Sie an den Chor." Ich hatte Firuze eingeweiht und war, anstatt zu ihr, manchmal heimlich zu den Chorproben gegangen. Mein Mann hatte nie Verdacht geschöpft, ich durfte sogar alleine gehen. Und jetzt das! Ich versuchte zu retten, was noch zu retten ging:

„Sie wissen doch, dass ich nicht kommen kann. Hier steht der Grund, fragen Sie ihn doch selbst!" Es war totenstill im Raum, aller Aufmerksamkeit war auf uns gerichtet. Pfarrer A., der nur wenig von meinen Problemen wusste, wollte vermitteln:

„Ja, also, es ist so, wir brauchen Ihre Frau im Chor. Sie kann so schön singen."

Die Antwort meines Mannes machte alle sprachlos: „Ich weiß, dass meine Frau schön singen kann. Sie soll auch singen, aber nur für mich, nicht für diese Männer da!" Sein Zeigefinger ging dabei reihum. Ich registrierte noch, wie Pfarrer A. immer wieder fassungslos wiederholte: „Na also so was, na also so was. " Es hatte ihm im wahrsten Sinne des Wortes die Sprache verschlagen. Mit letzter Kraft zog ich meinen Mann nach draußen. Er hatte gerade wieder ansetzen wollen, etwas zu sagen. Auf der Fahrt nach Hause konnte ich die Tränen nicht mehr zurückhalten. Mit jeder Träne weinte ich die Hoffnung, meine Ehe noch retten zu können, aus mir heraus. Ein Scherbenhaufen türmte sich mit jeder Träne mehr um mich herum auf. Er war mein Schutzwall gegen all die hämischen Bemerkungen, Beschimpfungen und Vorwürfe, die nun über mich hereinprasselten. Ich schwieg. Es gab nichts mehr zu sagen. Meine Kraft war am Ende. Das Gedicht, das ich in der darauffolgenden, schlaflosen Nacht schrieb, zeigt, wie leer und hoffnungslos ich innerlich war:

Ich lebe nicht, ich werde gelebt
alles in mir ist tot
die Himmel sind eingestürzt
und haben den Frühling
und den zur Saat gepflügten Acker
unter sich begraben
was geblieben ist, sind die Dornen
sie wuchern und
umklammern mein Herz
das nicht mehr schreien kann

ich lebe nicht, ich werde gelebt
ich habe mir wieder
meine Mauern gebaut
das einzige Licht darin
ist das Mondlicht meiner Seele
die den Traum von Gott weiterträumt
von Nebelschleiern des Vergessens
umhüllt

ich lebe nicht, ich werde gelebt
ich trage mein Kreuz nicht
ich habe es mir
herunterreißen lassen
und begraben

nun muss ich zu Kreuze kriechen
um es zu finden
ich lasse mich zertreten
wie blindes Gewürm
und werde zu Erde
ohne die Gnade des Lichts

ich lebe nicht, ich werde gelebt

ABSCHIED

Wenn die Liebe dir winkt, folge ihr, sind ihre Wege auch schwer und steil. Und wenn ihre Flügel dich umhüllen, gib dich ihr hin, auch wenn das unterm Gefieder versteckte Schwert dich verwunden kann. Und wenn sie zu dir spricht, glaube an sie, auch wenn ihre Stimme deine Träume zerschmettern kann wie der Nordwind den Garten verwüstet.

– Khalil Gibran –

– 53 –

Die nächsten Wochen kontrollierte mein Mann wieder jeden meiner Schritte, verbot mir, in die Kirche zu gehen oder meine deutschen Bekannten zu treffen. Am Telefon verleugnete er mich. Die Therapiestunden und der Austausch im Bibelgesprächskreis fehlten mir sehr. Wenn die Kinder morgens außer Haus waren, sperrte er die Haustüre ab. Das Telefon und meine Bücher versteckte er vor mir, auch die Bibel. Sie zu entsorgen oder zu vernichten, wagte er nicht. Verbietet der Koran doch, ein Papier, auf dem Gottes Namen steht, zu beschmutzen, oder es einfach wegzuwerfen.

Für die Kinder funktionierte ich, kochte, kümmerte mich um den Haushalt und half Hadi bei den Hausaufgaben. Ich befürchtete, dass mein Mann die Kinder sonst als Druckmittel gegen mich einsetzen und ungerecht behandeln würde. Er wusste genau, dass ich für meine Kinder bereit war, alles zu tun, und spielte das gegen mich aus. Wieder drohte er mir, vor Gericht zu gehen und seine Vaterschaft anzuzweifeln. Um uns allen diese Demütigungen und den Kindern ähnlich hässliche, verbale Attacken, wie ich sie abbekam, zu ersparen, machte ich einfach weiter. So, wie er wollte. In Anwesenheit der Kinder beschränkte sich unsere Kommunikation auf das Nötigste. Um auch diese zu umgehen, täuschte ich oft Kopfschmerzen vor und zog mich zurück. Das Zimmer abschließen, konnte ich nicht, den Schlüssel hatte er längst abgezogen. Er hatte mich voll im Griff. Seine verbalen und mentalen Verletzungen belagerten mich wie Heerscharen, jede Zelle meines Körpers war voll davon, es gab keinen Raum mehr für neue Verletzungen. Seine Hasstiraden prallten an mir ab, erreichten mich nicht mehr. Meine Seele war ein einziger, stummer Schrei. Zum ersten Mal in meinem Leben fühlte ich mich auch von Gott verlassen.

Zwei Wochen nach dem Eklat in der Kirche war Hesam im Bad. Er hatte vergessen, die Tür abzuschließen. Ich agierte wie ein Schlafwandler, zog Mantel und Kopftuch über und verließ die Wohnung. Ein bestimmtes Ziel hatte ich nicht, wo sollte ich auch hin? Niemand konnte mir helfen. Ich war leer, war nur noch eine Hülle. Wie auf einem sinkenden Schiff hatte ich alles über Bord geworfen, meine

Liebe, meinen Glauben, meine Hoffnung, alles war weg. Nicht vergraben, sondern für immer versunken in der Tiefe des Meeres, dem Meer meiner Tränen, die versiegt waren. Geblieben waren Verletzungen und Schmerzen, Verzweiflung und Hoffnungslosigkeit, aber auch diese spürte ich nicht. In mir war totale Leere.

Irgendwann fand ich mich in einem Taxi wieder. Ich wusste nicht, wie ich dorthin gekommen war. Der Fahrer war in einem rasanten Tempo unterwegs.

„Wo bin ich, was ist passiert?", fragte ich irritiert. Der Fahrer schien erleichtert, als er merkte, dass ich wieder Lebenszeichen von mir gab.

„Mein Gott, was haben Sie sich dabei gedacht?" Seine Stimme klang besorgt. „Im Irrenhaus wären Sie jetzt, wenn ich nicht gerade vorbeigekommen wäre und Sie mitgenommen hätte!" Ich verstand nichts und reagierte nicht. Deshalb wiederholte er das, was er gesagt hatte, mit anderen Worten:

„Ja, in eine spezielle Psychiatrie bringt man Leute wie Sie, die sich umbringen wollten!" Meinte er mich? Das konnte nicht sein! Aber außer mir fuhr sonst niemand mit. Ich hörte seine Worte, nahm diese aber nicht an. Sie rauschten an mir vorbei, als ob sie an eine andere Person gerichtet wären. Ich war nicht mehr ich. Doch der Fahrer ließ nicht locker. Sehr behutsam berichtete er mir, was vorgefallen war. Er hatte am Rand der Hauptverkehrsstraße, die von Norden *Teheran*s in den Süden verlief, angehalten, weil es aussah, als ob ich dort auf ein Taxi wartete. Da er sich erinnern konnte, mich schon zwei Mal zur Kirche gefahren zu haben, hielt er an, um mich zu fragen, ob ich ein Taxi brauchte, als ich mich vom Straßenrand löste und zur Mitte der Straße hinbewegte. Ich war dabei, mit voller Absicht vor einen herankommenden Lastwagen zu laufen. Dessen Fahrer konnte gerade noch rechtzeitig bremsen und ausweichen, stieß dabei aber gegen einen PKW. Zum Glück gab es nur zwei leicht Verletzte. Da ich mich völlig still verhielt, hatte man mich erst einmal an den Straßenrand gebracht, um wenigstens eine Spur auf der viel befahrenen Straße frei zu machen. Diesen Tumult nutzte der Taxifahrer, um mich unbemerkt in sein Auto zu packen und in letzter Sekunde von dort wegzubringen. Die Polizei und ein

Krankenwagen waren benachrichtigt, die Sirenen schon ganz nah. Er war dabei, mich zu der einzigen Adresse zu bringen, die er von mir kannte, in das Pfarrhaus der Gemeinde deutscher Sprache. Ich hörte zwar, was er berichtete, es war aber, als ob er von einer anderen Person sprechen würde. Warum sollte ich so etwas getan haben?

Als wir am Pfarrhaus ankamen, half er mir beim Aussteigen, ich selbst hatte nicht die Kraft dazu. Er klingelte und der Pfarrer öffnete die Tür. Im ersten, überraschten Moment konnte er nicht verstehen, was der Mann ihm mitteilen wollte, aber er sah, dass es mir nicht gut ging und ich neben mir zu stehen schien. Er führte mich ins Haus und rief seine Frau. Er bat auch den Taxifahrer mitzukommen. Dieser erzählte in gutem Englisch, was geschehen war und wollte wieder gehen. Er befürchtete, dass man mich suchte und sein Taxi vor der Tür einer christlichen Einrichtung auffallen würde. Pfarrer A. bat ihn, seine Telefonnummer zu hinterlassen, aber der gute Mann wollte anonym bleiben. Er nahm auch kein Geld an für die Fahrt. *„Eltemaz-e-doa!"*, bat er nur. „Nehmt mich in eure Fürbitten auf!" Ich saß völlig unbeteiligt dabei. Ich war anwesend und doch nicht da.

Eine Angestellte brachte Tee. Das heiße Getränk durchrieselte meinen Körper und ich spürte diesen allmählich wieder. In der wohltuenden Atmosphäre der beiden lieben Menschen, die nicht fragten, sondern einfach nur da waren, fand mein Herz einen Weg, wo es all das, was es an Enttäuschungen, Verletzungen, Verzweiflung und Schmerzen eingeschlossen hatte, loslassen konnte. Ich redete mir alles von der Seele, und mit jedem Wort löste sich der Druck auf meiner Brust, den ich nicht mehr wahrgenommen hatte und der jetzt unendlich schmerzte, ein wenig mehr. Sie hörten nur zu, unterbrachen mich nicht. Erst als ich eine Weile nichts mehr gesagt hatte, meinte Pfarrer A.:

„Das ist ja furchtbar, was Sie da durchmachen! Da muss etwas geschehen! Ihr Mann ist krank, sehr krank. Er braucht dringend ärztliche Hilfe, das ist kein normales Verhalten!" Ich schaute ihn überrascht an. Er verurteilte meinen Mann nicht, er zeigte keine Empörung, keinen Abscheu, er wirkte eher fassungslos und sehr besorgt. Ich hatte angefangen, am ganzen Körper zu zittern. Frau A. legte mir eine Decke um und goss Tee nach. Nach einer Weile antwortete ich:

„Ja, das muss die Ursache sein, er ist krank und mit Medikamenten könnte ihm geholfen werden. Aber er sieht es nicht ein. Stattdessen will er mich in die Psychiatrie bringen, er hat angeblich schon einen Termin ausgemacht." Ich schauderte bei dem Gedanken, was passieren könnte. Dann fuhr ich fort:

„Ich habe mit meinem ältesten Sohn darüber gesprochen, dass sein Vater nicht zumutbare Reaktionen und andere Auffälligkeiten zeigt und diese schubweise auftreten. Vieles von dem, was ich durchmache, habe ich ihm verschwiegen. Er ist mitten im großen Examen, und ich will ihn nicht unnötig belasten. Er hat als angehender Arzt mit seinem Vater geredet und ihm angeboten, ihn bei einem der besten Neurologen, der auch Psychologe ist, vorzustellen. Aber außer wüsten Beschimpfungen und übelsten Beleidigungen bekam er keine Antwort. Im Gegenteil, sein Vater drohte sogar, ihn auch mit einweisen zu lassen", erzählte ich weiter. „Da ich die Kinder aus unseren Streitereien bisher ziemlich heraushalten konnte und mein Mann in ihrer Gegenwart sich normal verhielt, war ihm das nie so extrem aufgefallen."

„Haben Sie keine Hilfe innerhalb ihrer Familie?", fragte Pfarrer A.

„Sie sind alle lieb und freundlich zu mir, sie schätzen mich auch sehr. Aber wenn es ums eigene Blut und dazu noch um ihre Religion geht, ist klar, wo sie stehen müssen. Diese Entscheidungen möchte ich uns allen ersparen." Ich schilderte, wie ich einmal den Versuch gewagt hatte, seiner Schwester ein wenig von unseren Problemen zu erzählen. Sie hatte mich gefragt, warum ich sie nicht mehr besuchte. Auch sie konnte sein anderes Verhalten schwer nachvollziehen, denn bei ihr benahm er sich ganz normal und schwärmte von mir. Immerhin glaubte sie mir und nahm mich ernst. Ich hörte, wie sie meinem Mann ins Gewissen redete und ihm sagte, dass er mich zu nichts zwingen dürfe, und dass es im Islam sogar verboten sei, Zwang auf einen Menschen auszuüben, und dass es meine eigene Entscheidung sein müsste. Sie redete mit ihm wie mit einem kleinen Kind, er war nun mal ihr kleiner Bruder, dem sie alles nachsah. Und wie ein Kind verdrehte er die Tatsachen und rückte sie so zurecht, dass er selbst auch daran glaubte. Er beschwor sie: „Du bist mein Zeuge, du weißt doch, wie sehr ich meine Frau liebe, ich zwinge sie nicht. Ich erkläre ihr nur, warum es gut ist zu beten. Sie verwechselt Belehren mit Zwang. Sie ist überempfindlich", versicherte er ihr sehr glaubwürdig.

Das alles erzählte ich ihnen, und auch, warum ich die Kinder schützte und nicht in unseren Streit miteinbezog. Auch für sein Verhalten fand ich eine vermutliche Erklärung:

„Ich werde keine Chance haben gegen ihn, er hat schon als Kind immer das bekommen, was er wollte, auch wenn er dafür mit dem Kopf durch die Wand musste! Sie haben ihm alles nachgesehen. Jetzt versucht er es bei mir auch. Nur bin ich kein Spielzeug, meine Seele bekommt er nicht!"

Es war spät geworden. Ich musste nach Hause, bevor Hesam mich suchte. Er würde zuerst im Pfarrhaus nach mir fragen. Oder noch schlimmer wäre es, wenn er mich bei der Polizei als vermisst meldete, und sie in mir die Unfallverursacherin erkennen würden. Mit dem Versprechen, sofort zu Frau A. zur Therapie zu kommen, wenn ich die Möglichkeit dazu hatte, verabschiedete ich mich von den besorgten Pfarrleuten. Pfarrer A. sprach ein Gebet und segnete mich. Er wollte mich nach Hause fahren, doch ich bat ihn, mir ein Taxi zu besorgen.

Einige hundert Meter vor unserer Wohnung ließ ich den Fahrer anhalten, er sollte nicht wissen, wo ich wohnte, falls nach mir gesucht wurde. Beim Laufen musste ich mich sehr konzentrieren, weil ich Mühe hatte, mein Gleichgewicht zu finden. Das war gut, denn es machte meinen Kopf frei von düsteren Gedanken und Erinnerungen an das Geschehen, die hochkommen wollten.

Zuhause erwarteten mich erstaunlicherweise keine Fragen, keine Vorwürfe. Mein Mann war am Packen, er hatte einen Anruf aus *Ahwaz* und musste am nächsten Tag dort sein. Ein potenzieller Käufer für unser Haus war gefunden. Ich betrachtete es als gutes Omen und spürte, wie erneut Hoffnung und Mut keimen wollten.

„Nein, soweit lasse ich es nie mehr kommen. Hesam ist krank, ich muss ihm mit mehr Liebe und Verständnis begegnen. Wenn er erst einmal beim Arzt war, wird alles wieder gut werden. Wir lieben uns doch!" Meine Seele wusste, dass es Wunschträume waren. Aber ich wollte nicht aufgeben. Noch nicht. Ich musste unbedingt mit ihm reden, bevor er wegging.

„Schatz", begann ich und erschrak sofort. Seit langem hatte ich dieses Wort nicht mehr benutzt. Es klang fremd und unpassend, es war mir fast peinlich, ihn so anzusprechen. Ihm fiel es sofort auf und er unterbrach mich:

„Ach, hat dein Lover, von dem du gerade kommst, dich abgewiesen, dass ich jetzt wieder dein Schatz bin?" Ich ließ mich nicht darauf ein und blieb bei meinem Vorhaben. Deshalb fuhr ich unbeirrt fort:

„Ich habe über uns nachgedacht. Ist dir noch nicht aufgefallen, dass du mir gegenüber seltsam reagierst, dich nicht unter Kontrolle hast? Das bist nicht du, so kenne ich dich nicht. Kann es sein, dass du krank bist? Bitte, geh zum Arzt, lass das abklären", versuchte ich einzulenken.

„Wenn hier jemand spinnt, dann bist du das! Du gehörst zum Psychiater, du bist verrückt! Wenn ich zurück bin, bringe ich dich zu ihm!"

„Ich habe doch nicht gesagt, dass du verrückt bist. Es gibt viele andere Ursachen für eine Wesensveränderung", wagte ich mich weiter vor. „Du bist krank, vielleicht ist im Kopf ...".

Er ließ mich nicht ausreden: „Das hättest du wohl gerne, dass ich einen Tumor im Kopf habe und sterbe, und du hier freie Bahn hast? Nein, den Gefallen tue ich dir nicht. Eher trägt man hier deine Leiche zur Tür hinaus, als dass ich es zulasse, dass du zur Kirche gehst. Und ich werde dir keine Träne hinterher weinen!" Ehe ich seine Worte begreifen konnte und ehe ich mich versah, kam er auf mich zu und umarmte und küsste mich.

„Ich muss los, sonst verpasse ich meinen Bus. *Choda hafeze schoma*. Grüß die Kinder und drückt mir die Daumen!", rief er mir noch zu und verließ die Wohnung. Ich war wie betäubt, die Gedanken überschlugen sich.

„Was war das denn? Wie sollte ich das verstehen? Wie meine Gefühle einordnen? War das eben eine Morddrohung? Und dann hatte er so getan, als ob alles in Ordnung und nichts geschehen wäre." Ich war felsenfest davon überzeugt, dass er wirklich krank war und dass ich mir Hilfe bei seinen Brüdern holen musste.

– 54 –

In der folgenden Nacht kam langsam die Erinnerung zurück. Da ich aufgrund des Berichts des Taxifahrers wusste, was in ungefähr geschehen war, war ich zwar darauf vorbereitet, aber die Heftigkeit des Schmerzes übertraf alle bisher durchgestandenen Schmerzen. Die Vorstellung, meinen Mann und die Kinder verlassen zu müssen, weil ein Leben unter den derzeitigen Umständen nicht mehr zu ertragen und lebenswert war, hatte mich überrollt und so unsagbar wehgetan, dass alles in mir ausgelöscht wurde. Als ich vor den herankommenden Lastwagen lief, war ich innerlich vollkommen leer, kein Leben war mehr in mir.

Mich berührt es immer noch sehr, wenn ich an jenen freundlichen Taxifahrer denke, der sich selbstlos für mich einsetzte und das Wagnis, dass er sich dadurch strafbar machte, auf sich genommen hatte. Im Falle einer Festnahme hätten ihm wegen Vertuschung einer Straftat und Entfernen einer Strafverdächtigen vom Tatort einige Jahre Gefängnis gedroht, denn ich war die Verursacherin des Unfalls. Wahrscheinlich hatte die Polizei damals nach mir gesucht. Hätten sie mich gefunden, wäre er in Gefahr geraten. Das war auch der Grund, warum er anonym bleiben wollte. Er war ein Engel an meinem Weg, zur rechten Zeit am rechten Ort. Ich konnte mich niemals bei ihm bedanken und habe es an Gott weitergegeben. Ich hoffe, sein Leben war und ist gesegnet, und es geht ihm gut.
Wie wäre mein weiteres Leben ohne seinen mutigen Einsatz verlaufen? Unvorstellbar, was geschehen wäre! Man hätte mich direkt in die Psychiatrie eingewiesen, und ich wäre dann endlich da gelandet, wo mein Mann mich haben wollte: ihm durch Medikamente willenlos ausgeliefert und manipulierbar. Dann hätte er mich so formen und zurechtbiegen können, dass er

selbst direkt ins Paradies kommen würde. Das war, seiner Vorstellung nach, die Belohnung, wenn er mich ungläubigen Menschen zum Islam bekehrte. Firuze hatte recht. Ich war nur Mittel zum Zweck.

Am nächsten Morgen bat ich drei von Hesams Brüdern um ein Gespräch. Den Vorfall mit dem Lastwagen verschwieg ich ihnen. Doch wie beim ersten Mal schon, verließ mich schnell die Hoffnung, dass sie mir helfen würden. In ihrer Gegenwart war Hesam anders. Sie konnten daher das, was ich ihnen erzählte, nicht nachvollziehen.

„Er ist doch kein Kind mehr, dem ich sagen kann, was er tun soll", argumentierte der älteste Bruder. „Vielleicht bist du einfach nur erschöpft, es ist zu viel, was du dir zumutest. Ich werde dafür sorgen, dass du eine Auszeit bekommst. Und dann fliegt ihr in deine Heimat und gönnt euch etwas Schönes." Ich traute meinen Ohren nicht, das konnte er doch nicht ernst gemeint haben. Er fing an, seine Erinnerungen an einen vierzehntägigen Besuch in Deutschland und einigen europäischen Städten hervorzuholen:

„Du hast dort Wälder und grüne Wiesen, große und saubere Städte, die Alpen mit ihren Kühen und Seen, den Rhein und die – wie heißt die Frau mit den langen Haaren, die Unglück über die Seefahrer brachte?"

„Du meinst sicher die Loreley", unterbrach ich ihn und wollte das Gespräch beenden. Doch er schwärmte begeistert weiter: von Heidelberg, Paris, Hamburg. Dazwischen sprach er Englisch, als er in Gedanken am Tower stand und den Big Ben schlagen hörte. Er schwelgte in Erinnerungen an das leckere Brot und die Brötchen mit Rindswurst und die freundlichen Menschen. Und die vielen blonden Kinder. Es war erstaunlich, in welcher Reihenfolge der Wertigkeiten seine Erinnerungen aus ihm heraussprudelten. Sollte er doch sein Glück bei seinem kleinsten Bruder versuchen. Verstanden hatte er mich jedenfalls nicht.

Morteza hatte mehr Verständnis. Zumindest suchte er die Schuld nicht bei mir: „Das geht nicht, so kann er dich nicht behandeln! Warum bist du nicht schon früher gekommen? Ich hatte keine

Ahnung, dass ihr Probleme habt. Ich werde mit ihm reden!", versprach er mir. Bei Farhad sprach ich erstmals aus, was ich bisher verdrängt hatte:

„Ich werde nach Deutschland zurückgehen und ihn verlassen, wenn sich nichts ändert." Meine Worte erschreckten mich. Hatte ich das eben wirklich gesagt? Bisher hatte ich es nur in Gedanken erwogen, aber es ausgesprochen zu hören, war, als ob ich mir selbst einen Dolchstoß versetzt hätte. Es hallte in mehrfachem Echo in mir nach. Farhad wurde wegen seiner Loyalität gerne als Vermittler und Vertrauensmann in familiären Angelegenheiten um Rat gefragt. Seine Antwort war entsprechend:

„Nein, du gehst nicht nach Deutschland. Ich weiß, dass *Hadji* dich liebt. Wenn er zurück ist, kommt ihr beide zu mir und wir finden eine Lösung. Alles wird gut, *Inschallah*."

„Dein Wort in Allahs Ohr. Ich bin mir da nicht so sicher wie du!", zweifelte ich und wollte abwarten, ob die Brüder etwas erreichen konnten. Sofort, nachdem mein Mann weg war, machte ich mit der Therapie weiter. In einer erlebte ich meine Geburt.

Ende Januar 1945 war meine Mutter auf der Flucht vor den Russen, als in Pommern, damals noch deutsches Gebiet, die Wehen einsetzten. Mein Vater war in Bromberg in der preußischen Provinz Posen stationiert und hatte nicht mitkommen dürfen. Man brachte meine Mutter und meinen zweijährigen Bruder in eine private Villa. Wie sie mir einmal erzählte, war es ein sehr kalter Winter und der Schnee lag über einen Meter hoch. Seit meiner frühen Kindheit begleitete mich ein Traum, der sich in dieser Villa abspielte. Wie ein Gemälde über meinem Bett war er einfach da und ich schaute ihn mir jedes Mal nur an. Er erregte weder gute noch schlechte Gefühle in mir:

„Ich sehe einen sehr großen Raum mit hoher Decke und schweren Vorhängen vor den Fenstern. Es ist ein herrschaftlicher Raum. Obwohl kein Licht von draußen durchdringen kann, ist er ohne künstliches Licht hell erleuchtet. In der Mitte des Zimmers beugen sich mehrere Menschen über etwas, das ich nicht erkennen kann. In einer Ecke liegt ein weißes Herz."

Hier endete der Traum sonst immer. In jener Therapiesitzung sah und erlebte ich mehr: Der gleiche Raum, die gleiche Situation. Doch ich war kein Beobachter mehr:

„Ich friere. Zuvor hatte ich mich mit meinen Füßen heftig gewehrt, auf die Welt zu kommen, wurde aber gegen meinen Willen hinausgeschleudert. Ich sehe, wie viele Menschen sich über meine Mutter beugen, sich um sie sorgen. In einer Ecke liegt verloren das weiße leblose Herz. Ich weiß, dass ich das bin. Ich habe mein Herz auf. Es ist eiskalt. In meinen Händen wird es warm und beginnt zu schlagen. Die kalte, weiße Farbe geht in ein warmes Weiß über. Ich friere nicht mehr."

Dass ich damals ausgerechnet dann, als ich nicht mehr weiterwusste, diesen Traum zum ersten Mal bis zum Ende sah, war für mich eine deutliche Aussage meiner Seele. Wenn ich leben wollte, musste ich mein Leben selbst in die Hand nehmen. Rückblickend wundere ich mich, dass mein Herz nicht rot durchblutet wurde, als es die Farbe wechselte, was naheliegender gewesen wäre. Meine Seele signalisierte mir damit, mich für das Leben und nicht für die Liebe zu entscheiden, denn ich war in meinen Emotionen gefangen und wusste selbst nicht, wie ich sie einordnen sollte.

Nach zehn Tagen kam Hesam zurück. Er hatte das Haus so gut wie verkauft. In einem Monat sollte der Vertragsabschluss mit Übergabe sein. Er war wie verwandelt und zeigte keine Spur von Boshaftigkeit oder Kontrollzwang. Er schmiedete Pläne. Jetzt konnte er ein Haus kaufen, weit weg von *Teheran*. „An einem Berghang, wo wir die Bergtiere beobachten können", versuchte er, mich dafür zu begeistern. Noch vor einem Jahr hätte ich mich darüber sehr gefreut, es war ja ein Traum von mir! Aber jetzt wusste ich, dass er es nicht wegen der Gämsen tat und auch nicht, um mir eine Freude zu bereiten, sondern nur, um mich von der Großstadt mit all ihren Versuchungen und Verlockungen und natürlich von der Kirche und den Frauen mit ihrem verderblichen Einfluss auf mich fernzuhalten. Das war seine Chance für seinen direkten Einzug ins Paradies.

Als ich einige Tage später vom Bastelkreis zurückkam, holte mich die traurige Wirklichkeit wieder ein. Morteza hatte sein Versprechen gehalten und mit ihm geredet. Hesam war außer sich vor Wut. Er warf mir vor, ihn in der Familie verleumdet zu haben. „Das ist alles gelogen, was du da erzählst. Ich habe eine Verantwortung für dich, und ich kann nicht zusehen, wie du dich immer mehr vom Islam entfernst!"
Ich war enttäuscht und wütend. Erbarmungslos schlug ich zurück: „Du hast recht, du hast eine Verantwortung von Gott übernommen, nämlich die, mich zu lieben und zu achten und mit dazu beizutragen, dass ich glücklich sein kann, damit wir alle glücklich sind. Du hast aber keine Verantwortung, mich zu quälen und zu missionieren. Gott hat uns verschiedene Wurzeln mit ins Leben gegeben, warum lehnst du dich gegen seinen Willen auf? Du kannst meine Seele nicht manipulieren, sie ist so, wie sie ist, von Gott gewollt, mit christlichen Wurzeln." „Ich habe die Verantwortung dich zu ändern", beharrte er.

„Meinst du, das, was du mir als Islam vorlebst, könnte mich überzeugen, meinen Glauben an einen barmherzigen Gott, den Gott der Liebe, aufzugeben?" Entsetzt stellte ich fest, dass ich gerade einen Unterschied machte zwischen seinem und meinem Gott.

„Gott ist Liebe. Er ist die Einheit, die alles im Universum im Einklang miteinander geschaffen hat. Den strafenden und unbarmherzigen Gott, mit dem du mir drohst, gibt es nicht! Den hast du dir so erdacht, um gegen mich anzugehen!" Ich war erstaunt über mich selbst. Woher nahm ich den Mut, so über Gott zu reden? Woher kam die vermeintliche Klarheit? Er reagierte nicht und bereitete sich für sein Nachmittagsgebet vor, die Sonne würde bald untergehen.

„Du würdest dich besser auch zum Gebet vorbereiten", war sein einziger Kommentar.

„Meinst du, es genügt, deine Gebete wie vorgeschrieben aufzusagen? Und mich hinterher wieder zu beschimpfen? Damit spottest du Gott!" Er ließ sich nichts anmerken, begann sein Gebet. Und immer, wenn „Allaho-akbar" im Text vorkam, hob er es durch Lauterwerden seiner Stimme hervor. „Allaho-akbar!". Es war eine

Aufforderung an mich, Ruhe zu geben. Doch es klang wie eine Drohung und das wirkte auf mich wie eine Herausforderung.

„Deine Gebete machen doch keinen Sinn. Du achtest ja gleichzeitig auf alles, was um dich herum geschieht, du bist in Gedanken gar nicht bei Gott!"

„Allaho-akbar!" Er betete weiter, ließ sich nicht beirren, achtete aber genau auf das, was ich sagte.

„Und überhaupt, Gott braucht unsere Gebete nicht. Wir beten nicht für Gott, sondern für uns selbst. Wenn wir richtig beten, sind wir in der Liebe Gottes. Sinn des Gebetes ist, diese Liebe in unseren Alltag mitzunehmen und mit ihr zu leben, sie weiterzugeben. Alles, was wir tun und sagen, wird dann in dieser Liebe geschehen. Und davon bist du weit entfernt!" Er war fertig mit dem ersten Gebet und meinte:

„Das kannst du nicht beurteilen, davon verstehst du nichts."

„Ach ja? Weil ich eine Frau bin, und eine Frau minderwertig und dumm ist?"

„Nein, weil du eine Ungläubige bist und nicht an Allah glaubst." Ich ließ nicht locker, die Wut und Enttäuschung mussten raus.

„Wenn ich eine Ungläubige bin in deinen Augen, dann ist es halt so! Du wirst mich nicht mehr zum Beten zwingen! Ich bin lieber eine Ungläubige, als dass ich meinen Glauben von dir mit Füßen treten lasse! Und außerdem kannst du mir gar nichts mehr anhaben, Jesus beschützt mich!" Jetzt war es raus! Ich staunte, woher ich den Mut nahm, mich so offen zu bekennen. Er blieb still, antwortete nicht.

„Gott will, dass wir seine Liebe, seinen Frieden und seine Barmherzigkeit in uns tragen für die Menschen, die wir lieben und für die Menschen, die unsere Hilfe brauchen."

„Du bist nicht barmherzig zu mir, nur zu den anderen, du liebst andere Männer, nicht mich." Es war hoffnungslos, er wollte nicht verstehen, es berührte ihn nicht. Seine Antworten würden wieder weit unter die Gürtellinie gehen. Ich resignierte und ließ ihn in Ruhe weiterbeten.

Ich schämte mich, dass ich von Friedfertigkeit sprach und ihn bedrängte und herausforderte, ja, sogar verurteilte. Aber ich wollte noch nicht aufgeben, obwohl ich selbst nicht mehr so recht wusste, wofür ich eigentlich kämpfte.

Wir waren oft morgens allein in der Wohnung. Yasmin und Hadi waren in der Schule, Omid studierte in *Ahwaz*, Reza lebte mit Fatemeh in der eigenen Wohnung und Essi kam nur zum Schlafen nach Hause, tagsüber war er auf der Uni und anschließend noch bei Roxana. Wir diskutierten viel. Ich beschwor meinen Mann, sich ärztliche Hilfe zu holen. Mit dem Ergebnis, dass er drohte, mich direkt in eine Psychiatrie einweisen zu lassen. Auf meinen Einwand, dass die Kinder das nie zulassen würden, antwortete er:

„Die bring ich auch da rein, jeder, der nicht sieht, dass du nicht normal bist, gehört auch dahin!"

Leider hatten Reza und Essi doch einige unserer Diskussionen am Rande mitbekommen. Sie versuchten zu intervenieren. Mir war inzwischen alles egal, und ich ließ sie gewähren. Doch Hesam duldete keine Kritik, und verbot ihnen sich einzumischen, sonst würde er uns alle ins Irrenhaus bringen. Er rief sie zum Boykott gegen mich auf und warnte sie, das Essen, das ich kochte, nicht mehr zu essen, weil es von einer Ungläubigen zubereitet sei, die gewaschene Wäsche sei deswegen auch unrein. Die Liste nahm kein Ende. Dabei nahm er keine Rücksicht auf Yasmin und Hadi. Er versuchte, mich über die Kinder in die Knie zu zwingen.

„Wenn wir nur halb so viel Gottvertrauen und Glauben hätten wie Mama, könnten wir froh sein!", widersprach Reza ihm. Und wagte es noch hinzuzufügen: „Mama ist ein besserer Moslem als wir alle zusammen." Für mich war es die schönste Liebeserklärung eines Sohnes an seine Mutter, für meinen Mann war es eher eine Nichtwürdigung seiner Rangstellung und eine Art Kriegserklärung. Seit Reza verheiratet war und nur noch zu Besuch zu uns kam, war er seinem Vater gegenüber mutiger und selbstsicherer geworden.

Ich fiel immer mehr in ein tiefes Loch der Hoffnungslosigkeit, aus dem ich nicht mehr herauskonnte, weil ich nicht mehr herauswollte. Ich war dabei, aufzugeben. Ich war dabei, mich selbst aufzugeben. Zu meinem Unglück war Firuze in dieser schlimmen Zeit in *Ahwaz*, weil bei ihnen die Hausübergabe anstand. Kein

Lichtstrahl drang in die Tiefen meiner Seele. Der Macht, die meinen Mann so verändert hatte, stand ich hilflos und ohnmächtig gegenüber! Er wollte die Herrschaft über meine Seele. Er wollte sie nach seinem Willen verbiegen. In seinem Wahn erkannte er nicht, dass die Seele nicht manipulierbar, aber verwundbar ist. Er baute mit seinem Verhalten Mauern auf, die er mit seinem kindhaften Starrsinn nicht mehr mit dem ‚Kopf durch die Wand' durchbrechen konnte. Hinter den Mauern war seine Liebe verborgen, anders konnte ich mir das nicht erklären. Selbst meine Liebe konnte ihn dort nicht mehr erreichen. Die Bedingung zum Einsturz der Mauern, um zu seiner Liebe zu gelangen, war die, ihm meine Seele zu gewähren.

– 55 –

In meiner Herrnhuter Tageslosung von 1992, die ich mit kurzen Stichworten auch als eine Art Tagebuch nutzte, finde ich unter dem 27. Mai den letzten Eintrag von mir: „Stimme". Was sich hinter diesem Wort verbirgt, ist unfassbar und unglaublich. Es ist in meinen Erinnerungen so gegenwärtig, dass ich immer noch das Gefühl habe, dass es gerade erst geschehen sei.

Ich war allein zuhause und wieder einmal in der Wohnung eingesperrt. Mit etwas Geschick hätte ich über ein Fenster in den Garten und ins Freie gelangen können, aber mir fehlten der Wille und die Kraft dazu. Ich hatte aufgehört zu kämpfen und war dabei, das, was ich für mein Schicksal hielt, anzunehmen. Wie so oft suchte ich Trost im Anblick der Berge, die ich vom Fenster aus sehen konnte. Von weit her, als ob sie aus dem Universum käme, hörte ich in mir eine vertraute Melodie. „Hebe deine Augen auf zu den Bergen, von welchen dir Hilfe kommt". Ich gab mich der Melodie hin. Sie war wie ein Gebet, das meine Seele mir vorsang, weil meine Gebete nur noch ein stummer Schrei waren.

„Du musst gehen!", hörte ich eine Stimme.

Ich erschrak und schaute mich um, doch ich konnte niemanden entdecken.

„Was war das für eine Stimme? Woher kam sie?", fragte ich mich selbst. Klar und deutlich stand die Stimme mitten im Raum. Sie klang liebevoll, zugleich aber auch ernst und mahnend.

„Bin ich dabei, verrückt zu werden? Bin ich vielleicht doch diejenige, wie mein Mann behauptet, die einen Psychiater braucht, und nicht er?" Noch während die Gedanken auf mich einstürmten, hörte ich die Stimme erneut. Es gab keinen Zweifel: Jetzt hörte ich sie in mir. Sie hallte hundertfach nach.

„Du musst gehen!"

„Du kannst alles von mir verlangen, aber bitte das nicht!", schrie es laut und verzweifelt aus mir heraus, „Ich kann meine Kinder nicht allein lassen!" Ich wusste nicht, an wen ich meine Worte richtete, aber ich wusste im selben Augenblick, dass ich genau das tun musste und auch tun würde, weil ich keine andere Wahl hatte, um zu überleben.

Um an den Qualen, die allein der Gedanke verursachte, dass ich meine Kinder verlassen würde, nicht zu ersticken, durchlebte ich jeden Schmerz, der mit diesem Verlust einherging, einzeln: den der Verzweiflung, der Trauer, der Hilflosigkeit und der Einsamkeit. Ich empfand ihn um ein Vielfaches, weil ich die Schmerzen, die ich meinen Kindern damit zufügen würde, miterlebte. Sie waren noch schlimmer als meine eigenen. Ich attackierte mich mit Schuldgefühlen, bis hin zu Selbstverachtung und Selbsthass. Es war, als ob ich mir mein Herz ausreißen würde, um mit meiner Liebe bei meinen Kindern bleiben zu können, damit sie vor diesen Schmerzen bewahrt blieben. Emotionen, die meinen Mann betrafen, auch Wut und Verachtung, hatten dabei keinen Platz.

„Du musst gehen!" Ich musste gehen, denn mein Mann würde sich nie ändern, nie einen Arzt aufsuchen, nie eine Therapie machen. Aus Angst, mich zu verlieren, stieß er mich immer weiter von sich weg. Er wollte mich mit Gewalt halten und hatte mich schon längst verloren. Im Iran war ich ihm ausgeliefert, denn er hatte zwei Gesichter. Niemand hätte mir geglaubt. Juristisch gesehen, stünde meine Aussage gegen seine, sie wäre aber nur die Hälfte wert, da bei Gericht die Aussagekraft einer Frau nur halb so gewichtig war wie die eines Mannes. Als Iranerin konnte ich auch keine Hilfe von der deutschen Botschaft erwarten, wenn es tatsächlich zu einem Prozess kommen würde. Es tat sehr weh, mir das alles einzugestehen. Wer oder was auch immer es war, dessen Stimme ich hörte, man hatte mir die Entscheidung abgenommen. Vielleicht war es auch nur mein Unterbewusstsein, das mich mahnte. Oder meine Seele? Eines Tages würde ich es wissen. Die Stimme ließ mich in ein großes und tiefes Tal der Schmerzen fallen, sie holte mich aber auch gleichzeitig aus der Ausweglosigkeit meiner Lebenssituation heraus. Ich begann zu überlegen, wie dieser Ausweg aussehen könnte. Wie sollte ich ausreisen? Ich brauchte für eine Ausreise Hesams Einverständnis. Im neuen Pass, in dem auch Hadi mit eingetragen war, stand zwar der Vermerk, dass wir jederzeit ohne Hesams nochmalige Erlaubnis ausreisen durften, aber ich hatte keine Möglichkeit, an den Pass zu kommen. Er war im Safe eingeschlossen und ich kannte den Code nicht. Ich musste abwarten, bis mein Mann wieder in *Ahwaz* war und dann den Safe aufbrechen. Bis er es merkte, würden wir längst in Deutschland sein.

Das Klingeln des Telefons unterbrach meine Überlegungen. Hesam hatte vergessen, es abzustellen. Ich vermutete deshalb, dass er es war, der anrief, um zu kontrollieren, ob die Leitung besetzt war. Doch es klingelte beharrlich weiter und ich nahm ab. Es war mein Vater. Den Gedanken, ihm alles zu sagen und ihn um Hilfe zu bitten, verwarf ich sofort wieder. Mein Vater hatte noch nie selbst angerufen, er überließ das immer meiner Mutter. Dass sein Anruf gerade in dem Moment kam, wo ich nicht mehr weiterwusste, war für mich wie ein Wink des Himmels. Auf meine bange Frage, ob etwas mit Mutti wäre, konnte er mich beruhigen: „Hör sie dir an, sie weiß wie immer alles besser", lachte er. Im Hintergrund war ihre vertraute Stimme zu hören. Ich konnte meine Tränen nicht mehr zurückhalten und schluchzte ins Telefon: „Ich habe so Heimweh nach euch!" Mein Vater meinte, dem könne ganz schnell abgeholfen werden, denn er habe vor, mich und die Kinder zu seinem 75. Geburtstag einzuladen. Mit Übernahme der Kosten für die Flugtickets. Er wusste, dass die drei Großen noch nicht ausreisen durften und meinte, da solle Hesam mal schön bei ihnen bleiben. Es fügte sich eins zum anderen. Es war der perfekte Ausreisegrund.

Da mein Mann in letzter Zeit immer das Gegenteil von dem machte, was ich wollte, kalkulierte ich diese Erfahrung in meinen Plan mit ein. Als er nach Hause kam, überraschte ich ihn mit der Nachricht:
„Mein Vater hat angerufen und lässt dich grüßen. Er wünscht sich zu seinem Geburtstag, dass seine Enkel dabei sind. Da das leider nicht machbar ist, wäre es schön, wenn wenigstens Hadi nach Deutschland fliegt. Du kannst ihn ja begleiten, Opa freut sich, wenn du auch mitkommst. Ich habe meinem Vater schon gesagt, dass ich nicht komme, weil ich Yasmin und Essi wegen der Prüfungen nicht alleine lassen kann."

Hesam reagierte zunächst überhaupt nicht auf diese Nachricht, sondern verließ noch einmal die Wohnung. Eine Antwort bekam ich erst nachmittags, als er zurückkam. Triumphierend hielt er mir einen Umschlag entgegen:

„Ich habe die Tickets besorgt. Aber nicht für mich. Wenn jemand nach Deutschland fliegt, dann bist du das! Du willst ja nur hierbleiben, um deine Freunde in der Kirche zu treffen. Ich habe dich durchschaut, einen *Seyed* Hesam kann man nicht täuschen! Du gehst schön zu deiner Mutter, die wird auf dich aufpassen!"

Ich war 47 Jahre alt, hatte fünf Kinder geboren und großgezogen und eine Revolution und einen Krieg überstanden, und jetzt sollte ich zu meiner Mutter, damit diese auf mich aufpasste? Ich verkniff mir die Antwort, denn meine Taktik schien zu greifen. Innerlich jubelte ich, tat aber so, als sei ich enttäuscht, und ich erhob vielerlei Einwände, warum ich nicht nach Deutschland wollte. Doch er blieb beharrlich: „Fakt ist, du fliegst!" Dass mein Plan so schnell aufgehen würde, hatte ich nicht erwartet. Da mein Mann großen Respekt vor meinem Vater hatte, vermutete ich, dass er nichts mehr unternehmen würde, um diese Ausreise doch noch zu verhindern. Aber er musste ahnungslos bleiben und er durfte nicht den geringsten Verdacht hegen. Ich war ab diesem Moment sehr darauf bedacht, ihm keinen Anlass zu geben, seine Meinung über unsere bevorstehende Reise nach Deutschland zu ändern.

Jeder kleine Schritt, mit dem ich Deutschland näherkam, entfernte mich mehr von meinen Kindern, die ich zurücklassen musste.

Alles andere zählte nicht. Nichts konnte diesen Verlust und Schmerz aufwiegen. Ich musste gehen, damit ich leben konnte. Wie sollte ich das meinen Kindern erklären? Reza bereitete sich gerade auf das Abschlussexamen im Juli vor. Ich wollte ihn nicht belasten. Es hatte Zeit bis nach seinem Examen, mit Fatemeh an seiner Seite wusste ich ihn gut aufgefangen. Essi war mitten im Studium. Er wohnte weiterhin bei uns, war tagsüber aber oft auch bei Roxana und den Schwiegereltern. Um ihn musste ich mir keine allzu großen Sorgen machen. Mit Omid war das anders. Er freute sich immer sehr auf das Nachhausekommen. Er würde mein Fehlen am meisten zu spüren bekommen. Yasmin studierte im zweiten Semester Deutsch und hatte vor, nach ihrer letzten Prüfung, das wäre zwei Wochen später, nachzukommen. Dann war noch Zeit genug, um sie entscheiden zu lassen, wo sie leben möchte. Hadi erzählte ich, was ich vorhatte, denn sein Leben würde es am meisten verändern. Das Risiko, dass er sich anders entscheiden oder meinen Plan verraten könnte, musste ich in Kauf nehmen. Um die Schwere dieses Vorhabens etwas zu mildern, ließ ich für den Augenblick noch durchblicken, dass wir zurückkommen würden, falls sein Papa sich auf eine ärztliche Therapie einließ. Vielleicht war es ein wenig auch meine Hoffnung.

„Wo du bist, will ich auch sein", war seine ganz klare und mutige Aussage. Ich weiß nicht, ob ich auch gegangen wäre, wenn er sich dafür entschieden hätte, im Iran zu bleiben. Er war erst elf Jahre alt und brauchte mich noch.

Um Streit zu vermeiden und um unsere Ausreise nicht zu gefährden, benahm ich mich die verbleibende Zeit so, als ob alles wieder gut wäre.

Einerseits machte ich mich damit in Hesams Augen unglaubwürdig, ich hatte ja fast geschworen, mich nie mehr zum Gebet zwingen zu lassen, aber andererseits würde er mir mehr Freiheiten zugestehen, die ich unbedingt brauchte. Ich spielte die brave, gehorsame Ehefrau. So konnte ich zum Auffrischen meiner Fahrtechnik heimlich Fahrstunden nehmen, zu denen ich Hadi unter irgendeinem Vorwand mitnahm, denn ohne eine männliche Begleitung durfte ich als Frau nicht allein mit dem Fahrlehrer in einem

Auto sitzen. In Deutschland wartete schon ein roter Kleinwagen auf uns. Damit würde ich mobil sein, falls Hesam plötzlich auftauchen sollte. Ich hatte meine Mutter in meine Pläne eingeweiht. Sie fragte nicht, was geschehen war. Sie sagte nur, dass ich immer zuhause willkommen sei. Mein Herz blutete, ich kam mir vor wie eine Verräterin. Die Verzweiflung und der Schmerz, meine großen Buben vielleicht nie mehr wiederzusehen und ihnen so viel Kummer und Herzweh zu bereiten, brachten mich fast an den Rand des Wahnsinns. Ich trauerte ohne Ende. Auch dass ich meinen, wie ich vermutete, kranken Mann verließ, verursachte bei mir große Schuldgefühle. Hatten wir uns nicht gegenseitig versprochen, uns in Freud und Leid zu stützen und füreinander da zu sein? Bis dass der Tod uns scheidet? Verzweifelt suchte ich nach Zeichen, dass vielleicht doch noch Hoffnung bestand, und dass alles wieder gut würde, und ich bald zurückkommen konnte. Ich fand keine.

Die folgenden Wochen gab es viel zu tun. Wie immer, wenn ich allein nach Deutschland flog, füllte ich den Gefrierschrank mit vorgekochtem Essen auf. Tagelang war ich mit meinem Mann unterwegs, um Geschenke für Verwandte und Freunde in Deutschland zu besorgen. Mir stand überhaupt nicht der Sinn danach, aber es würde ihm verdächtig vorkommen, wenn ich das nicht machte. Die Frage, was ich einpackte, stellte sich nicht. Auch dieses Mal würde ich, um keinen Verdacht zu erregen, mit leeren Koffern reisen, denn in Deutschland kleideten wir uns immer neu ein. Einen schicken Zweiteiler und etwas Schmuck konnte ich ohne Bedenken mitnehmen, weil Opas Geburtstag schon kurz nach unserer Ankunft war.

Hesam war wieder der liebenswerte und fürsorgliche Ehemann von früher, es war, als ob es die letzten drei schlimmen Jahre nie gegeben hätte. Das machte das Ganze für mich nur noch schwerer. Manchmal spürte ich die Sehnsucht in mir, die Zeit anhalten zu können und einfach stehen zu bleiben, wieder Wurzeln zu finden und verwurzelt zu werden. Damit kein Sturm mir etwas anhaben konnte. Ich wünschte mir, nichts mehr tun zu müssen, alles nur geschehen zu lassen. Doch einige, wenn auch kurze, Ausbrüche meines Mannes machten die Hoffnung zunichte.

Von meiner Zeit im Iran wollte ich außer meinen Aufzeichnungen und meinen Gedichten der Umbruchzeit, die ich bis dahin vor meinem Mann verstecken konnte, nichts mitnehmen. Das Liebste und Wertvollste, meine Kinder, musste zurückbleiben. Meine Seele klagte und weinte ununterbrochen, während ich nach außen die Fassade eines normalen Alltags lebte.

– 56 –

Eine gute Gelegenheit, mich von den Verwandten zu verabschieden, war das monatliche Familientreffen. Die großen Entfernungen innerhalb *Teherans* hatten zur Folge, dass wir uns als Großfamilie nicht mehr so oft sahen. Deshalb versuchten wir, einmal im Monat ein gemeinsames Treffen zu organisieren. Bei schönem Wetter zum Picknick im Park oder reihum zu Hause. Im Juni war es bei uns geplant. Wie immer, wenn wir die Gastgeber waren, kamen auch dieses Mal fast alle, mehr als sechzig Personen. Wir wollten Hadis zwölften Geburtstag nachfeiern, der auch im Juni war.

Ich bereitete verschiedene Salate vor, die zum Belegen von Sandwiches geeignet waren. Ein letztes Mal kochte ich einen Riesentopf mit der typisch persischen Kräuter-Hülsenfrüchte-Suppe. Der große Geburtstagskuchen war vom Konditor, und *Schirini* und Nüsse brachten die Gäste mit. Hesam überschüttete mich, wie immer im Beisein seiner Familie, mit Aufmerksamkeit und Komplimenten. Die Brüder, die ich um Hilfe gebeten hatte, waren erleichtert und zufrieden. Auf ihre Frage, wie es mir ging, antwortete ich deshalb auch nur mit „*Alhamdelellah!*" So, wie ich es gelernt hatte, und wie sie es erwarteten.

Ich lächelte, während meine Seele weinte. Vierundzwanzig Jahre, mehr als die Hälfte meines Lebens, waren diese lieben Menschen meine Familie gewesen. Wir hatten gemeinsam Feste gefeiert und gelacht, wir hatten gemeinsam getrauert und geweint, gebetet und gehofft und voneinander gelernt. Unsere Kinder waren zusammen aufgewachsen. Ich war stolz, die Tante so vieler Nichten und Neffen zu sein, und oft war ich auch ihre Vertraute.

Eine kleine Episode zeigt, dass sie mich als Familienmitglied ansahen, als eine der ihren. Marisa, zwölf Jahre alt, war dabei, ihre

Eltern an Länge zu überragen. Und wie das nun mal so ist, wuchsen auch ihre Füße mit. Schon bald hatte sie Schuhgröße 40 erreicht. Ihre Eltern wunderten sich, woher sie das hatte, und im Scherz äußerten sie ihre Bedenken, einen Mann für Marisa zu finden, dessen Füße noch größer waren als ihre. Marisa fand das überhaupt nicht lustig und wehrte sich, nicht ohne Stolz:

„Was regt ihr euch denn auf, ich habe das von *Zan Amu* Hesam geerbt, ich bin nach ihr geraten!" Seitdem war „das habe ich von *Zan Amu* Hesam geerbt!" zu einem Bonmot in der Familie geworden. Bei allem, was man nicht einordnen konnte, musste mein Erbgut herhalten.

Wenn ich dachte, meine Schmerzgrenze durch den bevorstehenden Abschied von meinen Kindern schon längst erreicht zu haben, musste ich nun feststellen, dass ich noch mehr ertragen konnte. Der Gedanke, schon bald nicht mehr bei Familientreffen dabei zu sein und nicht mehr dazuzugehören, tat verdammt weh. Doch nach außen lächelte ich.

Ich ertappte mich dabei, wie ich eine Melodie von Franz Lehar vor mich hin summte: „Immer nur lächeln und immer vergnügt, doch wie es da drinnen aussieht, geht niemand was an!" Marianne schaute mich kritisch an, denn sie kannte die Melodie und den Text dazu.

„Ist alles in Ordnung bei dir?", fragte sie deshalb.

„Ja, alles ok, ich weiß auch nicht, warum mir gerade dieses Lied in den Sinn kam."

„Freust du dich auf Deutschland?", wollte sie wissen. „Wie lange willst du bleiben?"

„Am liebsten würde ich hierbleiben bei den Kindern. Aber es ist ein Herzenswunsch meines Vaters, dass wir an seinem Geburtstag dabei sind. Er wird halt auch älter und seine Geburtstage sind gezählt. Yasmin hat noch Prüfungen vor sich, dann kommt sie nach."

Wir unterhielten uns noch ein wenig. Marianne wollte drei Wochen nach uns mit ihrem Mann und den beiden Söhnen nach Deutschland fliegen. Wir vereinbarten, uns bei meinen Eltern zu treffen, wenn Marianne auf der Durchreise zu ihrer Schwester war. Fast hätte ich ihr von meinem Plan erzählt und gesagt, dass diese Einladung zugleich mein Abschied von der Maraschi-Familie war. Doch meine innere Stimme warnte mich. Marianne war bewusst zum Islam konvertiert und sehr fromm. Sie würde ein solches Geheimnis nicht für sich behalten können, weil Schweigen, ihrer Meinung nach, einer Lüge gleichkäme. Sie würde es in Deutschland erfahren.

Nach dem Abendessen verteilte sich die Familie. Aus Yasmins Zimmer erklang persische Musik. Die Mädchen hatten sich dort versammelt, bestimmt tanzten sie gerade, oder übten sich in Schminktechniken. In einem der Bubenzimmer war die Spielkonsole ein sehr begehrtes Objekt. Lautes Lachen in allen Stimmbruch-Variationen ließ vermuten, dass die männliche Jugend sich dort versammelt hatte. Im Salon war die Innenpolitik Thema bei den Männern. Einige Frauen beteiligten sich an der Diskussion, unter ihnen auch Heschmat. Ich würde sie sehr vermissen. Esmat und Sepide, die beiden Schwägerinnen, die so alt waren wie ich, saßen in einer Ecke beisammen und tauschten sich in dickstem *Schuschtar*i-Dialekt aus.

Die reifere Jugend hatte sich um Elahe versammelt. Elahe war unsere Philosophin unter den jungen Leuten. Ich bekam am Rande mit, dass sie über *Rumi* und die Liebe sprachen, ein interessantes Thema. Zwei Nichten, inzwischen junge Mütter, schauten ängstlich und doch wiederum stolz zu, wie Farhad mit ihren Babys den Handtanz machte. Den gleichen, den er schon mit ihnen selbst und vor vierundzwanzig Jahren mit Reza zelebriert hatte. *Bibi* Masume war auf der Suche nach einem freien Platz, wo sie ihren Gebetsteppich ausbreiten und beten konnte. Alle schienen glücklich und zufrieden. Nichts deutete darauf hin, dass sich über ihren Köpfen ein Familiendrama zusammenbraute, denn das würde mein Fortgehen für diese Großfamilie bedeuten.

In meine Wehmut und Traurigkeit mischte sich auch Dankbarkeit. Die Menschen hier hatten mein Leben mit ihrer unkomplizierten und heiteren Gelassenheit und ihrer Fähigkeit, Dinge, die sie sowieso nicht ändern konnten, anzunehmen, geprägt und bereichert. Ihren unerschütterlichen Glauben, dass alles, was geschah, Gottes Wille war, auch wenn sie ihn nicht verstanden, und er auch in schwierigen Zeiten ihnen Schutz und Zuflucht bot, bekräftigten sie mit „Panahbar-*Choda*", das so viel bedeutet wie „unsere Zuflucht ist bei Gott". Dadurch nahmen sie den Schreckensnachrichten oder Gegebenheiten, die Angst verursachten, etwas von deren Schwere und bauten zugleich einen mentalen Schutzring um sich herum auf. Ich konnte mir nicht vorstellen, zukünftig ohne diese mir lieb gewordenen Menschen zu leben.

Es war spät geworden, schon nach elf Uhr, und Zeit für Hadis Geburtstagskuchen. Irgendjemand hatte die Kassette mit dem persischen Geburtstagslied in den Rekorder gelegt und auf volle Lautstärke gedreht, damit alle es hörten und in den Salon kamen. „Tavalod, Tavalodat mobarak!" Ein Cousin brachte den Kuchen mit zwölf brennenden Kerzen, die Hadi alle auf einmal auspustete. Es tat weh, wenn ich daran dachte, dass er seine bisher gelebten zwölf Jahre gerade weggepustet hatte, weil er sie äußerlich loslassen musste. Ich hoffte, dass sie ihm als etwas besonders Wertvolles und Wunderbares in schöner Erinnerung blieben. In Anbetracht seiner bevorstehenden Deutschlandreise bekam er viele Geldgeschenke. Er war überglücklich über den unerwarteten Geldsegen und rechnete aus, wie viele Wünsche er sich damit erfüllen konnte.

Als er reihum ging, um sich bei jedem einzelnen für die Geschenke zu bedanken und Glückwünsche und viele Küsse entgegennahm, machte es mich betroffen zu sehen, wie stark seine Verbindung zur Familie war, und wie viel Liebe und Achtung sie ihm entgegenbrachten. Mein Kind war glücklich als ein Teil der großen Familie, und ich war dabei, ihm dieses Glück zu zerstören. Er brauchte seine Familie. Zweifel kamen auf, ob ich ihm diesen großen Einschnitt in sein Leben überhaupt zumuten durfte? Woher nahm ich mir das Recht, das an seiner Stelle zu entscheiden? Ich machte mir bitterste Vorwürfe. Alle Wut und Verzweiflung richtete ich gegen mich selbst.

Hadi holte mich aus diesen trüben Gedanken heraus. Er zeigte mir voller Freude den hohen Geldbetrag und erzählte mir begeistert, was er damit machen wollte. Mein tapferer Sohn. Ich konnte mir nicht vorstellen, was in ihm vorging.

Beim Verabschieden mag sich manch eine der Schwägerinnen oder Nichten über meine besonders innige Umarmung gewundert haben, aber ich ließ mir meine Emotionen nicht anmerken.

„*Inschallah* sehen wir uns in zwei Monaten wieder! Habt eine schöne Zeit und grüßt alle von uns. *Choda hafeze schoma!*", wünschten sie uns. Ich bedankte mich und antwortete nicht mit dem üblichen Abschiedsgruß eines Gastgebers, „choschamadid, salamat baschid", der dem Gast zu verstehen gab, dass er willkommen war und gesund bleiben möge. Stattdessen erwiderte ich ihren Gruß von ganzem Herzen: „*Choda hafeze schoma, Inschallah*, Gott beschütze auch euch!"

– 57 –

Zwei Tage vor unserer Abreise war ich zum Frühstück im Pfarrhaus. Ich hatte mich spontan angemeldet. Hesam war unterwegs zu verschiedenen Ämtern und würde vor Mittag nicht zurück sein. Eine gute Gelegenheit, mich zu verabschieden, denn Pfarrer A. wusste nichts von meinem Plan. Frau A. überraschte es nicht, als ich es ihr zwei Wochen zuvor anvertraute. Sie meinte:

„Ihre Seele hat es schon lange angekündigt, ich habe darauf gewartet, dass auch Sie die Sprache Ihrer Seele hören und verstehen."
Während des Frühstücks erzählte ich Pfarrer A. von meinem Vorhaben. Von der Stimme und dem zermürbenden Auf und Ab zwischen Hoffnung und Verzweiflung der letzten Wochen, und von der Hoffnungslosigkeit, dass sich etwas ändern könnte.

Das Gespräch war für meinen weiteren Weg von entscheidender Bedeutung. Deshalb will ich versuchen, mich in die Situation hineinzubegeben, um es möglichst genau wiederzugeben. Ich höre mich sagen:

„Im Grunde genommen tut er mir leid. Er kann nichts dafür, dass er so ist, wie er ist: ein Gefangener seiner eigenen Glaubenssätze! Wahrscheinlich leidet er selbst auch darunter und kann es nicht zugeben. Als verwöhntes Nesthäkchen hat er schon als Kind immer

seinen Kopf durchgesetzt. Das alles könnte ich mit etwas Humor noch ertragen. Aber ich kann nicht ertragen, dass er meine Seele verbiegen will und nur, wenn ich islamisch bete, zufrieden ist und mich angeblich liebt. Seine Liebe macht er von meinem Verhalten abhängig! Er stellt Bedingungen, das ist keine Liebe mehr."
Beim Erzählen sah ich, wie so oft, die Zusammenhänge der Geschehnisse klarer vor mir und Fragen lösten sich wie von selbst auf. Ich spürte auch, dass tief in mir noch Liebe war für Hesam. Sie durfte sein, sie war ein Teil von mir, der mit Füßen getreten wurde und sich zurückgezogen hatte. Ich war nicht mehr bereit, ein Leben lang die seelischen Quälereien meines Mannes auszuhalten und mit der Angst vor seiner Unberechenbarkeit zu leben. Er kämpfte gegen sich selbst und merkte es nicht. Er kompensierte seine Unsicherheit und den Kampf mit sich selbst auf mich und suchte die Ursache in mir. Ich war unendlich traurig, als ich sagte:
„Es könnte alles ganz anders sein, wenn er medizinische Hilfe angenommen hätte. Er ist krank." Unter Tränen sprach ich aus, was mich am meisten quälte: „Verlangt Gott nicht von mir, gerade jetzt auszuhalten und an seiner Seite zu sein? Bis dass der Tod uns scheidet?" Die lange Stille, die folgte, als ich nicht mehr weiterreden konnte, tat mir gut. Pfarrer A. unterbrach sie nach einer Weile:
„Wenn die Liebe in einer Ehe tot ist und wenn kein Vertrauen mehr besteht, ist das schlimmer als ein wirklicher Tod. Weil man dann mitten im Leben schon tot ist. Gott will aber, dass Sie leben!" Seine Worte waren nur ein kleiner Trost für meine trauernde Seele, mein blutendes Herz erreichten sie nicht. Beim Abschied bat ich ihn, Hadi, der nicht dabei war, und mich für unseren Weg zu segnen. Sehr betroffen und mit Tränen in den Augen erfüllte er mir diesen Wunsch.
Der Abschied von Frau A. fiel mir besonders schwer. In der Therapie hatte ich gelernt, mir selbst zu helfen und meine Seele von Vielem zu befreien, das ich in ihr abgeladen hatte, um mich und vor allem meine Kinder vor Verletzungen zu bewahren. Ich hatte gelernt, die Schmerzen, die damit verbunden waren, anzunehmen und sie in jeder Zelle meines Körpers zu spüren und durch sie hindurch zu gehen, bis sie sich auflösten. Ich hatte gelernt, mich

wieder selbst zu lieben, weil ich Ich selbst war und nicht diejenige, die ich sein sollte, um geliebt zu werden. Ich hatte auch gelernt, in die Stille zu hören. In dieser Stille spürte ich, dass die Liebe über allem und in allem ist. Hesam hatte sein Herz vor der bedingungslosen Liebe verschlossen, indem er selbst Bedingungen stellte. Aus einem verschlossenen Herzen kann keine Liebe strömen. Wo keine Liebe strömen kann, sind Unfriede, Ungerechtigkeiten, Hass und Aggressionen mächtig. Meine Liebe hatte keine Chance mehr gegen diese Mächte.

„Was werde ich ohne Sie tun?", fragte ich verzagt.

„Das, was Sie die ganze Zeit gemacht haben. Hören Sie auf das, was Ihr Herz und Ihre Seele Ihnen sagen!" Ich fühlte mich innerlich zerrissen und antwortete bedrückt: „Mein Herz sagt ‚Bleib!', und meine Seele sagt ‚Du musst gehen!' Mein Herz sagt: ‚Bleib, auch wenn du stirbst!', und meine Seele sagt: ‚Geh und lebe!' Gott hat uns zusammengeführt und uns so viel geschenkt! Wir hatten eine große Chance, glücklich zu sein, und haben sie nicht genutzt. Wir haben versagt, und die Opfer sind unsere Kinder! Ist das der Seelenplan, der mir zugedacht war? Haben wir all die schweren Jahre gemeinsam durchgestanden, damit ich jetzt alles hinter mir und meine Kinder allein lassen muss? Was ist, wenn mein Mann bei den Kindern genauso ausrastet wie bei mir? Ich kann sie nicht mehr beschützen! Warum? Warum lässt Gott das zu?"

Plötzlich war es ganz still in mir, ich spürte, wie mein Herz sich weitete und Frieden mich durchströmte und umhüllte. Mit einer Klarheit, die nur eine Seele in sich tragen kann, die auch durch die dunklen Zeiten eines Lebens begleitet und getragen hat, erkannte ich, dass Gott bedingungslose Liebe ist, die wir annehmen können oder nicht, wir haben den freien Willen. Ich erkannte auch, dass Gott ein Gebender ist und das, was er gibt, nicht wieder wegnimmt. Nicht Gott hat das alles zugelassen, sondern wir. Wir haben Seine Liebe nicht annehmen können, als das, was sie ist: bedingungslos. Wir haben uns angemaßt, Bedingungen für unsere Liebe zu stellen und sie aus dem Kreislauf der alles umfassenden Liebe ausgegrenzt.

Ich spürte, wie meine Seele wieder im Einklang mit meinem Herzen war und mir sagte: „Geh! Damit du das Leben hast!"

Wie aus weiter Ferne hörte ich die Stimme von Frau A.: „Ein für mich sehr wichtiger Mensch hat mir einmal einen Spruch mitgegeben, als ich einen schweren Weg vor mir hatte. Mir hat er sehr geholfen. Ich möchte ihn an Sie weitergeben, damit er auch Ihnen helfen kann." Ich schaute sie skeptisch und dennoch auch erwartungsvoll an und sie sagte:
„Denen, die Gott lieben, dienen alle Dinge zum Besten."
„Meine Kinder verlassen, ihnen wehtun, wie soll das zum Besten dienen?", fragte ich sie traurig.
„Ich weiß, es ist schwer zu verstehen, aber glauben Sie mir, Sie werden diese Erfahrung machen und verstehen." Ich konnte es mir nicht vorstellen.

– 58 –

Es war der 29. Juni 1992, der Tag unseres Abflugs.

In meinem Gedächtnis existiert dieser Tag nur als Datum und dem Wissen, dass es der schlimmste Tag meines Lebens war. Die Schmerzen dieses Tages haben tiefe Wunden in meinem Herzen hinterlassen, die noch nicht vernarbt sind.
Während ich dies schreibe, kommen vor meinem inneren Auge, sehr behutsam noch, Bilder hoch, die in meinen Erinnerungen nicht mehr existierten. Ich sehe es als Zeichen, dass die Zeit gekommen ist. Die Zeit, dass ich die Schmerzen dieses Tages aushalten kann. Die Zeit, es noch einmal zu erleben und die Wunden heilen zu lassen. Es ist Zeit, zu vergeben. Ich will es versuchen und bin mitten im Geschehen.

Ich sitze mit Hadi in einer Boeing 733 der Iran Air in Richtung Frankfurt. Hadi schaut aus dem Fenster. Unter ihm wird sein Heimatland immer kleiner, die unendliche Weite um ihn herum immer größer. Ich wünsche ihm so sehr, dass er diese Weite, die sich ihm darbietet, als solche wahrnimmt und sein Herz dafür öffnet, damit sie ihm innere Heimat für sein weiteres Leben sein kann. Ein Leben, in dem er sich frei und ohne Zwänge entfalten darf.

Er freut sich auf Deutschland, auf Oma und Opa, auf seine Tanten, die Onkel und auf den einzigen Cousin Tobias, der nur ein Jahr jünger ist als er. Opa hat beiden ein Fahrrad gekauft, damit wollen sie ins Schwimmbad fahren. Er hat Pläne, steckt voller Ideen.

Hesam hatte uns um drei Uhr morgens zum Flughafen gebracht. Über die letzte Nacht mit ihm senkt sich immer noch barmherziges Vergessen.

Als er hinter der Sperre zurückbleiben musste, schaute ich noch einmal zurück. Ich sah einen einsamen Menschen an eine Säule gelehnt stehen. Es tat weh, ihn so in sich verloren zu sehen, meinen Prinzen aus dem Morgenland, den ich geliebt habe, und wahrscheinlich noch liebte, und der in einem Wahn gefangen schien. Mein Herz wollte mir zerreißen, ich spürte in jeder Faser meines Herzens diesen Schmerz, und es kostete mich viel Überwindung, nicht zurückzulaufen und ihn in die Arme zu schließen. In dem Moment klammerte ich mich an den Wunschgedanken, dass alles wieder gut würde. Hadi winkte seinem Papa zu, bis dieser nicht mehr in unserem Blickfeld war.

„Das kommt alles wieder in Ordnung, alles wird gut, mein Bubele", tröstete ich uns beide. „Der Papa lässt uns nicht einfach so gehen. Er wird alles tun, damit wir zurückkommen können. Er braucht einfach mehr Zeit. Damit Papa und ich uns nicht dauernd streiten können, bleiben wir beide, du und ich, solange in Deutschland." Hadi griff nach meiner Hand und hielt sie fest:

„Mach dir keine Sorgen, ich bin ja bei dir."

Die Erinnerung an diese rührende Geste, seine Liebe, sein Vertrauen und seine Tapferkeit lassen die mit Mühe zurückgehaltenen Tränen fließen. Obwohl unsere Reise eigentlich eine Flucht ist, kann ich, jetzt, wo wir abgeflogen und in Sicherheit sind, keine Freude empfinden, dass sie gelungen ist. Wir haben ein Rückflugticket im Gepäck, alles andere wäre verdächtig gewesen. Es nimmt der Situation etwas von der Schwere ihrer Endgültigkeit, auch wenn ich tief im Herzen weiß, dass es kein Zurück mehr gibt. Mein Mann wird sich nie ändern. Er kann sich nicht ändern. Religion kann einem Menschen helfen, seinen Weg zu finden und diesen Weg zu gehen. Sie kann aber auch dazu beitragen, dass ein Mensch sich den Weg versperrt und sich selbst im Weg ist. Hesam ist in sich selbst gefangen. Gefangen in seinen eigenen Gesetzen und selbst gemachten Glaubenssätzen, die mit dem Islam wenig vereinbar sind.

Mit jedem Kilometer entferne ich mich mehr von meinen Kindern und von einem Paradies, das schon lange keines mehr war. Ich lasse fünfundzwanzig Jahre bunt gelebtes Leben zurück mit allen Träumen und Hoffnungen. Ebenso einen Teil meiner Wurzeln und einen Teil meines Herzens.

Die Sehnsucht nach meinen Kindern ist so groß, dass sie mir auf einmal ganz nahe sind. Ich spüre die Liebe und die Wärme unserer letzten Umarmung und will darin versinken. Ich sehe sie vor mir: Reza, Essi, Omid und Yasmin, mein großes Mädchen. Wie in einem Film spulen wichtige Ereignisse ihres Lebens in Bildern vor mir ab.

Ich empfinde noch einmal das unendliche, selige Glücksgefühl bei ihrer Geburt, das jeden vorausgegangenen Schmerz zunichtemachte. Ich erlebe noch einmal die erste Begegnung Rezas mit seinem Großvater und wie beide sich anlächelten. Bilder, die ich längst vergessen habe, tauchen aus der Erinnerung auf, wechseln einander ab. Ich stelle mich noch einmal der Leere, die ich empfand, als wir Essi wegen einer Lungenentzündung nach der Geburt zehn Tage im Krankenhaus zurücklassen mussten. Mein kleines Baby, das eigentlich in meinen Armen und in meiner Liebe eingebettet sein sollte. Ich sehe Omid vor mir, wie er sich bei der Geburt tapfer ins Leben kämpfte und immer noch meint, alles erkämpfen zu müssen. Er war extra aus *Ahwaz* gekommen, um sich zu verabschieden.

Ich sehe die drei Brüder, ein unzertrennliches Lausbuben-Trio, wie sie ihre neugeborene Schwester begrüßen, und klebrige Spuren der Liebe in ihrem Gesichtchen hinterlassen. Ich sehe Yasmin, wie ich sie vom Krankenhaus nach Hause bringe: in einem weißen, langen Kleid mit Spitzen und Bändern verziert und einem Häubchen. Ich hatte es nach einem Schnittmuster für ein Taufkleid genäht. Dieses Geheimnis habe ich niemandem verraten.

Bilder kommen und gehen: Sie zeigen die Kinder in Schuluniformen und in Pfadfinderkluft und wie sie zu einzigartigen, liebenswerten jungen Menschen heranwachsen.

Ich spüre den Schmerz einer Mutter, den ich empfand, als Reza mich um Erlaubnis bat, an die Front zu dürfen. Es quälte ihn, dass viele seiner Freunde dort kämpften, während er „ein bequemes Leben führt", wie er sagte. Er hoffte auf meine Zustimmung, ohne die er nicht gehen wollte, auch wenn er schon volljährig war. Meine islamische Rangstellung als Mutter hat mir an jenem Tag geholfen, ihn auf die Zeit nach seinem Studium zu vertrösten. Zum Glück war der Krieg da schon vorbei.

Auch Bilder der beiden Brautpaare sind dabei, Reza mit Fatemeh und Essi mit Roxana. Sie, die sich gerade für ein gemeinsames Leben entschieden haben, werden nun mit der traurigen Tatsache konfrontiert, dass die Ehe ihrer Eltern, beziehungsweise Schwiegereltern, nicht ein Leben lang gehalten hat. Wie gerne hätte ich die beiden Schwiegertöchter, die ich in mein Herz geschlossen habe, in eine heile Familie aufgenommen, in der sie sich willkommen und geborgen fühlen.

In Erinnerung an unseren Abschied umarme ich sie alle immer wieder. Ich spüre den Druck ihrer Arme und ihre Wärme. Mein Herz ist ganz weit, um all ihre Liebe aufzunehmen und zu speichern für Zeiten, in denen ich sie besonders brauchen werde. Mir bleiben nur meine Liebe, meine Gedanken und meine Gebete, um bei ihnen zu sein, sie damit zu umgeben und zu beschützen. Mir bleibt nur die Hoffnung, dass sie eines Tages verstehen werden, warum ich gehen musste. Und die Hoffnung, dass sie mir verzeihen. Ich weiß nicht, ob ich sie jemals wiedersehen werde und ob sie mich überhaupt wiedersehen wollen. Ich werde bei den wichtigen Ereignissen in ihrem Leben nicht mehr dabei sein. Die Geburtstage, die Ehrung und Urkundenübergabe nach erfolgreichem Studium, ihr Verliebtsein, ihre Hochzeit, die Geburt ihrer Kinder. Ich werde sie nicht als Eltern erleben, meine Enkelkinder niemals sehen, nicht da sein, wenn sie mich brauchen. Ich versuche nicht mehr, die Tränen zurückzuhalten und lasse sie fließen. Sie verhindern, dass der Schmerz mich zerreißt.

1969 führte mein Seelenplan mich in den Iran. Jetzt führt er mich wieder heraus. 1969 folgte ich der Stimme, die mich zu meinem Mann hinführte, jetzt folge ich der Stimme, die mich von ihm wegführt. Dazwischen liegen fünfundzwanzig Jahre buntes, erfülltes Leben. Ich liebte und ich wurde geliebt, inmitten meiner wunderbaren, kleinen Familie, als Teil einer großen, liebenswerten Familie. Dreiundzwanzig Jahre war Iran meine Heimat gewesen. Ich lebte nicht als Christin, und ich lebte nicht als Muslimin. Ich war Gottvertrauende in einer unfassbaren äußeren und inneren Weite, in der meine Seele sich weiterentwickeln durfte. Bis zu dem Tag, an dem sie auf ihrem Weg zur Entfaltung jäh aus ihrem Kokon herausgerissen wurde. Dem Tag, an dem mein Paradies endgültig verloren ging. Dem Tag, an dem mein Mann es sich als Lebensaufgabe gesetzt hatte, meine Seele gewaltsam zu verändern, indem er sie zwingen wollte, einen anderen als den ihr vorgegebenen Weg zu gehen. Meine Seele wehrte sich und signalisierte, dass es Zeit zum Wachwerden war, höchste Zeit. Behutsam führte sie mich zu den vergrabenen Schätzen, und sie konfrontierte mich mit dem Menschen, der ich bin, der ich war und der ich immer sein werde.

In dieser Zeit des Abschiednehmens stellte ich mir oft die Frage, was geworden wäre, wenn wir in *Ahwaz* geblieben wären. Ich glaube, dass alles seine Zeit hat. Die Zeit des Aufbruchs wäre auch in der „Wüste" gekommen, anders vielleicht. Ich sehe es als Fügung, dass ich in *Teheran* war, als ich wachgerüttelt wurde. Dass ich als Mensch, der Christ war und es auch sein wollte, nicht allein war. Das Samenkorn aus meinem Traum wäre sonst wirklich nur aufgeblüht, um wie eine Wüstenblume nach kurzer Zeit zu verdorren. Zu kurz, um neuen Samen reifen zu lassen. So, als habe es sie nie gegeben.

Wieder einmal bin ich bereit, vertrauend auf Gott, in die Dunkelheit zu gehen, dieses Mal mit einem trauernden und weinenden Herzen.

Tränen haben heilende Kraft, das habe ich im Iran gelernt. Ich lasse meine Tränen zu, sie dürfen fließen. Es wird wieder hell werden. So wie draußen in der Weite des Himmels, wo hinter uns am Horizont langsam die Sonne aufgeht und die Morgendämmerung der Morgenröte weicht. Eine kleine Weile noch fliegen wir mit der Morgenröte, die Zeitverschiebung macht es möglich.

Als wir in Frankfurt ankamen, war strahlender Sonnenschein.

EPILOG

Liebe Leserinnen, liebe Leser, als ich mich vor drei Jahren auf den Weg in meine Erinnerungen begab, um dieses Buch zu schreiben, hatte ich nicht damit gerechnet, dass ich aus einer anderen Perspektive und der langen Zeitspanne dazwischen Vieles auch anders sehen und intensiver erleben würde. Ich bin während dieser Zeit des Schreibens durch Höhen und Tiefen gegangen und ich habe lange zurückgehaltene Enttäuschungen und Schmerzen zugelassen. Noch offene Wunden durften endlich vernarben.

Meine Freunde Bärbel, Barbara, Bella, Christiane, Inge, Johanna, Lothar und Wily haben mir dabei sehr geholfen. Sie haben mit mir geweint und gelacht, sie haben mich aufgefangen und mich getröstet und mir neuen Mut gemacht.

Ich bin jetzt, am Ende meiner Wanderung durch mein bisheriges Leben, im Frieden. Im Frieden mit mir selbst, mit dem, was geschehen ist, und auch im Frieden mit meinem Mann. Obwohl er nicht weiß, dass ich dieses Buch geschrieben habe, und wir in keinem direkten Kontakt stehen, scheint es, als ob er durch meinen Frieden auch seinen Frieden gefunden hat: Nach dreißig Jahren hartnäckigen Beharrens, dass ich zurückkommen soll, wurden seine fast täglichen Belästigungen, mich in die Knie zu zwingen, nach und nach im Laufe des letzten Jahres weniger und haben fast zeitgleich mit dem Ende meines Buches aufgehört.

Frieden finden heißt auch vergeben, deshalb würde ich meinem Mann Unrecht tun, wenn ich hier auf die Details seiner Machenschaften einginge.

Die ersten Jahre, wieder in Deutschland, waren eine schwere Zeit. Ich trauerte ohne Ende. Dennoch war es eine gesegnete Zeit, denn es fügte sich immer eins zum anderen. Es wurde mir, so habe ich den Eindruck, alles vor die Füße gelegt, ich brauchte es nur zu sehen, anzunehmen, aufzuheben und danke zu sagen.

So fand ich schon eine Woche nach unserer Ankunft eine Arbeit als ambulante Krankenschwester. Es war, wie es sich herausstellte, mein Traumjob, den ich bis zum Rentenbeginn innehatte. Meine Bedenken, dass ich meinen Kummer mit ans Krankenbett tragen könnte, waren unbegründet, denn bei den Patienten war ich nur Krankenschwester, mit Herz und Seele. Den Schmerz in mir schrie ich manchmal im Auto auf dem Weg zum nächsten Patienten aus mir heraus. Später erwarb ich noch die Qualifikation als ehrenamtliche Hospizhelferin, was mir mehr und mehr zur Herzenssache wurde.

Auch eine kleine Dreizimmerwohnung, in der ich immer noch wohne, fand sich schnell, mitten auf dem Kirchplatz der Gemeinde, die mich angestellt hatte. Hadis Schule war in unmittelbarer Nähe. Ich war froh, dass er keinen langen Schulweg hatte, was eine große Sorge meines Vaters war. Als Kriminalbeamter wusste er um die Gefahren, die dort lauerten, und er malte sie mir in drastischen Bildern aus. Ein Segen war auch, dass es hier in der Gemeinde eine Pfadfindergruppe gab, bei der Hadi mit Begeisterung dabei war, und die ihn für sein weiteres Leben prägte.

Ich wusste uns weiterhin in der göttlichen Ordnung aufgehoben und reichlich beschenkt. Wir lebten wieder buntes Leben. Anders als im Iran, aber es war gut. Als meine Söhne nach Beendigung ihres Wehrdienstes mich erstmals besuchen kamen, Reza brachte damals schon mein erstes Enkelkind mit, war mein Glück so groß, dass ich es mit Worten nicht beschreiben kann. Soviel überirdische Glückseligkeit konnte mein Herz gar nicht fassen und es war nur am Überlaufen.

Heute leben drei meiner Kinder mit ihrer Familie in Deutschland. Die beiden noch in *Teheran* lebenden Söhne besuchen mich regelmäßig. Inzwischen habe ich elf Enkelkinder. Wir sind wieder eine große Familie.

Erst zehn Jahre nach unserer Trennung war ich bereit, im Iran die Scheidung einzureichen. Deutschland kam dafür nicht infrage, weil mein Mann hier kein Einkommen hatte und ihm ein großer Teil meines Gehaltes und der späteren Rente zugestanden hätte. Wir sind inzwischen vier Mal geschieden, und genauso oft hat er gegen das Urteil Einspruch erhoben. Zurzeit liegt der Antrag vor dem Obersten Gerichtshof in *Teheran*.

Versuche, mit meinem Mann normal zu kommunizieren, verliefen hoffnungslos. Es tut mir in der Seele weh, dass er so hart gegen sich selbst ist. Ich hatte ihm gewünscht, dass er noch einmal eine Partnerin und mit ihr seinen Frieden gefunden hätte.

Ich habe dieses Buch vorwiegend in den frühen Morgenstunden nach dem Aufwachen geschrieben. Von meinem Fenster aus erlebte ich dabei unzählige Sonnenaufgänge, oft mit Morgenröte einhergehend. Mit der Zeit wurde die Sonne, die wie ich Grenzgänger zwischen Osten und Westen ist, für mich zum Symbol dafür, dass ich sowohl deutsche als auch iranische Wurzeln in mir trage.

Der Weg zu meinen durchtrennten Wurzeln war dieses Buch. Irgendwann, von mir unbemerkt, haben die Wurzeln sich wieder vereint und Okzident und Orient sich versöhnt. Irgendwann sind die beiden Welten zu einer Welt geworden. Zu meiner Welt, in der beide ihren Platz haben und sich wunderbar ergänzen.

Ein letztes Mal sitze ich in der Morgendämmerung vor meinem Fenster. Das Buch ist geschrieben.

Wie so oft in den letzten Tagen sind meine Gedanken bei den unfassbar mutigen Frauen und Männer im Iran, die für ihr Grundrecht, in Freiheit und selbstbestimmend zu leben, auf die Straße gehen und trotz Todesandrohungen der Regierung protestieren. Meine ganze Hochachtung und Liebe sind bei ihnen.

Draußen, am östlichen Himmel, ist die Morgendämmerung in Morgenröte übergegangen. Die ersten Strahlen der aufgehenden Sonne tauchen die Hauswände in ein intensives Rot und spiegeln sich in den Fenstern wider. Am Horizont wechselt das Glutrot in andere Farbtöne über, vorwiegend lila. Behutsam tasten sich die neuen Farben vorwärts und zerfließen ineinander. Die Sonnenstrahlen zaubern damit unsagbar schöne Gemälde an den Himmel. Bis ihr Ziel erreicht und das Firmament nur noch blau sein wird. Für einen zeitlosen Augenblick hat der Himmel sich mit der Erde vereint und verheißt einen neuen Tag. Der Beginn dieses neuen Tages ist zugleich das Ende einer langen Nacht.

Nur auf dem Pfad der Nacht erreicht man die Morgenröte
– Khalil Gibran –

Ich bin angekommen.
Sieglinde Maraschi
22.09.2022

GLOSSAR

Abba (Abbâ), arabische Version des Schleiers. Er ist rundum geschlossen und ist so vernäht, dass er nicht vom Kopf rutschen kann

Abadan (Abâdân), Zentrum der iranischen Erdölindustrie, Stadt in der Provinz *Chuzestan*, am *Schatt-al-Arab*, dem Grenzfluss zwischen Irak und Iran

Agha (Âghâ), bedeutet so viel wie (ehrwürdiger) Herr, beim Nachnamen setzt man es vor den Namen, spricht man die Person mit Vornamen an, kann man es vor oder nach den Vornamen setzen, ersteres ehrt den Angesprochenen mehr. Alleinstehend gebraucht man es auch bei Fremden.

Aghd, standesamtliche oder/und religiöse Trauung

Ahwalporsi (Ah-wâl-porsi), ist ein Begrüßungsritual, man erfragt das gegenseitige Wohlergehen, auch das der Familienmitglieder, erwartet aber keine Antwort außer *Alhamdelellah*

Ahwaz (Ah-wâz), größte Stadt der Provinz *Chuzestan*, am *Karun* gelegen, 1,3 Millionen Einwohner (Stand 2018)

Alhamdelellah (Al-hamde-lellâh), arabisch, richtiger Alhamdulillah, bedeutet so viel wie „Lob sei Gott", wird aber mehr als „Dank sei Gott" angewandt. Es ist aus dem Sprachgebrauch von muslimischen Menschen nicht wegzudenken. Wird man gefragt, wie es einem geht, ist die Antwort „Allhamdelellah", obwohl sie oft nicht zutrifft. Es soll aber den Dank ausdrücken, dass es einem nicht noch schlechter geht Allaho-Akbar (Al-lâho-Ak-bar), „Gott ist groß"

Amme, Tante väterlicherseits, Schwester des Vaters

Amu, Onkel väterlicherseits, Bruder des Vaters

Andari, der interne, private, vom *Biruni* getrennte Bereich einer Wohnanlage, der für fremde Gäste und Männer, die *namahram* sind, nicht zugänglich und auch nicht einsehbar ist

Arus, Braut, Schwiegertochter

Arusi, Hochzeit

Baba Hadji (Baba Hadschi), liebevolle Anrede für einen Großvater, der den *Hadj*, die Pilgerreise nach Mekka, erfüllt hat
Batjileh (Batschile), ist eine Bezeichnung für kleines Kind, jüngstes Kind, Nesthäkchen
Bakschisch, wörtlich: Gabe, Geschenk, hier Trinkgeld für eine Gefälligkeit
Bandari, ist etwas, das man mit Bandar, einer Hafenstadt, verknüpft, hier mit dem für diese Region typischen Männertanz.
Bazare-Bozorg (Bâsâre bosorg), weltweit größter Bazar im Süden *Teherans* (s. Anhang)
Befarmaid (Befarmâ-id), bedient euch
Besmellah (Bes-mel-lâh), „im Namen Gottes". Man sagt es, um jemanden zu etwas einzuladen, z. B. einzutreten oder zu Tisch zu kommen, auch wenn man etwas anbietet
Besmellahe rahmane rahim (Bes-mel-lâhe rah-mâne rahim), „Im Namen des sich erbarmenden und barmherzigen Gottes", man sagt es bei allem, was man beginnt, vom Aufstehen am frühen Morgen bis zum Ins-Bett-Gehen am späten Abend
Bibi, Bezeichnung für eine verehrungswürdige Frau, wird dem Namen vorgesetzt, oder als Anrede allein gebraucht, besonders für Großmütter **Bibi Hadji** (*Bibi* Hadschi), Anrede, speziell für eine Großmutter, die den *Hadj* erfüllt hat
Biruni, der vom *Andari* getrennte Teil einer Wohnanlage für fremde Gäste
Chale (Châle), Tante mütterlicherseits, die Schwester der Mutter
Chanum (Chânum), bedeutet so viel wie (ehrwürdige) Frau, beim Nachnamen setzt man es vor den Namen, spricht man die Person mit Vornamen an, erfolgt es erst nach dem Vornamen. Es ist eine höfliche Form der Anrede. Frauen, von denen man den Namen nicht kennt, spricht man nur mit *Chanum* an.
Chastegari (Châste-gâri), Zeremonie des „Um-die Hand-Anhaltens" **Chaste nabaschid** (Chaste nabâschid), „Mögest du nicht erschöpft sein"
Choda (Chodâ), anderer Name für Allah, Gott
Choda hafeze schoma (Chodâ hâfese schumâ), Abschiedsgruß, übersetzt „Gott beschütze dich/euch"

Chorramschahr (Chorram-schah-r), Hafenstadt am Persischen Golf, in der Provinz *Chuzestan*
Chune chodetune, umgangssprachlich, wörtlich: „Es ist dein Haus", ähnlich unserem „Fühl dich wie zuhause"
Chuzestan (Chusestân), Provinz im Südwesten Irans
Dai (Dâ-i), Onkel mütterlicherseits, Bruder der Mutter
Damad (Dâ-mâd), Bräutigam, Schwiegersohn
Djan (Dschân), übersetzt „Leben, Seele", als Anrede „(du) Liebe, (du) Lieber", oder nach dem Vornamen bei vertrauten Personen „liebe ..., lieber ..."
Djudje *Kabab* (Dschudsche Kabâb), auf Spießen gegrillte Hähnchenteile mit Tomaten
Dochtar, Tochter, Mädchen
Eftar (Ef-târ), Fastenbrechen, die erste Nahrungsaufnahme seit Sonnenaufgang und nach Sonnenuntergang
Eidi (Äi-di), Geschenk zu einem Festtag, zum Neujahrsfest schenkt man frisch gedruckte Geldscheine
Eltemaz-e-doa (Elte-mâs-e-doâ), „Nehmt mich in eure Fürbitten auf" oder „Betet für mich". Man sagt es z. B. wenn eine wichtige Arbeit oder eine Entscheidung oder eine Prüfung bevorstehen oder wenn jemand krank ist. Oder wie hier, anstelle einer Gegenleistung
Ghorme Sabsi, Gulasch ähnliches Fleischgericht mit Kräutersoße, dafür verarbeitet man kiloweise geschnittene Kräuter durch Anbraten zu einer Brei ähnlichen Konsistenz und macht daraus die Soße. Es ist ein typisches Nationalgericht.
Hadj (Hadsch), die große Pilgerreise nach Mekka, eine der fünf Säulen im Islam, die jeder Moslem einmal im Leben gemacht haben sollte. Die Voraussetzung ist, dass er/sie das nötige Geld dafür hat und die Familie nicht darunter leidet.
Halim, aus Getreidekörnern und, wenn gewünscht, Fleisch zubereiteter Frühstücksbrei
Haftsin, traditioneller Neujahrstisch (s. Anhang)
Hamadan, Stadt im Westen Irans und Hauptstadt der gleichnamigen Provinz, bekannt für Teppichknüpfereien

Hazrat, Ehrwürdiger, Ehrwürdige, im Zusammenhang mit religiösen Führern
Heiat (Haiât), Innenhof, Wohnanlage, Anwesen
Heiat bozorg (haiât-e bozorg), großer Innenhof, hier ist das Elternhaus gemeint
Inschallah (In-scha-allâh), „so Gott will", ausgesprochene Hoffnungen, Vorhaben und Planungen beendet man mit *Inschallah*, man vertraut das Objekt Gott an
Kabab (Kabâb), auf Spießen über Holzkohle gegrilltes Fleisch *Kababe* **Guschti** (Kabâbe guschti), auf Spießen gegrillte Fleischstücke mit Tomaten
Kallepatje (Kalle-pâ-tsche), übersetzt „Kopf und Füße", ein Hammelkopf und Hammelfüße werden für eine kräftigende Suppe einen Tag lang geköchelt
Karun (Kârun), 720 km langer Fluss im Südwesten Irans, der im *Sagrosgebirge* entspringt und in den Schatt-al-arab mündet und in den Persischen Golf fließt. Er ist der längste und einzige beschiffbare Fluss Irans
Kermanschah (Kermân-schâh), im Westen Irans gelegene Provinz mit gleichnamiger Hauptstadt, Grenzgebiet zum Irak, teils kurdische Bevölkerung
Koloutje *Schuschtari* (Kolu-tsche Schusch-tari), Kardamom-Plätzchen aus der Region um *Schuschtar*
Korsi, ein Heiztisch, der früher in den Wintermonaten im Aufenthaltsraum einer Familie für angenehme Wärme sorgte (s. Anhang)
La ellaha elallah (Lâ-ellâha-elallâ), „Es gibt keinen Gott außer Allah", Teil des islamischen Glaubensbekenntnisses
Lut, eine der heißesten und von Menschenhand unberührtesten Wüsten der Welt in der Hochebene des Iran. Wegen der Vielfalt von spektakulären Wüstenlandschaften wurde sie 2016 als erste Stätte Irans in die Liste des Weltnaturerbes der UNESCO aufgenommen.[4]
mahram (mah-ram), ist das Gegenteil von *namahram* und betrifft vom jeweils anderen Geschlecht die Personen, mit denen man direkt blutsverwandt ist und die man nicht heiraten darf, wie Eltern, Großeltern, Geschwister, Onkel und Tanten (s. Anhang)

Maschallah (Mâ-scha-allâh), arabisch, bedeutet sinngemäß „Wie Gott wollte", „Was Gott wollte" oder „Wie es Gott beliebte". Der Begriff wird auch als Ausruf der Bewunderung gebraucht, wenn man etwas Schönes oder Begehrenswertes sieht, und soll dann dazu dienen, den „Bösen Blick" und möglichen Neid fernzuhalten

Masdjed Suleiman (Mas-dsched-Suläi mân), Öl-Stadt im südlichen *Chuzestan*, erste Ölgewinnung im Iran

Mehrie (Meh-ri-e), Morgengabe, Ehegabe. Sie muss bei Trennung ausgezahlt werden. Die Frau kann sie auch einfordern, wenn sie sich nicht trennen und sie glücklich verheiratet sind. Sie heißt Morgengabe, weil sie erst ab dem Morgen nach der Hochzeitsnacht gültig ist, vorausgesetzt, die Ehe wurde vollzogen. Bei kurzen Zeitehen wird sie zu Beginn ausgezahlt[5]

Mobarake (Mo-bâ-rake), arabisch, bedeutet übersetzt „Derjenige, der gesegnet ist". Es ist eine oft ausgesprochene Gratulation. Man gratuliert (segnet) alles, was erworben oder geschenkt ist, von der neuen Frisur bis zum eigenen Haus

Mullah (Mullâh), ist ein islamischer Geistlicher

nadjes (na-dsches), ist das Gegenteil von pak, und steht für Unreinheit der Dinge, des Körpers und des Geistes und bedarf einer rituellen Reinigung (s. Anhang)

namahram (nâ-mah-ram), ist das Gegenteil von *mahram* (s. Anhang) **Name** *Choda* (Nâme *Choda*), wörtlich „Name Gottes", in Verbindung mit Kindern bedeutet es, dass man das Kind als besonderes Gottes Geschenk, als eine Botschaft Gottes sieht, dem der Name Gottes eingeprägt ist

Nanne, Dienerin, Kindermädchen, auch Mutter

Noruz, persisches Neujahrsfest am Frühlingsanfang (s. Anhang)

nurani (nurâni), von Licht umgeben, leuchtend

Nure Tjeschmam (Nure Tscheschmam), „Licht meiner Augen"

Panah-bar-Choda (Panâh-bar-Chodâ), „Unsere Zuflucht ist bei Gott" **pak** (pâk), ursprünglich sauber, fleckenlos, im Islam steht es für rituelle Reinheit, aber auch für die Reinheit der Gedanken und des Charakters. Die rituellen Waschungen vor einem Gebet sollen diese Reinheit symbolisieren. Es ist das Gegenteil von *nadjes* (s. Anhang).

Paziraie (Passirâ-ie), ist das Ritual des Gästebewirtens
Pesar, Sohn, Junge
Pirdjameh (Pir-dschâ-me), übersetzt „Bekleidung für Ältere". Der Begriff Pyjama ist davon abgeleitet. Eine Pyjamahose, eine leichte, weite Stoffhose, war bei Senioren und innerhalb eines Hauses durchaus gesellschaftsfähig.
Rumi, persischer Dichter und Mystiker des 13. Jahrhunderts (s. Anhang)
Sabze, übersetzt „Grünes", im persischen Sprachgebrauch für Kräuter. In Bezug auf *Noruz* eines der *Haftsin*, aus Samen gezogenes Grün für den Neujahrstisch.
Sagrosgebirge, ist eine Bergkette im Westen Irans, die sich über 1600 km vom Persischen Golf bis zum Nordosten Iraks und Südosten der Türkei zieht. Die höchste Erhebung ist 4400 m.
Sahari, Fastenbeginn, im Fastenmonat Ramadan letzte Mahlzeit vor Sonnenaufgang
Salam (Salâm), arabisch, wörtlich „Friede", die gängigste Begrüßung
Salawat (Sa-la-wât), arabisch, „der Segen". Es ist ein Bittruf um Gottes Segen, der nur über den Propheten als Vermittler geht. Ohne *Salawat* ist ein Gebet nicht gültig. Ein frommer Moslem sagt es so oft er kann. Sind mehrere Menschen versammelt, spricht man es laut aus und alle rufen im Chor mit. Ist eine Situation angespannt, kann mit einem gemeinsam gerufenen *Salawat* die Anspannung fallen.
Samowar, eine vorwiegend in Nahost und Russland genutzte Teemaschine
Savak (Sawâk), persischer Geheimdienst zu *Schah*zeiten, eine Organisation für Information und Sicherheit des Landes (19571979). Statt Sicherheit verbreitete sie Angst und Schrecken unter der Bevölkerung. Sie hatte überall ihre Spitzel und ging hart gegen *Schah*-Gegner vor.
Schah (Schâh), Herrscher, Kaiser, gemeint ist *Schah* Reza Pahlavi, der letzte *Schah* von Persien (1941-1979)
Schahada (Schâ-ha-dâ), islamisches Glaubensbekenntnis
Schatt-al-Arab (Schatt-el-Arab), auch Arvandrud genannt, ist der Zusammenfluss von Euphrat und Tigris im Süden des Irak.

Über die letzten Kilometer ist er Grenzfluss zwischen Iran und Irak, danach mündet er in den Persischen Golf.

Schiitten (Schi-itten), Anhängerschaft einer Glaubensrichtung im Islam, die nur die direkte Nachkommenschaft des Propheten Mohammad als dessen Nachfolger akzeptieren, vorwiegend im Iran und Teilen des Irak zu finden

Schirini, Oberbegriff für „Süßes", man bezeichnet damit vorwiegend Kleingebäck

Schohar, Ehemann

Schokre Choda (*Schokre* Chodâ), „Gott sei Dank"

Schuschtar (Schusch-tar), eine antike Befestigungsstadt in der Provinz *Chuzestan* im Südwesten Irans. 2009 wurde das historische Bewässerungssystem von *Schuschtar* in die Liste des UNESCO-Weltkulturerbes aufgenommen.[6]

Seyed (Se-yed), von *Schiitten* genutzte Namensergänzung, die nur den Nachkommen des Propheten erlaubt ist. Sie wird von Generation zu Generation weitervererbt. Sie steht in der Regel vor dem Vornamen.

Sigheh, Genussehe oder Zeitehe, eine zeitlich begrenzte Form der Ehe, die zwischen 30 Minuten und 99 Jahren dauern kann. Die Konditionen, inklusive der Höhe der Ehegabe, die der Mann bei der Trauung an die Frau auszuzahlen hat, handelt das Paar untereinander aus. Der Vertrag lässt sich beliebig oft verlängern. Nach der Trennung darf die Frau zwecks Ausschlusses einer möglichen Schwangerschaft 45 Tage keine *Sigheh* mit einem anderen Mann eingehen

Sizdah-be-dar, wörtlich: „am Dreizehnten nach draußen", der dreizehnte Tag im neuen Jahr

Sofre Aghd (Sof-re-agd), ist eine spezielle Hochzeitsdecke aus Seide oder einem anderen, wertvollen Material (s. Anhang).

Sure, sind die Kapitel im Koran

Taarof (Tâ'â-rof), ein typisch persisches Höflichkeitsritual (s. Anhang)

Tadjrisch (Tadsch-risch), großer Platz im Norden *Teherans*, Verkehrsknotenpunkt für Busse und Zugang zu vielen Einkaufspassagen und dem großen *Tadjrisch*-Bazar. Sammelplatz für

Freizeitaktivitäten, mit vielfältigen und traditionellen kulinarischen Angeboten
Teheran (Teh-rân), Hauptstadt des Iran (s. Anhang)
Tjador (Tschâ-dor), Schleier, traditioneller Überwurf der Frauen, der Kopf und Körper bedeckt
Tjehar-Schanbeh-Suri (Tschehâr-schanbe-suri), Mittwochfeuer vor dem Neujahrsfest
Tjelo Kabab (Tschelo Kabâb), gegrillte Fleischspieße auf Reis, ein Nationalgericht
Toman (Tu-man), iranische Währung
Torschi, sauer eingelegtes Gemüse
Yallah (Jal-lâh), arabisch, bedeutet „auf geht's", „los geht's", oder derjenige, der sich damit bemerkbar macht, will sagen: „ich komme", „ich warte (bis ihr verschleiert seid)"
Zan, Frau, Ehefrau, nicht als Anrede, Anrede ist *Chanum*

ANHANG ZU GLOSSAR

Bazare-Bozorg (Bâsâre-Bosorg), weltweit größter Bazar im Süden *Teherans*. Er ist eine Stadt innerhalb einer Stadt, mit Restaurants, Moscheen und Banken. Über eine Strecke von zehn Kilometern werden hier in verschiedenen Korridoren Waren angeboten. Seit Jahrhunderten schon gibt es die Korridore mit traditionellen eigenen Waren wie Safran, Gewürzen, Teppichen und Pistazien. Andere Bereiche verändern sich und passen sich der Zeit und den Bedürfnissen der Menschen an.[7]

Haftsin, traditioneller Neujahrstisch mit sieben Symbolen, die alle mit dem Buchstaben ‚Sin', einem ‚S' anfangen und symbolischen Wert haben. So steht *Sabze* für Fruchtbarkeit und Leben, Serkeh, Essig, für Alter und Geduld. Samanu ist eine süße Mehlspeise und soll für eine gute Ernte sorgen. Sendjed, die trockene Frucht der Ölweide, symbolisiert Liebe. Sekeh bedeutet Münze und soll Reichtum bringen. Zwei weitere, zum Austausch mögliche Sin sind Sib, der Apfel, und eine Hyazinthe mit dem schönen Namen Sonbol. Auf den Tisch gehören auch ein Spiegel als Zeichen der Wahrheit und Selbsterkenntnis, und gekochte und bemalte Eier, ähnlich unseren Ostereiern, als Zeichen für Fruchtbarkeit. Was auf keinen Fall fehlen darf, ist ein heiliges Buch. Der Koran in einer moslemischen und die Bibel in einer christlichen Familie; die jüdischen Perser haben die Thora, das heilige Buch der Bahais ist das Ketabe Aghdas, und die Avesia gilt bei den Anhängern Zarathustras als heiliges Buch. Man will damit seine Dankbarkeit für das vergangene Jahr Gott gegenüber zum Ausdruck bringen, und um den Segen für das kommende Jahr bitten. [8]

Korsi, ist ein Heiztisch, der früher in den Wintermonaten im Aufenthaltsraum einer Familie für angenehme Wärme sorgte. Die Wärme kam von einem flachen Becken mit Holzkohle, das unter einem niedrigen Tisch stand, die Holzkohle sicher unter einer dicken Ascheschicht verborgen. Über den Tisch waren große Decken gelegt, welche die Wärme speicherten. Am Heiztisch spielte sich das gemeinschaftliche Leben ab, nachts schlief man sogar dort auf Matratzen.

mahram (mah-ram), ist das Gegenteil von *namahram* und betrifft vom jeweils anderen Geschlecht die Personen, mit denen man direkt blutsverwandt ist und die man nicht heiraten darf, wie Eltern, Großeltern, Geschwister, Onkel und Tanten. Die Liste ist umfangreich und detailliert, Ausnahme sind die Schwiegereltern und deren Eltern, die nach der Hochzeit auch *mahram* werden. In Gegenwart der *mahram* Personen dürfen Frauen all das tun, was unter *namahram* verboten ist. Frauen dürfen sich vor *namahram* Personen nicht unverschleiert zeigen, sich nicht auffällig bewegen, nicht laut sprechen oder singen, keine Hand geben. Männer müssen sich an diese Regeln halten und dürfen die Frauen nicht mit begehrlichen Blicken anschauen.

nadjes (nadsches), ist das Gegenteil von *pak*, und steht für Unreinheit der Dinge, des Körpers und des Geistes und bedarf einer rituellen Reinigung. Diese hat je nach Ursache der Unreinheit vorgeschriebene Rituale. Im unreinen Zustand sind alle Dinge, die mit Religion zu tun haben, wie Beten, den Koran anfassen oder rezitieren, Fasten, das Betreten einer Moschee und die Mekka-Pilgerreise verboten. Unrein ist man nach jedem Toilettengang, deshalb gibt es neben jeder Toilettenschüssel Vorrichtungen zum Waschen. Geschlechtsverkehr, Menstruation und Wochenbett, Kontamination mit Ausscheidungen, Blut oder unreinen Tieren erfordern rituelle Waschung und Wechsel der Kleidung.

Noruz, persisches Neujahrsfest am Frühlingsanfang. Der Tag fällt auf den 20. oder 21. März und sein Beginn ist entsprechend dem Beginn der Tag- und Nachtgleiche zu unterschiedlichen Uhrzeiten. Seit 2010 ist *Noruz* auf Beschluss der Generalversammlung der Vereinten Nationen als „Internationaler *Noruz* Tag" anerkannt. Die UNESCO hatte ihn schon 2009 in die Liste der „Meisterwerke des mündlichen und immateriellen Erbes der Menschheit" aufgenommen.

Rumi, Dichter und Mystiker des 13. Jahrhunderts. Seine Anhänger nennt man die Tanzenden Derwische oder Sufi. Seine Werke sind Ergebnisse seiner göttlichen Ekstase, in die er sich in der Freude um Gottes spürbare Nähe und Liebe hinein tanzte, indem er sich oft stundenlang um sich selbst drehte. Ein Schreiber war immer in seiner Nähe, um Erkenntnisse, die *Rumi* in dieser Ekstase erhielt und laut äußerte, aufzuschreiben.

Sofre Aghd, (Sof-re-agd), dieses Brauchtum ist bis lange vor Christi Geburt zurückzuverfolgen. Es ist eine Tradition, die alle Perser gemeinsam haben und nicht an Religion gebunden ist. Die *Sofre Aghd* ist eine spezielle Hochzeitsdecke aus Seide oder einem anderen, wertvollen Material, die entweder auf dem Teppich oder auf einem niedrigen, ungefähr 2x2 m großen Holztisch ausgebreitet wird. Sie wird üppig gedeckt mit Dingen, die eine symbolische Bedeutung für das gemeinsame Leben haben. Während der Trauung sitzt das Brautpaar davor. Eine *Sofre Aghd* wird individuell dekoriert, keine ist wie die andere. Jede Region und Religion hat ihre eigenen Bräuche und ihr Heiliges Buch, das bei keiner Trauung fehlen darf. Aber die Botschaft der Hauptrituale und die Objekte für deren Darstellung sind bei allen ungefähr gleichgeblieben.[9]

Taarof (Tâ'â-rof), betrifft einerseits das soziale, höfliche Verhalten, andererseits ist es ein typisch persisches Höflichkeitsritual, bei dem man den eigenen Willen verleugnet und etwas anbietet, was man nicht geben/machen will. Nach einem *Taarof* erwartet man, dass es abgelehnt wird. Probleme durch Missverständnisse gibt es, wenn der andere nicht erkennt, dass es nur ein *Taarof* ist, und annimmt. Es gibt bestimmte Redewendungen, die auf ein *Taarof* hindeuten wie z. B.: „Es hat im Vergleich zu dir keinen Wert", oder „Ich bin bereit, mich für dich zu opfern", oder „Deine Schritte auf meinen Augen".[10]

Teheran (Teh-rân), Hauptstadt des Iran, liegt im Norden an den auslaufenden Hängen des Elburs-Gebirges und geht im Süden mit seinen Vorstädten in Ausläufer der Wüste *Lut* über. Stand der Bevölkerung war 1968 vier Millionen, 2019 waren es mehr als sechzehn Millionen. Durch die hohen Berge im Norden können die Abgase und sonstige Luftverschmutzungen nicht abziehen und liegen oft tagelang wie eine undurchdringbare Wolkendecke über der Stadt. *Teheran* gehört zu den fünf Städten mit der weltweit größten Luftverschmutzung.[11]

QUELLENVERZEICHNIS (STAND 27.11.2022)

1. https://de.wikipedia.org/wiki/Weiße_Revolution
2. https://de.wikipedia.org/wiki/Islamische_Revolution
3. https://www.traumdeutung-traumsymbole.de/Traumsymbole/verzeichnis/b/Boot.html
4. https://de.wikipedia.org/wiki/Dascht-e_*Lut*
5. https://www.feinschwarz.net/iran-zwischen-tschador-und-skaterszene/
6. https://whc.unesco.org/en/list/1315
7. https://de.wikipedia.org/wiki/Großer_Basar_(*Teheran*)
8. https://de.wikipedia.org/wiki/Nouruz
9. https://www.blueemotions.de/blog-1
10. https://de.wikipedia.org/wiki/*Taarof*
11. https://de.wikipedia.org/wiki/*Teheran*

Die Autorin

Sieglinde Maraschi, ein Neuling unter den Autorinnen, lebte 23 Jahre im Iran. Über diese Zeit schrieb sie einen authentischen Roman, eine Hommage an die Menschen im Iran. Die Inspiration dazu schöpfte sie aus Herausforderungen und Erlebnissen, die ihr dort als Grenzgängerin zwischen zwei Welten begegneten. Vom Leben in der liebevollen Großfamilie, dem Krieg, der sie aus diesem Paradies vertrieb, bis zum Scheitern ihrer Ehe und der Flucht aus dem Iran waren es viele Meilensteine, die sie meisterte. Immer im Vertrauen, dass der Seelenplan oft ein anderer als der eigene Lebensplan ist. Heute lebt die fünffache Mutter in Hofheim am Taunus, wo sie mit Begeisterung in ihrem erlernten Beruf als (ambulante) Krankenschwester arbeitete und ehrenamtlich als qualifizierte Hospizhelferin Sterbende und deren Angehörige begleitete.

Der Verlag

„Wer aufhört
besser zu werden,
hat aufgehört
gut zu sein!

Basierend auf diesem Motto ist es dem novum Verlag ein Anliegen, neue Manuskripte aufzuspüren, zu veröffentlichen und deren Autoren langfristig zu fördern. Mittlerweile gilt der 1997 gegründete und mehrfach prämierte Verlag als Spezialist für Neuautoren in Deutschland, Österreich und der Schweiz.

Für jedes neue Manuskript wird innerhalb weniger Wochen eine kostenfreie, unverbindliche Lektorats-Prüfung erstellt.

Weitere Informationen zum Verlag und seinen Büchern finden Sie im Internet unter:

www.novumverlag.com